Miscellaneous Writings
Stones Thrown Away Recklessly

Chung Chung-Ho

Intellect Publishing Co.
Seoul, Korea
2026

잡문집 雜文集
함부로 내던진 돌멩이들

펴낸날	초판 1쇄 2026년 2월 25일
지은이	정정호
펴낸이	서용순
펴낸곳	이지출판
출판등록	1997년 9월 10일
등록번호	제300-2005-156호
주소	03131 서울시 종로구 율곡로6길 36 월드오피스텔 903호
전화	02-743-7661 팩스 02-743-7621
이메일	easy7661@naver.com
디자인	조성윤
인쇄	ICAN
물류	㈜비앤북스

ⓒ 2026 정정호

값 33,000원

ISBN 979-11-5555-280-3 03810

잡문집 雜文集

함부로 내던진 돌멩이들

정 정 호

이지출판(理智出版)

SY에게

뿌리줄기*

정 정 호

뿌리가 가지 되어
땅속 사방으로 펼쳐지는,
자유로움이여

전신이 성감대인
뿌리줄기로 흙과 애무하는,
난교함이여

잔뿌리로 닥치는 대로
수분을 빨아올리는
풍요로움이여

단조로운 긴 뿌리가 싫어
다채로운 소리를 울려대는,
다성성이여

---

* 뿌리줄기 : 리좀rhizome. 20세기 프랑스 철학자 질 들뢰즈(1925~1995)의 용어

II. 파라전기para 傳記 : 지나간 시절 기억의 단편들

III. 일기와 편지

IV. 초대사, 식사, 인사말, 환영사, 축사, 추천사, 발문, 격려사, 주례사

V.

머리말, 서문, 창간사, 서평, 독후감, 강연, 평설, 심사평

X. 기도, 간증, 단기선교 보고, 설교

제사題詞

문학이라는 것은 문자로 구성된 모든 것의 이름이다. … 모든 사물이 언어로
할 수 있는 과정을 거쳐 문자로 표현되는 것, 곧 자기의 무엇이든지 문자로
나타내어 독자가 이해할 수 있게 하는 것은 다 문학이다.

다시 말하면 문리文理가 있는 문자로의 구성은 다 문학이다.

그러므로 종교, 철학, 과학, 경사經史, 자전子傳, 시, 소설, 백가어百家語 등
… 서한문까지도 장단, 우열은 물론하고 모두가 문학에 속하는 것이다.

만일 문예, 즉 문학, 문예만이 문학이라면 … 팔만대장경은 문학이 아니고 무
엇이며 … 장자 좌전의 문장, 사마천의 사기, 굴원의 이소경 내지 당송제가의
문장, 그러한 것들이 문학에 참예하지 못하면 과연 어디에 속할 것인가.

… '문학'이라는 술어가 문자적 기록의 전반을 대표한 이상 문학, 즉 문예
라고 볼 수가 없는 일이요, 또 시, 소설, 극본 등에 대해서는 문예라는 대표
명사가 붙어 있지 않은가? 그러면 시, 소설, 극본 등 예술적 작품은 문학의
일부분이 되는 것이다.

그러하여 문예는 문학이지마는 문학은 문예만은 아니다. 문예만을 문학이라
고 하는 것은, 꽃 피고 새 우는 것만이 봄이라고 하는 것과 마찬가지다.

꽃 피고 새 우는 것이 봄이지마는, 봄은 거기에만 그치는 것이 아닐 뿐 아
니다. 인생으로서 감정보다 생활이 필요하다면 봄비의 남은 물은 상평上坪,
하평下坪에 실어두고, 밭 갈고 논 갈며 씨 뿌리고 김매는 것이, 사람의 주관
으로 꽃 피고 새 우는 것보다 더욱 좋은 봄이 아닐까?

– 만해 한용운, 「문예소언文藝小言」, 『한용운 전집』 1, 196쪽, 고딕체 강조 필자

머
리
말

‥

'오래된 미래', 잡문雜文의
새로운 담론적 위상을 위하여

.

잡문이라고 말하는 것은 광의의 문학의 일종일 수는 있으나 예술적인 문학과는 경계를 달리한다는 점에서 비문학적 문장을 말한다. … 세상에서 잡문이란 말은 저속한 문장으로 오해하고 있는 것 같다. 잡문이란 결코 무가치한 문장이 아니다. 어느 분류에도 꼭 속한다고 보기 어려운 유익한 문장들이다. 당송 팔대가의 문장에도 잡문이란 말로 분류된 문장이 있고, 우리나라 선현의 문집에도 서序, 발跋, 기記, 론論, 명銘 등등으로 분류되지 않는 문장은 다 잡문에 넣었다. 다만 수필과 잡문을 구별하는 것은 문학작품이냐 아니냐의 구별인데, 광의의 문학에 있어서 꼭 문학작품만이 제일이란 생각은 옳지 않다. 경經, 사史, 자子, 집集에서 집보다 경, 사가 더 가치 있다고 할 수도 있다. 더욱이 학문적 가치에 있어서는 더욱 훌륭한 문학도 많다. … 잡문은 잡문으로서의 가치가 있고 역시 지식인 학문인의 필묵이다.

- 윤오영, 『수필문학입문』 197~198쪽

나는 지난 50여 년간 수십 권의 공적 담론인 논문과 학술 저서, 번역서와 편서를 냈다. 그러나 오래전부터 나는 내가 함부로 갈겨쓴 잡문들 중에서 의미 있다고 생각되는 것들만을 골라 단행본으로 출판할 수 있지 않을까 생각해 왔다. 나는 나의 잡문들 중 버릴 것은 버리면서 조금씩 정리하기 시작했다. 그동안 다른 일들에 밀려 거의 15년이 지난 이제서야 한 권으로 묶게 되었다. 이 잡문집은 주로 공적 담론인 학술논문이나 문학비평만을 써낸 나의 다른 면을 드러내는 사적 담론이며, 지난 반세기 나의 일상생활의 기록들을 보여 주는 작고 하찮은 미시사

微視史, microhistory의 일부다. 나는 이러한 짧은 파편적인 잡문을 오히려 나를 지탱시켜 준 '구체적 보편'으로서 더 애착을 가진다.

이러한 잡문들의 모음이 독자들에게 무슨 의미를 가질 것인지 확신은 없다. 이러한 잡문들이 거대서사metanarrative, grand récit의 시대에 무슨 소용이 될 것인가? 에세이도 아니고 수필도 아닌 잡글들을 모아 단행본으로 내는 것에 대해 눈살을 찌푸리는 독자들도 있으리라. 나는 다만 '그럴 수도'라고 혜량해 주시기를 바랄 뿐이다. 이 잡문집을 내는 또 다른 이유가 있다면 앞으로 한 개인의 사적 담론인 이러한 잡문들이 국내에서 활성화되기를 바라고, 넓은 의미에서 미문美文 중심의 '문학' 범주를 넘어서는 '오래된 미래'로서 시민민주주의 시대의 공공담론으로서 잡문학의 논의가 활성화되기를 바라기 때문이다.

여기서 '잡문'이란 오랜 기간에 걸쳐서 쓰인 잡다한 주제의 다양한 글들을 섞어 보았다는 의미도 포함한다. 우리가 어떤 글을 잡문이라고 부르고자 한다면, 그 내용과 주제의 다양성과 잡다함도 그 요건이 되겠지만, 어떤 면에서는 글의 형식이나 문체에서도 좀 더 다양한 시도가 있어야 할 것이다. 다시 말해 의미와 사상이라는 내용뿐 아니라 그것들을 담는 '그릇'도 잡다해질 수 있다는 것이다.

그리하여 잡문은 주제와 내용의 폭을 넓히는 다양성뿐 아니라 한 걸음 더 나아가 형식과 문체 면에서도 여러 가지 장르를 혼합해 보는 등 다성적인 복합체가 될 수 있다. 그러면 일상생활 속에서 '주변적 글쓰기' 또는 '파편적 글짜기'로서 잡문은 어떤 특정 형식에 얽매이지 않는,

좀더 탄력성 있고 역동적인 글의 갈래가 될 것이다. 나의 보잘것없은 이 잡문집의 출간을 계기로 다시 한번 장르의 해체와 확산 문제와 더불어 잡문이라는 보통 민주시민의 새로운 생활문학 담론, 또는 소시민문학 담론의 가능성을 본격적인 화두로 삼아 보는 계기가 되었으면 좋겠다. 앞으로 어느 특정 계층만이 담론을 독점해서는 안 될 것이다.

나는 왜 이 글 모음집을 산문집이나 에세이집, 나아가 수필집이라고 부르지 않는가? 그것은 내가 보기에 오래된 담론인 잡문이라는 양식의 글모음이기 때문이다. 우리나라에서는 '잡문'이라는 글쓰기 양식이 하나의 장르로서 인정될 기미가 보이지 않는다. '수필,' '산문' 또는 '에세이'가 있지만 문학적인 완성도가 있는 것으로 평가하고 기타의 것들은 가치 없는 잡문으로 폄하되고 있다. 이것은 아마도 신변잡기류의 글쓰기가 만연되어 양산하는 글쓰기가 문인의 고고함과 희소성을 무너뜨리고 있다는 우려 때문일 것이다.

또 다른 이유로는 아직도 낭만주의적 전통의 유산이다. 상상력으로 무장한 극소수 천재적인 작가나 시인들의 미문美文에 토대를 둔 문학성이 탁월한 시, 소설, 희곡, 수필만을 전통 문학장르로 받아들이려는 문학귀족주의(?)가 있을 수 있다. 이는 19세기 초반 영국에서 자본주의나 산업주의에 맞서기 위해 순수문학 옹호론을 편 일부 낭만주의 작가나 시인들에 의한 순수문학주의 전통의 후유증일지도 모른다. 20세기 초 이러한 소위 귀족주의는 영미 모더니즘 문학 전통에서도 그대로 이어졌다. 그리하여 오늘날 자신의 글에 수필이나 산문이나 에세이가 아닌 잡문이라는 문패를 달고 발표하려 드는 사람은 별로 없다.

　잡문은 무엇보다도 '신변잡기'적인 특성과 '잡다'함의 역동적 성격이 중요하다. 어떤 거대 이론이나 큰 사건에만 관숙되어 있는 우리에게 '작은 것은 아름답'지 않을 수 있다. 더욱이 우리 삶은 대부분 생활 주변의 잡다하고 사소한 일들로 구성되어 있다. 문제는 이러한 사소한 일들을 어떻게 우리가 대면하고 처리하고 타작하느냐에 있다. 담론의 소재와 주제로 보잘것없고 사소한 것이 가치가 없거나 무시되어서는 결코 안 될 것이다. 이 점에 대해 18세기 영국의 대문인 새뮤얼 존슨의 말을 들어보자.

　　인간과 같은 이런 미물에게는 배울 가치가 없을 정도로 하찮은 것은 없다. 우리가 되도록 비참한 생활을 면하고 되도록 많은 행복을 성취할 수 있는 것도 사소한 것들을 배움으로써 가능하다.

　일상적이고 주변적인 것들의 사소성은 영국의 18세기 계몽주의 시대에는 여러 장르로 나타났다. 일기, (신문) 에세이, 여행기, 편지, 전기, 기도, 설교 등이 시민사회 공영역의 담론으로 하나의 문학장르였다. 그러다가 19세기에 들어서서 특히 후반기에 산업화의 역군을 길러내기 위해 갑자기 생겨난 대학에서 영문학이라는 과목을 개설하다 보니 직전 시대인 18세기의 문학적 성과나 취향을 부정하고 자신의 시대인 낭만주의 문학만을 차별적으로 가치를 부여하였다. 그러나 영미문학에서 잡문으로 번역될 수 있는 '미셀러니miscellany, 또는 miscellaneous writing'라는 글쓰기 양식은 오래전부터 뿌리내리고 있었다.

중국과 한국의 고전문학에서도 잡문은 한 번도 배제된 적이 없었다. 동아시아에서 가장 오래된 중국 양나라의 문학자 유협劉勰. 456~521의 시론인 『문심조룡文心雕龍』은 잡문雜文이란 제목이 붙은 14장에서 논하고 있다. 각종 형식의 문장을 포함하는 잡다한 문장 양식들이 여기에서 다루어지고 있다. 유협은 잡문의 형식으로 대문對問, 칠七, 연주連珠를 들고 있다. 그는 잡문의 특징을 산문과 운문이 혼합되어 사용되고 있다는 점을 들었다. 그러나 유협은 문학으로 분류되지 않는 전典, 고誥, 서誓, 문問에 대해서는 문학으로 간주하지 않으므로 문학중심주의에 머물렀다. 이제 새로운 2000년대에 들어서 4반세기가 지난 시점에서 우리는 다시 글쓰기/글짓기/글짜기 영역의 확산을 시도해 볼 때가 되었다. 시민적 '공공담론'이 일반화되었던 18세기 유럽 신고전주의 시대 또는 계몽주의 시대로의 복귀일 수도 있다. 위대한 일반 독자 대중의 시대를 위해 "억압되었던 것은 언젠가 되돌아온다"고 하지 않았던가?

잡문은 당연히 주변부적 글쓰기/글짓기/글짜기 양식이다. 나는 잡문이 구심력을 가진 중심 장르의 범주와 영역을 원심적으로 확산시킬 수 있는 힘을 가지고 있다고 믿는다. 잡문은 문학의 영역에서 배제할 것이 아니라 오히려 포용하여 문학 전체의 지경을 넓히는 상호보완적인,

상호침투적인 힘을 가지고 있다고 믿는다. 잡문의 욕망은 문학 내에 머무르기보다 문학 바깥 담론과 교류하며 그 '사이'에 새로운 대화의 공간을 마련하고자 한다. 이것이 21세기 새로운 담론으로서의 잡문의 궁극적 목표일 것이다.

필자는 잡문이라는 기치를 내걸고 지난 50여 년간 다양한 소재와 양식으로 제멋대로 써낸 비교적 짧은 글들만 모아 부제로 '함부로 내던진 돌멩이들'이라 하고 그저 『잡문집』이라는 제목을 붙였다. 엄격한 장르주의적 시각에서 보면 여기에 실린 문학적 가치가 없는 글이며 쓸 당시의 상황에 따라 제멋대로 써 놓은 글들로 거들떠보지도 않고 버리는 것이 상례였다. 그러나 그중에서 나 자신과 내가 살던 시기를 고려해 의미 있지 않을까 생각되는 것들만을 추렸다.

여기에는 시평時評, 단상斷想 같은 아주 짧은 글부터 일기, 편지 등 사적인 글, 주례사, 축사, 창간사, 환영사, 추천사 등 공적인 글도 있다. 앞으로 나의 자서전의 일부가 될 단편적인 글들이다. 나의 잡문의 스펙트럼은 매우 넓다. 짧은 초대말, 시, 편지, 기도에서부터 비교적 긴 기행문, 서평, 발문, 에세이에 이르기까지 다양하다. 번역도 하나의 창작이라고 믿는 나는 이 잡문집에 한 장을 마련해 번역에 대한 이론의 실제 번역물을 몇 편 묶어 선보인다. 마지막 장은 기도, 간증, 설교(요약)로 구성되어 있다.

여기 실린 잡문들의 일부는 이미 다른 곳에 발표된 것도 있다. 이러다 보니 이 책은 주제나 양식에 있어서 잡다한, 그야말로 잡탕雜湯의 글들을 묶은 명실공히 '잡문집'이 되었다. 끝으로 책 말미에 제멋대로 쓴 '군말 또는 뱀 꼬리말'을 넣어 나의 잡글옹호론을 펼쳐 보았다. (잡종을 혐오하는 순수주의 독자들은 이 부분을 읽지 않고 그냥 무시해도 좋을 듯하다.)

필자는 올해 팔순이 된다. 이때 내가 왜 이 나이에 경박하게도 지극히 개인적이고 사적 담론인 글들을 묶어 내는가? 거듭 밝히거니와 그것은 일종의 주요 장르 중심 시대를 거스르는 하나의 작은 저항의 몸짓이다. 위대한 대중민주주의 문화 시대에 사소하고 작은 일상생활 문학이며 주변적 글쓰기로서 소시민 문학 담론으로서의 '잡문' 가능성을 높이 평가하기 때문이다. 특히 이 잡문집 전체 제사題詞로 인용한 한용운 선생의 긴 글에서 만해는 "문학이라는 것은 문자로 구성된 모든 것의 이름이다. …그리하여 문예는 문학이지마는 문학은 문예만은 아니다"라는 선언에 나는 큰 힘을 얻는다. 이 머리말의 제사에서 인용한 수필가 윤오영 선생의 "잡문은 잡문으로서의 가치가 있다"는 말에 나는 격려를 받는다. 그럼에도 망설이고 또 망설였다. 그러나 오래전에 읽은 중국 근현대문학의 아버지 루쉰의 여러 편의 잡문집과 2011년 한국에 번역 소개된 일본의 세계적인 작가 무라카미 하루키의 『잡문집』을 보고 자극받아 나도 잡문집을 출판해야겠다고 결심했다. 최근에는 잡문집이라는 제목이 붙은 단행본들이 국내에서 속속 출간되고 있다. 반가운 일이다.

나는 왜 첫 잡문집의 부제를 '함부로 내던진 돌멩이들'로 정했는가?

나는 어려서 인천 제물포 바닷가에 살았다. 그리고 시간 날 때마다 집에서 멀지 않은 내륙까지 들어온 황해 바다를 바라보기 좋아했다. 황해는 조수 간만의 차가 커서 썰물 때는 가운데 골에만 바닷물이 찰랑거리고 갯벌이 크게 드러났다. 나는 작은 돌멩이를 들어 공중으로 멀리 힘껏 내던지기를 좋아했다. 왜 그랬을까? 6·25전쟁 직후 가난하고 외로웠던 어린 시절의 어떤 갈망^{渴望} 때문이었을 것이다. 뒷동산에 올라면 황해 바다를 바라보며 그 너머에 무엇이 있을까, 다른 세상에 살고 있는 다른 사람들이 있을까 궁금하고 호기심이 동하기도 했다. 이때 돌멩이는 나의 갈망의 표상이었을까?

집으로 돌아오는 길 오른쪽에 큰 저수지와 넓은 염전이 있었다. 나는 다시 돌멩이를 집어들고 몸을 비스듬히 비틀어서 힘껏 내던졌다. 저수지 수면 위로 물방울이 통통 튀기면서 나가는 모습에 기분이 너무나 유쾌했다. 내 기억으로 보통 네댓 번은 튀면서 나갔다. 이 놀이의 이름은 나중에야 '물수제비뜨기'라는 것을 알게 되었다. 저수지 물 수면에 작은 파장을 일으키며 미끄러져 나가는 돌멩이는 나의 갈망의 '객관적 상관물'이었다. 스피노자는 "우리는 다른 어떤 피조물과도 다르지 않으며, 마치 공중에 내던져진 돌멩이와 같다"는 취지의 말을 한 바 있다. 여기서 스피노자의 말처럼 내가 내던진 돌멩이들은 '자유'를 갈망하는 내 영혼의 표상들의 파편이라면 지나친 억지일까?

그 후 나는 서울에서 대학을 다니며 돌멩이를 오랫동안 잊고 지냈다.

그러다가 박정희 유신 독재정권 때인 1971년 4월 14일(나에게는 영원히 잊을 수 없는 날이다.) 박정희 대통령 차가 내가 다니던 대학 앞으로 지나가는 길이었다. 우리는 유신정부의 고관대작의 차 행렬임을 직감하고 준비해 두었던 돌멩이들을 마구 내던졌다. 그런데 그 행렬 속에 박 대통령의 차가 끼어 있었다. 차에 돌이 날아오자 대통령은 경호원 부대를 이끌고 대학으로 진주하여 교내를 샅샅이 뒤져 학생들을 모두 잡아 운동장에 전쟁포로처럼 머리를 숙이고 손을 들게 하고 동대문경찰서로 연행했다. 경찰서 유치장에서 국가원수 차에 돌을 던지다니 갖은 욕설을 듣고 협박을 당했다. 그러나 어쩐 일인지 그날 밤늦게 훈방되어 풀려났다.

그 후 나는 정지용의 시 「조약돌」을 알게 되었고, 조지훈의 수필 「돌의 미학」도 읽었다. 그리고 돌에 관한 여러 가지 사유의 글들을 읽게 되었다. 여기서는 19세기 미국 여류시인 에밀리 디킨슨의 시를 읽어 보자.

작은 돌

작은 돌은 얼마나 행복한가
길가에서 혼자 뒹굴고
직업에도 관심 없고
위험도 두렵지 않고
본유의 갈색 코트에는

순간의 우주가 어려 있다
태양처럼 의지함이 없이
홀로 사귀고 홀로 빛내며
뜻 없이 소박하니
절대적 섭리를 완수한다.

- 에밀리 디킨슨(1830~1886), 「작은 돌」, 이창배 옮김

1990년대 이후 여행 자유화로 해외 여러 나라를 다녔다. 그때마다 나는 작은 돌을 주워 왔다. 그 돌에 검은 글씨로 가져온 지역 이름과 날짜를 꼭 적어 넣었다. 백두산 천지에서 주워 온 돌을 비롯해 남미 마추픽추에서 숨겨 온 돌, 사도 요한이 요한계시록을 쓴 에게해상의 밧모섬 정상에서 모셔 온 돌, 바이칼 호수 변의 돌, 아프리카 빅토리호 폭포의 돌 등 50여 개의 돌멩이를 보석처럼 모시고 살고 있다. 아니, 그 돌들은 이제 나의 '반려돌'이 되었다.

나는 어려서 들었던 "황금을 돌같이 여기라"는 말부터 시작해서 "예수님은 반석이시다"라는 말에 이르기까지 나의 돌에 대한 인연은 끈질기다. 이제 나는 지난 반세기 동안 다양한 주제들로 써 온 글 조각들을 돌멩이에 얹혀 세상에 날려 보낸다. 현자賢者의 돌이 아닌 내가 던진 돌멩이에 운 나쁘게 맞아 누구도 다치지 않기를 바랄 뿐이다.

독자들은 이 잡문집의 차례 제목을 보고 골라 읽을 수도 있고 그저 아무 데나 펴서 읽어도 된다. 여기에 어떤 목적이나 체계는 없다. 무목적

이 목적이고 무체계가 체계이다. 그럼에도 여기에 실린 글들은 내가 지나간 세월 돌멩이 던지듯 함부로 쓴 글들은 물론 아니다. 당시에는 나름대로 다른 개인적 담론들만큼 짧지만 더 공을 들여 쓴 글이 대부분이며, 나에게 모두 소중한 작품이라고 감히 밝히는 바다. 돌멩이처럼 독자들에게 날아갈 나의 글들은 나의 갈망이며 나의 분노이며 나의 사랑의 파편돌이다. 이제 이 파편들이 오히려 나를 지탱시켜 주는 것이 아이러니다. 다음 T. S. 엘리엇의 장시 「황무지」의 마지막 부분에서처럼 말이다.

이 단편들로 나는 나의 폐허를 지탱해 왔다. - 「황무지」 431행

내가 던진 돌멩이들이 어떤 독자들에게는 걸림돌이 아니라 디딤돌이나 모퉁잇돌이 되기를 기원한다.

지금은 장르상의 불확실성에 시달리고 있으나 앞으로 지속 가능한 오래된 글쓰기 담론인 '잡문'을 위해 용기를 불러일으키는 탁월한 발문 跋文을 써 주신 외우畏友 박인기 형에게 뜨거운 감사를 드린다.

그리고 이 잡문집의 난삽한 원고를 일일이 입력해 준 중앙대 경영학부 김민서 양과 정성 들여 편집하고 꼼꼼하게 교정해 주신 이지출판 서용순 대표님과 조성윤 실장에게 고마운 마음을 전한다.

2026년 2월
팔순을 맞아 웃으며 춤추는 어린아이
雜文家 정정호 삼가

I

단상, 단평, 시론^{時論}

01. 상상력 교육

새천년대 두 번째 10년대가 이미 시작되었다. 오늘날 대학교육은 어려운 선택을 강요받고 있다. 엄청난 문물 상황의 격변으로 그동안 전통적인 대학 고유의 목적과 영역들이 안팎으로 위협받고 있다. 만고불변의 '진리'를 탐구하며 국가와 사회를 지탱하는 지식과 가치를 쇄신하고 창출하여 전수시키는 역할을 하는 것이 대학의 본래 사명이다. 이것이 이른바 문화적 재생산 이론이다.

그러나 오늘날 많은 교수들은 역사와 문명에 대한 성찰과 쇄신보다는 상아탑의 골방에서 연구비 사냥꾼과 학술논문 제조기능공으로 전락하고 있다. 또한 대학은 그저 무한경쟁체제의 신자유주의적 금융자본주의가 요구하는 기능적 지식인들을 배출하고자 한다. 이렇게 대학교육은 자본의 이데올로기인 이윤 극대화에 충실한 도구적 인재를 요구하고 있다. 이것이 경제적 재생산 이론이다. 오늘날 대학 캠퍼스가 직면한 답답하고 안타까운 현실이다.

이러한 척박한 시대와 고단한 삶의 한가운데서 대학은 이제 무엇을 할 것인가? 공공지식인으로서 교수들은 연구와 사회봉사에 앞서 '교육'이라는 기본으로 다시 돌아가야 한다. 우리 미래를 짊어지고 갈 젊은 학생들을 깨워야 한다. 우리 시대의 수많은 위기와 재앙들에 대해 가르치고 감동을 주는 동시에 같이 대화하고 토론하며 서로 배워야 한다. 이러한 대학교육은 '상상력想像力 교육'에서 시작되어야 한다. 우리 시대의 경제효율제일주의와 과학기술만능주의라는 실용주의적 구호 아래서 마비되고 있는 대학교육은 인간학의 토대 학문인 인문학의 회복과 부활이 전제되어야 한다. 인문학 교육은 상상력 교육에 다름 아니다. 상상력 교육만이 우리의 암울한 사태를 탈영토화할 수 있는 '탈주의 선緣'을 마련할 수 있다. 상상력 교육으로 어지러운 시대를 광정하고 병든 문명을 치유할 수 있는 새로운 인문학의 시대를 열자.

그렇다면 상상력은 어떻게 우리를 깨울 것인가? 우선 상상력은 현재의 위기와 재앙에 대한 비판과 쇄신의 원동력이며 우리에게 미래에 대한 도전과 개척정신을 부여한다. 또한 상상력은 근대 이후 분과학문이라는 전문주의가 야기한 분열의 깊은 상처를 치유할 수 있는 해독제이다. 융복합 및 통섭은 세계시민주의 시대의 새로운 지구윤리학이다. 다문화 시대는 순종보다는 잡종의 시대이다. 섞고 합치고 경계를 넘어 서로 침투하는 것이 혼종의 미학이며 정치학이다.

그러나 무엇보다도 상상력의 최대 선물은 소통 결핍증에 걸린 우리들을 위한 공감과 이웃사랑의 실천윤리이다. 인문학은 오래된 미래인 인간의 지혜의 저수지를 퍼올리는 작업이고, 복잡하고 교활한 현실을 혁파하여 새로운 비전을 세우는 기술(예술)이다. 상상력은 인문학 정신을 작동시키는 영감의 발전소이다. (1990)

02. 주름

어려서 나는 엄마가 입은 주름진 치마를 만지며 좋아했다. 주름치마 입은 엄마가 더 예뻐 보였다.

땅은 온통 주름투성이다. 백두에서 한라까지 주름이 많은 나라. 크고 작은 수많은 산과 나지막한 언덕, 깊지 않은 골짜기들. 그리고 그림 같은 개울, 강, 호수들이 함께 어우러진 주름의 땅이 바로 금수강산이다. 우리 땅의 슬픈 역사도 있었지만 아름다운 주름을 가진 이 땅은 언제나 우리를 배반하지 않는다.

철썩철썩 쏴아 하는 파동波動치는 바다도 주름에 다름 아니다. 삼면의 바다와 함께 살아온 우리는 영원한 반도인. 우리는 명랑하고 즐겁게 생존의 진실을 찾기 위해 비루한 삶과 황폐한 사회의 주름들을 타고 넘어가야 하는 담대한 방랑자들이다.

무엇보다도 하늘에 펼쳐진 아름다운 주름은 무지개다. 신비한 무지개는 우리 눈으로 볼 수 있는 7개보다 훨씬 더 많은 색깔로 만들어진 만화경. 무지개라는 주름은 광활한 창공에 펼쳐진 거대하고 숭고한 둥근 천장이다.

하늘의 주름이 주는 큰 축복, 하늘의 또 다른 주름이 구름이다. 구름은 하늘에서 다양한 주름의 축제를 펼친다. 뭉게구름, 조개구름 등의 아름다운 주름들은 음악처럼 우리를 즐겁게 한다. 수시로 변형되는 구름은 하늘의 마술사, 구름기둥은 우리를 보호하고 이른비와 늦은비를 번갈아 보내 주는 은혜의 전령사들.

바람은 주름을 가장 많이 탄다. 산들바람에서 태풍에 이르기까지 바람주름의 양태는 무한하다. 나는 어린 시절 바람개비 소년이었다. 지금도 바람의 주름은 보이지 않지만 이미 언제나 노마드nomad인 나를 강력하게 움직이는 추동력이다.

우리 삶과 문학도 주름이다. 어떻게 주름을 잡느냐에 따라 그 모양, 색깔, 향기가 달라지기 때문이다. (2020)

03. 도깨비

70대 노인과 그의 손자로 보이는 세 살 된 어린아이가 해질 무렵에 동네 뒷골목을 걷고 있다. 아마도 노인과 아이는 저녁 산책을 나온 것이리라. 좁은 골목이라 어린아이가 앞서고 그 뒤를 노인이 따라 걸었다. 손을 뒤로 모으고 걷던 노인이 갑자기 뒤에서 아이 오른쪽 머리를 가볍게 툭 건드리며 물었다.

"누구게?"

"할버지."

"아냐, 도깨비가 그랬어!"

"아냐, 할버지가 그랬잖아."

노인은 좀 더 걷다가 이번에는 아이 왼쪽 머리를 가볍게 툭 건드리며 또 물었다.

"누가 그랬게?"

"할버지."

"아냐, 도깨비가 그랬어!"

"아냐, 할버지가 그랬잖아."

좀 더 걷다가 손자 아이가 할아버지에게 요구했다.

"할버지가 이렇게 구부리고 가. 그러면 내가 따라갈게."

노인은 처음에는 무슨 말인지 못 알아들었다. 그러다 아이가 다시 요구하자 "아아, 알았어." 그러고는 어린아이 앞에서 허리를 낮추고 무릎을 구부리고 엉금엉금 걸었다. 이때 뒤따라오던 아이가 노인의 머리를 툭 건드리며 말했다.

"할버지, 누가 그랬게?"

"예준이가."

"아냐, 도깨비가 그랬어."

"아냐, 예준이 네가 그랬잖아."

"아까 할버지도 도깨비가 그랬다 그랬잖아."

아이는 태연하게 방긋 웃으며 노인 앞으로 나가 손을 뒤로 모으고 의기양양하게 걸어갔다. 노인도 말없이 아이를 따라가다 조금 큰 찻길로 접어들었다. 노인과 아이는 이번엔 손을 잡고 나란히 걸었다. 노인은 붉게 물들기 시작하는 서쪽 하늘을 바라보았다. 노인과 아이는 이제 막 산 너머로 떨어지는 아름다운 석양의 신비로운 모습을 동시에 바라보며 걸었다. (2017)

04. GNR 혁명과 탈脫인간학 모색

과학기술은 이미 언제나 우리보다 항상 앞질러 간다. 그럴 때마다 우리 인문학자들은 닭 쫓던 개가 지붕 쳐다보는 꼴이 되기 일쑤다. 과연 우리는 닭이라는 잡기 힘든 과학기술을 얼마나 열심히 따라잡고 있는가? 수십 년 전 C. P. 스노우는 '두 개의 문화'를 논하면서 인문학자들의 과학기술에 대한 무지와 과학기술자들의 인문학에 대한 무관심을 질타한 적이 있다.

요즈음 다양한 학문을 가로지르는 소통과 융복합 그리고 통섭이 이 구동성으로 강조되고 있지만 아직도 초보단계에 머물러 있다. 하지만 어떤 과학자는 앞으로 3~40년 안에 첨단과학기술의 3인조인 유전학 Genetics, 나노기술Nanotechnology, 로봇학Robotics의 학문 간 경계가 허물어지고 통합되어 시너지 효과가 극대화될 때 미증유의 가공할 만한 새로운 문물 세계가 도래할 것이라고 예언하였다.

바로 3인조 각각의 첫 자를 딴 합성어 GNR 혁명이 일어나고 있다. 무지한 인문학자로서는 실감 나지 않는 이야기지만, 오로지 전통적인 인간주의Humanism에만 매달려 급격한 과학기술의 발전을 인간의 기본 가치와 위상에 위협이 되는 것으로 불평만 하고 있다면 시대 변화에 둔감하여 현실 분석과 기술에도 서툴고 미래에 대한 전망도 제대로 제시하지 못하는 무비판적 인문지식인이 될 것이다.

'유전학'은 인간 게놈의 발견과 유전자 지도 작성 등 첨단을 걸어가는 학문으로 아직도 신비스런 생명현상에 대하여 커다란 도전을 하고 있다. 유전학은 인간을 위한 과학을 표방하지만 유전자 구성체계의 조작 등으로 다양한 종의 생물체로 새롭게 구성하고 복제할 수 있게 되어 생명체들의 정체성과 주체성은 흔들리게 되었다. 인간복제도 예외는 아닐 것이다. 만일 이런 사태가 일어난다면 생명의 존엄성이 심각하게 왜곡될 수밖에 없다. 탈역사적인 기술문화 속에서 인간들의 건전한 양식과 판단력은 마비되고 있고, 욕망과 자본의 무한질주 속에서 인간 사유의 비판적 기능은 점점 사라지고 있다. 소위 GNR 혁명으로 인해 우리는 '멋진 신세계'인 테크노피아이기보다 검은 먹구름이 드리운 환멸과 자조의 디스토피아로 향하고 있다. 이것은 또다시 지나친 비관적 냉소주의일까?

나노기술은 또 무엇인가? 일례로 미국의 21세기 나노기술 연구 개발법 제10조 2항에 따르면, 그것은 "본질적으로 새로운 분자의 구성이나 특성, 기능을 갖는 소재, 소자, 시스템을 창출할 목적으로 원자, 분자 및 초분자 수준의 이해와 측정, 조작, 제조를 가능하게 만드는 과학과 기술"이다. 고도의 나노기술이 가져온, 예를 들어 초소형 정밀 가공 기술, 첨단 바이오 분석 기술, 나노바이오 이미징 기술 등은 우리 삶의 지형 자체를 전혀 다른 각도에서 바라보게 할 것이다. 그러나 나노기술과 나노융합이 긍정적인 면뿐 아니라 안전성과 윤리적인 문제 등 우리에게 어떤 영향을 미칠 것인지 깊이 생각해 볼 문제다.

급속히 개발되고 있는 로봇학은 현재로는 고도의 인공지능(AI)이

장착된 인간 대용물이다. 그러나 로봇은 결국 기계인 로봇이 생명체인 인간보다 기능면에서 훨씬 효율적이고 나아가 초능력을 가지게 되어 주체인 인간이 도구인 로봇의 노예로 종속되는 결과를 가져올지도 모른다. 물론 오늘날 의족, 보청기, 인공관절, 전자 심박동 제어장치, 실리콘을 주입하는 성형 등은 아직도 상냥한 사이보그 인간들의 도구들이다. 기계와 인간이 결합된 고도의 정보통신기술의 결과인 사이보그들의 사이버 공간에서의 인간의 삶은 변종적 삶이 될 것이 분명하다. 그러나 앞으로 탄생하게 될 본격적인 인간과 기계의 잡종적인 존재인 21세기의 사이보그는 19세기의 프랑켄슈타인과 같은 괴물이 될 수도 있다.

모든 문제는 '이미 언제나' 인간에 관한 문제였다. 그러나 오늘날 일부 인문학을 제외하고는 인간 문제에 대해 무관심하다. 사회과학, 자연과학 등 저마다 열심히 하고 있으나 모든 학문의 본령인 인간은 소외되어 있다. 이제 우리는 인간 문제를 좀 더 종합적으로 심도 있게 논의되어야 한다. 특히 효율과 성과에만 공급한 과학기술문화는 인간 문제를 근본적으로 경시하고 있다. 자본의 확산과 기술 발전의 도산에서 인간 문제가 주변부로 밀려 배제되는 사태가 계속되는 상황에서 우리는 어떻게 인간을 구출해 낼 것인가? 여기서 인간학의 문제가 다시 도출된다.

우리는 인간과 공존할 수 있는 과학기술문화를 궁극적으로 수립하기 위하여 GNR 혁명과 같은 과학기술의 무서운 질주를 모조건 외면하거나 부정할 수 없다. GNR 혁명시대와 더불어 본격직인 단순한 신新인간학이 아닌 쇄신의 탈脫인간학Post-humanism이 필요하다. 여기서 탈인간학은 인문주의적 인간학을 일부 '탈'을 내고 21세기의 새로운 과학 문물 상황 속에서 새로운 '탈'을 씌우는 지난한 작업이다. 앞으로도 GNR 혁명보다 더 급진적인 과학과 기술의 융복합의 결과물인 변종이 계속 생겨날 것이다.

21세 중반이 되기 전에 안정된 주체성과 고유한 정체성, 독특한 지위를 지닌 '인간'이란 동물은 지구에서 더 이상 견뎌내지 못할지도 모른다. 우리는 인간을 통해 지금까지와는 전혀 다른 새로운 어젠다를 택할 것인가? 여기서 18세기 한국의 놀라운 실학자 연암 박지원이 제시한 옛것에서 새것을 창조해 내는 '법고창신法古創新'의 도전정신이 가능할 것인가? 우리는 이제부터라도 문명의 현 단계에서 책임 있는 공적 지식인들로 전통적인 인문학적 인간과 과학기술적 사이버 인간이 공존하는 새로운 '인간학' 담론 창출을 위해 인문학, 예술학, 사회과학, 자연과학, 의과학, 기술학이 함께 동참하는 장대한 혼종과 통섭의 길로 나아가야 할 것이다. (2013)

05. 대학 지식인과 비판적 상상력

우리는 8년 전쯤 새천년대를 가슴 벅찬 기대감으로 맞았던 기억이 새롭다. 그러나 21세기는 9·11 테러로 얼룩지며 암울하게 시작하였다. 그 후 쓰나미와 쓰촨성 대지진 등 기후 온난화로 인한 엄청난 자연 재해도 목도하였다. 이제는 3차 중동전쟁이 코앞에 있다. 그럼 21세기는 재앙의 세기로 저주받은 것인가? 명심해야 될 것은 이 모든 재앙이 인간의 오만과 편견, 욕망과 경쟁의 결과라는 사실이다. 우리는 인간을 이성적인 동물로만 보는 나쁜 습관을 가지고 있다. 인류 역사에서 합리적이고 이성적인 기간은 얼마였던가? 인간의 역사에는 자연 파괴, 전쟁과 살육 등 광기의 시간이 더 많았다.

2008년에 들어와서는 급기야 인간의 이성이 만든 매우 유혹적인 경제체제인 자본주의가 그 도덕적 마지노선을 지키지 못하고 결국 대형 사고를 냈다. 일부 어리석은 금융경제 전문가들이 저지른 미국발 서브프라임 모기지 사태로 촉발된 금융 위기는 전 세계적으로 전염병처럼 급속히 퍼지고 있다. 자본과 시장사회에서 인간의 탐욕과 무절제가 다시 한번 대재앙을 만들어 냈다. 이제 민주주의 같은 보편가치들도 흔들리는 위기의 시대가 다가오고 있다. 이런 상황에서는 18세기 영국의 대풍자가였던 조나단 스위프트가 『걸리버 여행기』에서 이미 진단 내렸듯이 인간은 이성적인 동물이 아니라 언제나 단지 '이성이 가능할 뿐'인 동물인 것이다.

그러나 문제는 이성이 가능하게 작동시키는 일도 결코 쉬운 일이 아니라는 점이다. 지나치게 낙관적인 인간 중심적 사유는 시급하게 지양되어야 한다. 이제 인간이란 탈을 쓴 동물은 끊임없이 자신을 낮추면서 반성하고 비판하고 나아가 자기 참회에까지 이르러야 한다. 이쯤 되면 인간 혐오증도 지나칠까? 아니면 이것이야말로 대재앙 시대를 위한 겸손과 지혜의 문화윤리학일까? 이런 우울한 지금 대학 지식인들은 무엇을 하고 있는가?

　오늘날 우리 대학 지식인들의 심각한 문제는 권력 지향과 경제적 논리다. 침묵하는 다중들의 불만과 저항의 목소리를 외면한 채 권력과 결탁하여 곡학아세하는 소위 전문가 지식인들이 판을 치고 있다. 금융 위기의 재앙을 미리 진단하고 비판한 금융경제 전문가 지식인들은 과연 얼마나 있었던가? 소금과 빛으로 인간세계를 건강하게 유지시키는 대학의 기능은 약화되고 비판정신도 마비되고 자본과 권력을 가진 자들의 입맛에 맞는, 그리고 그 체제를 유지시키는 잘못된 지식과 허위이론을 확대 재생산할 뿐이다. 대학 지식인들은 별로 읽히지 않은 전문 논문제조 기능공으로 그리고 연구비 사냥꾼으로 전락하고 있다. 지식은 언제나 권력과 제휴하고 자본과 공모하는가?

　이제 다양한 불평등과 부패구조가 만연되고 있는 사회에서 우리는 바람직한 대학 지식인의 기능과 역할에 대해 다시 생각해 보자. 무엇보다도 대학 지식인은 자신을 권력과 자본의 중심부에서 벗어나 다시 말해 주변부 타자 되기를 통해 억압적이고 착취적인 중심부-동일자에 개입하여 전복할 준비가 되어 있어야 한다. 영원 불멸의 객관적 진리를 찾는다는 미명하에 현실과 역사와 격리된 상아탑에서 한 구멍만 파대는 쥐식인이 되어서는 안 된다. 대학 지식인은 구체적 삶의 현장에서 분석하고 진단하고 비판하고 대안을 제시하는 생산적인 유목민 또는 둔전병屯田兵이 되어야 한다. 이렇게 함으로써만 이 시대의 대학 지식인은 진정한 진리와 역사의 장에서 정규군인 전문가 지식인들과 대립각을 세우고 '비판적 상상력'을 작동시키는 진정한 아마추어적인 게릴라적인 공적 지식인이 될 수 있다.

　이번 금융 위기는 새로운 대재앙이다. 대학 지식인은 현실에 매몰되지 않고 먼 앞날을 내다보면서 타자 되기라는 공감적 사랑의 감정을 가지고 공적 지식인으로서 비판적 상상력을 역동적으로 실천하며 전지구적인 금융 사기의 희비극을 넘어 인간 역사의 새로운 지평을 열어 가야 하는 어려운 책무를 부둥켜안아야 할 것이다. 이 척박한 시대를 살아가는 고단한 대학 지식인들이여! 새해에는 더욱더 용기를 내 희망의 원리를 창출해 내자!

06. 텍스트 읽기 : 단상斷想

모든 읽기란 궁극적으로 롤랑 바르트의 말을 빌리면 '쓰기적writerly 읽기'가 되어야 한다. '읽기적readerly 읽기'는 단순하고 수동적이고 비생산적이고 비참여적이고 소비적인 작업이기 때문이다. 소설이란 텍스트 읽기가 좀 더 창조적이고 능동적이고 공감각적이고 역동적이 되기 위하여 우리는 코울리지처럼 '불신의 마음을 의연히 떨쳐 버리는 willing suspension of disbelief' 자세로, 초현실주의 화가 살바도르 달리처럼 편집광적으로, 조르주 풀레처럼 현상학적으로, 루이 알튀세르처럼 징후적symptomatic으로, 미셸 푸코처럼 계보학적으로, 그리고 바흐친처럼 카니발적으로, 바르트처럼 텍스트를 육감적으로 읽는 것이 어떨까? 그러면 텍스트의 황홀경textasy = text + ecstasy에 다다르지 않을까?

이번에는 들뢰즈/가타리처럼 소설이란 우리에게 작동하는 '문학기계'로 보는 것은 어떨까?

하나의 텍스트를 읽는다는 것은 그것이 의미하는 것, 즉 기의를 찾기 위한 학문적 훈련이 결코 아니고 기표를 찾기 위한 고도의 텍스트 훈련은 더더욱 아니다. 오히려 텍스트 읽기는 문학기계를 생산적으로 사용하는 것이며, 욕망하는 기계들을 다양하게 배치하는 것이며, 텍스트로부터 혁명적인 힘을 추출해 내는 정신분열증적 훈련이다. - 들뢰즈/가타리, 『앙띠-오이디푸스』

이밖에 '몽상적 읽기'도 있다. 불의 정신분석가이며 상상력의 이론가인 가스통 바슐라르에게 '몽상reverie, 夢想'은 (가능한) 현실 세계도 (불가능한) 꿈의 세계도 아니다. 그것은 현명한 중간지대twilight zone다. 문학은 현실[지옥]과 이상[천국]의 중간에 위치하기 때문에 언제나 매력적이고 건강하다. 몽상이란 형식과 내용, 의식과 무의식, 이념과 기교, 안과 밖, 이성과 감정, 남성과 여성, 문명과 야만, 중심과 주변 등 억압적이고 차별적인 이분법을 일시에 용해시켜 새로운 종합을 창조하는 일종의 정치적 행위다.

이 중간지대에서는 기표와 기의가 고정불변의 마당이 아니다. 자크 라캉이 지적했듯이 기표와 기의의 관계는 기표가 기의가 되고 기의가 다시 기표가 되는, 항상 미끄러지면서 의미가 확정되지 않고 끊임없이 새로운 의미의 고리를 형성한다. 현실과 꿈, 선과 악, 미와 추, 정의와 불의의 관계도 항상 고정되어 있는 것은 아니다. 문학이나 예술세계에서만은 (또는 인간의 무의식 또는 우주창조자의 의식 속에서는) 현실(현실원칙)과 꿈(쾌락원칙)의 끊임없는 자리바꿈이 일어나야 할 뿐 아니라 이들의 대화적·역동적 관계 속에서 새로운 의미망과 관계망이 형성되어 일종의 생태적 상보, 상생 체계가 생성되어야 하지 않을까?

'몽상'이란 현재와 같은 실용적·물질적 사회에서는 비생산적·비실제적, 심지어 비도덕적인 것으로 치부된다. 그러나 이제 무감각한 우리 시대에 몽상의 가치와 의미를 되살려내야 한다.

07. 세계한글작가대회에 바란다

한글, 한글문학, 세계문학
　　 - 전 지구화 시대 한국문학의 새로운 전망을 위한 10개의 메모

필자는 2015년 초가을 국제 PEN 한국본부가 경주에서 개최하는 제
1회 '세계한글작가대회'가 국내외에서 한글로 쓰여지는 한글문학이 전
지구적인 맥락에서 세계한글문학World Literature in Korean으로 확대 발전
될 수 있는 새로운 계기를 마련해 줄 수 있기를 기대한다.

1. 전 세계에서 가장 과학적인 문자 체계로 인정받고 10대 언어로 부
   상하고 있는 '한글'에 대한 재인식을 토대로 하여 시어, 문학어로서
   한글의 우수성과 가능성 탐구, 문학 창작에서 운율과 형식에 있어
   서 과감한 실험을 통해 전 세계에 한글의 탁월성 제고와 홍보.

2. 한국문학에서 새로운 역할이 기대되는 '한글'문학에 대한 용어 정
   의와 개념 규정에 대한 필요성. 전 세계에서 생산되고 있는 한글
   문학의 탈영토화와 재영토화 시도. 세계 각 지역의 디아스포라
   750만 교포들이 생산하는 한글문학의 한국문학으로의 편입 문제
   논의.

3. '문학'에 대한 담론 확산의 필요성. 시, 소설, 희곡, 평론 등으로 축소되어 온 문학의 범주를 이번 기회를 통하여 수필의 가능성을 확인하고 생활문학인 서간, 일기, 기행 등의 영역으로 확산 필요.

4. 세계 각처에서 교포나 현지인들에 의해 쓰여지는 한글문학에 대한 국가별, 지역별 현황 조사. 한글문학 작가들을 발굴하여 한국문학의 경계 확산을 위한 세계 한글문학지도의 지경을 넓히는 새로운 가능성과 네트워크를 만들어 2~3년에 한 번씩 전 세계 주요 도시를 돌아가며 세계한글문학대회 개최하기.

5. 세계 각처에서 쓰여지는 한글로 된 문학을 소개하고 작품에 대한 의견 교환의 체계 수립을 위해 가칭 『세계한글문학World Literature in Korean』(계간지)을 창간하여 국제 PEN 본부와 협력하여 전 세계 주요 작가들이나 문학단체에 배포하기.

6. 이번 세계한글작가대회를 계기로 주요 서구 여러 나라뿐 아니라 동남아, 중남미, 중동, 아프리카 등지의 대표적인 작가 및 연구자 초청을 통한 한국문학 홍보의 필요성.

7. 한글이 한류와 K-문화 등의 영향으로 점진적으로 전 세계적으로 보급되고는 있으나 현재까지는 미흡한 상태이므로 첫 단계로

한글문학을 주요 언어로 번역하여 한글작품과 병기하여 동시에 배포, 보급할 필요성.

8. 이번 세계한글작가대회를 통하여 해방 이후의 북한문학도 포함시켜 한반도 통일시대의 한국문학을 지향해야 할 필요성.

9. 전 세계에 디아스포라로 산재해 있는 한글문학이 한국민족문학의 특수성뿐만 아니라 5대양 6대주 전 세계 인류의 보편성과 맞닿아 있음을 보여 주기 위한 논의와 연구의 필요성.

10. 중장기 사업으로 한국문학에 대한 세계인들의 접근성을 높이기 위하여 『한국문학앤솔러지』를 국내외 한국문학 학자들과 작가들이 협업하여 편찬해야 할 절실한 필요성. 한글판과 영문판을 시작으로 세계 주요어로 번역된 『한국문학앤솔러지』를 간행하여 세계인들이 일목요연하게 한글문학을 접할 수 있는 기회를 제공.

이상의 10개 제안은 단시일에 이루어질 수 있는 과업은 아니지만 한국문학의 세계로의 창구 역할을 맡고 있는 국제 PEN 한국본부가 중장기 사업으로 정부와 문인단체 그리고 학자들과 협력하여 지속적으로 추진해 나갈 수 있기를 간절히 희망한다. (2016)

08. 21세기 시조부흥운동

새천년 두 번째 10년대인 2020년이 시작되었다. 지금부터 100여 년 전 무렵 한국 고시조에서 현대시조로의 이행기에 많은 선구적인 시조인들이 서구의 자유시 유입과 일제강점기의 조선 고유문화 탄압에 맞서고 민족정신 고취와 민족 고유 문학장르인 시조를 새롭게 정착시키기 위해 시조부흥운동을 벌였다. 최남선, 이병기, 이은상 등 제1세대 시조시인들은 무엇보다도 고시조의 쇄신과 혁신을 위해 20세기 초라는 새로운 시대와 현실에 적응하고자 새로운 시조문학의 정립을 꿈꾸었다. 다시 말해 1920년대 당시 시조부흥운동은 한국문학의 근대화 또는 현대화 작업이었다.

20세기 초 시조부흥운동의 최남선, 이병기, 이은상은 삼두마차였다. 최남선은 최초의 시조집 『백팔번뇌』(1926)를 출간했고, 이병기는 논문 「시조는 개혁이다」(1932)를 발표했고, 이은상은 쇄신의 시조집 『노산시조집』(1932)을 펴내 한국 고전문학 장르에서 유일하게 고시조를 한국 현대문학의 중요한 장르인 시조로 정착시켰다. 그들은 근대화와 일제강점기에 민족의식으로 무장하여 시대적 소명을 다하고 그 한계를 넘어서고자 했다.

21세기 초 제2의 시조부흥운동은 일제 36년의 암흑기에서 해방된 지 75주년, 민족 최대의 비극 한국전쟁 발발과 분단 고착 70주년을 맞는다. 100년 전 제1 시조부흥운동 때와는 한반도의 문물 상황이 엄청나게 달라졌다. 1세대 시조인들이 이룩한 토양 위에 지난 70년 동안 현대시조의 이론과 창작에 헌신한 많은 선배 시조인들의 노력을 함께 모아 세계시민주의시대를 위한 또 다른 쇄신을 시작해야 한다.

1920년대 시조부흥운동의 목표가 문학의 '근대화'와 '탈식민화'였다면, 2020년대 제2의 시조부흥운동의 주제어는 '탈근대화'와 '전 지구화'였다. 지난 세기 일제강점기 초기에는 민족문화의 정체성 정립에 매진했다. 서구문화의 대거 유입과 일본 제국주의 민족문화말살정책에 맞서는 전략은 민족문화를 새롭게 보존하고 유지하기 위한 '혁신'이었다. 그러나 2020년대는 해묵은 맹목적 민족주의 문화 시대를 넘어 과학기술과 자본과 노동의 교류와 소통이 보편화된 전 지구가 하나의 마을로 좁아진 지 오래되었다. 세계는 점점 혼종성을 강조하는 세계시민주의시대가 되고 있다. 따라서 2020년 봄 시조계의 표어도 역시 다른 맥락에서 '쇄신'일 수밖에 없다.

영어권에서 널리 참조되고 있는 세계문학백과사전과 문학이론용어사전에서 시조(sijo)에 대한 항목을 살펴보자. 우선 미국에서 간행된 『메리엄 웹스터 문학백과사전』(1995)에 보면 시조라는 표제어에 "14음절에서 16음절로 구성된 3행의 한국어로 된 운문 시행. 영어 번역에서는 이 시행은 6개의 짧은 행들로 나누어진다"(1030쪽)고 소개되어 있다. 그리고 영국에서 출판된 J. A. 커든이 편집한 『문학용어와 이론 사전』(1998년, 4판)에서 '시대의 노래時節歌調'로 정의된 시조는 좀 더 자세히 기술되어 있다.

"원래 악기의 연주에 따라 노래로 불리어지거나 암송된 한국의 시행. 전통적 시조의 복잡한 형식은 3행으로 구성된다. 각 행은 4개의 음절 군으로 구성된다. 첫 두 행은 14음절이나 15음절, 3행은 15음절을 가진다. 약간의 변형이 있으나 시조는 통상 43, 44 또는 45음절을 가진다. 두운을 가진 경우가 일반적이다. 시조의 오랜 전통은 최소한 14세기까지 거슬러 올라간다. 시조는 아직도 한국 시인들에 의해 쓰여지고 있다."

그러나 아쉽게도 시조를 실제로 예를 들어 제시한 경우는 없다.

한국의 시조에 비해 위 두 사전에는 일본의 '하이쿠haiku'에 대한 설명은 비교적 자세하게 되어 있고 예시도 있다. 이밖에 향가hyangga와 가사kasa에 대한 표제어도 들어가 있으나 2,3줄로 짧게 정의해 놓았다. 이에 비해 일본의 고전 시가, 단카tanka나 와카waka, 렌가renga 등에 대한 설명은 영어권 시에 준 영향까지도 상세하게 설명해 놓았다. 한국 고전 시가와 일본 시가에 대한 이 두 사전에서의 설명과 예시의 차이는 국력 차이에서 오는 것만은 아닐 것이다. 이것은 우리 시조가 일본 하이쿠에 비해 영어권에 아직은 별로 소개되지 않았다는 방증이다. 그렇다면 우리의 대표적인 고전시가이며 현대시가이기도 한 시조를 서구인을 비롯한 많은 문인, 학자들에게 어떻게 알릴 수 있을 것인가?

한국 시조에 대해 영문번역판으로 해외 소개가 없는 것은 아니다. 1982년 김재현 교수가 『한국 시조 걸작선 : 고시조와 현대시조Master Sijo Poems from Korea : Classical and Modern』(시사영어사)란 제목으로 출간하였다. 그 후 리처드 러트 교수 편집으로 1998년에 『대나무 : 시조개론 The Bamboo Grove : An Introduction to Sijo』(미시간대학 출판부)이 출간되었다. 2000년대 들어 케빈 오록 교수가 번역, 편집한 『한국시조선The Book of Korean Sijo』(하버드대학 아시아센터, 2002)이 상재되었다. 이밖에도 영문으로 된 한국 고전문학에 관한 논저들이 여러 권 영어로 출간되었고, 최근에는 현대시조도 영어로 번역되어 소개되기 시작했다. 앞으로 한국 시조문학을 해외에 널리 알리기 위해서는 영어뿐 아니라 다른 외국어로도 번역되는 적극적인 노력이 필요할 것이다.

2020년대 시조인들은 제2의 시조부흥운동을 위해 무엇보다도 내적 충실을 기해야 할 것이다. 시조란 전통 장르의 다양한 실험과 가능성을 정형성이 담보되는 범위 안에서 부단히 추구해야 할 것이다. 주제와 내용 면에서도 '시절가조'라는 특성을 담보해 내야 한다. 평시조, 양장시조, 엇시조, 사설시조 외에도 다양한 실험이 가능할 것이다. 고시조의 주요 주제인 교훈, 충절 그리고 자연 찬양 등에 국한시키지 말고 21세기 한반도의 현재 우리 일상생활에서 많은 참신한 주제들을 택할 수 있다. 좀 더 커다란 맥락에서 한반도 분단 문제, 남북통일 문제, 날로 악화되고 있는 환경생태 문제, 신자유시대의 사회 양극화 현상, 정치적 집단 분열 등 그 지경을 넓힐 수 있다. 3행이라는 고정되고 절제된 형식에서도 고도의 자유로운 문학성을 보여 주면서 시대에 대한 사유와 현실 문제를 보편적으로 재현하는 작업에 시조인들이 치열한 노력을 기울여야 할 것이다.

이뿐 아니라 우리 사회에서 문학 교육으로서의 시조 교육의 저변 확대에 힘써야 한다. '시조'는 어쩐지 고리타분한 답답한 문학 양식이라는 오해와 편견에 젖어 있는 수많은 일반 독자들에게 한국 고유의 정형시 양식인 시조의 가치와 우수성을 알려야 한다. 그래서 시급한 것이 시조 대중화를 통해 시조를 생활문학과 시민문학으로 제시해야 한다. 한국 고전문학 양식 중 유일하게 살아남은 시조를 지킬 뿐 아니라 선양해야 한다. 초중고 문학 교육뿐 아니라 성인 일반 인문 교양 프로그램 설치를 통해 고시조뿐 아니라 현대시조를 읽고 암송하고 평설하고 낭독회를 개최한다.

이밖에 전국적으로 세대별 시조백일장, 시조창 대회도 보고 읽고 말하고 듣고 노래하는 문학으로 정기적으로 열려야 한다. 이와 같은 과업을 효과적으로 수행하기 위해서는 시조인들의 교류와 단합과 협업이 이루어져야 한다. 정부와 문화재단의 도움을 받아 능력 있는 창작자, 연구자, 번역자들은 지속적으로 육성해야 한다. 휴전선을 넘어, 우리 전통 정형시를 중심으로 남북 시조인들의 교류의 물꼬를 터야 한다.

나아가 750만 디아스포라 재외동포 한국인들을 상대로 한 시조 교육과 보급도 시작해야 한다. 그리고 무엇보다 한국 전통 정형시 시조문학의 세계화를 위해서는 주요 외국어로 시조 번역 소개와 이를 위한 원어민 시조 번역과 성과, 국제시조문학 세미나 개최, 해외 한국말 연구와 연계하여 한국 문학의 위상 제고가 선결 과제다. 나아가 해외 한글 교육기관이 세종학당에서의 외국인 한글 교육의 일환으로서의 시조 교육 도입도 가능할 것이다.

또한 20세기 초중반 일본의 하이꾸가 영어권 시단에 영향을 끼친 것을 하나의 성공 사례로 면밀히 연구 검토해야 한다. 한민족 고유의 정형시 시조의 세계화를 통해 양식적 장점과 특성을 널리 알려 21세기에는 세계 최고의 문자 한글의 전지구적인 확산을 통해 우리의 시조가 세계 문단과 학계에 널리 알려지고 읽혀져 외국 문학에도 영향을 끼칠 수 있는 경자년의 봄이 되기를 기대하자. (2020)

09. 제19차 국제비교문학대회가 남긴 과제

제19차 국제비교문학대회가 지난 8월 15일부터 일주일간 중앙대학교 서울캠퍼스에서 개최되었다. 2007년 8월 초 브라질 리우 데자네이루의 제18차 대회에서 한국으로 유치해 온 이래 나는 대회조직위원장으로 이 대회를 준비하는 데 애로가 적지 않았다. 그러나 국내 경기 침체로 인한 모금 활동의 부진, 2008년 전 세계적인 경제위기와 최근의 천안함 사태로 인한 해외 등록자 수 감소, 대회 기간 중의 폭염 등에도 불구하고 전 세계 42개국에서 450여 명의 외국인 참가자들과 연인원 300여 명의 내국인들이 참석하였다. 특히 2009년 노벨 수상자인 헤르타 뮐러 여사와 초대 문화부장관 이어령 박사, 황석영, 이문열 작가 등 6명의 특별 강연도 있었으니 성공적인 대회라고 할 수 있으리라. 그럼에도 이 대회는 절반의 성공이다. 한국비교문학계에 중대한 과제들이 기다리고 있기 때문이다.

첫째는 국내에서 비교문학이라는 학문에 대한 새로운 인식을 확산시키는 일이다. 대회 기간 중에 강조되었듯이 비교문학은 세계시민주의 시대에 문학뿐 아니라 인문학의 새로운 종합적 사유 방식으로 거듭나야 한다는 점이다. 21세기는 교환, 융합, 통섭의 시대다. 우리의 미래는 '비교적 상상력'에 달려 있다. '비교'라는 말은 이제 인문학 연구에서 필수불가결한 개념이다.

나는 비교 작업이 차이들을 인식하고 타자에 대한 일차적인 이해를 통해 개인의 정체성 형성을 가져온다고 믿는다. 이제 비교의 의미는 '넘어서', '가로질러', '다多의', '통섭'과 '이주'의 뜻을 가진다. 이것들은 '비교의 문화정치학'이며 '비교의 인식론적 윤리학'의 핵심이다. 특히, 한국의 인문학은 그 고질병인 학문 간의 높은 벽을 허물고 융복합 시대에 알맞은 통섭의 원리로 서로 소통하여야 한다.

둘째는 서구 주도의 학문과 이론의 식민지에서 벗어나 한국에서 인문학 하는 주체적 방법을 수립하는 것이다. 이번 대회에서 동북아시아 한중일 3국뿐 아니라 인도 학자들까지 끈질기게 주장한 것도 바로 이런 서구 문학 중심이 아닌 탈식민주의적인 제3의 공간으로서의 세계문학의 틀을 세워야 한다는 것이었다. 각 민족문학은 비교문학을 통해 진정한 전 지구적 세계문학으로 재영토화되어야 한다. 국제비교문학대회를 흔히 문학올림픽이나 문학의 유엔총회라고 부르는 것도 이런 이유에서다.

셋째는 종합 인문학 방법으로서의 비교문학의 제도권화다. 불행하게도 한국 어느 대학의 학부에도 비교문학과가 없다. 세계화 시대에 비교문학과가 하나도 없다는 것은 이웃 중국과 일본에 비해서도 부끄러운 일이다. 따라서 이번 대회를 계기로 한국의 문학계는 교육부의 학문정책 입안자들을 설득하여 국내 대학에 비교문학과를 설치해야 한다. 이것은 한국문학의 역동적 발전을 위해 반드시 이루어내야 할 과제다.

3년 후 2013년 프랑스 파리 소르본느대학교에서 제20차 세계비교문학대회가 열린다. 아무쪼록 파리 세계대회에서는 한국의 문학과 인문학이 동아시아의 새로운 중심축으로 확실하게 부상하여 세계에서 한국이 새로운 문학강국으로서 면모를 일신할 수 있도록 노력해야 한다. 이것이 이번 서울 세계대회가 우리에게 주는 진정한 의미가 아닐까. (2010)

10. 우리 시대의 '문학의 힘'

오늘날 전 지구화라는 세계 체제 속에서 소위 자유민주주의 국가에서 문학의 새로운 적은 무엇인가? 누구인가? 보이지 않는 적은 보이는 적보다 항상 치명적이다. 오늘날과 같이 신자유주의시대에 자본의 교란 작전에 휘말려 무한 경쟁 속의 실용주의, 업적주의, 일류주의, 승리주의에 함몰되어 버린 인간 사회에서 문학은 무엇을 할 것인가? 그리고 고도 전자영상매체 시대에 문자 문학이 갈 길은 무엇인가? 이렇게 갈 데까지 가버린 실용주의, 과학주의, 경제주의로 '무엇이든 좋다 anything good!' 식으로 모든 것이 녹아 없어져 버리는 거대한 용광로 속에서 문학은 단지 '그들 중의 하나one of them'가 되어 그 마술적 힘을 상실하고 있는 것이 아닌가? 우리 시대에 문학은 어떤 정치적 억압, 이념적 탄압 그리고 전쟁의 폭력 속에서 겪었던 어떤 '위기'보다 더 악랄한 위기에 빠져 있는 것은 아닌가?

문학은 서양이나 동양에서 정식 담론으로 떠오른 적이 없이 항상 부도덕한 부차적인 오락의 의미와 기능을 가진 것으로 간주되었다. 그러나 문학 중 특히 이야기(소설)의 역할은 언제나 중심적이었다. 이야기하고 싶은 충동narrative impulse은 언제나 놀이하는 인간homo ludens의 무의식적 욕망이다. 더욱이 우리의 이야기는 언제나 인간과 현실을 위반하는 비판적 태도를 취하였다. 인간 자신의 모든 부도덕의 치부까지도 적나라하게 드러내어 역설적으로 치유하는 계기를 만들었고, 사회에서

횡행하는 허위, 압제, 탄압, 거짓말, 착취 등에 대해서도 뒤로 물러서지 않고 개혁하는 저항적 태도를 견지하였다. 어찌보면 문학은 인간이 만들어 낸 최고의 산물인 언어를 통해 (바로 여기가 언어와 문학이 만나는 지점이다.) 추상적이거나 교훈적이 아니라 구체적이고 자유롭게 그려 냄으로써 이미 언제나 우회적으로 그러나 동시에 정면으로 인간과 사회의 문제를 파헤치고 드러내 놓는다.

문학과 소설의 진정한 힘이 현실을 드러내기 어려울 때는 어두컴컴한 지하 세계와 불가능해 보이는 환상의 세계, 한마디로 허구의 세계를 만들어 낸다. 여기서 허구는 거짓이라는 나쁜 의미로 쓰인 것이 아니라 하나의 가치 창조와 새로운 저항의 중간지대이며 이루고 싶은 꿈의 수립이다. 허구의 꿈은 우리가 현실에서 가지고 싶어도 가지지 못하는 불가능의 세계이며 동시에 절대적으로 우리가 가지고 싶어 하는 이상국가다. 높은 이상은 우리의 현실을 위한 소망의 잣대이며 횃불의 광명이 아니겠는가? 이것은 피해자의 비겁함이나 용기 없는 자의 도피가 결코 아니다.

문학에서 우리는 역경 속에서도 삶을 지탱할 수 있는 어떤 '힘'을 찾아낸다. 여기서 '힘power'은 세속적인 의미로 타락하기 쉬운 정치, 사회, 문화의 '권력'의 의미가 아니라 탈주하고 포월하고 창조해 내는 니체적 영원 회귀의 능력이다. 문학은 보잘것없고 힘없고 타락하기 쉽고 부서지기 쉬운 인간을 적어도 인간답게 살려 두는('살림') 마술적 장치이며 전략이다. 가장 약한 언어로 이루어진 문학을 통해 우리를 살려 주는 가장 '강한' 환상과 꿈의 세계를 만들어 내고 있다. 이것은 얼마나 다행스러운 역설인가? 문학을 통해 우리는 자유로운 생명의 '힘'을 얻는다. 생의 비극적 환희를 가져오는 문학의 '힘', 어떠한 종교, 정치, 경제의 보편적 '힘'보다 끈질기고 항구적이다.

그러나 우리는 여기서 '문학'을 신비화해서는 안 된다. 문학은 권력, 욕망, 이데올로기의 '탈신비화'의 최전방 부대가 아닌가? 결국 문학의 보편적 '힘'은 무엇인가? 삶을 지탱시키는 힘을 부여하는 것은 문학 안의 허구적 등장인물들이나 소설 밖의 현실적 화자들과의 '감정이입 empathy'이나 '공감sympathy'이다. (2004)

11. 희망의 인문학

엉망이 된 시대, 아, 이 저주스러운 실패

내가 그것을 바로 잡으려 태어나다니. - 『햄릿』 1막 5장 196~97행

기대와 희망으로 맞은 새천년대 21세기는 전 지구적으로 수많은 사건과 재앙으로 시작되었다. 뉴욕 9·11테러, 아이티 대지진, 인도네시아 쓰나미, 일본 후쿠시마 원전 사고, 말레이 항공기 실종 및 격추 사건, 아프리카 아볼라 전염병 사태, 이라크의 IS이슬람 국가 분쟁 등이 그 대표적인 예다. 그동안 한국은 압축 근대화와 초고속 산업화 그리고 일부 민주화를 이룩하여 OECD 국가 반열에 올랐고, 2008년 세계 금융 위기도 넘겨 최근의 IT산업과 자동차 수출 호조 그리고 호황을 누리는 한류 열풍에 자가도취되어 살아왔다.

그러나 2014년 한국에서 큰 재앙이 터졌다. 그해 4월 세월호 침몰 참사가 발생한 것이다. 이 참사는 군대 총기난사사건, 윤일병 구타사망사건, 송광호 의원 구속 동의안 부결 등의 재앙으로 이어졌다. 그동안 누적되었던 한국 사회의 위기와 위험이 재난과 재앙으로 이어진 이것들은 파국의 시대의 예고편인가? 이 중에서도 종교장사꾼인 유병언 씨가 배후에 있었던 세월호 참사는 신자유주의의 막장 후기 자본주의로 치달아 온 한국 사회의 가장 징후적인 사건이다. 1984년 대한민국 건국 이래 중층적으로 누적되어 온 모든 문제들이 판도라 상자처럼 한꺼번에

터진 형국이다. 그러나 뇌물 관행으로 인한 정관계의 집단 부패, 소통을 통해 문제 해결 능력이 실종된 막장 정치판, 검경의 사정 기능 마비, 사회 구성원들의 도덕 불감증, 안전의식 마비증 등은 우리 자신을 심각하게 반성하고 쇄신하는 기회를 마련해 줄 것이다.

결국 모든 위험과 재난의 원인은 우리 자신, 즉 '인간의 문제'로 귀착된다. 한국 사회와 문화를 주재하고 운영하는 것은 결국 우리 자신이 아닌가? 이런 사태 속에서 인문지식인들이 할 일은 무엇인가? "나/우리는 과연 누구인가?"라는 간단하지만 근본적인 질문으로부터 시작하자. 그동안 우리는 개발과 발전 신화, 무한경쟁과 업적주의, 승자독식주의, 아귀 천민자본주의 등에 철저히 침윤되어 우리 자신에 대한 최소한의 성찰과 비판도 잊어버린 채 살아왔다. 이러한 한국적인 위기와 사고에서 겸손과 두려움으로 우리 자신의 내면에 대한 철저한 사유와 평가가 이루어져야 한다.

그렇다면 이러한 사태에 대한 치유와 회복을 위해 인문학은 무엇을 할 수 있을까? 한마디로 인문학을 통한 '상상력'의 교육과 배양만이 해결책이 될 수 있다. 따라서 문제는 '인문학적' 상상력이다. 19세기 영국 낭만주의 시인 P. B. 셸리에 따르면 상상력은 타자에 대한 사랑이며 도덕의 요체이고, 상상력을 통해 이웃과 공감하고 나보다 남을 더 생각하는 '타자 되기'가 가능하다. 사르트르는 "타자는 지옥이다"라고 언명한 바 있지만 타인은 우리가 화이부동和而不同의 정신으로 더불어 살아야 하는 공동운명체의 주민이다. 오늘날 한국 사회의 모든 위험과 재난은 자기 자신과 집단의 이익만을 맹목적으로 생각했기 때문이다. 머리를 들어 하늘을 보며 우리 이웃의 타인들을 조금이라도 생각했다면 지금과 같은 파국은 없었을지도 모른다.

문명의 역사는 야만이라고 한 사람도 있지만 우리는 결코 '희망'을 버려서는 안 된다. 희망 없는 개인과 사회는 방향을 잃은 난파선이다. 인문지식인들은 인간의 상상력 복원을 통해 조용히 변혁과 쇄신작업을 수행해야 한다. 인문학은 즉시 처방이나 만병통치약을 제시할 수 없지만 변화와 개혁은 오래 걸리는 혁명의 시작이다.

우리는 쉽게 분노하고 절망하고 포기하고 망각해서는 안 된다. 공동체를 위한 희망을 통해 자기 절제와 각고의 인내를 가지고 변혁을 꿈꿀 수 있다. 요즘 사태들이 파국으로 치달아 종말에 이르게 해서는 안 된다. 종말은 '새로운' 시작의 씨앗이 될 수 있다. 이것이 파국이 가져다주는 축복이라면 하나의 역설이다. 이 역설 속에 인문학적 상상력의 무한한 가능성이 놓여 있는 것이다.

문학, 역사, 철학은 수천 년 전부터 탐욕스럽지만 약한 인간에 대한 수많은 각성과 지혜의 샘이 되고 있다. 인문학적 상상력은 메말라 가고 있는 인간성과 광포해지는 문명을 치유하고 회복할 수 있는 하나의 해독제다. 이 청명한 가을 한복판에서 위험한 시대를 고단하게 살아가는 우리 자신이 서로 공감하고 사랑하는 생명의 공동체를 만들기 위해 무엇을 해야 할지 깊고 넓게 사유하는 시간을 갖자! (2017)

12. 국문학자와 영문학자의 협업

대학 영문학과에서 30여 년간 문학 이론과 비평을 가르치면서 나는 항상 아쉬웠다. 전공 교과 과정상 서양 비평과 이론만을 주로 다루다 보니 동양과 한국의 비평과 이론에 관해 거의 다루지 못하는 것이 답답하기도 했다. 당시 시중에 나와 있는 비평 교재는 주로 서양 이론들로 채워져 있었다. 중국과 한국 고전문학의 비평과 역사를 서양의 그것과 함께 가르치는 교재를 공동으로 만들 수는 없을까 생각도 해 보았다. 그러나 문학비평과 이론의 경우 서양의 영향이 워낙 막강하고 동양 이론에 대한 무지와 편견 때문인지 끝내 기회를 얻지 못하고 나는 대학을 정년 퇴임했다.

퇴임한 지도 10년 가까이 되던 2024년 초, 이미 오래전 『비평문학의 이론과 실제』라는 비평 개론서를 저술하여 국문학과에서 비평 교재를 쓰고 계시던 이명재 원로 교수님께서 외국문학 비평을 전공한 나하고 협동으로 비평 교재를 만들어 보지 않겠느냐는 제안을 하셨다. 그러나 나는 확신할 수 없었다. 이명재 교수님은 한국 현대문학에서 비평의 거목이셨던 백철 교수(1908~1985)의 직계 제자로 대학에서 비평 과목을 계속 강의하고 문단에서 활발한 평론을 하고 계시는 분이다. 더욱이 후에 젊은 비평학자이며 현장 평론가 오창은 교수와 공저로 『문학비평의 이해와 활용』이란 책을 출판해 수년간 여러 대학에서 비평 교재로 이미 사용되고 있었다. 영미문학 비평을 공부한 내가 중간에 끼어들어 얼마나 기여할 수 있을까 망설였다. 그러나 재직시부터 한국문학 전공자와 외국문학 전공자가 협업하여 만든 문학비평 교재가 있었으면 좋겠다는 예전 생각이 떠올라 수락했다.

이렇게 국문학과 원로 교수와 신진 교수 그리고 영문학과 퇴임 교수가 함께 여러 차례 모여 동서양 비평의 역사, 주제, 유파 등을 결정하며 협업을 시작했다. 우리는 동양과 서양의 비평담론을 가능한 같이 논하고 나아가 고대, 중세, 근대, 현대를 가로지르는 통시적 역사의식과 우리 동시대를 아우르는 공시적인 비전을 공진共振시키는 비교세계문학의 역동적 상상력이 필요하였다.

문학비평의 기원, 정의, 역사를 서양 중심만이 아닌, 예를 들어 중국의『문심조룡文心雕龍』등과 한국의 고전 비평이론도 함께 포함시키기로 결정했다.

『문심조룡』은 동양 최초의 체계화된 문학비평 이론서다.『문심조룡』은 6세기경의 저작으로, 중국 선진先秦, BC 12~13세기부터 육조六朝, 6세기까지의 중국 고대 문학을 다룬 이론서다. 저자는 제나라와 양나라 두 시기에 살았던 유협劉勰, 465?~520?이다. 이 저작은 문학 전반에 걸쳐 여러 주의사항을 체계적으로 언급하고 있으며, 탁월한 식견과 정연한 문학이론으로 전개하고 있다. 공자의 문학관과 불교적인 요소가 융합된『문심조룡』은 서양의

『시학』에 버금가는 비평이론서로 평가받는다. … 『문심조룡』에서 가장 중요한 부분으로, 문학에 대한 원론적 논의가 이뤄지고 있다. 상상력, 개성, 장르적 특성, 문학의 전통 계승과 혁신, 형식과 내용의 조화, 문학에서 언어의 활용 등을 다룬다. … 중국 고대 문학을 다루고 있음에도 문학의 보편적 쟁점들을 논하고 있어 인상적이다. 유협은 중국 문학이 전통의 계승과 시대에 따른 혁신을 통해 구성되었음을 밝히고 있다. 유협은 '변화를 통한 혁신'이라는 관점에서, 내용과 형식의 역동적 운동성을 파악하려 했다. 문학이 문자로 이루어진 세계라고 할 때, 우주 만물의 현상, 인간의 사회문화적 현상, 그리고 문학예술의 세계는 질서를 형성한다. 『문심조룡』은 문학을 우주적 질서와 연결시킴으로써 문학의 보편적 위치를 확보하려는 시도를 하고 있다.

우리는 이 책의 구성을 모두 5부로 나누었다. 1부는 문학비평의 정의와 기능을 다루고, 2부는 문학비평의 기원과 비평가의 역할, 동양의 고전비평, 서양 고대 및 중세 비평, 한국 전통 비평에 관한 부분을 포함시켰고 비평의 다양한 갈래와 발전 형태를 논하였다. 3부는 비평의 시대인 20세기 전기와 중기의 현대문학 비평의 흐름을 다루며 역사주의 문학비평, 문화사회학과 마르크스주의 문학비평, 정신분석학 비평과 테마 비평, 신화·원형 비평, 형식주의 비평과 뉴크리티시즘, 구조주의와 해체론 비평, 기호학적 비평, 수용미학과 독자반응 비평의 8종류로 나누었다. 4부에서는 이론의 시대인 20세기 후반부의 비평담론인 페미니즘 문학비평, 포스트식민주의 문학비평, 신역사주의(문화유물론)

문학비평, 대화비평과 담론 이론, 문화연구 비평, 복합문화주의 비평, 생태환경문학 비평의 7개 종류로 나누었다. 5부, '문학비평문 쓰기의 실제'에서는 실제 비평문단에서 활동하는 저자 3인의 현장 평론가로서의 체험을 토대로 실제 문학평론 쓰기 요령을 구체적으로 제시하였다.

이 책에서 특기할 점은 비평 이론은 서양의 것이 주류를 이루지만 분석 대상은 당연히 한국문학이고, 그 비평이론들을 응용하는 국내 학자들과 평론가들의 예를 다수 게재하였다는 점이다. 이 문학비평이론서의 강점은 5부에 있다. 작품을 분석하고 평가하는 현장 비평을 쓰는 여러 가지 구체적인 지침을 주고 우리 세 사람이 각각 시, 소설, 비교문학에 관한 실제 비평문을 제시하였다.

소설 실제 비평에서는 한강의 중편소설 「흰」을 '생명 부활과 새로운 창작 미학'이라는 주제로 분석평가하였고, 시 현장평론에서는 '혁명을 꿈꾸는 시인들'이라는 제목으로 김수영과 김남주를 비교 논하였다. 비교문학 평론에서는 19세기 영국 소설가 토마스 하디의 소설 『테스』를 동양사상인 음양이론으로 읽었다. 이는 서양 비평이론 방법으로 동양 텍스트를 읽는 요즈음의 대세를 벗어나 동양 이론으로 서양 텍스트를 읽는 방법을 보여 주기 위함이다. 앞으로 실제 비평작업을 하려는 독자들에게 매우 유익한 예가 될 것이다.

이 책은 학부나 대학원에서 교재로 쓰이는 것이 일차적인 목표다. 그러나 현대 문학비평과 이론을 난해하지만 진지하게 공부하고자 하는 문인들이나 고급 독자들에게도 이 책이 크게 쓰임 받기를 기대한다.

2024년 한강 작가가 첫 노벨문학상을 수상한 쾌거를 이루어 냈다. 이제 한국문학은 당당히 세계문학의 반열에 올랐다. 앞으로 한국문학은 한류韓流인 K팝, K드라마처럼 전 지구적으로 주목을 받을 것이다. 이 책에서 이명재 교수가 시의적절하게 한강의 중편소설 「흰」을 심층 분석한 평론을 실었다. 우리 세 사람이 여기에서 궁극적으로 기대하는 것은 단순히 한국문학 전공자와 외국문학 전공자가 합력하여 비평이론 책을 냈다는 것만은 아니다.

이제 우리는 노벨문학상 수상 국가가 되었으니, 서양 이론 추수적인 태도를 지양하고 우리의 주체적인 비평학 수립을 노력할 때다. 이 작업도 결코 쉬운 일은 아니다. 중국과 한국의 고전문학 비평이론을 더 공부하여 서양 이론의 식민성에서 과감히 벗어나 통섭하고 포월하여 한국문학의 주체적인 문학비평과 이론을 수립할 수 있는 토대를 후학들에게 남겨야 할 것이다. 이러한 비평과 이론의 주체화 작업은 전 지구화 시대에 우리 세대 한국 학자와 문인들이 반드시 해결해야 할 새로운 주체적 학문하기의 과업이리라.

13. 나의 호 소무아笑舞兒 이야기

어린아이는 순진무구요 망각이며, 새로운 시작, 놀이, 제 힘으로 돌아가는 바퀴이며 최초의 운동이자 거룩한 긍정이다.

그렇다. 형제들이여, 창조의 놀이를 위해서는 거룩한 긍정이 필요하다. 정신은 이제 자기 자신의 의지를 의욕하며, 세계를 상실한 자는 자신의 세계를 획득한다.

나 너희에게 정신의 세 변화에 대하여 이야기하였노라. 어떻게 정신이 낙타가 되고, 낙타가 사자가 되며, 사자가 마침내 어린아이가 되는가를.

－ 니체, 『차라투스트라는 이렇게 말했다』 「세 변화에 대하여」

(정동호 옮김)

일흔이 다 되어 나는 아호 하나를 스스로 지었다. 소무아笑舞兒, 내가 생각하는 의미는 '웃으며 춤추는 어린이'다. 나는 퇴임 직전 2014년 가을에 첫 손자를 보았다. 큰딸 부부가 맞벌이라 아내와 나는 정기적으로 그 집에 가서 손자를 돌보았다. 돌보기는 퇴임한 나에게는 커다란 기쁨의 선물이었다. 손주 녀석과 거의 매일 낮시간을 함께 보내는 동안 아기가 자라나는 과정을 지켜보면서 내가 다시 아기가 되어 자라나는 것만 같았다. 오래전 젊었을 때 나 자신의 아이들이 태어났을 때는 전혀 경험하지 못한 새로운 인식의 계기를 가지게 되었다.

한국 아동문학 운동가이자 동요의 아버지 윤석중(1911~2003) 선생의 일생 목표가 반로환동返老還童, 즉 '늙음을 돌려주고 어림을 돌려받는 다'였다고 한다. 나도 어린 손자를 통해 반로환동을 시작하였다.

손주가 옹알이를 시작하고 사람을 알아보는 등 여러 단계를 거치며 조금씩 커가는 모습을 보면서 놀라움을 느낄 수밖에 없다. 사람이건 동물이건 새끼(아기)를 키워 내는 데 얼마나 많은 노고와 관심과 사랑을 쏟아부어야 하는가? 손자가 기고, 일어서고, 걷기 시작하는 단계별로 새로운 기쁨이 더해지고 말문이 트여 기본적 어휘를 구사할 때면 이제야 비로소 사람이 되어 가는 경이로움을 금할 수 없었다.

손주가 태어난 후 5년 가까이 그 성장을 지켜보면서 오래전 읽었던 T. S. 엘리엇의 짧은 시 「작은 영혼」(1927)을 기억해 내고 다시 읽었다. 흔히 시인 엘리엇은 난해한 장시 「황무지」(1922)를 쓴 20세기 초 모더니즘 시운동의 선봉자이며 어렵고 무거운 시인으로 알려졌지만, 사실 엘리엇은 주옥같은 짧고 가벼운 시편들 역시 다수 창작하였다. 그 중 「작은 영혼」은 내가 좋아하는 시 중 하나로, 그 첫 부분을 읽어 본다.

"하나님의 손에서 순수한 영혼이 태어난다."
빛과 소음이 바뀌는 평범한 세계로,
빛과 어둠이 있는, 건조하거나 축축하고, 춥거나 따뜻한 세계로,
식탁과 의자 다리 사이를 기어다닌다.
일어섰다 넘어지고, 뽀뽀하기 위해 또 장난감으로 달려가고

과감히 나아가다가 갑자기 조심하고

팔과 무릎을 움츠리고 구석으로 물러나

확신시키기를 간절히 원하며,

크리스마스트리의 향기와 화려함에서 기쁨을 찾고

바람과 햇빛과 바다 속에서 즐거움을 찾는다.

햇빛이 마루 위에 만들어 낸 무늬와

은쟁반 테두리에 그려진 달리는 사슴 장식을 살펴본다.

현실과 환상을 구별하지 못하고

트럼프 카드의 킹과 퀸에 만족하고

요정들의 행동과 하인들의 말에 만족한다.

엘리엇은 이 시의 제목 "Animula"를 평생 문학적 스승으로 삼았던 중세 시인 알리기에리 단테(1265~1321)의 대표 서사시 『신곡』의 「연옥편」에서 가져왔다. 시 제목은 라틴어이고 그 의미는 '작은 영혼' 또는 '작은 생명'이다. 창조주 하나님의 큰 계획하에 태어난 인간이 아기에서 어린이 그리고 청소년으로 계속 자라나는 고통의 성장 단계를 37행 시 속에 압축시켰다.

이 시는 연이 구분되어 있지 않지만, 첫 연은 1~15행까지로 새로 태어난 어린아이가 자유롭게 자라나는 모습을 보여 준다. 어떤 구속이나 억압 없이 제멋대로 움직이고 마음대로 즐기고 자유롭게 생각한다. 이 시기는 프랑스의 포스트구조주의 정신분석가 자크 라캉이 말하는 '상상계'다. 어린 시절은 인간의 생애에서 무한히 자유롭고 행복할 수 있으며 꿈꿀 수 있는 순진의 세상이다. 특히 마지막 행에서 시인은 '지금'의 우리와 태어난 순간의 우리를 위해 기도하기를 원한다. 그 이유는 무엇일까? 하나님의 뜻에 따라 태어난 순수한 어린 시절의 우리를 불러내어 시간으로 이미 많이 망가져 버린 우리를 영적으로 회복하고 치유하기 위한 것은 아닐까? 요즘 어린아이들처럼 장난감이나 인형을 수집하는 일부 어른들의 '어른이(어린이+어른)' 현상도 어린 시절에 대한 향수에서 나온 '어린이 되기' 현상일 것이다.

아이가 4세였던 해 엄마인 딸이 대학에서 안식년을 받아 미국 캘리포니아 산타 바바라로 연구를 떠날 때 나도 함께 따라갔다. 아이랑 같이 옛날 이야기를 하면서 지냈다. 어쩔 수 없이 나는 이야기꾼이 될 수밖에 없었다. 그곳에서 유아원에 간 아이에게는 완전히 새로운 언어인 영어와 피부색이 다른 미국 아이들을 처음 만난다는 게 하나의 커다란 충격이었으리라. 아이에게 미안한 생각도 들었지만 아이는 착실하게 나이에 따라 자라고 있었다. 매일 오후 나는 아이와 함께 동네 거리를 산책했다.

손주가 4, 5세에 이르자 술래잡기, 가벼운 공놀이, 달리기 등 실내외에서 신체적 활동이 활발해졌다. 아이에게 맞추다 보니 나도 자연스레 점점 어린아이가 되는 것 같았다. 이것이 바로 반로환동이 아닐까? 6세가 되자 어린이집에 다니게 되었고 아이의 활동이 더 활발해졌다.

아파트 마당에서 달리기, 자전거 타기 등의 활동이 추가되고 실내에서는 그림 그리기, 글자놀이, 색종이 접기, 장난감으로 싸우기 등의 활동으로 점점 다양해졌다. 요즈음은 손주 말로 '배틀Battle'이라고 하는 가벼운 레슬링 놀이가 침대 위에서 수시로 이루어진다. 아직 뼈가 약한 아이에게 배틀은 다소 위험한 놀이지만 체력 단련과 몸의 민첩성, 마음의 끈기를 키우는 데 도움이 될 것 같다. 날이 갈수록 손주 녀석의 근력과 힘이 더 강해지는 것 같고, 손주 아이와 같이 나도 함께 성장하고 있다. 1950년 6·25전쟁 중 이리저리 피란통에 잃어버린 나의 어린 시절을 되찾는 것일까? 녀석이 남자아이라서 내 두 딸을 키울 때와는 아주 색다른 경험을 하고 있다.

2021년 3월 손주 녀석은 초등학교에 입학했다. 태어난 지 엊그제 같은데 벌써 학교에 들어가다니 믿어지지 않을 만큼 빠른 세월이다. 아무쪼록 아이가 사춘기 등을 지혜롭게 지나고 학교폭력이나 입시지옥을 경험하지 않고 하나님이 주신 자기 재능(달란트)을 빨리 찾아 건강하고 씩씩하게 잘 자라주기를 기도할 뿐이다.

되돌아보니 두 딸을 키운 것은 우리 부부가 아니었다. 모든 것이 두 딸을 우리에게 맡겨 주신 하나님의 도우심이 없었다면 불가능했다. 하나님이 주신 재능(달란트)을 잘 키워 이웃을 사랑하며 사회에 도움을 주는 한 시민으로 성장하여 보람찬 나날을 살아가기를 기도할 뿐이다. 일흔의 나이를 훌쩍 지난 나도 스스로 지은 아호 소무아처럼 노년의 시간을 '웃으며 춤추는 어린아이'의 마음으로 계속 지낼 수 있으면 얼마나 좋을까.

3·1운동의 민족대표 33인 중 한 사람이며 후에 예술운동을 한 위창 오세창(1864~1953) 선생은 일제강점기 어린이 운동의 선구자인 소파 방정환(1899~1931) 묘비에 '어린이 마음은 신선과 같다'는 뜻의 '동심여선童心如仙'이라고 써 주었다. 어린이를 이상화하는 것은 지나친 일이겠으나 나의 노년도 신선과 같다면 얼마나 좋겠는가. 그것이 어렵다면 금아 피천득처럼 나는 손자와 함께 뛰어놀 수 있는 '호호옹好好翁, jolly oldman'이 되면 어떨까.

사람이 나이가 들수록 어린이와 똑같아진다는 말이 있습니다. 참으로 진실입니다. 한 해 한 해 나이 먹으면서 인생을 어떻게 살아야 하나 생각하다 보면 바로 순수한 아이 같은 마음으로 살면 된다는 해답을 얻기 때문입니다. 그리고 그 아이들의 순수함을 닮고 싶다는 소망을 가지고 아이처럼 살려고 노력하게 되기 때문입니다.

- 피천득, 『어린 벗에게』(영미단편소설번역집) 「책을 내면서」(2002)

호호옹이 된다는 것은 다시 어린아이가 되는 것이리라.

14. 봄 : 인용으로만 된 글짜기[1]

오라 부드러운 봄이여, 영묘하게 은유한 봄이여, 오라.
사방에서 음악이 깨어나는 동안, 소낙비처럼 떨어지며
그늘을 드리우는 장미꽃으로 몸을 가리고
저기 스러지는 구름의 품에서 우리의 평원 위로 내려오라.[2]

그리고 또 사실 이즈음의 신록에는 우리 마음에 참다운 기쁨과 위안
을 주는 이상한 힘이 있는 듯하다. 신록을 대하고 앉으면 신록은 먼저
나의 눈을 씻고, 나의 머리를 씻고, 나의 가슴을 씻고, 다음에 나의 마
음의 모든 구석구석을 하나하나 씻어낸다. 그리고 나의 마음의 모든 티
끌—나의 모든 욕망과 굴욕과 고통과 곤란이 하나하나 사라지는 다음
순간 볕과 바람과 하늘과 풀이 그의 기쁨과 노래를 가지고 나의 빈 머
리에 가슴에 마음에 고이고이 들어앉는다. 말하자면 나의 흉중에도 신
록이요, 나의 안전에도 신록이다.[3]

---

1 이 글은 소위 집고문集古文이다. 집고문은 필자가 실험적으로 만든 용어이다. 우리 고전문학
   에도 여러 사람의 시 구절을 인용하여 시로 만든 집고시集古詩가 있다. 필자는 이를 따라 여
   러 가지 봄에 관한 시와 수필에서 가져온 인용으로만 글을 짜보았다.

2 제임스 톰슨 「오라, 부드러운 봄이여」에서

3 이양하 「신록예찬」에서

4월이 가고 5월이 오면,

휘파람새 집을 짓고 모든 제비 둥지 틀리라!

귀 기울여 봐, 산울타리에 꽃핀 나의 배나무 들판을 향해 몸을 기울이고 클로버 위로 꽃과 이슬방울 흩뿌리는 곳–구부러진 가지 끝–거기에서 똑똑한 개똥지빠귀 두 번씩 부르는 노랫소리 들려오리라.[4]

어룰없이 지는 꽃은 가는 봄인데

어룰없이 오는 비에 봄은 울어라.

서럽다, 이 나의 가슴속에!

보라, 높은 구름, 나무의 푸릇한 가지.

그러나 해 늦으니 어스름인가.

애달피 고운 비는 그어 오지만

내 몸은 꽃자리에 주저앉아 우노라.[5]

그해 봄철에 내가 나돌아다녔던 일을 나는 지금도 잘 기억하고 있다. 도시보다는 시골 냄새가 더 나는 엑서터시 변두리의 한 거리에 숙소를 정하고 있던 나는 아침마다 새로운 발견을 위해 나서곤 했다. 기후는 더 바랄 것이 없을 정도로 좋았다. 나는 그 당시까지 체험해 보지 못했

---

4 로버트 브라우닝 「타향에서 고향 그리며」에서
5 김소월 「봄비」

던 좋은 날씨의 영향을 느낄 수 있었다. 공기 속에 섞여 있는 방향芳香은 내 기분을 앙양시키는가 하면 그에 못지않게 무마해 주기도 했다. … 어느 날 내가 풍요롭고 온화한 골짜기들을 쏘다니고 있을 때 근처의 과수원들은 꽃을 터뜨리고 있었다. … 주위의 아름다운 세계에 대한 환희가 하도 강렬했기 때문에 나는 나 자신마저 잊고 있었다.[6]

오월은 금방 찬물로 세수를 한 스물한 살 청신한 얼굴이다.

하얀 손가락에 끼어 있는 비취가락지다.

오월은 앵두와 어린 딸기의 달이요. 오월은 모란의 달이다.

그러나 오월은 무엇보다도 신록의 달이다. 전나무의 바늘잎도 연한 살결같이 보드랍다. …

신록을 바라다보면 내가 살아 있다는 사실이 참으로 즐겁다.

내 나이를 세어 무엇하리. 나는 지금 오월 속에 있다.

연한 녹색은 나날이 번져가고 있다. 어느덧 짙어지고 말 것이다. 머문 듯 가는 것이 세월인 것을. 유월이 되면 '원숙한 여인'같이 녹음이 우거지리라. 그리고 태양은 정열을 퍼붓기 시작할 것이다.

밝고 맑고 순결한 오월은 지금 가고 있다.[7]

---

6 조지 기싱 『헨리 라이크로프트의 내밀한 고백』(이상옥 옮김)에서
7 피천득 수필 「오월」에서

15. 의롭게 살라 : 「시편」 1편과 『꾸란』 1장 함께 읽기

나는 2024년 봄, 이슬람 종주국 사우디아라비아에 단기선교를 다녀왔다. 출발하기 전, 그동안 오래 미루어 온 이슬람교 경전 『꾸란』을 한번 빠르게 통독할 기회를 가졌다. 나는 『꾸란』 1장인 소위 개경장開經章을 읽고 깜짝 놀랐다. 내가 자주 읽고 암송하는 성경 「시편」 1편과 내용이 너무나 비슷했기 때문이다.

우선 『꾸란』의 개경장開經章이라 불리는 첫 장은 다음과 같다.

참으로 은혜로우시고 자비로우신 알라의 이름으로,
1. 온 세상의 주인이신 알라를 찬송할지어다
2. 참으로 자비로우시고 자애로우신 분
3. 심판일의 주재자
4. 당신을 우리가 믿고 당신한테 구원을 청하오니
5. 우리를 옳은 길로 인도하여 주소서
6. 당신에게 은총을 내려주신 사람들의 길로
7. 노여움을 산 사람들이나 길 잃은 사람들이 간 그런 길이 아닌 곳으로.

흔히 서기 760년경 이슬람을 창시한 예언자 무함마드의 예언으로 추정되는 이 『꾸란』 1장은 『꾸란』의 내용 전체를 압축 요약한다고 알려져 있다. 1장의 요점은 무슬림의 알라신은 자비로우시고 구원자라는 것이다. 따라서 무슬림들은 "길 잃은 사람들이 간 길"이 아니라 "옳은 길"을 걸음으로써 알라신의 은총을 받는다는 것이다. 나는 이 첫장을 읽고 얼른 『성경』 「시편」 첫 편이 떠올랐다.

여기에 「시편」 1편을 개역개정본으로 읽어 보자.

1. 복 있는 삶을 악인들의 꾀를 따르지 아니하며 죄인들의 길에 서지 아니하며 오만한 자들의 자리에 앉지 아니하고
2. 오직 여호와의 율법을 즐거워하며 그의 율법을 주야로 묵상하는 도다
3. 그는 시냇가에 심은 나무가 철을 따라 열매를 맺으며 그 잎사귀가 마르지 아니함 같으니 그가 하는 모든 일이 형통하리로다
4. 악인들은 그렇지 아니함이며 오직 바람에 나는 겨와 같도다
5. 그러므로 악인들은 심판을 견디지 못하여 죄인들이 의인들의 모임에 들지 못하리로다
6. 무릇 의인들의 길은 여호와께서 인정하시나 악인들의 길은 망하리로다.

『성경』 「시편」은 기원전 2000년 전부터 기원전 500년까지 1000년

이상에 걸쳐 지어진 것으로 추정된다. 총 150편이고 다윗왕이 반 정도 지었고, 여러 사람의 손에 의해 지어졌으며, 50여 편은 작자 미상으로 남아 있다. 「시편」 1편은 흔히 구약 전체의 내용을 요약한 것으로 간주되고 있고, 어떤 의미에서 신약시대 예수도 자주 인용했던 것으로 보아 주로 노래와 기도로 구성돼, 시편은 『성경』 전체 내용을 압축한다고 보아도 큰 무리는 없을 것이다.

「시편」 1편에서도 의인들과 악인들을 구분하여 여호와께서 악인들을 심판하고 의인들은 인정하는 것으로 되어 있다. 『꾸란』 1장과 「시편」 1편이 그 길이나 주제에 있어 너무나 유사한 것에 신기할 뿐이다. 나는 여기서 『꾸란』이 「시편」보다 최소한 1500년 이상 후에 쓰였다 해서 내용이 유사한 것을 보고 함부로 모방이라고 말하기보다 「시편」의 유대인 시인이나 『꾸란』의 무함마드 예언이 우연히 일치한 것으로 본다. 인류의 현자들의 지혜는 시간과 장소의 엄청난 간격에도 불구하고 유사한 경우가 흔한 일이기 때문이다.

이와 같은 맥락에서 「시편」 1편과 『꾸란』 1장이 모두 "의로운 삶"을 인간 도덕의 가장 근본적이고 보편적인 덕목으로 강조한 것은 너무나 당연하여 놀라운 일은 아닐 것이다.

II

파라전기|para 傳記 : 지나간 시절 기억의 단편들

01. 어려서 죽을 뻔한 세 번의 경험 외

나는 어려서 죽음이나 시체를 많이 본 것 같다. 6·25전쟁 중이나 피란 중에도 황해도 옹진에서 인천으로 작은 배를 타고 올 때 동행하던 사람들이 바닷물에 미끄러져 사라져 버렸다. 당시에는 신작로를 걸어가다 보면 흔히 군인들이나 민간인들의 시체를 볼 수 있었다. 그러나 그때 나는 죽음이란 끔찍하긴 했지만 무엇인지 전혀 알지 못했다. 여기서 내 자신이 직접 죽음 직전까지 간 경험 세 가지를 적어 본다.

1. 북한 인민군이 총구를 겨누었을 때 : "아저씨, 쏘지 마!" (어머니 말씀)

6·25전쟁 중인 1950년 가을경이었던 것 같다. 아버지는 전쟁터에 나가시고 우리는 여기저기 옮기면서 피란을 다녔다. 하루는 해가 지는 저녁 무렵에 나는 엄마 등에 업혀 부지런히 한 무리의 피란민들과 함께 어디론가 가고 있었다. 그러던 중 앞에서 군인들이 길을 막고 섰다. 아마도 북한 인민군이 피란민을 막고 있는 듯하다. 그래도 우리는 가던 길을 가기를 고집했다. 그러자 인민군이 따발총으로 공포를 쏘며 우리를 향해 총구를 겨누었다. 일촉즉발의 위험한 순간이었다. 그때 어린 내가 무슨 생각이었는지 "아저씨, 쏘지 마!" 하고 소리쳤다. 한 번이 아니고 두세 번 이상 애원했던 것 같다. 그러자 그 어린 인민군은 총구를 내리고 우리를 그대로 가게 내버려 두었다고 한다. 그 병사가 무슨 생각으로 우리를 그대로 보내 주었는지 모른다. 후일 어머니는 나에게

"너는 내 생명이다"라고 농담하면서 웃으셨다. 그 후에도 이 사건을 어머니는 여러 번 말씀하셨다.

2. 바닷물이 불어난 갯벌, 그 생사의 갈림길에서

인천 바다는 내륙까지 물이 들어오고 간만의 차가 심해 물이 나가는 썰물 때 쑥 빠져 갯벌이 거의 다 드러난다. 그리고 밀물 때는 물이 금방 갯골에 들어찬다. 나는 인천 바다 내륙 깊숙이 갯벌에 나가 조개도 잡고 놀기도 좋아했다. 어느 여름날 나와 친구들은 얕은 물이었던 갯벌을 건너편까지 가서 갯벌 흙을 온몸에 바르고 놀면서 갯벌을 손으로 파헤치며 조개를 잡아올리며 놀았다. 그런데 한참 후에 보니 밀물이 들어와 갯벌물이 내 키를 훨씬 넘을 정도로 차올랐다. 당시 나는 수영을 못해 헤엄쳐 건너올 수 없었다. 어린 나는 극도의 공포를 느꼈다. 바닷물에 빠지거나 흘러 떠내려가다 죽는 것이 아닌가 무서웠다. 그러나 조개 넣는 통의 고리를 입에 물고 가라앉지 않으려고 버둥거리며 바닷물을 헤치며 목표 지점보다 많이 안쪽으로 허우적거리며 간신히 건너 갯벌을 손으로 긁었다. 이렇게 바닷물을 많이 마셨지만 죽지 않고 건넜다. 그 후에 나는 다시는 건너편 갯벌로 건너가지 않았다.

3. 양잿물을 얼음으로 잘못 알고 먹고

내가 초등학교 저학년 때 일이었다. 초여름이었다. 어머니는 시장에 생선을 내다 팔았다. 아버지는 인천에서 떨어진 경기도 내 어느 지역에서 근무하셨다. 아버지 월급만으로 두 집 살림을 하다 보니 돈은 항상 쪼들렸다. 그래서 어머니가 장삿길에 나서셨다. 나는 학교를 파하고 오후에는 어머니가 장사하는 시장 근처를 이곳저곳 구경하면서 어슬렁거리기를 좋아했다. 그날도 나는 길거리를 걷고 있었는데 어떤 아저씨가 자기 가게 앞에서 얼음 덩어리 같은 흰 덩어리를 깨고 있었다. 나는 그 모습을 바라보고 있었다. 그러다 그 아저씨가 연장을 들고 가게 안으로 들어갔다. 나는 순간적으로 이때다 하고 작은 한 덩어리를 들고 도망쳤다. 그리고 흰 고체 덩어리를 입에 넣었다.

그런데 갑자기 입 안이 따끔따끔하고 기분이 묘했다. 나는 그 흰 것을 얼음 조각으로 착각한 것이었다! 그것은 양잿물 덩어리였던 것이다. 그래서 나는 어머니의 생선가게 쪽으로 뛰어갔다. 어머니 앞에서 그것을 내뱉었다. 내 입 안이 엉망이 되었다. 어머니는 나를 등에 업고 맨발로 병원으로 뛰었다. 다행히 나는 순간적으로 맛이 이상하니까 그것을 삼키지 않았던 것이다. 의사는 큰일났다 하면서 입 안을 치료해 주어 위기를 넘겼다. 내가 그 양잿물을 삼켰더라면 불구자가 되었거나 죽었을지도 모른다. 이 일로 나는 어머니께 항상 감사드렸다. 후일 이 양잿물 사건 때 엄마가 나를 업고 맨발로 이리저리 뛰었던 일을 반추하며 엄마에 관한 시로 남기었다.

동전 한 닢 남기지 않고
아무런 기대어 살 말도 없이

야속한 남편 훌쩍 세상 떠나니

싸구려 구리무 냄새
분 먹지 않는 얼굴이
퉁퉁 붓도록 흐느끼다가

때 묻은 베개
흥건히 젖어 버릴 때까지
소리 없이 울다가

남루한 몸빼바지
구겨진 저고리 차려입고
저자 바닥에 나가서

갈치, 꽁치, 자반고등어 받아
소리치며 마을을 다니며
꼬깃꼬깃한 몇천 원 벌어서

쌀, 반찬 사고
나이롱 셔츠 사가지고
어린 자식들을 키우셨다.

가련한 그 이름, 잊을 수 없는

어머니, 내 어머니

4. 아기 여동생의 죽음

　그 후 내가 중학생이 되었을 때 우리 가족의 죽음을 처음 맞았다. 두 살 때 내 여동생 순이順伊가 어떤 병(나는 무슨 병인지 지금도 모른다)이 들었으나 치료를 제대로 못 받고 어느 날 죽었다. 나는 그 귀여운 아기 여동생을 예뻐했었기에 오랫동안 울었다. 아버지와 나는 아기 동생의 시신을 포대기에 말아가지고 깊은 밤에 뒷산 넘어 공동묘지에 가서 묻어주었다. 내 자신이 죽음으로 가까이 갔던 것보다 아기 여동생의 실제 죽음은 나에게 큰 두려움과 충격을 주었다. 과연 죽음이란 무엇인가? 왜 아무 죄도 없는 어린 아가가 죽어야 하나? 아무리 생각해도 어린 나는 해답을 얻지 못했다. 먼 훗날 나는 어린 여동생 순이를 다시 생각하며 시를 썼다.

나는 차가운 밤에

아기를 두고 잠깐 나왔다

일이 안 끝나 돌아갈 수 없었다

지금쯤 아기가

덮은 이불을 발로 찼을 텐데

지금쯤 아기가
배고플 때가 되었는데
걱정하다 잠이 깼다

빨리 돌아가
아기를 돌보려고 다시 잠을 청했으나
꿈은 아직도 멀다
이미 멀리서 새벽 닭이 운다

　죽음은 그저 하나의 미스터리로 남게 되었다. 이 죽음의 문제는 그
후로도 나의 뇌리에서 벗어난 적이 없었다. 그 후 아버지, 어머니, 남동
생들이나 친척 그리고 지인들의 죽음을 보아왔지만 아직도 죽음의 궁
극적 의미는 모르고 있다.

02. 개구쟁이 시절의 추억들 : 놀이, 채집, 사냥, 서리, 싸움

1. 놀이

6·25전쟁으로 시작된 나의 어린 시절이 모두 암울한 것만은 아니었다. 한국전쟁이 휴전된 1953년 7월 이후부터 인천에서 시작된 나의 유년 시절에는 요즈음같이 장난감이나 놀이기구나 시설이 거의 없었다. 6·25 때 폭격으로 부서진 큰 저택에서 술래잡기를 하거나 군것질할 것도 거의 없이 무료하게 지내기 일쑤였다. 그러나 친구들이 모여 다양한 놀이를 하면서 가난하고 척박한 시대를 견디어 냈다고나 할까? 우선 내가 기억하는 당시의 매우 재미있었던 놀이를 몇 가지 적어 본다.

(1) 자치기는 땅 위에 작은 구멍을 파서 작은 나무 자를 걸어놓고 큰 자로 쳐서 떠오르면 그것을 힘껏 때려서 멀리 보내는 사람이 이기는 놀이였다.

(2) 구슬치기는 크고 작은 유리구슬(혹은 쇠구슬)들을 표시된 땅 위에 놓고 가운데 구멍 뚫린 동전 모양의 고리를 던져 구슬을 구멍에 걸리게 해서 상대방의 구슬을 따먹는 놀이였다.

(3) 딱지치기는 폐지로 크고 작은 딱지를 만들어 땅바닥이나 마룻바닥 위에 놓고 쳐서 뒤집어지면 그 딱지를 내 것으로 만드는 놀이였다.

(4) 공깃돌놀이는 돌멩이를 잘 다듬어서 공깃돌을 만들어 오른손이나 왼손으로 5개를 다 가지고 당당하게 재주를 부려서 점수를 내는

놀이였다.

　이밖에 닭싸움, 땅따먹기, 술래잡기, 무궁화꽃이 피었습니다, 무등말타기, 연날리기, 연싸움, 쥐불놀이, 그림딱지놀이 등이 있었다. 만일 우리 유년 시절에 이러한 재미있는 놀이들이 없었다면 얼마나 삭막했을까 생각해 본다. 친구들과의 다양한 놀이는 우리에게 재미도 주었지만 그 밖에 신체적인 기술을 익히게 했고, 그리고 심리적인 문제들을 많이 해결해 준 것으로 보인다. 놀이는 단순한 오락만은 아니고 하나의 복합적인 활동이다. 놀이는 휴식의 일부였고 성장의 필수 과정이었다.

2. 채집과 사냥

(1) 까마중, 깜부기 따먹기

　뒷산 덤불 사이에 열린 지름이 0.5cm 정도 되는 동그란 검정색 열매는 달콤하고 즙이 많아 우리 모두 아주 좋아했다. 산딸기도 눈에 띄면 따서 먹었다. 어떤 때는 언덕 위 보리밭에 가서 검정색 가루(분말)가 매달린 깜부기도 따 먹었다. 이것은 먹으면 입 주위가 새까매져 먹으면서 서로 웃기도 하였다. 이건 쭉정이고 영양분은 거의 없는 듯하고 맛도 별로 없었다. 그래도 우리는 허기진 배를 채우기 위해 깜부기를 사양하지 않았다. 당시 우리는 별다른 간식이 없어서 이런 들판이나 산골의 열매들을 따 먹고 지냈다.

(2) 벼메뚜기

여름이나 가을이 되면 논에 벼가 무르익어 고개를 숙인다. 우리는 그 사이를 다니면서 벼메뚜기를 잡았다. 녹색 날개와 회색 몸통을 가진 벼메뚜기를 수십 마리 잡아 작은 자루에 넣어가지고 와서 프라이팬에 구워 먹었다. 맛은 괜찮고 단백질 보충에 큰 도움이 된 것 같다. 그때는 벼에 농약을 많이 뿌리지 않아 먹어도 문제없었던 것 같다.

(3) 개구리 뒷다리

봄이 되면 논두렁으로 나가 개구리를 잡는다. 요즘은 어떤지 모르지만 당시에는 논에 개구리가 아주 많았다. 개구리를 찾으면 긴 나무막대기로 찰싹 때려 일단 기절시킨다. 그리고 그 자리에서 두 다리를 잡고 몸에서 떼어낸다. 미안하게도 개구리가 얼마나 아팠을까? 이런 잔인한 행위를 해야 하나 같은 생각은 해 볼 겨를이 없었다. 그 다리를 철사에 꿰고 20~30마리 잡으면 집에 와서 물로 씻어 소금을 살짝 뿌려놓고 꼬득꼬득하게 마르기를 기다린다. 그 후에 불에 구워 먹었다. 당시 그 맛과 영양은 최고라고 할 수밖에 없었다.

(4) 토끼 키우기

봄에 새끼 토끼를 얻어다가 봄여름 내내 열심히 풀을 뜯어 먹인다. 가을이 되어 토실토실해진 토끼를 잡아 가죽을 벗기고 고기는 삶아서 먹었다. 토끼에게도 너무나 미안한 일이었지만 목구멍이 포도청이니 어찌할 수 있나? 단백질 보충에 큰 도움이 되었으리라. 그 외에는 소고기는 물론 돼지고기도 평소에는 먹을 기회가 거의 없었다. 운 좋으면 명절 때 소고기나 돼지고기를 조금 얻어먹을 수 있었다. 요즘은 잘 안 먹는 돼지비계가 그때는 얼마나 고소하고 맛있었는지!

3. 서리 3제

서리란 남의 농산물을 일부 주인 동의 없이 채집하여 사유화하는 행위다. 우리가 어렸을 때는 워낙 가난해서 그랬는지 친구들끼리 반은 재미로 반은 실질적 이유로 '서리'라는 것을 가끔 자행했다. 그런데 문제는 그것이 남의 것을 탈취하고 훔치는 사실을 깊이 인식하지 못했다.

(1) 포도서리

내가 어려서 살던 동네 근처에는 포도밭이 많이 있었다. 우리는 친구들과 모여 주로 이른 밤에 주인 몰래 포도밭에 들어가 포도송이를 따서 밖에서 킬킬거리며 나눠 먹곤 했다. 가끔 주인에게 들켜 혼나기도 했다. 그런데 이상하게도 그때는 주인이 우리를 지서(파출소)에 신고하는 경우는 거의 없었다.

(2) 무서리

무서리는 집단적으로 행하기도 하지만 주로 개인적으로 수행된다. 땅에서 갓 캔 무를 대강 흙을 털어내고 먹으면 달고 맛있었다. 이것 또한 큰 죄의식 없이 수행했다. 그 이후로는 그렇게 달고 맛있는 무는 먹어 본 기억이 없다.

(3) 콩서리

콩서리는 주로 집단적으로 이루어진다. 콩밭에서 여러 대를 뽑아 근처에서 군불을 때고 콩가지째 놓아 구워 먹는다. 고소하고 맛있는 구운 콩도 그 이후로는 먹어 본 기억이 없다. 서리는 기본적으로 남의 농작물을 훔쳐먹는 행위인데, 그것을 훔치는 범죄 행위로 보기보다 하나의 재미로 드물게 낭만적인 소영웅적인 일로 치부하였다. 이 모든 것은 일종의 당시 가난한 소년의 통과의례일까? 나의 죄성罪性을 나타내는 것일까? 아니면 자연의 소산물을 나눠 먹어도 좋지 않느냐는 소박한 원시 공산사상일까? 문제는 지금도 당시의 나의 작은(?) 일탈에 큰 죄의식을 느끼지 못한다는 사실이다. 아니면 편리하게 망각해 버린 것일까?

4. 싸움 : 중고등학교 때 싸운 이야기

나는 어렸을 때 친구와 크게 싸운 적이 세 번 있었다. 싸움은 순수한 놀이는 아니지만 일종의 승부를 내는 스포츠로 여긴 듯하다. 첫 번째는 초등학교 6학년 때인가, 좋지 않은 동네에 살았던 나는 형들이 나를 꼬여 이웃 동네 내 또래와 일대일로 여러 사람 앞에서 싸움을 시켰는데 형들이 내 손에 붕대를 감아 주면서 작은 못(?) 같은 것을 끼워 주었다. 당시 내가 그것이 얼마나 잘못된 짓이라는 것을 왜 판단하지 못했는지 모르겠다. 동네에서 좀 떨어진 작은 공터에 또래들이 여럿 모여 있었다. 나는 상대와 권투 형식으로 싸웠다. 그런데 내가 주먹으로 상대방의 얼굴을 치면 그 상대방이 따갑다고 비명을 질렀다. 나는 별 다른 죄의식 없이 형들이 시키는 대로 주먹을 휘둘러 상대방을 제압했다. 이 일은 오랫동안 상대방에 대한 미안함과 죄의식으로 고통을 느꼈다.

중학교 때 아주 친한 친구가 있었다. 그런데 무슨 이유였는지 나는 여러 반 친구들 앞에서 그 친구를 욕하며 그 친구를 심하게 때린 적이 있다. 그 친구는 억울하고 분했는지 눈물까지 흘렸다. 나는 그 후 그 친구와 화해하기는 했지만 너무 미안하고 부끄러웠다. 내가 왜 그렇게 말도 안 되는 폭력을 행사했는지 지금도 이해가 안 된다. 아마도 내 마음속에 숨어 있던 어떤 원망이나 욕구 불만이라는 악한 마음의 발로가 아니었을까 생각한다. 나는 평소에는 인간 본성의 성선설을, 믿지만 당시 내 모습을 보면 성악설을, 나아가 원죄설을 믿지 않을 수가 없다.

마지막으로 고등학교 때 절친과 학교 뒷산에서 공개적으로 싸운 일이다. 그 친구는 태권도를 한창 배우며 뽐냈다. 나는 정식 권투도장에는 다니지 않았지만 권투를 좀 한다고 으쓱거리고 다녔다. 몇몇 친구들이 둘러보는 가운데 싸움을 벌였다. 아마도 내가 선제공격으로 상대방의 얼굴을 주먹으로 쳐서 승부가 오래 걸리지 않았던 것 같다. 아무튼 당시 친한 친구와 어리석고 어이없는 싸움을 왜 벌였는지 지금 생각해도 이해가 안 간다. 그것은 내 심성 속에 숨겨져 있는 폭력성의 발로였거나 아니면 6·25전쟁 때 막연하게 보고 느꼈던 각종 살인과 폭력의 효과였을까? 세상을 제대로 알기 전에 어린 시절의 하나의 일탈로 보기에는 어려울 것 같다.

이 모든 일들은 거의 60년 전 이전의 일이 되어 버렸다. '서리'나 '싸움' 같은 떳떳하지 못한 일도 있었지만 나는 어린 시절을 잊을 수 없다. 어린 아이들에게 요즘 같은 게임이나 놀이기구는 물론 읽을 동화책도 거의 없었다. 이런 열악하고 황량한 시대였지만 모두 함께 가난했던 우리 동네 친구들은 자연 속에서 들꽃을 따고 왕잠자리를 잡으러 뛰어다니고 뒷산에 가서 우리 식의 보물찾기도 하였다. 심심할 때면 친구 몇몇이 바닷가에 나가 염전 저수지에서 물수제비뜨기도 하고 갯벌에 나가 온몸이 갯벌의 번들거리는 흙으로 범벅이 되어 작은 게와 조개를 잡기도 했다. 후일 나는 그것을 '잃어버린 순간들'로 아쉬워하는 시를 썼다.

내가 새가 되기도 하고
새가 내가 되기도 할 때
시원한 매미 소리 들으며
나는 잠자리 친구들을 따라 날아다닌다.
들의 개망초 꽃 향기 맡으며
불개미 행렬을 구경한다.

재빨리 메뚜기를 쫓아 다니다가
입술이 까매질 때까지
까마중 열매 맘껏 따 먹는다.
물 속처럼 들여다보이는, 민물고기 떼
그 맑은 생각의 입자들
송사리들과 개울에서 미역감다가
으악! 무서운 거머리 엉덩이에 붙었다.

어느 봄날 문득, 나는 꿈에서 깨어나니
내 어린 시절의 홀씨들, 산 너머로 길 떠난다.

어린 시절은 누구에게나 생기 넘치는 기억의 저수지다. 그 시절은 궁핍한 시대였지만 내 마음의 보석이고 존재의 등뼈다.

03. 꿀꿀이죽의 추억

미군부대에서 흘러나온 음식찌꺼기를 모아서 한데 넣고 끓인 꿀꿀이죽이 서울 사람의 최고 영양식이던 때였다. - 박완서, 「공항에서 만난 사람」

나는 꿀꿀이죽 세대다. 나와 비슷한 세대지만 지역에 따라 꿀꿀이죽이라는 말을 못 들었거나 못 먹어 본 사람들도 많이 있을 것이다. 나는 6·25전쟁이 휴전이 된 1953년 7월 이후에 항구도시 인천 주안에 정착하였다. 그곳에서 초등학교 3학년까지 다니다가 1957년경 도화동 산동네로 이사왔다.

그때 우리집은 무척 가난했다. 해방 직후 원조 탈북 실향민이기도 했지만 아버지가 경기도 지방으로 전근하여 근무하다 보니 박봉에 두 집 살림까지 해서 더 쪼들렸을 것이다. 동생 셋하고 보리밥이나 밀가루라도 세끼를 먹으면 다행이었다. 점심 도시락도 쌀밥이나 맛있는 반찬 등은 꿈도 못 꾸던 시절이었다.

그러던 중 어느날 꿀꿀이죽에 대해 듣게 되었다. 이웃집에서 한숟갈 얻어 먹어 보았다. 맛과 향이 기묘했지만 생전 처음 들어 본 햄과 치즈도 들어 있고 영양은 매우 풍부해 보였다. 우리집에서 30리 정도 떨어진 부평에 있었던 미군부대 근처에 가면 꿀꿀이죽을 살 수 있다는 것이다.

당시 지금은 부평구 산곡동에 1945년 해방 직후인 9월 미군 제24지원사령부가 들어섰다. 이 사령부는 무기나 탄약 등의 장비를 만들고 보관하고 보급하는 조병창시설을 관장하고 있었다. 그리고 부대시설인 공병대, 항공대, 의무대, 병원 등 하나의 작은 도시를 형상할 정도로 규모가 컸다. 이곳은 애스컴 시티Ascom City, 통칭 캠도마켓으로 불렸다. 여기 미군들의 취사하는 식당에서 먹다 남은 음식물이 엄청 많았다. 살기 어렵고 음식도 귀한 시절이라 한국인들은 미군 당국에 이 많은 음식물 찌꺼기들을 돼지 사료로 판다고 속여 이 음식물을 다시 끓여서 한국인들에게 꿀꿀이죽으로 내다 팔았다. 이 부평의 꿀꿀이죽은 동인천역전과 서울 남대문시장까지 진출하였다.

내가 처음으로 꿀꿀이죽을 사러 간 것은 1957년 초등학교 4학년 때인 듯하다. 우리 동네에서 꿀꿀이죽을 사러 가는 날짜는 주로 토요일이었다. 토요일 새벽 4시쯤 어둑어둑할 때 동네 어귀에서 10여 명이 만나 함께 걸어갔다. 30리(12km)나 되는 먼 거리였다. 우리집에서는 내가 장남이니 대표로 나섰다. 아마도 일행 중 내가 제일 어렸던 것 같다.

반공일이라 불렸던 토요일에도 등교하던 때라 학교도 결석하고 등에 꿀꿀이죽을 사서 담아 올 큰 양철통을 메고 출발하였다. 부평의 꿀꿀이죽 집에 가서 긴 줄을 서서 한참 기다리다가 내 차례가 되면 감사한 마음으로 죽을 받았다. 돌아올 때 무겁더라도 좀 많이 사고 싶었지만 돈이 부족했다. 돌아오는 길은 갈 때보다 훨씬 힘들었다. 꿀꿀이죽을 담은 배낭같이 생긴 것을 등에 메고 오니 무겁고 힘들었다. 그러나 집에 가면 엄마와 동생들이 좋아하는 모습을 생각하며 계속 걸었다. 집에 도착하면 언제나 10시가 넘었다.

집에 와서 꿀꿀이죽을 다시 끓였다. 꿀꿀이죽이 끓는 냄새는 아주 좋았다. 미국 양키들 음식의 기이한 향이 종합적으로 코에 들어오니 나쁘지 않았다. 6·25전쟁 중 엄마와 단둘이 피란하던 중 미군부대 근처에 잠시 산 적이 있었다. 그때 철조망을 통해 미군에게 받은 초콜릿, 껌, 캔디, 커피가루 맛은 아직도 잊을 수가 없다. 이국적인 맛이었던 기억이 새롭다.

꿀꿀이죽은 퍼놓고 먹기 시작하면서 새로운 추적이 시작된다. 운 좋으면 소고기 덩어리 그리고 핫도그가 걸리기도 하고, 감자 덩어리, 삶은 완두콩과 옥수수 알맹이도 올라온다. 동생들과 서로 무엇이 걸렸는지 비교해 보며 희비가 엇갈리기도 했다. 보릿고개 등 배고프던 시절이라 아마도 이 꿀꿀이죽이 우리 가족의 영양 공급에 큰 기여를 했을 것으로 믿는다. (이 글을 쓰는 중에 갑자기 동생들 생각이 난다. 모두 남동생들이고 큰형인 나와 나이 차이가 꽤 나는 어린 동생들이었다. 그런데 작년까지 세 동생이 차례로 지병 등으로 세상을 하직했다. 부모님은 이미 돌아가신 지 오래라 우리 가족 중 남은 사람은 나 하나뿐이다. 남동생들이 나만 두고 모두 세상을 버렸으니 꿀꿀이죽의 추억을 나눌 사람도 없다. 가난하고 어려운 시대의 상징인 꿀꿀이죽은 동생들의 죽음과 함께 나에게서 더욱 더 멀어져 버렸다.)

아마도 일제강점기부터 1950년대 초반까지 3월과 6월 사이에 농촌은 보릿고개라 하여 식량난에 허덕였다. 도시는 말할 것도 없고 농촌에서는 절량농가絕糧農家라는 말에서도 알 수 있듯이 식량이 떨어지는 시기였다. 내가 꿀꿀이죽을 힘들게 사 먹던 시기인 1957년 3월 25일자

「경향신문」에 "영남 일대 절량민은 6할"이라는 기사가 났다. 소위 '돌 뿌리와 나무껍질'을 끓여 먹고 살던 시절이었다. 당시 도시 빈민들은 어떠했을까? 1960년 12월 22일 「동아일보」 기사를 보자. 남대문시장 노상 꿀꿀이죽집의 풍경이다.

보통 돈벌이가 안 되는 날은 '꿀꿀이죽'이다. '꿀꿀이죽'이란 다름 아니라 미군 군대 취사반에서 미군들이 먹다 버린 찌꺼기들을 주워 모아 한국 종업원이 내다 판 것을 마구 끓여 낸 잡탕죽이다. 단돈 10원이면 철철 넘게 한 그릇을 준다. 잘 맞다 들리면 큼직한 고깃덩어리도 얻어 걸리는 수가 있지만 때로는 담배꽁초들이 마구 기어나오는 수도 있다. 대개 '꿀꿀이죽'은 아침에 한 상, 한 가마 끓여도 삽시간에 낼름 팔리고 만다.

꿀꿀이죽의 추억을 살려 대학 다닐 때 자취방에서 혼자 먹다남은 밥, 소시지, 감자, 옥수수, 양파, 돼지고기 목살, 닭고기, 케첩, 김치 등을 넣고 잡탕찌개처럼 팔팔 끓여 먹어 본 적도 있다. 그러나 아무리 해도 1950년 후반기에 먹던 꿀꿀이죽의 맛과 향이 나지 않았다. 아마도 그 동안 내 입맛이 많이 바뀌었거나 음식 재료에서 차이가 난 탓이리라. 그후 가끔 부대찌개도 먹어 보았지만 꿀꿀이죽의 향수를 달랠 수는 없었다. 부대찌개는 지나치게 한국화된 찌개다. 그리고 어딘가에 원조 꿀꿀이죽을 판다는 소리를 듣고 알아보았으나 못 찾았다. 그러나 지금도 나는 어쩌다 꿀꿀이죽이 생각나면 부대찌갯집을 찾는다. 주방장에게 소시지를 많이 넣어 달라고 부탁하는 것을 잊지 않는다.

꿀꿀이죽의 후예로 등장한 것이 부대찌개지만 또 다른 변용식품이 바로 라면이다. 기록에 따르면 한국에서 인스턴트 라면이 처음 생산된 날은 1963년 9월 15일이다. 잘 알려진 이야기지만 라면을 처음 생산한 삼양식품(주) 전중윤 사장은 1961년 어느 날 서울 남대문시장 근처를 지나갔다. 그때 그는 사람들이 줄을 서서 비교적 싼 한 그릇에 5원하는 꿀꿀이죽을 사 먹으려고 기다리는 모습을 보았다. (1961년 내가 인천에서 중학교에 입학했을 때 교내식당에서 우동 한 그릇 값이 3원이었다. 우동 국물값은 1원이었던 기억이 있다.) 당시 전 사장은 우리나라 사람이 즉석에서 먹을 수 있는 싼 음식이 없을까 하다가 일본에서 이미 생산되던 라면을 생각해 냈다. 어렵게 자금을 마련해 일본으로 건너가서 라면 제조 기계를 구입하는 교섭을 벌였으나 당시 한국과 일본이 국교 정상화 이전이니 쉽지 않았다. 그러나 전 사장은 어렵게 어렵게 라면 생산 기계와 조리법을 들여와 6·25전쟁 중 1950년 9월 15일 인천상륙작전을 기념하여 첫 번째로 삼양치킨라면을 생산하였다. 1963년 당시 첫 라면 가격이 10원이었으니 된장찌개 30원, 커피 한 잔 35원이니까 싼 편이었다. 라면은 제2의 쌀로 칭송되기도 했다.

내가 라면을 처음 먹어 본 것은 1964년 고등학교 1학년 때였던 것으로 기억된다. 처음 먹었을 때 국수하고는 다른 그 맛이 매우 독특하고 매력적이었다. 고소하고 짭쪼름한 첫 라면의 맛은 아직도 생생하다. 그러나 내가 1957년에 처음 맛보았던 꿀꿀이죽과는 다른 감동(?)을 주었다. 꿀꿀이죽은 어렵게 사다 먹으면서도 미군들이 먹다 남은 음식 찌꺼기로 돼지사료로 허가된 것이라는 생각에 민족적 자존심이 상했을 것이다. 그러나 나는 그것도 없어 못 먹는 상황이어서, 물론 자랑스러운 것은 아니었지만 그렇게 깊이 생각할 수 없었다.

　라면은 우리나라에서 당당히 생산된 새로운 식품이었다. 어렸을 때 꿀꿀이죽을 사러 새벽에 30리씩이나 걸을 필요도 없이 가까운 구멍가게에서도 쉽게 구입할 수 있으니 그 편리함과 또한 그 가격이 저렴하니 더할나위없이 좋다. 그러나 나에게 더 각인된 것은 부대찌개나 라면이 아니라 꿀꿀이죽이다. 어린 시절 내가 스스로 통을 메고 여러 시간 걸어서 사다먹던 음식이라 더욱 그렇다. 이 꿀꿀이죽은 내 삶에 지울 수 없는 커다란 흔적을 남겼다.

04. 옛 사진 보고 쓰는 글 : 개가식 학교 도서관이 준 선물

　우리 집에는 가난해서 서가나 책꽂이도 없었다. 그러나 나는 책을 좋아했다. 마침 내가 입학한 중학교에는 완전 개가식 도서관이 있었다. 그 도서관은 1960년대 초 당시 중고등학교 도서관으로 거의 예외적으로 3층 독립 건물에 들어 있었다. (당시 성균관대학교와 이화여자대학교 도서관학과 학생들이 실습을 나오기도 했다.)

　1965년 고2 때는 전국 학교 도서관 도서위원 모임이 서울 종로구 화동에 있던 경기고등학교 도서관에 있어서 방문하기도 했다. 책을 정리하고 대출과 반납을 해 주는 도서위원으로 중2 때부터 선발되어 고3 때까지 도서관에서 봉사했다. 약간의 보수로 수업료에 보태기도 하였다. 그 후 애서가와 장서가가 되었고, 대학 재직 때는 중앙도서관장이라는 보직을 맡기도 했다.

　대학 퇴직 때는 1960년대 말부터 대학 시절 청계천 고서점에서 산 책들과 미국과 영국 유학 시절에 구한 원서들이 1만여 권에 이르렀다. (이 책들은 버리지 못하고 지금은 내가 사는 아파트 지하를 빌려 아직도 보관하고 있다.) 이렇게 나는 책을 좋아하게 되었다. 책을 좋아했던 나를 하나님은 나를 준비시켜 결국 학자로 만드셨고, 글쓰는 문인이 되게 하는 은혜를 베푸셨을까?

　나는 학교 도서관을 좋아해 하교 후 거의 살다시피 해서 자연히 다양한 책을 많이 읽게 되어 초등학교 때 책과 독서에 대한 갈증을 해결할

인중제고 도서관 전경(1961)

수 있었다. 책을 많이 읽다 보니 아무래도 어려서부터 몽상에 자주 빠졌던 나는 글을 쓸 기회를 많이 가지게 되었다. 중학교 3학년 때는 어린 소년의 모험을 그린 단편소설을 써서 국어 선생님께 보여 드린 적도 있었다. 기억에 남는 평을 받은 기억은 없다. 중3이 쓴 단편소설이 오죽했으랴?

중학교 3학년인 1963년에 경기도 중고생 독서감상문 대회가 있었다. 나는 듣지도, 보지도, 말하지도 못하는 삼중고三重苦의 장애를 가진 헬렌 켈러Hellen Adams Keller에 관한 전기를 읽었다. 200자 원고지 30매 정도의 다소 긴 독후감을 제출해 특상을 받은 기억이 있다. 이것도 내가 다른 사람의 생애에 관심을 가지고 글을 쓴 최초의 작업이다. 한참 후인 2017년 나는 시인이며 수필가인 피천득(1910~2007) 선생의 평전 評傳을 써서 출판하게 되었다. 그리고 지금 2022년 가을에는 내 자신의 영적 자서전을 쓰려고 준비하고 있다. 나는 지금 이 모든 것은 하나님이 부족한 나로 하여금 먼 후일 전기문학에 관심을 가지게끔 인도하신 것이 확실하다고 느낀다.

인중제고 도서관 앞에서 도서반원들과(1963)
뒷줄 오른쪽에서 첫 번째가 정정호

고등학교에 들어와서는 대학입시라는 무거운 짐에 눌려 글을 거의 쓰지 못했다. 그러던 중 고3 때인 1966년 봄 교내 백일장에서 쓴 시로 일등상인 장원壯元을 받았다. 나는 문예반원도 아니어서 의외였다. 심사위원이셨던 김주영 국어 선생님이 큰 칭찬을 해 주셨다. 문학에 대한 나의 잠재적인 열망이 깨어났던 것일까? 그 후 나는 아주 가끔 시상詩想이 떠오르면 미완성된 시를 써 두었다. 이 습작시를 토대로 70년대 중반 나이인 2022년 봄, 드디어 첫 시집을 냈다. 하나님! 감사합니다! 아멘!

　대학 입학 후 나는 처음에는 시인이나 작가가 되고 싶었다. 그러나 영문학을 공부하다 보니 재미있고 가르치는 것도 보람이 있어 보여 창작하는 작가의 길보다 가르치고 연구하는 교수와 학자의 길을 걷게 되었다. 내가 책 읽고 글 쓰는 것을 좋아하는 하나님께서 일정한 달란트를 주셨으니, 이것 또한 내 자신만의 결정이라기보다 하나님의 나에 대한 계획 속에 들어 있었던 것이 아니었을까. 대학을 퇴임한 지도 8년이 지난 지금 생각해 보아도 내가 가르치고 글 쓰는 직업이 아니었으면 지난 50년 가까이를 어떻게 살아냈을까 궁금하다. (2022)

05. 내가 철없던 시절 열창했던 트로트 4곡

나는 1967년 고등학교 졸업 후 한때 영미 팝송과 한국 대중가요에 깊이 빠진 적이 있었다. 재수하던 시절, 대학과 대학원에 다니던 시절 그리고 그 후에도 오랫동안 몇 곡은 노래방이나 술자리에서 애절하고도 다양한 제스처를 쓰면서 열정적으로 노래 불렀던 기억이 새롭다.

아! 이젠 모두 아득하게 사라져 버린 젊은 시절이여! 그때 함께 어울려 고락苦樂을 같이했던 죽마고우들이여, 영원하라! 팔순인 요즘도 가끔 그 노래들을 흥얼거리기도 하니 이게 웬일인가. 모두 1960년대 후반에 나온 트로트 곡들인데 기록을 위해 나에겐 불후의 명곡인 그 곡들의 가사 일부를 여기에 기록으로 남긴다.

(1) 태원 : 그 님은 가셨지만(1967년)

그 님은 가셨지만 잊을 길이 없어
가슴에 새겨 있는 숨결이 아쉽네
아아아 영원토록 잊을 수 없는
그 님을 꿈길에서 만나보면은
언젠가 돌아온다 기다려 달라고
아아아 영원토록 잊을수 없는
그 님을 꿈길에서 만나보면은

언젠가 돌아온다 기다려 달라고

기다려 달라고 기다려 달라고

(2) 쟈니 리 : 뜨거운 안녕(1966년)

또다시 말해 주오 사랑하고 있다고

별들이 나란히 손을 잡는 밤

기어이 가신다면 헤어집시다

아프게 마음새긴 그 말 한마디

보내고 밤마다 울음이 나도

남자답게 말하리라 안녕이라고

뜨겁게 뜨겁게 안녕이라고

또다시 말해 주오 사랑하고 있다고

비둘기 나란히 구구대는데

기어이 떠난다면 보내 드리리.

(3) 정원 : 허무한 마음(1969년)

마른 잎이 한 잎 두 잎

떨어지던 지난 가을날

사무치게 그리움만

남겨 놓고 가버린 사람

다시 또 쓸쓸히 낙엽은 지고

찬서리 기러기 울며 나는데

돌아온단 그 사람은

소식 없어 허무한 마음

(4) 배호 : 누가 울어(1967년)

소리 없이 흘러내리는 눈물 같은 이슬비

누가 울어 이 한밤 잃었던 추억인가

멀리 가버린 내 사랑은 돌아올 길 없는데

피가 맺히게 그 누가 울어 울어 검은 눈을 적시나

하염없이 흘러내리는 눈물 같은 이슬비

누가 울어 이 한밤 잃었던 상처인가

멀리 가버린 내 사랑은 기약조차 없는데

애가 타도록 그 누가 울어 울어 검은 눈을 적시나

지금 와서 돌이켜보니 내가 젊어 한때 열창했던 이 노래들은 하나같이 사랑에 완전히 실패한 사람처럼 매우 어둡고 지독히 애상적이다. 왜 그랬을까. 당시 내 마음의 풍경들은 1960년대 후반과 80년대에 이르기까지 불안한 사회와 어두운 시대 상황 탓도 있겠지만 무엇보다도 당시 내 개인적인 지나친 센티멘털리즘 때문이었으리라. 아니면 그때 사귀던 여학생과의 사랑이 순탄치 못하고 미래가 불투명했을까? 아니 좀 더 거창하게 말한다면 어떤 막연한 이룰 수 없는 절망적인 꿈에 대한 끝없는 갈망渴望 때문이었을까?

06. 『나의 연애편지 1970~1973』의 머리말

헌사

내가 오래전에 쓴 이 작은 편지글들을 모아 사랑하는 아내에게 다시 바친다.

머리말

나는 1967년 고교 졸업 후 대입에 실패하고 재수를 하였다. 나는 고등학교 때 적성에 잘 맞지 않는 이과를 택해 미적분 공부하느라 많은 시간을 허비했다. 그리고 재수하면서 전공을 문과인 영문학으로 바꾸어 그 이듬해 겨우 대학에 들어갔다.

대학 첫 학기는 학교생활에 쉽게 적응하지 못했다. 당시 대학은 내가 꿈꾸던 곳이 아니었다. 나의 속에 있는 어떤 갈망을 해결할 수 없었다. 내가 여기에 오려고 지난 몇 년간 그렇게 고생했나 싶었다. 나는 한 달 반만 다니고 휴학해 버렸다. 쫓기듯 공부해서 대학 졸업하면 무엇하나 하는 생각이 들었다. 1960년 4·19 의거 때 초등학교 졸업하고 가정 사정으로 중학교 입학을 미루었으니 대학 입학해 휴학까지 하면 동급생보다 3년이나 늦어진 셈이었다.

나의 휴학의 주된 목적은 고등학교 때 대학 입시 준비로 읽지 못했던 동서양 고전 철학과 대표적 세계문학작품을 읽기 위해서였다. 나아가 막연하나마 학문에 뜻을 두고 제2외국어인 프랑스와 고전 라틴어를 공부하고 싶었다. 이렇게 해서라도 부족한 나의 내적 충실을 이루고 싶었다. 이제부터는 진정한 나 자신을 구축하고 싶었다. 일종의 정체성에 대한 자각이었다고나 할까.

그래서 무작정 책짐을 싸들고 계룡산 동학사, 갑사에서 산 넘어 반대편에 있는 신원사의 암자를 하나 얻어 나름대로 나의 공부를 시작했다. 그곳에는 당시 고등고시 준비하는 사람들이 많았다. 그러나 아쉽게도 여기서 두 달 이상을 버티지 못했다. 산속에 와서 공부하면 잘 될 것 같은 나의 생각은 빗나갔다. 그래서 다시 이번에는 경기도 고양 쪽 산골 언덕에 작은 방을 얻었다. 여기서도 크게 성공하지 못하고 결국 하산하여 서울로 돌아오기로 했다. 재수 때부터 과외 아르바이트로 모아 놓은 돈이 거의 떨어진 것도 하나의 이유였다.

18세기 영국 작가 새뮤얼 존슨은 "런던에 싫증을 느낀 사람은 삶에 싫증을 느낀 사람이다"라고 갈파했다. 나는 바쁘게 돌아가기만 하는 무질서한 그러나 역동적인 대도시의 정글 속에서 도시의 노마드로 나의 길을 다시 찾기로 했다. 과외 가정교사 아르바이트를 다시 시작하며 계획했던 책 읽기와 외국어 공부를 계속했다. 결국 일 년간의 휴학 생활을 마감하고 이듬해 복학하였다. 그러나 나는 지난 일 년간은 단순히 시간 낭비라고 생각하지는 않았다.

　복학 후에는 강의도 충실히 듣고 열심히 공부했다. 나는 문자 그대로 지독히 가난한 고학생이었다. 아버지가 고2 때 갑자기 돌아가시고 장남인 나는 집에서 전혀 재정적인 도움을 받을 수 없었다. 다행히 재수할 때 고교 은사님들이 주선해 주셔서 받은 대학 4년간 진로장학금이 큰 도움이 되었다. 나는 학업에 충실하면서 학점관리를 하고 생활비와 책값을 벌어야 했다. 그 무렵 찢어지게 가난했지만 무모하게도 대학원에 입학하고 장기적으로 외국 유학까지 생각하며 학문의 뜻을 확고히 했다.

　나는 당시 지독히 가난한 지방 출신 학생으로 나의 목적을 이루기 위해 사랑이나 연애는 일찌감치 포기하고 생각지도 않았다. 하숙비를 아끼기 위해 주로 입주 가정교사 자리를 전전하였다. 다행히 나에게 영문학 공부가 점점 재미있었고 무엇인가 나의 갈망을 이룰 수 있을 것같이 느껴졌다. 어쩌면 직업으로 시인이나 작가나 교수 또는 교사, 나아가 번역문학가가 될 수 있다고 생각했다.

　대학 2년차 때인가 학과 교수 한 분이 영문학을 제대로 공부하려면 프랑스어가 필수라고 말씀하신 것이 계기가 되어 여러 학생들이 교양 불어를 수강하게 되었다. 나는 당시 을지로5가에 있었던 프랑스대사관

문화원에서 직영하던 알리앙스 프랑세즈에 이미 다니고 있었고 거의 중급 단계에 와 있었다. 미국 대학원에 가서 영문학을 공부하려면 프랑스어는 필수였기에 미리 준비했던 것이다.

그때 마침 우리 과 여학생 세 사람이 같이 수강하게 되었다. 프랑스어를 완전 처음 배우는 여학생들이 어쩌다 내가 불어를 잘한다(?)는 소문을 듣고 과외지도를 요청해 왔다. 나는 흔쾌히 그들의 요청을 받아들여 강의시간 사이에 비는 시간에 만나 일종의 불어 교습(?)을 하였다. 그러던 중 전혀 예기치 않은 이상한 일이 일어나기 시작했다. 나는 사랑 같은 사치는 결코 거부하겠다고 굳게 결심한 바 있다. 어떤 의미에서 당시 나는 내 형편에 연애는 시간 낭비처럼 느꼈던 것이다.

운명의 신은 어쩐 일인지 내 편이 아니었다. 나는 그중 한 여학생에게 관심을 갖기 시작했던 것이다. 사랑과 연애를 의식적으로 강하게 거부하려 했던 나는 무척 당황했다. 20대 초반을 지나던 나를 드디어 사랑의 여신이 이끌었던 것일까. 이 시기의 젊은이들에게 연애 감정은 너무나 당연한 것이리라. 나 자신을 점점 통제하기 어려워졌다. 드디어 사람에게 한두 번은 반드시 온다는 사랑의 열병fever이 나에게 들이닥친 것일까. 아아!

나와 그 여학생은 단둘이 만나는 횟수가 조금씩 늘어나기 시작했다.

나는 공부와 아르바이트를 시간과 돈이 꽤 많이 드는 연애와 함께할 시간적·경제적 여건이 안 될 때였다. 더욱이 군대도 다녀와야 하기에 이것이 진정한 사랑이라도 결국은 끝내 이룰 수 없는 매우 비현실적인 사랑이 될 것이리라. 그럼에도 나는 소위 말하는 연애를 본격적으로 시작한 거 같다. 만나는 횟수도 늘고 같이 있는 시간도 늘기 시작하면서 더 뜨거워지고 오히려 사랑을 잃을까 초조해지기까지 했다. 내가 어쩌다 여기까지 이르렀을까. 청년 시기에 나는 내 갈망과 목표를 이루기 위해 여자와 연애를 아예 포기하겠다던 굳은 결심은 어디로 가버렸는가.

여기에 모아 놓은 편지들은 그 시기, 그러니까 1970년부터 1973년 말까지 약 4년간 그 여학생에게 보냈던 편지의 일부다. 나는 까맣게 잊고 있었는데 그 여학생이 내가 당시 자신에게 보낸 편지 보따리를 보관하고 있다가 최근 나에게 돌려주었다. 나는 그가 버리지 않고 보관한 것이 고맙기도 해서 이 편지들을 쉽게 처분할 수는 없었다. 한창 젊은 시절 쓴 글이라 유치하고 황당한 것도 있었다. 오랜 숙고 끝에 이 편지들은 나라는 특정한 개인이 써 내려간 너무나 사적인 글이지만 1970년대 초반 한국의 한 젊은이가 쓴 일종의 사랑의 기록의 유형으로 객관화할 수 없을까 하는 생각이 들었다. 이 편지들은 최소한 1970년대 초 사랑이라는 멜랑콜리에 깊이 빠졌던 한 젊은이가 남긴 기록은 되는 것은 아닐까. 그래서 용기를 내어 출판해 보기로 하였다. 아마도 많은 분들이 웃긴다고 놀리며 머리를 저으시리라.

내가 그 당시 쓴 소위 이 연애편지 중 사랑의 열병에 걸려 지나치게 무분별하고 유치한 부분은 부득이 삭제하였다. 그럼에도 이 편지들은 나의 생애에서 아직도 남아 살아 있는 소중한 한 부분이기에 나는 이 편지묶음을 나의 결혼 50주년을 기념하여 출간하는 만용을 부리기로 했다. 이런 것도 책으로 되어 나오는 것에 대해 독자 여러분의 '그럴 수도'라는 넓은 이해와 따뜻한 아량을 바랄 뿐이다.

2024년 9월 28일
결혼 50주년 기념일에

07. 사망의 음침한 골짜기 : 술독에 빠져 살던 시절

"술에 취하지 말라. 이는 방탕한 것이니 오직 성령으로 충만함을 받으라." - 에베소서 5:18

나는 대학에 다닐 때부터 술을 입에 대기 시작했다. 술이 맛이 있어서라기보다 술 마시며 친구들과 이야기하고 떠드는 분위기를 좋아했다. 그러다 술이 술을 먹는 단계에 이르면 평소에 잘 하지 않고 속에 담아 두었던 이야기를 함부로 하는 재미도 있다. 더욱이 사회적 음주 Social drinking에서 빼놓을 수 없는 것이 안주다. 오징어와 땅콩부터 값비싼 안주에 이르기도 한다. 보신탕 모임 같은 술자리에서는 안주가 주인이고 술이 손님이 되기도 한다.

영문학을 공부한 나는 한때 술에 대한 오해를 가지고 있었다. 문학하는 사람은 두주불사斗酒不辭해야 하고 술을 못 마시면 연구건 창작이건 문학할 자격이 없다는 편견과 속설俗說을 믿었다. 한창 젊어서는 한때 술마시다 죽는 것이 소원이라는 어리석고 왜곡된 생각을 한 적도 있었다. 술자리가 마련되는 것은 개인적인 사정도 있지만 주로 사회적 이유에 기인되는 경우도 많았다. 우리가 보낸 젊은 시절은 박정희 군사독재시절이라 표현의 자유와 언론의 자유가 억압되던 시대였다. 그러다보니 많은 젊은 지식인들은 안팎으로 쌓인 사회적 욕구 불만으로 가득 차 있었다.

이제 나의 술 이야기는 주정과 추태를 비롯하여 다양하지만, 여기서는 3개만 추려서 해 보고자 한다.

1977년 3월 신촌 근처 홍익대 교수가 되었을 때 박정희 유신독재는 거의 정점을 치닫고 있었다. 사회와 대학에서 많은 사람이 우울하고 번뇌에 빠졌다. 당시는 교수가 강의 평가나 연구 업적에 압박을 받을 때가 아니라서 일과가 끝나는 저녁에는 수시로 술자리가 마련되었다. 그중에서 아직도 기억이 생생한, 그리고 후회막급한 첫 번째 사례는 다음과 같다.

1977년 늦가을 어느 날 대학에서 학생과 교수 전체가 북한산 꼭대기 백운대로 야유회를 갔다. 그 자리에서 돗자리를 깔고 점심을 먹고 으레 반주도 나왔다. 그런데 어떤 분의 제의로 문과 교수와 이과 교수 한 사람을 선발하여 술 대회를 열자는 이상하고 위험한 제의가 있었다. 이에 나는 당시 나이가 가장 어려 문과 선수로 뽑히고, 이과 쪽에서는 공대 교수가 선발되었다. 우리 두 사람은 술을 꽤 마셨다. 그런데 상대 선수가 술의 일부를 마시지 않고 잔디 위에 버리는 것이 발각되어 내가 실격승을 거두었다. 당시 이항녕 총장님으로부터 우승상품도 받고 교수와 학생들 앞에서 일장연설을 한 기억도 있다.

그런데 문제는 이제부터였다. 내가 술에 취해 산에서 혼자서는 내려올 수 없었다. 그렇다고 헬리콥터로 나를 하산시킬 수도 없었다. 불행중 다행으로 당시 학도호국단장인 3학년 학생과 철학과 이수윤 교수

(이수성 국무총리 동생) 두 분이 양쪽에서 내 팔을 끼고 부축해 그 험한 수유리 쪽으로 하산하여 내려왔다. 그리고 수유리의 나의 집까지 데려다 주었다. 지금 생각해도 아찔아찔하다. 어떻게 그런 미치고 어리석은 일을 자행했단 말인가? 내가 이날 저지른 죄악은 하나님도 결코 용서하시지 않으실 것이다. 다만 나를 백운대에서 수유리까지 데려다 준 이 교수님과 학생장에게 지금도 감사에 또 감사를 드릴 뿐이다.

1978년 홍익대에는 10명으로 구성된 술모임이 있었다. 60대에서 30대까지 미대, 공대, 사대 등 다양하게 구성된 회비제 술모임이었다. 나는 어딜 가나 막내여서 늘 빠지지 않고 모임에 꼬박꼬박 참석하였다. 세대 차와 전공 차를 넘어 술자리에서의 이야기는 재미있고 즐거웠다.

그러던 중 어느 날 나는 '술과 고기 안주와의 상관관계'를 밝혀 내기 위한 일종의 생체실험 대상이 되어 달라는 제안을 받았다. 나는 기꺼이 응했다. 첫날 월요일은 닭고기 안주로 큰 소주 2병, 화요일은 돼지고기 안주와 소주 2병, 수요일은 소고기 안주와 소주 2병, 목요일에는 개고기 안주와 소주 2병을 마시고 각각 다음날 숙취에서 깨어 일어나는 정도를 점검하라는 것이었다.

나의 결론은 목요일 밤 개고기를 안주로 먹었을 때 다음날 금요일 새벽에 가장 개운하게 힘들이지 않고 기상했다는 결과보고서를 금요일 술모임에서 발표했다. 우리는 모두 낄낄거리며 이구동성으로 역시 개고기가 술안주로 최고라는 결론을 내렸다. 그 후 우리는 좀 비싸긴 해도 개고기 안주를 자주 들었다. 당시에는 재미로 했으나 지금 생각해 보니 반성과 후회의 마음으로 웃음만 날 뿐이다.

마지막으로 소개할 술 에피소드는 2000년도 초 전남 화순에서였다. 당시 한국영어영문학과에서는 일 년에 한 번 연찬회라는 이름으로 대학원생과 소장학자들을 위한 3박4일 학술모임을 개최했다. 나는 당시 50대 초반이었는데, 내 또래보다 5~6년 이상 연하인 젊은 교수들과 함께 첫날은 새벽 2시까지 마시며 인생과 학문과 예술을 논하였다. 둘째 날은 밤 4시까지 마셨다. 마지막 날 밤에는 새벽 6시까지 함께 마셨다. 이렇게 되니 낮에 진행된 학술발표에도 거의 참석하지 못하고 호텔방에서 뒹굴었다. 마지막 날인 토요일 오전에 한 세션에 사회를 맡았는데, 비몽사몽간에 어떻게 했는지 기억이 없다. 나는 한국영어영문학회 역사에서 3일 연속 늦게까지 술마시기에 비공식 기네스북에 기록을 세웠다고 호언했다. 그러나 20년이 지난 지금 자괴감과 허탈감에 몸서리치고 있다. 내 인생 동안 수많은 잘못과 죄악을 저질렀지만 이것처럼 어리석은 일은 기억나지 않는다.

그 결과 나는 오랜 과음과 폭음의 결과로 고혈압, 고지혈 진단을 받고 약을 계속 먹고 있다. 4년 전에는 위암까지 발견되어 치료를 받으면서 술을 거의 끊었다. 소주 1잔과 맥주 1컵, 포도주 조금이 고작이며 그것도 몇 주나 몇 달에 한 번이다. 나의 술독에 빠져 살던 시대를 회고해 보니 먼 옛날 이야기 같고 그저 허무하고 후회의 한숨뿐이다. 그래도 하나님께서 나를 아직 살려 두시니 무엇에 쓰시려는지 궁금할 뿐이다. 나는 더 이상 결코 술에 취하지 않고 오로지 성령에 취해 하나님께서 나에게 주신 마지막 사명을 붙들게 해 달라고 무릎 꿇고 기도할 뿐이다. 샬롬!

(2022)

08. 각국 친구를 사귀던 샌드버그Sandburg 기숙사

　나의 미국에서의 첫 유학생활은 미시간 호수가 내려다보이는, 숲으로 둘러싸인 아주 낭만적인 대학기숙사에서 시작되었다. Carl Sandburg Halls라고 이름 지어진 이 26층 초현대식 거대한 기숙사는 밀워키에서 시공무원으로 일한 바 있는 현대 미국 시인 Carl Sandburg의 이름을 따서 지은 것이다. 기숙사를 택한 이유는 학교 구내라 도서관과 강의실이 가깝고 경비도 절감된다는 점도 있었지만, 미국 대학 생활을 맛보고 싶었고 미국 학생들을 비롯한 많은 다른 나라의 학생들을 사귀고 영어를 말할 기회를 갖자는 데 있었다.

　기숙사 내에서는 세계 각국 학생들이 모이므로 서로 의견을 교환할 수도 있고 견문을 넓히는 데 도움이 되었다. 프랑스 학생과 미국 학생들의 문화적 국제주의와 문화적 쇼비니즘에 대한 토론, 미국의 흑인을 무시하는 듯한 나이지리아 학생, 미국의 중동정책을 비판하는 팔레스타인 학생, 이란에서의 인질 문제로 소외당하는 이란 학생들의 모습을 볼 수 있었고, 나도 일본 학생들에게 그들의 경제적 동물성과 편협성을 꼬집어 주었다. 대만 학생들과 중국 학생들의 묘한 갈등도 보았고, 건축공학 전공인 한 리비아 친구에게서는 어느 날 나에게 영문학은 무엇 때문에 공부하며 어떻게 하고 있고 A학점도 맞느냐는 등 당혹스런 질문을 받은 적도 있었다.

　우리 suite(3방에서 5명이 생활)에는 우리 층의 층장인 에디Eddie라는 미국 흑인 친구가 있었는데, 그와의 사귐을 통해 흑인들에 대한 나의 인식이 새로워졌다. 그의 동생이 한국에 미군으로 주둔하고 있었기에 더 가까워졌는지도 모르겠다. 나의 첫 룸메이트는 같은 또래의 브라질인이었는데 그는 지리학 박사과정 중이었고 본국에서는 대학연구소 소장을 지내다 온 깔끔하고 중후한 친구였는데, 그와의 생활은 아직도 기억에 남는다. 옆방의 두 사우디 친구들은 주말만 되면 여행 다니고 미국인 여학생들을 데리고 다니는 등 중동 오일달러의 위력을 과시하였다.

식당은 학생 자치 운영의 카페테리아식이었는데 뷔페 스타일이어서 먹고 싶은 만큼 먹을 수 있어서 좋았고, 벅찬 공부를 위한 체력 유지를 위해 맘껏 먹어 둘 수 있었다. 추수감사절이나 부활절 등 축제 때는 특별 메뉴가 푸짐하게 나와 기숙사생들을 즐겁게 해 주었으나, 긴 휴가나 방학 중에는 식당이 열리지 않아 곤욕을 치르기도 했다. 그러나 미국 생활에서 무엇보다 참기 어려운 것은 한국 음식에 대한 향수였다. 간혹 그곳 교민들이나 아파트에 나가 사는 이들의 초대를 받기도 하고, 독방 쓰는 한국 친구 방에 가서 다른 나라 친구들 몰래 라면을 끓여 먹고 밥을 해먹으면서 향수를 달래기도 했다.

얼마 후 나는 언어 소통 문제도 조금씩 나아지고 문화 충격도 덜해지는 것에 반비례해 기숙사 생활에 싫증이 났다. 버터 냄새조차 맡기 싫은 때도 있고 한국 노래가 듣고 싶고 한국 음식이 더욱 그리워졌다. 그리고 좀 조용히 있고 싶은 생각도 간절해서 때마침 뜻이 맞는 한국인 젊은 친구와 함께 학교에서 세 블럭 떨어진 곳에 one-bedroom 아파트를 얻어 자취를 시작했다. 우리는 TV도 맘껏 보고 한국 음식도 맘껏 먹었다. 아침은 간단히 양식으로, 점심은 토스트를 준비해 학교 휴게실에서 음료와 함께 해결하고 저녁은 내가 지은 한식으로 푸짐하게(?) 먹었다.

그러나 한국 학생끼리의 생활은 경비 절감과 긴장감 해소라는 장점은 있으나 영어 숙달 면에서는 역시 문제점이 있었다. 그래서 우리는 집에서도 영어만 사용하기로 했으나 오래가지는 못하였다. 아파트 생활을 하려면 차도 필요했다. 그곳에서는 거의 모든 차가 기어 작동 없는 자동이라서 운전하기도 비교적 쉽고 운전 환경도 좋은 편이었다. 항상 돈이 쪼들리는 유학생 신분으로 중고차라도 유지하는 것이 쉽지는 않으나 미국에 장기간 체류하거나 가족 동반의 경우에는 필수적이라 볼 수 있다. 차가 있으면 아무래도 기동성이 좋아지니 미국 유학이 공부나 학위만이 목적이 아닐진대 쇼핑, 여행 등 미국 생활과 문화에 대한 적응이 빠를 것이며, 오히려 미국 사람들을 사귈 기회도 많아진다. (1981)

09. 1984년 부활절 유럽 교회 순례

1983년 한국-영국 수교 100주년을 맞아 나는 영국 브리티시 카운실(문부성)로부터 1년간 연구교수 장학금을 받았다. 그래서 1983년 8월부터 이듬해 8월까지 영국 중부지방 요크셔주 리즈대학교 영문학과 연구교수로 가족과 함께 가 있게 되었다. 리즈대학교는 19세기 말 영국의 산업혁명이 한창 마무리된 무렵 대중 고등교육을 위해 영국 주요 도시에 설치된 대학 중 하나다. 엘리트 교육의 요람인 옥스퍼드대, 케임브리지대 외 리즈대 영문학과는 1960년대부터 유명 학자들이 모여 있는 명문이었다. 당시 딸아이들은 초등학교 저학년이었다. 아이들은 초등학교에서 영어 때문에 일종의 문화 충격을 경험하고 있었다.

우리 가족은 1984년 4월 부활절을 맞아 큰 계획을 세웠다. 부활절 휴가 전후로 약 20일간 유럽을 순방하게 되었다. 그것도 가족 모두 유레일패스를 끊고 독자적으로 유럽의 주요 도시 중심으로 순례하기로 했다. 특히 기독교 유적지를 많이 방문하고 싶었다. 어린 두 딸을 데리고 기차로 장거리 외국 여행을 한다는 것은 생각보다 쉬운 일이 아니었다. 우리 부부는 물론 부모로서 딸들에게 유럽 문명의 정수, 특히 주요 기독교 사적지를 어려서부터 보여 주고 싶었다.

우선 런던으로 내려가 영국 성공회 웨스트민스터 대성당은 보고 성바울 대성당을 답사했다. 로마에 가톨릭의 본산인 성베드로 대성당이 있다면, 런던에는 영국 성공회의 본산인 성바울 대성당이 있다. 영국 성공회는 16세기 영국 왕 헨리 8세가 후계자를 낳지 못하는 스페인 첫 왕비인 아사벨라와의 이혼을 합리화하기 위해 로마 가톨릭에서 독립해 만든 일종의 개신교다. 헨리 8세는 한때 로마 교황으로부터 '신앙의 수호자'라는 칭호까지 받은 바 있다. 기존 가톨릭 성직자들의 저항이 당연히 만만치 않았다. 헨리 8세는 당시 많은 가톨릭 사제들을 죽였고 일부 가톨릭 성당을 불태우기도 했다.

이런 역사적 배경으로 수립된 영국 성공회는 구교라 불리는 가톨릭교와 15세기 루터의 종교개혁으로 배태된 개신교Protestant와 구별된다. 어떤 면에서 보면 성공회의 교리 의식은 가톨릭과 개신교를 적절하게 합쳐 놓은 것이다. 성공회는 지혜롭게 중도의 길Via media를 선택했다. 그러나 영국 성공회는 일반적으로 고高교회High Church와 저低교회Low Church로 나뉜다. 고교회 예배의식은 가톨릭과 거의 같고, 저교회 예배의식은 개신교와 거의 같다. 성공회는 1611년 제임스 1세의 지휘 아래 번역한 문학적으로 탁월한 『흠정성경Authorized Version of Holy Bible』이 있고 『공동기도문Common Prayers』집이 있다.

나는 런던 성바울 대성당의 규모에 압도당하기보다는 각 지역 성공회 교회들이 1980년대 초 교인 수의 급감 등 이미 쇠락의 길을 걷고 있음에 크게 놀랐다. 교회 신도는 보통 20~30명 정도에 대부분 노인들, 특히 여성 노인이 많았다. 어떻게 영국 교회가 이렇게 쇠락하였을까 무척 궁금했다. 그 이유는 18세기 계몽주의시대의 이성중심주의와 산업혁명 그리고 과학만능주의로 인한 근대화와 세속화의 결과일 것이다. 이러한 유럽 교회의 쇠락 현상은 유럽 대륙 대도시의 성당이나 교회들을 방문했을 때도 마찬가지였다.

유럽 대륙에서 유일하게 기억에 남는 것은 1984년 부활절 당일 로마 바티칸 성베드로 성당 대광장에 모인 수많은 순례자들에게 교황이 발코니에 직접 나와 축도한 것이다. 우리는 개신교도이지만 교황의 축복을 마다할 필요가 있겠는가? 그 밖의 프랑스 파리 센강변의 노트르담 성당, 오스트리아 비엔나 대성당, 독일 퀼른 대성당, 네덜란드 암스테르담의 큰 교회 등을 두루 순례하였다. 대성당이나 대형 교회들은 기독교 역사나 건축 역사면에서 큰 의미가 있을 테지만 기독교 신앙과 영성 차원에서는 별로 남아 있는 것이 없어 보였다. 어떤 영적 자극을 받으려는 나의 순례 목적 달성은 일단 좌절되었다.

서양인들이 기독교에 열정적이었을 때 극동의 작은 나라 조선에까지 순교를 하면서 복음을 전해 지금은 한국에서 오히려 믿음이 더 부흥되고 뜨겁다. 오히려 그 시발점이고 진원지인 유럽에서 기독교가 식어 버리다니 기묘한 생각이 들었다. 그러나 내가 수년 전 미국에 처음 갔을 때는 그곳 한국 이민 교회들은 물론 미국인들이 출석하는 미국 교회들도 유럽 교회만큼 복음 전도가 황폐화되지 않았다고 느꼈었다.

기독교의 경우 130여 년 전 제물포 등을 통해 서양 선교사들이 대거 조선에 입국해 평양과 원산에서부터 한반도에 복음을 전했다. 서양 선교사들은 복음뿐만 아니라 교육기관과 의료시설까지 함께 들여와 개화기 조선에 새로운 근대 문명의 기운을 불어넣었다. 그렇다면 이제는 오히려 기독교가 아직은 뜨거운 한국이 복음과 선교를 유럽으로 역수출해야 하는 것이 아닌가 하는 막연한 생각도 해 보았다.

그런데 놀랍게도 서울 '사랑의교회'가 수년 전부터 벌써 영국과 유럽에 130여 개의 교회를 세웠다니, 믿어지지 않는 생각이 사실이 되고 있는 것이다! 우리가 서양에 빚진 복음을 이제는 서양에게 되갚아야 하는 것이 한국 교회의 새로운 사명이 된 것인가.

III

일기와 편지

01. 2011년 4월 14일 일기

지금부터 40년 전 1971년 봄 4월 14일, 내 삶에서 결코 잊을 수 없는 사건이 일어났다. 당시는 박정희 군사정권이 '유신'이라는 이름 아래 헌법도 바꾸고 영구 집권을 목표로 음모를 꾸미고 있던 때였다. 대학 4학년이던 나는 대학원 진학 시험 준비로 주로 대학 도서관에서 지내고 있었다. 나는 물론 운동권은 아니었지만 의분을 못 견디고 간혹 데모에 참여하여 "독재 타도! 유신 반대!"를 외치곤 했다. 우리는 당시 군사정부가 민간인에게 정권을 이양하겠다는 약속을 어기고 이제는 본인이 대만의 장개석 총통처럼 되고자 획책하고 있는 것이 아닌가 하고 공분을 토해 냈다. 전업 운동권 학생들이 아닐지라도 같은 일반 대학생들 거의 모두 민주화에 대한 열망이 뜨거웠다.

내가 대학 재학 시기인 1968년부터 1972년까지는 학생 데모 때문에 거의 매학기 한 달 정도 공부하다가 곧장 휴업이나 휴교가 되어 강의가 진행되지 않았다. 그 결과 대학 다니면서 각 과목 교재를 제대로 배워 마친 적이 거의 없다. 대개는 시작하다 말았다고 할까? 내 개인적인 소견이지만 국가적으로 그 얼마나 큰 손실인가?

그날 오후에도 비교적 대규모 데모가 있었다. 마침 그때 대학 앞 신설동에서 청량리역으로 가는 대로변에 군용 지프차와 고급 승용차 등 일단의 차량 행렬이 길게 이어졌다. 우리 학생 데모대는 정부 중요한 직책에 있는 자가 지나가는가 싶어 준비된 돌을 마구 던졌다. 그러던 중 갑자기 차 행렬이 멈춰 서더니 늘 잠겨 있던 큰길가 대학 운동장 문이 부서지면서 지프차가 들어오고 대문을 통해 여러 사람이 대학으로 몰려 들어오는 것이 보였다. 어떤 자는 머리에 피를 흘리면서 손에 권총을 높이 들고 들어오고 있었다. 무엇이 잘못되었나? 주동자급이 아닌 일반 대학생인 우리는 사태가 심상치 않음을 느끼고 학교 건물 안쪽으로 도주하여 뒷문 쪽에 있는 교수 연구실과 함께 도서관 건물로 피신하였다.

그러나 사태는 급변하여 총을 든 경찰과 경호원들이 도서관까지 들어와 데모에 참가하지 않은 학생들까지 모두 밖으로 내몰았다. 나중에 들은 이야기지만 강의실은 물론 연구실에 있는 교수들, 화장실까지 모두 뒤져 저항하는 교수들과 학생들을 모두 밖으로 내몰았다. 여지껏 경찰이나 경호원(군인)들이 교내까지 진입한 경우는 거의 없었기에 모두 당황하고 무척 놀랐다. 각 건물에서 경찰들은 학생들을 모두 손을 최대로 들고 머리는 땅을 보며 최대한 숙이고 일렬로 세워 운동장으로 질질 끌고 가다시피 했다. 전쟁 중 포로들처럼 함부로 대하며 질질 끌고 가다시피 했다. 머리를 조금 올리거나 손을 내리면 곧바로 군홧발이 올라왔다. 얼마 후 운동장에는 100명이 넘는 학생들이 손을 들고 서 있었다. 우리는 이미 와 있는 여러 대의 경찰버스에 올라타고 동대문경찰서로 이송되었다.

곧 알게 되었지만 우리가 시위하던 그 시간에 박정희 대통령이 공릉동 어떤 행사에 참석하기 위해 우리 대학 앞을 지나가던 중이었다는 것이다. 그러나 우리는 사전에 전혀 알 수 없었다. 혹 알았다면 그래도 국가수반인데 시위 때 돌을 던졌을까? 그들이 말하기를, 안암 고려대학교 앞으로 지나가려다 얌전한 학생들이 다니는 용두동 사범대학 앞으로 방향을 틀었다는 것이다. 대통령 경호대 사람들이 시위 대학생들이 던진 돌에 맞아 피를 흘리고 있었던 것이다. 이를 본 대통령 박정희는 직접 내려서 대학교로 들어가 데모대를 모두 색출해 잡으라고 명령했다는 것이다. 대구사범을 나왔다는 박정희 씨가 국가원수모독죄로 이렇게 경찰과 경호부대를 대학으로 몰고 들어와 쑥대밭을 만드는가? 전쟁군 포로도 이렇게 잡아가지 않았으리라.

동대문경찰서 유치장은 데모 학생들로 발 디딜 틈이 없었다. 저녁 시간이 지났으나 식사를 한 기억이 없다. 곧바로 취조가 시작되었다. 취조관은 흥분해서 국가원수에게 불경하게 돌을 던지느냐고 호통치며 너희들은 즉각 퇴학 처분은 물론 감옥에 처박힐 것이라고, 이제 네 인생은 끝장났다고 협박하였다. 다행히 취조관에게 매 맞은 기억은 없다. 나는 최소한 대학 앞을 지나가던 차량 행렬이 대통령 일행이었다는 것을 알았다면 돌을 함부러 던지지 않고 구호만 외쳤을거라고 취조관에게 대답한 것 같다. 어쩐지 꼬리를 내리는 내 모습이 많이 비겁했나?

유치장에서의 밤은 깊어 갔다. 동료 학생들 모두 무슨 생각을 했는지는 모르지만, 나는 이제 학교에서 퇴학되고 징역까지 살게 되면 무엇을 할 것인가 하고 장래 문제를 생각해 보았다. 내가 일제강점기에 무슨 독립운동하다 체포된 것도 아니고 독재 타도, 유신 반대 데모를 해서 이곳에 잡혀 들어온 것에 대해 후회는 없었다. 그러나 어머니 생각과 여자 친구 얼굴도 떠올랐다.

밤은 깊어만 가고 있었다. 이제 데모 학생들 모두 서로 소곤소곤이나마 앞으로의 사태에 대해 이야기하고 있었다. 밤 11시쯤 되었을까? 갑자기 한 간부급 경찰관이 유치장에 들어와 "너희들 이제 석방이다"라고 소리치는 것이 아닌가? 우리는 모두 어안이 벙벙했다. 그것도 무조건 석방이고 오늘 일은 없던 일로 하겠단다. 박정희 정부와 대학 간에 오늘 사태에 대한 논의가 그렇게 쉽게 잘 끝났단 말인가? 밤늦게 동대문경찰서를 빠져 나오면서도 쉽게 믿을 수 없었다. 후문을 들으니 그날 경찰을 동원해서 대학을 점거하고 학생들을 모두 연행한 데모 사태가 전 세계에 뉴스로 알려지게 되었고, 장기 군사독재 정부로 낙인찍히고 있던 박정희 정부의 입장이 난처해졌다는 것이다. 그래서 정부 당국자가 신속하게 석방 결정을 내린 것 같았다.

나는 그때까지는 공적 인간으로서 박정희를 싫어하였었다. 박정희는 4·19 의거 이후 새로운 민주국가를 다시 시작하려고 했던 1961년 5월 16일 군사쿠데타를 일으켜 강제로 민주정권을 탈취하였기 때문이다. 4·14 사태 이후로는 사적 인간으로서의 박정희를 부정적으로 평가할 수밖에 없었다. 아무리 독재하는 대통령이지만 대학에 직접 쳐들어와 반란군 소탕 작전을 하듯 그렇게 모욕적으로 잔인하게 의분에 찬 대학생들을 먼지 쓸 듯 끌고 가다니! 학생들이 실정법을 어긴 것은 분명하지만 그는 왜 최소한의 관용을 보여 주지 못했을까? 군사쿠데타까지 일으켜 정권을 잡은 자의 배포가 그렇게 좁다니! 지금 생각해도 이해가 잘 되지 않는다.

그렇게 생각하다 보니 박정희 씨와 나와의 인연은 더 거슬러 올라간다. 내가 중학교에 입학한 1961년 5·16 군사쿠데타가 일어나, 길영희 교장 선생님이 군사정부의 교육정책에 의해 강제 조기 퇴임을 당하였다. 나는 중학교 1학년 때였지만 선생님들과 선배들은 인격적으로 길영희 교장 선생님을 존경하였다. 무엇보다도 당시 매주 월요일 운동장에서 아침 전체 조회가 있었는데, 길 교장 선생님의 훈화 연설에 큰 감화를 받은 기억이 아직도 새롭다.

1965년 고등학교 2학년 때 나는 처음으로 가두시위를 하였다. 소위 한일회담 반대 데모였다. 학생들이 대오를 지어 인천 시내를 누비고 다니면서 한일회담 반대 구호를 외쳤다. 그때는 몰랐지만 이것은 분명 관제데모였다. 우리 학생들이 이용당한 것이다. 한일회담이 배상금 때문에 교착상태에 빠지자 당시 박정희 정부는 고등학생들까지 데모로 내몰아 일본을 압박하려 했을 것이다. 지금 생각하면 황폐한 시대의 희한한 아이러니를 느낀다. 나는 1965년에는 박정희 씨를 위해, 6년 뒤인 1971년에는 박정희 씨를 반대하는 시위에 참여했던 것이다. 주고받은 셈이라고나 할까?

4·14 사태 후 또다시 8년이 흘렀다. 그때 나는 중앙대 교수로 임용된 첫 학기였다. 1979년 10월 26일에 유신헌법까지 만들어 영구집권의 길을 연 박정희 대통령이 어이없게도 굳게 믿었던 부하 김재규 중앙

정보부장에게 총을 맞고 목숨을 잃은 것이다. 그때 모든 사람들은 올 것이 왔다, 사필귀정事必歸正이라고 했지만, 그의 몰락이 그렇게 빨리 오리라고 생각지 못한 터라 적지 않이 놀랐다. 나는 당시 1965년과 1971년 내가 개인적으로 겪은 기묘한 경험을 떠올렸던 생각이 난다. 그가 갑자기 죽자 위수령이 발동되어 대학교는 모두 휴교가 되어 대학 문이 또다시 닫혔다. 그가 살아 있을 때도 반정부 시위로 수시로 대학 문을 닫더니 죽어서도 대학 문을 또 닫다니!

요즘 가끔 동작동 국립현충원 산책을 하고 있다. 현충원과 멀지 않은 곳에 살고 있기 때문이기도 하지만 순국 선열들, 즉 애국지사들과 전쟁터에서 전사한 장병들에 대한 감사도 있고, 무엇보다 이 근처에 그만한 녹지와 공원이 없기도 하기 때문이다. 현충원 정문을 지나 자동차로 갈 때마다 박정희 부부 묘소 앞을 지나가게 된다. 대부분 그냥 지나치다가 얼마전에 긴 계단을 올라 한 번 참배한 일이 있다. 박정희 씨와 개인적인 관계는 없지만 나에게 의미 있는 4·14 사태가 일어난 지도 40년이 지났다.

독재자 박정희 대통령은 민주화의 적이긴 하지만 근대화의 꿈은 인정해야 한다는 논의가 있다. 나는 개인적으로 인간은 완전하지 못하기에 공칠과삼功七過三, 즉 공적이 일곱 가지이고 과실이 세 가지라면 인정해야 한다고 믿는다. 그러나 박정희 씨의 경우는 개인적으로 1971년 4월 14일 사태 때문인지 쉽게 판단 내리지 못하고 있다. 또 그때 그가 보여 주었던 추태(?)는 아직 쉽게 잊을 수 없다.

하지만 그가 조국 근대화와 산업화를 비교적 성공으로 이끈 공을 높이 평가해 이쯤에서 화해(?)하면 어떨까? 눈을 들어 남산과 한강을 바라보니 하얀 구름떼가 하늘 높이 조용히 강물 따라 떠내려가고 있었다.

02. 나의 내쉬빌 선언 : 학자로서 나의 삶에 대한 반성과 앞으로의 각오

2007년 새해 첫날, 나는 영문학과 교수로서 또한 영문학자로서 지금까지의 학문적 소산(그것이 별것은 아니더라도)을 정리하여 출간하고 싶다. 그 이유는 두 가지다. 하나는 대학에 몸담고 있던 영문학자로서의 책임을 최소한이나마 지는 것이다. 다른 하나는 인생 후반기에 새로운 일을 하기 위함이다.

첫 번째 책임론은 지금까지 나의 전공이 영미 문학비평이니 그와 관련된 글들을 모아 4권 정도로 정리하여 부끄러우나 학계나 후학들에게 정리해 놓고자 한다. 이것은 내가 해야만 되는 일이라고 생각한다. 그 결과는 미미하더라도 1980년 중반부터 2000년대 중반까지 20여 년간 나의 학문과 연구와 공부의 결산이니 어쩔 수 없는 일이 아닌가? 물론 아무것도 출간 안 하는 것은 더 큰 미덕이리라. 두 번째 새로운 일은 지금까지 나는 남의 글을 읽고 해석하여 가르쳐 왔다. 죽은 시인들 공동묘지의 문지기였다. 이것은 외국문학으로서의 영문학과 선생으로서 피할 수 없는 의무이며 운명이다.

그러나 이제부터 나는 홀가분하게 내가 하고 싶은 것 또는 내가 지금과는 다르게 할 수 있는 일을 하고 싶다. 나이로 볼 때 체력도 많이 남아 있지 않은 듯하다. 학술논문보다는 좀 더 연구와 장르에 구애를 덜 받는 다양한 개인적인 시, 에세이, 수상, 여행기, 신앙기 등 잡문도 쓰고 싶다. 그리고 하고 싶었던 번역을 하고 싶다. 일반 독자를 위한 영문학에 관한 책도 쓰고 싶다. 그러고도 여력이 있다면 다른 사람의 삶의 이야기를 다룬 전기들, 또 나의 자서전이나 회고록 같은 것도 생각하고 싶다. 너무 욕심이 많은 것 같다.

나라는 사람은 해방 직후 이북에서 내려온 원조 탈북민의 후손으로 해방, 6·25전쟁과 남북 분단, 4·19, 5·16, 민주화운동 등을 겪은 현대 사의 중요 지점을 일부나마 경험한 사람이다. 나의 기록, 즉 생각과 경험, 비전 등을 기록해 두는 것도 나쁜 일만은 아닐 것이다. 적어도 내가 세상을 떠나기 전에 이러한 한반도의 역사적 상황 속에서 나 자신을 정리하고 비판하고 사유하고 화해하는 과정이 될 것이다. 한 노인은 하나의 도서관이라지 않는가? 그러기 위해서는 다음을 반드시 실행하고 한 가지씩 정리해야 한다.

첫째, 여러 곳에 산재해 있는 책을 정리하고 목록을 만들어야 한다. 이것은 아내의 꿈이기도 하다. 반드시 들어주어야 할 의무도 된다.

둘째, 밀린 일, 약속하였으나 지키지 못한 번역이나 글들을 하루 빨리 정리해서 해결해야 한다. 그리고 할 수 없는 일, 하기 싫은 일, 해야만 하는 일이 아니거든 다시는 맡지 마라. 시작도 하지 마라.

셋째, 나의 건강지수를 관리해야 한다. 그동안의 무절제하고 난삽한 생활을 정리하고 규칙적인 운동으로 각종 성인병의 경계선을 벗어나야 한다. 생명은 하나님이 주시나 건강은 내가 지켜야 한다. 지난번 2005년 5월 말에 어지럼증으로 쓰러진 이후 앞으로의 건강관리가 나의 삶의 최대 목표가 될 수밖에 없다.

넷째, 그 밖에 밖으로 벌려 놓은 여러 가지 일들(학회 등)을 가지치기 pruning 해서 선택과 집중을 할 수 있는 시간을 확보해야 한다.

다섯째, 가족과의 억압과 간섭이라는 관계에서 벗어나 위로하는 따뜻한 관계—부부관계, 자식과의 관계(특히 딸들이 결혼해서 아이를 낳으면 아내와 함께 일정 부분 육아를 도와주어야 그들이 자신의 영역 내에 일을 계속할 수 있을 것이다.)와 친지와의 관계—를 유지해야 한다. 동료나 선후배 교수는 물론 학생들에게도 그들이 성장하고 발전할 수 있게 간섭과 권위보다는 웃음과 박수의 격려를 보내야만 한다.

여섯째, 인생 후반기를 정리하고 좀 더 시간과 공간, 힘과 체력을 효과적으로 사용하기 위해 실현 가능성 있는 마스터 플랜을 짜야 한다. 그러나 여기서 중요한 것은 항상 과대망상적 욕심을 줄이고 대탐대실 大貪大失의 정신으로 현실적이고 내가 실제로 할 수 있을 계획을 짜야 한다. 모든 일을 쫓기며 스트레스에서 벗어나 즐겁고 보람 있게 지내는 우아한 노후를 맞아야 하지 않겠는가?

일곱째, 인생 후반기를 좀 더 영적인 문제, 다시 말해 종교적인 경건의 시간을 많이 가져야 할 것이다. 그리스도교를 나의 종교로 선택한 이상 그동안 죄 많은 나에게 과분한 사랑과 은혜를 부어 주신 하나님을 경외하고 예수님을 따르고 성령으로 충만한 생활을 하고 싶다. 남은 생애를 나 하나만의 것이 아님을 이제는 알게 되었다. 무엇보다도 내 몸은 하나님이 만들어 주신 하나님의 것이다. 그뿐 아니라 나의 몸은 하나님의 성전이다. 하나님의 성전인 이 몸은 관리하지 않고 그럭저럭 내버려두어야 되겠는가? 나는 예수님과 교회를 위한 작은 제자의 몸이다. 또한 이 몸은 아내의 것이며 아이들의 것이다. 그런데 함부로 놀려서 가족들을 걱정시키고 부담을 주면 되겠는가? 크리스천으로 살아가기 위해서는 많은 대가와 노력을 치러야 한다. 갖가지 유혹과 어려움이 있을 것이다. 거룩한 삶이란 영적 전투(투쟁)이다. 믿음으로 전신갑주를 두르고 선한 싸움으로 이겨야 한다. 그러나 전투에는 이기고 전쟁에 져서는 안 된다. 전쟁이란 영적인 삶에서 승리해야 한다. 그것은 다른 말로 하면 영생을 얻는 일이다.

인생 후반기를 지혜롭고 우아하게 만나고 지내기 위해 비둘기같이 부드럽고 뱀같이 교활하자. 지금까지의 나의 삶을 반성 정리하고 새로운 각오와 말년의 양식으로서의 나만의 삶을 만들어 내야 한다. 미국 테네시주 내쉬빌 체재 중 2007년 정월 초하루에 쓰다.

03. 제19차 국제비교문학대회를 마치고 : 2010년 8월 15일 밤에 쓴 일기

2010년은 대한민국이 여러 가지 의미를 가지는 해다. 한일 강제병합이 이루어진 지 100년이 되는 해이고, 해방 65주년과 6·25전쟁 발발 60주년이 되는 해이기도 하다. 우리나라는 근대화와 경제부흥에 극적으로 성공하였으며, 2010년 가을에는 세계 정상들이 모이는 G20 대회를 서울에서 개최하게까지 되었다. 8월 15일 광복절에 거행된 국제비교문학대회 개회식 기조발제에서 이어령 박사도 지적했듯이, 대한민국은 이제 동아시아를 넘어서 세계의 중심으로 부상하는 선진국으로 진입하는 나라가 되고 있다.

이와 함께 2010년은 중앙대학교도 새 재단인 두산을 영입한 이래 다양한 영역에서 새로운 역사를 쓰려고 준비하고 있다. 변화와 개혁을 위해 학문단위 구조조정과 행정조직 개편이 이루어지고 있다. 이렇게 대내외적으로 중요한 시기에 제19차 국제비교문학대회를 중앙대에서 성공적으로 마치게 된 것은 기쁜 일이다. 이번 대회를 위해 총장단과 재단에서도 적극 협조하였고, 여러 교수님들 그리고 행정 각 부서와 자원봉사단 학생들도 적극적으로 도와주었다. 이번에 나는 모든 것이 합력하여 선을 이룬다는 말을 실감했다. 그동안 자기 일처럼 도와주신 중앙 가족 여러분께 뜨거운 고마움을 전한다.

전 세계 42개국에서 온 450여 명의 대회 참가자들과 300여 명의 국내 참가자들도 이번에 서울의 중심인 남산과 민족의 젖줄인 한강이 바라다보이는 중앙대학교 교정에서 대회를 치르면서 강한 인상을 받았을 것이다. 2009년 노벨문학상 작가를 비롯하여 해외 석학과 국내 작가들의 특강도 대회의 대주제인 '비교문학 영역의 확대'에 부응하여 우리에게 새로운 시각을 보여 주었다.

이번 대회 230여 개의 세션에서 600여 개의 논문이 발표되었지만, 나는 조직위원장으로 우리 대학에서 가르치신 탁월한 인문학자이셨던 백철 교수와 김병철 교수의 업적을 기리기 위한 세션을 구성하는 데 일조를 한 것에도 보람을 느낀다. 아무쪼록 중앙대학교에서 개최된 이번 국제대회가 중앙대학교가 대내외적으로 인지도가 올라가고 그 역량을 보여 준 좋은 기회가 되었다고 자긍심을 느낀다.

지금부터 3년 전 내가 제19차 국제비교문학대회 유치를 위해 한국비교문학회 유치위원장 자격으로 브라질 리우데자네이루로 건너간 기억이 새롭다. 그곳 이사회에서 개최지가 캐나다 퀘벡으로 결정된 것을 총회에서 한국 서울로 뒤집은 기적 같은 쾌거는 아직도 생생하다. 그리고 그 후 문체부 등을 뛰어다니며 대회 개최 비용을 구하기 위해 동분서주하던 기억이 새롭다. 아, 이제 피곤하고 졸립구나. 자야겠다!

04. 어느 편집자의 고되고 외로운 길

한 시인이나 작가를 읽거나 연구할 때 가장 필요한 것은 무엇보다도 정본定本 텍스트다. 전공자나 전문가에 의해 책임 편집된 믿을 만한 텍스트가 없다면 진지한 독서나 정확한 연구는 불가능할 것이다. 그러나 한국 문학계나 문단에서 시인이나 작가들에 대한 이러한 정본 텍스트에 관한 인식이 그리 크지 않은 듯 보인다. 정본 텍스트 편집 작업이란 편집자의 입장에서 시간과 노력만 들고 그 이름을 크게 올리지도 못하고 경제적으로 별로 도움이 되지 않아 안타깝게도 많은 문학연구자들에게 크게 관심을 두지 않는 영역이다. 이러한 기초 작업에 대한 응분의 관심과 노력 없이는 일반 독자의 문학 읽기와 전문가의 연구는 온전히 이루어질 수 없을 것이다.

나는 주요섭 소설에 대해서 「인력거」나 「사랑손님과 어머니」 등의 비교적 초기 단편소설만을 알고 있었다. 그러나 어떤 기회에 『조광』에 연재되었던 그의 중편소설 『미완성』(1936~37)과 「동아일보」에 연재되었던 장편소설 『구름을 잡으려고』(1935)를 읽게 되었다. 그 후 나는 주요섭 소설에 강하게 끌려 몇 편의 소설들을 더 읽었다. 그런데 주요섭 소설은 주로 몇몇 단편소설 중심으로 여러 출판사에서 중복 출판되고 있었다. 이에 나는 주요섭 소설 전집을 편집해 발간하는 일이 의미 있을 것으로 판단되어 주요섭 소설에 대해 전수조사를 해 보니, 단편소설 39편, 중편소설 4권, 장편소설 4편을 발표했음을 알게 되었다. 그리고 영어로 쓴 단편, 중편, 장편소설을 각각 1편씩 남겼다. (이 밖에 일제강점기 「동아일보」에 연재하던 장편소설 「길」이 총독부의 검열로 연재가 중단되었고, 1930년대 말 중국 베이징 푸런대학 영문학과 교수로 있을 때 1938년 『대지』로 노벨문학상을 받은 미국 작가 펄 S. 벅에 자극받아 야심작으로 써 놓은 영문소설도 베이징 일제 경찰에 압수되어 분실되었다.)

소설가로서 주요섭은 결코 적지 않은 양의 작품을 써냈다. 1920년대부터 1960년대 말까지 한반도와 주변국가 그리고 미국까지 이르는 넓은 지역을 중심으로 다양한 주제와 기법으로 소설을 발표했다. 그런데 내가 보기에 주요섭 소설문학이 국내에서 제대로 인정받지 못하고 있다. 아직도 소설가로서 그에 대한 관심은 1930년대 전후로 쓴 단편소설 몇 편에 국한되어 있는 것이 안타까울 따름이다.

나는 왜 소설가 주요섭이 그렇게 평가 절하되는지 꼼꼼히 생각해 보았다. 우선 주요섭이 전업 소설가가 아니라서 그런가 하는 생각도 들었다. 한국 문단과 학계는 아직도 전업작가 우대와 장르 순수주의에 방점을 찍는 것같이 보인다. 그리고 논의와 연구 대상도 다변화되지 못하고 아쉽게도 일반 독서 대중이나 일부 연구자 중 인기 있는 작가들에만 집중되는 현상이 있다.

이에 나는 일종의 의협심(?)이 발동하여 주요섭이란 소설가가 쓴 모든 소설을 처음에 발표되었던 신문, 잡지에서 일일이 찾아내어 독자들과 문단 그리고 학계에 내놓고 싶었다. 그렇게 함으로써 주요섭이라는 소설가가 다시 발견되고 재평가될 수 있는 계기를 마련해 주고 싶었다.

그래서 나는 2014년 말 정년 퇴임 직후부터 국립도서관과 대학 도서관을 돌며 처음 발표되었던 신문, 잡지를 찾아 복사하고 입력하고 주석 달고 작품 해설하는 작업을 시작했다. 원문을 일일이 대조하는 일이 가장 어려웠고 오랜 시간이 걸렸다. 이런 규모의 텍스트 편집 작업을 하려면 일반적으로 편집위원회가 구성되고 유족이나 출판사 등에서 일부라도 재정 지원을 받아 석박사 대학원생들과 함께 작업해야 하는 것이 옳은 일이었다.

그러나 나는 처음부터 무모하게 혼자 이 작업에 뛰어들었다. 어느 때는 도서관 구석에 앉아 '지금 내가 이 나이에 무슨 짓을 하고 있지?' 하고 자괴감에 빠지기도 하였다. 편집 작업에 드는 여러 경비와 출판비의 일부도 거의 혼자 떠맡다시피 하고 있으니 이게 무슨 바보 같은 짓이냐? 외롭고 힘든 작업을 거의 8년 만에 끝내고 드디어 주요섭 소설전집 전 8권을 상재하게 되었다. 나는 무척 기쁘지만 책임편집자의 외로움과 허탈감을 뼈저리게 느꼈다는 것이 나의 솔직한 고백이다.

혼자 작업하다 보니 실수나 오류가 있을 것이다. 그러나 나의 소명은 여기까지다. 앞으로 후학들이 이 전집을 디딤돌 삼아 나의 편집상의 오류를 잡아 언젠가 완전한 정본 결정판 전집이 나오기를 고대한다. 끝으로 이 선집을 통해 한국 문학의 고급 독자들이나 연구자들이 주요섭 소설을 더 많이 읽고 널리 연구하여 한국 문학사에서 소설가 주요섭의 위상이 재정립되기를 바랄 뿐이다. (2023)

05. 우한용 소설 독서 일기

2023년 5월 1일

오늘은 「겨울새」를 읽었다. 이 단편소설에는 4개의 소제목이 달려 있다. 소설의 줄거리는 신이구라는 철학 전공하는 꺽다리와 양아미라는 키 작은 시인 지망생의 사랑 이야기다. '눈썹'이란 소제목이 달린 시작 부분에는 두 남녀가 여자의 아버지 묘소를 방문하는 것으로 시작된다. 신이구는 웃음이 끊이지 않는 명랑하고 쾌활한 남자다. 남자가 군 복무 중 입담이 걸죽한 에피소드가 소개된다. 망자에게 엎드려 절하다가 양아미 눈썹의 티끌을 떼어 주려 하다가 이 남녀는 무덤 앞 잔디 위에서 뒹굴며 새들처럼 가볍게 사랑의 교접까지 해치운다.

'눈썹달'이란 소제목이 붙은 부분에서 신이구와 안대를 한 양아미는 "제발 북한 동포 굶어 죽지는 않게 해 주소서"라는 기도와 함께 남북 평화를 기원하는 비둘기 날리기 모임에 참석했다가 나머지 눈도 다쳤다. 신이구는 두 눈을 다친 여자 시인을 데리고 부모님이 함께 사는 집으로 데리고 갔으나 신이구의 부모가 질색을 하는 바람에 쫓겨 나왔다. 양아미는 「우주일보」로부터 신춘문예 시부문 당선 소식을 받는다. 두 사람은 좋아서 얼싸안고 부둥켜 안는다.

신이구 씨, 어머, 달 좀 봐. … 남쪽 하늘에 눈썹달이 예쁘게 떠올라 있었다. 신이구는 양아미의 눈썹에 입술을 갖다 대었다. 양아미 하늘에는 달이 둘이나 되네. 하나는 내 거고, 다른 하나는 당신 거라구요. 어여쁜 눈썹달이 뜨는 내 고향 … 나를 싸늘한 별빛 속에 숨으란 말야? 신이구는 아차 싶어 양아미를 안고 등을 두드려 주었다.

둥근 보름달이 아니고 눈썹달이 초승달인가?

세 번째 부분 '새부리'에서 임신한 양아미는 임신중독으로 고생한다. 산부인과 의사 진단에 따르면 지금 임신 중절 수술을 안 하면 아이와 산모 모두를 잃을 수도 있다는 것이다. 신이구는 가난을 벗어나기 위해 철학도 포기하고 공사장 잡역부 일로 뛰어들었다. 아이를 살리려고 어미를 죽일까, 아니면 어미를 살리려 아이를 희생시킬 것인가? 갈등 속에서 겨울이 물러나고 4번째 부분 '봄날'에 이른다. 결국 자리를 잘못 잡은 태아를 버리는 수술이 끝난 뒤 비용을 충당하기 위해 서울을 떠나 경의선 종점 '지평'으로 가서 사글세(월세)를 살기로 한다. 양아미의 건강은 조금씩 회복되었고 다행히 다시 임신이 되었다. 한겨울의 '못된 운명'인 '매서운 새'는 신이구와 양아미의 새로운 사랑의 보금자리로 달려들지 않았다.

지붕 위로 새가 날아가면서 개엄개엄 우는 소리를 냈다. 사랑의 지분은 비끼어 가는 모양이었다. … 매서운 새가 지나간 하늘 아래 돋아난 쑥을 먹고 웅녀는 단군을 잉태했다.

이 두 가난한 부부에게 '봄날'이 서서히 다가오고 있는 것이다. 천지 신명도 이 두 남녀의 가난하고 소박한 사랑에 감동되어 모든 액운을 피해 가게 하여 사랑을 완성시키려는가?

이 단편소설 뒤에 붙어 있는 '한마디 더!'에서 작가는 창작 과정을 소상히 밝히고 있다. 매우 흥미 있는 고백이다. 이 고백은 송하춘 교수의 산문집 『왜 나는 소리가 나지 않느냐』(2021)에 실린 글 「수사修辭로서의 시 : 동천冬天」에서 시작된다. 송 교수는 이 글에서 미당 서정주의 시 「동천」을 다섯 단계인 「눈썹을」「씻어서」「심어 놨더니」「새가」「비끼어 가네」로 나누어 그 수사적 구조를 흥미롭게 밝힌다.

그렇다면 「동천」의 전문을 다시 읽어 보자.

내 마음속 우리 님의 고운 눈썹을

즈믄 밤의 꿈으로 맑게 씻어서

하늘에다 옮기어 심어 놨더니

동지 섣달 나는 매서운 새가

그걸 알고 시늉하며 비끼어 가네

소설가 우공은 이 시의 핵심은 '사랑의 위대한 힘'으로 파악한다. 서정주의 윤리학이 송하춘의 수사학으로 전위轉位되었다가 우한용의 사랑학으로 다시 한번 구른다.

여기에서 우공은 다시 한번 비틀어 단편소설 「겨울새」를 시작한다.

서정주의 시 「동천」을 송하춘 산문에서와 달리 눈썹, 눈썹달, 새부리, 봄날로 다시 나누어 이야기로 만든 것이다. 독서 과정에서 작가는 끊임 없는 새로운 모방과 재창조의 과정, 소위 '상호텍스트성intertextuality'의 화학반응이 일어난다. 모든 글쓰기는 다시 쓰기/새로 쓰기다.

이 세상에 완전히 새로운 것이 어디 있을까? 서정주의 아름다운 시가 송하춘의 깔끔한 산문이 되었고, 이제 다시 우한용의 서사로 탈바꿈된다. 이 얼마나 놀라운 존재의 연결된 고리들인가? 소설가는 '한마디 더!'의 결미 부분에서 자기의 이야기에서 끝이 아니라 "그리고 이는 다시 독자들에게 연기緣起될 것이다. 누군가 다른 형식으로 이야기를 이어 가리라고 기대해도 될지 모르겠다"고 독자들에게 또 다른 모방이나 창작을 초대하고 있다!

여기서 잠깐 나는 일전에 금아 피천득이 서정주의 「동천」을 영역한 것을 읽었던 기억이 떠올랐다. 피천득은 1954년부터 1년간 하버드대 교환교수로 다녀왔다. 그후 1960년대 초 피천득은 그곳에서 사귄 지인 으로부터 서정주의 「동천」을 번역해 달라는 의뢰를 받았다. 사실 그 이 전에 미당 서정주(1915~2000)는 미국의 노벨문학상 수상작가 윌리엄 포크너(1897~1962)가 계획한 시화집 『헨리 : 포크너의 그림에 영감받은 세계 시인들의 시선집』에 실릴 시 한 편을 써줄 것을 청탁받았다. 미국 남부 흑인 문제에 관심을 가진 소설가이며 그림에도 능했던 포크너 는 헨리라는 흑인 노인의 초상화를 전 세계 주요 시인들에게 보내며 시 한 편을 청탁했다. 그러나 시 쓰기를 못한 서정주는 이전에 써 놓았던

「동천」을 보냈다. 이 시를 피천득은 아래와 같이 영어로 옮겼다.

Winter Sky

With the dreams of a thousand nights
I bathed the brows of my loved one
I planted them in the heavens,
That awful bird, that swoops through the winter sky
Saw, and knew them, and swerved side not to touch them!

– 『나는 미를 위하여 죽었다』 피천득 문학전집 4권, 303쪽

피천득은 헨리라는 평범한 흑인의 삶을 기리기 위해 시 대신 서정주의 연애시를 서구인의 정서에 맞게 번역하였다. 「동천」은 원래 40대 서정주가 한 여대생을 흠모하여 지은 시였다. 이제 그 연애시가 피천득의 번역을 통해 보편적 인류애를 노래하는 시로 변형된 것이 아닐까? 번역은 흔히 단독 창작이 아니라 부차적인 작업이라고 여겨져 왔다. 그러나 번역도 엄연한 창작 또는 적어도 제2의 창작이 아니겠는가? 번역문학가 피천득은 영어 번역으로 「동천」을 다시 쓴 것이다.

다시 나에게로 돌아오자. 이제 작가가 기대하는 독자인 내가 나설 차례다. 서정주의 「동천」은 나에게서 어떻게 변형될 것인가? 「동천」에서 보이는 불교의 인연과 이심전심以心傳心의 교리를 나는 기독교적

으로 다시 뒤집어 시를 써 보리라. (불교시인 만해 한용운의 「님의 침묵」을 오래전에 기독교적으로 새로 읽고 다시 쓰기를 했던 내가 아닌가.) 서정주의 시 「동천」은 '상호텍스트성'이라는 기재에 따라 돌고돌아 다시 정정호라는 한 독자의 시로 다시 돌아왔다. 부끄럽지만 적어 보자.

> 내 영혼 속 꿈틀거리는 어떤 뜨거운 갈망이 있어
> 더러운 교만과 탐욕이 나를 방황케 하네
> 차가운 창공의 어느 별로 쏘아올리니
> 우주로 날아가는 로켓에 떨어지지 않게 매달려
> 이제야 애타게 그리던 그분을 드디어 만나네.

아직 완성된 시는 아니지만 앞으로 독립된 시가 되기를 기대할 뿐이다. 나의 세속된 욕망을 하늘로 날려 버리니 그것은 하늘로 올라가 별이 되어 나는 갈망하는 구원의 그분을 만날 것일까? 서정주는 인간 남녀간의 지고지순한 사랑 노래를 했지만, 나는 영원한 하나님의 사랑을 노래하고 싶었다. 진부하고 부끄럽다. 그러나 어쩌랴. 이것은 크리티픽션Critifiction이 아니라 크리티포엠Critipoem이 아닐까? 시인과 작가에게 순환의 대원리인 '상호텍스트성'이 한 번 더 작동한 셈이다. 이제 내가 우한용 소설가에게 빚진 부분을 갚은 것인가? 모르겠다. 어쩌다 보니 한 편의 작은 평설이 되어 버렸네. 밤이 깊었다. 피곤하다. 이제 정말 자자! (2023)

06. 사랑하는 소영에게

나의 소중한 소영素英!

졸업도 한 학기밖에 안 남았다.

캠퍼스 생활의 마지막을 보람있게 마무리해야겠다.

지금은 비가 나리고 있다. 후두둑 후두둑.

소영素英이의 모든 것이 보고 싶고 그리워진다.

눈, 귀, 코, 입술… 만져보고 싶다.

긴 머리, 하얀 귀여운 손, 주황색 줄무늬 원피스, 모두 다 보고 싶다.

숨소리, 말소리, 애교 있는 짜증, 신경질까지도 애착이 가고 듣고 싶다.

가늘고 예쁜 다리를 언제까지고 바라다보고 싶구나.

엷은 미소가 애잔히 영상에 남아 있고

귀여운 영英이의 가냘픈 허리를 꼭 껴안고 신비스런 엷은 하늘색 영英의 맑은 눈을 들여다보며 웃고도 싶고 울고도 싶다.

이렇게 비 오는 날엔 나의 소중所重한 영英이를 등에 업고 영英이는 내가 사준 파라솔을 들고 영英의 따스한 체온과 가슴의 숨결 소리를 등 뒤로 느끼며 가로수 있는 포도 위를 언제까지고 걷고 싶다.

또 이렇게 후둑후둑 비가 하루종일 내리는 날이면 나의 영英에게 빨간 레인코트를 내가 돈 벌면 사줄게.

나의 흐느끼는 영혼은 비를 맞으며 어딘가 가 버린다.

발가벗은 나의 영혼은 그대의 따스한 품속을 목마르게 갈구하고 있다.

요번에 만나면 영英의 손을 한참 동안 잡아 주고 싶다.

또 계란 쿠키, 새우깡, 콘칩을 사 주고 먹는 모습을 보고 싶다.

후두둑 떨어지는 비 속에 오래 서 있었더니 몸이 떨려 온다.

짙은 우울과 권태와 피로가 엄숙해 온다.

이렇게 비가 내리고 갑자기 외로워지면 영英이의 가슴에 얼굴을 파묻고 어린애마냥 흐느끼고 싶다.

왜 이렇게 센치해지는 걸까?

가슴속에 흐르는 흐느적거리는 회색빛 멜랑콜리와 조용하고 슬프게 흐르는 애틋한 음악 때문일까?

소영素英아, 미안해.

나답지 않게 감상적感傷的이고 우울해지는구나.

어쨌던 귀여운 영英이야, 보고 싶다.

그리움에 허물어진 나를 지탱해다오.

텔레비 보지 마라, 나쁜 것 보고 물들지 말고

웃고 울고 떠드는 것 보고 경박해질까 두렵다.

굳은 철학과 신념 없이 공허空虛한 인간이 되어 death in life를 할 것인가? 우리는 창조적인 엘리트. 속화俗化된 대중문화와 상품사회에 맹종과 아부를 거부하며 속물 근성을 배제하는 반항하는 인간이다. 가치 있는 것을 창조하고자 몸부림치는 바보 같은 나.

소영素英아, 어떠한 경우에도 절망하지 마라.

내가 항상 네 주위에 있으니까.

나는 20세기 최고의 듀엣 사이먼과 가펑클의 노래 「험한 세상에 다리가 되어」의 주인공이다.

"…고통은 네 주위의 사방에 있다. 나는 험한 세상의 다리가 되어 내 자신을 눕혀 다리가 될 것이다. …나는 그대의 마음을 편안하게 하리…."

비는 계속 오고 있다. 안녕.

1972년 8월 19일 12시

그대의 호浩

07. 아내에게

(1) 그리운 아내에게 - Monday 15 July, 1985

더위에 잘 있는지 궁금하다. 교정 보랴, 이곳 오는 준비하랴, 무더위 속에서 무척 바쁘리라 생각된다. 더위에 수고하기 바란다. 이곳도 무더위가 심해 어제도 90°F까지 올라갔다. 염려 덕분에 우리는 잘 있다. 혜연, 혜진이는 summer school에 열심히 다니고 있다. 애들이 Milwaukee 주위 이곳 저곳을 다녀서 이제는 나보다 훨씬 이곳에 대해 잘 알고 있다. Summer school도 이번 목요일이 마지막이다. 그날 open house가 있다고 해서 38th St School에 내 강의 끝나자마자 참석하고자 한다.

혜연이는 피아노를 열심히 치고 있다. 혜진이도 금요일마다 도자기 만드는 일에 열중하고, 7월 28일에 교회에서 어린이 특기자랑 준비를 하고 있다. 혜연이는 minuet 한 곡을 칠 예정이고, 혜진이는 혜연이 반주에 맞추어서 '과수원길'과 다른 미국 노래 하나를 시킬까 생각하고 있다.

나는 이것저것 바빠서 내 공부는 많이 못하고 있지만, 내가 맡은 강의는 그런대로 진행되고 있다. 학생수가 21명이니 너무 많은데 drop out 한 학생도 없어 줄어들 것 같지도 않다. 하루 세끼 꼬박 해서 먹어야 하고 혜연, 혜진이 도서관 데려다 주고, 최소한 2일에 한 번 piano school에 연습시키려고 데려다 주는 등 생각보다 아이들 때문에(?)

분주하게 지내고 있다. 테니스도 강내희 씨와 일주일 1~2번 새벽을 이용해서 치고 있다.

지난 월요일(8일)에는 Madison에 경기도 남양주군 활빈교회 목사인 김진홍 목사가 와서 부흥회가 있어 아이들과 참석했다가 새벽 1시쯤 집에 왔다. 교회 소형 버스로 17~18명이 갔었다. 4일 동안 계속 되었다. 우리는 시간이 없어 첫날 밤에 참석 못했다. 계명대 철학과와 신학교를 나와 청계천 넝마주이 사이에서 빈민 선교부터 시작한 김진홍 목사는 70년대 초반에 용공주의적(?) 반정부 운동(?)의 죄목으로 1년간 옥고도 치렀다고 한다. 체험에서 우러나온 얘기들이 많아 재미있고 설득력이 있었다. 우리 교회에서도 내년에 김진홍 목사를 초청해 부흥회를 가지려고 하고 있는 듯하다. 어제 혜연이가 한인교회에서 영어로 마가복음 8장 27~38절까지 봉독했다.

어제 주일에 또 우연히 기회가 되어 예배 후 우리 교회 교인 집에 갔었다. 더위 얘기가 나와 우리 집에 에어컨은 물론 선풍기도 없다고 했더니 위스콘신대학교 경제학과 교수인 이홍헌 박사가 자기 집에서 쓰던 것 하나 있으니 빌려 쓰라고 해서 갔었다. 이 교수는 30여 년 전 연세대를 졸업하고 이곳 Madison에서 Ph.D 하고 교편생활을 하고 계시며 현재 재미 한인 경제학자 중 유일하게 경제학 인명사전에 올라 있는 분이란다. 지난 5월에는 매일경제신문사 강연 초청으로 한국에 2~3주 다녀오셨다. 아무튼 아이들과 저녁도 잘 얻어먹고 선풍기도 빌려왔다. 당신 뜻대로 신세 안 지려고 해도 본의 아니게 여러 번 남의 신세를 지는 것 같다. 툭하면 강내희 씨 집에서 저녁을 먹기도 한다. 나중에 갚아야 할 텐데….

지난주 Plymouth 처형에게 전화가 왔다. 이번 토요일(20일) 우리 집에 와서 Mike와 함께 대청소를 해 주겠다고 하여 내가 극구 거절했지만 당신이 오기 전에 대청소하자는 것이다. 그리고 혜연, 혜진이 여름 신발 사놓았다고 그것도 가지고 올 겸해서. 감사하고 미안할 따름이다.

지난 토요일 혜진이 도자기반에 데려다 주고 오는 길에 rummage sale에 들렀는데 옷이 좋은 것이 있어서 혜연, 혜진이 드레스, 반바지, 상의 등을 25C, 50C 정도에 구입했다. 플로리다로 이사 가는 사람들의 moving sale이었는데 옷도 깨끗하고 잘 맞아 아이들도 아주 좋아하고 있다. 교회에서 피아노 칠 때 입을 드레스 문제가 단돈 1$에 해결된 셈이다. 사실 이곳의 rummage sale을 가끔 다녀 보면 어지간한 생활필수품은 구할 수 있는 것 같다. 이곳 미국 사람들도 많이 이용하고 별로 창피해하지도 않는 것 같다. 시장에서 사려면 엄청난 가격을 주어야 하는데 큰 도움이 되는 듯하다. 혜연, 혜진 여름 신발과 구두도 하나씩 사고 아주 훌륭한 교육 전자게임도 단돈 10C에 샀다. 요즘 아이들이 그것 가지고 노느라 바쁘다.

작은오빠네는 일주일 휴가를 얻어 외할아버지 할머니 모시고 나이아가라 폭포와 워싱턴 D.C. 관광을 지난주 토요일에 떠났다가 이번 토요일에 돌아오시는 모양이다. 작은오빠가 떠나기 이틀 전 우리 집에 잠깐 들렀었는데 이것저것 넋두리를 많이 늘어놓았다. 내주 목요일 LA 들러 일본 들러 귀국하시는가 보다. 내년에는 우리 장인 장모님도 이곳에 오시게 되리라 믿는다.

당신이 교정 중 해결 못했다는 것은 지난 편지들을 들춰서 찾아냈다. passéisme, ludic, J.D.L., 운동, 네 가지였다. 집에 있는 자료로 ludic의 뜻만 찾아냈다. "of play; playful"의 뜻이다. 나머지도 도서관에서 곧 찾아서 알려 주겠다. 교정 보면서 미심쩍거나 어려운 것이 있으면 즉각 적어 보내거나 전화할 때 알려 주면 찾아서 알려 주겠다. Hassan 글은 내용과 (형식이) 워낙 어려워서 미국 애들도 모르는 것이 허다한데 나보고 어떻게 번역했냐고 의아해할 정도이니 참고로 알고 있기 바란다. 그러나 오역은 최소한 줄이고 싶다.

이곳 올 때 가지고 올 것 목록을 추가한다.

1. Hassan 교수 책 전부
2. 민요 테이프는 가져오지 말 것. 이곳에서 다른 사람 것 복사하겠다.
3. 신랑색시 목각인형은 이미 있으니 가지고 오지 말 것.
4. 내 여름 구두(캐주얼 슈즈 하나씩?) (겨울 것은 있음)
   치수는 별지 참고

밀워키에서 남편 씀

(2) '해'바라기의 편지 : 2004년 7월 9일

아내, 이 세상에 아내라는 말같이 정답고 마음이 놓이고 아늑하고 평화로운 이름이 있겠는가. 1000년 전 영국에서는 아내를 '피스 위버Peace-weaver'라고 불렀다. 평화를 짜 나가는 사람이란 말이다.

                                - 피천득, 「시집가는 친구 딸에게」

샬롬!

오늘 나는 쑥스럽지만, 정감으로 가득 찬 마음으로 오랜만에 당신을 "여보"라고 불러봅니다. 우리가 결혼식을 올린 지 벌써 30년이 되었습니다. "여보, 사랑해"라고 다시 되뇌니 오래전에 내가 던진 말이 이제야 메아리 되어 나에게 돌아오는 것같이 나의 혼을 울립니다. '사랑'이라는 말에 여러 뜻이 있다고는 하지만 오늘은 너무나 진부한 것 같군요. 세속의 때에 물들어 너무 값싸게 쓰이는 사랑이라는 말보다 더 강렬하고 뜨거운 단어는 없을까요? 아마도 "여보, 고마워"가 지금 당신에 대한 내 심정에 가장 가까운 것이 아닐지 모르겠네요. "범사에 하나님께 감사하라"는 말씀같이 감사하는 마음은 사랑, 애호, 경애, 존경 등 복합적 심정을 포괄적으로 드러내는 말이 아닌가 합니다.

당신은 우리 두 사람의 은사 피천득 선생님이 수필에서 말씀하시는 나의 '구원의 여상'입니다. 그동안 나는 30여 권의 책을 냈지만, 당신의 눈과 손을 거치지 않은 글은 거의 없지요. 휘갈겨 쓰고 읽기 어려운 만연체 글을 그나마 '읽을 수 있게' 바꾸고 교정 보느라 시력까지 상하고 안경도 쓰게 됐지요.

[구원의 여상] 신의 존재, 영혼의 존엄성, 진리와 미, 사랑과 기도, 이런
것들을 믿으려고 안타깝게 애쓰는 여성입니다. (「구원의 여상」)

이 편지를 쓰면서 당신과 지낸 지난 30여 년을 돌이켜보니 당신이란
사람은 가정, 직장, 사회에서 정말로 내 삶의 중심에 있었음을 다시 한
번 알게 됩니다. 당신은 신혼 때인 나의 대학원 조교 시절부터 미국 유
학 시절 그리고 그 후 여러 방면에서 내가 바쁘게 활동할 때 흔들리지
않는 중심이 되어 나를 인도하였죠.

당신과 나의 관계를 컴퍼스 두 다리, 즉 중심과 바깥다리로 비유하고
싶습니다. 당신이 중심에서 굳건히 지키고 있었기에 나는 밖으로 마음
껏 나가 움직이며 원을 그릴 수 있었지요. 앞으로도 당신이 한가운데에
서 중심을 지켜 주시는 한 나는 더 멀리 바깥으로 나가 더 큰 원을 그릴
수 있을 겁니다. 그러니 앞으로도 나의 중심 역할을 해 주십시오. 내가
너무 이기적이지요. 당신이 원하신다면 이제는 역할을 바꾸어 내가 중
심에 서고 당신이 컴퍼스 바깥다리가 되어 활동하실 수도 있겠지요. 당
신을 위해 나는 외조를 기꺼이 떠맡겠습니다. 앞으로는 필요에 따라 서
로 중심이 되기도 바깥이 되기도 할까요?

당신에게 감사한 마음을 보답하는 길이 무엇인가 생각해 봅니다.
무엇보다 그것은 우리 가정을 하나님에 대한 믿음의 굳건한 터전 위에

그리스도의 가정으로 세우고 이끌어가는 것으로 생각됩니다. 날마다 기도하고 말씀 읽고 묵상하고 찬양하고 봉사하는 기쁘고 경건한 생활 말입니다. 앞으로 계속 노력하겠습니다.

요즘 들어 자주 생각합니다. 보잘것없는 나의 삶에 당신이란 아내를 통해 하나님의 뜻이 어떻게 역사하시는지 생각하며 외람되나마 하나님의 섭리에 놀라고 예수님의 사랑에 감사하고 성령님의 도우심에 감동하고 있습니다. 은밀한 곳에서 기도하며 감사의 눈물을 흘리기도 하지요. 이 모든 은혜와 화평이 나에게 가능하게 된 것이 모두 당신 때문임을 다시 한번 감사 기도드립니다. 자주 나의 죄와 진 빚에 놀라 울다가도 주님의 은혜에 기뻐 웃게 됩니다.

당신은 믿음 좋은 어머니 밑에서 자란 모태 신앙의 셋째 딸이지요. 처음 만났을 때부터 나를 그리스도인으로 만들기 위해 당신이 얼마나 노력했는지 잘 압니다. 1970년 당신이 나에게 선물한 관주성경을 나는 아직도 소중히 간직하고 있지요. 당신을 따라 교회는 다녔지만, 너무나 완악하고 의심이 많은 치유 불가능한 불가지론자였기에 나는 예수님께 진정으로 다가갈 듯하다가도 다가서지 못하고 지난 30년을 영적으로 허비했습니다. 사랑의교회를 다닌 지 16년이 넘었으나 2년 전에야 시몬 베드로같이 "주는 그리스도시요 살아 계신 하나님의 아들"이심을 진심으로 믿고 예수님을 다시 한번 영접하여 마음으로 믿고 입으로 시인하게 되었습니다. 당신은 너무나도 오랜 기간 문밖에서 나를 기다려주었지요.

급기야 50대 중반에 뒤늦게나마 사랑의교회 제자훈련을 신청하였습니다. 지금까지 내 인생에서 사상적으로 여러 변화가 있었습니다만 이번의 예수로의 회심回心은 최종적이고 확고한 것입니다. 일단 신실한 그리스도인이 되어 예수님의 겸손하고 온전한 작은 제자가 되기를 작정하니 매사에 얼마나 편안하고 기쁜지 모릅니다. 숙제가 좀 많을 때도 있지만 남제자16반 훈련대장 김대조 목사님과 나와 동행하는 씩씩한 훈련생 집사님들을 토요일마다 만나는 것이 기다려지기도 합니다. 이제는 "긍휼하심을 받고 때를 따라 돕는 은혜를 얻기 위하여 은혜의 보좌 앞에 담대히 나아갈 것"입니다.

천국은 침노하는 자의 것이라 했습니다. 이번 제자훈련을 통해 죄는 크나 제대로 회개하지 못하는 나 자신을 천천히나마 변화시켜 영과 마음과 육 모두가 예수님의 겸손한 작은 제자가 되는 데 손색없는 신실하고 온전한 그리스도인으로 변화할 것임을 다시 한번 당신에게 다짐합니다. 우리가 우선 예수님을 믿음으로 이신칭의以信稱義에 이르고 그 후 일생에 걸쳐 예수를 닮은 삶, 다시 말해 쉼 없는 성화聖化 과정이 이루어져야겠지요. 마지막 단계인 영화榮化의 꽃은 영생이지요. 이것이 구원의 3단계라지요.

지금까지 돌이켜보건대 나는 당신이 베푼 사랑과 헌신의 일방적 수혜자였습니다. 당신의 눈물과 고통 그리고 오래 참음이 내 삶을 지탱시키고 지금의 나를 만들었지요. 부모님이 나를 낳으시고 키워 주셨지만, 성인이 된 후 나를 거듭나고 새롭게 성장시킨 사람은 당신입니다. 직장

(학교)을 중도에 그만두고 받은 당신의 퇴직금이 나의 미국 유학 자금의 종잣돈이 되었지요. 거듭 말하거니와 무엇보다도 죄인인 나를 예수님께로 인도하여 복음을 알게 하고 하나님 나라를 꿈꾸게 했으니 나를 만든 7할은 당신입니다. 감히 구약시대 솔로몬왕이 쓴 「잠언」 마지막에 이상적인 배우자를 노래한 부분을 당신께 들려 드리고 싶습니다.

> 누가 현숙한 여인을 찾아 얻겠느냐 그의 값은 진주보다 더하니라
> 그런 자의 남편의 마음은 그를 믿나니 산업이 핍절하지 아니하겠으며
> 그런 자는 살아 있는 동안에 그의 남편에게 선을 행하고 악을 행하지 아니하느니라
> 그는 양털과 삼을 구하여 부지런히 손으로 일하며…
> 그는 곤고한 자에게 손을 펴며 궁핍한 자를 위하여 손을 내밀며…
> 입을 열어 지혜를 베풀며 그의 혀로 인애의 법을 말하며…
> 덕행 있는 여자가 많으나 그대는 모든 여자보다 뛰어나다 하느니라
> 고운 것도 거짓되고 아름다운 것도 헛되나
> 오직 여호와를 경외하는 여자는 칭찬을 받을 것이라. - 「잠언」 31:10~30

나를 위한 당신의 기도와 간구뿐만 아니라 지금까지 수많은 사람이 얼마나 나를 도와주고 믿어 주었는지 잘 압니다. 지금까지 풍성하게 받은 은혜를 나도 당신과 이웃에게 나누고 싶습니다. 물론 이 모든 것은 우주 만물을 주재하시는 하나님의 크신 사랑의 결과임을 알고 항상

감사하고 있습니다. 이제는 이웃과 사회를 위해 나도 하나님의 사랑을 실천하고 예수님의 복음을 전파하고 싶습니다.

이를 위해 보혜사 성령님을 언제나 내 안에 모실 것입니다. 당신도 아시듯이 성령은 "우리의 연약함을 도우시"고 "말할 수 없는 탄식으로 우리를 위하여 간구하시"기 때문입니다. 성령을 통해 "사랑과 희락과 화평과 오래 참음과 자비와 양선과 충성과 온유와 절제"의 열매를 맺고 싶습니다. 성령의 9가지 열매를 인생 목표로 삼고 주님 앞에 서는 날까지 나는 예수 그리스도의 자녀로 당신과 함께 주님을 향해 걸어가고자 합니다. 사랑의 십자가 앞에서 오래 참음과 절제하는 튼튼한 두 기둥 사이에 굳건히 서 있겠습니다.

피천득 선생님이 말씀하시는 '여성의 미'를 당신이 끝까지 유지하기를 두 손 모아 기도드립니다.

여성의 미를 한결같이 유지하는 약방문은 없는가 보다. 다만 착하게 살아온 과거, 진실한 마음씨, 소박한 생활 그리고 아직도 가지고 있는 희망, 그런 것들이 미의 퇴화를 상당히 막아 낼 수 있을 것이다.

당신과 내가 언젠가 육체는 쇠퇴하고 늙겠지만 마음으로, 영적으로 영원히 늙지 않는 소년과 소녀였으면 좋겠습니다. 우리가 젊어서부터 좋아하는 영국의 낭만파 시인 윌리엄 워즈워스도 "어른의 아버지는 어린이다"라고 말했지요. 아동문학가 윤석중 선생의 삶의 목표도 '바로

환동返老還童', 즉 "늙음을 되돌리고 어린아이를 찾아온다"였습니다. 당신이 항상 어린아이처럼 소리 내어 잘 웃을 때 나는 가장 행복합니다. '어린이 되기'가 우리 부부의 '말년의 양식'이었으면 좋겠습니다. 당신 이름이 영어로 "So young"인 것처럼 당신은 나에게는 언제나 아주 젊습니다.

30여 년 전 4월 어느 날 지금은 없어진 서울대 사대 뒷동산 청량대에서 당신에게 사랑을 고백하던 기억이 아직도 생생합니다. 살아 있는 기억은 우리 존재의 집입니다. 기억은 과거의 순간을 포획하여 정지시킨 정태적인 것이 아니고 살아 있는 생명의 선입니다. 나는 그때 당신에게 "여기에 커다란 황무지가 있는데 그 메마른 땅을 개간하여 젖과 꿀이 흐르는 옥토로 만들지 않겠느냐"고 말했습니다. 여기서 황무지란 물론 저였지요. 그때 당신은 처음에는 자신이 없다고 했지만, 끈질기게 요청하자 당신은 그러면 한번 개간자 역할을 해 보겠노라고 했지요. 그날 밤은 나에게 밤하늘에 별이 가장 빛나는 밤이었습니다.

그 후 나는 당신에 대한 내 진실한 사랑을 증명하기 위해 면도칼로 새끼손가락을 베어 쓴 혈서를 사랑의 맹세로 당신에게 바쳤습니다. 아직도 당신이 그 혈서를 가지고 계신 것도 알고 있지요. 물론 나의 피는 우리 모두를 구원하신 예수님의 보혈과 비교도 할 수 없지만, 그때 내가 흘린 피가 가난한 내 생명의 땅을 일구어 아직도 내가 살아 있게 만든 추동력이라고 믿습니다. 만일 당신을 못 만났다면 나라는 황무지는 아직도 아무런 열매를 맺지 못하고 잡초 무성한 쓸모없는 땅으로 남았을 것입니다. 다시 한번 그때 당신이 나를 배우자로 '선택'해 주어 감사 드립니다.

오늘 나는 당신에 대한 나의 사랑과 충성을 어떻게 증명할 수 있을까요. 나는 늘 다음 말을 되뇌고 있습니다; "한 번뿐이고 살 같이 빠른 삶의 도정道程에서 내가 가장 잘한 일은 당신을 이인삼각 경기의 충실한 인생 반려자인 아내로 삼아 믿음의 동지로 살아가는 일이다."

보잘것없는 긴 편지를 끝까지 읽어 주어 고마워요. 마지막으로 내가 좋아하는 시인 김소월 시 「부부」의 첫 부분과 마지막 부분을 올려 드리리다.

오오 아내여, 나의 사랑!
하늘이 묶어 준 짝이라고
믿고 살음이 마땅치 아니한가.
...
나는 말하려노라, 아무러나,
죽어서도 한곳에 묻히더라.

아멘!

08. 딸들에게

보고 싶은 혜연, 혜진에게

무더위에 건강하고 즐겁게 지내는지 궁금하구나. 그곳에서 엄마, 할머니, 할아버지 이모(부), 외숙부모 사촌들이 모두 잘해 주실 터이니 안심이다. 어른들께 인사 잘하고 한국에 관해서 여러 가지로 많이 보고 배우도록 해라. 내가 언제나 말하지만 너희들도 한국 사람임을 어디가서든지 잊어서는 안 된다.

아빠도 덕분에 잘 있다. 이곳은 서울만큼은 무덥지 않아도 요사이는 제법 햇볕이 따갑다. 얼마 전에 아빠 차 에어컨을 수리했다. 그래서 에어컨을 켜면 추울 정도다. 요사이는 아빠가 학생들 가르치는 것도 끝나서 편하게 지내고 있다. 여울이네가 멀리 한 열흘간 여행을 떠나 요즈음은 강내희 씨와 정구도 못 치고 심심하다. 혜진이 명령대로 밥도 조금씩 먹고 책도 안 사고(내가 언제 책을 많이 샀니?) TV도 거의 안 보고 있다. 주로 대학교 아빠 연구실이나 도서관에서 지내고 있다. 아침 7시 30분에 나가서 밤 11시경에 돌아오는 날이 많다.

햄스터도 잘 있다. 굶기지 않고 먹이도 잘 주고 있으니 걱정 마라. 요사이는 너희들이 없어서 그런지 햄스터도 맥이 없어 보인다. 지지난 주 교회에서 어린이 장기자랑을 해서 꼬마들 춤도 추고 피아노, 바이올린, 나팔 등을 불었는데, 너희들보다 못하는 것 같다. 너희들이 오면 Michael과 함께 또 특별 시간을 만들기로 했으니 그곳에서 혜연이 피아노 연습 좀 하고 혜진이 '과수원길' 노래 연습도 좀 해 오면 어떨까?

엄마한테도 얘기했지만 혜연이 생일 끝나자마자 좀 일찍 오는 것이 어떨지 모르겠다. 새학기 준비도 해야 하니 말이다. 특히 영어 잊어버리지 않도록 TV도 보고 가지고 간 영어 책들도 읽고 혜연, 혜진 너희 단 둘이 있을 때는 영어로만 말하는 것이 좋겠다.

아무튼 무더위에 찬 것 너무 많이 먹지 말고, 낮잠도 좀 자고 양치질 자주 해라. 그러면 건강하고 재미있게 지내기 바란다.

1985년 8월 10일 토요일
밀워키에서 아빠 씀

09. 주북명* 선생님께

건강하시지요. 댁내도 모두 평안하시고요.

제가 대학에서 은퇴한 지도 벌써 5년으로 접어들었습니다.

서울은 새봄이 왔습니다만 요즘 미세먼지 때문에 외출하기 고통스런 날들이 점점 늘고 있습니다.

몇 가지 경과보고와 부탁 말씀을 드리고자 합니다.

주요섭 선생의 1950년대 말 『자유문학』에 연재되었던 『일억오천만 대 일』과 『망국노군상』이 국내 최초 단행본으로 4월 말에는 출간될 예정입니다.

완벽한 결정판은 아니더라도 출간 즉시 3부씩 보내 드리겠습니다.

그 후 나머지 장편 2권 『구름을 잡으려고』(1938), 『길』(동아일보, 1953)은 올여름 안으로 출간할 예정입니다.

그동안 여러 가지로 도와주시고 격려해 주셔서 감사합니다.

또 부탁드릴 말씀이 있습니다.

제가 많이 부족하지만 주요섭 선생 타계 50주년이 되는 2022년에 맞추어 『주요섭 평전』을 출간할까 계획하고 있습니다.

평전은 대체로 제1부 생애, 제2부 작품론, 제3부 사상으로 구성될 예정인데, 제가 가장 취약한 부분이 제1부 생애 부분입니다.

---

* 주북명朱北明 : 소설가. 주요섭 선생(1902~1972)의 장남으로 현재 미국에 살고 있음.

큰 사항들은 좀 정리가 되는데 생애의 세부사항은 기록으로 남은 것이 많지 않고 구하기도 어렵네요.

특히 1936년부터 1943년까지 중국 베이징 보인대학에서 영문학 교수 시절의 기록은 거의 없습니다.

그래서 주 선생님께 몇 가지 어려운 부탁 드립니다.

1. 주요섭 선생 생애에 관해서 아시는 모든 사항을 정리해 주시면 좋을 것 같습니다.

   1950년대 초중반 춘원 이광수 선생의 따님 이정화 여사께서 당시 이화여고 재학 중에 쓰신 『나의 아버지 춘원』을 기억하시지요?

   물론 그 정도는 아니더라도 이번 기회에 아버님 생애에 대해 포괄적으로 연도별이라도 정리해 주시면 어떨까요? (예를 들어 주요섭 선생 독립운동 경력 인정 기록과 '언제' 대전 현충원에 안장[이장] 되셨는지요?)

2. 지난번에 일차적으로 보내 주신 주요섭 선생 사진 등 자료를 복사했습니다만 아버님에 관한 모든 자료들(사진, 편지, 유품, 저서 등)을 모아 주십시오. 제가 불원간 미국에 들러 주 선생님을 직접 뵙고 여러 가지 지도편달을 받도록 하겠습니다.

3. 주요섭 선생이 돌아가신 후에 상당한 자료들을 영문학과 교수로 재직하셨던 경희대 도서관에 기증하셨다는데 혹시 그 목록을 가지고 계신지 여쭙고 싶습니다. 저도 직접 경희대 도서관에 들러

확인해 보겠습니다.

4. 주 선생님 스마트폰 번호를 알 수 있을까요.

제 번호는 010-63○○-76○○입니다. 앞으로 급한 일 있을 때 전화드리고 싶습니다.

선생님께 너무 무리한 부탁 드리는 것 같아 죄송합니다만, 가능한 많이 도와주시면 고맙겠습니다.

그럼 내내 건승하시고 댁내 모두 행복하십시오.

2019년 7월 10일

서울에서 정정호 드림

10. 이윤상 선교사 내외분께

샬롬!

안녕하시지요?

사랑의교회 북방 사랑 단기 선교팀이 2박3일 동안 블라디보스톡의 손니치 문화영성센터 방문 중에 베풀어 주신 사랑과 가르침에 진심으로 감사드립니다.

우리 부부도 두 분 선교사님의 희생적인 헌신과 창의적인 노력에 은혜와 도전을 크게 받았습니다.

아무쪼록 건강하시어 주님의 영광을 위해 북방 선교 사역을 계속할 수 있기를 기도드립니다.

이번 9월에 서울에 오시면 꼭 시간을 내주시어 만남의 시간을 가질 수 있기를 바랍니다.

그럼 다시 만날 때까지 주님의 은혜 아래 평안하시기를 간구합니다.

2018년 5월 18일

정정호, 이소영 드림

11. 이화영 형님께

형님전상서

모두 안녕하시지요?

서울은 지금 거의 초겨울 날씨입니다. 뉴욕과 뉴저지는 어떤지요. 보내 주신 예준이 첫돌 기념 축하카드와 선물 잘 받았습니다.

여러 가지로 어려우실 텐데 마음을 써주시고 손자아이에게 큰 선물까지 보내 주시니 몸둘 바를 모르겠습니다. 머리 숙여 감사드립니다.

예준 엄마 아빠에게 잘 전달하고 손자를 하나님의 아들로 잘 키우도록 노력하겠습니다. 이번 토요일(31일) 점심때 가족들만 15명 정도가 모여 첫돌 파티를 할 예정입니다. 은혜로운 시간이 될 수 있도록 기도해 주십시오. 이곳 큰 처형은 인공관절 수술이 아주 잘 되어 퇴원하여 지금은 관절 전문 요양 병원에서 후속 물리치료를 받고 있습니다. 저희들은 매 주말마다 찾아 뵙고 있습니다.

워싱턴 DC의 작은 처형을 비롯해서 그곳 가족들에게 안부 전해 주십시오. 형님 내외분, 병두네 가족, 소연네 가족, 작은 처형 모두 주님의 은혜 안에서 평강과 기쁨의 생활이 매일매일 이어지시기를 간구하면서 기도드리겠습니다.

이 가을, 겨울 내내 건승하십시오.

2015년 9월 15일
서울에서 정호 드림

12. 오정현 목사님께

존경하는 오정현 담임 목사님께

안녕하신지요?

저는 사랑의교회 교수선교회장을 맡고 있는 정정호 집사입니다.

4년 전부터 매년 숭실대학교 한국기독교문화연구소와 사랑의교회 교수선교회와 공동으로 지식인 선교 심포지엄을 개최하고 있습니다.

내년 1월 22일(토) 오후에 사랑의교회에서 제4차 심포지엄이 개최될 것입니다.

이번에는 초대 문화부장관이셨고 최근 『영성과 지성』이란 책으로 널리 알려진 이어령 교수님께서 기조발제를 할 예정으로 있습니다. 이에 무척 바쁘신 줄 아오나 심포지엄을 위해 지난해와 마찬가지로 오 목사님의 축사를 부탁드리고 싶습니다.

시간상 불가능하시다면 영상 축사라도 꼭 해 주시면 고맙겠습니다.

참고로 프로그램을 첨부로 보내드립니다.

새해에도 목사님의 큰 사역에 하나님의 은혜가 늘 함께하시기를 기도드립니다.

내내 건강하시고 안녕히 계십시오.

2006년 5월 20일

13. 이문열 소설가를 모심

이문열 선생님께

안녕하신지요?

몇 달 전 선생님께 오는 8월 15일부터 21일까지 서울 중앙대학교에서 개최될 제19차 국제비교문학대회(참고로 참석 예상 인원은 국내외 합하여 500명 내외가 될 것 같습니다.)에서 특강을 부탁드린 바 있습니다. 이제 개최 일자가 한 달여 정도밖에 남지 않아서 몇 가지 부탁드리고자 연락드립니다. (그동안 한두 번 휴대전화로 연락드렸으나 잘 되지 않았습니다.)

선생님의 휴대폰 번호가 바뀌어서 이메일로 연락드립니다.

선생님 외에 특강 하실 분은 작년 노벨문학상 수상자인 독일의 여류작가 헤르타 뮐러와 국내에서는 이어령 교수입니다.

이 밖에 미국과 인도에서 각각 석학 두 분이 특강자로 오십니다. 선생님의 특강 날짜는 8월 20일(금) 오후 4시입니다.

강연 시간은 40~50분이고 우리말로 하시면 됩니다. 영어와 프랑스어로 번역되어 양쪽 화면에 뜨게 됩니다.

그리고 선생님의 특강료는 200만 원입니다. (조직위원장인 제가 후원 모금을 많이 못해서 예산 압박이 매우 심해 그것밖에 못 드리게 됨을 송구스럽게 생각합니다.)

이에 선생님의 한글 발표 원고를 7월 15일까지 부탁드립니다.

선생님의 원고를 영어와 프랑스어로 번역해야 하므로 기일이 촉박하게 되었습니다.

주제는 자유입니다. 원고는 제 이메일로 보내 주시면 고맙겠습니다.
무더운 날씨에 건강하시고 뵈올 때까지 안녕히 계십시요.

2010년 7월 1일
제19차 국제비교문학회 세계대회 조직위원장
한국비교문학회장 정정호 드림

14. 학장이 교수님들에게

안녕하신지요?

늦었지만 이제야 드디어 봄이 온 것 같습니다.

다름이 아니오라 그간의 제 신상에 관해 말씀 드리고자 합니다.

저는 문과대학 학문단위 구조조정에 관한 중차대한 논의가 진행되는 동안 내내 학장으로서의 중재자 또는 조정자로서의 제 역할이 미미하여 고심하고 있었습니다.

지난 3월 23일 임시 교무위원회에서 본부안에 대해 문과대학장으로서 반대의견을 분명히 했으나 중과부적으로 구조조정안이 본부안대로 통과되었습니다. 그 후 25일 11시 본관 2층에서 총장단과 독불일 교수님들과 면담이 이루어졌습니다. 그러나 여기서도 독불일 교수님들의 건의가 받아들여지지 않았습니다. 이 면담 직후 저는 식물학장으로서의 무력감과 자괴감, 그리고 천막 농성 등에 관해 책임감을 통감하고 총장에게 사직서를 제출하였습니다.

저는 사표가 수리될 때까지 교무위원회도 불참하였으나 기본업무인 결재는 간간이 학장실에 들러 수행하였습니다. 그러면서 사표 수리를 2주 가까이 기다리던 중 지난 4월 7일 사표를 반려하겠다는 총장의 통보를 받았습니다. 저는 아직도 독불일 학과를 중심으로 한 학문단위 구조조정 등의 문제가 완전히 해결되지 않은 상태이고 또한 학장의 역할에 대해 자신이 없어 고심과 장고를 거듭하였으나 구조조정의 과도기를 계속 담당하기로 결정하고 사표 반려를 받아들였습니다.

이에 문과대 교수님들께서 제 입장을 혜량해 주시기를 바랍니다. 앞으로도 계속 남아 있는 독불일 학부제 문제, 정원조정 문제, 캠퍼스 재배치 문제 등을 문과대학 마지막 학장으로서 교수님들과 함께 지혜를 모으는 데 최선을 다하겠습니다.

벌써 봄학기도 훌쩍 지나고 중간고사가 일주일 앞으로 다가왔습니다. 학기 내내 교수님의 건강과 문운이 왕성하시기를 기원드리고, 댁내도 두루 평강하시기 바랍니다.

안녕히 계십시오.

2010년 10월 10일
학장 정정호 드림

15. 중앙이론연구회 회원들에게

중이연 선생님들께

안녕하십니까?

벌써 무더운 지난 여름과 그렇게 기다리던 가을도 지나고 겨울 가운데 있습니다. 모두 각자의 자리에서 최선을 다하리라 믿습니다.

다름이 아니오라 올해를 마무리하는 모임을 12월 21일(토) 오후 3시에 가지기로 하였습니다.

각자 공부한 것을 간략하게 발표하는 시간을 가진 다음 송년 저녁식사와 맥주 한잔 할까 합니다.

바쁘시더라도 이번 모임은 꼭 참석해 주시기 바랍니다.

이번에 지난 1년간 중이연을 맡아 수고하셨던 염○순 선생님이 물러나고 새 회장도 선출할 예정입니다.

학기 마무리 잘 하시고 볼 때까지 모두들 건승하시기 바랍니다.

2013년 11월 28일
정정호 드림

추신 : 이번 모임 발표는 각자 그림을 한 점씩 선택하여 감상평을 하기로 했습니다. 전문적인 분석은 아니더라도 지금까지 공부한 내용에 자신의 의견을 더해 그림에 대한 이야기를 하려 합니다.

IV

초대사, 식사, 인사말, 환영사, 축사, 추천사, 발문, 격려사, 주례사

01. 송년의 밤 초대

동기 여러분 안녕하십니까?

결실의 계절 가을이 달려가 버리고 낙엽도 찬바람 속에서 떨고 있습니다. 이제 우리에겐 지나간 '기억'만이 남았습니다. 벌써부터 유난히 추울 것이라는 올겨울에 대해 긴장됩니다.

그러나 기억은 언제나 우리 존재의 집입니다. 화사한 날들에 대한 기억의 부활은 50대 중반으로 치닫고 있는 우리에게 현재와 미래를 위한 훌륭한 생존전략의 하나입니다. 인천중학교와 제물포고등학교를 다니던 어린 시절에 대한 기억은 우리 모두에게 즐겁고 창조적인 '집단 무의식'입니다.

2001년 12월 8일 겨울 송년모임은 이런 의미에서 영원히 시들지 않는 싱싱한 시간이 될 것입니다. 공간적으로도 인중제고에서 가까운 올림포스 호텔에서 우리 모두 다시 만나 일상으로부터의 '탈주의 선'을 마련해 봅시다.

황량한 초겨울에 함께 만나 몸을 부딪치면서 웃으며 대화하는 가운데 삶의 불꽃은 이글거릴 것입니다. 어린 시절의 여러 친구들을 만날 생각을 하니 '아니 벌써' 가슴이 설레입니다.

그럼 보고 싶은 모두들 만나볼 것을 미리 몽상하면서… (2001)

02. 주례사

오늘은 좋은 날이다. 기쁘고 즐거운 날이기도 하다. 왜냐하면 장래가 촉망되는 두 젊은이가 오늘 부부가 되기 위해 여러분을 모시고 혼례를 올리는 날이기 때문이다. 먼저 연말이고 토요일이라서 무척 바쁘신 중에도 신랑 박○걸 군과 신부 유○정 양의 혼례를 축하하기 위해 오늘 참석해 주신 하객 여러분께 주례로서 진심으로 감사드린다.

점심시간도 지나고 여러분들이 시장하실 것 같아 곧바로 본론으로 들어가기로 한다. 내가 오늘 이 신랑 신부에게 꼭 해 주고 싶은 말은 '사랑'이다. 너무나 진부하고 추상적인 이야기이지만, 본질적인 문제라고 생각되어 '다시' 말을 꺼낸다.

우리 삶의 궁극적인 목적은 무엇인가? 그것은 아마도 '지식'을 얻고 '사랑'을 하면서 행복하게 사는 것일 것이다. 우리는 지식을 얻기 위해 너무나 많은 시간과 힘을 쏟는다. 나는 오늘 '지식' 문제는 접어두고 사랑 이야기만 하고자 한다. 내 생각으로는 인생의 목적은 한마디로 '사랑'이라고 본다. 동서 고금의 성인들이 이미 설파한 바 있다. 부처님은 '대자대비'를, 공자님은 '인애(仁愛)'를, 예수님은 '사랑'을 우리 삶에서 가장 중요하다고 말씀하셨다. 따라서 우리 삶의 목적은 사랑과 그 실천이라고 보면 틀림없을 것이다. 이런 의미에서 결혼식은 사랑의 실천의 '시작'이며 결혼생활은 사랑의 실천의 '장'이다. 그래서 두 남녀 간의 결혼은 중요하고도 신비한 의미를 가질 수 있다.

우리는 이 세상을 살아가면서 엉뚱한 것에 매달려 아까운 시간을 허비하고 있다. 그 엉뚱한 것이란 돈, 권력, 명예, 지식이다. 물론 이것들은 우리가 일상적으로 살아가는 데 필요하기도 하다. 그러나 이런 것들은 모두 수단일 뿐이지 목적이 되어서는 결코 안 된다. 우리 인생은 돈, 권력, 명예, 지식이 아무리 많아도 사랑이 없으면 아무것도 아니다. 따라서 사랑이 가장 중요하며 가장 좋은 것이다.

그렇다면 '사랑'이란 무엇인가? 우리나라 말로 사랑은 어원적으로 '생각한다'는 뜻을 가지고 있다. 사랑하면 항상 생각하고 관심을 가지는 것이 맞는 말이다. 그러나 나는 오늘 사랑에 대해 그리스 사람들의 말을 이용하고자 한다. 그리스 사람들은 흥미롭게도 사랑이란 말을 크게 세 부분으로 나누어 설명하고 있다.

첫째, 에로스Eros적 사랑이다. 이 사랑은 생물학적인 사랑이다. 남녀 간의 성적인 사랑이 포함된다.

둘째, 필리아Philia적 사랑이다. 이 사랑은 인격과 가치에 관한 사랑이다. 이 뜻은 가장 넓은 의미로 쓰인다. 가족, 부모, 형제자매, 친지, 친구, 동료, 이웃들 간의 사랑을 가리킨다.

셋째, 아가페Agape적 사랑이다. 이것은 어떤 초월적인 것에 대한 사랑이다. 인간과 신의 사랑, 인간과 자연 간의 사랑 등이 여기에 속한다.

우리가 살아가면서 인식하고 실천해야 할 사랑의 낮은 단계인 에로스부터 필리아를 거쳐 궁극적으로 아가페로 균형있게 그리고 점진적으로 나아가야 한다. 그러나 3단계의 사랑을 실천하기 위해서는 노력하고 연습하고 훈련해야 한다. 사랑은 관념이나 이론이 아니고 행동이고 실천이기 때문이다. 사랑은 지식이 아니고 지혜다. 저절로 사랑을 알고 실천할 수 있는 것은 결코 아니다. 나는 구체적으로 어떻게 해야 한다는 자세한 이야기는 하지 않을 것이다. 오늘 신랑 박○걸 군과 신부 유○정 양은 총명하고 지혜로운 젊은이들이니까 이 말의 뜻을 잘 알 것이다. 또한 구체적인 사랑의 실천계획과 행동강령은 두 사람이 오늘 이 시간 이후부터 준비하고 연구해야 할 것이다. 이 자리에서 부부간의 사랑, 가족 간의 사랑, 이웃에 대한 사랑에 관해서보다 다만 한 가지 강조하고 싶은 것이 있다.

그것은 아가페적인 사랑이다. 우리는 우주와 삼라만상에 대한 경외감, 신비감을 가지고 나아가 조물주나 신에 대한 감사의 마음이 필요하다. 우리는 지구상의 하나의 인간이라는 동물로서 겸손하고 자연을 공경하는 마음을 가지고 광활하게 사는 것이 중요하다. 척박한 지상에서 아웅다웅하면서 고단하게 살다 보면 이 아가페적인 사랑을 잊기 쉽다. 세계에서도 가장 복잡한 도시인 서울, 그중에서 강남의 한가운데, 그리고 이 경건한 혼례식 날에 무슨 뚱딴지 같은 소리냐고 생각할 수도 있다. 그러나 나는 오히려 그러하기에 이제 막 가정을 꾸려 무한경쟁 속에서 치열하게 살아갈 이 새내기 부부에게 이 말을 꼭 해 주고 싶은 것이다. 주례사가 너무 추상적이고 진부한 것 같아 신랑 신부에게 미안한 생각이 든다.

이제 마무리하자. 사실 사랑이란 진부하고 추상적인 것은 결코 아니다. 사랑이란 항상 새로운 것이며, 이미 언제나 구체적인 것이다! 사랑에는 '자기사랑'이란 말과 같이 자신을 사랑하는 것도 어느 정도 필요하다. 그러나 사랑이란 결국 자기가 아닌 자기 이외의 것을 소중히 생각하고 관심을 가지고 배려하고 희생까지 할 수 있는 '상상력imagination'에 다름 아니다. 상상력은 다시 말해 타자 되기의 능력이다. 나 자신도 실천을 잘 못하지만 내가 좋아하는 좀 섬뜩한 말이 있다. "내가 죽고, 네가 죽으면, 우리가 산다!" 어떤 의미에서 사랑은 죽음에서 완성된다. 내가 먼저 죽고 너마저 죽어야 우리는 부활하여 다시 사는 것이다. 이것이 부부간 사랑의 기막힌 역설이다.

부부간에 매일매일 죽는 연습이야말로 가장 놀랍고 확실한 사랑의 실천이다. 아무쪼록 오늘 새로 부부가 된 박○걸 군과 유○정 양이 인생과 결혼의 진정한 목적이 무엇인지 알고 목적 있는 삶이 무엇인지 생각하며 살아가기를 바라고, 끝으로 오늘 기쁜 혼례식을 위해 어려운 걸음을 해 주신 하객 여러분에게 다시 한번 감사드린다. 하객들께서는 이 두 젊은 부부가 앞으로 살아갈 때 많은 관심과 배려의 사랑을 베풀어 주실 것을 간곡히 부탁드리며 주례사를 마치고자 한다. (2007)

03. 문과대 졸업식 학장 식사

 사랑하는 문과대 졸업생 여러분!

 여러분의 졸업을 진심으로 축하합니다.

 지난 4년 동안 이 교정에서 함께 지낸 우리는 오늘 졸업생 여러분들과 헤어지는 것이 무척 아쉽지만, 그래도 정말로 오늘은 기쁜 날입니다. 졸업생 여러분을 위해 불철주야 애쓰셨던 부모님을 비롯한 가족과 친지, 친구들에게도 축하드립니다. 그동안의 노고에 감사드립니다.

 대학 졸업은 다른 어느 졸업보다 의미가 깊습니다. 인생에서 하나의 과정이 '끝나는' 동시에 새로운 '시작'이 펼쳐지기 때문입니다. 오늘 이렇게 졸업이라는 의식을 치르는 것은 하나의 과정이 '끝났다'는 것을 자신에게 인식시키는 것이요, 또 다른 '새로운 시작'을 알리는 일입니다. 껍질을 벗지 못하는 뱀은 죽습니다. 부디 다시 태어나시기 바랍니다, '학사'라는 뜻을 가진 영어의 B.A.(Bachelor of Arts)는 "Born Again(다시 태어나기)"의 첫 글자이기도 합니다.

 자랑스런 문과대 졸업생 여러분!

 저는 오늘 문과대 학장으로서 문과대를 졸업하는 여러분이 특별히 자랑스럽습니다. 여러 단과대학 중에서 대학 중의 대학인 문과대학을 졸업하는 여러분은 자부심을 가져도 좋습니다. 문학, 역사, 철학을 중심으로 한 인문학과 심리, 문헌정보, 사회, 복지, 민속 등 사회과학을 전공한 여러분은 모든 것의 토대가 되는 인간과학의 기본적인 학문을 익혔습니다. 중앙대학교 문과대학에서 배운 것들을 가지고 여러분은 앞으로 어느 분야로 나아가든 무한한 발전을 기대할 수 있습니다.

오늘 여러분이 졸업하는 중앙대학교 문과대학은 특별한 곳입니다. 1950년, 60년부터 70년대, 80년대에 이르기까지, 훌륭한 교수님들과 찬란한 학문적 전통을 지닌 단과대학입니다. 여러분도 지난 4년 동안 이러한 유서 깊은 문과대학을 졸업하는 것입니다. 저는 다시 한번 여러분이 자랑스럽고 또 부럽습니다.

경애하는 문과대 졸업생 여러분!

저는 이 자리를 빌려 졸업생 여러분에게 한 가지만 말씀드리고자 합니다. 여러분은 일생 동안 "Cold Head and Warm Heart"를 잊지 말라고 부탁하고 싶습니다. 이 말을 우리말로 옮긴다면 '냉철한 머리(이성)'와 '따뜻한 가슴(마음)'이라는 뜻입니다.

우리는 이 척박한 사회에서 고단한 삶을 살아가기 위해서는 무엇보다도 진리와 전문지식으로 무장하고 냉철한 지성으로 사유할 필요가 있습니다. 복잡한 현실세계에 대한 분석, 이해, 비판, 대응을 위해서 꼭 필요합니다. 그러나 이보다 더 중요한 것은 따뜻한 가슴(마음)입니다. 따뜻한 마음은 나 이외의 다른 사람들을 배려하고 사랑하는 마음입니다. 사랑은 모든 것을 녹이고 화합시키고 다시 만들어 내는 '힘'입니다. 사랑이 없다면 위대한 이론과 탁월한 전문지식들도 사소한 것이 되어

버립니다. 사랑과 지식이 합해질 때 우리 사회와 삶을 위한 놀라운 에너지가 생성되는 것입니다. 아무쪼록 여러분은 이 사회에서 사랑과 지식의 발전소가 되기를 바랍니다.

졸업생 여러분께 다시 한번 말씀드립니다. "Cold Head and Warm Heart!" 이를 위해서는 인문사회계열 책을 많이 읽기를 권합니다. 많이 읽고 많이 생각하고 많이 쓰시기 바랍니다.

빛나는 문과대 졸업생 여러분!

오늘 여러분이 정든 교정을 떠나더라도 모교인 중앙대학교를 잊지 말고 기억해 주시기 바랍니다. 중앙대 흑석캠퍼스가 조금 비좁긴 해도 우리 학교는 서울의 상징인 남산이 마주 보이고 한국의 젖줄인 한강이 내려다보이는 명당자리입니다. 앞으로 살아가면서 좋을 때나 어려울 때나 흑석캠퍼스를 기억하면서 큰 힘을 내시기 바랍니다. 아무쪼록 앞으로 졸업생 여러분의 행복하고 보람된 삶이 계속 이어지기를 기원합니다. 여러분의 건투를 빕니다.

졸업생 여러분의 문과대학 졸업을 다시 한번 진심으로 축하드립니다. 감사합니다. (2009)

문과대학장 정정호

04. 곽호영 교수 퇴임 축사

안녕하십니까. 반갑습니다.

저는 방금 소개받은 중앙대 영문학과 교수 정정호입니다. 곽호영 교수님의 영예로운 퇴임식에 하객으로 여러분과 함께 참석하게 되어 즐겁고 기쁩니다.

제가 곽호영 교수님을 처음 알게 된 것은 지금은 은퇴하신 중앙대 사범대 영어교육과에 재직하셨던 사범대 학장을 지내신 이창국 교수님을 통해서입니다. 이창국 교수님은 연구실에 늘 향기 나고 맛있는 원두커피를 준비해 놓으시고 친하게 지내는 교수들을 불러 대화를 즐기며 손수 커피를 타 주셨습니다. 이 자리에서 곽 교수님을 여러 번 뵈었고 공부 외 이야기 등 많은 담소를 나누었습니다. 마침 제 고등학교 동기동창으로 아시아나항공 사장을 지낸 친구가 있는데, 그와 곽 교수가 서울대 문리대 물리학과 동기생임을 알게 되어 더욱 친근감을 가지게 되었습니다. 그 후 우리는 자주는 아니지만 같이 모여 식사를 하고 밥상공동체의 교제를 지금까지 계속 이어가고 있습니다.

저는 곽 교수님을 직장동료로서 좋아할 뿐 아니라 존경합니다. 직장에서 존경하는 동료를 가진다는 것은 대단한 행운이라고 생각합니다.

첫째, 학자로서 학문적인 존경입니다. 여러분도 다 아시다시피 곽 교수님은 자신의 분야에서 언젠가 노벨물리학상을 받을 수 있는 세계적수준의 독창적인 연구를 매우 열심히 하시고, 동료의 시기심을 유발하고도 남을 정도의 엄청난 연구 업적을 만들어 내고 계십니다. 곽 교수님은 퇴임 후에도 중앙대 최초로 석좌교수CAU-Fellow로 임명되셨습니다. 저는 곽 교수님의 이러한 퇴임 전까지, 아니 퇴임 이후에도 이어질 학문적 열정이 부럽고 존경스럽습니다.

둘째, 저는 가장으로서 곽 교수님을 존경합니다. 몸이 불편하신 사모님을 위해 매주 병원을 직접 모시고 다니시고 정성을 다하며 사모님을 돌보고 계십니다. 곽 교수님은 가정에서 열렬한 남편이면서 동시에 자애로우신 아버지로 자제들을 잘 가르치고 교육시켜 훌륭한 사람으로 키웠습니다. 큰아드님은 젊은 나이에 지금 하버드대학에서 박사 논문을 쓰고 있습니다.

셋째, 저는 한 인간으로서 곽 교수님을 좋아합니다. 대화할 때 넘치는 재치와 기지, 인문학과 자연과학을 넘나드는 폭넓은 교양의 소유자입니다. 또한 곽 교수님은 교수학자로서도 많은 훌륭한 제자들을 길러 냈습니다. 곽 교수님은 『논어』에 나오는 제가 좋아하는 구절이며 저는 노력하고 실천하고자 하는 "德不孤, 必有隣"(덕은 외롭지 않다. 덕을 베풀면 항상 이웃[친구]이 있기 마련이다.)을 실천하고 계십니다.

아무쪼록 우리의 자랑스러운 곽호영 교수님께서 퇴임 후에도 더욱 건강하시고 연구도 계속하시고 댁내 다복하시기를 기도드리며 제 말씀은 마치겠습니다. 감사합니다. (2011)

05. 한국영어영문학회 회장 인사

　영어영문학은 위기다─탈주의 선은? 대학의 상아탑은 이미 고색 창연한 구시대의 유물이 되었다. 오늘날 대학 안과 밖의 세상은 분리를 허용하지 않는다. 우리는 담장 위에 걸터앉아 안과 밖 양쪽을 동시에 바라보는 야누스다. 학문 방법론적으로 단순한 순수주의는 복합주의를 비난할 수 없다. 모든 것이 섞이면서 재영토화와 탈영토화가 반복되는 중간지대가 부상하고 있다. 중간은 정태적이고 수동적인 것이 아닌 언제나 사이의 역동적인 창조의 시공간이다.

　'영어'라는 문화자본의 전리품으로 무임승차한 우리는 희희낙락하고 있는 것은 아닌가? 요즈음의 교수, 학생, 연구자들은 학술 논문 제조 기능공의 나르시시즘에 빠져 있다. 유기적 인문 지식인이기를 포기하고 한 구멍만을 파고드는 '쥐'식인이 되고 있다.

　영어영문학은 위기다.

　공감적 상상력을 가진 균형 잡힌 비판적 인문 지식인이 되자. 영어영문학 내의 학문 간 그리고 연구자 간의 대화와 소통을 지속적으로 넓히자. 영어영문학 내의 교류와 융합을 거부하는 분과 학문 체제를 배격하고 불식하여 새로운 창조의 중간지대를 열자. 영어학, 영문학, 영어교육, 문화연구는 이제 융복합과 통섭의 새로운 문화 윤리 속에서 다시 만나야 한다. 21세기 세계시민주의시대를 살아가는 우리는 필연적으로 다중적 정체성을 가진 잡종적 인간이다.

2010년 한국영어영문학과 대학원생 세미나를 통해 전공 간 그리고 학교 간 벽을 허물고 대화하고 토론하면서 위기를 타고 넘는 '탈주의 선'을 마련해 보자. (2010)

06. 제19차 국제비교문학회대회 개회사

문학을 통해 더 좋은 세상을 만듭시다!

한국비교문학회가 주최하는 제19차 국제비교문학회대회가 열리는 이곳에서 여러분을 모시게 되어 저에게는 큰 영예입니다. 또한 저는 동아시아에서 가장 오래된 도시 중에 하나인 서울의 중앙대학교에서 전 세계 40여 나라에서 오신 초청인사들과 탁월한 학자들을 환영하게 되어 기쁩니다. 여기에 모인 우리들은 6개의 소주제를 포함하여 대회의 대주제인 '비교문학 영역의 확장'에 관해 의견을 나누고 교환할 것입니다.

21세기는 인문학의 운명을 나누고 결정하는 교환, 융합, 통섭의 시대입니다. 우리의 미래는 제가 '비교적 상상력'이라고 부르는 것에 달려 있습니다. 저에게 놀라운 것은 이 친근하고 일반적인 말인 '비교'는 이제 인문학 연구에서 가장 유행하고 아마도 필수불가결한 개념 중의 하나가 되었다는 것입니다. 저는 비교 작업이 차이들을 인식하고 타자에 대한 일차적인 이해를 통해 개인의 정체성 형성을 가져온다는 기본 전제 안에서 이러한 상황의 전환에 대한 이유를 찾습니다. 이제 우리는 '넘어서', '가로질러', '다(多)의', '통섭'과 '이주'를 선언해야 합니다. 이것이 '비교주의의 문화정치학'이며 '비교의 인식론적 윤리학'의 정수입니다.

저는 서울 대회가 전 지구적 수준에서의 개방적인 학문적 연구와 문화교환의 커다란 열매들이 맺기를 기대하고 모든 참석자들이 중앙대학교에서 열리는 대회와 한국의 서울에서의 다채로운 문화 행사들을 즐기시기를 진심으로 바랍니다.

대단히 감사합니다. (2010)

조직위원장 정정호

07. 『책과 인생』 창간 28주년 출간을 축하하며

범우사와 나의 인연은 두 권의 문고판 피천득의 수필집과 시집으로부터 시작되었다. 피천득 수필집 『수필』은 작고 예쁜 모습으로 1976년 범우문고 제1권으로 초판이 나왔다. 후에 『피천득 시집』도 나왔다. 대학 은사이신 피천득 선생의 작품 세계를 처음 섭렵한 것은 범우사 문고판으로 시작되었다. 그 후 범우사 『수필』과 『피천득 시집』을 일부 구입하여 친지와 학생들에게 나누어 주기도 했다.

대중 독자들을 위한 교양지 월간 『책과 인생』과 나의 인연은 '피천득의 아름다운 인연들'이란 연재로 시작되었고, 지금까지 39회에 이르고 있다. 그 덕분에 2019년 『피천득 다시 읽기 — 금아의 삶과 문학 이야기』를 범우사에서 출간할 수 있었다. 나는 자연스레 월간 『책과 인생』의 애독자가 되었다. 예쁘고 역사가 깃든 표지에서부터 시, 수필, 역사, 예술, 철학, 출판 등 다양한 주제를 쉽고 재미있게 풀어 쓴 글들로 가득차 있다. 특히 윤형두 회장의 『한 출판인의 사초』는 한 출판인의 회고록이지만 한국 현대 출판 역사의 중요한 기록으로 의미가 크다.

범우사가 소장하고 있는 판매고서 목록이 들어 있는 '책사랑冊舍廊'은 오래된 책을 좋아하는 나의 비밀 코너다. 아무쪼록 한국 출판계의 거목 윤형두 회장님의 만수무강과 유익하고 재미있는 종합 인문교양 월간지 『책과 인생』도 장수하기를 기도드린다. (2020)

08. 동서양 과학소설 국제학술대회 인사말

신사 숙녀 여러분, 안녕하십니까? 반갑습니다.

한국 대전에서 동서양 과학소설 국제학술대회East/West International Conference를 개최하게 된 것을 축하드립니다. 이번 국제학술대회는 대전 한남대학교와 한국영미문화연구학회가 공동으로 주최하고, 한국연구재단의 지원으로 개최되고 있습니다.

저는 한국영미문화연구학회 회장으로 오늘날 동서양에서 주요 연구 주제로 떠오르고 있는 과학소설(SF)에 대해 논의하는 자리에서 축사를 하게 되어 기쁘고 또한 영광으로 생각합니다.

이번 대회를 위해 체코, 미국, 아일랜드, 일본, 프랑스, 중국, 이탈리아, 남아공South Africa 등 외국에서 오신 참가자 여러분께 감사드립니다. 특별히 오늘 기초발제를 맡아 주신 체코공화국 대사이신 Mr. Jaroslar Olsa Jr.님께 감사드립니다.

아무쪼록 아름다운 6월 한가운데인 오늘 하루 좋은 발표와 생산적인 토론이 활발하게 전개되기를 기대합니다.

끝으로 이 국제학술대회 준비를 위해 애쓰신 김규식 학장님, 로버트 베르토니 교수, 홍기영 교수, 김일구 교수님께 감사드립니다.

여러분 대단히 감사합니다. (2014)

한국영미문화연구학회장 정정호

09. 여학생 교지 『녹지』 창간 30주년 축사

모든 이름 짓기는 계보학적으로 문화정치학적이다.

중앙대학교 여학생 교지가 『녹지綠池』라는 이름으로 1967년 8월에 창간된 지도 벌써 30년이 지났다. 창간사를 살펴보면 세 가지 의미가 새겨져 있다.

우리의 푸르른 마음을 심는 곳(젊음)

싱싱하고 발랄한 대화가 끊이지 않는 곳(밀실)

영롱한 너와 나의 언어가 무수히 박힌 곳(광장)

그러나 왜 녹지인가?

녹지에서 '녹'은 푸른색으로 중앙대학교의 교색이다. 녹색은 우리에게 평화를 그려준다. 여성적 이미지가 강하다. 남성 중심 원리인 이성, 논리, 경쟁이 결국 무익한 싸움으로 치닫는 경우가 얼마나 많았는가? '녹'색은 근대를 초월하여 탈근대를 휘돌아 21세기의 새로운 이념의 푯대로 넘어가는 녹색 윤리학이며 생태학적 상상력이다. '녹'색은 우리에게 원초적인 생명감에 대한 신비스러운 경외감과 한없이 역동적인 인류의 어린 시절에 대한 욕망을 생산해 낸다. 이런 의미에서 녹지가 녹지綠地로 오독되어도 무방하다.

오늘날 고단한 도시적 삶의 황막한 공간 속에서 녹지는 얼마나 질박하고 몽상적인가? 몽상이 이상과 현실의 중간지대이듯 녹지는 산업기계문명의 포도鋪道와 불가해한 무의식의 꿈의 지대 원시림의 가장자리가 아니겠는가?

그러나 녹지에서 지池는 당연히 물의 이미지를 가진다. 물은 여리면서 강하다. 물은 모든 생명의 근원이다. 노자에 따르면 물은 어린아이, 여성과 동일한 가치가 부여된다. 부드러운 것은 아름답다. 아름다운 것은 진실하다. 우리가 오늘날 파기해야 할 이데올로기는 어른의 교지狡智와 남성적 원리다. 물, 어린아이, 여성은 지난 수천 년간의 돌/철, 어른, 남성 중심의 문명사를 반정反正할 수 있는 위반적·개입적·전복적 인식소다. 남녀 불문하고 남근적 사고방식에 침윤되어 있는 모든 인간들은 물론 세례를 받아 다시 태어나야 한다. 우리는 이제 남녀라는 이분법을 혁파하고 여성주의로 휘돌아 결국은 양성주의兩性主義로 돌아가야 하리라.

여학생들만이 아닌 우리 모두의 교지『녹지』는 따라서 우리 중앙대학교의 상징물인 늠름한 청룡처럼 새로운 시대를 위한 변혁과 대안을 제시해야 한다. 본관 앞 연못의 청룡상을 보라. 그/녀가 웅거하는 곳이 바로 녹지가 아닌가? 그러나 여기서 잊지 말아야 할 것은 청룡은 남성적 이미지가 아니라는 점이다. 우리의 청룡은 여성만도 아니고 남성만도 아닌 양성적이다. 한국 정부의 초대 상공장관이며 우리 학교 설립자이신 임영신 여사는 양성적 상상력을 가진 분이셨다. 30년 전 '녹지 창간을 대학의 기쁜 일'로 반기며 창간 축사를 해 주신 임영신 총장님 말씀을 경청해 보자.

여성이 학문함에 있어 이론 추구의 가치 증진도 중요하지만 여성으로서의 인간형의 창조, 미에의 연마, 덕성의 배양이 무엇보다 병행되어야 할 것이다. 여성이 갖는 세계관, 인생관, 신뢰관을 이 찬란한 대학생활에서 이뤄 보지 않으면 안 된다. 때문에 나는 애당초 여성의 지도적·박애적·봉사적 정신이 그 국가사회의 번영에 큰 비중을 차지한다는 것을 깨닫고 이 중앙대학교를 창설한 것이다.

우리가 이러한 기억의 회복인 계보학을 들춰 낸다면 『녹지』의 미래는 자명해진다. 『녹지』에 내장되어 있는 문화정치학적 책무는 앞서 이미 지적한 '녹'과 '지'라는 기표들을 창조적으로 '기의화(의미화)'시켜 우리 중앙대학교의 장래는 물론 한국 사회의 미래를 위한 새로운 지식, 이론, 비전을 끊임없이 치열하게 생산해 내야 할 것이다. 『녹지』는 또 다른 밀레니엄(천년대)이 얼마 남지 않은 현시점에서 우리 대학교의 주체적 담론 생성을 위한 영원히 마르지 않는 맑은 연못이 되어 중앙인 모두의 담론의 중심이 되어야 하리라. (1994)

10. 중앙대학교 인문학 비전 장학기금 모금 안내

안녕하십니까? 중앙대학교 인문대학 영어영문학과 교수 정정호입니다. 저는 지난 1979년 중앙대학교에 부임하여 30년 이상 영문학 및 인문학 분야에서 학문 발전과 후학 양성에 매진해 왔습니다. 중앙대학교 구조조정으로 2011년부터 문과대학에서 인문대학이 새로 창설되었습니다. 인문학은 이제 21세기 전 지구적인 문명을 위해 새로운 문화윤리학으로 거듭나야 합니다.

이에 저는 대학에서 각 개인 자신뿐 아니라 이웃을 사랑하고 사회에서 소금과 빛이 되려는 비전을 품고 살았습니다. 더욱이 공감적 상상력을 가지고 다양한 분야들을 융복합할 수 있는 통섭적 인문지식인을 양육하는 데 적으나마 돕기 위해 '중앙대학교 인문학 비전 장학기금'을 설립하게 되었습니다.

이 장학기금은 중앙대학교에 설치하고 운영 내규를 만들어 기금 운영과 집행에 투명성과 공정성을 확보케 하였습니다. 또한 이 기금 모금에 참여하신 분들은 중앙대학교 발전기금 기부자로 여러 가지 예우를 받게 됩니다. 개교 처음부터 인문사회계열로 출발한 중앙대학교가 인류 문명 위기 시대에 이 분야에서 탁월한 인재들을 육성, 배출할 수 있도록 본 장악기금 모금에 적극 참여해 주시면 감사하겠습니다.

2011년 8월
설립자 및 대표 정정호 드림

11. 이○호 선생 추천서

저는 기쁜 마음으로 이○호 선생을 위해 추천서를 씁니다. 이○호 선생과의 인연은 1996년 박사논문 심사 때부터 이어집니다. 저는 당시 이 선생이 제출한 「포스트콜로니얼리즘 미학의 양가성」이란 제목의 논문을 외부 심사자로 심사한 바 있습니다. 탈식민주의 이론이 국내에 막 상륙하여 아직 나름의 세를 형성하지 못한 때라 이 선생이 쓴 논문을 관심 있게 읽었던 기억이 납니다.

이○호 선생은 1996년 한국외국어대학교 영문과에서 박사학위를 취득한 후 탈식민주의 연구를 보다 본격화하기 위해 남아프리카공화국으로 유학을 떠났습니다. 그 후 그곳에서 십 년의 세월을 더 보낸 것으로 알고 있습니다. 이 선생이 당시 남아공으로 유학을 떠난 것은 전 세계의 탈식민주의 연구가 지나치게 서구 중심주의적 편향을 보이고 있다는 판단 때문이었다고 알고 있습니다.

당시로서는 하필 왜 아프리카로 유학을 가냐라는 생각을 했지만, 지금에 와서 생각해 보면 매우 의미 있는 선택이었다는 생각이 듭니다. 현재 전 세계에서 영어를 모국어 혹은 링구아 프랑카로 사용하는 나라의 수가 54개국 정도인데, 한국의 영문학과가 주목하는 나라의 수는 고작해야 영국, 미국, 호주, 뉴질랜드 그리고 캐나다 등, 소위 과거 백인 정착민 식민지로 불리는 나라 정도입니다.

저는 이번 기회에 한국의 영문학과가 그 연구의 외연을 확장하여 영어권 문학Literature in English으로 발전되어야 한다고 생각합니다. 그래야만 국내외적으로 진행되고 있는 구미 중심의 세계문학사적 전횡을 막을 수 있고 아프리카 영문학을 포함하는 인문학적 연구의 균형을 바로잡을 수 있다고 생각합니다.

그런 의미에서 이○호 선생이 현재 진행하고 있는 연구 활동은 일견 국내의 영문학과는 다소 동떨어진 내용을 가지고 있는 것처럼 보일지도 모르지만, 보다 거시적인 세계문학적 관점에서 보면 국내외적으로 중차대한 의미가 있다고 생각합니다.

따라서 저는 개인적으로 이○호 선생과 맺고 있는 인연을 소중하게 생각하고 있으며, 이 인연이 귀 대학으로도 연결되기를 진심으로 바라는 마음으로 이○호 선생을 귀교의 전임교수로 강력하게 추천드리는 바입니다. (2012)

12. 한국문학비평가협회 축사

회원 여러분, 안녕하십니까?

이렇게 양평까지 먼 길을 오셔서 참석해 주심을 감사드립니다.

오늘날 우리 시대를 규정하는 문학과 관련된 3대 위기가 있습니다.

첫째, 제4차 산업혁명 시대가 문학의 위기를 불러왔습니다.

둘째, 디지털 동영상 시대가 가져온 문자의 위기가 있습니다.

셋째, 인공지능(AI) 시대의 인간의 위기입니다.

이러한 위기의 시대일수록 우리 문학인들은 위기를 기회로 만드는 지혜가 필요합니다. 다시 말해 우리는 지금 비평정신이 가장 필요할 때입니다. 제 소박한 견해로는 비평정신이란 문학작품을 평가하고 재단하는 가치평가만 하는 것이 아닙니다. 문학 작품에서 삶의 '주체적 보편'을 찾아내어 '문학의 힘'을 고양시키고 인간 문명의 위기라는 어려운 상황에서 우리를 이끌어 주는 삶의 원동력을 제공하는 것입니다.

이를 토대로 한국문학비평가협회가 이러한 시대적 과업을 담당하는 중차대한 역할을 감당할 수 있어야 할 것입니다. 이런 의미에서 문학비평도 하나의 창작 담론이 되어야 합니다. 또한 문학비평가들을 많이 발굴, 육성하여야 할 것입니다. 앞으로 창립 30년이 넘은 한국문학비평가협회가 역동적인 비평정신을 가지고 한국 문학계를 크게 발전시킬 수 있는 역할을 담당할 수 있기를 크게 기대합니다. 감사합니다. (2022)

13. 시집 『아름답고 소소한 작은 이야기들』 발문

"기도하는 시인의 변화된 삶과 새로운 세상"

기도는 모든 신앙인들에게 호흡이다. 호흡은 잠시라도 하지 않으면 생명 자체가 위태롭기에 기도는 세상 한가운데 서 있는 자신에 대한 성찰로 시작하여 초월적 신을 향한 간구다. 기도는 궁극적으로 신과의 대화이기에 기도 없는 신앙생활은 아무런 의미가 없다. 호흡은 숨을 끊임없이 들이쉬고 내쉬는 반복 작용이다. 숨은 공기이고 정령(성령)이다. 소우주인 우리의 혼과 몸은 호흡이라는 신체와 영혼의 활동을 통해 대우주(신)와 교감하고 교류한다.

기도는 흔히 우리 자신의 평강과 형통을 위한 구복적인 것이 되어 개인적이고 사적인 경우가 많다. 하지만 기도는 단순히 여기서 끝나지 않고 좀 더 넓은 사회적·공적 영역으로 확장된다. 그것은 우리 삶의 나이테가 두터워질수록 그만큼 원숙해져 삶과 세상을 좀 더 포용할 수 있기 때문이다.

이번에 중견시인 이애영이 세 번째로 상재하는 시문집에서는 앞선 두 작품집과 다른 변화가 엿보인다. 첫 시집 『눈동자 속의 이야기』(1994)는 가정생활과 교사생활에서 느끼고 배우는 주변적 주제들이 대부분이었고, 두 번째 시집 『귀에 남은 그대 음성』(2011)은 사랑하는 남편을 떠나보낸 후 남은 자의 슬픔과 애도의 애틋한 감정들을 중심으로 한 가정 이야기들이 주류였다. 그러나 이번 세 번째 시집 『아름답고 소소한 작은 이야기들』에는 개인적이고 주변적인 사적 주제가 일부 있긴 하지만 하나의 작은 변화 또는 전환이 이루어져 좀 더 넓은 시야에서 본 삶과 세상에 대한 공적 주제들이 나타난다. 그중 눈에 띄는 이야기의 하나는 여성 문제이고 다른 하나는 늙음, 즉 노인 문제다.

시인이 여자이기에 여성 문제에 관심을 가지는 것은 너무나 당연하다. 여성의 섬세한 시적 감수성으로 세상을 바라보는 방식은 지난 수천 년 지속된 가부장제 남성 중심 사회에 새로운 통찰력을 던진다. 시인 이애영도 예외가 아니다.

「여자의 삼환」에서 시인은 가부장 사회에서 여자로서 억누르며 살아갈 수밖에 없는 여자의 길을 안타깝게 여기며 조선시대 천재작가 허균의 누이 허난설헌의 삶을 떠올린다.

많은 세월이 흐른 지금도 여자의 존재는 작아야 하고 소리 없이 살아야 미덕인 세상,

지금 글을 쓰는 이 순간에도 여자의 존재는 역시 소리 죽여 살아야 미덕이겠지.

지금 쓰는 이 글도 불평으로 보일까 두려워 힘이 빠진다.

아픔이 담긴 말을 하면 불평으로 몰아가는, 풀어질 수 없는 고질화된 관념인 이 사회에 좌절하며, 여인의 삶을 생각한다.

아플 땐 아프다고 말하고 그 일들이 정상적으로 해결되어 여인의

아픔을 공감해 주는 사회가 그리워진다.

이 시에서 시인은 여자의 아픔을 시대를 초월하여 보편화시킨다. 여성이 자신의 감정과 사상에 관해 말이나 글로 표현하는 것이 거의 금기시되었다. 이것은 여성에 대한 최대의 억압이요 착취였다. 여성 해방 또는 남녀 평등의 첫걸음은 바로 여성들이 하고 싶은 말을 하고 쓰고 싶은 글을 쓰는 것이다.

"여성은 약하나 어머니는 강하고 위대하다"는 말이 있다. '어머니'는 모든 사람의 가슴속에서 영원히 특별한 존재다. 이애영에게 어머니는 어떤 존재일까?

그리움만으로 남아 있던 나의 어머니,
언제부터인가 가시같이 어머니를 아프게 했던 나의 잘못이 생각남
을 어찌합니까.
눈을 감으면 아직도 생생하게 기억되는 어머니의 모습이,
눈을 감으면 떠오르는 어머니의 모습이,
가시가 되어 마구 어머니를 찔렀던 나의 잘못이 생각나게 하시면,
어찌합니까.
이제는 이곳에 계시지 않아 잘못을 용서 받을 수도 없는데
자꾸 생각나게 하시면 어찌합니까.

이미 언제나 '구원의 여인'인 어머니는 애틋한 추억과 회상의 대상일 뿐만 아니라 그런 엄마를 얼마나 많이 슬프게 만들고 힘들게 했을까, 하는 회한의 대상이기도 하다. '어머니날'까지 만들어 놓고 "엄마," "어머니" 하면서도 얼마나 끊임없이 우리는 어머니를 억압하고 착취하는가? 어머니는 자식들의 끊임없는 요구에 응해야 하는 노예다. 이 얼마나 역설이고 이율배반인가? 말로는 생각으로는 어머니의 은혜를 떠올리면서 우리 자신도 모르게 (아니 알면서도) 얼마나 어머니를 괴롭히며, 또 늙어 힘없는 어머니가 되면 엄마라는 존재를 얼마나 버거워하는가? 어머니를 진정으로 사랑하는 건 어떻게 하는 것일까? 여성의 자유와 권리의 궁극적인 성취는 지상의 모든 어머니들의 해방과 축복에서 완성될 것이다.

하루하루 나이를 먹어가는 인생의 가을날, 일상생활에서 삶의 의미를 찾지 못하고 자신감을 잃어가던 시인은 사랑의 주님의 자녀로서 복음 전파의 소명을 깨달아 삶의 불씨를 되살린다.

> 아직도 많은 날이 남아 있는데
> 아직도 많은 길을 가야 하는데
> 연민의 눈으로 보시는 주님께 감사하며 기도드린다.
> 주님의 가르침을 실천하고
> 주님의 가르침을 누구에게나 알리게 해달라고. - 「내 인생의 가을날에」

어느 날 나이를 먹었다는 것, 늙었다는 것이 의식되었을 때 그것은 시인에게 하나의 작은 충격이었을 것이다. "나이 먹어 노년이 되었어도 보통의 노인의 자리에 자리 잡는 건 싫다. 노인이 되어 안일한 삶만 누리고 싶지도 않다. 글자가 빽빽하여 몇 장만 읽어도 글씨가 보이지 않는 책을 사고는 희열에 잠긴다"(「노인의 자리」). 시인은 평범한 노인이기를 거부하고 "책을 많이 읽는 노인"이 되어 "삶의 희망을 주는 글을 찾"는다. 「그대들은 우리에게 어르신이라 부른다」에서 그는 광속의 시대를 살아가는 젊은이들의 세상에서 "어르신(?) 듣기도 어색하고, 듣기도 민망한 우리는 어르신이라는 호칭 속에 갇혀" 살기를 꺼린다.

우리는 인생의 황혼기에 갑자기 느끼는 늙음에 대한 애석하고 우울한 상념 속에 빠질 수밖에 없다. 지난날을 생각하면 회환이 나고 현재의 날들도 확실한 게 없다.

조심조심 나의 길을 간다.
아직은 볼품없는 늙음은 아닌데,
세상은 내게 생각을 바꾸라고 말한다.
우리의 설 곳이 좁아진 이 땅에서
지친 몸으로 우린 너무 오래 사나 보다. -「내가 설 자리는」

늙고 병들고 죽는 일이 두려운 것을,
우린 늙어서야 알았는데.

....

그들에게 아무런 도움도 주지 못하고

그들에게 짐만 되는

노인이라는 나의 위치를 미안해하며 – 「꿈」

여러 세대가 어렵고 힘든 당대를 함께 살아가기에 어쩔 수 없는 갈등과 모순이 생기게 마련이다. 우리 마음을 더욱 어둡게 하는 것은 우리가 과연 후속세대인 젊은이들에게 무엇을 해 줄 수 있을까 하는 회의다. 게다가 이런 무력감을 넘어 내 자신이 젊은 자식 세대에게 부담이 될까 두려움과 위기감에 휩싸인다. 그래서 시인은 젊은 세대를 위한 기도를 드리며 살고자 다짐한다.

우리는 이쪽도 저쪽도 아닌

중간에 끼인 삶을 살았으니,

묵묵히 그들을 보며

변한 그들의 모습에 동요하지 말고

그들을 위해 기도하는 일을

큰 목적으로 삼고 우리의 길을 가려 합니다. – 「우리의 아이들」

늘 기도하는 삶의 여정에는 불안 속에서도 평강이 깃든다. 이애영의 이번 시집에는 유난히 기도에 관한 시와 산문이 많다. 생활의 연륜이 깊어질수록 신앙도 깊어져 아들, 딸, 며느리, 사위, 손자 손녀와 같이 가까운 가족이나 친척들을 위한 기도만이 아니라 이웃과 타인을 위한 기도들이 등장한다. 그의 시 「기도」의 끝부분을 보자.

스치고 지나가는 사람들을 위해 기도합니다.
저와 눈길이 마주친 그들을 위해 기도합니다.
제 몸을 주님의 성전으로 삼아 주셔서
늘 기도하는 저를 보시고
응답해 주시기를 기도합니다. - 「기도」

그는 가족과 타자들을 위한 기도를 위해 자신의 몸을 하나님께 기도하는 집인 "주님의 성전"으로 만들고자 한다. 남을 위한 중보기도는 이웃에 대한 '배려'로 이어져 단순히 기도로 끝나는 게 아니라 배려의 실천으로 옮기는 게 진정한 기도의 목적일 것이다.

남을 배려하는 마음을 잃은 우리들의 못된 습성이
누군가에게 고통을 주고,
배려의 마음을, 부끄러움을 잃은 사람들이
당당하게 세상을 살아가며
잘못된 마음도 인지하지 못하는 사회 - 「의무」

시인은 "남을 위로하는 마음보다는 자신만을 위하고 배려의 마음도 사라진 이 세상을 두려워합니다"라고 고백하며 늙어 갈수록 더욱더 평온한 마음으로 이웃들을 배려하며 살고자 결심한다.

> 이젠 침착한 마음으로 노년을 살아야겠다.
> 이젠 차분한 마음으로 노년을 보내야겠다.
> 따뜻한 마음을 이웃에게 전하는 일에 인색하지 말고
> 이웃을 배려하는 마음에 인색하지 말아야겠다. - 「말을 더디하는 연습」

바로 "이웃을 배려하는 마음"이 예수가 명한 새로운 2대 계명 중 하나인 "네 이웃을 네 몸같이 사랑하라"다. 독실한 기독교 시인인 이애영 문학의 결론은 바로 이곳이 아닐까? 중요한 타인인 가족뿐 아니라 일반 타자, 즉 이웃에 대한 배려, 나아가 공감, 또 나아가 사랑에 이르고자 한다.

우리 시대 노인의 아름다운 역할은 마중물, 디딤돌, 불쏘시개의 역할이다. 만약 노인이 문명과 역사를 거꾸로 돌리거나 사회와 세대를 향해 불평만 하거나 현재나 미래에 대한 올바른 비전을 제시하지 못한다면 어떻게 될까? 좀 더 거창하게 말한다면 노인은 적어도 역사의 수레바퀴를 굴리고 있는 세대를 품으면서 미래에 대한 희망을 노래해야 한다. 노인이 갖고 있는 최대의 정신자본은 삶의 지혜와 세대에 대한 관용일 것이다. 이애영 시인은 거의 무의식적인 수준에서 궁핍한 시대와 고단한 세대를 향해 이런 '사랑의 다리를 놓는 중보자' 또는 '평화를 만드는 사람peacemaker'의 역할을 수행한다.

'기도하는 시인'의 최후의 정착지는 어딜까 궁금하다. 그것은 시인이 첫 시집 앞표지 뒤에 실었고 두 번째 시집의 뒤표지에도 실린 「고향」이다. 이 시는 시인의 신앙과 문학세계가 지향하는 '이상향'일 것이다. 여기에 전문을 싣는다.

너와 나의 조그만 몸을 눕힐
아늑한 보금자리를 만들고

멀리 강이 건너보이는
조그만 창을 만들어

너와 내가 미소를 띄워
훈훈한 정을 만들면

여기가 고향이라
여기가 고향이라

기도의 파수꾼으로서 시인의 목표는 '고향'의 건설이다. 그것은 과거의 추억이며 현재의 바람이며 미래의 꿈이다. 시인의 고향은 시인이 꿈꿔 온 "보금자리," "강," "창," "미소," "정情"이 있는 세계다. 고향은 또한 시인이 오늘 이 땅에서 세우고자 하는 새로운 세상이며, 앞으로 가고자 하는 세상 위의 세계인 보이지 않는 천국일 것이다. (2013)

14. 『우울증의 해부』 추천의 말

집단 우울증에 걸린 21세기를 위한 지혜의 문학

로버트 버턴(1577~1640)은 영국 16세기 엘리자베스 시대에 위대한 극작가 윌리엄 셰익스피어보다 10여 년 늦게 태어나 활동한 기묘한 천재적인 작가다. 버턴의 방대한 책 『우울증의 해부The Anatomy of Melancholy』는 1621년 초판이 나온 이래 5회에 걸쳐 수정보완판을 출간했다. 버턴은 일생 동안 모교인 옥스퍼드대학에서 장학금 받는 연구생으로 지내며 결혼도 하지 않았다. 그리고 거의 이 책 한 권에만 매달려 계속 수정 보완하였다. 버턴은 16세기 말 옥스퍼드대학을 졸업하고 대학에서 평생 특별장학생으로 남아 도서관에서 글 읽고 공부만 하며 여행도 거의 하지 않고 조용히 한 곳에만 머무르며 고독하게 지냈다. 그는 한때 옥스퍼드 시에서 영국 성공회 교회 목사로 섬기기도 한 독실한 기독교 신자였다.

버턴은 그리스 철학자 '데모스테네스의 아들'을 자처하며 당대 최고의 문체로 독자들의 호기심을 일으키는 수많은 정보와 깊은 지식을 가진 작가였다. 그는 17세기 전반기 영국 문단의 철학적이고 심리학적인 정보와 사상들을 수많은 인용문들 속에서 녹여내면서 독창적으로 논리를 흥미롭게 전개하였다. 그의 글은 난삽하지만 유머, 기지, 풍자, 지혜가 역동적으로 빛난다. 이 놀라운 책은 1651년에 마지막 교정본이 사후에 나왔다. 이 책의 구성은 모두 3부로 구성되어 있다.

제1부에서 버턴은 타고난 질병으로서의 우울증에 대한 정의를 내리고 그 원인을 논의하고 그 증거들을 정리하였다.

제2부는 우울증의 치료법이 당대 모든 심리학적·의학적 지식을 총동원하여 다양하게 논의되고 있다.

제3부는 사랑의 우울증, 종교적 우울증을 주로 다루고 우울증 치료에 대한 버턴의 지혜와 명상이 최고점에 이른다.

다면체적 작가 버턴의 우울증이라는 풍부한 라틴문학 내에서의 인용과 백과사전적 지식을 토대로 한 논의와 전개는 당대는 물론 후세 사람들을 놀라게 했다. 버턴의 '인용의 미학'에 주목해야 한다. 다독가인 버턴의 글은 고전에서의 수많은 인용들의 거미줄로 짜여 있다. 그의 인용은 단순히 박학과 다독을 과시하기 위한 것이 아니라 일종의 인용을 통해 다양한 텍스트들이 서로 만나 대화하는 교환의 장이다. 독자들은 버턴이 초대한 수많은 작가들과 놀 수 있는 놀이터다. 인용이 풍부한 버턴의 글의 숲을 이루는 다면체 또는 복합체의 글이다. 그의 두꺼운 텍스트는 그만큼 읽기는 쉽지 않지만 재미있고 우리에게 풍요로운 도전을 제공한다.

버턴의 생기 있고 구어적인 문체는 매우 개성적이다. 그 문체는 상상력을 일으키고 웅변적이며 호기심을 자극한다. 따라서 버턴의 글의 특징은 지독한 인용애호증을 가졌던 그의 서양고전의 지식 보물창고 역할이다. 우울증에 대한 버턴의 치료 방안은 20세기 정신의학에서도 다시 논의될 정도로 깊이가 있다.

버턴의 『우울증의 해부』는 후대 작가들에게 다양하게 영향을 주었다. 18세기 계몽주의와 신고전주의 대문인 새뮤얼 존슨(1709~1784)은 이 책을 너무 좋아해 새날이 밝으면 읽기 위하여 자신이 평소에 일어나는 시간보다 항상 2시간 앞당겨 일어나 읽게 만든 '유일한 책'이라고 밝히고 있다. 존슨은 나아가 버턴의 이 책이 "가치 있는 작품"이며 "이 책에는 버턴 자신의 마음에서 우러나와 쓴 위대한 정신과 위대한 힘이 있다"고 높이 평가하였다. 존슨은 『우울증의 해부』를 침대 곁에 두고 일생 동안 꾸준히 읽었다. 존슨은 버턴의 결론인 "혼자 있지 말고, 게으르지 말라Don't be solitary, Don't be idle!"는 충고를 "만일 당신이 게으르다면 혼자 있지 말고, 만일 당신이 혼자 있는다면 게으르지 말고"라고 풀어서 다시 설명했다.

19세기 낭만주의 시대에도 대시인 윌리엄 워즈위스, 수필가 찰스 램 등에 크게 영향을 끼쳤다. 여기서는 요절한 낭만시인 존 키츠John Keats, 1795~1821에 대해서만 언급해 보기로 한다. 1820년대 발표된 키츠의 서사시 『라미아』도 버턴에게 큰 영향을 받고 쓴 것이다. 이 자리에서는 비교적 짧은 서정시 「우울증 찬가Ode on Melancholy」를 읽어 보자.

이 시는 기쁨과 슬픔 사이에 신비스러운 관계가 있음을 시사하고 있다. 즉 기쁨의 신전에는 숨겨진 우울이 있다는 것이다. 이 시의 3연을 읽어 보자.

우울은 미와 함께 산다. - 죽어야만 하는 아름다움과 함께

그리고 작별을 고하느라 항상 손에 입술을 대고 있는

기쁨과 함께 ; 그리고 꿀벌의 입이 빨고 있는 동안에

독으로 변해 버리는 쑤시는 듯한 즐거움이 가까이에서

그렇다. 바로 기쁨의 신전에

바로 베일을 쓴 우울이 성단을 갖고 있어

정력적인 해로 기쁨의 포로로 그의 예민한 입천장에

터뜨릴 수 있는 자를 제외하곤 그것을 볼 수가 없다.

그의 영혼은 우울의 힘의 슬픔을 맛볼 것이고

우울의 구름이 끈 트로피들 사이에 매달려 있게 되리라.

- 이재호 번역을 필자가 일부 수정했음

이 3연은 다른 말로 하면 당신이 그 여인의 아름다움에서 즐거움을 취할 때라도 당신의 기쁨은 우울로 변할 것이다. 그 이유는 아름다움과 기쁨은 지나갈 것이기 때문이다. 키츠가 제시한 용어 중 '마음을 비우는 능력'을 뜻하는 '소극적 수용력Negative capability'이 있다. 이 용어는 결국 공감각적 힘을 가진 상상력을 의미하기도 한다. 이 시에서 우울은 우리 삶에서 부정적이고 소극적이 아니라 삶의 본질적 모순이며 역설인 슬픔과 기쁨의 순간을 동시에 받아들이는 능력이리라. 다시 말해 그것은 일종의 '비극적 환희'일 것이다.

20세기 문학비평에서 로버트 버턴을 논의한 사람은 캐나다의 문학

이론가 노드럽 프라이Northrop Frye다. 그의 저서 『비평의 해부』(1957)는 『우울증의 해부』의 수사와 형식을 모방한 것이다. 프라이는 해부 anatomy의 개념을 설명하면서 『우울증의 해부』의 핵심을 찌르는 진술을 내놓고 있어 좀 길지만 인용해 본다.

버턴의 『우울증의 해부』에서 … "극도로 해박한 지식을 창조적으로 다루는 것이 구성원리"로 되고 있다. 여기서는 '우울melancholy'이라는 개념이 제공하는 지적 패턴에 의해서 인간사회가 고찰되고, 대화 대신에 책의 심포지엄이 전개된다. 이 결과 제프리 초서(그는 버턴이 애독한 작가의 한 사람) 이래, "영문학에 있어서 버턴의 책만큼 단 한 권의 책에서 포괄적인 인간 생활의 고찰을 담은 작품은 없는 것이다." 그에 대한 이야기가 나와서 하는 말이지만, 그의 서론과 「여담餘談, digression의 장」은 유토피아를 취급하고 있는데, 그 「여담의 장」은 잘 조사해 보면 메닙포스적(주로 정신적 태도를 공격하는)인 풍자의 여러 형식을 학자풍으로 산뜻하게 요약한 것임을 알 수 있다. 공기에 대한 여담은 불가사의한 여행의 주제를, 영혼에 대한 여담은 박식의 아이러니적인 이용을, 학자의 비참함에 대한 여담은 허풍선이 학자에 대한 풍자를 각각 요약한 것이다. – 『비평의 해부』, 임철규 옮김, 441~442쪽

20세기에 로버트 버턴을 매우 좋아한 사람 중에 영문학자, 소설가, 기독변증가 C. S. 루이스(1898~1963)가 있다. 루이스도 버턴처럼 박학

다식하고 글을 쓸 때 인용을 무척 즐겼다. 루이스는 버턴의 책을 아무 때나 여기저기 펴서 읽기에 좋은 책으로 『우울증의 해부』를 추천하고 있다.

먹는 즐거움과 책 읽는 즐거움은 훌륭하게 잘 섞인다. 물론 모든 책이 다 먹으면서 읽기에 적합하지는 않다. … 이럴 때는 아무 데나 펴서 읽어도 되는 두서없고 수다스러운 책이 좋다. 그런 용도의 책으로는 … 제임스 보스웰 저작 『새뮤얼 존슨 전기』과 로렌스 스턴의 소설 『트리스트럼 샌디』, 찰스 램의 『엘리아 수필집』, 로버트 버턴의 『우울증의 해부』도 같은 취지로 읽기에 좋다. - C. S. 루이스 『책 읽는 삶』, 윤종석 옮김, 68쪽

우울한 시대인 21세기에 살고 있는 우리 모두는 어떤 의미에서 우울증 환자들이다. 『우울증의 해부』는 겉보기에는 의학서지만 실제로는 인간의 학문과 노력의 비효율성에 대한 열정적인 비판이며 풍자다. 어떤 면에서 본다면 인간의 모든 종류의 정신질환을 다루고 있는 이 책은 일종의 인간 문명에 대한 비판적 사유다. 이 점이 바로 17세기 초에 쓰여진 이 책이 21세기 초에도 우리에게 의미를 가지는 이유다. 21세기 인간 문명은 인간의 자만과 탐욕과 전 지구적으로 끊이지 않는 민족 간 전쟁들, 종족 간 갈등, 종교 전쟁, 빈부 갈등은 물론 기후변화, 생태계 파괴 등으로 거의 종말론적 상황에 이르렀다. 시작된 지 오래된 인류의 우울증은 언제 끝날 것인가?

서구문학 특히 영문학에서 걸작으로 꼽히는 버턴의 놀라운 책 『우울증의 해부』가 한국 영문학자로는 수필가이며 번역문학가인 이창국 교수가 국내에 처음으로 번역 소개하였다. 전부가 아니라 일부만 소개하였지만 핵심적인 부분을 모두 다루고 있다. 다양한 인용으로 점철된 만연체의 글을 번역하기도 퍽으나 까다롭다. 이 교수의 한국어 번역은 영어 원문의 만연체로 쓰여진 난삽함에 비해 매우 유려하다. 버턴의 책이 쉽고 자연스러운 한국어 문체로 재탄생되었다. 이 방대한 책 내용의 핵심을 찌르는 옮긴이의 해설이 탁월하며, 역자가 책 뒤에 달아 놓은 친절하고 편리한 주석도 큰 도움이 된다. 역자인 이 교수의 바람대로 "언젠가 힘세고 끈질긴 사람"이 나타나 재미있는 이 책 전부를 한국어로 번역해 출간되는 날이 오기를 기대한다. (2022)

15. 초대의 글 : 중앙대 DAAD-독일유럽연구센터 소장

안녕하십니까?

중앙대학교 DAAD-독일유럽연구센터는 '아시아와 유럽, 21세기 새로운 지평을 찾아서'라는 주제 하에 2013년 11월 21일(목)~22일(금) 양일에 걸쳐 국제심포지엄을 개최합니다. 이번 심포지엄에서 우리는 21세기의 새로운 지평을 아시아와 유럽에서 찾아보고자 합니다.

오늘날 우리는 세계사의 중심축이 이동하는 대전환의 시대에 살고 있습니다. 20세기를 풍미하던 '태평양 시대'가 저물어 가고, 21세기의 개막과 함께 '유럽과 아시아의 시대'가 새로운 대안으로 떠오르고 있습니다. 부디 이번 심포지엄이 아시아와 유럽의 대화를 활성화시켜 21세기 '유럽과 아시아 시대'의 새로운 지평을 여는 단초가 되고, 나아가 동북아 3국간의 학문적 교류를 촉진시켜 동북아 평화공동체를 구축하는데 초석이 될 수 있도록 여러분의 많은 관심과 참여를 기대합니다.

2013년 11월

중앙대학교 DAAD-독일유럽연구센터 소장 정정호 드림

16. 한국문화연구학회 창립대회 초청장

안녕하신지요.

그윽한 가을의 정취를 만끽하기도 전에 곧장 겨울로 들어간 듯한 느낌이 드는 시절입니다.

다름이 아니오라 이번에 중앙대학교 한국현대문화연구소에서 '한국문화 연구의 새로운 방향'이란 주제로 추계 학술대회를 개최하게 되었습니다.

학기말이라 여러 가지로 분주하시리라 사료되오나 아무쪼록 학술대회에 많이 참석해 주시기를 바랍니다. 특별히 학술대회가 끝난 직후 전국 각지에서 오신 문화연구Cultural Studies 연구자 40여 분의 발기인을 중심으로 한국문화연구학회 창립대회를 갖고자 하오니 많이 왕림해 주시기를 부탁드립니다.

그럼 내내 문운이 왕성하시고, 건승하시기를 기원드립니다.

2008년 11월 30일
한국현대문화연구소장 정정호 드림

17. 한국수필문학진흥회 제43회 현대수필문학상 시상식 축사

여러분, 안녕하십니까?

2025년 한국수필문학진흥회 정기총회와 제43회 현대수필문학상 시상식에 참석하여 여러분을 뵙게 되어 반갑고 기쁩니다.

먼저 저는 이 자리를 빌려 지난 2월에 출간된 『현대수필문학 대상 수상 작품집』 출간을 다시 한번 축하드립니다. 1977년 제1회 피천득 선생을 비롯하여 2024년 최민자 선생에 이르기까지 15분의 수상작품을 모은 수필 작품집입니다. 제가 이 작품집에 더욱 관심을 가지는 이유는 제 개인적으로 제1회 수상자 피천득 선생님은 대학 은사님이시고 제9회 수상자 정진권 선생님은 제 고등학교 은사이시기 때문입니다. 저는 요즈음 이 작품집을 읽으면서 한국 현대 수필의 역사의 흐름을 공부하며 많은 것을 배우고 있습니다. 이 의미 깊은 중요한 선집을 펴낸 (사)한국수필문학진흥회 이상규 이사장님께 깊이 감사드립니다.

이번에는 오늘의 본 행사인 제43회 현대수필문학상 수상자, 제11회 올해의 작품상 수상자, 2025년 신인작가 등단패를 받으시는 분들께 큰 축하를 보내드립니다. 이 수필문학상이 여러 종류의 많은 수필상이 있지만 앞으로도 명실공히 수필문학상의 대표 주자로 계속 되기를 기원합니다. 오늘 이 자리에서 수상하신 여러분은 좋은 수필을 계속 창작해 주시기를 기대합니다. 특히 오늘 등단패를 받은 신인작가들께도 큰 기대를 가지겠습니다.

21세기는 시, 소설, 희곡, 평론의 시대가 아니라 수필의 시대가 될 것입니다. 삼국시대부터 세계에서 가장 오랜 전통을 가진 수필 장르는 앞으로 한국 현대문학은 물론 세계문학계에서 중요한 역할을 할 것이라 기대됩니다. 나아가 한국수필문학 발전을 위해 노력하는 한국수필문학진흥회와 에세이문학작가회 그리고 계간 『에세이문학』이 크게 발전하고 확장되기를 기원드립니다. 감사합니다.

18. 금아 피천득 문학비 제막식 인사말

안녕하십니까 여러분, 반갑습니다. 환영합니다.

이 5월 어느 날 아침 이곳 청진공원에 나오셔서 우리가 사랑하고 존경하는 금아 피천득 선생님의 생가터 문학비 제막식에 참석해 주심에 진심으로 감사드립니다. 저도 오늘을 매우 기쁘고 영광스럽게 생각합니다. 오늘 서울 한복판에 시, 수필, 번역에서 출중한 업적을 남기신 피 선생님의 문학비가 세워지는 것은 피 선생님 개인의 기쁨과 영광만이 아니라 피천득 선생님의 삶과 문학을 따르고자 하는 많은 시민들, 문인들, 독자들의 기쁨과 영광이기도 합니다. 앞으로 이 생가터는 서울의 새로운 명소가 될 것입니다. 제가 알기로는 종로 한복판에 문학비가 세워진 문인은 한 분도 없습니다. 이 문학비는 앞으로 우리 모두의 영원한 기념비가 될 것입니다.

피 선생님이 태어나신 바로 이곳 청진동 191번지는 금아 선생님의 삶과 문학이 '시작'된 요람입니다. 선생님은 이곳에서 어린 시절 서당과 유치원을 다니셨고, 이곳 주위를 마음껏 돌아다니고 뛰놀며 성장하셨습니다. 이곳에서 멀지 않은 천도교당 수운회관에도 자주 가서 놀았습니다. 이곳에서 초등학교, 현재 정독도서관이 있는 화동 언덕의 경성제일고보(경기고등학교 전신)를 열여섯 살까지 다니셨습니다. 이 일대는 피 선생님의 영혼이 깃들어 있는 중요한 곳입니다. 이곳은 앞으로 금아 선생님의 중요한 순례지가 될 것입니다.

 이 기적 같은 문학비를 세우는 데 도와주신 여러분들께 깊이 감사드립니다. 무엇보다도 금아 피천득 선생의 소중함을 알아보시고 이 생가터의 장소와 문학비 건립 비용을 마련해 주신 종로구청에 감사드립니다. 그리고 피 선생님의 둘째 아들 피수영 박사님과 많이 도와주신 여러분께도 감사드립니다. 동시에 오늘 이 행사 진행을 위해 애쓰신 여러분께도 머리 숙여 고마움을 표합니다. 오늘 여기에 참석하신 여러분께 다시 한번 크게 감사드리고, 종로의 중심부에서 이 의미 있는 역사적인 제막식 행사를 함께 즐겁게 기뻐합니다. 고맙습니다. (2025)

19. 한국 C. S. 루이스센터 개관 격려사

2016년 한국에서 처음으로 루이스 컨퍼런스를 시작한 지 올해로 벌써 10년이 되었다. 20세기 최고의 평신도 신학자인 C. S. 루이스가 제기한 여러 문제에 대해 다양한 주제로 발표와 토론이 있었다. 다면체 인간인 루이스의 영문학자, 작가, 기독변증가에 대해 유익한 논의들이 있었다. 위대한 기독변증가 루이스가 한국 기독교계에 단편적으로 소개되거나 인용이 되지만, 아직 널리 알려지거나 적용되지 못하고 있다. 한국 루이스 컨퍼런스가 지난 10년간 이룩한 연구와 토론을 토대로 향후 루이스를 한국 교회와 신도들이 새롭게 받아들이기를 기대한다.

2025년에 경사스러운 일이 있다. 한국 C. S. 루이스센터가 드디어 서울에 공간을 마련하여 문을 열었다. 아주 기쁘고 매우 의미 있는 일이다. 앞으로 C. S. 루이스에 관심을 가지고 공부하는 많은 교역자, 교수, 신도와 일반 독자가 함께 모여서 다양한 주제로 연구 발표하고 독회와 토론회를 열 수 있게 되었다. 앞으로 루이스센터가 크게 활성화되기를 기대한다.

서울에 처음 문을 연 한국 C. S. 루이스센터는 C. S. 루이스의 문학과 신학의 통찰력과 비전을 통해 복음주의 영성 신학과 목회를 목표로 삼아야 한다. 교회의 사역뿐 아니라 평신도들의 신앙생활에 새로운 차원에서 영향을 미칠 것이다. 몇 가지 핵심 가치를 제시해 보자.

1. 신학적 범주 안에서 대중 신학 추구

2. 믿음과 지성이 균형을 유지하는 신앙 추구

3. 복음주의로 연결된 신학과 목회, 양육 프로그램 수립

4. 루이스적 신학자, 목회자, 성도 육성

5. 루이스 한국화를 위한 연구, 강연, 출판 사업

앞으로 한국 C. S. 루이스센터와 한국 루이스 컨퍼런스는 하나가 되어 복음주의 믿음의 공동체로 거듭나, 돌파구를 찾지 못하고 정체에 빠진 한국 기독교계에 새로운 갈망과 비전을 제시해 주기를 바란다. 상호 공진共振하여 역동적으로 한국 기독교계에 새로운 가치의 방향을 창출하기를 기대한다.

2025년 5월 15일

남산이 보이고 한강이 내려다보이는 효사정에서

한국 C. S. 루이스 컨퍼런스 자문위원 정정호

V

머리말, 서문, 창간사, 서평, 독후감,
강연, 평설, 심사평

01. 한국문학과 포스트모더니즘과의 관계 맺기 : 머리말

미네르바 여신의 올빼미는 왜 언제나 뒤늦게 날개를 펴는가? - 헤겔

편자는 여기에서 서구 포스트모더니즘에 관심을 가진 영문학자로서 포스트모더니즘과 한국문학과의 상호관계를 점검해 보고자 한다. 미리 말하지만 편자는 서구의 후기자본주의와 후기산업사회의 반영인 포스트모더니즘이 우리에게 그대로 이식되거나 반드시 수용되어야 함을 주장하는 것은 아니다. 분단 문제, 민주화 등 역사와 전통이 저들과 많이 다르고 해결해야 할 다른 많은 문제들을 지닌 우리 문학이 그들을 그대로 모방하거나 수용할 필요는 전혀 없기 때문이다.

편자의 관심은 다만 김윤식 교수가 지적했듯이 후기산업사회와 선진 자본주의사회의 언저리에 와 있는 우리의 문물 상황에서 시인/작가들이 이러한 급격히 변화하는 새로운 상황을 어떻게 문화적으로 대응하고 반영해 나가는가에 있다. 이 편서는 이러한 '전환기', '탐색기'에 나타나는 여러 가지 '도전'과 '응전'의 문화적 양상에 대한 포스트모더니즘과 한국문학과의 잠정적인 관계에 대한 중간보고서이며(완전히 끝날 때까지 기다릴 수는 없지 않은가?) 진지한 논의의 광장으로의 초대다.

편자가 이번 선집을 마련하는 과정에서는 일종의 망설임과 나름대로의 용기가 필요했다. 첫째, 편자가 한국 현대문학 전공자가 아니기 때문이다. 다만 서구 포스트모더니즘 문화에 대해 1980년대 초반부터 관심

을 가져온 사람으로서 (우연인지 몰라도 1982년 초에 포스트모더니즘을 적어도 문단에서는 국내에 처음 번역 소개한 것이 인연이 되었을까? 당시 편자는 위스컨신[밀워키]대에서 포스트모더니즘의 중요한 이론가의 한 사람인 이합 핫산의 지도를 받고 있었고 박목월 시인의 장남인 서울대 박동규 교수의 호의로 핫산의 중요 논문 한 편을 번역하여 「포스트모더니즘의 문제」란 제목으로 『心象』지[1982년 4월호]에 소개하였다. 그해 10월에 한국영어영문학회 초청으로 한국에 온 이합 핫산 교수는 직접 국내에서 처음으로 서울대에서 포스트모더니즘에 관한 강연을 하였다. 그리고 3년 후에 편자는 이합 핫산의 주요 논문을 모아 번역하여 『포스트모더니즘』[종로서적, 1985]이란 단행본을 국내 최초로 출간하였다. 그러나 당시만 해도 포스트모더니즘에 대해 관심을 가지는 사람은 거의 없었다고 해도 과언이 아니다.) 6·29선언, 88올림픽 이후 국내에서의 문물 상황 변화에서 서구 포스트모더니즘에 대해 우리나라 시인, 작가들이 어떤 반응을 보이고 대응하여 구체적으로 어떤 작품들을 생산해 내는가에 관심을 가져왔다. 따라서 편자는 비록 서양문학을 하는 입장이지만 일단 현단계에서 그 전개과정을 한번 점검해 보는 것이 중요하다고 느꼈다.

둘째는 서구 포스트모더니즘을 한국문학과 억지로 관련지어서 별로 주목할 만한 작품도 생산되지 않고 있다는 상황에서 발빠르게 경제적인 이득이나 공명심 때문에 또 다른 '판'을 벌리려는 것이 아닌가 하는 주위 사람들의 의구심과 경계심의 눈초리가 큰 부담이 되었다. 그러나 이것도 시간을 기다려 포스트모더니즘 문학이 본격적으로(?) 도래할 때

까지 손놓고 기다릴 수 없고 각 단계 단계마다 중간평가 또는 점검이라
도 해 주어야 한다는 작은 믿음 때문에 탐색과 쇄신을 언제나 꿈꾸어
온 편자로서 용기를 가질 수 있었다.

셋째는 두 번째 문제와 관련하여 여기에 실린 글들이 이 선집만을 위
해 완전히 새로 쓰인 글이 아니라 이미 발표된 글의 모음이라는 것에
대해 독자들에 대한 송구스러움이 커다란 부담이 되었다. (다른 분들이
이미 쓴 글들을 모아 선집화하는 것은 신고전주의적 취미인가? 아니면 경박한
포스트모던 문화의 기질인가? 아니면 후기자본주의의 싸구려 상업주의인가?)
그러나 편자는 서로 다른 입김과 영혼이 깃들어 있는 글들을 모아 서로
간의 길트기를 위한 하나의 다성적인―비록 그것이 시끄러운 불협화
음이 된다 해도―목소리와 견해의 장을 마련하여 독자들을 논의의 마
당으로 초대하고 싶은 작은 욕망으로 여기까지 이끌어 왔다. (순수주의
자이거나 독창주의자 또는 권위주의자는 이러한 섞고 퍼뜨리는 토론의 장을
좋아하지 않을는지 모른다.)

한 가지 아쉬운 점이 있다면 책의 부피 때문에 몇몇 좋은 글들이 빠
지게 된 점이다. 따라서 이 첫 번째 모음에서는 가급적 지나치게 논쟁
적인 글은 피하고 일반적이고 소개성의 글을 많이 실었다. 다음에 준비
하는 속편에서는 좀더 논쟁적이고 심도 있는 분석이 가해지는 글들을
모으고자 한다.

이 편서의 출간을 격려해 주시고 도와주신 여러분께 감사드리고, 특
히 귀한 글들의 전재를 쾌히 허락해 주신 필자 여러분께 진심으로 감사

드린다.

끝으로 이 책의 출간을 쾌히 승낙해 주신 도서출판 글 홍을표 대표께
도 감사한다.

아무쪼록 독자 여러분들의 관심과 질정叱正을 부탁드린다.

남산과 한강이 바라다 보이는 명수대 연구실에서

1991년 10월 9일 한글날에

엮은이 정정호

02. 『문학과 환경』 창간사

환경생태계의 위기는 오늘날 인간이 만들어 낸 근대 문명의 최대 화두다. 진보신화와 발전논리라는 저거너트Juggernaut의 마차는 이제 제동장치가 망가진 채 무서운 질주를 계속하고 있다. 이미 우리는 죽음과 유희하고 있는 것이 아닌가? 그러나 문제는 우리가 지구상의 미증유의 생태 교란의 실제 위기를 위기로 느끼지 못하는 데 있다.

이제 환경오염이나 생태 위기의 문제는 개발론자나 환경정책 당국자 또는 환경공학자들, 그리고 환경운동가들에게만 맡겨 놓을 수 없게 되었다. 환경문제는 인문학자들도 모두 최전선에 나서야 하는 전면전이 되었다. 문학을 공부하는 우리도 인간중심주의 문명의 위기라는 황야의 한가운데 놓이게 되었고, 바로 이 지점이 문학지식인들이 개입할 지점이다. 문학이 그동안 현실 사회 개혁이나 문명 비판에 관심을 기울이기도 했으나, 이제부터는 오늘날의 환경생태 문제에 대해 적극적으로 개입하여 우리 마음을 바꾸고 근대 문명 자체의 판을 새롭게 짤 수 있는 어젠다를 채택해야 한다. 이것이 2001년 10월 국내에서 문학과 환경학회가 창립된 소이다.

사실상 문학은 언제나 환경생태적이다. 문학의 문文은 무엇보다 중국 상형문자의 기원으로 볼 때 인간의 가슴에 새겨진 자연의 무늬紋란 뜻을 가질 수 있다. 문학은 천지인天地人의 자연을 비추는 거울이기도 하다. 따라서 문학은 자연을 모방하는, 자연의 무늬를 그리는 공부이며 학문이다. 또한 문文은 가슴에 문신紋身을 새기는 (각인하는 과정에서 생기는, 즉 피 흘리고 고통을 당하는) 상처이기도 하다. 어찌 보면 인간의 문화文化는 야생과 순수한 자연을 인간에게 맞게 비틀고 다시 만들어 내는 일종의 폭력(상처)이 아니겠는가? 문자라는 것은 한문의 경우 대부분 상형문자처럼 자연의 모습을 그리고 다시 변형시킨 것이다. 이런 의미에서 볼 때 문(文=紋)자가 들어가는 문화, 인문학, 문학 모두가 자연의 무늬를 거울에 담아내는 모방의 즐거움뿐 아니라 자연에 상처를 내어 고통을 주는 양가적인(이중적인) 의미를 가지고 있다. 여기에서 우리가 작가, 시인이든 연구자든 일반 독자든 환경생태 문제에 적극 개입해야 할 확실한 명분을 얻게 되는 것이다.

문학과 환경학회는 앞으로 몇 가지 기획을 추진할 것이다. 우선 무엇보다도 작가나 시인들에게는 앞으로 생태학적 의식 제고를 위한 작품들을 많이 쓰게 격려하고 주문할 뿐 아니라 지금까지의 문학에 나타난 환경의식과 생태학적 상상력을 찾아내는 일이다. 반환경적이고 반생태적인 현재의 인간문명을 광정하기 위해서는 창작과 연구를 통해 문학적 '상상력'을 고양시켜야 한다. 상상력은 기본적으로 주변부 타자들에 대한 관심과 배려다. 지금까지 사용 가치에만 전념해 온 인간 중심적인 근대 문명의 변두리에서 억압과 착취당했던 자연, 동식물, 나아가 무생물에 이르는 삼라만상에 대한 관심과 배려다. 이런 의미에서 상상력은 언제나 사랑이다. 문학은 이제 상상력이란 사랑을 통해 인간 주체의 대상으로 남아 있는 소외되었던 자연을 끌어들여 상생의 원리를 수립해야 한다.

다음, 우리 학회는 주변의 여러 학문 분야와 협업체계를 이루고자 한다. 문학(국문학과 외국문학 통합), 철학, 역사 등 전통적인 인문학뿐 아니라 환경경제학 등의 사회과학, 나아가 환경공학자들과 교류할 것이다. 환경운동연합과 같은 시민운동단체들뿐 아니라 환경부 등과 같은 환경정책을 수립하고 환경법을 시행하는 관료들과도 함께할 것이다. 환경오염과 생태위기 문제는 궁극적으로 인간이 만들어 낸 문제이며 재앙이므로 인간이 만들어진 모든 학문, 지식, 제도, 운동을 동원해야 하는 거대한 협업체계를 이루어야 할 것이다.

이와 함께 우리 학회는 외국의 학회나 단체들과도 연대할 것이다. 원래 문학과 환경학회ASLE: Association for the Study of Literature and Environment는 미국에서 10여 년 전에 창립되었다. 그 후 일본, 영국, 호주 등지에서도 속속 발족되었다. 환경문제는 이제 어느 한 지역이나 한 국가에만 국한되지 않는 전 지구적인 문제가 되었다. 우리는 기회 있을 때마다 공동으로 학회 모임을 가지고 공동 관심사를 논의하고 토론할 것이다. 우리 학회는 3년여 전부터 김원중, 신두호, 최동오, 강용기, 강규한 교수 등 젊은 영문학자들이 주축이 되어 독회를 시작하면서 태동되었다. 이제 그동안 지연되었던 학회지 창간호를 내게 되어 기쁘다. 더욱이 출간을 맡아 주신 환경운동연합 최열 사무총장님과 최승호 시인에게 특히 감사드린다.

창간호에 옥고를 보내 주신 필자들에게 고마운 마음 전하며, 창간호 출간을 위해 노력해 주신 학회 임원들, 특히 총무이사 최동오 교수께 머리 숙인다. 아무쪼록 이제 첫 걸음마를 뗀 『문학과 환경』과 우리 학회가 계속 소임을 다할 수 있도록 회원 여러분과 독자 여러분의 뜨거운 성원을 부탁드린다.

2002년 12월

문학과 환경학회 초대회장 정정호

03. 사계절문학 : 『기묘한 이야기』 서문

오늘날 디지털 시대는 조용한 활자의 책보다 움직이는 영상으로 가득한 화면이 대세가 되었다. 예전 같으면 청소년들이 한창 책을 읽을 시기지만 텔레비전, 영화, 인터넷, 스마트폰, 게임과 유튜브 등에 빠져 있다. 젊은이들에게는 책을 보더라도 종이책보다는 전자책의 선호도가 점점 더 높아지고 있다. 급격한 과학기술 발전이라는 물적 토대의 변화로 생겨난 이러한 불가피한 현상을 안타깝다고 하면 시대에 한참 뒤떨어진 생각일 것이다.

그러나 문학은 아직도 우리에게 조용한 즐거움과 뜨거운 지혜를 주고 있다고 굳게 믿기에 우리는 짧은 이야기들인 영미 단편소설을 가능한 계절별로 묶어 보았다. 주로 19세기와 20세기 초까지 영미 작가들의 작품을 선택한 이유는 20세기 초 난해해지기 시작한 모더니즘 소설을 배제하고 작품을 이해하기에 큰 어려움이 없는 리얼리즘과 환상문학을 소개하기 위해서다. 대부분 영미 작가들이지만 '영어권'이라는 이름을 붙였다.

그동안 한국에서는 작품 소개가 별로 되지 않는 로버트 루이스 스티븐슨, 루이스 캐럴, 오 헨리, 루디야드 키플링, 길버트 체스터턴 등을 포함시켰다. 한국의 세계문학전집 시장에서 대부분 장편소설 중심이어서 단편소설을 소개하는 경우가 드물다. 우리 편역자들은 어렸을 때 즐겼던 문학작품을 재미있게 읽었던 시대를 다시 꿈꾸고 싶다. 이 선집이 주로 영어권 문학작품의 번역이기는 해도 20세기 한국 독자들이 여기에 수록된 짧고 재미있는 이야기들을 즐겼으면 좋겠다.

영국 낭만주의 시인 윌리엄 워즈워스William Wordsworth가 "어린이는 어른의 아버지다"라고 선언했다. 우리는 모두 어린이가 되어야 한다. 우리가 말하는 어린이들이란 나이를 불문하고 어린아이처럼 동심의 세계에서 살아가는 모든 사람들을 지칭한다. 다시 말해 그들은 세상 풍파에 시달리는 어른이 되더라도, 혹은 이미 그런 어른이 되었더라도 문학작품을 통해 감동을 받고 깨달음을 얻어 자기 삶을 변화시킬 수 있으며, 여전히 풍부하고 예민한 감수성을 지닌 이들이다. 그들은 호기심 많던 어린 시절을 망각하고 마술을 믿지 못하며 상상의 세계를 잃어버린 경직되고 물신화된 어른들이 아니다. 적어도 그들은 자연과 공감하고 타인을 쉽게 사랑할 수 있는 사람들이다. 우리는 누구나 나이와 세대를 초월하여 우리 모두가 어린이와 같은 마음을 지닐 수 있다. 문학의 세계는 활자화된 언어의 경계를 넘어가기만 한다면 어린이건 어른이건 나이에 관계없이 모든 사람들에게 감동과 지혜를 주기 때문이다. 따라서 이 책의 독자들은 문학을 읽고 즐길 수 있는 남녀노소 모두일 것이다.

이야기의 세계는 무서운 현실이나 황당한 환상이 아닌 중간지대 또는 완충지대로 현실과 이상이 공존하는 몽상夢想, reverie지대다. 이 지대는 대화를 통해 현실의 상처와 환영의 질병을 치유하여 지금 여기에서 새로운 삶의 질서와 조화를 역동적으로 창출하고 영원히 시들지 않고 썩지 않게 해 주는 문학세계다. 인간 본성이 변하지 않는 한, 이 중간지대는 정적이거나 수동적인 세계가 아니라 오히려 동적이고 능동적인 공간이다. 이 지대는 인간의 역동적인 상상력을 통하여 생명력이 약동하고 육체와 영혼이 혼연일체가 되어 부드러우면서도 힘차게 흘러가는 제3의 지대다. 지금이 아무리 과학 우선과 경제제일주의, 이념 과잉의 척박한 시대라 할지라도 이 문학의 지대는 우리가 지구 위 삼라만상과 더불어 우주적 질서의 한 부분으로서의 응분의 역할을 할 수 있는 힘과 지혜를 얻는 발전소다. 이것은 21세기에 문학에 주어진 역할과 책무이기도 하다.

감수성이 예민하고 문학적 흡수력이 빠른 사람들은 운문과 산문, 현실과 환상의 세계를 넘나들 수 있는 능력을 상실하지 않고 이성과 감성, 영혼과 육체, 의미와 무의미, 진지함과 경박함의 이분법을 극복할 수 있는 유머, 희화, 농담, 위트, 아이러니를 지닌다. 인간의 삶이란 이 두 영역이 공존하는 모순과 갈등의 수수께끼가 아닌가. 그러나 우리는 어른이 되면서 부드러운 쾌락(즐거움)의 원리(꿈의 세계/비논리/감정/상상의 세계)를 버리고 현실의 원리(이성과 논리/상징의 세계)로 들어가 진지와 엄숙이라는 경직된 이념 속에 스스로를 가둔 채 계속 굳어 가다가 시체로 변하고 결국 사라져 버린다.

편역자들은 단편소설의 분류는 영국과 미국, 출생연대 순 등으로 분류하지 않고 사계절로 구분하여 나누었다. 사계절은 온대지방에 놓여 있는 대부분의 나라에서 가장 보편적인 자연의 표상이다. 봄, 여름, 가을,

겨울이라는 사계절은 우리 인간 삶의 무의식 속에서 순환적·반복적 구조를 가지며 인간의 삶 전체를 사계절로 견주어 볼 수도 있다. 공자는 『논어』 양화陽貨편에서 제자인 자공과 다음과 같은 대화를 나눈다.

선생님(공자)께서 말씀하셨다. 자공이 말했다. "선생님께서 만약 아무 말씀도 하시지 않으면 저희들은 무엇을 따르고 전하겠습니까?" 선생님께서 말씀하셨다. "하늘이 무슨 말을 하더냐? 사계절이 운행하며 온갖 물건이 생겨난다. 하늘이 무슨 말을 하더냐?"

공자는 여기에서 자연의 봄, 여름, 가을, 겨울의 사계절을 대우주의 조용한 운행 원리임을 밝히고 있다.

그러나 우리의 사계절 분류가 여기 실린 모든 작품들에 그대로 맞는 것은 아니다. 그러나 요즘은 지구 온난화와 같은 기후 변화로 지금까지 우리가 향유하던 사계절의 변별적 차이들이 점점 사라지고 있다. 우리는 각 계절의 특징이 사라져 가는 것을 아쉬워하며 가장 보편성을 지닌 이야기들을 계절별로 나누어 이 모음집을 배열했다.

이 모음집은 봄, 여름, 가을, 겨울의 사계절로 나뉘어 있고 비, 바람, 눈, 햇빛, 언덕, 숲, 산, 개울, 강, 바다 등 자연과 더불어 살 수밖에 없는 인간적 삶의 생태환경적인 조건을 고루 갖추고 있다. 동양/서양, 북반구/남반구를 막론하고 지구 주민 대부분이 분포되어 살고 있는 온대지역 사람들의 무의식 속에 사계절은 어떻게 각인되어 있는가? 중국

작가 린위탕林語堂이 『생활의 발견The Importance of Living』(1937년, 뉴욕 출간)에서 구별한 사계절의 특징을 살펴보자.

봄　…　밝음, 고혹적인 아름다움, 우아함, 우아한 아름다움, 빛남, 생기, 생동, 영靈, 부드러움

여름　…　화려함, 무성함, 힘참, 위대함, 장대함, 강함, 영웅적인 기상, 기이함, 위험함, 호방함

가을　…　부드러움, 연약, 순수, 소박, 고상, 관대, 가냘픔, 단순, 청명, 여유, 한가로움, 청량함, 실질적인 것

겨울　…　추움, 냉랭함, 빈한함, 정숙, 고요, 고풍스러움, 오래됨, 늙음, 원숙, 말라버림, 격리, 은둔, 숨겨짐

우리는 사계절 속에서 순응하며 자연의 섭리를 따라 겸손하고 온유하게 살아가는 평범하고 소박한 삶을 생각하고 있다. 자연에 직접 감응하고 자연을 느끼며 살아가는 동식물처럼 지구 위의 모든 생명의 길을 따르는 것이다. 문학은 우리 삶의 구체성과 보편성을 동시에 재현시켜 주는 '구체적 보편'이다. 문학은 이런 의미에서 삼라만상의 상호관계 속에서 살아가는 인간의 모습을 넓고도 깊게 그려내는 정경교융情景交融이라는 특별한 표현 양식인 것이다.

이야기는 우리 삶의 중요한 토대다. 모든 예술의 이야기는 서사시와 로망스 등을 거쳐 소설 장르로 정착했다. 젊은이들에게 소설은 자연과

함께 살아가기 위한 정서 함양에 필수적이고 어떤 의미에서 거의 본능적인 충동이자 욕망이다. 또한 우리는 우리에게 시나 이야기를 눈으로만 읽지 말고 큰 소리로 읽고 외우고 낭송하기를 권장한다. 오래전에 공자가 『논어』에서 말씀하셨듯이 무엇이든지 아는 것(知)보다는 좋아하는 것(好)이 낫고, 좋아하는 것보다는 즐기는 것(樂)이 최고의 경지다. 이 선집에 실린 사계절 이야기들은 소리 내어 읽고 외우면 우리 감각이나 신체가 덩달아 같이 움직이며 춤추며 우리는 즐길 수 있는 것이다.

그러나 문학 그리고 독서 행위가 우리 삶의 현장에 개입해 우리 삶을 작동시키고 변화시키는 일은 그다지 쉬운 일은 아니다. 흰 종이 위에 까맣게 쓰인 글자와 단어들이 어떻게 살아나 의미를 만들고 감동을 만들어 낼 수 있을까? 무엇보다 문학작품에 대한 애정과 신뢰가 있어야 한다. 그리하여 19세기 영국의 낭만주의 시인이며 문학이론가인 콜리지S. T. Coleridge는 '적극적으로 불신하는 마음의 지연'을 권유한다. 문학이 인간이 꾸며 낸 '허구'라고 여겨서 문학에 적극적으로 가치를 부여하지 않고 능동적으로 기쁨과 즐거움을 느끼기를 거부한다면 문학은 영원히 우리에게 다가오지 않는 뜬구름이 될 것이기 때문이다.

그렇다면 상상력의 교본이며 안내서인 문학작품을 대할 때마다 우리는 어떻게 콜리지의 제안처럼 '불신하는 마음을 적극적으로 지연'할 것인가? 여기에는 의식적인 노력과 훈련이 필요하다. 문학 읽기의 궁극적인 목적은 사랑이다. 읽기 자체가 '사랑의 수고'가 되어야 한다. 다시 말해 상상력을 불러내는 훈련이 필요하다는 말이다. 상상력이란 문학 읽기 과정뿐만 아니라 읽은 후의 결과를 논할 때도 중요하다. 이 용어에 대한 논의는 끝이 없을 것이다.

19세기 영국의 낭만주의 시인 셸리[P. B. Shelley]는 '상상력'을 모든 도덕의 요체인 '사랑'으로 정의하는데, 여기서 사랑이란 '타자 되기'로 타자에 대한 배려와 사랑을 뜻한다. 내가 다른 사람이 되어 보는 것만큼 뜨거운 사랑이 어디에 있는가? 상상력을 동원하여 여성-되기, 남성-되기, 어린아이-되기, 가난한 사람-되기, 동물-되기, 식물-되기 등 역지사지易地思之의 경지에 이르는 것이다. 부처는 대자대비大慈大悲, 공자는 인애仁愛, 예수는 (이웃) 사랑을 말하는 것처럼 말이다. 상상력을 동원한 사랑의 배출이 없는 독서 행위는 영혼의 울림이 없는 기계적 행위다.

오늘날과 같은 광속의 시대에도 문학작품 읽기의 노고와 보람은 분명하다. 작품과 나 사이의 은근하고 지속적인 관계가 필요한 것이다. 타자와의 관계는 신뢰와 사랑과 존경을 바탕으로 할 때 원만하고 생산적이고 서로 위로하는 상보적 관계가 수립된다. 페이지 위에 무정하게 박혀 있는 까만 글자들은 나의 눈물 어린 노력이 없다면 죽은 척 꼼짝도 하지 않고 있을 것이다. 감동의 발전소이자 상상력의 보물창고는 문을 꼭 걸어 잠근 채로 남아 있을 것이다. 동영상이 막강한 힘을 발휘하는 제4차산업 시대(디지털 시대)에도 우리의 사고를 기계 중심이 아닌 인간 중심으로 전환시킬 수 있는 '힘'은 문학 안에 있다.

끝으로 번역에 대해 한마디만 하자. 문제는 이미 언제나 번역이다. 모든 번역은 반역이라고 한다. 산문 번역은 어느 정도 가능하다 해도 운문 번역은 거의 불가능하다고 본다. 영시의 육체인 음률, 그 영혼인 음악성이 번역에서는 거의 희생된다. 시가 주는 '청각적 상상력'은 거의 불가능이라 해도 과언이 아니다. 그러나 다행히 이 선집은 이야기인 산문이기에 시 번역보다는 용이하다. 문학이 아무리 보편적 인간의 사상과 감성을 표현하고 재현하는 것이라고 해도 언어와 전통이 전혀 다른 두 문화를 연결시킨다는 일은 무척 어렵다.

외국어의 낯설음과 새로움이 문제다. 독자들의 가독성을 위해 원전의 타자성을 모두 삭제하는 창조적 번역인 의역은 변장에 가까운 화장을 한 미인이지만 원문을 훼손한 지나친 우리 중심주의다. 그렇다고 모방으로서의 번역인 직역은 생경한 얼굴로 가독성을 떨어뜨릴 것이다. 이 둘의 균형과 조화를 통해 모국어인 한글을 '변형'시키고 '확대'하고 '심화'시켜야 한다는 역자들의 책무를 생각할 때 번역은 언제나 반동적인 창조행위에 불과한 것인가? 우리의 번역이 끝까지 '사랑의 수고'가 되지 못한 부분이 있다면 독자들의 너그러운 양해를 구하고 싶다.

사실 이 선집을 번역한 정정호, 이소영, 정혜연, 정혜진 네 명의 역자들은 외국문학을 전공한 한 가족이다. 가족이 함께 책을 번역한 동기는 이 책이 가족 구성원들이 한 자리에 모여 자연스럽게 소리 내어 읽고 함께 이야기하는 책으로 거듭나길 원했기 때문이다. 문학은 태생적으로 독자 혼자만의 시각적 활동이 아니라 한 사람이 읽어 주고 다른 사람들이 듣는 '입'과 '귀'의 협동 활동이 아니었던가? 올해 초 전혀 뜻밖의 코로나 바이러스 팬데믹 사태로 인간관계가 더더욱 메마르고 궁핍해진 이 시대를 고단하게 통과하고 있는 많은 독자들에게 이 선집이 작은 기쁨과 즐거움이 흐르는 물줄기의 통로가 되었으면 하는 것이 역자들의 작은 바람이다.

2020년 6월

편역자 씀

04. 『현대비평과 이론』 창간사

문학비평과 이론의 현실과 이상

역사의 어느 지점을 보더라도 당대 사람들에게는 자신들의 시대가 문화, 정치, 경제, 사회적으로 가장 중대한 변혁기 또는 전환기로 잘못 이해되고 있음을 부인할 수 없다. 따라서 우리의 시대가 역사에서 가장 중대한 변혁기 또는 전환기라고 생각하는 사유방식 자체도 총체적인 역사의 관점에서 볼 때 잘못된 것일는지 모른다.

그러나 우리가 몸담고 삶을 영위해 나가는 우리 시대가 우리에게 가장 의미있는 역사의 현장인 이상, 우리 시대에 대해 어떤 의미 부여도 우리에게는 결코 과장된 것일 수 없다. 우리가 우리 시대를 일찍이 역사가 경험하지 못했던 전혀 새로운 사회의 형성을 위해 몸부림치는 시대로 보고자 하는 이유는 여기에 있다. 크고 작은 사건과 다양한 이념적 논리가 서로 충돌하고 중첩되는 가운데, 우리 시대는 진정 새로움을 향해 천천히 그러나 확실하게 나아가고 있음을 우리는 확신한다.

말할 것도 없이 우리는 문학, 문학비평, 그리고 문학이론의 영역이 이 변혁의 시대에 무풍지대로 남아 있을 수 없음도 확신한다. 사실, 1980년대를 거쳐 90년대에 들어서면서 우리 문학계는 거의 강박관념이 되다시피한 순수와 참여라는 이분법적 사고에서 벗어나, 보다 열린 마음으로 세계문학 속의 민족문학, 민족문학 속의 세계문학을 확립하기 위해 활발한 탐색작업을 벌이고 있다. 그 결과, 창작뿐만 아니라 비평과 이론에 대한 문학계의 관심이 그 어느 때보다도 활발해지게 되었다. 심지어는 비평과 이론에 대한 엄청난 가수요 또는 과소비 현상까지도 우리는 목도하지 않을 수 없게 된 것이다. 바로 이러한 상황에 대처하기 위해서는 비평과 이론에 대한 응분의 주체적인 이해와 비판, 수용이 절실하게 요구된다는 판단 아래, 우리는 본지 『현대비평과 이론』(이하 『현비』로 약칭)을 반년간지로 창간하게 되었다.

무엇보다도 우리는 『현비』가 어떤 특정 유파의 주장이나 이념에 경도되지 않은 채 개방적이고 유연한 자세를 유지하면서, 비평과 이론의 다원성과 복합성을 수용하기 바란다. 즉, 『현비』가 비평 및 이론과 관련하여 오늘날 이루어지고 있는 모든 종류의 논의를 더욱 더 활성화할 수 있는 열려진 장소가 되길 바라는 것이다. 무릇 비평과 이론이란 하나의 인식이며 방법이며 또한 저항이며 반정이다. 따라서 『현비』가 비평정신의 정립과 이론화 작업의 활성화를 통해 비평에 대한 비판, 이론에 대한 비판과 재이론화에도 게을리하지 않기를 바란다. 그러나 우리는 이 모든 것에 선행되는 것이 자신에 대한 비판 또는 자아성찰임을 믿는다.

따라서 『현비』가 항상 스스로에 대해 비판의 자세를 견지하기 바라며, 나아가서 이러한 자기비판을 통해 우리의 문학비평과 이론 분야에 새로운 족적을 남기게 되기를 바란다.

이상과 같은 우리의 바람이 이상을 꿈꾸는 관념론자의 자기최면임을 우리가 모르는 것은 아니다. 그러나 우리의 현실을 조금씩, 그러나 확실하게 이해하고 비판하는 가운데, 우리는 우리의 이상이 현실이 될 수 있다고 믿는다. 특집논문에서 서평에 이르기까지 본지 창간호에 실린 글들 하나 하나는 우리가 처한 비평과 이론의 현실을 조금씩 그러나 확실하게 이해하고 비판하려는 소중한 시도들이다. 특히, '현대비평과 이론의 제문제'라는 특집을 통해 시도된, 현대 문학비평과 이론에서 제기되는 몇몇 기본적인 문제에 대한 분석과 논의에 주목하기 바란다. 아울러 우리의 비평적 현실과 문제, 또는 가능성을 여러 각도에서 점검하고 있는 일반논문들에도 관심을 기울여 주기 바란다.

끝으로 번역논문과 서평, 앞으로 이어질 용어 해설을 통해 우리 비평계의 관심사를 지속적으로 점검해 볼 것을 약속한다. 바쁘신 중에도 옥고를 보내 주신 필자 여러분께 감사드리며, 독자 여러분의 관심과 충고를 기다릴 따름이다.

1991년 봄
편집위원 공동집필

05. 『18세기 영문학』 창간사

21세기를 살아가는 우리에게 18세기는 무엇인가?

18세기는 이미 언제나 '오래된 미래'다. 18세기는 흔히 말하듯이 단순히 이성과 질서와 조화의 시대만은 아니었고 새로운 것에 대하여 호기심도 많고 활력이 흘러넘쳤던 역동적인 시대였다. 18세기의 풍요롭고 다채로운 정신, 사상, 제도가 '계몽enlightenment', '근대성modernity'이라는 이름으로 지금까지 이어져 왔다. 18세기를 가장 잘 나타내는 인식소는 계몽이다. 그 뜻은 '빛을 비쳐 주기'다. 그 빛은 중세와 전근대 시대의 모든 불합리를 '비판'하고 광정하는 '빛'이다. 18세기의 이러한 계몽정신 또는 계몽사상은 곧바로 전근대 시대의 근대(화)로 이끌었다. 근대는 진보, 발전, 비판의 개념을 확장시켰다.

이 시대의 가장 중심적인 인물은 스코틀랜드의 수사학자이며 경제사회이론가인 아담 스미스Adam Smith, 1723~1790다. 그는 자본주의를 본격적으로 주창하는 『국부론』(1776)의 저자이기도 하지만, 이미 그 이전에 자본의 힘을 처음부터 통제하기 위해 개인의 도덕성을 강조한 『도덕감정론』(1759)을 저술한 바 있다. 그러나 후에 계몽과 근대의 '초심'은 변질되고 파행으로 치달았다. 20세기가 그런 시대였다.

이제 21세기에는 18세기에 가졌던 초심으로 돌아가고 또 '18세기로 다리를 놓기' 위해 우리 모두가 건전한 18세기주의자가 되어야 하지 않을까. 이런 의미에서 18세기는 우리가 '법고창신法古創新'해야 하는

'오래된 미래'다. 우리의 미래인 21세기는 이미 18세기에 존재했던 것이다.

오늘날 우리가 생각하는 '근대'와 '탈근대' 모든 것의 '시작'은 18세기에 있었다. 그러나 영문학에서 18세기는 그 역사적 중요성이 17세기나 19세기에 비해 상대적으로 폄하되고 있었던 것도 사실이다. 그러나 18세기에 자본주의의 태동, 증기기관의 발명 등 산업혁명과 도시화의 시작, 영국의 명예혁명, 미국의 독립운동, 프랑스대혁명, 근대적 자아 형성과 개인주의의 확립, 은행과 신문잡지, 커피하우스 등 근대적 제도가 정착되었고 근대소설이 토착화되었다. 엄청난 지식과 정보, 개인의 욕구들이 충일한 시대였고, 백과사전과 언어사전들이 출간되었으며, '시민사회'와 공적 담론의 장이 열린 '공적 영역public sphere'이 수립된 시대였다. 서구의 해외 진출이 활발해져 식민주의와 제국주의를 불러왔고 국제주의나 세계화도 이미 시작되었다.

한반도 조선도 예외가 아니어서 선진 청조淸朝와 서구 문명을 일찍 받아들인 일본 등을 통해 북학北學, 서학西學이 들어왔고, 영정조 시대에 관념적 주자학과 성리학에 반대하여 실학實學 사상이 수립되기도 했다. 18세기는 이렇게 동서양을 막론하고 문물적인 격변 속에서 갈등과 모순의 시대이기도 했다. 바로 이런 점 때문에 18세기는 우리에게 진정한 역사의식을 요구한다. 나아가 18세기 연구는 학제적 연구방법론과 동서 비교문화적 조망까지도 필요하다.

이런 역사문화적 맥락에서 '18세기 영문학'이라 함은 넓은 의미에서 영국 비평의 아버지 존 드라이든John Dryden이 살았던 17세기 중반 왕정복고기로부터 심지어 윌리엄 워즈워스William Wordsworth나 새뮤얼 콜리지Samuel Coleridge에 이르기까지 그 영향력이 남아 있는 19세기 초반까지를 포함하는 소위 '길고 긴 18세기Long, Long Eighteenth-Century'를 지칭한다. 영문학사에서는 이 시기를 흔히 '신고전주의시대'라는 지루한 명칭을 부여하지만 이것은 지나치게 협의의 개념이다. 그리하여 우리는 좀 더 객관적으로 정치, 경제, 문화, 예술의 넓은 영역을 포괄하는 '18세기 영문학'이라는 말을 사용할 것이다. 이 지점에서 18세기 영문학은 다시 읽혀지고 단아한 듯하면서도 복합적인 유기적 구조를 가진 새로운 문학으로 재평가되었다. 그 후 비평과 이론의 시대인 1960년대에서 지금에 이르기까지 '길고 긴 18세기' 논쟁과 더불어 18세기 영문학의 다양성과 풍요성이 한층 더 부각되었다. 최근에는 '세계화된 18세기Global Eighteenth-Century'론이 등장하여 연구의 영역이 전 지구적 주제로 확대 심화되고 있다.

한국에서 '한국18세기영문학회'는 2004년 2월 고려대학교에서 창립되었다. 그 후 2004년 6월 한국영어영문학회 창립 50주년 국제학술대회에 참가한 이래로 새로운 주요 전문 소학회로 발돋움하고 있다. 앞으로 이 학회를 발전시키기 위해서는 18세기 연구자들의 힘이 결집되어 연구 후속세대를 끊임없이 배출시키고 광의의 18세기 개념에 따라 회원수를 늘려 나가야 할 것이다. 영문학에서 18세기를 거치지 않는 분야나 장르가 있는가? 그런 다음에는 국문학, 불문학, 철학, 자연과학, 예술 등 국내의 다른 18세기 관련 학회들과의 연대가 필요할 것이다. 나아가 매우 역동적으로 활동하고 있는 미국과 일본의 18세기학회와도 학문적 교류를 맺고 '국제18세기학회International Society for Eighteenth Century-Studies'와의 학문적 관계 맺기도 가능할 것이다.

이번 한국18세기학회지 창간호 출간을 위해 여러분들이 애를 쓰셨다. 김일영 총무이사, 전인한 편집이사 등 상임이사들, 특히 책임편집을 맡아 주신 편집위원장이신 문희경 부회장의 노고가 컸다. 깊이 감사드린다. 창간호에 옥고를 내주신 필자 여러분께도 고마움을 전하고 싶다. 아무쪼록 이 창간호의 출간을 계기로 한국18세기영문학회가 그 지경을 넓혀 나가면서 더욱 발전하기를 기대하고 또 다짐한다.

2004년 12월 21일
한국18세기영문학회장 정정호

06. 『피천득문학』 창간사

금아학琴兒學의 수립을 위하여

금아 피천득(1910~2007) 선생은 누구인가. 척박하고 황폐한 한국 현대사를 어려서부터 몸으로 부딪치며 살아낸 '역사적 인간'이다. 그는 1910년 8월 25일 치욕의 한일합병이 일어나기 3개월 전인 1910년 5월 29일에 조선의 수도 경성(서울)에서 태어났다. 금아 선생은 태어나자마자 나라를 잃은 망국민亡國民이 되었다. 1926년 당시 경성제일고보(현 경기고)에 재학중이었으나 중퇴하고 중국 상하이로 망명성 유학을 떠났다. 거의 10년간의 유학을 마치고 귀국하였으나 도산 안창호가 결성한 홍사단의 단우라는 이유로 일제를 반대하는 반동분자 조센진인 '불령선인不逞鮮人'으로 몰려 변변한 직장도 얻지 못했다. 금아 선생은 신사참배, 창씨개명을 거부하면서 '소극적 저항'을 하며 일제강점기 후반을 어렵게 지냈다.

그러나 해방되자마자 당시 경성대학(서울대학) 예과 교수로 전격 발탁되어 영문학을 가르쳤다. 8·15민족해방, 6·25전쟁, 4·19학생혁명, 5·16군사쿠데타, 유신독재체제, 5·18광주민주화운동 등 산업화와 민주화 과정을 고스란히 겪었다. 금아 피천득 선생은 1988 서울올림픽, 2002년 서울월드컵을 맞는 등 저개발국가, 개발도상국가, 선진국가를 모두 통과하여 압축 고도성장을 하는 한국 현대사 한가운데서 거의

100년간을 치열하게 살았던 역사적 인간이다.

금아 피천득은 개인적으로 매우 불우하였다. 일곱 살에 아버지가 돌아가시고 열 살에 어머니마저 여읜 '천애 고아'였다. 어려서 돌아가신 엄마에 대한 그리움과 갈망은 그의 문학의 뿌리가 되었다. 금아 선생은 대학에서 후진 양성에 매진하여 청빈한 교수와 학자의 삶을 살았던 고아한 인품의 소유자였다. 그는 교육자로서 일생 동안 강단에서 영문학을 가르쳐 많은 후학을 양성했다. 영문학자로서 그는 영국 낭만주의 시에 심취하여 강의와 집필에서 큰 족적을 남겼다. 해방공간에서는 고등학교 영어 교과서를 대표 집필하였고, 그 후에도 중고등학교 영어 교과서 집필과 영한사전 편찬을 하는 등 한국 영어교육의 개척자의 한 사람이 되었다.

피천득 선생은 상하이 유학 중이던 1930년 「동아일보」에 첫 시 「차즘(찾음)」을 발표하여 문단에 나왔다. 그 후 시를 꾸준히 발표하였고, 동시에 일찍부터 수필도 쓰기 시작했다. 그의 주옥같은 수필들이 1970년대부터 국정 국어 교과서에 실리게 되어 1990년대가 되어서야 이름을 날리기 시작했다. 그러나 금아 선생은 거의 100세 가까이 사시며 서정시의 백미인 시집 1권, 한국 서정수필의 새 역사를 수립한 수필집 1권만을 낸 지독한 과작의 작가였다. 그러나 그는 1977년 제1회 한국수필문학대상을 수상했고, 1995년 인촌상(시부문)을 받았으며, 그 후 은관문화훈장을 받았다.

금아 선생은 무엇보다도 영문학 교수로서 번역문학에 커다란 업적을 남기셨다. 외국어를 한국어로 번역한 시집, 셰익스피어 소네트 시집, 「마지막 수업」, 「큰 바위 얼굴」 등 외국 단편소설들도 번역했고, 찰스 램과 메리 램이 어린이들을 위해 만든 『셰익스피어 이야기』들도 1950년대 중반에 번역 출간했다. 그러나 무엇보다도 번역문학가로 피천득 선생은 한용운, 김소월, 윤동주 등 한국 시를 영어로 번역하여 한국문학의 세계화에도 중요한 기여를 했다. 그렇게 금아 선생은 시, 수필, 번역문학 분야에서 큰 업적을 남기셨다.

우리는 2025년이 되어서야 금아 피천득의 시대, 학문과 문학을 기리는 『피천득문학』이라는 잡지를 반년간으로 창간한다. 우리가 언제나 맑은 동심, 높은 서정성, 깨끗한 양심으로 황폐한 시대에 100세 가까이 살아내셨던 금아 피천득 선생을 제대로 사랑하고 존경하는 가장 올바른 방법은 무엇보다도 피천득을 닮고 '피천득 되기'일 것이다. 이것만이 우리의 혼탁한 현재와 불투명한 미래를 위해 우리 시대의 현인賢人으로 살아가신 '작은 거인little big man' 피천득 선생을 모시는 온전한 방식이다. 이에 앞으로 한국문학사에서 금아 피천득 선생의 삶과 문학을 연구하고 널리 알리기 위해 새로운 방식으로 금아학琴兒學을 제창하는 바다. 이러한 우리의 목적을 달성하기 위해 이번에 창간되는 반년간지 『피천득문학』이 앞으로 큰 역할을 할 것을 기대해 본다.

금아피천득선생기념사업회는 2025년에 금아학의 초석을 놓기 위한 작업으로 몇 가지 사업을 시작한다. 우선 피천득문학상을 처음으로 제정하고자 한다. 피천득문학상은 금아 선생 시, 수필, 번역 분야에서 큰 족적을 남긴 것을 기념하기 위해 세 부문으로 나눌 것이다. 그리고 올해도 피천득 백일장을 계속하되 대학생과 성인들도 포함시키고자 한다. 나아가 피천득 대표작품을 낭송하여 CD로 만들어 보급 판매하고자 한다.

문학작품은 눈으로만 읽는 시대는 지났다. 청각적 상상력을 발휘하는 낭송을 듣는 것도 중요하다. 앞으로 피천득 대표작은 영어로 번역하여 전 세계 각국의 국제PEN본부에 보급하는 세계화 작업을 실시하고자 한다. 마지막으로 명실공히 시, 수필, 번역 분야에 피천득의 대표 작품들을 엄선하여 일반 독자들을 위한 피천득 대표 작품 선집 『산호와 진주』를 편집 출간코자 한다. 앞으로 오늘날 같은 영상시대에 '피천득 TV'를 개설할 예정이다. 이제 독자들은 쉽게 유튜브를 통해 피천득의 삶과 문학의 다양한 면모를 수시로 접근할 수 있게 되었다. 이 모든 사업은 결국 금아학의 수립을 위한 기초 작업들이 될 것이라 믿어 의심치 않는다.

아무쪼록 이번에 창간되는 반년간지 『피천득문학』이 젊은 일반 독자들에게도 좋은 새로운 문학잡지가 될 것임을 굳게 다짐하는 바다.

2025년 3월
발행인 겸 편집인 정정호

07. 펄 S. 벅의 장편소설 『살아 있는 갈대』에 재현된 조선 기독교

펄 S. 벅은 미국에서 태어난 지 3개월 후에 중국 선교사 부모님과 함께 중국으로 이주했다. 그 후 40년간 중국에서 살았다. 펄 벅은 어려서부터 중국어와 중국 문화에 빠지기도 했다. 한때는 오래된 고유한 전통을 가진 중국에 선교를 통해 기독교를 전파하는 것에 대해 회의를 느끼기도 했으며, 미국선교사협회에서 추방되기도 했다. 그러나 펄 벅의 사유의 밑바닥에는 기독교의 절대적 가르침인 사랑이 깔려 있었다. 그는 어려서 선교사 어머니가 재미있게 읽어 준 『이야기 성서』를 감명 깊게 들었다. 그 후 펄 벅은 죽기 2년 전인 1971년에 "The Story Bible"을 자신이 직접 써서 출간했다. 펄 벅의 모든 사상은 『성경』에 토대를 둔 박애주의博愛主義, humanitarianism, philanthropism다.

그의 장편소설 『살아 있는 갈대 The Living Reed』(1963)는 1881년부터 1950년까지 70년간 조선 사대부 집안의 4대에 걸친 근현대 역사 소설이다. 이 소설의 부제는 "A Novel of Korea"로 '한국에 관한 소설'이다. 1938년 노벨문학상을 받은 『대지』 이후 펄 벅의 최대 걸작으로 평가된다.

이 소설의 주인공은 구한말 권세 있는 집안의 자제인 김일한으로 당시 임금인 고종(1852~1919)과 왕후인 민비를 가끔 만날 수 있는 조정 중신이었다. 당시 조선의 왕 고종은 국내 문제에서 아버지 대원군과 왕비 민비 사이에서 균형을 맞추려고 노력했다. 이 개화기 시기에 외국과의 교류를 반대하는 척화파와 개방을 주장하는 개화파가 서로 다투고 있었던 한반도는 역사적으로 매우 중요한 시점에 놓여 있었다.

이 역사 대하소설에서 여러 가지 이야기가 복합적으로 전개된다. 가장 중요한 플롯은 주인공 김일한의 가문이 유교 국가인 조선 말 역사의 전환기에 어떻게 국가와 개인의 운명을 개척하기 위해 기독교(야소교)를 받아들이는 과정을 잘 보여 주고 있다. 동시에 일제강점기에 기독교가 조선의 개인과 사회에 끼친 영향들을 외국 작가의 입장에서 비교적 공평무사하게 재현再現, representation하고 있다.

이 장편소설의 무대가 된 당시 조선 사회는 오래 계속된 유학 전통의 신분제와 불교가 주요 종교였다. 이러한 시대적 상황 속에서 조선 전통 사회는 기독교에 의해 새로운 자극과 각성을 주기 시작했다. 개인의 평등, 공감, 용서, 사랑 등의 새로운 개념들이 개인들의 삶에 영향을 끼치기 시작했다. 나아가 일제강점기의 선교사들과 기독교는 새로 일어나기 시작한 민족자결주의와 결합하여 식민통치에서의 독립운동과 해방의식을 고취시켰다. 동시에 조선인들은 선교사들이 가지고 온 근대식 학교와 병원의 설립을 통해 근대 교육과 의료제도를 처음 경험하였다. 특히 교회 설립과 함께 선교사들에 의해 한글로 번역된 『성경』을 통해 한글 보급이 급속히 확산되었다. 더욱이 교회는 그 핵심 교리인 모든 교인은 하나님 안에서 하나의 형제자매라는 평등의식으로 조선의 양반과 상인을 구별하는 고착된 신분제도를 혁파하기 시작했다. 다시 말해 구한말에 들어온 기독교는 당시 조선의 민중과 사회에 근대적 개인의식과 개화사상을 확산시키기 시작했다.

일한의 둘째 아들, 연환 가정의 기독교의 길

당시 한반도의 위중한 전환기 상황 속에서 주인공 일한은 자신의 아버지 세대의 사상이나 종교에 대해 매우 부정적으로 평가하였다.

아버지는 옛 왕조의 화려한 꿈을 안고 공자의 가르침 속에서 산 분이기 때문이다. 그러나 일한은 자기 시대의 모든 젊은이들과 마찬가지로 고루한 철학이나 종교를 참을 수가 없었다. 중국에서 들어온 공자의 가르침은 바다와 산으로 이미 고립된 나라를 더욱 고립시켰고, 불교는 이 나라 백성의 마음을 천당과 지옥, 신과 악마 등 허황된 말로 현혹하여 쓰라린 현실로부터 눈을 돌리게 했다.

　　　　　　　　 － 『살아 있는 갈대』 장왕록, 장영희 번역, 13쪽, 이하 같은 책

일한은 선비였지만 경서만 파고드는 선비가 아니라 서양에도 열린 관심을 가지고 있는 개화파 지식인이었다.

일한은 평소에 조선이 그동안 너무 오랫동안 중국 문화의 영향 아래 있었으니 이제는 서양과의 교류가 불가피함을 강하게 느끼고 있었다.

"…우리는 너무나 오래도록 낡은 중국 문화의 영향을 받아 왔다는 말이네. 그렇다고 해서 우리가 전적으로 서양의 영향을 받도록 우리들 자신을 방임하자는 말은 아니네. 우리가 많은 강대국의 틈바구니에 끼여 어느 정도 그들의 영향을 받는 것은 우리의 숙명이네. 받아들이고 거부하는 것, 접목하고 혼합하는 것, 그리고 우리 자신을 하나로 만들어 독립된 국가를 세우는 것이 우리의 과제네.…" (27~28쪽)

일한은 1866년 강화도에서 프랑스 함정이 일으킨 병인양요와 1871년 미국의 제너럴 셔먼호가 강화도 침공 사건에 대한 청나라에 믿음을 가지고 있는 고종의 왕비인 민비에게 자신의 견해를 대담하게 개진하였다.

"마마, 신은 아직도 우리가 불란서 신부들을 살해한 것이 유감이옵니다. 그리고 분풀이로 미국 상선 제너럴 셔먼호號를 공격한 것은 더욱 그러하옵니다. 미국 선원을 죽인 것은 가장 어리석은 짓이었사옵니다." (72쪽)

이에 대해 민비는 "서양 나라에서 온 망명자, 배신자, 모반자, 집도 절도 없는 놈들이 모인 잡종들"이라고 받아치며 일한의 생각을 수락하지 않았다.

그 후 이 소설에서 예수교(당시 야소교耶蘇教라 불렀다)에 대한 첫 언급이 등장한다. 실학實學을 옹호하는 개화파 지식인 일한은 다시 민비와 독대한 자리에서 조선의 국익을 위해 기독교를 받아들여야 한다고 용기를 내어 말한다.

　"요새 그 숫자가 너무 많아진 것은 사실이옵니다. 사방에 야소교인 천지인 데다가 혁명의 조약돌을 품고 다니옵니다. 하오나 마마, 이제는 그자들을 죽여서는 아니 되옵니다. 그자들을 받아들여야 하옵니다. 종교 때문이 아니라 그자들이 서양의 학문을 가져다 줄 것이기 때문이옵니다. 비록 야소교인이라 할지라도 들어오게 하소서. 그자들로부터 야소교만 빼놓고는 무엇이든지 다 배워야 하옵니다. 우리가 그들 나라로 갈 수 없으니 우리의 국익을 위해서 그들이 우리나라에 들어오게 해야 하옵니다." (154쪽)

　일한은 야소교가 조선 근대화에 꼭 필요한 종교임을 믿고 있었다.
　일한은 아버님이 뇌경색으로 쓰러지자 서양 의사를 처음 만나기도 했다. 그 후 1882년에 조선은 미국과 조미통상조약을 맺은 후 일한은 1883년 9월 13일 민영익, 유길준 등과 더불어 조선 대표의 한 사람으로 미국 수도 워싱턴에 도착하여 선진국 문화를 둘러보았다. 그는 "미국에서 배울 점이 아주 많다"고 결론 짓고 낙후된 조선을 개화시키고 근대화시키기 위해서는 적극적으로 미국을 배워야 한다고 강하게 믿게 되었다. 조선에 대학을 세우고 조선 유학생을 미국에 많이 보내 근대 선진 문물을 빨리 배워야 한다고 강조한다. 그리고 미국 체재 중에 자신의 상투를 잘라 버리고 1884년 5월 제물포항을 통해 귀국하였다. 귀국 후 1884년 동학난도 겪고, 1895년 민비가 일본에 의해 죽임을 당한 명성황후 시해사건인 을미사변도 겪었다. 일본은 1905년 강제로 을사늑약을 체결했고, 그 후 1910년 8월 29일 일본은 조선을 합방하여 완전히 식민지 지배국으로 만들었다.

일한은 아내 순희와의 사이에 두 아들 연춘과 연환을 두었다. 큰아들인 연춘은 국내에서 지하 독립운동을 하다 잡혀 투옥되고 고문을 받았다. 그 후 탈출하여 중국에서 독립운동을 하기 위해 조선을 떠났다. 둘째 아들 연환은 국내에 남아 아버지 일한처럼 서양 문명을 받아들여 조선을 근대 국가로 운영할 방법을 배워야 한다고 생각한다.

둘째 아들은 기독교 집안인 인덕이라는 처녀를 경성의 학교에서 동료교사로 만나기 시작했다. 인덕은 연환에서 『신약성서』를 선물로 주었다. 당시 일제 당국은 기독교는 식민 통치에 방해가 되는 것으로 간주하여 매우 적대적인 태도를 취했다. 그들은 "선교사들이 조선인들에 대해 동정적일뿐 아니라 기독교 자체가 혁명성을 띠고 있다"(318쪽)고 보았다. 1904년 러일전쟁에서 일본이 승리를 거두고 일본 수상이 조선을 방문하자 수상을 암살하려는 21명의 조선인 중 18명이 기독교인이었다.

둘째 아들 연환이 기독교 신자인 인덕과 신식 결혼을 계획했다. 그는 식민지 치하에 기독교인으로서 받은 고난과 갈등을 받아들이기로 결심하였고, 자신이 결국 기독교인으로 개종하였다(346쪽). 이 시기 연환의 기독교에 대한 기대는 다음 그의 말 속에 잘 나타나 있다.

"…우리 동포들은 기독교인이 되면 아주 헌신적으로 움직입니다. 현세에서는 별로 기대할 것이 없으니까요. 제 경우도 충족과 믿음과 어떤 영감 같은 것을 갈구하고 있습니다. 앞날에 대한 희망이 보이지 않으니까요. 우리 동포 중 일부는… 예컨대, 저희 아버님 같은 분은 시작詩作과 고전 공부에서 피난처를 발견합니다. 하지만 그런 학식이나 재능이 없는 사람들은 어떡합니까? 그들은 교회와 목사님처럼 힘 있는 서양인들에게 기대를 걸고 있습니다. 교회와 서양인들을 통해 일제 침략자들이 차단하고 있는 저 외부 세계, 새롭고 현대적인 문화에 접하고자 합니다." (350쪽)

조선 식민지 통치 과정에서 일본 제국주의자들은 무고한 기독교인들을 탄압하기 시작했다. 일제는 자신들의 사악한 행동에 대한 기독교인들의 반발을 일제 당국은 정부에 대한 반역이라고 몰아붙이고 있다. 둘째 아들 연환은 서양 목사에게서 "원수에게 뺨을 맞으면 다른 뺨도 내밀라"는 '사랑의 복음'인 기독교 교리에 대해 듣기도 한다. 결국 연환은 기독교로 개종한다. 그 후 그는 경성의 한 기독교 학교 교장직을 맡았다. 그리고 연환은 "낯설고 신비스러운 의식"인 성부와 성자와 성령의 이름으로 세례까지 받으면서 새로 태어나 조선 기독교인으로서 결의를 단단히 한다. 그는 "조선인 기독교도… 그렇다. 앞으로 그는 새로운 종교 기독교에 귀의한 조선인"(377쪽)으로 살아갈 것이다.

조선 기독교인이 된 연환은 양반인 자신의 신분을 낮추고 다양한 계층의 교인들과 겸손과 온유함으로 신실한 기독교인으로 살아가고 있다.

이제 연환은 자신도 배우면서 성장해 나갈 수 있다고 믿었다. 그는 전에 없이 겸손한 마음이 들었다. 교회에는 양반이 아닌 무지하고 가난한 사람들이 많았다. 처음에는 자랑스러운 가문 출신인 자신이 이들과 뒤섞여 이들을 형제라고 불러야 하다니, 하고 주저하던 연환이었다. 그러나 이제 그는 양반의 오만을 말끔히 씻어 버렸다. 그것은 너무나도 순식간에 사라져 버려, 그는 이전의 그 오만이 사라졌다는 것 이외에는 그것이 어떻게 없어졌는지도 알 수 없을 지경이었다. 그는 이제 여기 이 교회의 사람이었고, 여기 이 교회의 사람들이야말로 그의 진정한 형제들이었다. (380쪽)

교회에서는 양반과 상놈, 부자와 가난한 자, 그리고 남자와 여자의 구별 없이 그저 '교회의 사람'들만 있었다.

1914년 유럽에서는 제1차 세계대전이 일어났고 1917년에는 미국도 참전하게 되었다. 1차 대전이 끝날 무렵 미국의 우드로 윌슨 대통령은 '민족자결주의'를 주창하여 일제 하 조선 민족에게 독립과 자유에 대한 커다란 희망과 열정이 생겼다. 이에 조선 교회의 신자 수가 대폭 늘어났다.

그러나 지금은 어떠한가? 조선인은 이제 노예나 다름이 없었다. 노예가 아닌 조선인이 있다면 그들은 침략자들에게 자신을 팔아먹은 매국노들이었다. 이런 암울한 상황이었지만 그래도 기독교인들은 그들이 오로지 믿고 있는 하느님께서 언젠가는 침략자의 마수로부터 그들을 해방시켜 주리라는 희망 속에 서로 결속하고 있었다. (407쪽)

월슨 대통령은 민족자결주의 선언으로 외국의 침략으로 고통받는 조선 같은 모든 피압박 민족을 구해 줄 것이라는 기쁜 소식이 아닐 수 없었다.

1919년은 일제강점기가 시작된 지 거의 10년이 다 돼 가는 해다. 고종의 승하와 더불어 조선반도의 학생들은 독립만세운동에 대한 전국적인 궐기의 조짐이 있었다. 3·1만세운동 이전에 전국에 의심되는 세력의 체포령이 내려져 연환의 처 인덕은 딸아이를 등에 업은 채 체포되어 재판을 받았다.

그 과정에서 인덕은 큰 부상을 입어 미국인 의사의 치료를 받았다. 3·1독립만세운동 사태가 한반도 전국적으로 번지자 연환의 아버지 일한은 미국에 가서 직접 우드로 월슨 대통령을 만나고자 했다. 아버지는 세계 도처에서 독립운동을 벌이는 조선 동포들을 위하고자 했다.

"…세계 곳곳에서 조선의 망명객들이 해방의 날을 기다리고 있다. 2백만이 넘는 동포들이 남의 나라 땅에서 고국으로 돌아갈 날을 손꼽아 기다리고 있지. 1백만 명은 만주에, 80만 명은 시베리아에, 30만 명은 일본에, 그리고 또 그 수를 알 수 없는 동포들이 중국, 멕시코, 하와이, 미국에 있단 말이다. 나는 조선의 한 노인으로서, 조선의 아버지로서 미국에 가는 거야. 우드로 윌슨도 아마 내 하얀 머리를 존중할 게다." (431~432쪽)

『살아 있는 갈대』에는 경성에서 1907년 결성된 전국 규모의 국권 회복을 목적으로 결성된 신민회가 등장한다. 신민회는 여러 나라에서 조선의 자유를 위해 노력하고 있었다. 1919년 3월 1일 경성 탑골공원에서 시작된 독립만세운동은 '독립선언문' 낭독으로 시작되었다. 독립선언서에 서명한 33명의 민족대표 중 15명이 기독교인이었다. 3·1만세운동 직후인 1914년 4월 15일 경기도 화성군 제암리 교회에 독립운동에 가담한 기독교인들을 색출하는 과정에서 교회 건물에 불을 질러 대부분 화마에 타서 죽고 도망하는 자를 총칼로 무자비하게 죽이는 대규모 학살 사건이 있었다. 마침 이 교회에 인덕과 딸이 함께 있었다. 남편 연환은 불 속에 있던 아내와 딸을 구하기 위해 교회로 뛰어 들어갔으나 안타깝게 모두 희생되었다. 홀로 남은 연환과 인덕의 아들 양은 조부모인 일한과 순이가 키웠고 부모를 따라 기독교인이 되었다. 선교병원인 미국인 기독교 병원에서 인턴 과정을 밟고 있다.

중국에서 독립운동을 하던 일한의 큰아들 연춘이 귀국하였다. 조카 양은 아주 오랫만에 큰아버지 연춘을 반갑게 만났다. 양은 큰아버지의 중국에서의 활동을 귀담아 들었다. 연춘은 조카 양에게 식민지 조선에 미친 기독교의 효과에 대해 결론적으로 다음과 같이 말하였다.

"…모든 나라 가운데 미국만이 우리 땅을 강점하지 않았고 우리를 지배하려 들지도 않았다는 사실만 기억하자. 나는 그 나라 선교사들을 잊지 않고 있다. 나는 기독교인이 아니고 종교에 대해서는 회의적이다마는, 그 사람들은 병원과 학교를 세웠고 우리의 친구가 되어 주었어. 선교사들 말이다. 선교사들은 우리를 대변해 주었지. 그것이 받아들여지지 않은 것은 그 사람들 잘못이 아니야. 각국 정부가 귀 먹고 눈 먼 거지. 그런 점에서 나는 미국인들을 인정한다!" (567쪽)

연춘이 중국과 만주 등을 돌며 독립운동을 하면서 여러 가지를 보고 느낀 후에 조선 근대화에 개신교와 선교사들을 파견한 미국이 큰 기여를 했음을 인정하는 것인가?

기독교가 조선에 끼친 영향

지금까지 일한의 둘째 아들 연환의 가족 중심으로 일제강점기의 생활을 기독교적 관점에서 개략적으로 살펴보았다. 우리가 여기에서 생각해 볼 수 있는 기독교가 조선에 끼친 영향을 요약하면 다음과 같다.

1. 서양 사정에 대한 지식과 정보 전달
2. 미신 타파와 도덕의 진흥 : 고질적인 계급 의식 타파에 기여
3. 근대 문화의 보급 : 학교, 병원, 신음악 보급
4. 여성의 지위 향상 : 조혼제도, 축첩제도 폐지와 남녀 평등 사상

5. 국권 상실 후 자주독립을 위한 민족운동 의지 고취

6. 한글의 보급과 발전

7. 새로운 사상의 자극을 받아 개인의 자각, 민족의식의 자각

8. 조선의 문물들이 선교사들을 통해 서양에 소개

이러한 맥락에서 『살아 있는 갈대』는 한 가족의 4대에 걸친 대하소설이며 동시에 역사서지학적인 측면에서 재평가가 필요하다. 이 밖에도 이 소설은 '한국의 역사, 정치, 문화, 종교'에 관한 많은 주제들이 들어 있는 이야기들의 보물 창고다.

08. 『에코페미니즘』 머리말

21세기는 인간 문명의 최대 전환기다. 새천년대의 선도적인 핵심어는 자연, 여성, 환경, 문화다. 자연은 여성이고 여성은 자연이다. 자연은 근대문명의 타자이며 여성은 가부장제의 타자다. 자연과 여성은 타자 문화 정치학의 주체이며 환경과 문화의 중심이 된다. 자연에 대한 인간의 폭력을 광정하여 새로운 상호관계적인 존재 양식을 회복하는 것이 생태학이라면, 여성을 남성의 속박에서 해방시켜 새로운 상보관계를 부활시키는 것이 페미니즘이다. 여기에서 자연=여성이라는 등식이 자연스럽게 만들어진다.

자연과 여성 연대의 전략적 효과는 반파시스트적이며 비폭력주의적이다. 따라서 인간 중심 문화와 남성 중심 문화의 광정과 쇄신을 위해 자연의 원리와 여성의 원리가 동시에 부활되어야 한다. 전 지구적인 환경은 자연과 여성의 원리로 탈영토화·재영토화되어야 한다. 인간 문명의 환경은 '지탱 가능한' 문화로 재구성되어야 한다. 자연과 여성은 막다른 골목에 다다른 근대적 개발주의와 가부장적 남성주의의 유일한 '탈주의 선'을 만들어 주고 돌봄의 윤리학과 책임의 정치학으로 전 지구적인 치유의 방력이 될 수 있다. 문명/남성, 자연/여성이라는 지배-피지배 구조는 가장 오래된 억압과 착취 기재의 하나다. 문명/남성에 의해 식민화된 자연/여성은 '탈'식민화되어야 한다.

자연과 여성은 '에코페미니즘'이라는 전략적 접속이 가능할 뿐 아니라 공동 전선의 장을 구축할 수 있다. 그렇다면 인간 문명의 현단계에서 생태학과 페미니즘의 협업 작업은 어떤 의미를 가질 수 있는가? 서구 근대주의의 진보 신화와 발전 이데올로기에 따라 삼라만상의 집인 지구라는 몸뚱아리는 깊은 상처를 입었다. 지구는 삼라만상의 상생相生의 주체가 아니라 인간이란 탐욕스런 동물의 착취 대상이었다. 근대주의보다 더 오래된 가부장제는 여성의 역사와 현실을 왜곡하고 착취하여 인간 문명 자체를 위태롭게 만들었다. '여성의 원리'는 남성 중심 문명의 쇄신을 위해 시급히 소환되어야 한다. 타자로서의 지구와 여성이라는 메타포는 생태주의와 여성주의라는 쌍끌이 작전의 복음이다. 이제 생태주의와 페미니즘의 절합인 에코페미니즘은 21세기의 새로운 지혜의 문화 윤리학이다.

새천년대의 또 다른 핵심어인 '환경'이란 무엇인가? 환경은 자연이나 생태와 엄연히 구별되어야 한다. 환경이라는 개념 자체는 엄격한 의미에서 인간 중심적이지 자연친화적이 아니다. 인간 냄새가 풍기는 환경론은 표층 생태학Shallow ecology이다. 그러나 인간이란 동물이 삼라만상이라는 종의 다양성 속에서 하나에 불과하다고 환경을 전 지구적인 관계 속에서 사유하는 방식은 '심층 생태학Deep ecology'이다. 전 지구적 생태계 파괴와 훼손의 심각성을 고려할 때 우리는 급진적 환경주의인 생태학이 필요하다. 여기서 '급진적'이란 말은 '근본적'이란 말이다. 근본적 사유는 언제나 급진적일 수밖에 없고, 급진적인 것은 언제나 근본적인 문제 제기 방식이기 때문이다. 인간 중심의 문명과 문화를 위해 자연을 재구성하는 것이 환경학이라면 생태학은 전 지구 생명 공동체의 상호관계적, 상호침투적 존재방식을 배려하고 관심을 가지는 것이다.

21세기 우리의 문화를 어떻게 이끌 것인가? 생태학에 페미니즘을 결합시키는 것은 억압적인 가부장제 문화와 착취적인 남성 중심 사회 체제를 자연, 생태 문제와 연계시켜 기존의 가부장제 근대 문화에 개입하고 위반하고 전복시키고자 함이다. 자연, 여성, 환경, 문화를 아우르는 에코페미니즘의 목표는 평등과 호혜의 본질적이고 급진적인 평화윤리학을 수립하는 것이다. 21세기 우리 문화가 들꽃, 쇠똥구리, 새들의 생태에 관한 관심과 배려를 탄소 연료 과다 사용, 그린벨트 훼손, 준농림지 폐지, 대단위 아파트 단지 조성 등의 문제와 연계시키고 병치시킬 수 없다면, 우리의 단기적인 환경론은 재앙을 불러올 것이다.

에코페미니즘의 사유방식은 주체와 객체 사이의 상호 침투성뿐 아니라 객체의 입장이 되어 보는 타자에 대한 사랑의 능력이다. 21세기 새로운 문화윤리학으로서의 에코페미니즘을 통해 우리는 인간 이외의 식물, 동물은 물론 대기, 물, 돌멩이와 같은 무생물들과의 관계를 회복시켜야 한다.

서구의 여러 에코페미니스트 학자들의 글을 모아 번역한 본서는 크게 서론과 세 부분으로 나뉜다. 서론으로 로즈마리 통 교수의 긴 글을 배치한 것은 그의 글이 에코페미니즘의 입문적 소개로는 가장 포괄적이고 탁월하기 때문이다. 에코페미니즘에 대해 처음 공부하시는 독자들은 반드시 이 서론부터 읽기 바란다. 제1부는 페미니즘과 생태학의 관계를 다룬 글을 비롯하여 에코페미니즘의 '이론'에 초점을 맞춘 글들로 구성되어 있다. 제2부는 문학비평, 개발, 평화 문제 등 에코페미니즘의 실천적 측면을 다룬 글들로 이루어져 있다. 제3부는 에코페미니즘에 대한 비판적 조망을 다룬 글 2편으로 꾸몄다. 편역자들은 본서를 준비하면서 좀 더 많은 논문을 포함시켜 종합적인 에코페미니즘 연구를 만들고자 시도했으나 여건상 그렇게 하지 못해 서운하다.

편역자들은 에코페미니즘적 사유가 21세기 한반도의 새로운 문화윤리학 수립에 개입되고 착근되기를 희망한다. 끝으로 아쉬우나마 본서가 일반 독자들을 위해 접근하기 쉬운 입문서가 되었으면 하고 바랄 뿐이다. 출간을 흔쾌히 맡아 주신 한신문화사 박태근 사장님, 박수봉 실장님께 감사드린다. 특히 본서에 각별한 관심을 가지고 노력해 주신 김진수 편집장께도 고마움을 표한다. 그리고 본서의 여러 가지 오류와 부족한 점에 대해서 독자들의 따뜻한 질정을 바란다.

09. 학술대회 토론과 답변 : 백낙청*

「영미문학 연구와 이데올로기」 토론

정정호 : 백낙청 교수님께서는 상당히 광범위하고 어려운 주제인데도 불구하고 우리에게 커다란 하나의 통찰력을 주는 좋은 말씀이었다고 생각합니다. 시간 관계상도 그렇고 문제 제기의 측면에서 자세히 말씀을 못하신 걸로 알고 있습니다. 그래서 제가 몇 가지 같이 생각해 볼 문제를 말씀드리도록 하겠습니다.

우선 신비평과 구조주의, 탈구조주의와 관련된 언어 문제에 관해서 선생님께서 별 성과가 없다고 잠정적인 결론을 내리셨고, 민중적 창조성에 동참하는 개개인에 의한 일상적 언어의 탐구가 중요하다, 즉 쏘쒸르적인 추상적 언어학보다는 삶의 현장 속에 있는 언어연구를 강조해오신 걸로 압니다. 제가 생각하기에도 그런 가능성을 다른 곳에서 몇 가지 찾을 수 있지 않나 하는 생각이 듭니다. 첫째는 구체적인 상황 속에서 일상언어를 연구하는 화행론Speech Act Theory이고, 또 하나는 언어의 정치성과 이데올로기성을 강조하는, 바흐친학파 중 볼로시노프 V. Volosinov의 맑시즘적 언어이론에서 돌파구를 일부나마 찾을 수 있지

---

* 동양 최고의 시론인 유협(465~521)은 『문심조룡』 14장에서 '잡문'을 하나의 글의 양식으로 보았다. 그가 논한 3가지 잡문 중 하나가 '대문對問'으로 질문과 대답의 형식이다. 여기서 필자는 백낙청 교수의 「영문학과 이데올로기」라는 강연에서 토론자로 참석하여 내가 질문을 하고 백 교수께서 대답하였다.

않나 생각이 들고, 바흐친 자신의 산문의 유형화, 즉 형식주의와 맑시즘을 이론적으로 통합하려는 노력 속에서도 소쉬르적인 언어학이 가지는 언어개념을 극복할 수 있지 않을까 하는 생각이 듭니다.

그리고 선생님께서 두 번째 맑시즘을 말씀하시면서 루카치와 알튀세르는 충분한 대안을 마련하지 못했고, 윌리엄즈와 이글턴도 성과가 없고 오히려 후퇴한 기분이 든다고 하셨는데, 저도 그 의견에 상당히 동조를 합니다. 그런데 다른 네오맑시스트들, 예를 들어 프랑크푸르트학파 등에 대해서는 언급을 안 하셨는데, 제가 보기에 발터 벤야민Walter Benjamin이라든지 브레히트B. Brecht라든지 아도르노T. Adorno 같은 사람들의 예술이론을 보면 속류 맑시즘 또는 루카치를 극복하려는 여러 가지 시도가 이루어지고 있는데, 그런 네오맑시즘에서 어떤 가능성을 발견할 수 있지 않나 하는 생각이 들었습니다.

다음에 리비스F. R. Leavis의 독보적 업적과 맑스주의와 탈구조주의의 새로운 만남이 필요하다고 결론 부분에서 언급하셨는데, 저는 이 '새로운 만남'에 주의를 집중시키려고 합니다. 여기서 저는 선생님께서 비평적인 다원주의, 말하자면 프레드릭 제임슨이 기본적으로 맑시스트지만 현대의 여러 비평 조류, 예를 들어 정신분석, 해체이론, 구조주의, 탈구조주의 등을 아주 잘 조합한 그의 입장을 받아들이시는 건 아닌가 하는 의문이 들었습니다. 사실 다원론은 이데올로기라는 허위의식에 대한 문제 제기와 그것을 종합적으로 분석해서 규명하고 해체하여 대처하는 데는 도움이 되지만, 우리가 지향하는 목표나 운동의 선명성과 강도를 희석화시킬 우려가 있다고 보는데, 어떻게 생각하시는지 대답해 주시기 바랍니다.

네 번째로 이론에 관한 문제인데, 선생님께서는 많은 글을 통해 지나친 '이론화'에 대해 거부하시고 구체적 삶 속에서 인간의 창조적 노동과 떼어 생각할 수 없는 언어능력의 실천으로서의 삶에 대한 비평 그리고 이런 비평에 대한 정직한 반응으로서의 문학비평이 있어야 된다고 주장하신 걸로 압니다. 그런데 선생님께서 결론에서 말씀하신 것이 또 다른 이론화가 아닌가 하는 생각입니다. 과연 이론이 저항적 요소가 될 수는 없는 것인지, 즉 서구 이론을 따라가면 서구 추구주의가 되고 서구의 이론적 식민지가 되는 것은 사실이지만, 동시에 이론이 없으면 서구 사람들의 숨겨진 이데올로기를 벗겨 낼 만한 어떤 장치를 가질 수 있겠는가 하는 것입니다. 이런 의미에서 이론이란 것이 우리에게 '필요악'이 아닌가 싶습니다.

또 한 가지는 선생님께서 상당히 리비스를 중시하셨는데, 리비스가 우리나라에서 뿐만 아니라 영미에서도 많이 논의되고 있지 않은 걸로 압니다. 선생님께서 리비스의 독보적인 업적을 강조하신 것에 대해 자세히 알고 싶고, 영문학에서 소외되었던 여러 분야, 대표적으로 여성해방운동 계열이라든지 제3세계 민중해방운동, 즉 타자를 다룬 문학, 다시 말해 주변부 의식의 확대·심화를 통해 활성화시킴으로써 숨겨진 지배이데올로기 문제를 다루는 데 상당히 중요한 방법이 될 수 있다고 말씀하셨는데, 그러면 우리나라 영문과에서 구체적으로 어느 정도까지 그것을 할 수 있는지도 알고 싶습니다.

마지막으로 곧 경남대학교 주최로 서울 인터콘티넨탈호텔에서 맑시즘 국제 심포지엄이 있다고 하는데, 여기에 미국의 저명한 맑시스트 문화이론 비평가 프레드릭 제임슨Fredric Jameson이 온다고 들었고 거기에서 포스트모더니즘에 관해 발표하신다고 합니다. 그리고 요즘 제임슨의 관심이 온통 포스트모더니즘인 것 같은데 마침 백낙청 선생님께서 토론자로 참석하게 되신 걸로 알고 있습니다. 여러분도 아시다시피 선생님께서는 이미 수년 전 포스트모더니즘에 관해 부정적인 선고를 내리셨는데, 몇 년 전에 발표한 「모더니즘 논의에 덧붙여」라는 글 이후에 어떤 생각의 변화가 있으신지 말씀해 주시고, 토론자로 나가셔서 무엇을 질문하실 건지 미리 좀 알려 주실 수 있으신지요.

백낙청 : 정정호 교수께서 먼저 제가 일상적 언어의 창조적 가능성을 강조하는 데에 기본적으로 동감을 하면서 몇 가지 언급을 하셨는데, 저는 일상적 언어의 창조적 가능성을 강조합니다만, 정 교수가 말씀하신 담화행위이론Speech Act Theory이라든가 일상언어학파Ordinary Language School에서 일상언어를 중시하는 것하고는 조금 다른 관점입니다. 제가 말하는 것은 어디까지나 창조적 가능성이기 때문에 실제로 일상적 언어에서 그러한 가능성이 실현되지 못할 경우를 얼마든지 상정할 수 있고, 혼탁한 시대일수록 일상적 언어의 창조적 가능성은 봉쇄되고 유실되기 마련입니다.

그런데 제가 일상언어의 창조성을 강조하는 이유는, 예술작품에 일상적 언어와는 뭔가 수준이 다른 창조성이 있음을 부인하는 것은 아닙니다. 언어의 창조적 가능성이 매우 집약적으로 구현되어 있다는 점에서 시의 언어가 일상언어와 다른 바가 있는 것은 당연합니다. 그런데 이런 차이를 두고 일부 신비평가들도 그렇지만 특히 구조주의 탈구조주의에서는 그 두 가지 언어 사이에 무슨 본질적인 괴리가 있는 것처럼 이야기합니다. 언뜻 보기에 비슷한 것 같지만 비슷하다고 생각하는 사람들은 그야말로 순진한 사람들이고, 정말 읽을 줄 아는 사람들은 표면적인 텍스트 밑에 숨겨진 이른바 심층 텍스트Sub-text를 읽어 낸다는 것이지요.

　저는 텍스트의 액면 의미에 머물지 않는 비판적인 읽기에는 동조합니다만, 이렇게 '텍스트'와 '심층 텍스트'를 본질적으로 구별하는 입장에는 반대합니다. 어디까지나 일상언어에 담겨 있는 창조적 가능성이 작품화 과정에서 극도로 발휘된 것이 문학 텍스트이고, 그렇기 때문에 이런 창조성에 걸맞은 비판적이고 심도 있는 읽기가 필요하다는 거지, 일상언어와 예술언어로 처음부터 양분해서 말하는 것은 언어와 인간의 창조적 가능성을 제약하는 발상이라고 보는 것입니다.

　다음에 제가 루카치와 알튀세르만 얘기했는데 가령 프랑크푸르트학파라든가 브레히트, 제임슨, 바흐친 등에게서도 무엇인가 얻어올 수 있지 않은가라는 문제 제기에 대해서는 물론 동감입니다. 다만 브레히트와 프랑크푸르트학파는 조금 다르게 보아야 하지 않겠는가 생각합니다. 프랑크푸르트학파의 전반적인 흐름도, 물론 속류 맑시즘에 대해 정당한 비판을 하고 그러면서 맑시즘의 전통을 현대사회에 전승하는 데 큰 기여를 했습니다만, 탈산업사회의 이론에 접근하는 일면도 있고 기타 이런저런 이유로 저로서는 좀 거리를 취하고 싶습니다. 바흐친의 경우도, 민중언어의 가능성을 얘기하는데 정작 창조성에 대해서는 관심의 밀도가 좀 덜하지 않은가 하는 생각을 갖고 있습니다. 이 점에 대해 본격적인 논의를 해 보진 못했습니다만, 「모더니즘 논의에 덧붙여」라는 졸고에서 바흐친에 대해 약간의 소견을 밝힌 바가 있습니다. 바흐친이나 제임슨의 입장을 제가 전적으로 수용하지는 않기 때문에 그들의 입장에 따른다고 하신 '다원주의의 약점'을 제가 옹호할 필요는 없겠습니다. 오히려 저는 제임슨에서 '다원주의의 약점' 내지는 절충주의적 경향을 발견할 수 있다고 비판했던 처지입니다.

이론에 대해 정 교수께서 '필요악'이라고 말씀하셨는데, 사실 저는 이것이 필요악 이상일 수도 있다고 봅니다. 또 정 교수께서도 아시다시피 정작 저는—해놓은 일이 전체적으로 적은 데 비해서는—이론적인 작업을 실제로 많이 한 편입니다. 그것을 할 때 저 스스로도 이것이 필요악이라는 생각, 할 수 없이 하는 일종의 자구책이라는 생각을 더러 합니다. 왜냐하면 저는 문학에서나 인생에서나 이론이 최고의 작업이라고는 생각지 않는데도 그걸 안 하고 있으려니까 남의 이론 앞에서 무방비 상태가 되는 것 같단 말이지요. 그런데 제가 이론이 최고의 작업이 아니라고 할 때는 이론을 아예 빼버린 다른 무엇이 최고의 작업이라는 뜻은 아닙니다. 일상적 언어의 창조적 가능성이라고 말씀드렸을 때나 그러한 창조적 가능성이 가장 집약적으로 실현된 것이 문학작품이라고 말했을 때도 저는 그러한 창조적 가능성 속에 이론적인 요소가 이미 들어가 있다고 봅니다. 또 거기서 이론적인 요소만 따로 추상해서 그것을 더욱 정치하게 발전시킬 필요도 있는 것이지요. '필요악'으로서의 의의만이 아니라 그야말로 인간의 '선'을 위해서 당연한 작업의 하나입니다. 다만 그런 식의 이론화 작업이 최고의 진리를 담보하는 작업은 아니라는 것입니다. 뿐만 아니라 이론적인 요소에 다른 요소도 녹아들어가 있는 상태인 작품의 언어가 마치 이론보다 한 차원 낮은 것이고 반드시 이데올로기적인 것일 수밖에 없으며 진실에서 그만큼 멀어진 것이라는 주장에 반대했던 것입니다.

알튀세르I. Althusser의 '과학' 혹은 '이론'의 개념에 대해 비판적인 생각을 피력한 것도, 본래부터 이론적인 요소와 직관적인 요소가 다소간에 변증법적으로 통일되어 있는 것이 우리 일상의 삶이고 그 일상의 삶의 창조적인 측면 내지 변증법적 통일의 측면이 최대한 발휘되는 것이 예술인데, 이런 통일성에서 추출하여 어느 일면으로만 발전시킨 것을 우위에 두는 것이 알튀세르의 입장이라고 생각했기 때문입니다. 이것은 리비스에 대한 저의 평가와도 연관됩니다. 흔히 리비스를 비판하는 사람들이, 특히 맑시스트라는 사람들이 그런데, 리비스가 이론을 전면적으로 부정하고 그럼으로써 그는 영미문학 비평 특유의 경험주의 이데올로기에 빠져 있다고 비판하지요. 그러나 저는 리비스의 입장이 그런 의미의 반이론주의라고는 생각지 않습니다. 오히려 제가 말한 바와 같은 의미의 '이론주의'에 대한 비판을 그 역시 수행했다고 생각합니다. 리비스가 르네 웰렉Rene Wellek과 논쟁한 글을 읽어 보아도 그것 자체가 하나의 이론적인 작업이지요. 웰렉이 리비스에게 리비스의 실제비평의 근거가 되는 철학을 제시하라고 요구했을 때, 리비스가 어째서 문학비평에 대해 그런 요구를 하는 것이 무리인가를 답변한 「문학비평과 철학」이라는 글 말입니다. 그 글이 이론을 아예 외면한 글이라고 생각하기도 쉽지만, 제가 볼 때는 그렇지 않고 그 답변 자체가 하나의 이론적인 작업이며 웰렉의 도전보다 한층 섬세한 이론적 점검의 결과라고 생각됩니다. 여러 해 뒤에 리비스는 이 글의 속편이라고도 할 수 있는 「사고, 의미, 감수성 : 가치판단 문제」Thought, Meaning and Sensibility : the Problem of Value Judgement」라는 글을 유고로 남겨서 『비평에서의 가치평가 Valuation in Criticism, 1986』라는 사후 평론집에 수록되었는데, 그 나름의 이론적 작업이 끈질기게 지속되면서 더욱 심오한 경지로 나아갔음을 보여 줍니다. 리비스에 대해서는 우리나라에서도 논의가 제대로 안 되었지만, 미국에서는 아직도 리비스를 논의하느냐라는 투의 반응이 흔한 것으로 압니다. 제가 볼 때 이것이야말로 그쪽에서 우리 제3세계의 도움을 받아야 한다는 또 하나의 증거가 아닌가 합니다.

리비스에 대한 오해는 너무도 많은데, 그중 흔한 예는 리비스를 신비평가의 하나로 보는 것입니다. 그러나 사회나 역사에 대한 그의 관심이나 실제 그 방면의 작업이 신비평과는 판이하고 또 신비평가들에 대해 그가 비판한 것을 읽어 보더라도 미국의 신비평가들이나 영국의 리차즈I. A. Richards 등과 리비스는 분명히 구별해야 한다고 생각합니다. 언어에 대한 관심도 어떤 면에서는 탈구조주의자들의 언어에 대한 인식과 차라리 비슷합니다. 왜냐하면 그는 신비평가들처럼 작품에 실제로 쓰인 낱말들에 주목할 것을 강조하기는 하지만, 거기서 한 걸음 나아가 언어는 역사적으로 생성되고 어느 작가가 작품을 쓰기 전에 이미 유구한 역사를 통해 만들어져서 그 작가에 의한 작품 창조를 가능케 하고 어떤 의미에서 작가의 작업에 동참하는 어떤 요소로 파악하고 있습니다. 알튀세르 식으로 표현한다면 언어를 '항상 이미 구조지어진always already-structured' 것으로 파악하고 있기 때문에, 탈구조주의자들이 기존의 신비평가들이라든가 상당수의 맑스주의 비평가들이 언어에 대해 너무 소박한 생각을 하고 있다고 하는 비판이 리비스에게는 적중하지 못한다고 하겠습니다.

또한 리비스가 '위대한 전통'이라는 것을 딱 정해 놓고 특정한 정전canon들을 고착시키는 것처럼 이야기하는 경우도 흔히 보는데, 실제로 리비스의 작업은 종전에 영국문학의 위대한 전통으로 통용되던 것에 대해 반발하여 그 전통 내용을 바꾸는 일종의 정치비평을 수행했던것입니다. 그리고 물론 리비스 입장에서는 자기가 위대하다고 설정한 작품이 앞으로도 위대하다고 인정받기를 바라겠지만, 그러나 그가 늘 강조하는 것은 그것이 위대한 작품으로 살아남기 위해서는 끊임없는 비평과 쇄신 작업이 따라야 한다, 다시 말해서 독자들에 의한 끊임없는

'정치행위'로서의 비평, 집단적인 정치비평을 통해서만 전통이 유지될 수 있다는 것입니다. 고정된 정전에 대한 고식적 태도와는 전혀 다른 것입니다.

제가 리비스를 높이 평가하는 몇 가지 이유를 말씀드린 셈입니다만, 한 가지 덧붙일 점은 제가 맑시즘하고의 만남이라든가 탈구조주의와의 만남을 촉구하는 것이 단순히 좋은 걸 다 끌어대고자 하는 것이 아니라, 신비평과의 차이를 설명하면서 어느정도 밝혔듯이 리비스 내부에 그들과 만날 수 있는 소지가 이미 들어 있기 때문이지요. 그런데 정작 맑시스트라든가 탈구조주의자들이 그것을 못 보고 오히려 리비스를 간단히 제쳐놓음으로써 자기들이 새로운 업적을 이룩했다고 착각을 하고 있으니 우리가 나서서라도 좀 도와줘야겠다는 거지요.

포스트모더니즘 문제 그리고 프레드릭 제임슨에 대해 마지막으로 답변해 보겠습니다. 제가 알기로는 제임슨의 포스트모더니즘론은 요즘 우리나라에서 많이 접하게 되는 그것과는 근본적으로 다른 데가 있습니다. 다시 말해서 그는 '포스트모던post-modern'한 것을 극복되어야 할 생산 양식으로 파악하고 있습니다. 그렇기 때문에 설혹 구체적인 내용에서 저와 의견이 다른 데가 많다 하더라도 기본적으로는 대다수 포스트모더니즘 주창자들보다 저의 입장에 더 가까운 면이 있다고 믿습니다. 제임슨의 포스트모더니즘론에 대해서는 앞서 언급한 「모더니즘 논의에 덧붙여」라는 1985년도의 글에서 저 나름의 비판을 했고 지금도 기본적으로는 같은 생각입니다. 어쨌든 제임슨과 제가 일치하는 것은

'포스트모던'이란 것은 극복되어야 할 생산 양식이라는 것입니다. 나타난 현상을 부정하는 것이 아니고 그것은 인정하되, 극복되어야 할 대상으로 설정하고 있다는 점에서 기본적으로 일치한다고 말씀드릴 수 있겠습니다. (1989년 10월 21일 충북대 한국영어영문학회 가을 총회)

10. 대학 퇴임 고별 강연 : 21세기 영문학의 정체성과 새로운 지평

여러분 반갑습니다.

저를 위해 퇴임 전에 이런 소회의 자리를 마련해 주신 영어영문학과 최영진 학과장과 여러분들께 감사드립니다. 그전에도 선배 교수님들의 고별 강연에 몇 번 참석해 보았으나 오늘은 제가 주인공이 되고 보니 매우 낯설게 느껴집니다. 조용히 떠나는 사람은 아름답습니다. 그러나 35년 이상 근무한 대학을 떠나면서 감사와 소회를 전하는 것은 큰 누가 되지 않을 듯합니다. 다만, 별 내용도 없는데 거창한 제목을 내걸고 고별 강연을 하게 되어 송구스럽습니다.

저는 첫 직장이었던 신촌의 홍익대학교를 떠나 새로운 각오로 중앙대학교에 1979년 9월 1일자로 부임했습니다. '부임한' 학기에 박정희 대통령이 피살되어 큰 혼란이 있었습니다. 부임 당시 저는 우선 중앙대학의 위치가 마음에 들었습니다. 언덕에 지어 캠퍼스가 조금 협소하지만 그럼에도 크게 두 가지가 좋았습니다. 연구실에서 유유히 흐르는 민족의 젖줄 한강이 내려다보이고, 서울 중심지의 아름다운 작은 산 남산이 보였습니다. 무엇보다도 저 멀리 서울을 병풍처럼 둘러싼 북한산이 보이는 것이 좋았습니다. 서쪽으로 보이는 관악산, 청계산도 마음에 와 닿았지요. (서울 시내에 이런 대학이 또 있을까요?) 저의 호연지기浩然之氣를 기르는 데 큰 도움이 되었습니다. 다만 당시에는 흑석동이 교통이 불편했는데 이제는 앞에는 지하철 9호선, 뒤에는 7호선이 있어서 교통이 놀라울 정도로 편리해졌습니다.

저는 중앙대의 위치에 제 개인사와 관련지어 남다른 관심을 가져왔습니다. 저는 1945년 해방 직후 원조 탈북민 부모님의 후예로 1947년 11월 노량진초등학교 근방에서 태어났습니다. 따지고 보면 제가 태어난 곳에서 멀지 않은 곳인 흑석동에서 30여 년 후에 평생 직장을 얻은 셈입니다. 노량진 일대는 원래 강남이 1970년 이후 본격적으로 개발되기 전 서울에 다리가 한강대교와 철교 외에는 없던 시절의 강남이었습니다. 이제는 원조 강남이 되었습니다. 이곳에 강남초등, 강남중, 여중, 그리고 강남교회도 세워져 아직도 있지요. 그 시절에는 모두가 강남하면 한강대교 건너 노량진과 흑석동 일대를 떠올렸습니다. 저는 이곳에서 태어났으니 원조 강남인(?)인 셈이지요.

제가 재직 중에 재단이 세 번 바뀌었습니다. 임영신 여사가 설립한 중앙대가 1987년 재일교포 재벌인 김희수 이사장에게 넘어갔다가 2008년 두산그룹의 박용성 이사장에게 인수되었지요. 그 과정에서 중앙대가 외형적으로 많이 발전, 확장되었습니다. 안성 캠퍼스 조성, 학교 앞에 중앙대병원 설립 등이 대표적인 경우입니다. 법학관과 학생기숙사가 새로 건립되고 중앙도서관도 현대식으로 단장되었지요.

저는 재직 시 운 좋게 연구 지원처의 전신인 중앙문화연구원 사무국장, 중앙도서관장, 문과대 학장의 보직을 받아 학교 발전을 위해 작은 노력을 했습니다. 그리고 재직 시 가장 인상적인 두 가지 일은 학술진흥재단 지원을 통해 2008년 준비위원장 자격으로 제1회 아시아인문학자

대회를 개최한 것과 2010년 제19차 국제비교문학대회를 조직위원장으로 중앙대에서 성황리에 개최한 것입니다. 그 당시 적극적으로 도와주신 박범훈 총장님과 여러분들께 다시 한번 감사드립니다.

저는 지난 35년간 중앙대 영문학과에서 영어교사와 영문학 교수로서 학생들에게 열과 성을 다하지 못했습니다. 저는 그동안 석사 20여 명, 박사 15명을 지도하여 배출했습니다. 저는 최선을 다하지 못했지만 저의 제자들이 저를 타고 넘어 청출어람靑出於藍이 되길 바랄 뿐입니다. 저는 학생들에게 숫돌이 되고 싶었습니다. 학생들이 저를 통해 칼을 예리하게 가는 숫돌이 되고 싶었습니다. 그동안 저는 팽팽한 밧줄 위에서 빠른 춤을 추었으나 이제는 내려오겠습니다.

퇴임을 맞는 제 개인적인 소회는 이것으로 마치고 오늘의 주제에 관해 간략하게 말씀드리겠습니다. 영어영문학도 제가 부임한 1979년 이래 35년간 많은 변모를 겪었습니다. 한때 인문학 분야의 중심 학문의 하나였으나 지금은 하향기로 접어드는 전환기에 있습니다. 세계화 시대에 영어교육을 선도하였으나 영어교육의 보편화로 영문학과의 위상은 많이 축소되었습니다. 고도 영상매체 시대에 문자 예술인 문학이 위축됨에 따라 영어영문학은 그 중요성이 축소되고 반면에 영어 교육산업은 급상승하고 있습니다. 지금까지의 영국 문학, 미국 문학으로 통칭되던 영문학은 그 중심에서 벗어나 이제는 영어를 공용어로 사용하는 영연방 국가들인 호주, 캐나다, 남아공, 뉴질랜드, 나이지리아, 인도, 서인도제도 등에서 영어로 쓰인 문학이 부상하고 있습니다. 다시 말해 그것은 '영어권 문학Literature in English'입니다.

　한국의 영어영문학은 지난 수십 년간의 호황기를 지나 앞으로 새로운 탈주의 선이 필요할 것입니다. 그동안 프랑스, 독일 중심의 포스트구조주의 철학과 이론에 의해 점령당한 영어영문학계는 그 주체적 정체성—다시 말해 영국의 경험주의, 미국의 실용주의 등—을 회복해야 할 것입니다. 나아가 영문학은 특히 한국 문학과 다른 외국 문학들과의 상호연계된 분야인 비교문학적 접근을 활성화해야 할 것입니다. 동시에 세계문학적 접근이 필요합니다. 세계어로서 영어권 문학에 대한 관심 증대, 세계문학으로서의 영미 문학과 영어권 문학에 대한 주체적 논의가 필요합니다. 특히 번역학과의 연계를 통해 한국 문화와 한국 문학이라는 한류韓流, Korean Wave의 한국어 번역은 물론 좀더 다양한 세계 문화와 문학을 한국어로 영역해야 할 것입니다. 이처럼 21세기 중반의 영어영문학의 미래와 영어영문학과는 새로운 비전과 어젠다 속에서 탈영토화되고 재영토화되어야 할 것입니다.

　지금까지 제 개인의 재미없는 사담私談, 회고, 전망 이야기를 끝까지 들어주셔서 감사드립니다. 앞으로 중앙대학교, 인문대학, 영어영문학과의 미래지향적 발전을 기원드리며, 오늘 어렵게 참석해 주신 여러 교수분들과 학생들의 건강과 행복을 기원드립니다. 감사합니다. (요약)

2014년 12월 5일
중앙대 서라벌홀 814호

11. 조금 부끄럽고 적지않이 기쁜 : 첫번째 시집 후기

어느 날 어디선가 어떤 목소리가 들려왔다.

아마도 꿈에서였나보다.

"정호야, 네가 어디 있느냐?"

"제가 여기 있습니다" 하고 선뜻 나서지 못했다.

나서기가 왠지 부끄러웠다.

그동안 나는 오랫동안 나 자신의 어떤 부분을 숨기고 살아왔다. 지난 수십 년간 나는 교수와 학자와 문학비평가로 글을 쓰면서 살았다. 논문, 평설, 비평 같은 객관성을 표방하는 공적 담론에만 매달렸다. 나의 삶은 그렇게 굳은살이 박혀 갔다. 내 마음과 영혼의 속살을 드러내는 사적인 글을 거의 쓰지 못했다.

어느 날 나의 내면을 다루는 부드러운 글을 쓰고 싶어졌다. 망설이다가 올해 첫 시집을 내기로 결심했다. 여기에는 최근 작고하신 이어령 선생의 공(?)이 컸다. 그의 첫 시집 《어느 무신론자의 기도》(2008)를 선생 사인과 함께 직접 받은 지도 벌써 10년이 훨씬 넘었다. 그때만 해도 나는 내 자신의 시집을 낼 생각은 꿈도 못 꾸었다. 이어령 선생의 그 첫 시집은 75세 때 나왔고, 내 첫 시집도 올해 내 나이 75세 때 나오는 셈이다.

사실 나는 중고교 시절 소위 문학소년이었다. 시도 쓰고 단편소설도 썼다. 그러다 고3 때 교내 백일장에서 뜻하지 않게 시부문 장원壯元상도 받았다. 그러나 대학에서 나는 시인, 작가가 되지 못하고 학자와 비평가의 길을 갔다. 나는 '되려다 실패한 예술가artist manqué'였다. 지난 50여 년간 나는 많은 영미시와 상당수의 한국시를 읽었고 그에 관한 적지않은 글을 써 왔다. 반 세기를 남에 관한 글만을 쓰느라 보냈다. 나는 죽은 시인들의 묘지기였다. 그러다 지천명知天命의 나이가 지나서 나도 모르게 시를 조금씩 만들기 시작했다. 그러니까 이번 나의 첫 시집은 그때부터 지금까지 간간이 써 온 시들 중 일부를 골라 모은 것이다.

나에게는 시와 시인에 관한 어떤 거창한 원리나 이론은 없다. 그저 나는 아름답고 과학적인 한글인 모국어로 내 마음의 그림을 그리고 내 영혼의 음악을 연주하고 싶을 뿐이다. 시는 어떤 의미에서 의식적으로 제작하기보다 거의 무의식적으로 자동기술처럼 써지는 것이다. 이 말은 시에 대해 너무 순진한 생각이다. 물론 시는 흥취에 따라 '저절로' 쓰이는 것은 아니다. 시인이 언어와 싸우는 작업으로 볼 때 시는 '만들어지는' 노작勞作임에 틀림없다. 시는 결국 시인의 마음의 풍경을 문자로 재현하는 창작 행위다. 나는 강한 근육이 드러나는 시는 쓰지 못할 것이다. 나에게 시창작詩創作이란 아직도 매우 사적이며 내밀한 대화의 작업이다. 이 시집의 9개의 장은 9개의 대화이기도 하다.

시란 말(언어言語)을 모시는 일이다. 말을 모신다言+寺는 것은 언어 기술자 또는 세공사wordsmith로서 우리 존재의 등뼈인 언어를 잘 다룬다는 뜻이리라. 언어란 인간의 문화와 역사에서 그 중심에 있다. 언어가 없다면 인간은 다른 동물들과 구별되는 역사를 만들지 못했을 것이다. 『성경』에서 하나님은 말씀으로 천지를 창조하였다. 그래서 말씀 곧 창조주 하나님이다. 여기에서 말씀중심주의가 나왔다.

시인은 격을 좀 높인다면 말을 모시는, 즉 언어의 사제들이다. 고대 그리스어에서 시인은 '만드는 사람maker'의 뜻을 가졌고, 고대 로마어인 라틴어에서 시인은 '예언자prophet'의 의미를 지녔다. 시인은 언어 기술자와 세공사를 넘어서는 예술가이며 마술사다. 좀 더 거창하게 말한다면 시인은 언어를 사용해 자신을 표현하고 세계를 재현하는 문화의 창조자다.

시인이 써내는 시는 우리 삶을 연주하고 작동시켜야 한다. 시는 해석되거나 평가되기에 앞서 노래되고 즐겨야 한다. 이것이 시의 효용이다. 시는 생명의 노래다. 시는 어떤 이념이나 이론에 저당 잡혀서는 안 되고 시인과 독자 사이에서 자유롭고 활발하게 소통되어야 한다. 시는 비평의 대상도 아니다. 시는 무지갯빛 이상으로 다양하게 독자들에게 열려 있어야 한다. 이것이 시의 힘이며 미래다. 시가 경시되는 오늘의 시대가 바로 시가 가장 필요한 시대다.

시를 읽는 시간은 나에게 공감과 배려와 사랑이 움트는 숭고한 축복의 순간이다. 시란 텍스트는 살아 있어 나를 연주하고 작동시키는 하나의 추동력이다. 내가 시를 읽고 쓰는 순간만은 영혼이 정갈해지고 마음이 평안해지는 사무사思無邪의 역동적인 시공간이 된다. 내가 읽고 쓰는 시들은 점点이 되었다가 선線으로 이어져 영원회귀eternal return로 승화된다. 이 나이에도 '나의 전성기는 아직 오지 않았다'는 철없는 흥분을 느끼기도 한다.

시인은 어린이에 다름 아니다. 시인 되기란 결국 어린이 되기가 아닐까? 나의 첫 시집을 탈고하고 나니 부끄럽고 주저하는 마음이 없는 것은 아니나 무엇보다 적지않게 기쁘고 즐겁다. 나의 삶과 문학의 스승이시며 '영원히 나이들지 않는 소년' 금아 피천득 선생님께 이 작은 시집을 올려 드린다. 나의 이 보잘것없는 첫 시집을 나오도록 도와주신 여러분들께 깊이 감사드린다. (2022)

정정호 삼가 씀

12. C. S. 루이스의 동화론童話論 : 인용으로만 된 글

1. 우리는 왜 책을 읽는가?

(1) "그러므로 좋은 독서는 비록 본질상 애정 활동이나 도덕 활동이나 지성 활동은 아니지만, 그 셋 모두와 공통점이 있다. 사랑할 때 우리는 자아를 벗어나 타인 안에 들어간다. 도덕면에서도 정의나 자비를 실천하려면 매번 타인의 입장이 되어 자신의 경쟁 심리를 초월해야 한다. 또 무엇이든 대상을 이해한다는 것은 곧 주관적 사실을 버리고 객관적 사실을 받아들인다는 뜻이다." - C. S. 루이스 『책 읽는 삶』, 윤종석 옮김 (2021), 17~18쪽(이하 같은 책)

(2) "그러나 훌륭한 문학을 읽으면 나는 천의 인물이 되면서도 여전히 나로 남아 있다. 그리스 시에 나오는 밤하늘처럼 나도 무수한 눈으로 보지만, 보는 주체는 여전히 나다. 예배할 때나 사랑할 때, 또 도덕적 행위를 할 때나 지식을 얻는 순간처럼, 독서를 통해서도 나는 나를 초월하되 이때처럼 나다운 때는 없다." (22쪽)

2. 문학은 시간여행

(1) "문학 수업을 하는 참 목표는 학생에게 모든 '시대와 실존'까지는 몰라도 그중 태반을 '유람하게' 함으로써, 자신의 편협한 관점을 벗어버리게 하는 것이다. 좋은(당연히 서로 견해가 다른) 교사들에게 배워서,

과거가 여태 살아 있는 유일한 곳(문학)에서 과거를 접한 학생(어린 학생까지도 포함해서)은 자신이 사는 한정된 시대와 계급에서 벗어나 더 공격적인 세상으로 들어간다. 헤겔이 말한 '정신현상학'을 제대로 배우면서 다양한 인간상에 눈뜨는 것이다." (38쪽)

3. 동화 : 아이들만의 책이 아니다.

(1) "거의 원칙으로 정하고 싶거니와, 아이들만 즐기는 동화는 부실한 동화다. 좋은 동화는 평생 간다. 왈츠를 출 때만 좋아할 수 있는 왈츠곡은 수준이 낮다. 이 원칙은 동화 중에서도 내가 가장 사랑하는 장르인 판타지, 즉 공상소설의 경우에 더할 나위 없이 옳아 보인다. 현대 비평계에서는 '성인'(어른)이라는 단어를 칭송의 의미로 쓴다. 비평가들은 '향수'에 적대적이고 '피터 팬 증후군'을 경멸한다. 그러니 나이를 쉰셋이나 먹고도 난쟁이와 거인, 말하는 짐승과 마녀가 여전히 좋다는 남자는 만년청춘이라고 칭찬받기는 커녕 아직 어린애라고 조롱과 동정을 살 소지가 높다. 지금부터 잠시 이런 비난에 맞서 나 자신을 변호해 볼 텐데, 이는 조롱과 동정이 마음에 거슬려서라기보다는 이 변호에 동화는 물론 문학 전반을 대하는 나의 총체적 관점이 담겨 있기 때문이다." (28~29쪽)

(2) "지금의 나는 동화를 읽을 때도 소설을 읽을 때만큼이나 확연히 성장해 있다. 어릴 적보다 지금 동화를 더 잘 즐기기 때문이다. 지금은

더 많은 것을 투입할 수 있으니 당연히 얻는 것도 더 많다. 하지만 여기서는 그 점을 강조하려는 것이 아니다. 설령 아동문학의 취향은 그대로인 채로 거기에 성인문학의 취향이 더해지기만 했다 해도, 그 확장만으로 '성장'이라 불릴 자격은 충분하다. 반면에 단순히 보따리 하나를 내려놓고 다른 하나를 집는 과정은 성장에 해당하지 않는다." (31쪽)

(3) "여기에 감히 내 이론을 보태 보자면(사실 앞의 둘처럼 전체는 아니고 그중 한 요소지만) 동화 속에는 인간은 아닌데 어느 정도 인간처럼 행동하는 존재가 등장한다. 바로 거인과 난쟁이와 말하는 동물이다. 이들은 적어도 하나의 훌륭한 상징으로써(힘과 아름다움의 출처가 그 밖에도 많을 수 있으니), 소설의 서사로는 아직 가닿을 수 없는 독자들에게 등장인물의 심리와 성격을 소설의 서사보다 더 간단하면서도 정확하게 전달해 준다." (34쪽)

4. 동화 : 현실 세계에 새로운 차원의 깊이를 더하다

(1) "동화 나라는 손닿지 않을 무언가가 있으리라는 아련한 의식을 자극하면서 아이를 동요시키며(평생 풍요롭게 해 준다), 현실 세계에 무디어지거나 눈감게 하기는커녕 오히려 현실 세계에 새로운 차원의 깊이를 더해 준다. 아이가 마법의 숲 이야기를 읽었다 해서 진짜 숲을 멸시하지는 않는다. 오히려 독서 덕분에 모든 진짜 숲에 약간 마법에 걸린다. 이것은 특별한 동경이다." (44쪽)

13. 제86차 국제PEN 온라인 대회 참관기

이번 제86차 온라인 대회의 대주제는 '전 지구적 전염병 시대의 표현의 자유Freedom of Expression in Time of Pandemic'다. 이 대주제에 맞춰 2개의 줌 웨비나(웹+세미나) 형식으로 공개 패널 토론이 있었다.

Ⅰ. 줌 웨비나 첫 번째 주제는 '누가 누구를 위해 글을 쓰는가?'였다.

한국 시간 2020년 11월 6일 금요일 새벽 0시 15분(런던 시간 11월 5일 목요일 오후 2시 15분)에 시작하여 대략 60분간 진행되었다.

사회 : 사릴 트릴파티(뉴욕 출신 작가)

패널 1 : 아야드 아크타르(미국 백인)

패널 2 : 욜란다 아로요 리자로(아프로-푸에르토리코인)

패널 3 : 시손케 므시만가(남아프리카 여류 작가)

패널 4 : 타라 준 윈치(호주 원주민 여류 작가)

제기된 질문들 : 글쓰기는 창조적 과정이며 상상력은 그 도약대다.

(1) 작가의 상상력을 제한하는 것들이 있는가?

(2) 작가들은 다른 사람의 경험을 인용하여 그들 자신 것으로 만들

수 있는가?

(3) 누가 이야기들을 소유하는가?

(4) 주변부화된 지역사회들은 그들의 대표성을 주장하는가?

(5) 권력은 이야기를 형성하는 데 어떻게 영향을 끼치는가?

(6) 문지기들인 편집자들과 출판인들의 역할은 무엇인가?

(7) 작가들은 다른 사람들도 그들의 다양한 현실을 표현할 권리를 가진다는 것을 확신시키면서 자신들을 표현하기 위해 무엇을 할 수 있는가?

(8) 제어받지 않는 자유로부터 오는 위험 요소들이 있는가?

(9) 우리는 권력의 불균형을 어떻게 접근하는가?

웨비나 형식은 사회자가 질문을 제시하면 토론자들이 차례로 자기 의견을 개진하는 방식이다. 웨비나 소주제가 '누가 누구를 위해 글을 쓰는가?'였기에 글쓰는 사람의 정체성identity 문제와 대상 독자들 readership에 초점이 맞추어졌다. 이 토론에 참가한 패널들의 면모에서 알 수 있듯이 전 지구적으로 출연하여 솔직하고도 사려 깊은 의견 개진이 있었다. 패널 자신이 속해 있는 나라에 성별(젠더)에 따른 작가로서 자신들이 처한 구체적 상황에서 다양한 문제들을 논의하였다.

필자에게 가장 인상적인 작가는 호주 원주민 여류 작가 타라 준 윈치였다. 그는 호주에서 주변부 타자 중의 타자인 원주민(아보리지니)이며, 또한 여성 작가로서 자신의 정체성과 호주 백인 독자들과의 관계 설정에 대한 어려움을 호소하였다. 나아가 전 세계 독자들을 고려할 때 그의 작가로서의 주체성은 어떻게 설정해야 하는가? 전반적으로 각자 토론 내용들은 탁월했지만 아쉬운 점이라면 아시아계 작가는 한 사람도 없었고 시간 때문인지 전체적인 요약과 앞으로의 전망에 대한 논의가 많지 않은 것이었다.

15분간 휴식시간을 가진 다음 두 번째 패널 토론이 이어졌다.

2. 소주제는 '전 지구적 전염병 시대의 표현의 자유'였다.

사회 : 앤리(말레이시아 작가)

패널 1 : 핀 진 텁(싱가포르 작가)
패널 2 : 지오콘다 벨리(니콰라과 소설가)
패널 3 : 카크웬자 라키라바사이자(우간다 작가)

제기된 질문들 : 각국 정부들은 국민을 존경하고 보호하고 건강을 지켜 줄 의무를 가진다. 그리고 전 지구적인 감염시대에 정부들은 바이러스가 광범위하고 또는 빠르게 퍼지지 않도록 확실히 해 둘 책임을 가진다. 그러나 많은 정부들이 국민이 이동하는 것을 추적하거나 조사하는 전반적인 국정들을 부과하여 감시국가로 변해 가고 있다. 그러나 다른

새로운 것은 없는가?

(1) 우리는 같은 상황을 좀 더 경험하는가, 아니면 상황은 악화되고 있는가?
(2) 더 많은 작가들이 투옥되고, 더 많은 기자들이 기소되고, 더 많은 지식인들이 과밀포화된 감옥에 보내지거나 감금되고 있지 않은가?
(3) 자유를 제한하는 새로운 법들이 만들어지고 있는가?
(4) 작가들은 이러한 사태에 도전하기 위해 무엇을 할 수 있는가?

이 두 번째 패널 토론은 2020년 국제PEN 온라인 대회의 대주제와 같은 것이었다. 전 세계에 급속히 창궐하고 있는 코로나19 사태 하에서 표현의 자유 문제는 실로 시의적절한 주제였다. 특히 코로나19 사태로 인해 각국 정부가 국민을 억압하고 통제하는 문제가 날카롭게 제기되었다. 이러한 조치는 부분적으로는 불가피한 측면이 있지만 국민 개인과 특히 작가들에 대한 국가 권력의 전체주의적인 개입을 경계해야 할 것이다.

패널 토론자들은 사회자가 던지는 질문에 답변을 하면서 자국의 코로나를 빌미로 한 억압과 탄압의 사례들을 제시하였다. 일부 작가들이 투옥되고 언론인들이 체포되는 경우도 있고, 자유를 억압하는 법들이 제정되기도 하였다. 코로나 독재라는 현상은 유럽이나 미주 지역보다 그 외의 지역에서 더 심화되고 있는 듯하다.

그럼에도 이번 참가자들의 국가별 다양성이 극히 부족하였다. 소위 선진국 패널들이 참가했으면 좀 더 균형잡힌 토론이 있지 않았을까 한다. 이 패널에 참가하면서 우리나라에서도 국제PEN 한국본부 주도로 줌 웨비나 형식으로라도 코로나 사태에서 국내의 인권 문제 또는 작가들의 표현의 자유 문제, 문학을 통해 이러한 사태를 어떻게 해결할 것인가, 그리고 국제 문인들 간의 협력 문제들을 논의해 보면 어떨까 하는 생각을 해 보았다.

필자는 이번 제86차 국제PEN 온라인 대회를 통해 전 지구적인 코로나19 사태로 인한 인류 문명과 역사에 전혀 새로운 상황이 전개되고 있음을 목도하면서 문인, 작가들의 시대적 소명은 과연 무엇인가를 성찰하는 기회를 가지게 되었다. 나에게는 매우 유익한 시간이었다. (2020)

14. 국제PEN 한국본부 창립 70주년을 맞아

한국문학의 세계화의 중심으로 거듭나기

1954년 창립된 국제PEN 한국본부가 올해 70돌을 맞은 것은 한국 문학계와 문단사에 경하할 만한 사건이다. 2001년부터 전무이사로 시작된 한국PEN과의 내 개인적인 인연과 소회보다는 한국PEN 70년사 집필에 동참하게 됨을 무척 기쁘게 생각하며 앞으로 100주년을 내다보며 하나의 바람을 피력하고 싶다.

국제PEN 한국본부의 설립 목적은 무엇보다 국제 문인들과 문학단체들 간의 상호 교류를 다양한 종족과 언어권으로 이루어진 인류 상호간의 우의 증진이 그 첫 번째 목적일 것이다. 이에 한국PEN 창립 초기 회장단부터 지속적으로 유지된 기조는 한국문학을 다양한 외국어로 번역하여 해외에 꾸준히 알리는 작업이었다. 이러한 작업을 진작시키기 위해 1958년 국내 최초로 번역문학상을 제정하였다. 초기의 수상기준은 주로 외국작품을 한국어로 유연하게 번역한 번역가가 대상이었다. 그러다가 그 후 서서히 한국문학작품의 외국어 번역가로 수상자가 바뀌기 시작했다.

한국문학 세계화의 첫 번째 큰 계기는 1970년 제37차 국제PEN대회였다. 백철 회장이 주도했던 이 대회는 당시 박정희 대통령을 비롯, 정부가 직접 나서서 적극적으로 후원하였다. 이 대회를 위해 한국현대시,

시조, 단편소설, 그리고 희곡, 나아가 대표 고전소설 『춘향전』이 영역되어 소개되었다.

또한 이 대회의 국제이사회에서 중요한 결정이 내려졌다. 아시아의 문학작품들이 서구에 별로 알려지지 않았기에 '아시아 문학 번역국 Asian Writers' Translation Bureau'을 설치하기로 정해졌다. 이를 계기로 초대 번역국 정인섭 회장이 주도하여 1973, 1975, 1979년 3회에 걸쳐 『아시아문학Asian Literature』이 간행되었다. 이곳에 당대 중동에까지 이르는 아시아 전역의 여러 국가의 다양한 작가들의 글이 영어로 번역 소개되었다. 이 간행물이 오랫동안 계속되지 못한 것이 아쉬울 뿐이다.

1996년에 이르러 한국 정부는 한국문학의 해외 소개의 필요성을 절감하여 국제문인단체인 한국PEN 본부에 영문 계간지 "Korean Literature Today"를 발간할 수 있도록 예산 지원을 하여 10여 년간 활발한 활동을 하였다. 본인은 2001년에 새로운 편집주간이 되어 번역 소개할 한국작품들의 장르를 확장하여 수필과 문학비평도 실었고, 서반아어 특집을 꾸미기도 하여 오래 일을 하지 못했지만 쇄신을 위해 노력한 바 있다. 그러나 아쉽게도 2008년에 이르러 한국문학번역원이 국가기관으로 설립되어 모든 사업이 그곳으로 이관되어 더 이상의 재정 지원을 받을 수 없었다.

그 후 국제PEN 한국본부는 한국문학의 세계화 사업은 사실상 답보 상태였다. 그러나 손해일 이사장의 주도로 2019년 2월에 공식적으로 한국펜 번역원Translation Academy이 설립되었다. 당시 한 독지가의 희사

금으로 7권의 한국문학 번역 시리즈가 발간되었다. 산림청과 협업으로 시인 여섯 분을 선정하여 한국 현대 녹색 문학 영역 시집을 내기도 했다. 그러나 그 후 재정적 이유로 일시 중단된 상태다. 안타까울 뿐이다.

그러나 한국PEN 70주년을 계기로 외부기관 또는 독지가의 도움을 받아 최소한 계간지는 아니더라도 반년간지라도 "Korean Literature Today"를 복간시켜야 할 것이다. 이를 통해 우리는 이제 노벨문학상 공식 추천기관으로서 한국PEN 본부 고유 목적의 하나인 한국문학의 세계화의 초심을 회복해야 할 것이다. 앞으로도 번역원의 활성화뿐 아니라 한국PEN 본부가 시대를 넘어서는 장구한 계획 속에서 한국문학계와 문단의 내실을 다듬으며 계속 발전해 나가기를 뜨겁게 기원한다.

이번 한국PEN 70년사 편찬작업을 위해 도와주신 김경식 사무총장님, 김율희 편집장님, 그리고 교정위원들에게 깊이 감사드린다. (2024)

『국제PEN 한국본부 70년사』 실무추진위원회
부위원장 정정호

VI

내가 사랑하고 존경하는 사람들

01. 고마우신 선생님들 이야기

나는 1959년 초등학교 6학년이 되었다. 6학년 1반에 배치되었다. 담임은 박정수 선생님이었다. 인자하고 후덕하신 남자 선생님이었다. 나는 키가 작아서 맨 앞줄, 그것도 담임 선생님 책상 바로 앞에 앉았다. 당시 선생님은 학년 주임이셨다. 그래서 공지사항이 있으면 8반까지 있는 담임 선생님들에게 메시지를 일일이 전달하기 위해 쪽지를 들고 각 반을 찾았다. 선생님께서 나를 귀여워해 주신 것 같다. 잘생기지도 공부를 잘하지도 못하고 집안도 가난한 나를 메신저로 쓰셨다. 그때는 초등학교도 남학생과 여학생 반을 따로 편성했다. 특히 여학생 반에 들어갈 때는 얼굴이 뜨거워지고 부끄러웠다.

나는 4·19학생민주혁명이 일어난 1960년 2월에 인천 서림국민학교를 졸업했다. 그리고 상인천중학교에 입학시험을 치고 합격했다. 그러나 입학하지는 않았다. 당시 아버지가 경기도 이천으로 발령이 나 가족이 모두 이주를 하기 위해서였다. 나는 1960년 8월까지 이천 대월면 초지리와 장호원에 살다가 혼자 인천으로 돌아왔다. 다음해에 다시 중학교를 가기 위해서다. 인천에 친척도 없고 해서 거처는 아버지 직장 동료 집에 기거했던 생각이 난다. 지금도 기억에 남는 것이 아버지 동료 부인께서 매일 아침 쌀밥에 맑은 콩나물국과 달걀반숙을 해 주셔서 감사하며 맛있게 먹었던 생각이 새롭다.

여름 방학 중에 6학년 때 박정수 담임 선생님을 찾아가 진학 문제를 상의드렸다. 선생님께서 6학년 1반 그때도 담임을 맡고 계셨는데 나보고 청강생으로 학교에 나와 공부하라셨다. 우리집은 빈한해서 입시학원에 다닐 경제적 여건이 안 되었다. 나는 1년 후배들과 함께 교실에서 공부하는 것이 부끄러웠지만 매일 출석하고 공부도 열심히 했다. 1961년 1월 인천중학교 입학시험을 치렀다. 어쩐 일인지 합격이 되었다. 지금 생각해 보니 아마도 하나님의 은혜 아니고는 가능한 일이 아니었다. 가까이는 박정수 선생님의 배려와 사랑 덕분이었다. 하나님께서 박정수 선생님을 사용하셔서 부족한 나를 도우신 것이 아닐까? 선생님도 매우 기뻐하셨고 부모님도 매우 좋아하셨다. 나도 무척 기뻤다. 인천중학교는 당시 경기도 내에서 소위 일류 중학교였기 때문이다.

내가 인천중학교를 입학한 것은 어떤 의미에서 하나의 도약이 되었다. 인천자유공원 밑에 자리잡은 인천중학교에서 나는 새 출발을 하였다. 좋은 친구들을 만났고, 훌륭한 선생님에게 가르침을 받았다. 특히 길영희 교장 선생님을 만난 것은 내 인생에 가장 큰 축복(은혜) 중의 하나였다. 월요 운동장 조회에서 길 교장 선생님의 훈시는 중학교 1년생인 내가 다 제대로 알아듣지는 못했지만 나의 인식을 깨우치고 혼을 불러 일으켰다.

자유공원에서 심호흡하며 서쪽으로 보이는 월미도와 서해바다와 그 너머의 세계를 몽상하였다. 이곳에서 월미도까지 내려다보이는 상인천역 지역은 구한말부터 조선의 개항장으로 서구 근대문명이 들어온 통로였다. 식민 지배의 치욕의 역사가 시작된 곳이기도 하고 1899년

개설된 경성(서울)으로 가는 경인선의 출발점이기도 했다. 무엇보다도 나중에 알게 된 것이지만 1895년 부활절날에 아펜젤러와 언더우드 설교사가 제물포항으로 들어와 처음 내리교회를 세운 곳은 인천중학교에서 멀지 않았다. 내가 늘 걸어올라다니던 큰길가에서 멀지 않은 곳이었다. 나중에 중학교 2학년 때 내리교회를 방문하고 큰 감명을 받았다. 푸른 눈과 갈색 머리의 미국 선교사들이 왜 이 암흑기인 '고요한 아침의 나라' 조선까지 와서 복음을 전했을까? 서양 선교사들로 인해 한반도는 복음 전파는 물론 근대 교육, 의료병원, 남녀 평등, 한글 보급 등 우리 민족에게 얼마나 많은 빛과 축복을 가져다 주었는가? 물론 내가 중학생이던 당시에는 소상히는 알지 못했지만.

이렇게 인천중학교 입학으로 나의 삶은 새로운 단계와 차원으로 올라갔다. 한 가지만 더. 중학교에 와서 영어를 배우기 시작한 것이었다. 초등학교 때는 영어 대문자 ABCD 정도만 알던 내게 영어라는 외국어는 새롭고 신기한 외국 언어의 세계를 열고 나의 인식의 지형을 크게 열어젖힌 획기적인 '사건'이었다. 영어를 통해 서양의 문물文物을 접하고 우리 것과 비교하니 모국어 한글과 문화에 대한 성찰을 더 깊이 하게 하였다. 독일의 시성詩聖 괴테는 일찍이 "외국어를 배우는 것은 모국어를 더 사랑하게 한다"고 말하지 않았는가?

선생님 이야기가 나왔으니 그 이후에 내가 만난 고맙고 훌륭한 선생님들 이야기를 더 해 보고 싶다. 우리가 살아가는 동안 만남의 순간들이 여러 번 있다. 친구와의 만남, 배우자와의 만남, 좋은 책과의 만남 등등이 있지만, 나에게는 좋은 선생님과의 만남이 가장 중요하게 느껴진다. 내가 삶의 도정道程 곳곳에서 좋은 선생님들을 만나지 못했다면 현재의 나는 없을 것이다.

중학교 때도 길영희 교장 선생님을 만나 전교생이 도열하는 월요 운동장 조례에서 당시 국가와 민족을 위한 훈화를 여러 번 들었는데, 어린 나의 가슴에 무엇인가 뜨거운 것을 흐르게 만드셨다. 나는 공부나 성적으로 두각을 나타내지는 못했지만 국어 선생님, 영어 선생님을 비롯해 몇몇 선생님들께 격려와 칭찬을 받았다. 칭찬은 고래도 춤춘다고 하지 않는가! 내가 어렸을 때 이러한 격려와 위로가 없었다면 나는 문제 학생이 되어 학업도 끝까지 못 마칠 수도 있었을 것이다.

고등학교 때도 여러 교과목 선생님들한테 많은 가르침을 받았다. 당시 고등학교는 대학입시라는 대명제 때문에 거의 입시학원 수준이었다. 당시 내가 다니던 고등학교는 경기도 내에서 S대를 가장 많이 입학시키기로 이름을 날려, 나도 그것에 완전히 물들어 S대 아니면 대학이 아닌 것같이 생각될 정도였다. 이것은 아주 잘못된 생각이지만, 적어도 그 당시에는 그랬다. 국어, 영어, 수학은 물론이고 내가 선택하였던 국사와 화학 과목에서 고3 학생들은 거의 기계처럼 배우고 훈련했다. 당시 우리는 모든 대학 입학시험 기능공들이었다. 어쨌든 선생님들 덕분에 재수는 했지만 S대에 입학했으니 선생님의 노고와 은혜를 어찌 갚으랴? (특히 고등학교 선생님들이 내가 대학 입학 후를 위해 4년 전액 받는 진로장학금까지 주선해 주셨다.)

대학에 들어와서도 나는 선생님 복을 계속 많이 받았다. 무엇보다 피천득 선생님을 만나 퇴임하시기 직전까지 4과목이나 강의를 듣는 보기 드문 행운을 가지게 되었고, 피 선생님을 통해 영미 시와 문학비평이 나의 전공으로 결정되었다. 그리고 미국 소설을 가르치시던 장왕록 교수님의 미국식 부지런함과 실용주의에 큰 감화를 받았다. 후에 나의 결혼식 주례도 서 주셨고, 무엇보다 미국 유학을 준비할 때 써 주신 추천서가 너무 고마웠다. 자상하게 나를 강력하게 추천하신 장 교수님의 노고가 아니었다면 나는 미국 대학원 입학허가서를 받지 못했을 것이다.

대학원에서도 외국인 교수를 비롯해 여러 훌륭한 선생님들을 만났다. 석사논문 지도교수셨던 백낙청 교수님과 전제옥 교수님이 가장 기억에 남는다. 백 선생님은 강의도 한 번 휴강하지 않으시고 D. H. 로렌스, 조셉 콘라드 등 현대 영국 소설가에 대해 열정적으로 가르치셨다. 특히 매주 큰 보온병에 뜨거운 커피를 가득 가져오셔서 대학원생들에게 일일이 따라주고 쿠키도 가끔 나누어 주셨다. 나는 백 교수님을 통해 미국식 문학 교육의 진수를 모두 경험하고 수용했다.

전제옥 교수님은 셰익스피어를 가르치셨다. 학기마다 셰익스피어의 비극, 희극, 사극을 따로 가르치셨는데, 작품은 매주 1편씩 읽어 내야 해서 무척 힘들었다. 전 교수님은 내 가정일도 사적으로 도와주시기도 했고, 나의 필명筆名으로 정세문鄭世文을 지어 주셨다. 그 이후 나는 이 필명을 사용하고 있다. 이름의 뜻은 영문학뿐만 아니라 세계의 문학을 널리 공부하라는 것과 대학에서 공부하고 연구하는 고급 문학뿐 아니라 세상문학(대중문학)에도 관심을 가지라는 뜻이 아니었을까 생각해 본다. (대학원에서도 운좋게 당시 최고액인 우산又山 장학금을 받았다. 당시 중고교사 봉급의 절반에 해당되는 2만 원씩을 매월 받아 아르바이트하지 않고 공부만 할 수 있었다.)

미국 대학에서 공부할 때도 좋은 선생님을 만났다. 누구보다도 나의 지도교수였으며 18세기 영문학자 제임스 키스트James Kuist 교수다. 키스트 교수는 영어도 시원치 않은 나에게 강의조교 장학금Teaching Assistant Scholarship을 마련해 주셨다. 대개 TA들은 교양영어 101, 102를 가르치기로 되어 있으나, 교수님은 나에게 영문학개론 과목을 선생님과 공동으로 가르칠 수 있는 기회도 주셨다.

그리고 또 잊을 수 없는 분이 이합 핫산Ihab Hassan 교수다. 그는 이집트 출신 미국인으로 원래 전기공학 박사였지만 미국문학으로 전공을 바꿔 위스콘신(밀워키)대학교 종신 석좌교수로 계셨다. 나는 무엇보다도 핫산 교수로부터 1980년대 초 당시 요원의 불길처럼 일어났던 포스트모더니즘에 대해 많은 것을 배웠다. 1985년에는 핫산 교수의 주요 글을 엮고 번역해 국내 단행본으로 처음 『포스트 모더니즘』(종로서적)을 펴냈다. 핫산 교수를 통해 나는 포스트 구조주의 등 최첨단 문화 및 문학이론을 공부할 수 있었다.

그 후 나는 귀국하여 대학 강단에 서 있는 동안 내가 지금까지 격려와 배움을 받은 여러 선생님들의 은혜에 보답하기 위해 최선을 다해 연구하여 가르쳤다. 초등학교 때 박정수 선생님부터 미국 대학에서의 이합 핫산 교수에 이르기까지 나를 가르치고 지도하셨던 선생님들이 없었다면 현재의 나는 없었다. 이 모든 것은 스승님들의 큰 은혜다. 물론 이 은혜를 궁극적으로 베푸신 분은 하나님이시다. 하나님의 은혜가 아니고서는 이 보잘것없는 학생인 나에게 지난 수십 년 동안 선생님들이 어찌 부족한 나에게 그렇게 잘해 주실 수 있었겠는가?

02. 도산, 춘원, 금아 그리고 나

인간이란 동물은 모든 것을 이야기로 만들지 않고는 못 배기는 '서사 충동'을 가졌다. 그래서 사람을 '이야기하는 인간 homo narrans'으로 정의 내릴 수 있다. 우리가 쓰고 짓는 모든 글들은 본질적으로 이야기의 구조를 가진다. 인간 세상은 신화, 전설, 민담, 옛날이야기, 동화 등 무수한 이야기들로 가득차 있다. 이 수많은 이야기들은 새로 만들어 낸 것이 아니다. 이미 있었던 이야기를 다시 쓰고 다시 만들기를 통해 끊임없이 차이를 드러내면서 반복된다. 이런 의미에서 이야기는 언제나 새롭게 태어난다. 오늘 나의 이야기도 그중 하나로 이야기의 이야기다.

나는 최근 수년간 현대 한국사에서 특히 도산 안창호(1879~1938)라는 인물의 이야기에 깊은 감동과 흥미를 느끼고 있다. 그러나 내가 어느 날 갑자기 도산 선생을 알게 된 것은 아니다. 직접적인 계기는 시인이며 수필가인 금아 피천득(1910~2007)의 도산에 관한 이야기를 읽고부터. 피천득은 1926년에 도산 선생을 직접 만나 배우기 위해 상하이로 유학을 갔다. 피천득은 일생 동안 결코 환멸을 느끼지 않은 경험으로 도산을 처음 만났을 때와 금강산을 처음 바라보았을 때라고 회고하였다.

그렇다면 피천득 자신은 직접 도산 선생에게 다가갔을까? 아니다. 그 사이에 춘원 이광수(1892~1950?)가 있다. 나의 도산 이야기의 시작은 처음 피천득을 통하지만 피천득은 이광수의 도산 이야기에 매료되었다. 금아 선생은 10세 이전에 부모를 모두 여의고 고아로 자랐다. 중고등학교 시절 춘원 집에서 3년 가까이 지내면서 영어와 문학을 처음으로 배우게 된다. 이때 피천득은 이광수를 통해 1920년대 당시 국제 도시였던 상하이에서 독립운동을 하던 안창호 선생 이야기를 들었다. 춘원은 이미 1919년 3·1운동 후 상하이로 망명하여 도산 밑에서 대한민국 임시정부 일을 돕다가 귀국한 후 도산 선생을 깊이 존경하여 흥사단의 국내 조직인 수양동우회를 시작했다.

이렇게 해서 피천득-이광수-안창호의 이야기의 계보가 드러난다. 피천득은 "나는 과거에 도산 선생을 위시하여 학력이 높은 스승을 모실 수 있는 행운을 가졌었다. 그러나 같이 생활한 시간으로나 정으로나 춘원과 가장 인연이 깊다"고 말할 정도로 춘원에게 인생과 문학에 대해 큰 영향을 받았다. 이 세 사람의 인연은 기이하게 나에게로도 이어졌다.

나는 수년 전 우리나라 근대 문학의 건설자인 춘원의 전집을 사서 읽기 시작하였고, 춘원연구학회에서 논문 발표도 하기에 이르렀다. 춘원이 1921년에 발표한 「민족개조론」은 결국 도산 선생의 민족운동사상을 공감하여 쓴 글이다. 춘원은 1923년에 도산을 모델로 「선도자」란 소설을 썼고, 후에 『도산 안창호』란 전기도 집필한 바 있다.

나는 매년 9월 서울에서 개최되는 춘원연구학회에 참석하고 있다. 학회에는 현재 미국에 거주하고 있는 춘원의 막내 따님 이정화 박사가 참석한다. 그는 1955년에 출간한 『아버님 춘원』으로 유명하다. 해방 직전부터 춘원이 농사를 지으며 살았던 사릉집과 그의 유적비가 서 있는 양주 봉선사도 방문하였다. 요즈음도 시간이 되면 이광수 전집을 뒤적이며 춘원의 시, 수필, 논설, 소설을 읽는다. 춘원 선생이 말년의 친일 행적으로 그의 전체적인 문필가로서, 사상가로서의 업적이 제대로 평가되지 못함은 너무나도 안타까운 일이다. 이에 나는 시대를 초월하여 보편에 이르는 시각으로 다시 읽어 보고 싶다.

올해는 안창호 선생이 미국 샌프란시스코에서 1913년에 국내외 조선 민족의 새로운 독립국가 건설을 위한 '무실역행務實力行'을 목표로 흥사단興士團을 창립한 100주년이 되는 해이기도 하다. 도산 안창호는 교육을 많이 받았거나 저술을 별도로 남긴 분은 아니다. 나는 시인 주요한이 집대성한 1,000쪽이 넘는 『안도산 전서』를 구해 읽고 있다. 내가 좀 더 일찍이 안창호 선생을 알게 되었거나 흥사단 단원이 되었더라면 나의 인생 방향이 달라졌을 수도 있다고 느꼈다.

2011년 7월 한여름에 로스앤젤레스를 방문하였을 때 도산의 흔적을 찾아 LA 이곳저곳을 서성거렸었다. 계속해서 나는 LA 남동쪽으로 자동차로 1시간 30분 거리에 있는 리버사이드라는 도시까지 갔다. 그 도시 시청광장에 도산의 동상이 서 있다는 것을 알게 되어서였다. 과연 리버사이드 시청의 길다란 광장에 시청 건물에서 가장 가까운 곳에 도산 선생이 서 있고, 그곳에서 20미터 떨어진 곳에 1960년대 미국 흑인 민권운동가 마틴 루터 킹 목사의 동상이 서 있으며, 그곳에서 다시 비슷한 거리를 가면 인도 독립의 아버지 간디의 동상이 서 있었다. 그 세 사람의 동상은 일렬로 배치되어 있다. 이곳 시민들은 왜 이 세 사람을 시청 광장 한 자리에 모아 놓았을까? 도산, 킹 목사, 간디는 억압받은 자들의 해방과 권리를 위해 기꺼이 목숨을 바친 민중의 지도자들이 아니었던가?

지천명地天命의 나이도 지나 이순耳順에 이르는 시기에 매우 운 좋게 만난 안창호-이광수-피천득의 이야기를 나는 아주 사적인 방식으로 전유하고 싶다. 나의 짧은 독서지만 이 세 사람을 관통하는 정신은 사랑과 정情이다. 이 세 사람의 이야기를 21세기에 우리에게 맞게 계속하고 싶다. 이들의 이야기는 결코 소멸되거나 시들지 않을 것이다. 나는 이들의 이야기를 새롭게 부활시켜 끊임없이 계속될 수 있도록 기록을 남기고도 싶다. 기쁘고 즐길 일보다는 참고 견디어야 할 일들이 더 많은 고단한 삶과 척박의 시대 한가운데서 지금보다 조금이라도 더 좋은 세상을 만드는 이야기는 어떤 것일까?

껍질을 벗지 못하는 뱀은 죽는다. 인간도 필요할 때 낡은 옷을 벗어던지고 새로운 옷으로 갈아입어야 한다. 나이가 들어가면서 더욱 날로날로 새롭게 될 필요성이 커진다. 굳은살이 배기기 시작하는 노년에 새 살이 계속 돋아나게 하는 방법은 없을까? 나는 금아 피천득 선생과의 인연으로 다시 만난 도산 안창호와 춘원 이광수의 이야기를 통해 나의 인생 제2막에 어떤 이야기를 만들어 낼 것인가? 고목나무에 아름다운 꽃을 피게 할 수 있을까? 나의 시대를 위해 사랑과 정의의 파수꾼들이었던 이들의 이야기를 변형시켜 나의 이야기 속에서 영원히 산다면 얼마나 좋을까! (2014)

03. 글쓰는 검투사, 새뮤얼 존슨

"존슨의 마음은 원형경기장, 로마의 콜로세움과 같아 거기서 존슨은 검투사처럼 온갖 적, 맹수들과 사투를 벌였다. 존슨은 일단 몰아내지만, 그들은 다시 돌아와 그를 또 공격했다."

― 제임스 보스웰, 『새뮤얼 존슨 전기』(1791)

18세기 영국 계몽주의 시대의 대문인 새뮤얼 존슨(1709~1784)은 1980년부터 나의 문학적 영웅이었다. 나는 존슨을 닮고 싶은 그의 숭배자다. 지방의 가난한 서적상 아들로 태어난 존슨은 어려서 아버지 서점에 주저앉아 책을 닥치는 대로 읽는 바람에 엄청나게 박학다식한 사람이 되었고 기억력도 비상하여 많은 작품의 주요 구절을 암기하였다. 존슨은 신체는 건강했으나 평생 신경증 등 크고 작은 병마에 시달렸다. 시력도 좋지 않고 얼굴도 험상궂어 우직하고 육중한 곰 같은 모습의 존슨은 옥스퍼드대학에 입학했으나 학비 조달을 할 수 없어 1년 만에 자퇴했다. 그 후 고향에서 작은 학교를 시작했으나 오래가지 못했으며, 런던으로 올라온 존슨은 가난한 문인들이 사는 그럽 가Grub Street에 정착하였다. 존슨은 처음에는 가난과 싸우면서 의회 토론 과정을 기록으로 만들어 그 원고를 잡지에 팔고 번역도 하며 겨우 연명하였다. 이렇게 밑바닥 생활에서 작가로서의 기초를 착실하게 다진 존슨은 주간 잡지를 세 종류나 창간하여 장중한 문체로 당대 문제를 다룬 다양한 주제들에 관해 많은 신문 에세이periodical essay를 써냈으며, 나중에는 소설과 희극도 써냈다.

존슨은 1755년 영국 최초로 『영어사전』을 편찬했다. 조교 5명만을 데리고 8년에 걸쳐 완성한 이 사전은 단어의 정의와 용례가 함께 있는 용례사전으로 셰익스피어, 밀턴 등의 작품들을 예문으로 사용한 최초의 문학 대사전이기도 하다. 이 사전을 계기로 중퇴한 모교인 옥스퍼드대학교와 더블린의 트리니티대학에서 명예문학박사 학위를 받아 '존슨 박사Doctor Johnson'로 불리었다. 당시 영국 왕 조지 3세의 비밀 초대를 받기도 한 존슨은 300파운드의 연금을 받게 되어 드디어 만성적 빈곤에서 벗어나 자유롭게 글을 쓰며 당대 최고의 문인이 되었다.

그 후 셰익스피어 전집을 편집 출판하였고, 런던의 커피하우스에 문학 클럽을 만들어 당대 주요 지식인들과 다양한 주제로 토론하며 공영역의 장을 펼친 위대한 대화가로서 영국 문단을 주도하였다. 만년에 존슨의 제자가 된 스코틀랜드 출신 제임스 보스웰은 세계 최고의 전기로 평가받는 『새뮤얼 존슨 전기』(1791)를 집필하였다.

미국에서 공부할 때 나는 박사학위 주제로 새뮤얼 존슨을 택했다. 존슨이 쓴 엄청난 분량의 글 일부를 읽을 때마다 250여 년 전 영국에서 문필가로 활동했던 그의 깊은 통찰력과 새로운 비전에 새삼 감탄하고 놀랐다. 그 후 나의 존슨 순례는 계속되어, 그의 고향인 스태퍼드셔주의 작은 도시 리치필드를 2번이나 방문했고, 그의 모교였던 옥스퍼드 펨브로크대학과 그가 묵었던 기숙사도 방문하였다. 무엇보다도 존슨은 40여 년 이상 런던에 살았다. 지극히 가난했던 시절 존슨이 거닐던 그럽 가를 다시 걸어보고 서 있는 존슨의 작은 동상도 만나고 그가 영어 사전을 만들었던 거프스퀘어 집 5층도 가 보았다.

또한, 제임스 보스웰과 함께 여행하며 쓴 『스코틀랜드 서쪽 섬 여행기』(1775)를 손에 들고 그가 다닌 곳을 따라다녔고, 스코틀랜드 서북쪽의 오지 헤브리디스 지방도 둘러보았다. 그리고 런던의 성 바울 대사원 내의 존슨 조각 입상과 웨스트민스터 사원 내의 존슨 흉상 앞에서 목례를 올리며 존슨 순례를 계속했다.

내가 영국에서 1983~1984년 브리티시 카운슬 장학생으로 요크셔 주 리즈대학교에서 연구교수로 있을 때 일화 두 가지를 소개한다. 당시 초등학교에 다니던 나의 두 딸은 존슨에 관한 박사학위 논문을 준비하면서 내가 자나깨나 '존슨 박사' 이야기만 하고 다니고 자신들과 놀아주지 않으니까 "아빠는 '존슨 박사'밖에 몰라" 하고 불평 겸 항의하는 소리를 여러 번 들었다. 지금 생각해도 미안한 생각이 든다.

나는 그때 리즈 시 지역의 헌책방을 돌면서 존슨과 보스웰에 관한 오래된 책들을 수집하고 있었다. 그런데 1984년 어느 봄날 한 작은 중고 서점에서 그 유명한 존슨 사전 축약판을 찾아냈다. 1805년 런던에서 발간된 양가죽 표지로 된 사전이었다. 가격은 20파운드였다. 당시 가장의 입장에서는 큰돈이어서 만지작거리기만 하며 망설이다가 그냥 놓고 나왔다. 그러나 나는 밤새 잠을 이룰 수가 없었다. 존슨의 분신처럼 느껴지는 그 사전을 사지 못한 것이 너무나 서운하고 후회가 막급이었다. 밤잠을 거의 설치고 아침 일찍 만사를 제치고 그 서점이 문을 열기 전에 앞에 가서 기다렸다. 서점이 문을 열자마자 뛰어들어가 그 사전을 찾았다. 다행히 누가 사가지 않고 그대로 있었다. 나는 미련 없이 20파운드를 던지듯 내밀고 그 사전을 가슴에 품고 집으로 돌아왔다.

출간된 지 215년이 넘은 책이지만 나는 아직도 가끔 펴보고 더듬으며 내 방의 가장 잘 보이는 곳에 두고 새뮤얼 존슨의 노고와 분투를 생각한다. (아마 지금쯤 이 고서 가격은 최소 200파운드도 훨씬 넘으리라.) 『타임』 잡지가 2000년대 초에 지난 1000년간 서구에서 가장 영향력 있는 문인의 한 사람으로 존슨을 소개하였다.

새뮤얼 존슨은 문명사적으로나 문학사적으로나 비평사적으로 중요한 시기, 즉 르네상스에서 신고전주의까지의 시대, 그리고 낭만주의와 현대에 이르는 시기 '사이'에 살았다. 모든 형태의 실천 비평을 수행한 바 있는 존슨은 문학사적으로 전환기 시대를 살았다. 신고전주의와 낭만주의라는 영국 비평의 두 거대한 주류가 만나는 지점에 서 있었으나, 존슨은 신고전주의의 한계에 맹목적이지도 않았고, 당시 유행하기 시작한 낭만주의의 새로운 실험에 대해서도 열광하지 않았다. 두 가지 문학운동으로부터 상대적 독립성을 지킨 것이 그의 장점이며, 바로 여기에 문인으로서 존슨의 위대성과 유용성이 있다.

영미의 영문학과에서 20세기 중반까지 존슨은 그의 전기작가인 제임스 보스웰을 통해 반동적 기벽을 지닌 전통적 보수주의자로서 작가, 비평가보다는 대화꾼Talker 또는 conversationalist으로 그 지위가 전락했다고 볼 수 있다. 이렇게 왜곡된 존슨을 구출하여 작가, 비평가, 사상가로서의 적절한 위상을 다시 세워 주어야 한다. 그렇다면 존슨 비평이 그런 전환기에 '권위와 우상 파괴'를 함께 포용하는 일종의 변증법적 또는 대화적 입장을 가질 수 있었을까? 존슨 비평은 어떤 의미에서 철저한 영국적 산물로, 당시 프랑스 합리주의에 대한 경험주의, 프랑스 절대주의에 대비되는 입헌군주제, 프랑스 학술원의 권위주의에 대한 영국적 자유주의 정신을 따랐고, '균형과 통제'의 정치학과 윤리학을 내면화시켰다고 볼 수 있다.

19세기 영국 낭만주의 시대 이래로 작가의 의미는 독창적 상상력과 아름다운 문장을 구성할 수 있는 장르인 시, 소설, 희곡의 창작자로 국한되었다. 그러나 존슨은 18세기 계몽주의 시대의 넓은 의미에서 작가writer, 문인文人, man of letters이다. 물론 시와 소설, 희곡도 썼지만, 존슨에게는 문학의 범주가 미학과 예술성이 탁월한 시, 소설, 희곡 장르에만 국한되지 않고 훨씬 다양했고 광범위했다. 편지, 여행기, 일기, 전기, 주석, 번역, 사전 편찬, 평전, 편집, 에세이, 심지어 기도문, 설교까지 문학에 포함했다. 그에게 문학은 시민주의 시대의 공공담론인 생활문학을 포괄하는 광범위한 것이었다.

18세기 시민사회에서 모든 글쓰기는 시민(대중)에게 교양과 즐거움, 지식과 지혜를 주는 일종의 '공영역'을 만드는 행위였다. 그래서 18세기 소설가 토비아스 스몰렛은 전천후, 전방위, 공적 문학 지식인인 존슨을 대문인 또는 '문학의 대왕Great Cham of Literature'이라고 불렀다.

(여기서 "Cham"은 칭기즈칸을 나타내는 "Khan"에서 나온 말이다.)

미국의 대비평가 해럴드 블룸은 『서구의 정전』(1994)이란 책에서 존슨을 서양에서 '가장 위대한 비평가'로 불렀다. 블룸은 또한 그의 흥미로운 책인 『천재론』(2002)에서 서양의 100명의 천재 유형을 10가지로 나누었다. 블룸은 두 번째 천재 유형을 '지혜'로 보고 여기에 야훼(여호와), 소크라테스, 플라톤, 사도 바울, 무하마드(마호멧), 제임스 보스웰, 괴테, 프로이트, 토마스 만과 더불어 새뮤얼 존슨을 배정하였다. 블룸의 이런 분류를 참고한다면 가난과 병마를 극복한 대문인 존슨은 분명히 '지혜 문학'의 대열에 포함된다. '서양 최고의 비평가'이며 '비평의 천재'인 새뮤얼 존슨에게서 우리가 배울 수 있는 것은 바로 21세기를 위한 삶과 문학과 비평의 '지혜'다.

존슨은 18세기라는 과거와 21세기라는 미래를 연결하는 다리를 놓기 위해 글을 쓴 작가에 속한다. 존슨의 글쓰기는 '오래된 미래'라 말할 수 있을 것이다. 19세기 낭만주의 시대에 정립된 문인의 축소된 기능과 역할에서 벗어나 21세기에는 문학의 범주와 장르의 확산을 통해 세계 시민사회에 일부 고급 독자들만이 아니라 보통 독자common reader를 포용하는 시민문학으로의 새로운 위상을 재정립해야 한다. 이것이 존슨이 우리에게 던져 둔 문학의 새로운 과제다.

나의 글쓰기 영웅 새뮤얼 존슨이 남긴 말을 여기에 소개한다.

"글쓰기의 유일한 목적은 독자들에게 삶을 더 잘 즐길 수 있게 하거나 적어도 삶을 더 잘 견뎌 낼 수 있게 만드는 것이다."

- 새뮤얼 존슨, 『리차드 새비지 전기』(1744)

한때 '한국의 존슨 박사'가 되고 싶었던 나는 존슨의 이 말을 지금까지 내 문학의 좌표로 삼았고 앞으로도 그렇게 살아갈 것이다.

04. 시로 쓴 인물기 : 헨델, 셸리, 피천득

바로크 헨델

어느날 바로크 시대 연주하던
악기로 음악 들으니 새로운 세계
고전주의와 낭만주의 음악을
듣던 나에게 하나의 청신한 충격

무겁고 장중하고 분위기 벗어나
음색이 경쾌하고 순수함마저 넘치는
본질적이고 거룩하다고나 할까
여지껏 나는 왜 바로크 악기를 몰랐던가

신비스러운 미지의 세계의 문턱에서
나는 옷깃을 여미며 다짐한다
바로크의 음악에서 그동안 숨어 있던
내 영혼의 일부를 찾아 온전해지자고

그동안 안으로 잠겼던 바로크 세계
이제 천천히 빗장을 풀고자 하니

흥분과 함께 크게 떠오르는 천재 있으니
독일 태생으로 이태리에서도 공부한 대음악가

서양 음악의 어머니 게오르크 헨델은
근대화와 산업화가 앞섰던 나라
영국으로 귀화하여 새로운 삶을 시작했네
독일 출신 영국 왕의 후원으로 새 음악을 꿈꾸네

런던은 초기 자본주의로 도시화가 앞섰던 곳
중산층이 형성되고 음악 욕구가 충일했던 곳
헨델은 새 관객을 만나 새 음악을 만들었다
수상 음악, 왕궁의 불꽃놀이가 그 시작이다

헨델은 영국에서 저무는 오페라를 떠나
새로운 멋진 신세계 오라토리오로 들어가
음악적 재능을 맘껏 부리니 할렐루야가 나오고
장사 삼손, 입다, 솔로몬 연이어 성공하네

놀랍게도 헨델은 자기 음악의 가사로
런던 관객을 위해 밀턴, 드라이든, 포프 등
영국 대시인들의 시들을 번안해 사용하여

알렉산더의 향연 등이 세상에 처음 나왔네

일생 독신으로 지내며 자신의 음악 판권을
자선단체 병원이나 가난한 사람들 위해 쓰니
독일의 중후한 사색과 영국의 발랄한 행동이
헨델의 새 바로크 음악으로 활짝 꽃피었네

왜 지금 여기서 다시 셸리인가?
- 서거 200주기를 보내며

나는 어째서 이탈리아에서 아주 젊어 죽은
영국 낭만주의 시대 천재 시인 셸리를
오늘 이 자리에서 애도하고 추모하는가

셸리는 최고의 이상주의 서정시인이었고
19세기 초 유럽이 시민사회로 진입하면서
민주화에 역행하는 정치적 억압에 저항하였다

이양하는 셸리의 「탄식소리」를 직접 들었고
셸리의 「서풍의 노래」를 읽고 함석헌은 깨어났고

피천득은 「종달새에게」를 읽고 수필 「종달새」를 썼다

내가 셸리의 이름을 오늘 다시 불러내는 것은
21세기가 그의 시와 사상이 필요하기 때문이다
그 이상주의와 평화사상은 유일한 대안이 된다

셸리의 시대 19세기 초나 우리의 21세기 초나 똑같다
세계는 자본패권주의와 전제주의가 판치니
각종 전쟁과 분쟁이 지구에서 그칠 날이 없다

셸리의 산업화 초기처럼 우리의 후기산업시대는
환경생태적 감수성이 거의 사라져 가고 있다
셸리의 녹색의 상상력 회복만이 우리가 살 길이다

급진적 자유주의자 셸리는 무엇을 꿈꾸었나
최고의 시극 「해방된 프로메테우스」에서
그는 모든 억압에서의 해방과 사랑을 노래했다

시 「사랑의 철학」에서 셸리가 울부짖은 것은
반목과 증오로 점철된 인간의 문명사회에서
서로 공감과 용서로 하나가 되라고 표효했다

셸리는 일찍 죽었지만 나는 낼모레 80이다
나는 셸리의 시와 사상에서 무엇을 건지려는가
삶과 사회에 소극적 저항이 나의 말년의 양식이다.

금아 피천득 선생님

피천득이 있어 나는
겸손하고 온유해지네

피천득이 있어 나는
순수하고 가난하게 살 수 있네

피천득이 있어 나는
작은 것을 아름답게 여기네

피천득이 있어 나는
서정으로 삶의 상처 치유받네

피천득이 있어 나는
슬기롭고 지혜롭게 되기 원하네

05. 엘리엇의 유령

나는 불현듯 어느 죽은 스승의 모습을 보았다.

그는 내가 알고 있다가, 잊어서 희미하게 생각나는

한 사람이며 동시에 여러 사람이었다. 그 갈색으로 그을린 얼굴의

두 눈은 친근하면서 누군지 알아볼 수 없는

한 낯익은 다수 유령의 복합체의 눈이었다.

　　　　　　　　　- 엘리엇, 「리틀 기딩」 제Ⅱ연, 이창배 옮김, 이하 동일

　유령은 죽은 자의 혼령으로, 보이지 않는 세계에 살면서 어느 시점에 살아 있는 자에게 나타난다. 유령은 어떤 사안에 대해 지시나 경고를 전하지만 저승의 죽은 자와 이승의 산 자를 이어 주는 영매靈媒이기도 하다. 동시에 유령은 죽은 자의 흔적이기도 하다. 그 흔적은 살아 있는 자에게 새로운 사유의 원천이며 행동의 시작이기도 하다. 유령의 본래 뜻은 생명의 근원, 단순한 삶의 터전이라는 의미가 아닌가? 이렇게 T. S. 엘리엇(1888~1965)의 유령은 나에게 망령亡靈이기보다 성령Holy Spirit처럼 살아 있는 영혼이다.

　엘리엇이 문학적 사망선고를 받은 것은 그가 죽은 1965년과 대체로 일치한다. 엘리엇은 급작스럽게 사라진 것처럼 보였고 그 후 오랜 기간 그 유령조차 출현하지 않았다. 엘리엇에 대한 망각이 아직도 계속되고 있는 새천년 21세기에 나는 그 유령을 불러내고자 한다. 엘리엇

자신도 20세기 초 황폐한 서구에 새로운 문학적 전략과 비평적 실천을 위해 17세기 형이상학파 시인들을 비롯하여 '다수의 유령'을 불러내지 않았던가?

> 현재의 시간과 과거의 시간도
> 아마 모두 미래의 시간에 존재하고
> 미래의 시간은 과거의 시간에 포함된다. - 엘리엇, 「번트 노튼」 1~3행

엘리엇의 경우, 미래 시간이 과거 속에 있었다. 이것은 엘리엇의 '역사 의식'의 또 다른 측면이다.

내가 T. S. 엘리엇을 처음 접한 것은 그가 세상을 떠나고 5년 뒤인 1970년 피천득 교수의 영문학사 강의에서였다. 당시 나는 엘리엇 초기 시의 지성적 면과 단편적 형식에 강한 인상을 받은 기억이 난다. 그 후 심명호 교수의 영문학 비평 강의에서 엘리엇의 논문 「전통과 개인의 재능」을 정독할 기회를 얻었다. 현대 시의 새로운 전통 수립을 위해 '역사 감각', '몰개성론' 등 이론에 대한 명쾌한 논리와 강력한 주장에 신선한 충격을 받았다. 아마도 이런 경험이 훗날 내가 문학비평과 이론을 전공하게 된 '시작'이 되지 않았을까?

대학원 시절 번갯불에 덴 듯 엘리엇을 향한 나의 학문적 혼에 울림을 준 작은 책이 있었다. 그것은 캐나다의 대비평가 노드럽 프라이의 『T. S. 엘리엇』(1963)이었다. 이 책 서론에서 프라이는 "엘리엇에 관한

완벽한 지식은 현대문학에 관심을 가진 사람 누구에게나 필수다. 엘리엇을 좋아하느냐 싫어하느냐는 그리 중요하지 않다. 엘리엇은 반드시 읽어야 한다"(5쪽)라고 주장했다. 그 후 나는 한층 더 엘리엇에 온 정신을 빼앗기게 되었고, 적어도 20세기 전반부터 영미 비평계를 풍미하였던 영미 형식주의 비평인 신비평의 여러 기본 개념들에 의지하면서 문학작품의 '자세히 읽기' 훈련을 통한 분석과 이해의 단계를 거쳤다.

나의 대학원 석사 논문은 엘리엇 초기 비평의 변증법적 양상이란 주제로 백낙청 교수의 지도를 받아 완성되었다. 이후 엘리엇은 진정한 의미에서 나의 개인적 문학 취향이나 영국 문학의 비평을 다시 읽기/새로 쓰기를 하는 데 결정적 역할을 하였다. 엘리엇은 끊임없이 나의 문학적 안목을 예리하게 갈고 닦는 비평적 숫돌이 되었다.

그런데도 낭만주의 시에 의해 강력한 감수성 훈련을 받았던 나는 1970년대 말 서울에서 대학원 영문학 박사과정에 들어가면서 변화를 겪었다. 엘리엇의 영향으로 나의 관심은 서서히 신고전주의 문학 쪽으로 옮겨갔다. 19세기 낭만주의 문학을 어떤 면에서 혐오하고 영국 시사에서 새로운 전통을 찾아내려 했던 엘리엇의 18세기 영문학에 대한 경도는 집요했다. 엘리엇을 통해 나는 학부 때나 대학원 석사과정에서 많이 읽지 못했던 18세기 시인 작가들에 관한 관심을 뒤늦게나마 가지게 되었고, 나의 영문학 공부에 어느 정도 균형을 가져다주었다.

초기에는 영국 신고전주의 문학의 형식과 내용을 가져온 존 드라이든에게로 흥미가 끌렸다. 드라이든은 이미 새뮤얼 존슨에 의해 '영국

비평의 아버지'로 추대받았다. 그러나 후에 미국 대학에 가서 박사학위 논문을 쓸 때는 신고전주의가 끝나고 낭만주의가 시작되던 18세기 후반기라는 전환기를 살았던 새뮤얼 존슨에 더 끌리게 되어 그를 학위논문 주제로 선택했다. 이렇게 볼 때 나의 학문적 도정이 20세기 영문학에서 18세기 신고전주의로 이행된 것은 결코 갑작스러운 것이 아니었다.

1970년대 말 서울의 대학에서 자리를 잡은 나는 1981년 1월 뒤늦게 미국으로 공부 길을 떠났다. 그런데 그곳에는 어디에도 엘리엇이 없었다. 그들은 엘리엇을 완전히 잊은 듯했다. 그곳은 엘리엇의 유령조차 나타날 수 없는 척박하고 황량한 곳이었다. 당시 그들은 포스트구조주의라는 '프랑스 이론'에 세뇌당하고 있었는데, 나는 이내 그들의 이론Theory의 자장권에 빨려 들어갔다. 1983년 나는 영국문화원 장학생으로 영국에서 1년간 연구할 기회를 얻었는데, 그곳은 미국과는 문학적·비평적 분위기가 매우 달랐다. 그러나 실망스럽게 그곳에서도 엘리엇은 식물인간에 불과했다. 이제 엘리엇은 나에게 비로소 죽은 자가 되었다. 나는 그 후 오랫동안 엘리엇을 잊은 채 '이신異神'을 쫓고 있었다. 이 시기를 나의 지적 학문적 생애에서 '탈엘리엇기脫Eliot期'라고 부를 수밖에 없다.

1986년 나는 미국에서 철저하게 영국적 전통 안에 있었던 새뮤얼 존슨 비평의 현대적 의미에 관한 박사학위 논문을 시작하여 이듬해에 완성했다. 당시는 이미 프랑스식 해체론의 퇴조가 시작되고 신역사주의가 등장하고 있었으므로 나는 프랑스 망명을 마치고 다시 도버해협을 건너 영국으로 힘겹게 건너고 있었다. 10여 년 전 엘리엇을 통해 존슨으로 올라갔던 길을 이번에는 존슨을 통해 다시 엘리엇에게로 내려올 수 있었다. 엘리엇은 '존슨은 무시하기에는 너무나 위험한 인물'이라고 평가한 바 있다. 하지만 이번에 나는 '읽지 않기에는 너무나 위험한 인물'인 엘리엇에게로 다시 돌아오고 있었다. 억압된 것은 언제가 다시 돌아온다고 했던가?

나는 나에게 이미 죽어 있던 엘리엇의 유령을 찾아 나섰다. 그의 시를 다시 읽고 그의 비평을 새로 읽었다.

죽은 자의 의사소통은
산 자의 언어 이상으로 불이 붙어 나올 것이다. -「리틀 기딩」제1부

프랑스 이론과 대적하여 경험주의적이고 역사적인 영국 비평의 전통을 되찾기 위해 나는 엘리엇의 유령을 불러내고자 했다. 그럴 때마다 그는 언제나 내 곁에 나타나 나를 인도했다. 왕자 햄릿이 부왕 유령의 말을 듣듯, 나는 엘리엇 유령의 지시를 따랐다.

나를 동정하지 말라, 진지하게 들어라.
내가 말하는 것을. -『햄릿』1막 5장, 5~6행

새천년 21세기 영미 비평계는 새로운 이론과 전통이 필요하다. 문학

이론계에서 20세기 후반부를 풍미했던 프랑스 사람들이 신속히 물러나고 있다. 그들이 내걸었던 구조주의, 포스트구조주의, 포스트모더니즘의 깃발은 아직 완전히 내려지지는 않았지만, 그 빛은 이미 크게 바랬다. 비평이론 담론에서 사회, 역사, 종교, 문화가 다시 인식되고 책임과 윤리의 문제가 다시 모습을 드러내고 있다. 영미문학 비평은 이제 새로운 감수성과 '느낌의 구조'를 수립해야 한다.

프랑스 이론의 문화 식민지였던 영미 비평계는 이제 자체의 역사에서 새로운 비평의 가능성을 논의해야 한다. 영미 비평의 인식론적 토대는 경험주의와 실용주의다. 새로운 영문학 비평 전통을 우리는 필립 시드니 경, 드라이든, 존슨, 콜리지, 아널드 등 시인 겸 비평가의 전통에서 찾을 수 있다. 영미 비평의 전환기적 시점에서 우리는 다시 엘리엇과 같은 지혜의 시인 겸 비평가가 필요하다. 그는 다양한 지식이나 추상적 논리로 무장한 문학이론가는 아니지만, 그의 비평은 과거 속으로 사라져 용도가 폐기된 비평이 아니라 오히려 아직도 살아 있는 비평 원리가 될 수 있다.

우리는 이제 엘리엇의 유령과 대화를 계속하면서 그의 후기 비평, 특히 사회, 종교, 문화 비평에도 합당한 관심을 보여야 한다. 엘리엇의 유령과 함께 밧줄을 타고 춤추며 대화하는 법을 배우고 21세기를 위해 추상적 이론 비평이 아닌 경험적 살아 있는 지혜의 비평을 탐구해야 할 것이다. 이것은 결국 엘리엇의 유령이 우리에게 당부하는 바일 것이다. 진지한 기독교 시인 비평가였던 엘리엇의 '유령'은 이제 영문학을 공부하는 우리에게 하나의 '성령'처럼 강림할 때가 된 것이 아닐까?

　엘리엇의 문학과 비평은 하나이면서 여럿인 친근한 '복합적 유령'처럼 갈라지며 타오르는 불길 같은 혀로 우리에게 다시 감동을 주어 우리 각자가 자기 식으로 목소리를 내고 독창적으로 각각의 이론을 창출할 수 있도록 '탈주의 선'과 변형의 힘을 끈질기게 부여해 주리라.

　엘리엇의 유령은 다면체다. 그는 사실 단순한 문학비평가만이 아니다. 엘리엇은 또한 문명 및 문화비평가이기도 했다. 우선 그는 1922년 20세기 세계 시단에 엄청난 영향을 끼쳤던 장시 「황무지」를 쓴 위대한 시인이다. 그러나 엘리엇은 문명비판적이고 종교적인 길고 장중한 주제의 시만을 쓴 것이 아니고 짧고 재미있는 시도 썼다. 그의 시 중 「고양이들」은 뮤지컬 「캐츠」로 전 세계에서 아직도 공연되고 있다. 결국 다재다능했던 20세기 최고의 문인 T. S. 엘리엇을 스승으로 모신 내가 그를 어떻게 따를 수 있겠는가? 햄릿이 부왕의 유령을 자정이 지난 한밤중에 만났지만, 나는 엘리엇의 유령을 정오가 지난 한낮에 만나더라도 아직 엘리엇의 유령의 수수께끼를 풀 수가 없다. 아마 앞으로도 계속 그럴 것 같다.

06. 시로 읽는 추도사 : 장왕록, 송욱, 이어령, 김명복

우보于步[1] 선생
– 탄생 100주년을 맞으며

참을 수 없는 무더위 때문에
당신은 동해바다로 나가셨다가
행복한 산호가 되셨습니다

제 결혼식 주례사를 미리 읽으시면서
내 앞에서 연습하시던
당신이 많이 그립습니다

당신이 차겁게 누워 계시던 큰 병원에서
알지 못하는 사람들에 둘러싸여
나는 울었습니다

관악산 캠퍼스에서 글을 쓰시면
언제나 저보고 먼저 읽어 보시라던

---

1 고 장왕록 교수(1924~1994)의 아호. 전 서울대 영문학과 명예교수

당신이 미웠습니다

당신을 잊고 있던 어느 날
사람들이 당신을 마구 이야기했습니다
나는 화를 벌컥 내고 또다시 울었습니다

나를 데리고 시내 나가실 때,
이제 당신 없는 종로길에서,
훨씬 앞장서 가시는 당신을 따라갔지요

당신이 40여 년 전에 보스톤에서 보내 주셨던
내서니얼 호손 생가 그림이 있는
카드를 다시 보니 눈물이 고일 뿐입니다

이제야 내 마음 깊은 곳에서
저는 당신을 마음놓고
영영 보내드리겠습니다

편하게 웃으시며 잠드소서
당신이 오래전 청량대 캠퍼스 강의시간에서
읽어 주시던 벤자민 프랭클린처럼 울지 않으렵니다

『하여지향何如之鄕』[2]

회사 같은 사회를 살면서도
나무는 즐겁다고 하던
시인은 왜 그리 일찍 가버렸을까?

어떤 이들에게는 평화를 베풀었고
또 어떤 이에게는 위안을 주었고
다른 이들에게는 한숨 돌리게 하셨을까?

그러나 남몰래 눈물을 훔치며
커다란 슬픔을 남기고 갔다는
사람들이 더 많이 있었음이 틀림없으리라

남반구 호주에서 그를 다시 읽는다
'정정호 형에게' 하고 써준 책을
이제야 문물文物 타작을 하기 위해서

관악산 캠퍼스에서 시인의 강의가 생각난다

---

2 시인이며 서울대 영문학 교수였던 고 송욱宋稶(1925~1980)의 시집(1961) 제목

니체가 독일어로 아직도 읽힌다며
어린애처럼 좋아하던 그 모습도 떠오른다

가스통 바슐라르의 《불의 정신분석》을 같이 읽으며
시인은 학생들과 강의실에서
모두 하나가 되기도 했다

그의 장지에서 흠뻑 흘린 눈물이
메마른 후에도 왜 나의 슬픔은
더욱 더 커지는 것일까?

아아, 문물文物을 타작하다
말고 훌쩍 가버린 사람
그 많은 추수는 누가 하라고

송욱은 기인奇人이라고
지금도 가볍게 무시하기에는
너무나 위험한 인물이시라

지성에서 영성으로

– 회심回心한 석학 이어령이 시인으로 세상을 떠나다

이어령은 한국 현대 지성사와 문단사에서
다면체적 무지개 같은 사람
수십 권의 책을 시대에 맞추어 펴내
우리를 놀라게 하고 질투하게 만들었다

생의 끝자락에서 말년의 양식으로
이어령은 마침내 시인이 되었다.
『어느 무신론자의 기도』는 신앙 고백시다
결국 성령이 그를 이끌었던 것이리라

이어령은 죽음의 침상에서 마지막으로
죽음을 독수리처럼 응시하였다 한다
시인으로 죽음과 담대하게 대결하였을까
회심한 기독교인으로 좁은 문을 보았을까

자신보다 먼저 떠난 사랑하는 딸
이민아 목사를 그리워하면서 쓴 유고 시집
『헌팅턴 비치에 가면 네가 있을까』가 나왔다

무신론자들에게 확고한 믿음을 남겼다

이어령은 유고 시집에서 고백하였다
"네가 갈 길을 지금 내가 간다.
그곳은 아마도 너도 나도 모르는 영혼의 길일 것이다.
그것은 하나님의 것이지 우리 것이 아니다."[3]

시대를 관통하고 풍미했던 지성인 이어령이
나하고 대담 약속까지 잡아놓고 그냥 가셨다.
죽음의 문턱에서 그가 본 것은 무엇이었을까
영생으로 이어지는 구원의 길이었을까

이어령은 자비 없는 사실보다
사랑이 넘치는 진실을 보았다
진실한 것이 아름답고
아름다운 것이 진실하다고 뜨겁게 느꼈으리라

---

3 이 구절은 유고시집 '서문' 전문을 가져온 것이다.

왜 그입니까?

– 김명복[4] 교수의 빈소에서

그는
언제나 미소지으며
푸른 하늘을 바라봅니다

글로써
강의로
번역으로
기도로

그는
책 욕심 외에는
치악산 정기를 품은
청신한 바람처럼
원주 매지리 캠퍼스의
진짜 시인이었습니다

---

4 연세대원주캠퍼스 영문학과 교수 역임. 2022년에 타계하였다.

하늘이시여!
더럽고 서투른 저는
아직 살려 주시면서
부끄러워하는 깨끗한
그는 왜 데려가십니까?

딸 그림, 아들 두병
장혜연 사모님의 앞날에
자비와 평강을 허락하소서

이제 부디 고이 잠드시고
영원한 안식 누리소서

07. 길영희 교장 선생님 추도사

길영희 교장 선생님! 언제나 그립습니다.

선생님이 우리 곁을 떠나신 지 오늘로 꼭 31년이 되었습니다.

제가 교장 선생님을 처음 뵌 때가 인천중학교에 입학한 1961년 3월이니 반세기가 훨씬 넘었습니다. 우리가 교장 선생님을 만나고 7개월밖에 지나지 않았는데 당시 5·16군사정변에 의해 선생님께서는 강제로 조기 정년퇴직을 하셨습니다. 그렇지만 7개월이란 그 짧은 기간 동안 선생님께서는 그때 당시 자유공원 아래 웃터골 전동에 위치했던 인천중학교와 제물포고등학교에서 전교생이 운동장에 모인 조회시간을 통해 그 시대와 역사를 위해 어린 우리들을 정신적으로 각성시키고 감화시키기 위해 언제나 훈화말씀을 열정적으로 토해 내셨습니다.

어쩌면 지금의 저를 만든 7할은 교장 선생님의 교육철학과 교육실천의 유산이었다고 감히 말씀드리고 싶습니다. 영재 교육을 목표로 삼으시면서도 항상 지·덕·체를 겸비하라고 강조하셨던 선생님의 가르침은 제물포고등학교로 진학한 이후에도 계속해서 제 마음속에 깊이 자리 잡고 있었습니다. 전교생 영어암송대회, 무감독시험, 송도까지 단축마라톤 등은 저의 잊지 못할 소중한 경험과 저의 삶을 추동시키는 힘이 되었습니다.

교장 선생님은 일제 강점 초기 경성제국대학 의과대학을 다니실 때 독립운동의 선봉에 서셨기에 퇴학 처분을 받으신 독립운동가이고 지금은 독립유공자이십니다. 그 후 식민지 조국을 해방시키고 계몽, 발전시키기 위해 가장 필요한 것은 무엇보다 교육과 인재 양성이라는 사실을 깨닫고 일본 광도고등사범을 졸업하셨습니다. 그 후 선생님께서는 계몽 지식인으로 농촌농민운동을 시작하셨습니다. 특히 1937년 도산 안창호 선생을 만나 대화와 토론을 통해 흥사단의 강령인 '무실역행'의 영향을 받으신 후에는 본격적으로 교육사상가, 현장교육자로 활동하셨습니다. 해방 후 인천 시민들의 추대로 인천중학교 교장 선생님으로 부임하셨고, 1954년에는 제물포고등학교를 개교하셨습니다. 그리고 1971년에는 충청남도 가루실 농민학교를 세워 당시 일반 중고등학교에 입학하지 못한 학생들을 모아서 농촌지도자 교육에 힘쓰셨습니다.

저와 개인적 친분이 있는 중앙대학교 교육학과 명예교수이자 독립기념관장을 지내신 이문원 교수의 저서 『한국의 교육사상가』(2002)를 보면 길 교장 선생님을 중요하게 다루고 있습니다. 이 책에서 교장 선생님은 신라시대 원효대사로부터 시작하여 정몽주, 이황, 이이, 박지원, 정약용, 이승훈, 김구, 안창호, 김교신 등 49명의 한국의 교육사상가들과 함께 논의되고 있습니다.

길 교장 선생님의 교육사상을 가장 잘 드러내는 것은 선생님께서 직접 창설하신 제물포고등학교의 교훈, '학식은 사회의 등불, 양심은 민족의 소금'입니다. 학식과 양심이 각각 '등불'과 '소금'이라는 은유로 표시되어 있는데, 교장 선생님께서는 우리나라와 민족의 발전을 위한 지식 습득만큼이나 사회개혁을 위한 윤리의식의 중요함을 강조하셨습니다. 많은 사람들이 교장 선생님의 교육사상은 동양의 유가사상에서 온 것이라고 생각합니다. 이것은 물론 틀린 말이 아닙니다. 어려서부터 한학을 배우신 선생님께서 『논어』 중에서 우리 시대를 위한 핵심적인 구절들을 선별하여 직접 쓰신 『논어초論語抄』를 우리에게 남겨 놓으셨기 때문입니다. (저는 선생님께서 거의 전문 서예가의 실력으로 『논어』의 요절을 쓰신 글을 족자로 만든 것을 소중하게 간직하고 서재에 걸어 놓고 있습니다.)

그러나 인천중학교, 제물포고등학교의 교훈에는 기독교 『성서』의 직접적인 영향이 강하게 나타나고 있는데, 『신약성서』 마태복음 5장 13~18절에 나오는 유명한 '소금'과 '빛'에 관한 예수님의 비유 말씀을 만나게 됩니다. 이 비유는 마가복음 9장 50절과 누가복음 14장 34~35절에도 반복적으로 등장합니다. 저는 배재고보를 졸업하신 교장 선생님의 교육사상은 동양의 『논어』와 서양의 『성서』의 정신이 융합되어 있어 전 지구적인 보편성을 지닌다고 생각합니다. 더욱이 교장 선생님께서 작사하시고 나운영 선생께서 작곡하신 인중, 제고 교가의 가사를 보면 '희망', '사랑' 등 기독교적 주제를 강하게 느끼게 됩니다.

제가 교장 선생님께 항상 깊이 감사하는 것이 또 있습니다. 일찍이 지식의 보물창고이며 학교의 심장인 도서관의 중요성을 아시고 선생님이 1959년에 인천중학교, 제물포고등학교에 세운 당시 동양 최대의 학교 도서관입니다. 저는 하얀 색칠이 되어 있던 지상 3층의 단독 건물로 된 이 도서관을 영원히 잊을 수 없습니다. (저는 제물포고등학교 2학년 때 도서관 교류사업으로 당시 서울 화동에 있던 경기고등학교 도서관을 방문한 적이 있었습니다. 그런데 역사가 깊은 경기고도 우리 학교 도서관에는 훨씬 미치지 못하였습니다.) 가난해서 집에 교과서 외에는 책이 거의 없었던 1960년대 초 인천중학교 1학년생이던 저는 그 도서관에 들어가 보고 서가에 가지런히 나열되어 있는 책들을 보고 깜짝 놀라 천국이 바로 이곳이 아닌가 하는 생각마저 들었습니다. 그때부터 수업이 끝나면 도서관으로 뛰어가 닥치는 대로 책을 읽었습니다. 황홀한 순간들이었습니다.

저는 책과 도서관이 좋아 중2 때부터 도서위원이 되었습니다. 도서위원은 봉사 겸 아르바이트였습니다. 책 관리를 하고 책을 친구들에게 대출하는 일을 했습니다. 제물포고 2학년 때는 방과후 2층 잡지실과 음악감상실을 맡아 다스크 자키 노릇도 했습니다. 3학년 때는 18시간 개방하는 고3 전용 대입 수험실도 맡아서 일했습니다. 밤 11시에 문 닫고 새벽 5시에 문을 열었습니다. 이 모두 자원봉사는 아니고 수업료 면제 장학금을 받았습니다.

저의 책과 도서관 사랑은 대학에 가서도, 미국과 영국 유학을 가서도 도서관 애호증은 사라지지 않았습니다. 가장 인상적인 대학 도서관은 1980년대 초 영국에 1년 연구교수로 있을 때 방문해 연구했던 옥스퍼드대 보드리안 도서관입니다. 후일 제가 중앙대학교에 재직하던 중 맡았던 보직 중에 가장 명예스럽게 생각하는 것은 중앙도서관장이었습니다. 저는 지금도 국립도서관(국도)과 중앙대도서관(중도)에 다니면서 책을 읽고 연구하고 있습니다. 그리고 교장 선생님께서 당시 어렵게 세우신 인중, 제고 도서관의 모습을 자주 떠올립니다.

또 한 가지 교장 선생님을 생각하면 금방 떠오르는 교수님이 있습니다. 제가 사랑하고 존경하고 대학 은사이신 시인, 수필가, 번역가이셨던 피천득 선생님입니다. 놀랍게도 피 선생님이 1938년경 상하이에서 유학하고 돌아오셨을 때 길 교장 선생님은 경신학교 교사로 계시면서 서울 성북동에 학사를 짓고 젊은이들에게 숙식을 제공하셨던 적이 있습니다. 피 선생님이 기억하시는 교장 선생님은 민족정신이 투철하고 검소와 근면을 강조하시는 것이었습니다. 이것이 인연이 되어 1945년 해방 직후 피 선생님은 길 교장 선생님이 계시는 인천중학교에 영어교사로 잠시 계셨지요. 그 후 피 선생님은 당시 경성대학교 예과 교수로 올라가셨지요. 제가 다닌 인천중학교에서 길영희 교장 선생님과 피천득 선생님이 함께 계셨다는 것은 저에게는 큰 축복이 아닐 수 없습니다. 피 선생님 말씀처럼 정말로 "인생은 작은 인연들로 아름답다"인 것 같습니다.

1900년에 출생하신 교장 선생님은 이 세상을 사시는 동안 조선의 개화기로부터 시작하여 일제강점기, 해방공간, 정부수립, 6·25한국전쟁, 그리고 4·19와 5·16 등의 격변기를 두루 거치셨습니다. 특히 선생님이 말년을 보내신 1970~80년대는 거의 비정상적인 산업화와 민주화를 통한 압축 근대화로 대전환기였습니다. 이런 궁핍한 시대와 고단한 역사를 정면으로 맞서가며 사신 교장 선생님은 시대가 필요한 영웅적인 삶과 교육사상을 통해 오늘날 어느 누구도 흉내 낼 수 없는 거대한 발자취를 남겨 놓으셨습니다.

요즘같이 개인 중심적이며 소시민적인 이기주의가 팽배하여 타인에 대한 배려나 약자에 대한 사랑이 결여된 시대에 가장 필요한 것은 윤리적 상상력입니다. 해방 70년, 분단 70년을 맞는 오늘 2015년 3월 1일에 교장 선생님이 더욱 그리워지는 것은 이와 같은 공공의 이익과 민족의 발전을 우선시하는 '공적 지식인'을 키워 내야 한다는 점을 강조하셨기 때문입니다. 오늘날 우리가 교장 선생님을 진정으로 추모하는 길은 우리 시대와 사회에 선생님의 교육사상과 삶의 철학을 되살려 가르치고 실천하는 것이리라 생각합니다.

　선생님이 돌아가신 날인 바로 오늘 삼일절에 저는 다짐해 봅니다. 교장 선생님의 마음을 헤아려 저의 개인적 삶 속에서 선생님의 가르침들을 다시 실천해 보리라고 말입니다. 그것만이 교장 선생님을 진정으로 추모하는 길이라 여겨지기 때문입니다. 감사합니다.

2015년 3월 1일

교장 선생님의 영원한 막내 제자 정정호 삼가 씀

08. 정진권 선생님을 추모하며

나는 우리말을 정확하게 쓰려 노력했고 자신의 글에 악의惡意가 스며들지 않도록 늘 경계했다. 내 글에 틀린 말이 많고 미워하는 소리가 섞여 있다면 그것은 내 재능과 인품이 모자라서이지 내가 노력도 경계도 안 해서 그런 것은 아니다. - 정진권, 『내 아내는 잘라 팔 머리가 없다』「머리말」, 2006

수필가 정진권 선생은 2019년 7월 3일 새벽 5시 향년 85세로 세상을 떠나셨다. 정 선생님은 "글은 곧 사람이다"라는 신조를 지키신 분으로 여러 문예지에 많은 수필을 남겼다. 여러 학회나 문학단체에서 자리를 권했지만 자신은 많이 부족하여 자격이 없다며 끝까지 받지 않으셨다. 오로지 교수와 수필가 그리고 애주가로 단순, 소박하게 사신 분으로 우리 학계와 문단에서 흔한 일은 아니다. 그러나 그는 수필계와 문단에 적지 않은 족적을 남겼다.

필자가 정진권 선생을 처음 뵌 것은 55년 전인 1964년 봄이다. 당시 고등학교에 입학하여 1학년 때 선생께 한국어와 문학을 배웠다. 그리고 마지막으로 뵌 것은 2021년 5월 9일 대학로 흥사단 강당에서 개최된 '피천득 문학 세미나'에서다. 마지막 강연이 된 자리에서 선생은 피천득 선생과의 인연과 회고를 곁들여 피천득의 삶과 문학의 핵심을 찌르는 명강연을 하셨다.

필자는 1960년대 말 대학에 입학해서 피천득 선생에게 영시를 배웠다. 필자보다 훨씬 오래전에 같은 대학을 다니신 정진권 선생은 대학 교양영어 시간에 피천득 선생에게 직접 배우셨다. 그는 교재에 실린 "Fellow-Traveler"라는 글의 한 문단을 읽고 피천득은 "좋지? 제군은 내가 왜 글을 안 쓰는 줄 아냐? 이렇게 좋은 글이 있는데 내가 무엇하러 또 써?"라고 말씀하신 것을 기억하였다. 이 말은 잘 쓸 자신 없으면 아예 글에 손을 대지도 말라는 말씀이 아닐까? 후에 수필가 피천득을 흠모하고 좋아하셨다. 여기에서 정진권, 피천득 그리고 필자와의 인연의 3각형(?)이 만들어진다. 피천득 선생은 정진권 선생의 수필 「비닐우산」을 특히 좋아하셨다. 정진권 선생은 피천득의 수필 「인연」을 가장 사랑하고 높이 평가하셨다. 교육부 편수관 시절 수필 「인연」을 국어 국정 교과서에 게재하게 해 피천득 수필을 널리 알리고 우리 시대에 국민수필가로 만드는 데 중요한 역할을 하셨다.

피천득 선생과 정진권 선생과의 인연을 좀 더 캐보자. 1997년 계간 『에세이문학』을 발행하는 한국수필진흥회(당시 회장 고 김태길 교수)는 제1회 수필문학상을 피천득 선생에게 드렸다. 그 부상 100만 원(지금으로는 1,000만 원 이상)을 피천득 선생께 드렸다. 그러나 선생은 그 상금을 진흥회에 도로 전액 희사하셨고, 진흥회에서는 그 희사한 돈을 기금으로 신인상을 제정하였다. 그다음 해 본상 수상자는 일석 이희승 선생이셨고, 첫 신인상 수상자는 정진권 선생이었다. 그때 상금 30만 원(지금으로는 300만 원 이상)이었다. 여기에서 피 선생님과 정 선생님과 인연이 계속된다. 그 후 정 선생은 "(피천득) 선생의 수필들을 교과서 읽듯 읽으면서 수필 쓰기를 공부"하며 수필가가 되었다. 언젠가 정진권 선생은 '작은 거인' 피천득 선생을 떠올리며 "금아 선생 글은 읽으면서 내 글은 생각할 때도 나는 늘 장송長松 아래 잔솔이었다"면서 항상 겸손해하셨다.

정진권 선생은 피천득 수필을 한국수필문학의 정점으로 보고 피천득의 수필을 중심으로 「좋은 수필의 요건」이란 글을 발표하였다. 이 글은 정진권 수필가의 선언문이기도 하다. 좋은 수필의 요건을 정리해 보자.

첫째, "그 사용된 언어가 정확하고 정서적이며, 때로는 함축적인, 그리고 쉽고 산뜻한 것이어야 한다."

둘째, "그 짜임(구성)이 겉으로는 크게 폼나지 않으면서 속으로는 잘 짜여진 것이어야 한다."

셋째, "화자의 목소리가 겸손하고 정다운 것이어야 한다. 때로는 진지하고 때로는 유머러스할 때도 있지만, 그 밑바탕에는 겸손함과 정다움이 흘러야 한다."

넷째, "소재가 우리들 평범한 독자에게 친근한 것이어야 한다. 보통 사람의 보통의 삶에서 선택한 소재가 이에 해당할 것이다."

이 밖에도 정진권 선생은 피천득의 수필 「유순이」, 「빠리에 부친 편지」, 「장미」 등을 좋아했고, 피천득의 문학의 뿌리를 정情으로 보았다.

정진권 선생은 1967년 『현대문학』 11월호에 「농담조 시험설弄談調 試

驗設」이란 수필을 처음 발표하였다. 그 후 1973년 첫 수필집 『푸르른 나무들 저 붉은 해들』(일지사)을 상재한 이래 타계 일주일 후에 간행된 유고집 『옛이야기가 있는 에세이』에 이르기까지 십수 권의 다양한 형식과 주제의 수필집을 냈다. 특히 정진권 선생은 현장 수필가로 활발한 작품활동 외에 특별히 국문학자로서 한국 수필의 역사와 이론에 관해 단행본 3권을 출간하였다. 『한국 현대 수필문학 문학론』(1983)과 『한국 수필문학 연구』(1996), 그리고 『수필쓰기의 이론』(2000), 『한국수필문학사』(2010)이 그것이다. 수필 문학의 이론과 실제에서 정진권 선생이 남긴 족적은 타의 추종을 불허하리라.

정진권의 수필은 매우 일상적이고 평범한 것들을 다루고 있다. 그러나 그의 수필은 형식과 주제 면에서 진부하거나 지루하지 않고 언제나 작은 기쁨과 예지로 출렁인다. 이것은 우리가 어떤 것을 직감으로 깨달았을 때 느끼는 놀람이나 경탄 같은 것이다. 이제부터 정진권 선생의 수필을 몇 편 읽어 보자.

우선 피천득 선생도 가장 좋아하셨다는 「비닐우산」의 일부다. 일상생활의 사소한 물건에서 찾아내는 작은 기쁨이다.

비닐우산을 받고 위를 쳐다보면 우산 위에 떨어져 흐르는 맑은 빗방울이 보인다. 가만히 귀를 기울이면 이 빗방울들이 떨어지며 내는 싱그러운 빗소리가 들린다. 투명한 비닐덮개 위로 흐르는 그 맑은 빗방울, 묘한 리듬을 튕겨내는 그 싱그러운 빗소리, 단돈 백 원으로 사기에는 너무 미안한 예술이다.

다음은 독자들에게 많이 사랑받는 서민적인 수필 「짜장면」의 일부다.

짜장면은 좀 침침한 작은 중국집에서 먹어야 맛이 난다. 그 방은 퍽 좁아야 하고, 될 수 있는 대로 깨끗지 못해야 하고, 칸막이에는 콩알만 한 구멍이 몇 개 뚫려 있어야 어울린다. … 그리고 그 집주인은 뚱뚱해야 한다. 머리에 한 번도 기름은 바른 일이 없고 인심 좋은 얼굴엔 개기름이 번들거리며 깨끗지 못한 손은 솥뚜껑만 하고 신발은 여름이어도 털신이어야 좋다.

위 수필들은 비교적 초기 작품들이다. 필자는 1990년에 발표한 수필 「빛깔들의 합창」을 가장 좋아한다.

우리 집의 작은 뜰입니다. 밝은 햇볕 속에 잔디가 파랗습니다. 노란 개나리도 환히 피었습니다. 빨간 채송화, 하얀 딸기꽃, 모두 햇볕 속에 환합니다. 아, 연분홍 모과꽃은 좀 수줍은가 봐요. 푸른 잎새 속에 숨어서 얼굴만 조금 내보입니다. 모두 모두 다정한 표정들입니다.

빛깔들의 합창입니다. 갖가지 빛깔들의 아름다운 목소리가 뜰 하나 가득히 차서 넘칩니다. 지휘자는 하얀 나비 한 마리. 하늘하늘 춤을 추며 지휘를 합니다. 바둑이가 신기한 듯, 춤추는 지휘자를 바라보며 빛깔들의 합창을 조용히 듣습니다. 정말 평화로운 광경입니다.

우리 집의 작은 뜰에 목소리가 서로 다른 여러 빛깔들이 함께 삽니다. 그러나 어느 누구도 내 목소리를 닮으라고 말하는 일이 없습니다. 목소리가 서로 달라야 아름다운 합창을 빚어낼 수 있으니까요. 물론 제 목소리만 크게 내는 일도 없습니다. 그러면 합창이 깨지겠지요? (전문)

정진권 선생은 성북구 미아리의 단독주택에 오래 사셨다. 마당에서 가꾸던 '작은 뜰'에 관한 이야기다. 여기에서 시각(색깔들)과 청각(합창), 즉 광경(장소)과 소리가 나선형의 조화를 이룬다. 그 아름다운 조화 속에서 지상의 '작은 뜰'이 갑자기 비약하여 평화로운 천국으로 변형된다. 이것이 수필가 정진권의 놀라운 변형의 전략이다. 일상의 작고 사소한 것이 어느 순간에 새로운 차원으로 승화된다. 이것은 마치 대기의 수증기들이 밤사이에 나뭇잎 위에서 하나로 응결되어 새벽에 진주 같은 이슬이 맺히는 것에 다름 아니다. 이것은 또한 비 온 뒤 홀연히 눈부신 무지개가 낮은 하늘에 드리워져 우리에게 엄습해 오는 것과 같다.

정진권 선생은 특히 한국 고전 시와 산문을 수필의 주제로 자주 다루었다. 이것도 그의 특별한 업적이며 한국 고전 문학과 현대 수필을 연결하는 의미 있는 작업이다. 『한시漢詩가 있는 에세이』(2002), 『옛시가 있는 에세이』(2003) 그리고 마지막 유고집 『옛이야기가 있는 에세이』(2019) 3부작이 그것이다. 정진권 선생은 이미 한문으로 된 다수의 한국 고전 시와 산문을 번역, 소개, 출간한 바 있다. 또한 한국수필문학사에서 정진권 선생이 과감하게 제기한 주제들도 있다. 그것이 바로 수필에서의 사실과 허구의 문제와 동수필童隨筆(아동수필)의 활성화 문제다.

한때 수필문학계에서 '사실'과 '허구'의 문제가 뜨거운 논쟁이 된 적이 있었다. 선생은 수필에서 사실에만 얽매이기보다 문학작품의 특성인 허구성(창작)을 더 중시하셨다. 수필에서 허구의 적절한 도입은 일상성에 함몰되기 쉬운 생활문학으로서의 수필을 한 단계 승화시켜 시와 소설과 같은 창작문학의 반열에 올려놓을 수 있다. 문학에서 '사실'보다 '있음직함', 즉 개연성이 더 중요하다. 이 개연성이 바로 '진실'로 가는 길이다. 문학이 과학, 역사, 철학과 다른 점은 바로 이러한 진실을 보여 주고 허구의 세계를 창조하는 것이다. 허구의 세계는 '진실'을 타고 넘어 영원한 상상의 세계로 가는 길이다. 예를 들어 문학에서 꾸민 상상의 여인은 영원히 늙지도 않고 죽지도 않는 구원의 여인이 아닌가?

정진권 선생이 특별히 강조하신 것은 동■수필, 즉 아동수필이다. 그는 동시, 동화처럼 어린이를 위한 동수필을 실제로 많이 쓰셨다. 정 선생님은 자신이 동수필을 쓴 것은 "어린이들이 어떤 대상에 대해서 잠시나마 생각하는 기회를 가졌으면 해서"이며 "문학적으로든 교육적으로든 동수필은 매우 유용한 장르"로 "동시, 동화와 함께 빛나는 앞날"을 믿었다.

정진권 선생은 2000년 한 대담에서 한국수필문학이 나아가야 할 방향에 대해 의견을 개진한 바 있다. 우선 그는 신변잡기에서 벗어나 인생의 의미에 대한 새로운 창조정신이 필요하다고 역설했다. 그리고 활자화하기에 앞서 수련 기간을 가지고 충분히 준비해야 하고, 창작에도 도움이 되는 객관적이고 양심적인 수필 비평의 필요함을 주문했다. 그러나 무엇보다도 수필가는 좋은 작품을 많이 읽어야 한다고 강조했다.

우리는 한국수필문학사 나아가 한국 문학사에서 정진권의 수필 이론과 창작이 남긴 유산을 제대로 정리하고 평가해서 합당한 자리매김을 해야 할 것이다. 개인적으로 필자의 고교 은사이신 정진권 선생이 고인이 되시고 나니 아둔한 제자로서 선생의 삶과 문학을 항상 생각하며 나의 나머지 생애를 더욱 겸손하고 소박하게 살고자 조용히 다짐해 본다. 가톨릭 신자이셨던 베네딕도 정진권 선생님, 천국에서 영원한 안식과 평강을 누리소서!

09. 전상범 선생님을 그리며

벌써 그리운 전상범 선생님.

선생님 영전에 이 글을 삼가 올린다.

내가 선생님을 처음 뵌 것은 1968년 당시 서울대 사범대 캠퍼스가 있던 동대문구 용두동 청량대 캠퍼스였다. 체격도 크시고 키도 후리후리한 미남형, 호남형 교수님이셨다. 그리고 항상 잘 웃으시고, 유머도 잘하셨다. 선생님과의 인연 중에서 몇 가지 장면이 떠오른다.

나는 1970년대 선생님의 강의 『언어학개론』을 수강했다. 당시 교재는 해켓Hackett이라는 미국 언어학자가 쓴 빨간 겉표지의 영어 원서였다. 당시만 해도 언어학이 국내에서는 새롭고 생소한 학문이었다. 수강생 모두 새로 듣는 쉽지 않은 과목이었지만 모두 재미있게 강의를 들었다. 특히 나의 경우 선생님이 언어학의 개념을 얼마나 조리있고 체계적으로 설명해 주시는지 귀에 쏙쏙 들어오고 언어학이 이렇게 재미있을 줄이야 하고 감탄하기도 했다.

나는 문학을 공부할 계획이었지만 한때 전공을 어학으로 바꿀까도 생각해 보았다. 실제로 그 후 어느 날 선생님께서 나를 부르시더니 "자네 언어학 공부해 보지 않겠나?" 하고 권유하셨다. 언어학은 새로운 학문이고 문학보다 공부하기도 수월하고 미국 가서 공부할 때 장학금 받기도 훨씬 쉽다는 취지의 말씀을 하셨다. 그러나 나는 송구하게도 선생님의 제의를 거절(?)하였다. 나는 그때만 해도 문학에 경도되어 있었는데, 내가 잘한 일이었는지 모르겠다.

1971년 4월 14일로 기억된다. 당시 대학가는 박정희 군사독재 반대 시위 등 온통 민주화의 열기에 휩싸여 있었다. 매일 데모하고 전담과 투석전을 벌이고 툭하면 휴교다, 휴업이다, 제대로 공부한 학기가 거의 없었다. 4월 14일 그날 오후, 도서관에서 공부하다 데모대에 합류하여 교문 밖 시위 경찰대와 맞서고 있었다. 그때 마침 교문 앞 대로로 긴 차량 행렬이 지나갔다. 어떤 높으신 분의 행차 같았다. 우리는 그곳으로 돌을 던지기 시작하였다. 그런데 무엇인가 크게 잘못된 것 같았다. 큰 검은 승용차와 경호차에서 군인들이 우르르 내리더니 당시 잘 사용하지 않던 운동장 중앙에 목재로 된 문을 부수고 총을 겨눈 채 교내로 진입하였다. 학생 시위대는 혼비백산하여 학교 도서관, 강의실, 교수 연구동 등으로 피신하였고, 일부는 뒷문으로 빠져나갔다.

차량 행렬에는 당시 박정희 대통령이 타고 있었고, 사범대 앞을 지나 청량리로 해서 어느 행사에 가던 길이었다. 그런데 학생들이 돌을 던져 차에 떨어지고 경호대원이 돌에 맞아 피를 흘리자 박 대통령이 직접 인솔하여 학내로 진입한 것이다. 그러나 진입 방식이 너무나 가혹했고 야만적이어서 놀랐다. 나는 도서관으로 피신했는데 도서관까지 올라가 이 잡듯 학생들을 다 로비로 몰아세우고 곤봉으로 때리고 있었다. 그때 한 젊은 교수가 높은 데 올라가서 "여러분, 학생들에게 이러시면 안 됩니다. 진정해 주십시오"라고 소리 지르고 있었다. 그 분이 바로 전상범 교수님이었다. 그러나 경호원 한 명이 "야, 이 새x야, 너는 누구야!"

하고 교수님을 끌어내렸다. 아마도 그들은 선생님을 학생으로 착각했을 것이다. 그때 곤봉으로 구타라도 당하지 않으셨는지 모르겠다.

그 후 세월이 한참 흘렀다. 1992년 전상범 교수님께서 제20대 한국영어영문학회장으로 계실 때 나는 재무이사를 맡아 학회 일을 도왔다. 회장 하실 때도 봉사하는 이사들에게 각별하게 신경을 쓰셨다. 나는 학부 때 선생님 사모님이신 박희진 교수님의 18세기 소설 강의도 들었다. 그 당시 영국 18세기 소설 시간에 헨리 필딩의 두꺼운 소설 『톰 존스』를 읽었다. 박 교수님이 제13대 아메리카학회장으로 계실 때 섭외이사를 맡았다.

전 선생님이 은퇴 무렵에 서초구 반포1동에 사셨는데, 나도 같은 동네에 살아 가끔 뵈었다. 특별히 선생님은 은퇴 후 10대 계획을 세우셨다. 주전공이신 음운론 연구는 끝내시고, 라틴어 교본 저술을 비롯하여 가족과 함께하신 영미시선집 번역 출간 등 놀라운 능력을 발휘하셔서 많은 후학들을 놀라게 했다.

선생님의 병이 악화되기 훨씬 전인 2년여 전 용인에 사시는 전상범, 박희진 교수님 댁을 대학 친구와 찾아 뵌 적이 있었다. 그때만 해도 선생님은 몸은 좀 야위셨지만 건강하셨고, 2~3년 전만 해도 전임 영어영문학회장들의 연례 모임에도 자주 나오셔서 과거 재미있는 일화나 농담도 하시면서 젊은 후학들을 편하고 즐겁게 해 주셨다.

그러던 중 폐 관련 질환이 악화되어 중환자실에 입원하셨다는 소식을 들었다. 제자들의 문병을 거의 받지 않으신다는 말도 들었다. 그런데 오늘 오전에 선생님이 기어코 돌아가셨다는 소식을 들었다. 남에게는 부드럽고 온화하셨지만 자신에게는 매우 엄격하셨던 선생님은 많은 미소를 우리 가슴에 영원히 남기고 이 세상을 떠나셨다. 한국 언어학계의 큰 별이 떨어졌다. 그 슬픔과 안타까움을 우리 모두 어찌 감당할 것인가? (2021)

10. 이상섭 교수님과의 인연

이상섭 교수님을 내가 직접 뵌 것은 1980년대 말이다. 내가 미국에서 박사학위를 받고 귀국한 후 당시 서울 노원구 공릉동 육군사관학교에서 한국영어영문학회 발표 때다. 나는 박사논문 주제였던 18세기 대문호 새뮤얼 존슨에 관한 글을 발표하였다. 내 발표가 끝나자 청중석 맨 뒤에서 어떤 교수님 한 분이 연단 쪽으로 빨리 걸어오시면서 악수를 청하셨다. 그리고 "정 선생, 오늘 발표 잘 들었어요. 나도 존슨 박사를 매우 좋아하는 사람입니다"라고 말씀하셨다. 나는 황송해서 몸둘 바를 몰라했고, 이 교수님의 격려에 한껏 고무되었다.

사실 당시 한국 영문학계에서 르네상스나 19세기, 낭만주의, 20세기 모더니즘에 비해 18세기 신고전주의 영문학에 대한 연구가 일천하였다. 오히려 그러하기에 나는 미국 가기 전에 미국과 영국에 가서 18세기 영문학을 공부하여 한국 영문학계의 교육과 연구의 균형을 맞추겠다는 장대한 계획을 세웠었다.

그날 이 교수님이 저한테 오신 것도 한국에서는 희귀한 18세기 영문학 전공자를 만나서 반가우셨기 때문일 것이다. 내가 이 교수님께 직접 강의를 듣거나 가르침을 받은 적은 없지만, 이보다 이전에 나는 책으로 이 교수님을 자주 뵈었고 많이 배웠다. 나는 대학과 대학원 시절인 1970년대 초반에 이 교수님의 문고판 책 『문학 연구의 방법 : 그 한국적 적용을 위한 개관』(1972), 『문학의 이해』(1972), 『문학이론의 역사적 전개』(1975)를 읽고 문학 공부에 큰 도움을 받았다. 내가 비평이론을 쓰기 시작할 무렵 선생님의 평론집 『자세히 읽기로서의 비평』(1988)에 큰 도움을 받았다. 내 전공분야인 영미문학비평사를 강의할 때는 선생님의 영미비평사 시리즈 『르네상스와 신고전주의 비평 : 1530~1800』(1985), 『낭만주의에서 심미주의까지 : 1800~1900』(1996), 『복합성의 시학 : 뉴크리티시즘 연구』(1987)에 큰 도움을 받았다.

1990년대 초엽 문학비평과 이론을 공부하는 소장 교수인 박찬부, 장경렬 교수 등 몇이 보여 한국비평이론학회를 경주에서 창립하였다. 당시에 셰익스피어학회를 제외하고는 소학회 또는 전문학회들이 많이 없을 때였다. 이때 우리는 이상섭 교수님을 초대 회장으로 모시었고, 나는 총무이사를 맡았으며, 그 후 학회지 『비평이론』을 창간하였다. 당시 이 교수님은 『문학비평용어사전』과 『영미문학비평사』등 중요한 저서들을 이미 출간하시는 등 영미 문학비평과 이론에 대해 해박한 지식을 가지고 계셨을 뿐 아니라 현장 문학비평가로서 한국문학에 대한 중후한 평론을 다수 발표하고 계셨다.

그 후 1990년 후반으로 기억되는데 나는 이상섭 교수님 회갑기념 모임에 연세대 영문학과에 초대되어 선생님에 대해 몇 마디 한 기억이 있다. 그 후로도 영어영문학학회에서 자주 뵙곤 하였다. 그 후에 한국어 사전학자가 돼 이 교수님은 수년간의 노고 끝에 『연세한국어사전』(1998)을 내시는 데 주도적인 역할을 하셨다. 이 사전의 특징은 어휘의 '정의'만 쓴 것이 아니라 그 어휘가 포함된 인용문까지 현대 한국 주요 작품에서 발췌하여 실었다. 이러한 작업은 한국에서도 처음 시도된 획기적인 업적이었다. 수십 권으로 된 『옥스포드영어사전Oxford English Dictionary』이 전 세계적으로 유명한 이유는 바로 각 어휘의 뜻에 해당되는 인용문들을 문학작품에서 찾아 수록했다는 것이다. 이 전통의 시작은 바로 이 교수님과 내가 함께 사랑하고 존경하는 18세기 계몽주의 시대 새뮤얼 존슨의 유산이다. 그리고 이 사전은 1755년에 출판하여 가난으로 중퇴했던 모교인 옥스퍼드대학으로부터 박사Doctor라는 칭호를 얻어 '닥터 존슨'이 되었다. 당시 영국왕 조지 3세로부터 1년 300파운드라는 거금의 연금을 받게 되었다. 『연세한국어사전』 출판기념회에도 참석했던 기억이 있다.

그리고 이 교수님은 연세대를 정년하시고도 한참 지났다. 학회 모임 등에서 간혹 뵈었다. 2016년 셰익스피어 서거 400주기를 기념하며 이 교수님이 10여 년간에 걸친 번역 작업으로 풍부한 각주까지 달아서 『셰익스피어 전집』이 문학과지성사에서 출판되었다. 이 전집의 특징은 모두 '시'로 번역되었다는 점이다. 왜냐하면 르네상스 시대 당시 시인 셰익스피어의 시는 대부분 극시로 쓰였기 때문이다. 더욱이 한국시의 운율인 4.4조 등에 맞추어 전 작품이 번역되었다. 이것은 실로 놀라운 업적이다. 나는 자진해서 길지 않은 서평을 써서 어느 잡지에 발표하였다. 그 후 이 교수님의 『셰익스피어 전집』은 나의 서재에 중요한 자리를 차지하고 있고 수시로 들춰 보고 있다. 이 교수님은 크리스천으로 1,000쪽이 훨씬 넘는 이 전집 한 권만으로 한국 번역문학사에 길이

남을 불후의 대걸작을 남기셨다.

이 교수님께서는 많은 영문학 학술서와 한국문학평론 그리고 한국어 사전과 번역을 남기셨지만, 선생님께서 은퇴 후 쓰신 일종의 잡문집인 『이상섭의 안티에세이 모음』이라는 두껍지 않은 책에는 선생님의 어린 시절과 일상적 삶에 관한 흥미있는 작은 이야기들이 짧은 글로 실려 있다. 대학자의 이면에 있는 또 다른 모습을 뵙는 즐거움이 있다.

신실한 기독교 장로이셨던 선생님은 85세 나이로 2022년 8월 29일 소천하시어 천국의 하나님 품에 안기셨다. 교수님의 영원한 안식과 기도드리고 유가족들에게 깊은 위로의 말씀을 전하였다. 특히 세브란스 장례식장에서 만난 이 교수님의 제자들과 선생님에 대한 여러 가지 회고를 나눈 기억이 새롭다. 나는 그렇게 인격적으로나 학문적으로 훌륭하신 선생님께 직접 배운 그 제자들이 부럽기만 했다.

교수님이 돌아가신 지 얼마 안 되어 연세대 영문학과에서 은퇴한 윤민우 교수에게 연락이 왔다. 이 교수님을 기리고 추모하는 글 모음집을 내려고 하는데 간행위원장을 맡아 달라는 제안을 했다. 제자도 아닌 내가 그 일을 맡는다는 것에 순간 당황했으나, 이상섭 교수님은 연세대 영문학과 제자를 넘어서 한국 영문학계와 문단 차원에서 선생님을 기리는 추모 문집을 만드는 것이 큰 의미가 있으므로 수락했다. (마침 사모님 김정매 교수님과 유가족들로부터 출판 비용 일부의 재원을 지원받았다.) 부위원장도 연세대 국문학과 은퇴를 앞둔 정명교 교수(필명 정과리)와 같이 일을 하기로 했다.

그 후 몇 번 회의를 거쳐 문집의 주제와 필자를 선정했다. 문집 출간은 이 교수님의 서거 2주기를 맞는 2024년 8월에 출간하기로 계획 중이다. 만일 이 문집이 잘 나온다면 우리나라 학계에서 훌륭한 제자들만이 아니고 여러 사람이 참여하여 제대로 평가하는 좋은 전통을 만들 수 있고, 이상섭 교수님이 남긴 유산을 후학들을 위해 제대로 평가하여 기록으로 남기는 계기가 될 것을 기뻐하고 있다. 이것만이 하늘에 계신 이 교수님을 제대로 기리는 것이리라.

VII

긴 잡문, 짧은 에세이

01. 딸 이야기

딸을 위한 기도

늙어 가는 아버지에게 딸만큼 소중한 존재는 없다. - 에우리피데스

1970년대 중반 나는 첫딸을 얻었다. 매우 기뻤다. 나는 어려서 남자 형제들뿐이어서 언제나 누나나 여동생이 있었으면 했다. 중학생 때 여동생이 나왔는데 얼마 후 병으로 세상을 떴다. 누나나 여동생이 있는 친구들이 너무 부러웠다. 그런데 딸이 나왔으니 얼마나 좋았는지. 주위 많은 사람들도 첫딸은 집안의 큰 재산이라고 말했다. 2년 후 아내가 또 딸을 낳았다. 나는 물론 또 딸도 좋았다. 그런데 이번에는 주위 분위기가 심상치 않았다.

어머님과 장모님도 서운해하는 모습이 역력했다. 주위 친구들이 나를 '딸기 아빠'라 불렀다. 첫째 '딸' 낳고 나온 둘째는 딸이 아니라 '기집애'라는 것이다. 그래서 첫 글자를 따 '딸기' 아빠라 부른 것이다. 친구들이 딸만 둘이라고 위로주를 사 주고 또 낳아 아들이 있어야 하지 않느냐 등 충고 아닌 충고를 주기도 했다. 그러나 나는 사실상 별로 동요되지 않고 있었다. 아내도 두 번째는 아들을 낳기를 원했을지도 모른다. 나는 딸부자가 더 좋았고 차라리 딸, 딸이 자매가 되어 교육에 더 좋을 수도 있다고 생각했다. 물론 아들과 딸이 있으면 균형감이 있을 것이다. 그 후 여러 가지 압박에도 나는 더 이상 낳지 않고 두 딸만 잘

키우기로 했다.

세월이 지나 새천년인 2000년대인 듯하다. 2000년대는 1970년대와는 분위기가 많이 바뀌었다. 아들에 대한 선호도가 많이 줄고 있었다. 그때부터인지 금메달(딸만 둘), 은메달(딸 하나 아들 하나), 동메달(아들만 둘) 등 아들, 딸에 대한 새로운 농담이 생겨나기 시작했다. 사실상 농본주의 부계 사회에서 아들은 부모를 공양하고 대를 잇는 것이 지상 최대의 의무였다. 인류 역사에서 남존여비 사상은 너무 오랫동안 지속되었다. 그동안 여성들이 인정을 못 받은 것은 제대로 교육도 안 시키고 임신, 출산, 육아, 가사 노동에 가두어 두었기 때문이다. 지금은 여성들의 사회 진출이 급격하게 늘어나는 등 소위 여권주의(페미니즘)가 대세를 이루고 있다. 물론 오래된 부권 사회가 하루아침에 바뀌지는 않을 것이다. 양성 평등은 오래 걸리는 개혁과 혁명이 동시에 필요할 것이다.

15~16년 전 내가 둘째 딸을 얻었을 때 걱정하며 다음엔 꼭 아들을 낳으라고 진심어린 충고를 했던 친구가 나에게 말했다. 자기는 지금까지 아들만 둘이라 으스대면서 살았는데 지금에 와서 특히 노년에는 딸이 더 좋은 것 같다는 것이다. 그래서 나는 기회를 놓칠세라 그 친구에게 어깨를 으쓱하며 의기양양하게 "야, 딸은 아무나 낳는 줄 아느냐?" 하고 큰소리쳤다. 그 친구는 아무 대꾸도 하지 못했다. 어떤 의미에서 우리는 인류 역사상 다시 모계사회로 회귀하고 있는지도 모른다. 억압된 것은 언젠가 돌아온다고 했던가? 그러나 이런 성의 선쟁은 결코

바람직한 것은 아니다. 결국 남자와 여자는 서로 차이를 인정하고 함께 균형을 유지하며 조화롭게 살아야 하는 것이 아닌가!

나는 페미니스트로서 두 딸을 어려서부터 잘 키우려고 노력했다. 먼저 W. B. 예이츠의 시 「딸을 위한 기도」를 수시로 읽었다. 좀 길지만 여기 핵심적인 두 연을 인용해 본다.

이 딸에게 아름다움을 허락하소서, 그러나
남의 눈을 어지럽게 하는 아름다움이 아니라,
거울 앞에 선 그 애의 모습을 너무나
아름답게 만들지는 마옵소서.
그리고 아름다움을 적합한 목적으로 생각지 말고,
타고난 친절과, 옳은 것을 선택하는
진실된 친교親交를 잃고
친구를 찾는 일이 없게 하옵소서.

내 딸을 눈에 띄지 않는 무성한 나무가 되게 하옵소서.
생각하는 것이 모두 홍방울새같이 되고,
그 아량 있는 생각의 음향音響을 주위에
뿌려 주는 일에만 전념하게 하옵고,
오로지 웃고 즐기는 일만을 쫓거나

다만 웃고 즐기는 일만을 위해 싸우게 마옵소서.

오, 내 딸이 정다운 영원한 곳에 뿌리를 내리고,

푸른 월계수처럼 살 수 있게 하옵소서.

초등학교 때부터 딸들에게 21세기 세계시민으로서의 교육과 소양을 키우기 위해 내가 공부 때문에 갔던 영국과 미국에 데리고 가서 공부를 시켰다. 사실은 내가 박사학위 과정과 연구를 위해 가는 길에 가족이 함께 가서 산 것이기는 하지만, 중고등학교와 대학은 국내에서 다니고 또다시 석박사 과정을 위해 미국으로 유학을 보냈다. 이 과정에서 아내는 자신의 공부마저 포기하고 딸들에게 헌신했다. 다행히 본인들이 노력해서 풀브라이트 장학금도 얻고 미국 대학교에서 조교 장학금 등으로 큰돈 안 들이고 학위를 모두 마치고 귀국하였다. 게다가 운 좋게 대학에 자리를 잡고 교육과 연구를 하고 있다. 큰딸은 결혼하여 가정을 가지고 손자까지 안겨 주었다. 둘째 딸은 아직 비혼이다. 그러나 아내와 나는 딸들이 이제는 자신들이 원하는 삶을 살기를 바랄 뿐이다. 우리 부부가 어느 정도 기도했던 대로 되어 감사할 따름이다.

그래도 다 자라 성인이 된 딸들에게 아직도 들려주고 싶은 말이 있다. 좋아하는 시인이며 수필가인 피천득 선생님이 내가 하고 싶은 말을 이미 써놓으셨기에 여기에 인용한다. 이 수필은 미국 보스턴대학교 물리학 교수인 딸 서영이를 위해 쓴 글이다.

학문하는 사람에게 고적은 따를 수밖에 없다. 혼자서 일하고 혼자서 생각하는 시간이 거의 전부이기에 일상생활의 가지가지의 환락을 잃어버리고 사람들과 소원해지게 된다. 현대에 있어 연구 생활은 싸움이다. 너는 벌써 많은 싸움을 하여 왔다. 그리고 이겨 왔다. 이 싸움을 네가 언제까지 할 수 있나, 나는 가끔 생각해 본다. 그리고 너에게 용기를 복돋워 준다는 것이 가혹한 것이라고 생각하기도 한다.

진리 탐구는 결과보다도 그 과정이 아름다울 때가 있다. 특히 과학은 연구 도중 너에게 차고 맑은 기쁨을 주는 순간이 많으리라. 허위가 조금도 허용되지 않는 이 직업에는 정당한 보수와 정당한 영예가 있으리라 믿는다.

－수필 「딸에게」

둘째 딸은 아직 독신으로 있다. 그러나 나는 결혼을 강요하지 않는다. 물론 좋은 배우자를 만나 행복하게 살면 좋겠지만, 언젠가는 그런 날이 올 수도 있고 안 올 수도 있다. 그러나 나는 상관없다. 그 애만 현재 생활에 보람을 느끼고 행복하면 된다. 한때는 여자가 결혼 안 하는 것이 무슨 큰 부적격 사유나 되는 것처럼 여길 때도 있었다. 지금은 그런 시대가 아니다. 둘째 딸에는 피천득 선생님의 다음 글을 전한다.

너는 디킨스의 애그니스같이 온화하고 참을성 있는 푸른 나무와 같은 여성이 되기 바란다. 좋은 아내, 좋은 엄마가 되어 순조로운 가정생활을 하는 것이 옳은 길인지, 아니면 외롭게 살며 연구에 정진하는 것이 네가 택해야 할 길인지 그것은 너 혼자서 결정할 문제다. 어떤 길이든 네가 가고 싶으면 그것이 옳은 길이 될 것이다. - 수필 「딸에게」

나는 두 딸이 '서울의 딸', 아니 '세계의 딸'이 되기를 계속 기도할 것이다.

02. 사유하는 근대인 햄릿의 독백

올해로 서거 400주년을 맞은 윌리엄 셰익스피어(1564~1616)는 세계 최고의 시성詩聖으로 추앙받고 있다. 셰익스피어의 37여 편의 시극 작품 중에서 비극『햄릿』은 인류 문학사상 가장 탁월한 수작으로 평가받고 있다. 서구 르네상스 시대와 근대가 교차되는 시기인 1600년에 공연된『햄릿』은 그 후 400여 년간 전 세계의 수많은 독자들에게 하나의 '문학의 모나리자'가 되었다.『햄릿』은 그 신비한 매력을 쉽게 풀어 낼 수 없는 수수께끼와 같은 작품으로 여겨진다. 시대마다, 지역마다, 독자마다 자신만의 의미를 찾아왔다. 프랑스의 포스트구조주의 문학이론가 롤랑 바르트의 이론에 따르면『햄릿』은 텍스트에 어떤 저자가 숨겨 놓은 하나의 의미가 있는 것이 아니라 독자들이 스스로 구성할 수 있는 '쓸 수 있는 텍스트texte scriptible'다. 쓸 수 있는 텍스트로서의『햄릿』은 다양한 의미들이 유희하고 있는 복합 텍스트다.

『햄릿』은 셰익스피어 작품들 중에서 가장 길다. 이 극에서 40%에 해당되는 분량인 1,500행 정도를 주인공 햄릿 왕자가 담당하고 있다. 『햄릿』은 특히 주인공 햄릿 왕자의 '독백'으로 유명하다. 독백이란 등장인물이 무대에서 홀로 있을 때 청중에게 전달하는 언설이다. 독백을 통해 등장인물은 내면의 생각과 느낌을 밝히고 관객이나 독자들은 그것을 엿들을 수 있다. 등장인물과 관객 사이에 대화 관계가 성립되어 극(작품)과 관계 사이에 교감이 깊어질 수 있다.

『햄릿』에는 모두 7개의 햄릿 왕자의 독백이 들어 있다. 그 중에서 3막 1장에 나오는 "삶이냐 죽음이냐"로 시작하는 네 번째 독백이 가장 유명하다. 필자는 셰익스피어를 처음 읽기 시작한 대학 시절부터 가끔 30행이 넘는 이 독백을 암송하며 삶에 대한 사유와 행위에 대해 명상에 잠기곤 했다. 햄릿의 독백을 들어보자.

삶이냐 죽음이냐 그것이 문제로다.
광포한 운명의 돌팔매와 화살을 맞아
마음속에서 고통을 당할 것인가 아니면
무기 들고 고통의 바다에 대항하여
고통을 끝장낼 것인가?
죽는 것은 잠자는 것에 불과하다.
한 번의 잠으로 가슴의 고통과
육신이 물려받은 수천 가지 번뇌를 끝낼 수 있다면
그것은 열렬히 바라야 할 삶의 절정이리라.
죽는 것은 잠자는 것이다.
잠자는 것은 아마도 꿈꾸는 것이리라. 아, 그것이 문제로다.
우리가 이 삶의 굴레에서 벗어났을 때
죽음이란 잠 속에서 우리가
어떤 꿈을 꾸게 될까 몰라 우리는 머뭇거릴 수밖에 없다.
그것이 우리 삶 속에 재앙이

평생토록 버티는 이유이리라.

어느 누가 세상의 채찍과 경멸을

압제자의 횡포를, 잘난 사람들의 오만을

무시당한 사람의 괴로움을, 꾸물대는 법률의 시행을

관리들의 오만불손함을, 그리고 소인배들에 의해

덕 있는 사람들이 당하는 푸대접을 참으리오?

단검 한 자루면 이 모든 것에서 벗어날 수 있는데

도대체 누가 삶의 멍에를 지고

고단한 삶 속에서 투덜대며 진땀을 흘리겠는가?

그러나 어떤 여행자도 돌아오지 못한 미지의 세계인

죽음 후에 올 것에 대한 두려움이

우리의 의지를 혼란에 빠뜨려 버리고

우리가 모르는 다른 환난 속으로 빠지는가 보다.

차라리 우리가 가진 고난을 참고 견디게 만드는 것인가?

그런 의심이 우리 모두를 이렇게 겁쟁이로 만든다.

결국 타고난 강한 형색을 가진 결심은

유약한 색깔의 그런 의식으로 인해 병색이 들고

위대한 높은 기상과 고귀함을 가진 계획은

이런 생각 때문에 그 흐름이 끊어져 버리고

행동하는 힘을 상실해 버린다.

- 3막 1장, 56~88행, 필자 옮김

이 독백에서 우리는 삶을 고뇌하고 사유하는 인간 햄릿의 시적 절규를 듣는다. 동시에 자신의 죽음을 명상하는 인간 햄릿을 만난다. 이 독백은 삶과 죽음의 문제에 대한 사유하고 명상하는 근대적 인간 햄릿을 보여 준다. 서양 철학자의 아버지로 불리는 르네 데카르트(1596~1650)는 16세기 중반에 "나는 생각한다 그런고로 나는 존재한다"고 선언함으로써 생각하는 근대적 인간에게 새로운 정의를 내렸다. 인간이 궁극적인 죽음을 생각하지 않는다면 삶의 다양한 고난에도 불구하고 우리는 쉽게 단순해질 수 있다.

비극 『햄릿』의 주제는 죽음이다. 극의 마지막에서 햄릿 왕자를 비롯해 주요 등장인물들이 햄릿의 친구 호레이쇼만 빼고 모두 죽는다. 인간은 자신의 죽음을 진지하게 사유하기 시작할 때 비로소 우리의 모순적인 삶은 역설적으로 길고 복잡해진다. 우리가 간혹 죽음을 명상하는 것은 궁극적으로 삶에 대해 더 진지해지고 경외하기 위해서다. 죽음 속의 삶은 일종의 숭고한 행위이며 비극적 아이러니다.

이 독백에 나타는 햄릿의 죽음에 대한 명상은 우리를 인간 존재론의 보편적인 삶의 실존으로 이끈다. 삶이 고통의 바다인 고해苦海라지만 이러한 죽음에 대한 깊은 명상이 없다면 삶은 그저 바다 위에 표류하는 표주박이다. 죽음에 대한 사유가 강해질수록 삶에 대한 명상도 길어지리라. 이것이 삶의 모순이며 죽음의 역설이다. 우리는 최초의 사유하는 근대인modern man인 햄릿의 이 독백을 통해 모든 것을 녹여 버리는 신자유주의, 후기자본주의의 교환가치만 강조하는 시장원리와 사유를 정지시키는 고도 과학기술문명의 총아인 인터넷과 스마트폰에 자신을 함몰시켜 버리는 21세기를 살아가는 세계시민으로 인간의 고유한 독창적인 정체성을 깨닫고 보편적인 존엄성을 지킬 수 있지 않을까. 지구가 언젠가 멸망하고 인간이란 종이 소멸할 때까지 삶이 우리를 비겁한 자로 만들더라도 우리는 용기 있는 자로 살아가기 위하여 필자는 오늘도 햄릿 왕자의 이 철학적 독백을 다시 한번 되뇌어 본다.

햄릿 왕자는 서구의 역사에서 과도기적 인간이다. 16, 17세기 초 절대왕정과 봉건제도의 한계와 새로운 민주적 근대 질서가 확립되기 전에 르네상스 말기와 근대 초기에 살았던 위대한 작가 셰익스피어가 창조해 낸 인물이다. 20세기 말과 21세기 우리 시대는 민주주의에 토대를 둔 시민사회이지만 극작품 『햄릿』의 배경인 시대와 정확히 병치시킬 수는 없을 것이다. 그러나 햄릿 왕자의 문제의식은 우리의 문제의식이 될 수 있다. 그것은 특정한 시대에 생산된 모든 문학이 가지는 시대를 초월하는 보편적 성격 때문이기도 하지만, 특별히 『햄릿』이 위대한 문학이 되는 이유는 언제나 동시대적이라는 점에서도 그렇다. 어느 시대이고 『햄릿』을 읽는 독자는 자신이 햄릿 자신이라고 느끼는 것이다.

햄릿 왕자는 1막 마지막 부분에서 자신의 조국인 '덴마크는 지옥'이라고 선언하고 다음과 같이 자신의 운명을 저주한다.

엉망이 된 시대, 아, 저주스런 실패여
내가 그것을 바로 세우려고 태어나다니. - 1막 5장 196~197행

햄릿 왕자는 자신이 처해 있는 덴마크 왕국의 상황을 '엉망이 된 시대'와 '저주스런 실패'로 규정한다. 독일 비텐부르크대학에 유학 중 부왕 햄릿의 갑작스러운 서거 소식을 듣고 급거 귀국하였다. 돌아와 보니 햄릿 왕자의 어머니는 벌써 형의 뒤를 이어 왕위에 오른 숙부 클라우디스 왕과 재혼한 상태였다. 1막부터 햄릿은 아버지의 유령과 대화하며 진상을 알게 된다. 햄릿은 굳건하다고 믿었던 왕위 계승자로서의 자신의 위치는 물론 덴마크 왕조가 정치적으로 도덕적으로 위기에 처해 있음을 깨닫는다. 더욱이 햄릿의 어머니 거투르드 왕비는 새 왕이 된 작은아버지와 급하게 재혼하여 근친상간의 도덕적 타락의 정점을 보여주었다. 청년 햄릿은 이 모든 사태를 광기로밖에 볼 수 없었다.

물론 여기서 햄릿은 덴마크 왕국의 위기뿐이 아니라 세계적인 규모로 중세 르네상스라는 구체제 질서가 근대를 향해 무너져 내리는 역사적 상상력을 가졌다고 보아야 할 것이다. 세계시민주의 시대를 살아가는 우리는 근대 민족국가라는 오랫동안 견고했던 체계가 흔들리고 문화적·경제적·환경적으로 민족국가의 경계가 사라지는 새로운 탈근대 세계국가의 개념이 부상되고 있음을 알고 있다. 이러한 세계시민주의 사상은 유럽에서 18세기에 괴테나 칸트에 의해, 18세기에는 마르크스에 의해 이미 개진된 바 있다. 우리가 『햄릿』을 다시 읽고 그의 독백을 주문처럼 낭송하며 새로 논의하는 이유는 세계시민주의 시대를 살아가는 필수 덕목이 다시 자신과 시대를 향한 사유와 넓은 명상 때문일 것이다. 우리는 모두 우리 시대를 위한 햄릿이기 때문이다.

03. 코로나 시대의 일상 회복 : 재난문학을 위하여

2021년 조선일보 신춘문예 시부문 당선작인 강우근의 「단순하지 않은 마음」은 한마디로 전 지구적 재앙을 가져오고 있는 코로나 바이러스 전염병에 대한 시적 사유다. 2020년 초부터 중국에서 시작된 코로나 사태는 거의 1년이 지난 지금 전 지구적으로 1억 명에 가까운 사람들이 전염병에 걸렸고, 200만 명이 훨씬 넘는 사망자가 나왔다. 소설이나 평론, 에세이가 아닌 시로 이러한 엄청난 미증유의 재난을 재현한다는 것은 결코 쉬운 일이 아니다. 그래서 이 시의 제목이 '단순하지 않은'이라는 수식어가 붙었는지도 모른다.

시 1연에서부터 시인은 코로나 위기나 재앙에 대해 호들갑 떨지 않고 담담하고 의연하게 대처한다. 그저 "별일 아니야"라든가 "작은 감기야"로 아주 '쿨'하게 시작한다. 어느 날 아침에 일어났더니 눈다래끼가 나 붉어진 얼굴을 가졌던 때처럼 크게 놀라지 않는다. 다만 이 거대한 새로운 전염병 앞에서 "창백한 얼굴"은 "일회용 마스크"처럼 분명하게 드러날 수밖에 없다. 여기서 일회용 마스크는 하나의 '객관적 상관물'이다. 이제는 누구나 걸고 다니는 대문짝만 한 마스크는 우리가 처한 여러 가지 엄혹한 현실을 구체적으로 일시에 환기시키는 시적 장치다. 각자의 독특한 개성이 일일이 묻어 있는 얼굴 모습은 모두 마스크에 의해 가려지고 잠겨 버렸다. 분명 위중한 상황이다. 이 시에서는 코로나 사태로 야기된 누추한 현실이 적나라하게 드러나지 않는 것이 이

시인의 재능이다. 예술은 드러내기보다 감추는 기술이 아닌가? 처절한 이야기들만 늘어놓으면 독자들은 시를 읽기도 전에 내팽개쳐 버릴 것이다.

시인은 2연에서 노래한다.

병은 이리저리 옮겨 다니면서 밥을 먹고, 버스를 타고 집으로
걸어오는 우리처럼 살아가다가 죽고 만다.

코로나 바이러스와 그것이 야기한 각종 전염병의 징후들이 "밥"과 "버스"와 "집"에서 우리와 함께 지내고 있다. 어차피 확진자가 아니라면 자가면역력이 강해서 코로나 바이러스를 키우는 음성 보균자들의 몸 속에서 언젠가 "죽고 만다". 여기에서도 시인의 용기와 의연함이 돋보인다. 우리는 이 시를 통해 놀랍게도 이 기괴하고 부자연스러운 현실을 일상생활화로 순치해 버릴 수 있다. 그러다 보면 "말끔한 아침은 누군가의 소독된 병실처럼 오고 있다." 상큼한 아침이 병실이 되는 것은 슬픈 일이지만 '소독'되었으니 그나마 위안을 받아야 할까?

'사회적 거리두기'가 만들어 낸 '언택트'에 갇혀 버린 사람들은 밤이 시작되면 '집 앞에' 탁자와 의자를 내놓고 TV로 축구 경기를 본다. 독한 술은 아니라도 맥주라도 마실 만한데 술 얘기는 없고 '감자튀김'만 먹고 있다. 이것은 무엇인가? 코로나 사태 속에서도 우리의 일상생활의 복구와 회복이 아닐까? 코로나 전염사태라는 거대한 사건만이 아닌

평범한 일상생활이 우리 존재의 토대가 아니겠는가? 일상적으로 축구 경기를 즐기면서도 "아직 끝나지 않았다. 아직 끝나지 않아서"라고 패자를 응원한다.

이제 시인은 승자 독식의 논리에서 벗어나 타자他者를 응원하는 공감의 시작을 보여 준다. 코로나 사태에서 고투를 벌이는 입원한 중증 확진자들과 동시에 함께 바이러스 퇴치를 위해 싸우는 의료진들을 응원하는 것일까? 이러한 환자들과 의료진들의 치열한 바이러스와의 싸움과 그리고 비감염자들의 우울한 나날들은 3연의 마지막 행에서 대역전이 일어난다.

밤의 비행기는 푸른 바다에서 해수면 위로 몸을 뒤집는

돌고래처럼 우리에게 보인다.

"밤의 비행기"에 우리 모두가 함께 타고 있다. 그러나 그 밤의 비행기는 하늘이라는 "푸른 바다"에서 몸을 뒤집으며 즐겁게 놀고 있는 "돌고래"처럼 경쾌하고 역동적이다. 시인은 우울할지도 모르는 독자들에게 희망을 노래하며 가르치고 있다. 절망은 죽음에 이르는 병이다. 희망만이 푸른 "바다"로 푸른 "하늘"로 우리를 인도하여 누추한 현실과 황폐한 시대와 대결할 수 있는 용기와 힘을 줄 수 있다.

이제 코로나에 지친 사람들은 "매일 다른 색의 빛으로 물들어가는 하늘 아래에서 사람들은 끊임없이 모이고 흩어지고 있다." 위대한 일상으로의 복귀가 그리 멀지 않아 보인다. 시인은 제5연에서 독자들에게 일상생활을 지속가능하게 만든다. 시인은 여기서 끝내지 않는다. 시인이 독자들에게 소개하는 버스 승객들과 승용차 운전자, 편의점 손님들의 일상들은 진부한 모습들이다. 그러나 시인은 독자들에게 이 지독한 진부함 속에서 역설적으로 낯선 모습을 감추고 있다. 이것이 이 시인의 비밀 병기가 아닐까? 평자가 보기에는 결국 시인은 독자들에게 은밀하게나마 보기를 원하는 것은 코로나 사태 속에서 진부한 일상 속에서의 '낯설게 하기'를 보여 주고 싶은 것이다. 이 내밀한 낯설게 하기는 자동화된 우리의 의식화 작동을 정지시키고 일상성 속에서 낯선 것, 나아가 새로움을 보기를 원한다.

시인의 기술 중 하나는 일상의 친숙한 것을 낯설게 만들거나 반대로 기이한 것을 친숙하게 만드는 것이다. 이 시에서 시인의 작업은 전자다. 인간의 사물에 대한 '인식'은 일정한 시간이 되면 관숙되어 사물 자체에 대한 역동적 신기함과 놀람은 점차 사라지고 습관적이고 수동적인 인식으로 전락해 버린다. 시인의 작업은 우리의 습관화된 사물에 대한 인식 체계를 깨뜨리는 것이다. 우리는 시인들의 새로운 감수성과 상상력을 통해 모든 사물을 새롭게 볼 수 있다. 코로나 사태 이전에는 너무나 당연한 일상생활들이 코로나 시대에는 오히려 그것들이 기이하고 신기하고 새롭게까지 느껴지지 않은가? 하고 시인은 광야에서 소리치는 듯하다. 최근 이 시를 쓴 시인은 한 대화에서 "저는 누구에게 말을 거는 것도, 반응하는 것도 어색한 사람이었다. 세계를 낯설게 바라보는 감각인 이 어색함으로 오래도록 시를 쓰겠다"고 언명한 바 있다.

이 시에서 시인은 코로나 이전의 일상이 코로나 시대에 비일상처럼 이상하게 보인다는 것, 나아가 이러한 일상성의 소중함을 느껴 보라는 것이다. 이것이 재난시대에 시인들이 할 수 있는 일이다. 과거의 일을 끄집어내어 새롭게 보여 주고 현재에 대안을 제시하고 치유책을 주면서 미래에 비전을 주는 것이다. 시인의 역할은 여기까지다. 이제 모든 것은 독자들의 몫이리라. 이제 시인은 더 이상 우리를 염려하지 않는다. 그는 마지막 3연에서 다시 희망을 힘차게 노래한다.

돌아보면 옆의 사람이 없는, 돌아보면 옆의 사람이 생겨나는
어느새 나는 10년 후에 상상한 하늘 아래를 지나고 있었다.

코로나로 우리 곁에 사람들이 없어 보이지만 그러나 언제나 사람들이 다시 나타난다. 모든 것이 다시 정상적으로 돌아오는 "10년 후"는 우리에게는 너무 먼 것처럼 느껴지기도 하지만 "단순하지 않은 마음"을 가진 시인에게는 무리가 아니다.

시인은 계속 노래한다.

쥐었다가 펴는 손에 빛은 끈질기게 달라붙어 있었다.
보고 있지 않아도 그랬다.

앞에서 "밤"은 이제 "빛"으로 바뀌었다. 여기서 빛은 절망이라는 이름의 어둠과 대비되는 단순한 희망을 나타내지만, 아마도 우리는 그 이상의 의미로 해석할 수도 있다. 빛은 미래에 대한 비전의 표상이기도 하다. 그러나 빛은 너무 밝으면 우리 눈을 멀게 만든다. 지나친 낙관은 우리가 언제나 유의할 점이다. 그러나 이 시에서 빛은 우리 눈에 있지 않고 우리 "손"에 달라붙어 있다. 그것도 "끈질기게" 말이다. 손에 붙어 있는 빛은 우리를 눈멀게 하지는 않을 것이다. 손빛은 어두운 현실을 비추면서 현명하고 부지런한 우리 손은 조용한 열정을 가지고 분주하게 움직이며 일할 것이다.

이 시의 마지막 연에서 시인의 희망은 '믿음'에까지 이른다.

내가 지나온 모든 것이 아직 살아 있다는 믿음을 가지고
무사히 집으로 돌아가야만 했다.

제아무리 코로나 전염병 시대에 여지껏 우리가 경험해 보지 못한 일들이 우리를 계속 놀라게 할지라도 시인은 일상적인 것의 복귀와 회복에 대한 희망이 이제는 믿음으로 변했다. 바람직한 일이다. 그러나 여기서 주의해야 할 점은 코로나 시대의 새로운 경험과 일상들이 새로운 정상인 '뉴 노멀New Normal'이 되고 있으니 무조건 과거 일상으로의 회귀는 불가능할지 모르고 바람직하지 않을 수도 있다. 우리는 이번 코로나 사태를 통해 과거 우리가 당연시했던 여러 가지의 전부는 아니지만

일부라도 내려놓아야 할지도 모른다. 우리는 지금까지의 당연시했던 인간 문명과 문화의 양태를 근본적으로 반성하고 성찰하고 비판하는 시간도 가져야 한다.

결국 시인은 희망과 믿음을 가지고 "무사히 집으로 돌아가야만 했다." 시인에게 그리고 우리에게 집으로 돌아가야만 한다는 것은 무엇을 뜻하는가? 결국 집의 재발견이 아닐까? 시인은 "단순하지 않은" 복잡하고 착잡한 심정을 가지지만 그래도 "마음"을 절제하는 비둘기 같은 순수함을 발휘한다. 결국 여기서 "집"이란 우리 내면으로의 회귀다. 그동안 우리는 전 지구적 자본주의니 세계시민주의니 초연결사회니 제4차 산업혁명(디지털혁명)이니 하면서 얼마나 '밖'으로 나돌았는가? 그동안 우리는 너무도 '안'을 돌보지 않고 황폐하게 내버려 둔 것은 아닐까? 집으로 돌아가기 위해서 '사회적 거리두기'는 오히려 일단 좋은 약이 될 것이다. 밖에서 잃은 것을 안에서 찾자. 사회의 시작이며 토대인 가정생활의 회복도 물론 포함하지만 내 자신의 내면성에 대한 통찰력의 회복이 필요하다. 우리 각자의 내면성의 위기를 극복하고 바로 세울 수 있을 때 코로나 전염병 사태를 비롯하여 우리 인간이 직면한 현대문명의 수많은 난제들을 해결할 수 있다.

이 시에서 화자인 시인은 코로나 전염병에 대한 불안이나 불편을 넘어 거의 태연한 태도로 일상을 회복하려는 모습은 집단우울증의 시대에 가히 시인 영웅의 모습이다. 용기 있는 시인은 암울하고 어두운 상황에서 우리를 지탱시켜 주고 일상 회복의 희망과 믿음을 준 것으로 족하다. 시인은 '수상소감'에서 다음과 같이 말한 바 있다.

"시를 쓰면서 손에 쥐었던 연필은 비의 음악을 들을 수 있는 우산이되고, 거름이 될지 알면서도 피어나는 꽃이 되고, 세계에 팽팽히 맞서는 검이 되었습니다."

여기에서 필자가 특히 주목하는 말은 "검"이다. 궁핍한 시대일수록 시인은 "팽팽한 밧줄 위에서 느린 춤을 추는" 검투사가 되어야 한다. 다른 말로 하면 재난시대의 시인은 '둔전병屯田兵'이 되어야 한다. 둔전병은 변방 국경지대에서 평소에는 곡갱이와 호미를 들고 농사를 짓다가 외적이 침입하면 창과 칼을 들고 나가 싸우는 병정이 된다. 동시에 이시인이 "어린 마음"과 "바보 같은 마음"으로 시를 "오래" 쓰기를 기원한다.

앞으로 문학이 초국가적 재난들을 어떻게 대처할 것인가? 결국 과거를 반성하고 성찰하고 현재를 냉철히 기술하고 분석하고 치유책까지 제시하고 미래에 대한 충고와 대안, 나아가 비전까지 줄 수 있는 '재난문학'이 시급히 수립되어야 할 것이다. 이 시 「단순하지 않은 마음」이 코로나 시대를 타고 넘어가는 '재난문학의 시작'이 되기를 기대한다.

04. 레비나스의 주변부 타자론

"타자는 지옥이다"라고 선언한 사르트르(1905~1980)는 『존재와 무』의 결론 부분에서 "우리들은… 이런 모든 질문들에 대한 답변을 도덕적(윤리적)인 영역에 있어서밖에는 발견할 수 없는 것이다. 우리는 이 책에 계속되는 다음 저작을 이 문제에 바치게 될 것이다"(Ⅱ권, 476쪽)라고 약속하였다. 인간의 실존과 타자-주체의 문제는 결국 윤리적 차원에서 해결될 수밖에 없다는 것이다.

그러나 실존주의자 사르트르는 『존재와 무』에서 존재론에 관심을 가지고 있었지 결코 윤리학을 쓰고자 한 것은 아니었다. 사르트르는 이 약속을 어기고 만다. 그러나 사르트르의 타자론에 엄청난 영향을 받은 에마뉘엘 레비나스(1906~1995)가 사르트르가 못한 주체-타자론에서의 윤리 문제를 자신의 핵심 작업으로 삼았다.

사르트르의 대타존재 이론은 대자존재로서의 나의 주체와 타자의 동등한 독립성을 위해 갈등하고 대립하는 관계다. 내가 타자를 정복하든지 타자가 나를 정복하든지 말이다! 그러나 레비나스는 타자성의 윤리학을 수립함으로써 사르트르식의 폭력과 투쟁을 피할 수 있는 가능성을 제시한다. 레비나스는 타자를 자아 속에 흡수하는 자아중심적 주체성을 무한성의 이념 속에 토대를 둔 타자중심적 윤리적 주체성으로 바꾸는 작업을 한다. 타자의 출현으로 인해 이기적인 욕망을 포기하고 타자에 대해 헌신하고 책임을 지는 주체로 만들어 가는 평화의 철학을 강조한다. 레비나스는 이것을 "동일자가 타자 속에 흡수되는 무아경이나 타자를 동일자로 귀속시키는 지식이 아니라 관계없는 관계, 채울 수 없는 욕망, 또는 무한자의 가까움"(『시간과 타자』, 강영안 옮김, 23쪽 이하 동일)이라 부른다.

필립 네모와의 대담인 「다른 사람에 대한 책임」에서 레비나스는 한 걸음 더 나아가 타자에 대한 책임성이 주체성의 토대를 이룬다고 보았다.

주체는 자기에 대해pour soi 있지 않다. 다시 한번 말하지만 주체는 처음부터 다른 사람에 대해 있다. … 서로 말하기 전에 서로 섬김이 있다. 나는 사람 사이의 관계를 그렇게 본다. … 주체와 주체의 관계가 쌍방이 아니라는 점이다. 그렇기 때문에 나는 대가를 기다리지 않고 상대방에게 책임을 진다. 그는 내 목숨까지도 요구한다. 대가는 '그의' 문제다. 다른 사람과 나의 관계가 상호관계가 아니기 때문에 나는 다른 사람의 종이다. 원래 그런 뜻으로 나는 '주체'다. 모든 게 내 책임이다. … 주체는 인질의 처지를 감수한다. 주체란 처음부터 인질이다. 대신 속죄하면서까지 다른 사람들에게 책임을 진다. -『윤리와 무한』, 125~129쪽

나와 타자와의 관계는 쌍방적 거래 또는 대화관계가 아니다. 그것은 무조건적 '섬김', '책임', '속죄'의 관계다. 따라서 자아(주체)가 된다는 것은 타자를 위해 존재하는 것이다.

여기에서 우리는 마르틴 부버(1878~1965)의 나와 너의 상호관계와

레비나스의 나의 타자에 대한 책임관계를 대비할 수 있다. 레비나스는 "어깨를 나란히 한 집단성과는 반대로 나는 '나-너'의 집단성을 제시하고자 노력하였다. 하지만 이것은… 부버에게서는 상호성이 두 개의 독립된 자유를 연결하고 있을 뿐만 아니라 고립된 주체성의 불가피한 성격이 과소 평가되고 있다"(『시간과 타자』, 117쪽)고 지적하였다. 레비나스는 부버의 '나와 너'의 관계가 형식적 상호관계가 있을 뿐 윤리적 관계를 결여하고 있다고 보는 듯하다. 따라서 레비나스는 나와 타자와의 관계는 진정한 인격적 관계의 불가능한 '상호성'의 시각으로 보지 않고 '비대칭성'으로 본다.

주체가 자리할 특별한 자리가 없다. 타자는 공감에 의해, 또 다른 내 자신으로, 다른 자아⒨alter ego로서 인식된다. … 단지 존재하기만 하는 그런 낯선 집안을 돌아다니고 있는 사람들 사이에 사회적 관계는 전적으로 상호성의 관계가 된다. 존재물은 서로 바꿀 수 없는 데도 상호적이다. 아니, 상호적이기 때문에 서로 바꿀 수 있게 된다 할 만하다. 그렇기 때문에 타자와의 관계는 전혀 불가능하다.

하지만 타자성은, 우리의 사회적 관계의 특징이라 할 수 있는 타자와의 관계 한복판에서 이미 비상호적 관계로, 즉 동시성과 정반대의 관계로 모습을 드러낸다. 타인으로서의 타인은 단지 나와 다른 자아가 아니다. 그는 내가 아닌 사람이다. 그가 그인 것은 성격이나 외모나 그의 심리 상태 때문이 아니라 오직 그의 다름 때문이다. 그는 예컨대 약한 사람, 가난한 사람,

'과부와 고아'다. 하지만 나는 부자이고 강자다. 우리는 상호주관적 공간은 대칭적이 아니라고 말할 수 있다. - 『시간과 타자』, 100~101쪽

타자성이 순수한 상태로 담보해 내는 상황이 과연 존재하는 것일까? 특이하게도 레비나스는 「에로스」라는 장에서 '여성적인 것'의 타자성에 관심을 돌리면서 '단순하게 포섭되지 않은 타자성'을 "상반된 것에 대해 완벽하게 상반된 것, 그 상반성이 그 자신과 상관자의 관계를 통해서도 어떠한 영향도 받지 않는, 전적으로 다른 것으로 남아 있도록 허용하는 상반성"을 '여성적인 것'(103쪽)으로 생각한다. 레비나스는 단테 『신곡』의 베아트리체나 괴테의 『파우스트』의 영원한 여성적인 것만이 우리를 구원한다는 사실을 지적한다. 나아가 레비나스는 "문명의 경험을 모두 전제하고 있는 페미니즘의 정당한 주장"을 인정한다. 레비나스에게 문제는 항상 타자성이다. 여성의 타자성에 바로 그 신비가 있고 힘이 있다. 타자성은 타자의 본질이다. 레비나스는 이 타자성을 에로스에서 찾는다. 왜냐하면 에로스는 '할 수 있음'의 관계가 아니기 때문이다.

레비나스는 이 자리에서 자신의 방식을 "존재자가 '주체적으로', '의식' 안에서 자신을 실현"시키려는 사르트르와 대비시키면서 자신의 타자성은 "여성적인 것을 통해 자신을 실현"(107쪽)한다고 주장한다. 여성적인 것은 의식을 가지고 초월을 꿈꾸지 않는다. 그것은 그저 신비일 뿐이다. 이런 의미에서 에로스는 "싸움도 아니고, 융합도 아니고,

인식도" 아니며 "타자성과의 관계요, 신비와의 관계"다. 점령이나 지배가 아닌 사랑만이 주체를 주체로 보존할 수 있다. 레비나스는 이런 맥락에서 성욕의 현상학에서 성행위와 애무를 언급한다. 애무에 대해서 레비나스는 그것이 찾는 것이 무엇인지 모르고 있으며 근본적으로 질서가 잡혀 있지 않는 것이라고 사유한다.

레비나스는 성욕(에로스)을 "미래, 모든 내용에서 순수한 미래의 진정한 사건이요, 진정한 미래의 신비"라고 주장한다. 따라서 에로스를 통한 타자와의 관계는 결코 실패가 아니다. 에로스는 타인을 '소유, 인식, 장악'과 같은 '할 수 있음'이 아니다. 에로스에서 "타인을 소유하고, 장악하고 인식할 수 있다면 그는 더 이상 타인이 아니"(110쪽)기 때문이다. 이와 동시에 타자와의 관계는 융합의 관점으로 볼 수 없다. 레비나스가 사르트르를 떠나고 부버와 헤어지는 지점이 바로 이곳이다.

05. 여성적 글쓰기

남성은 죽음을 잊기 위해 죽음을 부르는, 실패할 수밖에 없는 모험에 몸을 던지는 반면, 여성은 남성, 곧 아버지보다 아이를 오랫동안 더 잘 보살피면서 생명의 불씨를 유지할 것이다. … 북방 여성은 남녀 평등권을 주장하는 대신 시장, 문화, 정치 분야에서 여성특유의 가치가 도입되어야 한다고 요구할 것이다. 남녀 평등은 더 이상 목표가 아니다. 앞으로는 남녀 차이뿐 아니라… 여성성 표현의 권리를 인정하라고 요구할 것이다. 세계는 갈수록 유목화되면서 여성화도 함께 진행되어 이전과는 완연히 다른 새로운 형태의 유목이 등장할 것이다.… 최선책은 여성이 사회 발전의 핵심임을 인정하는 것이다. - 자크 아탈리, 《21세기 사전》, 정혜원·편혜원 옮김

동서양을 막론하고 수천 년 동안 지속된 가부장제적 인류 문명의 최대 과제는 남녀평등이다. 그렇다면 소위 '여성은 태어난 것이 아니라 만들어진 것이다'라는 명제를 따라 남성과 여성의 '차이'는 사회문화적으로 구성된 것이므로 남녀평등을 위해 폐기되어야 할 것인가? 바로 여기에 문제의 핵심이 있다.

최근 성정체성의 다양화로 동성애나 이중성애의 문제가 새롭게 대두되고 있다. 물론 오랫동안 고착되어 당연시되고 있는 남녀 성역할과 기능에 토대를 둔 남성 위주의 성의 경계 설정은 허물어져야 마땅하다. 그러나 생물학적 남녀 구별의 개념인 성sex과 사회문화적인 성별gender

개념은 구별되어, 섹슈얼리티의 구별은 인정하되 젠더의 남녀 차별은 폐기되어야 한다. 본질주의적인 남녀간의 생물학적 차이마저 인정하지 않는 성 경계의 무절제한 파괴는 오히려 남녀차별주의를 고착화시킬 수밖에 없는 모순적 상황으로 이끌 것이다. 진정한 남녀평등 체계를 구축하기 위해서는 남녀간의 본질적인 '차이'를 인정하고 가치화하여, 문화정치적으로 가부장제 문명과 사회에 그 '차이'를 개입시켜 작동시켜야 한다.

남성과 대비되는 신체적·생물학적·인식론적·정서적 차이에서 나오는 여성적 특성을 '여성적 원리'라고 부른다면, 우리는 이 여성적 원리를 계발하고 확산시켜 남성 위주의 근대 문명을 광정하는 계기를 마련해야 한다. 우리는 이 '차이'를 경계의 해체라는 또 다른 봉쇄 전략에 함몰시킬 것이 아니라 오히려 전경화·전략화해야 한다. 여기에서 구체적인 예를 몇 가지 살펴보자.

자연은 여성이고 여성은 자연이다. 여성적 원리는 자연스레 자연과 연계된다. 자연은 근대 문명의 타자이며 여성은 가부장제의 타자이다. 자연과 여성은 타자 문화정치학의 주체이며 환경과 문화의 중심이다. 자연에 대한 인간의 폭력을 광정하여 새로운 상호 관계적 존재양식을 회복하는 것이 생태학이라면, 여성을 남성의 속박에서 해방시켜 새로운 상보관계를 부활시키는 것이 페미니즘이다. 여기에서 '문명=남성' 등식에 대비되는 '자연=여성' 등식이 자연스럽게 만들어진다. 자연과 여성 연대의 전략적 효과는 반파시스트적이며 비폭력주의적이다.

인간 중심 문화와 남성 중심 문화의 쇄신을 위해 자연의 원리와 여성의 원리가 동시에 부활되어야 한다. 전지구적인 환경은 자연과 여성의 원리로 탈영토화·재영토화되어야 한다. 인간 문명의 환경은 '지탱가능한' 문화로 재구성되어야 한다. 자연과 여성은 막다른 골목에 다다른 근대적 개발주의와 가부장적 남성주의의 유일한 '탈주의 선'을 만들어 주고 돌봄의 윤리학과 책임의 정치학으로 전지구적인 치유의 방략이 될 수 있다. 가부장제는 여성의 역사와 현실을 왜곡하고 착취하여 인간 문명 자체를 위태롭게 만들었다. '여성 원리'는 억압, 착취의 개발논리, 패권 전쟁, 비인간적인 무한경쟁 논리 등 남성 중심 문명의 쇄신을 위해 시급히 소환되어야 한다.

최근 많은 페미니스트들이 여성의 몸에 관심을 기울이고 있다. 여자의 몸의 진실은 과연 무엇인가? 여성의 몸이 하나의 저주이며 숙명이라는 비관론에서부터 여성의 몸은 하나의 축복이며 가능성이라는 낙관론에 이르기까지 다양한 이론이 전개되고 있다. 여성의 신체적 특성과 차이를 전경화하는 이분법적 '본질주의'는 크게 비판을 받았다. 비판론자는 본질적인 남녀간의 신체적·생리적·정서적 차이를 인정하기를 주저하고 이것마저도 후천적·사회적 담론의 효과에 불과하다고 역설하였다. 일부는 '해부학은 숙명이다'라는 명제를 내세우며, 여성 신체 자체의 생물학적·유전적 구조를 밝히고자 노력하기보다 사회적·이념적인 억압 기제 해체에 관심을 더 많이 기울임으로써 결과적으로 여성의 몸 자체를 경시하는 경향마저 보였다.

그러나 최근 이러한 경향은 전환점을 맞고 있다. 일부 페미니스트들은 '여성woman'과 '여자female'를 구분하여 사회적 성별gender 개념이 강하게 침윤되어 있는 여성보다 자연성sex 개념이 더 부가되는 '여자' 개념을 선호하게 되었다. 이는 최근의 유전공학, 인류학, 생물학 등의 새로운 연구 결과에 따른 것으로, 지금까지 여성 신체에서 남성 신체와 구별되는 특성들을 모두 부정적이며 열등한 것으로 간주하던 편견에서 벗어날 수 있게 한다. 이들은 여성의 몸을 궁극적으로 힘의 원천으로 보며, 남성과 다른 여성의 신체성을 적극적으로 전경화하고 가치화하여 여자의 몸을 찬양한다. 남성 지배의 사회문화 체계에서 여자의 몸이 지닌 문화정치적 가능성은 끊임없이 억압되고 봉쇄되었다. 여성 신체의 가능성을 극대화하는 '신체 페미니즘corporeal feminism'은 유연한 경제에 토대를 두고 분리보다는 연계, 자율성보다는 상호의존을 강조함으로써 '구체적으로 성화된 신체lived sexed body'라는 대안적 몸의 모델을 개발한다. 그러나 이러한 주장에 내포된 신체 페미니즘의 본질주의 위험을 감수하고라도, 남녀간의 해부학적·생물학적 차이를 토대로 여성의 문제를 풀어나가는 것이 진정한 의미에서 공정한 여성 해방과 여성의 주체성 수립의 시작이 될 것이다.

프랑스 탈근대 페미니스트인 루스 이리가레이Luce Irigaray는 여성은 남성이라는 대상 없이도 스스로 섹슈얼리티를 창출해 낸다고 말하면서 남성의 생식기관의 단일성과 여성 생식기관의 다원성을 대비시켰다. 특히 여성의 '두 개의 입술'에 주목하면서 여성의 다원적이고 산종

散種적인 섹슈얼리티의 특성을 『하나이지 않은 성』(이은민 옮김)이란 책에서 지적하였다.

여성의 육체는 여성이 계속 자신과 접촉하도록 해 주지만, 그러나 만지는 주체와 만짐을 당하는 객체를 구분하지 않았다. … 그래 여성에게 성기가 없다구? 여성에게는 적어도 두 개는 있다. 그러나 그것들은 성기로 확인될 수 없다. 사실상 여성에게는 훨씬 더 많다. 여성의 섹슈얼리티는 항상 적어도 두 배, 심지어 그 이상으로 왕성하며, 그것은 다원적이다.

여성은 이렇게 자신의 다면체적인 신체 영역을 통해 억압적이고 차별적인 남근적 사유방식을 벗어나 여성의 몸으로 생각하고, 말하고, 쓰고, 행동하는 방식을 배울 것이다. 이를 통해 남성 지배의 봉쇄 전략에 맞서서 가부장제를 뒤흔드는 문화정치학으로 나아갈 수 있다. 이것은 억압적인 논리와 광기적인 이성에 토대를 둔 남성주의의 인식체계, 지각체계, 감각체계에 혼란과 충격을 주어 남성들에게 여성적 신체의 흐름, 느낌, 침묵, 속삭임, 웃음을 통해 '인식의 충격'을 구현할 수 있다. 이것이 곧 여성의 몸이나 여성적 원리를 신비화하자는 말은 아니다. 신체에 토대를 둔 생명의 신비가 신비주의 자체는 아니기 때문이다. 오히려 신비를 직시할 때 탈신비화가 이루어질 수 있다. 억압적인 합리주의와 숨막히는 세속주의 속에서 여성 신체의 '차이'의 신비는 그러한 차이를 문화정치학으로 전화시킬 수 있는 원동력이 될 수 있다.

여성 신체의 특성을 차이로 전략화하는 데 있어서 '여성적 글쓰기 écriture feminine'는 그 구체적인 예가 될 수 있다. 여성들이 새로운 여성의 탄생을 위한 저항적 글쓰기를 하려면 우선 육체의 목소리에 귀 기울여야 한다. 자신의 육체를 토대로 하지 않는 여성은 남근에 의해 지배되어 온 억압구조를 지닌 지배담론을 내면화하거나 공모하는 남성모방적 글쓰기를 할 것이다. 또 다른 프랑스의 탈근대 페미니스트인 엘렌 씨이주Hélène Cixous는 「메두사의 웃음」이라는 글에서 다음과 같이 선언하였다.

여성은 그녀 자신을 써야 한다. 여성들에 관해 써야 하고 여성들을 글로 인도해야 한다.… 여성은 자신의 움직임에 의해 자신을 텍스트 속에—세계 속으로 그리고 역사 속으로—몰입해야 한다. … 나는 여성으로서 여성을 향해 이것을 쓴다. … 여성들의 상상계는 음악처럼, 회화처럼, 글쓰기처럼 무궁무진하다. … 당신은 왜 쓰지 않는가? 써라. 글쓰기는 당신을 위한 것이다. 당신은 당신을 위해 존재한다.

여성적 글쓰기는 결코 윤락을 새겨 넣거나 분간함이 없이 단지 계속 진행될 수 있을 뿐이다. … 여성의 다른 언어가 말하는 것을 허용한다. 닫힘도 죽음도 모르는 천 개의 혀로 구성된 언어를 … 여성의 언어는 제한하지 않으며 실어 나른다. 그것은 억제하지 않고 가능하게 만든다.

입의 충동, 항문의 충동, 목소리의 충동—이 모든 충동들이 우리의 힘이고, 이들 중에 바로 쓰고자 하는 욕망과도 같이—수태 욕망도 있다. 이 욕망은 내부로부터 자아를 살아보고자 하는 욕망, 부풀어 오른 육체, 언어, 피에 대한 욕망이다.

물론 여기서 '여성적 글쓰기'의 토대는 여성의 몸이다. 다시 말해 여성적 글쓰기란 몸으로 글쓰기다. 여성의 육체가 지닌 '리비도적 경제학'은 차이와 타자성을 인정한다. 여성적 리비도적 특징은 글쓰기의 실행들과 관련되는 특권적인 여성적 시공간을 형성한다.

지금까지 한두 가지 예에서 볼 수 있듯 필자는 여성적 원리라는 '차이'의 전략은 정치적이며 사회적 변화에 급진적 효과를 가져올 수 있다고 주장한다. 이외에도 평화정치학, 공생의 철학, 돌봄의 윤리학 측면에서도 여성적 원리는 하나의 문화정치학의 실천의 장으로 전화될 수 있을 것이다. 그러므로 남녀간의 성적 경계를 손쉽게 해체시키는 것이 능사가 아니고, 허물 것은 허물되 허물지 말 것은 허물지 말아야 한다. 아니, 오히려 그 성적 '차이'를 더 극대화시켜 장구한 혁명에 의해서만 이루어질 진정한 여성 해방을 위한 새로운 문화정치학의 전략으로 삼아야 할 것이다.

06. 소금과 등대의 꿈

너희 말을 항상 은혜 가운데서 소금으로 맛을 냄과 같이 하라. 그리하면 각 사람에게 마땅히 대답할 것을 알리라. ─『신약전서』「골로새서」4:6

1953년 6·25전쟁이 끝난 뒤부터 항구도시 인천 제물포에 정착하여 초중고교를 다닌 나는 소위 인천 '짠물' 출신이다. 내가 한때 살던 곳이 천연소금을 만드는 염전鹽田 근처라 어려서부터 소금에 익숙하다. 염전에서는 땅을 평평하게 고른 후 바닷물을 붓고 일정 기간 뜨거운 햇볕이 비추어 바닷물이 날아가고 습기가 빠지면 하얗고 뽀송뽀송한 소금 결정체가 만들어진다. 이렇게 만들어진 소금의 쓰임새는 매우 다양하여 음식 간을 맞추거나 맛을 내기 위한 조미료로 쓰이거나 배추, 생선 등에 뿌려 절이기도 하고 상큼한 젓갈류도 만든다. 그러나 무엇보다 소금은 부패를 막는 역할을 한다. 어찌 보면 하얀 소금은 용도가 여럿인 기묘한 물질이다.

인천 자유공원 밑 웃터골에 있는 제물포고등학교에 입학한 나는 소금을 다시 만났다. 학교 교훈이 '양심은 민족의 소금, 학식은 사회의 등불'이었기 때문이다. 소금이 추상적 미덕인 '양심'과 연결되어 있고 학식의 등불이 양심의 소금보다 나중에 나오는 것을 처음 깨닫게 되었다. 항구도시에 어울리게 소금과 등대로 구성한 학교 모표는 소금 결정체 3개를 삼각형으로 밑에 배치한 다음 그 위에 등대 모양을 얹었다. 소금과 빛은 기독교인의 정체성을 가장 잘 표현하는 구체적 상징물인데, 이 디자인은 부패를 막는 소금 같은 양심을 가지고 등대처럼 험난한 세상을 인도하라는 뜻이리라. 제물포고등학교의 소금과 빛의 구체적 행동강령으로 '무감독시험Honor system' 제도가 있었다. 내 고등학교 시절에는 무감독시험 체제 하에서 낙제로 진급하지 못하는 학생이 오히려 영웅이 되기도 했다. 감독교사가 없으니 낙제를 면할 정도로 부정행위를 저지를 수도 있었겠지만, 학교 전통을 위해 살신성인殺身成仁을 했다고나 할까? 아니면 그저 바보, 멍청이라고 불러야 할까?

『성서』에서 내가 좋아하는 구절은 바로 예수의 소금과 빛의 가르침이 나오는 부분이다. 30세에 예수가 공생애를 시작하면서 했던 첫 설교가 그 유명한 산상설교이다. 흔히 팔복八福이라 불리는 이 설교는 신구약 전체의 교리를 요약한 것으로, 예수는 이 팔복에 관한 부분에 이어 곧바로 '소금과 빛'에 관해 말씀하신다.

"너희는 세상의 소금이니 소금이 만일 그 맛을 잃으면 무엇으로 짜게 하리요 후에는 아무 쓸 데 없어 다만 밖에 버려져 사람에게 밟힐 뿐이니라 너희는 세상의 빛이라 산 위에 있는 동네가 숨겨지지 못할 것이요 사람이 등불을 켜서 말 아래에 두지 아니하고 등경 위에 두나니 이러므로 집 안 모든 사람에게 비치느니라 이같이 너희 빛이 사람 앞에 비치게 하여 그들로 너희 착한 행실을 보고 하늘에 계신 너희 아버지께 영광을 돌리게 하라."

(마태복음 5:13~16)

그런데 이상하게도 대부분 기독교인은 심지어 상당수 목회자까지 '빛과 소금'이라고 말한다. 예수께서 분명 '소금과 빛'이라 말씀하셨는데 어떻게 된 일인가? 시시한 소금보다 화려한 빛이 더 좋다는 뜻인가? 어떤 사람은 소금과 빛의 순서가 뭐 그렇게 중요하냐고 말할지 모르나 나에게는 소금이 빛보다 먼저 오는 것이 매우 중요하다고 본다. 예수님이 직접 그 순서를 정하셨다. 소금의 역할을 잘 해낸 다음에야 빛의 역할을 감당할 수 있기 때문이다. 실제로 아열대 지역에 살았던 유대인들에게 소금은 일상생활의 필수품이어서 우리보다 살아가는 데 훨씬 더 중요한 생필품이었을 것이다. 소금의 부패방지 효과는 물질적 차원에서 절대 필요하지만, 영적 생활에도 필수다. 물욕이나 탐욕에 오염되지 않고 순수하고 부패하지 않으려면 소금은 없으면 안 된다. 우리는 빛이 되기 전 몸과 마음이 죄로 썩지 않도록 소금에 푹 절여야 한다.

소금은 부패에 빠지는 것을 막아 주는 방부제, 즉 죄에서 독을 빼주는 해독제다. 소금은 어떤 의미에서 유교적 용어 수신제가修身齊家의 영역, 즉 극기복례克己復禮에 속하고, 사람됨에 있어서 기본 요소다. 반면 빛은 치국평천하治國平天下의 영역이 아닐까. 우리는 소금의 역할을 잘한 후에야 이웃을 사랑하고 인도하고 사회에서 빛의 역할을 담당할 수 있을 것이다. 그러니까 소금의 역할은 신앙생활에서 토대 작업이고 빛의 기능은 상부구조의 과제와 연결되는 것이 아닐까? 우리 모두 화려한 '빛 되기'에 앞서 겸손한 '소금 되기'가 되어야 하리라.

나 자신과 관련된 소금 이야기를 좀 더 해 보자. 나는 6~7세 되었을 때 언젠가 자다가 요에 오줌을 쌌다. 아침에 어머니는 내게 키를 쓰게 하고 동네 몇 집을 돌고 오라고 했다. 내가 키를 쓰고 옆집에 가니 아주머니가 나를 향해 소금을 뿌렸다. 이것은 아동의 야간 방뇨증을 해결하려고 소금을 뿌려 일종의 잡귀를 물리치는 민간 의식이다. 그 후 나는 잠자리에서 야간 방뇨를 계속한 기억은 없다.

나는 2008년 1월 이스라엘, 이집트, 요르단으로 성지 순례를 다녀온 적이 있다. 소금호수로 유명한 사해死海를 갔다. 그곳에서 수영복 차림으로 물에 들어갔는데 소문대로 몸이 가라앉지 않고 둥둥 떴다. 죄짓기 쉬운 인간은 부패를 막아 주는 소금바다에 몸을 내던져 깨끗해지면 죄의 무게에 가라앉지 않고 위로 솟아오르는 것일까, 생각해 보았다. 이것이 예수께서 소금을 강조한 까닭일까?

최근 나는 어느 날 꿈속에서 하얀 소금을 한 움큼 쥐고 여러 번 하늘로 뿌렸다. 그 소금들은 창공에 박혀 별무리가 되었다. 나는 기뻐서 어쩔 줄 모르다가 잠에서 깨어났다. 나는 가끔 밤하늘을 쳐다보면서 어린 시절 인천 염전가에서 햇빛에 반짝이는 하얀 소금을 경이롭게 바라보던 때를 기억하며 별무리들이 떨어진 것이 아닌가 생각하기도 한다.

소금에 대한 나의 꿈은 소박하다. 나는 이웃에게 화려한 빛보다 겸손한 소금이 되고 싶다. 빛은 이해와 통찰을 주지만 자주 교만과 눈(맹목)을 주지 않는가? 나는 소금처럼 귀하고, 희고, 변하지 않고, 맛을 내고 싶다. 그러나 얼마 남지 않은 나의 삶에서 기독교인으로 다시 '짠물'이 되어 이러한 소금의 꿈을 어떻게 이룰 것인가?

07. 내 마음은 소리 내는 숲

나는 언제나 내 마음을 숲의 소리로 만들고 싶다. 숲을 품은 것은 무엇보다도 산ᵐ이다. 그러하니 나는 먼저 산이 되어야 한다. 멀리 갈 것도 없고 내가 사는 상도동의 한 아파트 18층 거실에서 거의 수평으로 내다보이는 작은 산 국사봉國師峰이 있다. 국사봉 일대 산은 상도근린공원으로 지정되어 있다. 이 야트막한 예쁜 산은 길고 거창하고 장대한 숲을 거느리고 있지는 않지만 나름대로 알찬 아담한 숲을 이루고 있다. 내가 이곳으로 거처를 정한 지 20년이 다 되었다. 언제부터인가 나는 나 자신을 국사봉 거사居士라 부르고 있다.

국사봉이 만들고 있는 작은 숲은 사계절의 전령사다. 자연의 대순환과 함께하는 것이 나의 말년의 큰 기쁨이다. 봄의 따스한 기운에서 푸릇푸릇한 풀이 사방에서 돋아난다. 봄의 표상인 벚꽃, 개나리꽃, 아카시아꽃들이 시시각각 눈앞에서 연달아 피어나고 까마귀, 까치, 참새는 물론 가끔 뻐꾸기, 딱따구리도 노래한다. 매일 보리쌀과 잡곡 그리고 물통에 물을 준비해 주고 있다. 여름엔 잠자리도 가끔 올라오고, 비 오는 날에는 개구리들이 어디선가 개굴개굴 합창한다. 일주일에 한 번은 직접 국사봉 둘레길을 걸으며 이름 모를 풀벌레들과 교제한다.

여름의 우거진 녹음과 청신한 녹색은 약한 나의 시력을 높여 주고 염천炎天의 하늘에 상큼한 산들바람은 마음까지 서늘하게 해 준다. 국사봉의 작은 숲 때문에 이 지역의 온도는 다른 곳보다 최소 1~2도가 낮을 것이다. 가을의 국사봉은 온갖 노랗고 붉은 색깔의 수채화와 풍경화를 그려내고, 떨어져 쌓인 낙엽들의 고즈넉한 정취는 나를 차분히 사색하게 만든다. 기후 변화로 인한 지구온난화에도 어김없이 찾아오는 고마운 겨울은 벌거벗은 앙상한 가지들 사이로 부는 삭풍朔風으로 정신이 번쩍 들게 하고, 70대 중반을 넘어서는 나에게 생명과 죽음의 문제를 진지하게 사유하게 만든다. 내가 시재詩材가 있다면 고산 윤선도가 남해 보길도 부용동의 사계절 노래인 「어부사시가漁父四詩歌」를 따라 국사봉 사계절 노래를 지어 보련만…. 나는 이곳에서 다른 곳으로 결코 이사하지 못할 것이다. 이 숲세권의 호사를 어찌 포기할 것인가! 항상 시끄럽고 번잡한 대도시 서울에서 이만한 오아시스가 어디 있을까!

국사봉의 작은 숲에는 나무와 풀, 꽃과 새, 나비와 벗, 그리고 보이지 않는 수많은 생명체가 살고 있다. 소규모지만 이곳에서도 지구 생명 공동체가 함께 살림을 꾸리고 있는 것이다. 내가 매일같이 감상하고 즐기는 이 작은 산 국사봉은 이 일대의 허파 역할을 한다. 자동차 매연으로 생긴 이산화탄소, 미세먼지, 초미세먼지는 물론 중국에서 날아오는 황사까지도 일부 또는 전부 빨아들여 정화한다. 녹색식물인 나무들과 풀들이 신비스러운 광합성 작용으로 이산화탄소를 빨아들이고 생명의 영양소인 산소를 뿜어낸다. 요즘 지구를 급속히 망가뜨리는 이산화탄소를 빨아들이는 산과 숲이 얼마나 고마운가! 인류 미래가 달린 전 지구적인 탄소중립운동의 주역도 결국 산과 숲이 아닌가! 이제 우리 모두 숲의 소리에 귀 기울이자.

상도동 국사봉에 올라 북동쪽을 살펴보면 서울은 축복받고 있다고 느낀다. 세계 주요 도시 어디를 가 보아도 서울처럼 크고 작은 산들로 둘러싸여 있는 곳은 없다. 어느 날부터인가 나는 세계의 대도시 가운데 주위에 아름답고 웅장한 산들로 둘러싸인 은혜의 땅 서울 찬가를 부르기 시작하였다. 서울은 중앙에 남산이 자리잡고 있고, 안으로 북악산, 남산, 인왕산, 낙산이 멋지게 연결되어 있고 밖으로 북한산, 아차산, 덕양산, 청계산, 관악산으로 크게 연결되어 있어 세계에서 가장 아름다운 산도시다. 이렇게 서울 산들은 큰 산, 중간 산, 작은 산들이 서로 균형과 조화를 이루며 안정감과 즐거움을 준다. 서울의 안과 밖의 산들은 모두 아름다운 숲을 가지고 있다.

　서울은 북방 대륙세력인 중국과 러시아, 남방 해양세력인 일본과 미국 사이의 불안한 지정학적 위치에서 기묘한 균형을 이루고 있다. 서울의 산들이 이 모든 것의 중심에서 평형추 역할을 하고 있다. 우리는 이 산들을 끊임없이 가꾸고 돌보아 산에 나무들이 계속 번성하여 거의 성스러운 숲을 이루게 만들어 내야 한다. 그런 다음 우리는 이제 이 산과 숲이 내는 소리를 경청하자.

　우리는 크고 작은 산들이 품고 있는 다양한 숲의 노래와 소리를 들어야 한다. 숲들이 우리에게 말하는 것은 무엇인가? 바람을 맞으면 숲의 나무들은 잎사귀를 흔들며 춤을 춘다. 나무들은 자연의 수금竪琴이 되어 바람이 지나가면서 아름다운 음악도 만들어 낸다. 숲의 다양한 노래와 소리는 무엇을 말해 주고자 할까? 이제 지구의 명실상부한 주인이 된 인간이란 동물만이 판치게 된 인간세人間世 시대에 만물의 생명 공동체인 지구에 대한 인간이란 동물의 사명과 책무를 전하리라.

산과 숲은 근대 산업혁명 이래 천민자본주의에 토대를 둔 무자비한 발전 신화에 완전히 중독된 우리에게 해독제를 제시하고 있다. 브레이크가 고장나 미친 듯이 달리는 개발지상주의에서 벗어나 탄소 과소비의 현대 인간 문명을 지금 당장 중지해야 한다고 경고하는 소리가 아닐까? 나는 오늘도 베란다 밖으로 펼쳐진 작은 국사봉의 작고 예쁜 숲의 소리를 들으면서 우리가 생태환경의 절대위기 속에서 어떻게 해야 할지를 생각하고 있다.

08. 비판적 페다고지

브라질의 대중교육가 파울로 프레리(1921~1997)의 대표 저작은 『억압받는 사람들의 페다고지』(1970)다. 20세기 최고의 진보적 교육이론가인 이반 일리치가 "진정으로 혁명적인 페다고지"라고 평가한 이 책은 지금까지 20개 이상의 언어로 번역되어 50여 만 부 이상이 팔렸고, 각 분야에 엄청난 영향을 끼쳤다. 특히 비판적 언어교육에 관심을 집중시켰던 프레리의 예에 따라 전 세계적으로 언어 교육, 제2언어 교육, 외국어 교육, 문화 교육 등에 많이 원용되고 있다.

그렇다면 『억압받는 사람들의 페다고지』가 지닌 장점은 무엇인가? 프레리가 브라질과 칠레에서 실제로 행했던 1960~1970년대 성인 문맹자 교육의 체험을 토대로 한 이 책은 시공간적 제약을 뛰어넘어, 끊임없이 변용되어 특정 시공간에서 새로운 통찰력과 새로운 모델을 제시한다. 그것은 시대와 지역을 초월하여 프레리가 겪은 증오, 억압, 불평등, 착취, 폭력, 위험, 권력, 자본, 기술 등이 야기한 '침묵의 문화'가 '이미 언제나' 하나의 실제 상황으로 존재하기 때문이다.

억압받는 사람들이 해방 투쟁을 벌이는 억압된 현실은 출구가 없는 닫힌 세계가 아니라 그들이 바꿀 수 있는 제약된 상황일 뿐이다. 이러한 인식을 심어 주기 위해서 교육(페다고지)이 필요하다. 이 교육은 '비판의식critical consciousness'을 심어 주어야 한다. 이것이 바로 '비판적 페다고지'다.

　여기서 핵심어는 '비판적'이라는 말이다. 억압받는 사람들은 현실을 비판적으로 대면해야 하는데, 그것은 오직 '비판적 개입'만이 객관적 현실을 변형시킬 수 있기 때문이다. '비판적 사고critical thinking'을 강조하는 프레리는, 그것이 "세계와 사람들 사이에서 분리할 수 없는 연대감을 찾아내고, 그들 사이의 이분법을 허락하지 않으며, 현실을 하나의 정태적인 실체가 아닌 과정과 변형으로 인식하고 비판적 사고 자체를 행동과 분리하지 않고, 위험을 두려워하지 않으면서 시간성 속에 지속적으로 참여하는 것"이라고 부연 설명한다.

　이와는 대조적으로 '순진한 사고naive thinking'라는 개념은 역사의식이 결여되어 있고 현실을 정상적이고 당연한 것으로 받아들여 유지시키는 것으로 보았다.

　프레리에 따르면 인본주의적이며 해방의 교육인 억압받는 사람들의 페다고지는 두 단계를 거친다. 첫째, 억압받는 사람들은 억압 세계의 베일을 벗고 실천을 통해 변혁 작업에 참여한다. 억압의 현실이 변혁된 둘째 단계에서는 이 페다고지가 억압받는 사람들만의 것에서 벗어나 지속적인 해방 과정 속에서 모든 사람들의 페다고지가 된다.

　이런 해방 교육을 구체적으로 실천하기 위한 방편으로 프레리는 우선 '대화주의 교육dialogic education'을 주창한다. 대화주의 교육에서는 교사와 학생 모두가 억압하는 현실을 폭로하고 비판적으로 인식한다. 뿐만 아니라 그 지식을 재창조하는 과업에서도 교사는 주체, 학생은 객체로 행동하는 것이 아니라 두 사람 모두 주체가 되어 공동의 성찰과 실천을 수행한다. 이것이 바로 프레리의 페다고지 이론의 핵심이다.

교사-학생 간의 관계를 논하면서 프레리는 학생과 교사가 서로 의사소통을 하지 않고, 일방적으로 교사가 지식과 정보를 주고 학생들은 단순히 그것을 받아들여 기억하고 반복하는 방식을 '은행식banking 교육'이라고 불렀다. 이 교육에서 지식은 잘 아는 사람이 모르는 사람들에게 주는 선물에 불과하다. 그러나 프레리는 지식이란 발명과 재발명을 통해서만 구성되고 사람들이 세계 속에서, 그리고 서로에게 추구하는 불안하고 지속적이며 희망적인 물음을 통해서만 형성되는 것으로 생각한다. 따라서 은행식 교육의 병폐는 학생들의 창의력을 극소화하거나 폐기시켜 그들을 비판적이 아닌 순응적인 사람으로 만들고, 폭로되거나 변형되는 것을 원하지 않는 억압자들의 이익에 봉사하도록 만든다는 점이다. 억압으로부터의 해방원리는 억압받는 사람들이나 주변부 타자들을 비정상적인 사람이나 무능력자로 간주하여 기존 사회의 억압구조에 그들을 통합시키고 적응시키는 것이 아니다. 사회구조 자체를 바꾸는 일인 것이다.

이런 측면에서 볼 때 기존의 학생과 교사가 보이는 모순 관계는 재조정되고 해결되어야 한다. 다시 말해 그것은 변화되어야 한다. 과거의 사회와 교사는 학생을 채우기만 하는 과정에 참여시키므로 교육받은 학생을 세상에 적응하기 쉬운 인간으로 만든다. 그러나 개인은 단순히 세계 속에 있는 것이 아니라 세계(사회)와 다른 사람들(교사)와 함께 있는 것이다. 이제 학생과 교사는 지식이나 이론을 공통으로 생산하는 관계를 형성해야 한다. 이렇듯 교사와 학생 간의 관계는 '대화'적이 되어야 한다. 프레리는 '대화'의 다섯 가지 조건으로 사랑, 겸손, 믿음(신뢰), 희망, 비판적 사고를 든다.

다음으로 프레리가 해방 교육의 실천을 위하여 중요하게 생각하는 것은 '문제 제기 교육problem-posing education'이다. 해방 교육은 은행식 교육을 완전히 거부하고 학생들을 현실 세계의 여러 가지 문제에 개입시키고 참여시켜서 문제 제기를 통해 이루어지는 것이다. 해방 교육은 지식이나 정보를 단순히 전달하는 작업이 아니고 인식과 통찰력을 주는 행위다. 문제 제기 교육은 은행식 교육의 수직적 관계를 깨고 교사-학생의 관계를 대화적 관계로 재정립함으로써 자유의 실천으로서의 해방 교육의 기능을 실천한다. 대화를 통해 '학생들의 교사'와 '교사의 학생들'은 사라지고 새로운 관계가 만들어진다. 교사는 단순히 가르치기만 하는 것이 아니라 학생들과 함께 배우고, 학생들도 일방적으로 배우기만 하는 것이 아니라 다른 학생들은 물론 교사와 함께 연구하고 배운다. 이처럼 문제 제기 방법은 교사-학생의 활동을 이분화하지 않는다. 학생들은 얌전하게 듣기만 하는 것이 아니라 대화를 통해 교사의 비판적인 공동 탐구자가 된다.

은행식 교육은 학생들의 창조력을 마비시키고 금지시켜 의식이 수면 위로 떠오르지 못하게 계속 물밑에 가둔다. 그러나 문제 제기 교육은 현실을 끊임없이 폭로하고 의식을 수면 위로 부상시켜 현실로의 비판적 개입을 독려한다. 은행식 교육은 대화를 거부하면서 현실을 신비화하고 사실을 은폐하지만, 문제 제기 교육은 대화를 현실 인식의 필수 요소로 간주하고 현실과 진리를 탈신비화한다. 은행식 교육은 학생을 교육의 대상으로 취급하나 문제 제기 교육은 학생들을 비판적 사색가로 만든다.

페다고지의 세 영역은 기존의 방식을 습득하도록 훈련시키고 후세에 전달하는 전수 모형, 기존의 지식 생산 방식과 전달 체계를 반성하고 비판하는 변형 또는 비판의 모형, 그리고 새로운 지식을 생산하고 이론을 실천적으로 창출하는 생성 모형이다. 이 세 모형은 단계적으로 수행되는 것이 아니라 거의 동시에 또는 상호 침투적으로 수행되어야 한다. 그러나 현 단계에서 공적 지식인으로서의 문학 교수들에게 중요한 것은 중간 단계인 비판적 모형(비판적 페다고지)이다. 중간 단계라고 말하는 까닭은 그것이 전수 모형과 생성 모형을 연결하는 중요한 연결 고리이기 때문이다.

그러나 우리는 결국 세 모델을 역동적으로 통합하는, 변혁과 희망의 페다고지를 추구해야 한다. 그러기 위하여 우리는 스스로를 문학 교육을 통해 용기와 인내로 문학의 힘을 재활성화하여 타자와 소수자까지도 돌보는 마음, 그리고 자신을 비판하는 안목을 겸비한 새로운 21세기 '지혜의 페다고지'로 전화시켜야 한다.

09. 노래로 저항시를 쓴 밥 딜런

"엘비스가 우리의 육체를 해방시킨 방식으로, 딜런은 우리의 정신을 해 방시켰다." - 브루스 스프링스틴(미국의 록가수)

들어가며 : 시(문학)와 노래(음악)는 자매예술

시의 고향은 노래다. 시는 오래전에 노래를 떠나 유목민이 되었다. 시는 글자의 감옥에서 오래 살다가 벙어리와 귀머거리가 되었다. 시는 눈이 지배하는 고요한 시각視覺의 지대를 떠나 이제는 입으로 노래하고 귀로 듣는 청각의 정원으로 나오고 싶어 한다. 여기에 55년 이상 노래 로 시를 읊는 시인-가수가 등장했다. 그는 우리 시대의 시를 노래로 부 르는 음유시인 밥 딜런(1941~)이다. 딜런은 한 시대를 저항하고 다른 세계를 꿈꾸는 유목민이다. "미국 음악의 전통에서 새로운 시적 표현을 창조"한 공로로 밥 딜런은 지난해 노래하는 시인으로, 시 쓰고 노래하 는 가객歌客으로 처음 노벨문학상을 수상하였다.

딜런이 음악으로 시적 성취를 이룬 것에 대해서는 오래전부터 인 정되어 왔다. 1997년부터 딜런은 노벨문학상 후보군에 들어 있었다. 2008년에는 퓰리처상 심사위원회에 의해 "놀라운 시적 힘을 가진 서 정적 작법으로 특징지어진 대중음악과 미국 문화에 끼친 심대한 공로" 로 특별상을 받았다. 딜런은 대중가수로 "위대한 시인, 신랄한 사회비 평가 그리고 1960년대 미국의 반문화운동 정신"의 기수로 추앙받아

왔다. 딜런을 통해 (영미)시와 (미국 대중)음악이 하나가 되었고 '노래, 즉 시' 또는 '시, 즉 노래'의 새로운 시대를 활짝 열었다. 이 짧은 글에서 필자는 대중음악이라는 단순한 노랫말이 아니라 시詩, 즉 문학 텍스트로 읽어 보는 것이다. 딜런은 세계 문학사에 시인으로 남을 것이다.

그러나 아무리 그의 노래를 시로 읽는다 해도 노래의 음악적 요소를 제거하는 이러한 독법은 확실히 한계를 드러낼 것이다. 여기에서 필자는 딜런의 1960년대 중반 널리 알려진 저항시 3편의 읽기를 통해 밥 딜런의 시인으로서의 면모가 일부나마 밝혀지기를 기대한다.*

밥 딜런의 '노래, 즉 시' 감상의 어려움 : '보기'와 '듣기'의 문제

딜런의 노래 가사를 시로 읽을 때의 난점은 독자들이 귀가 아니라 눈으로 읽을 수밖에 없다는 점이다. 가장 이상적인 것은 독자가 이 글에 제시된 딜런의 '노래, 즉 시'를 CD로 들으며 이 글을 읽는 것이다. 그러나 모든 가사는 당연히 영어로 되어 있어서 쉽지 않다. 여기에는 지면 관계상 영어 원문을 싣지 못했다. (CD에 영문 가사가 첨부되었기를 바랄

---

* 딜런의 '노래, 즉 시'의 뿌리는 영미문학에서 찾을 수 있다. 여기서는 시인 2명이 중요한데 한 명은 영국의 변방 웨일즈 출신의 요절한 천재시인 딜런 토마스(1914~1953)다. 밥 딜런은 그의 본명 로버트 알렌 짐머만을 버리고 딜런 토마스의 이단아적인 문학정신을 이어받고자 자신의 성姓을 딜런Dylan으로 바꾸었다. 팝 가수 딜런은 시인 딜런처럼 숙명적으로 타고난 시인이었다. 밥 딜런의 두 번째 문학적 스승은 1950년대 미국의 비트세대와 1960년 반문화운동의 기수이며 시인이었던 알렌 긴즈버그(1926~1997)다. 어떤 의미에서 딜런의 시적 뿌리는 이보다 더 거슬러 올라가 영국 낭만주의 시대 신비주의 시인 윌리엄 블레이크와 미국 낭만주의 시대의 민주주의 시인 월트 휘트먼까지 거슬러 올라갈 수도 있을 것이다.

뿐이다.) 그리고 혹 딜런의 노래를 직접 들으면서 필자의 글을 읽는다 해도 딜런의 노래가 우리가 흔히 알고 있는 감미롭고 쉽게 들리는 팝송 이 아니라는 점이다.

딜런은 시를 낭송하듯이 웅얼거리기도 하고 도대체 시원하게 확실한 가창력을 보여 주지 않는다. 그는 같이 연주하는 밴드가 있지만 주로 자신이 기타 또는 간혹 가다 피아노나 하모니카나 드럼을 치면서 쉽지 않은 메시지가 담긴, 때로는 상징과 비유로 가득한 난해한 시를 낭독하 기 때문에 듣기에 즐겁지만은 않다. T. S. 엘리엇의 「황무지」 같은 난해 하고 긴 시를 기타를 치면서 낭송한다고 상상해 보라. 엘비스 프레슬리, 비틀즈, 셀린 디온같이 신나고 즐겁다고 생각하면 안 된다는 말이다.

밥 딜런에게 접근이 쉽지 않은 또 다른 이유는 1961년부터 지금까지 55년 이상 꾸준히 '노래, 즉 시'를 짓고 작곡하고 연주하고 노래를 부르 는 싱어송라이터 딜런이 끊임없이 장르와 창법을 바꾸어 가며 항상 새 롭게 자신만의 노래를 부르기 때문이다. 그는 어쿠스틱 기타(통기타)를 들고 포크송에서 시작하지만 다시 일렉트릭 기타를 가지고 포크 팝이 라는 새로운 장르를 개척하고 거기에 컨트리와 로큰롤까지 혼합해서 불러왔다. 필자도 수년 전 서울 올림픽 체조경기장에서 있었던 딜런의 한국 공연에 참석했었는데, 필자가 전에 들었던 노래 양식과 많이 달라 져 가수가 정녕 밥 딜런인가 의아스러울 정도였다. 그것은 필자가 밥 딜런의 노래들을 상당 기간 듣지 못했기에 당연한 결과였다.

오늘 우리의 목적은 그의 노래를 시로 읽어 보는 것이다. 이것은 물론 상당할 정도로 가능하다. 눈으로 시를 읽는 데 습관이 되어 버린 필자가 그의 노랫말(가사)을 보면 그것은 곧 시 '노래=시'임을 알 수 있었다. 그것은 분명 앞서 지적한 바와 같이 형식과 내용에 있어서 다분히 실험적이기도 하고 난해하기도 한 분명한 현대 영미시다. 밥 딜런은 미국에서 문자文字로 된 시집을 내어 시인으로 등단하는 통념을 깨고 기타와 하모니카를 들고 반주하며 암송하듯 낭독하듯 노래하는 현대판 음유시인이다.

딜런은 더욱이 영문학과에서 시로 박사학위를 받아 대학교수가 되어 시를 분석하고 연구하고 가르치는 일도 결코 원치 않았다. 그는 눈을 들어 입과 귀를 사용하는 '청각적 상상력'을 내세우며 '노래하는 시인', '시를 노래하는 가수'가 된 것이다. 딜런은 지난 20여 년 동안 전 세계를 누비며 2,000회 이상의 '네버엔딩 투어'를 계속해 왔다. 그는 진정한 의미의 시를 노래하는 유목민으로 원래 시와 음악이 하나였던 시대를 고도 전자시대의 다양한 매체를 통하여 현대에 다시 재현시키고 있다. 어떤 의미에서 딜런은 눈과 시각에 영영 갇혀 버린 읽기용 시詩를 말하고 듣는 노래를 통하여 살아 있는 시로 해방시킨 것이다. 이에 뒤늦게나마 스웨덴의 노벨상위원회도 문자시를 소리시로 바꾼 밥 딜런의 특별한 업적을 인정한 것이다. 모든 시는 음악의 경지를 동경한다고 하지 않았던가?

딜런의 초기 '노래, 즉 시' 몇 편 '읽기'

밥 딜런의 대표적인 초기 노래 「불어오는 바람 속에Blowing in the Wind」 (1963)의 3연 중에서 1연과 3연만을 읽어 보자(아니, 노래를 들어 보자).

얼마나 많은 길을 걸어야

한 인간은 비로소 사람의 도리를 알 수 있을까?

그래, 그리고 얼마나 많은 바다 위를 날아야

흰 비둘기는 모래 속에서 잠이 들까?

그래, 그리고 얼마나 많이 하늘 위로 쏘아올려야

포탄은 영영 사라질 수 있을까?

그 대답은, 나의 친구여, 바람 속에 불어오고 있지

대답은 불어오는 바람 속에 있네

......

얼마나 자주 위를 올려다봐야

한 인간은 비로소 하늘을 볼 수 있을까?

그래, 그리고 얼마나 많은 귀가 있어야

한 인간은 사람들 울음소리를 들을 수 있을까?

그래, 그리고 얼마나 많은 죽음을 겪어야

한 인간은 너무나도 많은 사람이 죽어 버렸다는 걸 알 수 있을까?

그 대답은, 나의 친구여, 바람 속에 불어오고 있지

대답은 불어오는 바람 속에 있네.

- 『밥 딜런 : 시가 된 노래들 1961~2012』 문학동네, 황유원 옮김, 121쪽, 이하 동일

이 유명한 노래는 1963년에 발간된 『자유분방한 밥 딜런』이란 그의 두 번째 앨범에 들어 있다. 여기서 딜런은 이미 단순한 대중적인 싱어송라이터가 아닌 시인으로서의 면모가 드러난다. 이 곡은 앞서 지적한 1960년대 미국의 반문화운동이 한창이던 때 원조 포크 가수 우디 거스리와 저항시인 알렌 긴즈버그가 밥 딜런 안에서 만난 격이었다. 이 앨범을 통해 딜런은 반문화운동에 강력한 서정적 사회성을 불어넣음으로써 시대정신의 기수로 젊은이들의 우상이 되기 시작했다.

딜런의 초기 시에 해당되는 이 노래는 노랫말이 비교적 단순하고 메시지도 분명하다. 1960년대 미국의 천민자본주의에 토대를 둔 물질만능문화, 흑인 등 소수민족 억압, 성적 소수자들 차별, 월남전 반대, 환경생태계 파괴 등 문명사적인 문제들에 대하여 딜런은 시와 노래로 참여하고 비판한다. 딜런은 1연 첫 행부터 사람됨인 인성人性의 중요성을 노래하는데, 전쟁이 아닌 평화, 위로 하늘 쳐다보기, 주변부 타자들에 대한 공감적 상상력 등을 강조하고 있다.

각 연의 후렴으로 반복되고 있는 "그 대답은, 나의 친구여, 바람 속에 불어오고 있지/ 대답은 불어오는 바람 속에 있네"는 동시에 두 가지 의미가 있다. 그 대답은 바람이 불어오듯 너무 잘 알고 있다는 것과 동시에 바람같이 쉽게 망각된다는 사실이다. 이러한 아이러니가 주는 긴장

이 이 '노래, 즉 시'의 요체다. 어디에나 있으나 어디에도 없는 것 같은 바람(공기)처럼 말이다. 깊은 철학적 성찰과 문명, 사회비판적 공명을 지닌 이 노래 「불어오는 바람 속에」가 시가 아니라면 과연 무엇이 시란 말인가?

이번에는 밥 딜런 초기의 대표적인 긴 노래 「구르는 돌처럼Like a Rolling Stone」(1965)의 후반부를 읽어 보자.

뾰족탑 안 공주와 모든 예쁜 사람들
자신들이 성공했다는 생각에 빠져 실컷 퍼마시고 있네
온갖 값비싼 선물과 물건을 주고받으며
하지만 너라면 다이아몬드 반지 하나 집어들고서
전당포에나 맡기는 게 나을 거야
넌 누더기 걸친 나폴레옹과
그가 쓰던 말투에 정말 즐거워하곤 했지
이제 그에게 가 봐, 그가 널 불러, 넌 거절할 수 없을 거야
가진 게 없으면 잃을 것도 없지
이제 넌 투명인간이나 마찬가지야, 네게는 감출 비밀조차 없어

기분이 어때
기분이 어때
사방 어디에도 돌아갈 집 없이

혼자가 된 기분이?

완전히 무명인처럼

구르는 돌처럼 (399쪽)

　세속적으로 성공한 수많은 잘난 체하는 사람들 사이에서 살기란 쉬운 일이 아니다. 이 "허영의 시장"에서 딜런은 우리에게 "구르는 돌처럼" 주변부 타자로 떠돌이 유목민이 되기를 기대한다. "사방 어디에도 돌아갈 집 없이/ 혼자가 된 기분이?"는 우리를 "가진 게 없으면 잃을 것도 없"는 "완벽한" 존재로 만든다. 13세기 유럽의 성 색소니는 말하길, 세상에 한 곳의 고향을 만드는 사람은 '상냥한' 사람이고, 어딜 가든지 고향을 만드는 사람은 이미 '강한' 사람이고, 이 세상에 아무런 고향도 만들지 않는 사람은 '완벽한' 사람이라고 언명했다. 이 풍진 세상에서 "돌아갈 집이 없다"는 것은 소유, 명예, 지위에 대한 집착을 버리고 "완전히 무명인처럼 구르는 돌처럼" 정착하지 않고 나그네처럼 살다가 깃털처럼 가볍게 하늘로 날아올라 천사들이 사는 별들의 고향으로 비상하는 것이 아닐까?

　필자는 최근 이 노래를 새 음반으로 다시 들었다. 딜런의 노벨상 수상을 기념하여 1966년 5월 26일 영국 런던의 로얄 알버트 홀 콘서트 실황 녹음을 50년 만인 2016년에 제작하여 출시한 CD를 통해서였다. 시가 노래로 음악으로 이렇게 아름답게 공연될 수 있구나 하는 생각이 들었고, 동시에 노래가 시가 되어 이렇게 멋지게 낭송될 수 있구나 하고 다시 한번 감탄했다. 천재 음유가객 밥 딜런만이 해낼 수 있는 시와 노래의 신비스러운 만남이다.

나가며 : 밥 딜런의 노벨문학상 수상의 의미

밥 딜런은 2016년도 노벨문학상 수상자로 선정되었을 때 즉각적인 반응을 보이지 않았다. 수상에 열광하거나 감사의 말을 꺼낼 그가 아니었다. 당시 76세인 딜런은 자신의 비판적인 서정시인-팝가수로서의 위치와 입장을 더 지키고 싶었을 것이다. 한참 후에야 영광이며 기쁨이라는 감사의 말을 간략하게 내보냈다. 그러나 오래전 선약 때문이라며 결국 수상식 참석은 거부했다. 어찌 보면 밥 딜런의 이러한 태도가 지나치게 오만하다고 비판할 수도 있겠지만, 전 세계를 누비며 지금까지도 지속적으로 공연하는 음유시인 딜런은 노벨문학상 수상으로 자신의 시와 음악이 어떤 정점에 다다랐다고 규정하려는 생각을 경계했을 것이리라. 딜런은 끝까지 세계 최고의 문학상인 노벨문학상과 미적 거리를 유지함으로써 자신의 시와 음악의 세계를 어떤 범주 속에 규정짓지 않도록 영원히 살아남게 만들려 하는 것이다. 그는 앞으로도 이 세상에 정착지를 만들지 않고 목숨이 다할 때까지 영원한 유목민으로 살아갈 것이다.

우리는 시인-가수 밥 딜런의 노벨문학상 수상에서 어떤 것을 배울 것인가? 우선 장르의 혼합이다. 필자가 앞서 지적한 것처럼 노래와 시는 원래 하나의 자매였다. 그 후 분과예술 장르로 분리되어 시는 문학으로 문자로 떠났고, 노래는 음악으로 소리가 중심이 되었다. 시는 소리를 내는 낭독에서 주로 눈으로 읽는 문자시로 변형되었다. 오늘날 일부 시는 난해해져 해독 작업 없이는 이해하기도 어렵게 되었다. 노래도 노랫말(가사)의 문학성보다 음악성만으로 기울었다. 오늘날 일부 노래는 서정성이나 서사성이 약화되어 가고 있다. 그러나 이제 가사(시)와 노래(음악)가 융복합되어 시각적 상상력과 청각적 상상력이 협력하여 우리의 혼을 효과적으로/정서적으로 울리는 시적 감수성과 음악적 감수성이 하나가 된 것이다.

시인들은 시를 소리 없는 문자에서 해방시켜 음악적으로 접합시켜 진정한 예술적 승화의 경지로 끌어가야 한다. 가수나 작곡가들도 좀 더 시적이고 문학적인 감동을 고려해야 한다. 이제 분리된 예술 장르들은 종합예술로 거듭나야 한다. 시와 그림(회화)의 관계에서도 시는 말하는 그림이 되어야 하고, 그림은 노래하는 시가 되어야 한다. 음악이 그림이고, 그림이 음악이 되고 시가 음악이 되고 음악이 시가 되는 행복한 시공간의 놀이터가 된다면 얼마나 좋을까? 밥 딜런의 노벨상 수상 연설문의 한 구절로 이 글을 마무리한다 :

"노벨문학상 수상으로 '내 노래는 문학인가' 하는 물음을 처음으로 던져 보았습니다. 이 질문에 대한 값진 대답을 준 노벨문학상위원회에 감사드립니다."

10. 음악 들으며 부른 노래(시) : 바흐의 바로크 오라토리오를 들으며 코로나 이겨 내기

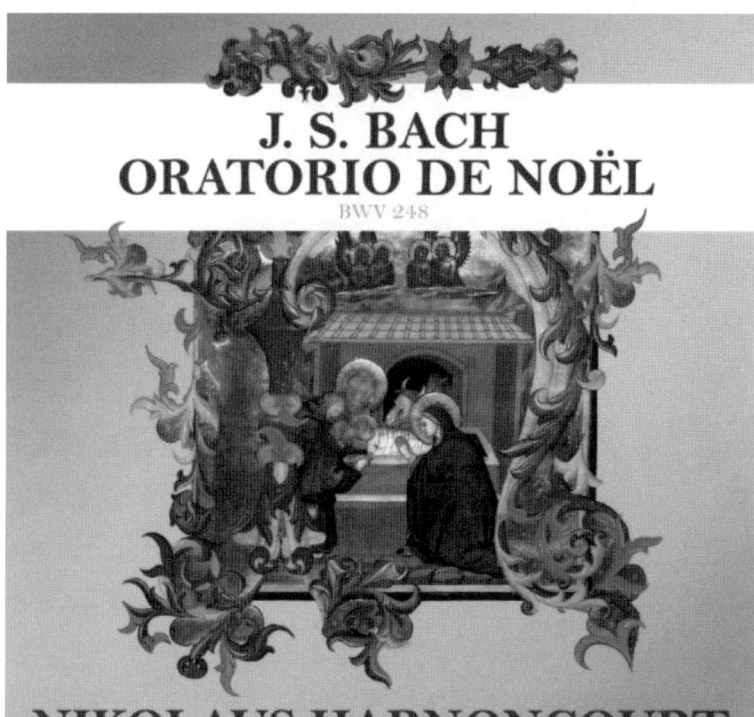

1.

2023년 7월 26일 오전 8시45분 무렵
나는 코로나 확진 판정을 처음 받았다

전날 저녁부터 감기몸살 기운이 시작
지난 20년 이후 처음 있는 일이었다

딸아이 성화에 못이겨 다음날 아침
설마하고 동네 가정의원을 찾아갔다

그때 전국적으로유행하던 독감검사와
3번 백신 맞고 자신 있던 코로나 검사를 했다

처음엔 믿기지 않고 그저 어안이 벙벙하기만
코로나 끝물에 질병 등급도 곧 내려간다던데

5일간 자가격리 지시받고 의사 처방전 들고
약국 가서 3일치 약 받으니 이젠 확실하였다

약사가 위로하는 말로 한번 걸려 면역력

얻는 것도 크게 나쁜 일은 아닐 것이라고

요즘 코로나는 이전과 달리 순해졌지만
변종 코로나지만 역시 코로나지요

집에 와서 양성반응 나왔다 전해 주니
가족들 놀라면서 모두 수심에 싸였다

화장실 딸린 안방을 자가격리처로 정하고
질병청에 등록된 정식 코로나 환자가 되었다

2.

첫 회분 약 먹고 한바탕 낮잠 자고 일어나니
약간 아프고 거북하던 목도 기침도 없어졌다

일단 안심이 되어 5일간 어떻게 지내야 하나
고심하다가 그동안 계속 숙제로 미루어 왔던

바흐의 오라토리오를 연속으로 듣기로 하고
우선 3시간짜리 마태 수난곡을 골랐다

5일 동안 가족들이 문 안으로 밀어 넣어 주는
음식과 간식을 먹으며 거실 출입도 못하였다

창살 없는 감옥에서 속절없이 수인 되니
이 기괴한 상황에서 누구를 탓할 수 있으랴

마태 수난곡은 모두 8개 부분으로 나뉜다
첫 곡은 '예수님 베타니에서 기름부음' 받고

둘째 곡부터 '최후의 만찬', '게세마네 동산에서'
'거짓 증언자', '가이야와 빌라도의 심문',

'예수님 인도과 매질', '십자가에 못박히심'
마지막 곡은 '매장'으로 끝나지만 등장하는

바로크 오케스트라와 지휘자의 열정과
테너, 소프라노 등 가수들의 열창도 놀랍다

독일어 가사여서 전혀 알아듣지 못해
답답하나 200분간 공연은 지루하진 않았다

3.

하룻밤 넘기고 나니 괜한 걱정했나 싶다
옛날 코로나와 지금 코로나는 다른 것인가

목이 약간 칼칼하고 헛기침이 간혹 났기에
오진 아니었나 하는 헛생각마저 들기도 했다

두 번째 곡은 크리스마스 오라토리오
모두 4부로 구성된 성탄절 단골 메뉴다

1부는 성탄절 첫날, 2부는 성탄절 둘쨋날
3부는 성탄절 셋째날, 4부는 새해 날이다

마태 수난곡과 달리 예수님 탄생의 기쁨과
새해 희망이 넘치는 역동적인 음악이다

둘째 밤도 무사히 넘기고 3일째를 맞았다
오늘 들으려 하는 곡은 요한 수난곡이다

이 곡은 6부로 되어 있다 배신과 잡히심,

부인, 심문과 매질, 저주와 십자가형, 매장

바흐는 경건하고 신실한 그리스도인이었다
4복음서 모두에 대해 수난곡을 지었으나

남아 있는 곡은 마태와 요한 수난곡뿐이라
마태 수난곡과는 또 다른 무엇인가가 있다

두 곡의 차이를 꼭 집어내기 어렵다
음악에 명민하지 못한 내 귀가 문제라

몇 번 들으면 내 둔감한 귀도 알아차릴까
아니, 내 믿음이 바흐에 못 미친 탓이리라

4.

셋째 밤도 잘 넘기고 4일째를 맞는다
오늘은 두 시간짜리 B단조 매스(예배)를 들었다

이 곡은 모두 5개 부분으로 나뉜다 키리,
글로리아, 크레도, 상투스, 아그누스 데이

이 곡을 연주하는 오케스트라 단원들과
이름 모를 성악가, 코러스 단원에게 감사할 뿐

모두 바로크 시대 고악기들로 연주하니
고아함과 낯선 선율들 숭고하기만 하다

전 지구적 유행 역병 코로나 감옥에서
바흐의 오라토리오는 나를 구원하였다

바흐를 집중해 들으니 새로운 전율 느껴
위대한 음악의 힘으로 코로나 벗어나네

바로크 음악은 신고전주의 음악이나
낭만주의 음악과 달리 내 혼을 울린다

코로나 끝내고 서양 음악의 아버지 바흐
바로크 음악의 천재 나는 두 팔로 포옹한다

11. 그림 보고 그린 그림(시) : 클림트의 여인들

「여성의 세 시기」(1905)

클림트의 여인들 2

어떤 사람은 그림이 시라고
다른 사람은 시·서·화는 같은 것이라고

그러나 시는 이미 그림
렘브란트는, 전근대
모네는, 근대
화가 프란시스 베이컨은, 탈근대

구스타브 클림트는
전근대 – 근대 –탈근대를 잇는다
클림트의 여인들은, 상상력의 행복한 사냥터
모방과 재현의 해묵은 예술을 타고넘어
표현과 창조라는, 낯선 몽상의 포구에
닻을 내린다

「키스」(1907)

클림트의 여인들 7

환상과 쾌락
예술은 정열에 불타는 음탕한 눈동자인가?
욕정에 헤쳐진 입술인가?
욕망의 혀를 날름거리는 음순인가?
나선형 원들이 사방에서 모여들면서
무서운 아름다움이 신비로운 젖가슴을 드러낸다

여인은 출렁거리는 물뱀
요염한 자세로
시詩는 뜨거운 접문接吻을 꿈꾼다
접문은 삼라만상을 잉태하는 조화의 실마리
관음은 꽃뱀처럼 화려하고
정욕은 해바라기처럼 아름답다
시詩적 관능이 접목된다

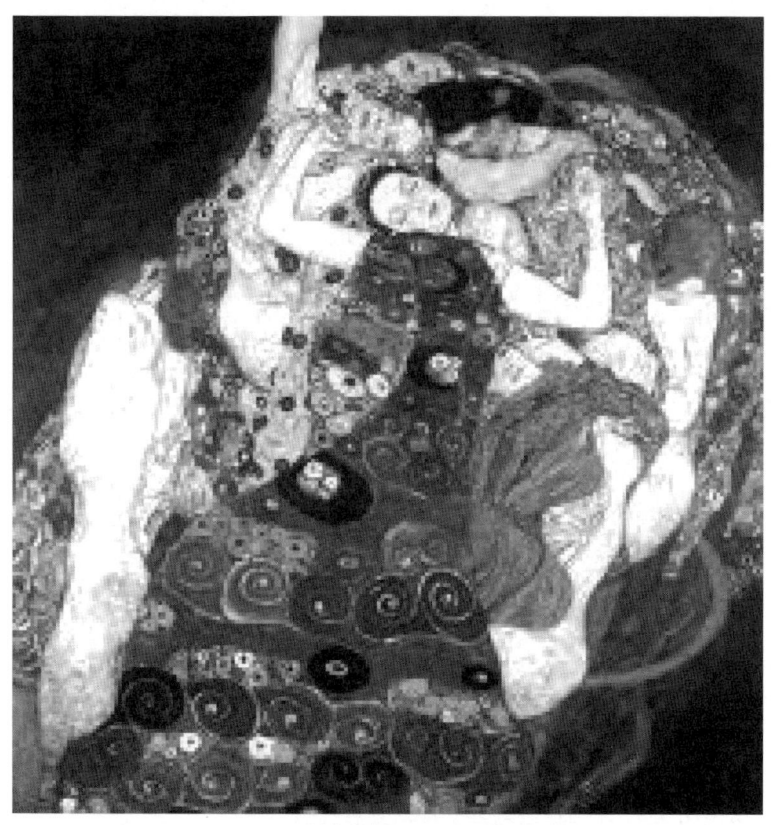

「처녀」(1913)

클림트의 여인들 8

녹색으로 우거진 빨간 지붕 아래
금빛 머리 여인과 검정 머리 여인들이
포개져 나신으로 잠들어 있다
나란히 손을 잡고 원초적 비행을 꿈꾼다
창조적 환상은, 미완의 원초적 관능
선과 악의 경계선이 허물어진다

무위자연의 가장 성스러운 형상인 여체
원초적 관능은
풍요로운 여성의 자태에서 현현된다
아름다움은 폭력성으로 태어난다
여체의 신비는, 궁극의 시詩적 원리

VIII

번역의 이론과 실제

01. 대화번역론

번역 과정에서 생각에 몰두하다 보면 절충과 조화라는 유령이 반드시 나타난다. 그러나 중도中道보다 어려운 게 어디 있단 말인가? 번역에서 중도란 무엇인가? 가능하기나 한가? 중도란 어중간한 지점에서 엉거주춤한 행동을 취하는 것이 결코 아니다! 번역가로서 나는 이런 우울한 난관에서 돌파구를 마련하는 것이 바로 사이의 상상력이라고 믿는다.

19세기 영국 낭만주의 비평가 S. T. 콜리지는 물 위의 '소금쟁이'를 소개하며 '상상력imagination'을 대화하는 '중간능력'이라고 설명한다.

대부분 나의 독자는 작은 개천의 물 위에 떠 있는 소금쟁이가 햇볕이 잘 드는 개천 밑에, 무지갯빛으로 테를 두른 다섯 개의 반점斑點狀의 그림자를 드리우고 있는 것을 보았을 것이다. 그리고 이 작은 생물이 때로는 흐름을 거슬러 올라가는가 하면, 또 때로는 힘을 모아 좀 더 앞으로 나아가기 위한 순간의 발판을 마련하려고 몸을 흐름에 맡기면서 수동과 능동의 운동을 교대로 반복하며 개천을 거슬러 올라가고 있는 것을 보았을 것이다. 이것이 바로 사고 행위에 있어서 마음의 자기 체험의 아주 적절한 표상表象인 것이다. 확실히 여기에는 수동과 능동의 두 힘이 상대적으로 작용하고 있다. 그리고 이것은 수동적이고 동시에 능동적인 어떤 중간능력이 없이는 불가능하다. (철학적으로 말해 보면, 모든 정도와 한계에 있어서 우리는 이 중간

능력을 상상력이라고 한다.) - 『문학평전』, 김정근 옮김

여기서 능동과 수동의 중간능력은 대화 능력에 다름 아니다. 소금쟁이와 같이 번역가란 수동(직역)과 능동(의역)의 중간지대를 능란하고도 자연스럽게 오가는 것이 아닐까? 그렇게 역동적으로 대화하는 능력이 번역가에게 가장 필요한 상상력이 아니겠는가?

대화로 구축되는 중간능력은 역동적 중간지대로 이끈다. 중간지대 예찬은 19세기 미국에도 있다. 미국 문학의 아버지 랠프 월도 에머슨은 "중간세계가 최상의 세계"라고 언명하면서 그의 긴 글 「경험」에서 다음과 같이 적고 있다.

위대한 재능은 분석으로 얻어지는 것이 아니다. 좋은 것은 어느 것이나 노상路上에 있다. 우리 존재의 중간지대는 온대지역이다. 우리는 공기가 희박한 한대지역인 순수 기하와 생명 없는 과학의 세계로 비상할 수도 있고, 감각의 세계로 내려갈 수도 있다. 이 두 극단 사이에 생명의 적도, 혹은 사상과 정신과 시의 적도지대—그 좁은 띠가 자리를 잡고 있다. - 『자연』, 신문수 옮김

콜리지의 '중간능력'과 에머슨의 '중간지대' 이야기를 번역에 연계시킨다면 '대화 번역'의 특성이 잘 드러나리라고 본다. 번역 과정에서 우리는 직역과 의역 어느 한쪽으로 쏠리는 경향을 끈질기게 거부하면서,

다시 말해 정반합正反合의 변증법적 '통합'으로 쉽게 빠지지 않고 긴장과 융통의 치열한 정신으로 역동적 중간지대를 유지해야 한다.

이것은 정체에 빠지기 쉬운 중도의 논리를 또 다른 관성에 빠지지 않고 벗어나는 길이다. 역동적 중도라고나 할까? 지속적인 나선형의 상상력을 작동시키기 위해서는 출발어와 도착어 사이의 상호관계 속에서 수축과 확장의 사유를 끊임없이 반복하는 것이다. 이것은 결코 일방적이고 단선적인 작동 체계가 아니라 상호침투적인 쌍방적 관계 맺기다. 아래 그림은 번역 활동에서 나선형의 의미를 설명할 수 있다.

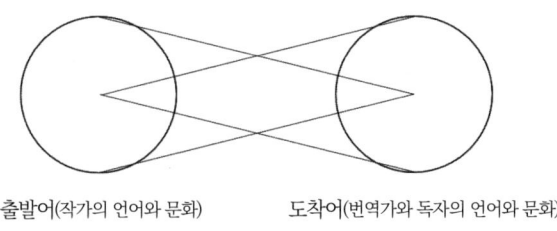

출발어(작가의 언어와 문화)　　　　도착어(번역가와 독자의 언어와 문화)

위 그림이 분명히 보여 주듯이 번역은 출발어와 도착어 '사이'의 문제이며 '상호성'의 문제다. 번역 과정은 출발어와 도착어의 집중적 협조로만 끝나는 것이 아니다. 초역이 끝나면 어떤 번역 과정이라도 도착어에서 다시 출발어로 초점을 맞추어 재조명(재초점화)한다. 이렇게 사이의 교류와 이동을 상호적으로 소통시킴으로써 번역 과정을 역동적으로 작동시킬 수 있다. 번역은 출발어에서 출발하여 도착어에 도착하면 끝나는 단순한 작업이 아니고, 도착어에서 다시 새로운 기분으로 출발어로 되돌아가는 것이다. 이런 나선형의 순환 과정에서 진정한 역동적 대화로서의 번역 과정이 원활히 수행될 수 있다. 동시에 우리가 명쾌하게 기술해 내고 있지 못한 번역 과정도 규명될 수 있을지 모르겠다.

나의 번역 작업을 도표로 표시하면 다음과 같다. 번역은 출발언어와 문화 그리고 도착언어와 문화 '사이'에 역동적 대화이기 때문에 그것을 '대화 번역Dialogical Translation'이라고 부르려고 한다.

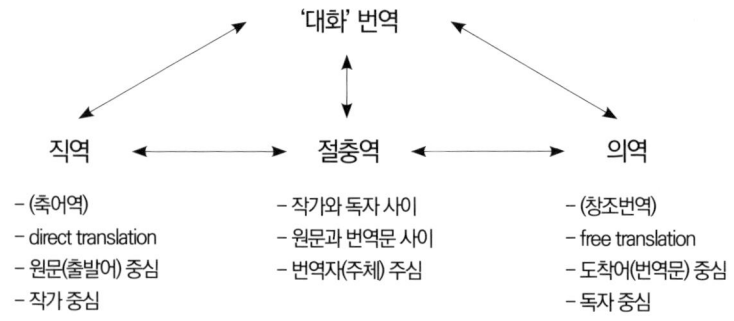

02. 루쉰 : 중역의 불가피성 또는 필요성

　오늘날 모든 번역자는 원문이 아닌 다른 언어에서 번역된 것을 번역하는 중역重譯을 절대 금기시하고 있다. 어찌보면 당연하다. 그러나 루쉰은 중역 예찬까지는 아니더라도 필요성을 역설하였다. 이것은 20세기 초 중국에서 루쉰이 번역 활동을 한 시대적 특수 상황 때문이었을 것이다. 당시 중국에는 외국 번역이 왕성하지 않았으므로(외국의 새로운 문물을 도입하기 위해서는) 될 수 있는 대로 많은 번역이 이루어져야 했고 전문번역가 루쉰의 개인적 한계도 작용했을 것이다. 그는 일본 유학 경험으로 일본어는 능통했으나 서구어 중 독일어는 사전으로 책을 읽는 수준이었고, 영어도 많이 부족했고 프랑스어나 러시아어도 읽을 수 없었다. 그래서 그는 자연스럽게 일본어 번역본과 독일어 번역본을 많이 의존할 수밖에 없었다.

　루쉰은 당시 중국 번역계에서 '중역에 대한 불만'에 대해 「경역硬譯과 문학의 계급성」(1930)이란 글에서 다음과 같이 대답하고 나섰다.

　중국에서는 일찍이 다윈과 니체를 떠들어 대다가 유럽대전이 일어나자 그들을 한바탕 크게 나무랐지만, 다윈의 저작에 대한 역서는 지금까지 고작 한 종류뿐이고, 니체는 고작 반 권뿐이니, 영어와 독일어를 배운 학자나 문호는 되돌아볼 겨를이 없었는지 아니면 되돌아볼 가치가 없었는지 한쪽으로 밀쳐 두었다. 그러므로 당분간은 남의 비웃음과 질책을 받더라도 일본어에서 중역하거나, 원문을 구해 일본어 역본과 대조하여 직역하는 수 밖에 없을 듯하다. 나는 이렇게 할 작정이며, 더 많은 사람들이 이렇게 하여 속속들이 고상한 담론 중의 공허를 메워 주기를 바라나니…. - 『루쉰전집』 6권, 51쪽

루쉰은 자신이 러시아 플레하노프의 『예술론』의 번역본을 내면서 「서문」(1930)에서 중역에 대해 감사를 표하였다.

이 책이 저본으로 삼은 책은 일본의 소토무라 시로의 번역본이다. 이미 린바이슈 씨의 번역이 있으니 새삼스럽게 번역할 필요는 없었지만, 총서 목록이 일찌감치 결정되어 있었기에 하는 수 없이 헛수고에 가까운 품을 팔 수밖에 없었다. 번역할 때에도 린 씨가 번역한 책을 자주 참고하여, 일본어 번역보다 더 나은 명사들을 채택했다. 때로 구문도 아마 영향을 받았을 터인 데다, 앞선 번역을 거울 삼아 자주 오역을 피할 수 있었으니 크게 감사드려야 마땅하리라. - 6권, 112쪽

루쉰은 당시 마르크스와 사회주의 문예이론 소개를 열심히 하였으나 러시아어를 못했으므로 그는 어쩔 수 없이 당시부터 번역의 왕국이었던 일본 번역을 저본으로 많이 사용했다.

루쉰은 1934년에 발표한 「중역을 논함」에서 본격적인 중역옹호론을 펼친다.

가장 좋기로는 한 나라의 언어를 잘 이해하는 사람이 그 나라의 문학을 번역하는 것이다. 이러한 주장은 조금도 틀린 말이 아니다. 그러나 만일 그러하다면, 중국에는 위로는 그리스 로마에서부터 아래로는 현대문학의 명작에 이르기까지 그에 대한 번역본이 존재하기 어렵게 된다. 중국인들이 이해하고 있는 외국어는 아마 영어가 가장 많을 것이고 일본어가 그다음일 것이다. 만일 중역을 하지 않으면 우리들은 그저 수많은 영미 문학작품과 일본 문학작품만을 볼 수 있을 것이다. 입센과 이바녜스는 물론이고 유행하고 있는 안데르센의 동화나 세르반테스의 『돈키호테』조차 볼 수 없게 될 것이다. 이는 우리의 시야를 얼마나 빈약하게 만드는 것인가. 물론, 덴마크와 노르웨이, 스페인의 언어에 능통한 사람이 중국에 없다는 말이 아니다. 그러나 그들은 지금까지 아무런 번역도 하지 않고 있다. 우리가 지금 가지고 있는 것은 모두 영역본을 중역한 것이다. 소련의 작품들조차 대부분은 영문에서 중역한 것이다. - 7권, 670쪽

　　루쉰은 계속해서 번역에 대한 엄격한 잣대를 잠시 유보하고 원역이냐 중역이냐의 문제보다 '번역의 질의 우수성'을 강조하였다. 그는 "원역문에 깊은 이해가 있으면서 시류를 쫓는 사람의 중역본이 때로는, 성실하기는 하지만 원문을 잘 이해하지 못하는 원역자의 번역본보다 좋을 수도 있다"라고까지 말하였다. 그러나 루쉰은 원역본을 정확하게 이해하지 못하면서 시류를 쫓아 '속성 중역본'을 내는 경우는 정말 용서할 수 없다고 단언하였다.

루쉰은 『문예와 비평』 역자 부기(1929)에서 자신이 번역한 러시아의 루나차르스키의 문예평론집 『문예와 비평』 번역은 '중역의 중역'이라고 당당히 밝히고 있다. 이 밖에 루쉰은 보들레르의 산문시를 번역하면서 프랑스어를 못 읽기 때문에 일본어 번역본과 독일어 번역본을 비교하고 참조하면서 중국어로 번역하기도 했다.

루쉰은 러시아의 아동문학과 판텔레예프의 유랑아 교육소설인 『시계』를 중역하였다. 그는 「역자의 말」(1935)에서 다음과 같이 적었다.

> 저본은 아인슈타인Maria Einstein 여사의 독일어 번역본이다. … 번역할 때 나에게 가장 큰 도움을 준 것은 마키모토 구스오의 일역본 『금시계』다. 이 책은 재작년 12월 도쿄 라쿠로쇼인에서 출판됐다. 이 책에서 그가 저본으로 삼은 것이 원서인지 밝히고 있지 않다. 그러나 후지모리 세이키치의 말(『문학평론』, 창간호를 보시오)을 보면 이것도 독일어본 중역인 것 같다. 이는 내게 많은 도움이 되었다. 직접 신경 쓸 일을 줄였고, 자전을 들춰 볼 일도 덜 수 있었다. 그러나 두 책 사이에 다른 곳도 있었다. 이때는 전적으로 독일어 번역본을 따랐다. - 12권, 657~658쪽

20세기 초 루쉰이 중국에서 원어역을 하지 않고 이렇게 여러 나라 번역판을 다양하게 사용하면서 중역한 것은 번역이 워낙 활성화되지 않았던 시대 상황에서 기인한 것이다. 그러나 중역이 죄악시되는 오늘날의 시점에서 보면 부당한 것은 틀림없으나 루쉰의 지적대로 이미

간행된 번역자 자신이 아는 외국어 번역본을 두루 참고하는 것은 오히려 고된 번역 작업에 도움이 되는 것은 확실하다.

이 중역 문제와 아울러 루쉰은 '재번역' 문제에 대해서도 열린 마음을 갖고 있다. 모든 번역은 결코 이룰 수 없겠지만 완전함을 향하여 끊임없이 나아가는 부단한 과정이다. 동시대에 판권 문제만 없다면 서로 다른 번역가들에 의해 여러 권 출간될 수도 있고, 시간이 지남에 따라 적어도 한 세대가 지나면 새로운 독자층을 위하여 끊임없이 재번역되어야 한다는 것이다. 재번역에 대한 루쉰의 말을 들어보자.

게다가 재번역은 단지 엉터리 번역을 격퇴하는 데 머물 수만은 없다. 비록 이미 좋은 번역본이 있다고 하더라도 재번역은 여전히 필요한 일이다. 예전의 문언문文言文 번역본은 지금 당연히 (구어체 중국어인) 백화白話로 다시 번역해야 하는 것은 말할 필요도 없다. 비록 이미 출판된 백화 번역본이 훌륭하다고 하더라도, 만약 후대의 번역자들 자신이 더 좋게 번역할 수 있다고 생각한다면 다시 번역해도 무방하다. … 옛 번역의 장점을 취하고 자신이 새로이 깨달은 바를 덧붙인다면, 이것은 바로 완벽에 가까운 정본定本으로 완성될 수 있다. 하지만 언어는 시대에 따라 변화하기 마련이어서 장래 새로운 재번역본이 또 나올 것이다. 그러니 일고여덟 차례가 어찌 기이하다고 하며, 하물며 중국에는 아직 일고여덟 번 번역한 작품도 없다. 만약 이미 있다고 한다면, 중국의 신문예가 아마도 지금처럼 침체되어 있지는 않을 것이다. - 8권, 「재번역은 반드시 필요하다」, 367쪽

03. 번역과 '여행하는 이론'

비평과 번역은 한 나라의 문화를 지탱하고 있는 두 개의 지주다. 비평은 자기의 문화를 분석하고 설명하는 역할을 맡고 있으며, 번역은 다른 문화와의 접촉을 통해 자기의 문화를 변형시키는 역할을 맡고 있다. 번역이 없고 비평만이 있을 때 문화는 국수주의적 함정에 빠져들기 쉬우며, 비평이 없고 번역만이 있을 때, 문화는 새것 콤플렉스에서 벗어나지를 못한다.… 한국 문화를 깊게 알면 알수록, 한국 문화의 뿌리를 이루고 있으리라고 생각된 한국적인 것이, 여러 문화적 요소들의 얽힘이지, 단독적인 것이 아니라는 것을 지식인들은 알게 되었고, 한국적인 것은 외래문화와의 싸움에서 생겨난다는 것을 확인하기에 이른다. - 김현,「문학이론 분야의 번역에 대하여」, 1984

들어가며 : '번역'이라는 이름의 '여행'

모든 것은 생명처럼 여기저기로 이동하고 이주한다. 우리가 예상하지 못하는 시공간에서도 모든 것은 욕망처럼 합쳐지고 퍼뜨려지면서 흐른다. 바람에 날리는 씨앗은 정처없이 떠돌다가도 어디엔가 떨어져 뿌리를 내린다. 생명이나 욕망도 이렇게 생성된 것이 아닐까? 인간의 문명과 문화도 유목민적 여행으로부터 시작되었을 것이다. 전 지구적 생태계 체계에서는 정착하고 정주한다는 것이 오히려 부자연스러운 일이 아닐까? 이제 이주는 우리의 운명이고 과업이다. 고인 물은 썩고,

구르는 돌이 박힌 돌을 빼내고, 껍질을 벗지 못하는 뱀은 죽는다.

우리 시대의 놀라운 철학자 질 들뢰즈의 메타포에 기대어 보자. 이동과 이주는 우리의 유일한 '탈주의 선line of flight'이다. 이동과 여행은 단순히 직선적/선형적이지 않고 순환적이거나 환원적이지도 않다. 그것은 나선형의 미끄러지는 운동이며 동시에 '주름'을 만드는 창조적 행동다. 나선형적 주름이라고나 할까? 주름은 이제 삶의 새로운 메타포다. 주름은 안과 밖이 없으며 철학의 모든 이분법을 포월하는 끊임없는 생성의 윤리다. 주름은 들뢰즈의 또다른 개념인 좀 더 이종잡배적이고 복합다기한 판짜기 놀이인 뿌리줄기rhizome로 바뀐다. 뿌리줄기야말로 우리 삶과 문화를 위한 교차배열법이며 연합종횡으로 연결시키기networking다. 우리는 '이미 언제나' 이주자이며 여행자이며 방랑자이며 유목민이다.

스피노자처럼 '신에의 지성적인 사랑'만이 죽음 때문에 영원히 이 땅에서 정착을 거부당하는 저주받은 인간들의 마지막 목적지일까? 그러나 죽음은 놀랍게도 우리를 끊임없이 살아있게 만든다. 이 지상에서 영원히 살 수 있다면 그것이 바로 죽음일 것이다. 죽음 속의 삶은 오히려 삶 속의 죽음보다 더 축복이 아니겠는가? 이러한 삶과 죽음의 역설과 아이러니는 우리를 언제 어디서나 '타자'로 만든다. "인간은 하나의 무한한 이주이고 인간 자체 내부에서 진흙에서 신으로의 이주다. 인간은 그 자신의 영혼 내에서 이주자다"라고 누가 말했던가? 우리는 여기에서 12세기 유럽 섹소니 출신의 성직자 성 빅토르 위고의 영혼을 울리는 통찰력을 들어보자.

훈련받은 마음이 처음에는 조금씩 가시적이고 일시적인 것들에 관해 변화하는 것을 배우는 것은 위대한 미덕의 원천이다. 그러고 나서 나중에 그 마음은 그것들을 모두 뒤에 내버려두고 떠날 수도 있다. 자신의 고향을 아름답다고 생각하는 사람은 아직도 상냥한 초보자다. 모든 땅을 자신의 고향으로 보는 사람은 이미 강한 사람이다. 그러나 전 세계를 하나의 타향으로 생각하는 사람은 완벽하다. 상냥한 사람은 이 세계의 한 곳에만 애정을 고정시켰고, 강한 사람은 모든 장소들에 애정을 확장했고, 완전한 인간은 자신의 고향을 소멸시켰다. -에드워드 사이드, 『문화와 제국주의』, 564쪽 재인용

오늘 우리의 주제는 '이론/번역'이다. 이론/번역을 '여행'에 연계시키는 작업은 오늘날과 같은 전 지구적 상호 침투 및 교환세계 체제인 '세계지역화glocalization'의 시대에 시의적절하다. '여행하는 이론'이란 개념은 아랍계 미국인 비평가 에드워드 사이드의 유명한 논문 제목이지만, 이제는 우리 시대를 위한 필수적인 표어가 되었다. '번역'이란 말 자체가 여행이며 이론이란 뜻을 함축하고 있다. 이론 번역에 특별히 관심을 가진 미국 이론가 J. 힐리스 밀러의 말을 들어보자. 이론이란 언어를 통한 항해이며 여행이 아닐까?

이론적 통찰이란 언어가 어떻게 작용하는가를 곁눈으로 흘끗 일별하는 작업이며, 또한 개념화가 완전하게 이루어지기 어려운 것을 흘끗 일별하는 작업이다. 다른 말로 하면, 원래의 이론 자체가 어떤 언어로 이루어져 있건 간에 그것 자체가 이미 잃어버린 원본에 대한 번역이자 오역이라 할 수 있다. 이 원본은 결코 찾을 수가 없는데, 명시적인 말로 되어 있지 않은 그 무엇으로 또는 어떤 언어로도 명시화가 불가능한 그 무엇으로 존재했었기 때문이다. 따라서 이론의 번역은 오역의 오역이지, 무엇인가 권위 있고 명쾌한 원본에 대한 오역은 아닌 것이다. 이러한 논리는 이론을 번역하고 새로운 환경에서 이론을 수행적으로 사용하는 사람들을 즐겁게 할 것이다.

— 「경계선 넘기 : 이론번역의 문제」, 장경렬 옮김

이미 이론이 현실을 떠나 언어를 통해 새로운 담론의 세계로 이주/이민/여행한 것이다. 따라서 이론의 번역은 번역의 번역이다.

그렇다면 다음으로는 이론에 관한 이야기를 해 보도록 하자.

(문학)이론 : 항해도구 또는 생존기제?

폴 드 만은 「이론에의 저항」이라는 유명한 글에서 "이론에 대한 정의가 불가능하다는 점이 문학이론의 주된 관심사"라고 말한 바 있다. 드 만은 문학이론에 대해 "문학 텍스트들에 접근하는 방법이 더 이상 역사적인 고찰이나 미학적인 고찰과 같이 비언어적 측면에 대한 고찰에 근거하여 이루어지지 않을 때 비로소 생겨나게 된다고 말할 수 있다.

좀 더 세련되게 말하자면, 특정한 의미와 가치를 더 이상 논의의 대상으로 삼지 않고, 의미와 가치를 정착시키기에 앞서 바로 이 의미와 가치의 생산 양태라든가 수용 양태를 문제 삼을 때, 문학이론은 그 모습을 드러낸다고 할 수 있다"(184~185쪽)고 언명하였다.

그러나 이 머리말/서문에서는 어색하고 제한적이지만 어떤 식으로든 그 정의를 시도해 보자. 단도직입적으로 '이론'이란 (새로운) 사실과 현 상황을 설명하고 그것에 대항하는 논리와 개념을 창출하기 위한 하나의 지적/정서적 작업의 경험적 결과물이다. 이주하는 특성을 가진 이론은 다음과 같은 (모순적) 특징이 있다.

(1) 이론은 '추상적'인 동시에 '구체적/실천적'이다.

(2) 이론은 '고정적'인 동시에 '잠정적/이동적'이다.

(3) 이론은 '보수적'인 동시에 '저항적'이다.

(4) 이론은 '순수적'인 동시에 '잡종적'이다.

(5) 이론은 '남성적'인 동시에 '여성적'이다.

(6) 이론은 '인지적'인 동시에 '수행적'이다.

이러한 모순 때문에 이론은 난해할까? 이론이 난삽하고 곤혹스러운 것은 무엇보다도 이론이 우리에게 주는 '부자연스러움' 때문이다. 그것은 또한 유라시아 동쪽 끝에 매달린 작은 반도 국가 한국에 고래로부터 이질적인 불교, 유교, 도교 등은 물론 최근 80년대의 서구 '이론'

이 외부로부터 끊임없이 이동해 들어왔기 때문만이 아니라, 우리 자신들 내부 인식의 이동이 더 어렵기 때문일 것이다. 상식과 통념, 선입견(또는 편견)에 침윤된 외국인 공포증을 지닌 우리들에게 이론의 '기괴함 uncanny'은 곤혹스럽기만 하다. 그 이유는 새로운 패러다임과 인식소들을 쉽게 받아들이도록 여행은 '이론'이 우리에게 변화를 강요하기 때문이다.

그렇다면 '이론'이 난해하고 기괴한 것임에도 우리가 그저 내버리거나 외면하지 못하고 그것들을 공부하고 부둥켜안고 넘어졌다 다시 일어나기를 해야 하는 이유는 무엇인가? 그것은 분명 새로운 문명의 '전환기' 시대와 문학의 '위기' 시대를 여행하는 데 필요한 배낭(연장통) 또는 항해 도구이기 때문은 아닐까? 이와 아울러 모든 이론이란 힐리스 밀러의 지적대로 "언제나 어떤 특정 작품 또는 작품들에 대한 독해"(201)에서 나온 것이므로 제아무리 추상화되어 난해하게 보이는 '이론'일지라도 그것을 만들어 내는 사람의 구체적인 상황 속에서 경험적인 독서 또는 분석행위에서 나온다는 사실을 잊어서는 아니 될 것이다.

그렇다면 (문학)이론의 효용은 무엇일까? 첫째, 이동하는 이론은 새로운 인식론적인 돌파구를 마련해 줄 수 있다. 그것은 문명과 역사에서 우리가 지금까지 당연한 것으로 간주하던 여러 가지 개념, 이념, 용어들을 다시 돌아보고 반성할 수 있게 한다. 그런 다음 필요에 따라 우리는 현실에 개입하여 저항하고 전복을 시도하여, 새로운 시도를 위해 인식론적 구각을 벗게 할 수도 있다. 지금까지 우리가 통념적으로 가지고 있던 자유주의적 인본주의의 이념과 최근의 새로운 '이론'은 어떻게 다른가?

(1) 실재는 언어에 의해 재현되는 것이 아니고 구성된다.

(2) 언어는 가치중립적이 아니며 이미 언제나 정치적이다.

(3) 진리는 절대적이거나 몰가치적이지 않고 잠정적이고 우연적이며 상황의존적이다.

(4) 이미는 잠정적이고 애매하여 언제나 불확정적일 수밖에 없다.

(5) 모든 논구는 공평무사하거나 중립적이지 않고 상대적이며 이데올로기적이다.

(6) 인간성은 시공간을 초월하여 불변하는 것이 아니라 변화 가능하다. 그것은 대개 유럽중심적이고 남성중심적이다.

(7) 지식은 권력의 아들들이고 사회해방이 아니라 사회통제의 수단이다.

(8) 우리의 역할은 유희이고 퍼포먼스이며 차이를 창조적으로 춤추는 것이다.

(9) 개인은 사회적으로 구성되며 욕망에 의해 그 주제는 끊임없이 해체된다.

(10) 주인과 노예, 우리와 타자의 관계는 언제나 전복 가능하며 상호침투적이고 잡종적이다.

(11) 주체어 해체

두 번째로는 해석학적 효용일 것이다. 이론은 모든 종류의 텍스트(그것이 문학작품이든 비문학적인 서술이나 대중문화 담론일지라도)를 가지고 '다시 읽기/새로 쓰기'를 가능하게 하는 새로운 해석학적 전략을 제공한다. 해체론, 포스트식민주의, 페미니즘, 동성애론, 독자 반응 이론, 마르크스 이론, 정신분석학 이론 등 일일이 예를 들지 않아도 될 것이다.

셋째는 정치, 문화, 종교적 효용을 들 수 있다. 이론은 해석학적 효용에만 국한되어서는 안 된다. 이론이 지닌 저항, 위반, 개입, 전복을 통한 세상 읽기의 전략은 쇄신과 변혁의 문화정치학으로 전화되어야 한다. 우리는 윌리엄즈, 이글턴, 사이드, 스피박, 드 만, 라캉, 씨이주 등을 통해 그러한 예를 얼마나 많이 보고 있는가.

그러나 우리는 '이론'의 오용과 남용에 대해서는 응분의 주의와 경계를 늦추지 말아야 할 것이다. 우선 이론을 위한 이론은 피해야 한다. 이론 생산은 결코 추상적인 사색에서 나온 것이 아니라 대부분 구체적 세상 읽기와 텍스트 분석에서 나온다. 이론이 지닌 그 실천성과 역사성을 외면한 채 하나의 정체적인 지식체계로, 또는 하나의 작품으로 읽기만을 탐닉하게 되면 허위의식이 조장될 뿐이다.

다음으로 이론의 창조적인 오독은 일단 불가피하다고 하더라도 자의적인 이해와 견강부회식의 적용, 다시 말해서 국내의, 특히 한국문학에 관한 논문과 평론에서 볼 수 있는 단순한 대입식 적용은 환원주의를 가져올 뿐이다.

끝으로 대학 내의 이론의 제도권화와 이론 산업의 급속 신장의 결과로 이론의 카니발화에 대한 반성이 필요함을 지적할 수 있다. 이론의 자가생산, 단순 또는 확대재생산으로 인한 제도권화는 이론이 지닌 변혁성, 잠정성, 저항성을 무력화하고 희석화할 수 있다.

그렇다면 궁극적으로 우리는 서구 (문학)이론을 타작하여 주체적 이론을 창출해야 하는 임무를 떠맡아야 할 것이다. 우리가 서구의 거대이론Grand Theory을 변형, 개선, 전화시키지 못한다면 우리 학계와 문화계는 이론의 식민지로 전락할 것이다. 서구 이론에 숨겨진 식민주의적 패권 논리를 탈색시켜 우리 상황에 맞게 재조정하고 길들여야 할 것이므로 이러한 서양 이론의 국지화/토착화 과업을 서양 이론을 이해하고 수용하는 초기 단계 작업보다 훨씬 더 어려울 것이다.

이런 맥락에서 '이론은 여행한다'는 메타포가 가능해지는 것이다. 모든 사상, 이론, 지식은 이곳에서 저곳으로, 저곳에서 이곳으로 이동되고 확산되고 전파된다. 이런 과정에서 그 본래의 이론은 그것이 도착한 지역에 연착륙하여 뿌리를 내리고 유익한 열매를 맺게 하기 위해 토착민들에 의해 그 토양에 맞게 재창조/재구성되어야 한다. (중국을 통한 인도 불교의 한반도 내 유입 과정과 토착화 과정을 보라. 주자학, 성리학 등 중국의 공맹 사상이 국내에 들어와 재해석되는 과정도 참고하라. 우리의 선조들은 끊임없이 외래사상을 접하면서 그것에 먹히지 않고 살아남으려고 얼마나 노력했던가! 학문적 전용에 성공한 학자, 지식인들은 얼마든지 찾아볼 수 있다.) 나아가 우리는 비교이론적 시각에서 원이론Ur-Theory에 우리의 통찰력과 실천력을 덧붙여서 서구 이론에 되돌려줄 수도 있을 것이다. 편자들이 모두에서 '이론'의 모순적 특징을 지적한 자리에서 이론이 순수적이기도 하지만 잡종적이라고 한 말의 의미나 남성적인 동시에 여성적이라고 한 말의 뜻이 이해되었으리라고 믿는다.

에드워드 사이드는 「여행하는 이론」이란 글에서 이론이 여행하면서 어떻게 정착하는가에 대한 재미있는 예를 들고 있다. 헝가리의 마르크스주의 문학이론가인 게오르그 루카치가 1923년에 간행한 『역사와 계급의식』이 그것이다. 여기에서 루카치는 마르크스를 전화시켜 자본주의시대에 삶의 모든 영역에 영향을 끼치는 보편적 현상인 물신화 현상을 분석하고자 시도한다. 자본주의 하에서의 인간의 삶과 노동은 모든 인간적·유기적·유동적·과정적인 것을 격리되고 소외된 사물로 변화시킨다. 루카치에 따르면 계급의식은 단편과 소외를 통해 총합으로 이끄는 사상이며 그 주관성을 적극적이고 역동적이며 시적인 어떤 것으로 생각한다. 그리하여 계급의식은 비판의식으로 시작되며, 계급이란 의식이 자본주의가 강요하는 사물체계에 구속되기를 거부하는 소요적이고 전복적인 행위의 결과인 것이다. 바로 여기에서 의식은 사물의 세계에서 이론의 세계로 넘어간다. 사이드는 그것을 다음과 같이 요약하고 있다.

이론이란 의식이 자본주의 하의 모든 사물을 사물화하는 과정에서 자체의 끔찍한 화석화를 처음으로 경험할 때 시작되는 과정의 결과로 보여진다. …이론은 [루카치]에게 현실도피가 아니라 세속성과 변화와 확실하게 공약한 혁명적 의지로서 의식이 생산하는 것이었다. 루카치에 따르면 프롤레타리아의 의식은 자본주의에 대한 이론적인 반명제를 나타냈다. …루카치의 프롤레타리아는 결코 음산한 얼굴의 헝가리 노동자들의 거친 모임으로 동일시될 수 없다. 프롤레타리아란 구체화를 거부하는 의식을 위한, 단순한 질료 위에서 힘을 주장하며 조직하여 정신을 위한, 단순한 사물의 세계 밖의 더 좋은 세계를 만드는 이론적인 권리를 주장하는 의식을 위한 인물이다. 그리고 계급의식은 그런 식으로 일하고 자신들을 의식하는 노동자들에서 파생된 것이기 때문에 이론은 정치, 사회와 경제 내의 그 원천과 결코 유리될 수 없다. (233~234쪽)

　루카치는 이와 같이 여행 온 마르크스 계급이론을 1920년대 초 조국 헝가리의 상황 분석에 끼워서 빗대어 새로운 이론을 창출하여 마르크스 이론을 국지화하는 동시에 비판 담론으로서의 새로운 가능성으로 확장시킨 것이다.

　루카치의 제자였던 루시앙 골드만은 1950년대 중반 자신의 주저 『숨은 신』에서 루카치의 이론을 원용하여 학문적인 이론을 만들어 냈다. 구조주의자였던 골드만은 16세기 프랑스 대작가인 파스칼과 라신느를 연구하는 위 저서에서 계급의식을 '세계비전vision du monde'으로 바꾸었다. 세계관의 개념은 집단 의식과 관련된다. 골드만의 말을 직접 들어보자.

　정치적으로 참여적인 작가로서 글을 썼기 때문에 골드만은 파스칼과 라신느가 특권이 부여된 작가들이었기 때문에 그들의 저작은… 관련되는 변증법적 이론화의 과정에 의해 부분이 전체와 관계 맺는 중요한 전체 속으로 구성될 수 있다고 주장한다. …이렇게 개인적인 텍스트는 세계비전을 표현하는 것으로 보여진다. 둘째로 세계비전은 그 귀족 그룹의 총체적인 지적·사회적 삶을 구성한다. 셋째로 이 그룹의 사상과 감정은 그들의 경제·사회적 삶의 표현이다. 이 모든 것에서 이론적인 기도, 해석의 원은 부분과 전체의 사이, 세계비전과 작은 세부묘사 속에서의 텍스트 사이, 결정된 사회현실과 그 그룹에서 특별히 재능 있는 구성원들의 저작들 사이에서의 일관성의 증명(논증)이다. 다른 말로 하면 이론은 연구자의 영역이며 분리된, 겉보기에 연결되지 않은 사물들이—경제적·정치적 과정, 개인작가, 일련의 텍스트들 등이—완벽한 조응 속에서 합쳐지는 공간이다. (234~235쪽)

이렇게 볼 때 사이드에 따르면, 1919년 헝가리 소비에트공화국 형성이라는 투쟁의 한가운데 있던 루카치의 경우 계급의식은 자본주의 질서를 저항하는 것이고, 2차대전 이후 소르본느대학의 망명 역사학자였던 골드만의 계급 또는 그룹의식은 무엇보다도 학문적인 것이고 파스칼과 라신느 같은 특권을 누리는 작가들에 의해 비극적으로 제한적인 사회상황이 표현된다는 것이다. 따라서 루카치와 골드만의 경우에서 볼 수 있듯이 '이론'이란 특정 시공간에 처해 있는 상황에 대한 반응이며 대응 논리의 창출이라는 것이 분명해진다.

이 글은 이렇게 여러 곳을 그리고 서로 다른 시대를 여행하면서 변모

되고 전환되는 것이다!

'번역'이란 다시 무엇인가?

발터 벤야민은 일찍이 「번역가의 과제」(1923)라는 유명한 글에서 번역을 "하나의 (문학) 형식"으로 보고 훌륭한 번역을 "모든 문학 형식 중에서 원문 언어의 성숙 과정과 그 산고를 지켜보는 하나의 문학 형식이라는 점에서, 두 개의 죽은 언어가 갖는 생명 없는 동일성하고는 거리가 먼 것"(324쪽)이라고 지적하였다. 유대인 특유의 신학적 사고 양식과 비의적인 문체로 유명한 벤야민은 처음으로 이 글에서 언어이론적 성찰을 보여 주고 있다. 벤야민은 사물과 이름(언어)의 '유사성'이 있을 뿐 논리적 관계는 없다고 보는 언어의 알레고리적 성격을 크게 강조하였다. 따라서 그는 언어의 본질을 '유사성'을 만들어 내는 '모방적 능력'으로 보아 번역의 과제를 '순수한 언어'를 재현하는 것으로 보았다. 재현이란 것도 결국 이동, 여행시키는 것이 아니겠는가. 그는 번역가의 과제를 "그가 번역하고 있는 언어에서, 그 언어를 통해 원문의 메아리가 울려 퍼질 수 있는 그런 의도를 찾아내는 데 있다"(327쪽)고 지적한 바 있다. 벤야민의 문학작품 번역에 대한 설명을 직접 들어보자.

문학에서 본질적인 것은 설명도 전달도 아니다. 그럼에도 불구하고 무엇인가를 전달하려고 하는 번역은 정보, 다시 말해 비본질적인 것을 전달할 수밖에 없을 것이다. 정보의 전달—이것은 나쁜 번역의 한 특징이기도 하다. 그러나 정보 전달 이외에 하나의 문학적 작품에 존재하고 있는 것은 나쁜 번역가도 인정하듯—일반적으로 문학에서 본질적으로 간주되고 있는 측량할 수 없는 것, 신비적인 것, 번역가가 동시에 시인이어야 재현할 수 있는 '시적인 것'이 아닐까? (319~320쪽)

이론 번역에서는 오히려 '정보'와 '전달'의 문제가 가장 중요한 것이 아닐까? 그러나 이론 번역에서도 물론 벤야민이 말하는 '원문의 메아리'를 살려내는 것이 물론 중요할 것이다.

이밖에 자크 데리다의 난해하기로 이름난 『문자학Of Grammatology』를 영어로 번역하여 일약 이론가가 된 가야트리 스피박의 경우를 살펴보자. 「번역의 정치학」이란 글에서 스피박은 번역 작업의 정치성을 주장했다. 번역의 정치학은 만일 우리가 언어를 의미 구성의 과정이라고 간주한다면 그 자체의 거대한 삶을 떠맡게 된다. 번역자는 원문 텍스트의 언어적 수사성을 따라야 한다. "논리와 수사학, 문법과 수사학 사이의 관계는 사회적 논리, 사회적 합리성 그리고 사회적 실천에서 비유법의 파괴성 사이의 관계이기도 하다"(186~187쪽). 이러한 관점은 자연스레 정치적 의미를 가질 수밖에 없게 된다.

번역사의 작업은 원문과 번역본 사이의 사랑—소통을 허락하고 번역자의 행위(힘)와 번역자의 상상의 또는 실제 청중의 요구를 견제하는 사랑—을 용이하게 만드는 것이다. 비유럽어로 된 여성의 텍스트 번역의 정치학은 아주 자주 이러한 가능성을 억제한다. 왜냐하면 번역자는 원문의 수사성에 참여할 수도 없고 또는 불충분하게 취급되기 때문이다. (181쪽)

그다음으로 스피박은 번역자란 원문의 영역에서 구별할 수 있는 능력을 갖춰야 한다고 지적한다. 스피박의 경우는 번역하고자 하는 텍스트가 취하고 있는 여러 가지 정치적 입장—가령 (포스트)식민주의나 제국주의인가? 종족 차별적인가? 페미니스트적인가?—을 고려해 보아야 한다는 것이다. 우리는 아직도 서구의 제국주의적 언어에 길들여져서 서양문학이나 이론을 읽는 경우가 많다.

구세계에는 오래된 제국주의 언어로 읽는 사람들이 많다. 유럽어로 된 현재의 페미니스트 소설을 읽는 사람들은 아마도 적절한 제국주의 언어로 그 소설을 읽을 것이다. 그리고 이것은 유럽 철학에도 똑같이 적용된다. 제3세계 언어로 번역하는 행위는 종종 다른 종류의 정치적 연습이다. 나는 이 글에서처럼… 콜카타에 있는 자다브푸르대학교의 고급 청중들 앞에서 해체론에 관해 벵골어로 강연을 하는 것을 기대하고 있다. …그것은 일종의 포스트식민주의 번역사의 시험이 될 것이라는 생각이 든다. (190쪽)

스피박이 벵골어로 인도의 고급 청중들 앞에서 서구의 해체철학에 관해 강연하는 것은 어떤 의미에서 한국에서 한글로 서양 이론을 번역하는 것과 마찬가지로 하나의 문화정치적 행위가 될 것임에 틀림없다.

스피박은 계속해서 일반적 의미의 번역의 정치학에 대해 그녀가 명명한 소위 '문화 번역'의 세 가지 구체적인 예를 들면서 좁은 의미에서 번역의 교훈이 더 나아가 어떤 정치적 목적을 이루는가를 보여 준다. 스피박은 결국 자신과 같은—또는 우리와 같은—외부자/내부자로서의 포스트 식민인이 서양 이론을 읽으면서 어떻게 번역하여 원문의 영역에서 구별해 낼 수 있는가를 보여 주고자 한다. 스피박은 번역 작업을 통해 유용한 것을 이용하고자 하는 것일까?

끝으로 이론 번역의 문제를 다룬 「경계선 넘기」라는 글을 쓴 힐리스 밀러의 경우를 살펴보자. 밀러는 우선 '번역'이란 말을 어원상으로 "한 장소에서 다른 한 장소로 옮긴", "언어와 언어, 국가와 국가, 문화권과 문화권 사이의 경계선을 넘어 이송된" 의미로 "어떤 언어로 쓰여진 표현을 선택하여 운반한 다음 다른 장소에 정착시키는 것과 같은 작업"이라는 것이다. 밀러는 더 나아가 우리가 다른 언어나 문화권에서 나온 사랑의 글—작품이든 이론이든—을 원문으로 그저 읽는 작업도 하나의 '번역' 활동이라고 했다.

밀러는 자신이 60년대 70년대에 영문학을 공부하는 입장에서 조르쥬 뿔레와 자크 데리다의 글을 읽을 때도 번역 활동을 한 것으로 생각한다. 이런 개념은 번역 작업의 영역을 확대해석하는 것이리라. 밀러는 "특히 그것이 문학 연구의 분야에 속해 있는 이론에 관한 글인 경우 이와 같이 다른 환경에 맞도록 '번역'이 될 것이고, 새로운 용도를 위해 전용될 것"(편역자 강조, 254쪽)이라고 주장한다. 사실상 2차 대전 중 유럽 대륙의 문학 이론이 미국으로 건너가 미국 문학으로 바뀌어 세계 각처로 번역, 수용되고 있음을 볼 때 "문학 이론은 어느 곳으로든 운반이 가능하도록 진공 포장되어 있을 뿐만 아니라 일단 뚜껑을 연 다음에도 오랫동안 맛이 보존되는 포도주"(255쪽)와 같은 것이다.

밀러는 같은 글에서 "하나의 언어 및 문화권으로부터 다른 언어 및 문화권으로 이론적 텍스트를 포함한 여타의 텍스트들을 번역할 수 있다"(264쪽)는 전제 하에 번역 작업을 통한 '여행하는 이론'의 새로운 가능성에 대한 하나의 알레고리로 성경의 구약에 나오는 『룻기』의 이야기를 들고 있다. 룻의 이야기는 수용의 이야기로, 기원전 1100년 구약의 사사시대에 모압 지방 출신의 룻이라는 여인이 유대문화로 수용되는 것을 이야기하고 있다. 『룻기』 1장 16~17절의 이야기를 보면 룻의 시어머니인 나오미는 남편과 아들(룻의 남편)이 모두 죽자 다시 본고향인 유다의 베들레헴으로 되돌아가기로 결정한다. 이에 모압인인 룻은 모압을 떠나 유대인이 되기를 시어머니에게 간청한다.

> 어머님 가시는 곳으로 저도 가겠으며,
> 어머님 머무시는 곳에 저도 머물겠습니다.
> 어머님의 겨레가 제 겨레요
> 어머님의 하느님이 제 하느님이십니다.
> 어머님이 눈감으시는 곳에서 저도 눈을 감고

어머님 곁에 같이 묻히렵니다.

어떠한 일이 있어도 안 됩니다.

죽음밖에는 아무도 저를 어머니에게서 떼어내지 못합니다.

- 『공동번역 성서』 415쪽

감동적인 이 룻의 충성서약은 새로운 세계로의 전환, 다른 사람으로
의 변형을 의미한다. 룻이 유다로 돌아가 죽은 남편의 사촌인 보아스와
결혼하여 아들 오벳을 낳고 오벳은 후에 나오는 다윗왕 가계의 시발점
이 되며 궁극적으로는 예수에게로 연결된다. 만일 모압 지방의 이방 여
인 룻이 유다로 옮겨 유대인이 되지 않았다면('번역'되지 않았다면) 예수
를 정점으로 하는 기독교 역사는 어떻게 되었을 것인가?

지금까지의 간략한 설명에서 우리는 '번역'을 통한 사람, 문물, 이론
의 이동에 의해 새로운 땅에서 어떻게 새로운 역사가 시작될 수 있는가
를 알 수 있게 되었다. 밀러의 말대로 모압 지방의 이방 여인 룻은 여행
하는 이론의 이인화이며 그녀의 이야기는 이론 번역에 대한 우화로 삼
을 수 있다. 여행하는 이론은 당연히 정착되는 문화를 바꾸기도 하지만
그 자체도 변형될 것이다.

이와 더불어 밀러는 '이론'을 놀랍게도 "강력한 가부장적 문화권 내
(유대문화)에 존재하는 여성적인 것(룻)으로 묘사"함으로써 이론이 "남
성 고유의 지배 의지의 산물"로 보는 통념에 도전한다. 한 걸음 더 나아
가 밀러는 "이론이 독해 행위뿐 아니라 대상 국가의 문화적 과제와도

복잡한 관계를 맺고 있는데, 이 관계는 남녀 사이의 관계로 파악하되 이론을 남성적인 것이 아니라 여성적인 것으로 볼 때 한결 더 훌륭하게 파악할 수 있다"(273쪽)고까지 주장하고 있다. 만물을 생산하는 대지처럼 여성이라는 이름의 이론은 인간의 문화와 문명을 잉태하여 출산하는 대모Great Mother란 말인가?

04. 번역 실례 1 : 「18세기 조선의 부부 이야기」

나는 한국인으로서 18세기 아일랜드 출신 영국 소설가 올리버 골드스미스(1730~1774)의 서간체 소설 『세계시민The Citizen of the World』(1762)을 읽으면서 가장 흥미로웠던 부분은 18번째 편지에서 소개된 조선인 부부 이야기다. 올리버 골드스미스가 쓴 베이징에 사는 중국인 화자 알탕기 씨가 런던의 지인에게 그곳 소식을 전하는 형식의 편지소설이 바로 『세계시민』이다. 이 소설이 출간된 18세기 후반은 유럽에서 소위 '중국 열풍'이 불었던 시기다. 이 장면은 아마도 서양문학에 한국인이 등장하는 최초의 예가 아닌가 한다. 우선 좀 길지만 조선인 부부 이야기 전문을 번역하여 여기에 소개한다.

이 조선인 부부가 소개된 편지의 주제는 부부 간의 문제다. 이 편지의 중국인 화자인 알탕기 씨는 영국과 화란 부부 간의 사랑을 먼저 대조, 비교한다. 여기서 자세히 소개하지는 않겠다. 알탕기 씨는 부부 간의 사랑에 대한 일반론을 피력한다. "마음속에서 나온 사랑은 수많은 미리 생각하지 않는 애정의 행동을 보여 준다. 그러나 사랑의 냉정하고 미리 생각한 표현은 단지 별로 이해가 보이지 않고 성실성도 크게 나타나지 않는다." 이 말이 끝나고 나서 조선인 부부의 이야기를 다음과 같이 시작하고 있다.

정씨는 가장 사랑에 빠진 남편이었고, 한씨는 조선의 왕국을 통틀어 가장 사랑스러운 아내였다. 그 두 사람은 부부 간의 천상의 기쁨의 한 전형이어서 전 조선 백성들이 그들을 보고 부러워했다. 정씨가 가는 곳이면 어디든지 부인 한씨가 따라갔고, 한씨는 온통 즐거움을 가지고 정씨를 배우자로 인정했다. 그들은 가는 곳마다 서로 손을 잡고 걸었으며 서로간의 만족감을 표현해 포옹하고 입맞춤하며 그들의 입은 항상 붙어 있었다. 해부학 용어로 말하면 그들은 일종의 영원한 관상기관管狀器官의 접합이었다.

이 두 부부의 사랑은 너무나 깊어서 그들의 평화는 어느 것에도 방해받을 수 없다고까지 생각되었다. 어느 면에서 그 자신의 아내에 대한 충성심이 약화되는 사건이 일어났다. 그의 사랑처럼 그렇게 정제된 사랑은 수많은 작은 소요에도 영향을 받을 수 있다.

어느 날 집에서 꽤 떨어진 공동묘지를 홀로 걷게 되었는데 그곳에서 남편 정씨는 깊은 슬픔에 잠긴 흰 옷을 입은 한 부인을 보게 되었다. 그녀는 손에 들고 있는 커다란 부채로 무덤 위를 덮고 있는 젖은 흙을 부채질하고 있었다. 일찍이 노장학파의 지혜를 배운 바 있지만 그 부인이 현재 하고 있는 부채질의 이유를 생각해 낼 수 없었다. 그래서 다가가 그는 정중하게 무덤을 부채질 하는 이유를 물었다. 아! 그런데 그 부인은 눈에 눈물이 가득한 채 대답했다. 이 무덤에 누워 있는 가장 사랑스러운 최고의 남자가 돌아갔는데 어찌 살아남을 수 있겠는가? 남편께서 마지막 숨을 몰아쉬면서 "자신의 무덤의 흙이 마르기 전에는 절대 재혼하지 말라고 명령하였습니다. 그래서 보다시피 그 유언에 따르기를 결심하여 내 부채로 그 흙을 열심히 말리고 있습니다. 나는 남편의 명령을 수행하면서 꼬박 이틀을 부채질했습니다. 말리는 데 4일이 걸리더라도 남편의 명령이 정확하게 수행되기 전에는 나는 결혼하지 않기로 결심했습니다."

그러나 이 미망인의 미모에 놀란 정씨는 이 부인이 재혼을 서두르는 것에 쓴웃음을 짓지 않을 수 없었다. 그러나 유쾌한 마음을 숨기고 그는 정중하게 그 부인을 집으로 초대했다. 그러고는 집에 있는 아내가 부인에게 약간의 위로를 줄 수 있을 것이라고 덧붙여 말했다. 그와 손님이 집에 도착하자 남편은 아내 한씨에게 사적으로 그가 본 것을 이야기했고, 만일 자신의 가장 사랑하는 아내가 어느 날 홀로 되었을 때 그 부인의 경우가 자신의 경우가 되지 않을까 불안하다는 말을 하지 않을 수 없었다.

한씨는 그러한 말도 안 되는 의심을 하는 남편에 대한 원망을 거둘 수 없었다. 남편에 대한 애정이 클 뿐 아니라 매우 미묘해서 한씨는 남편의 의심을 비난하기 위해 눈물을 흘리고 화내고 얼굴을 찌푸리고 큰 소리를 질렀다. 미망인을 심하게 책망하며 그러한 뻔뻔한 절조 없는 화냥년하고는 한 지붕에서 잘 수 없다고 선언하였다. 그날 밤은 추웠고 폭풍이 몰아쳤다. 그러나 그 미망인은 다른 머물 곳을 찾아야 했다. 정씨는 아내의 요구를 거절할 수 없었고 아내 한씨는 자신의 뜻을 관철시켰다.

미망인이 떠난 지 한 시간도 안 되어 정씨의 오랫동안 보지 못했던 제자가 방문했다. 그 제자는 최상의 대접을 받았고 저녁상에 가장 좋은 자리를 잡았고 술잔이 자유롭게 돌기 시작했다. 정씨와 한씨는 서로간의 사랑의 표시를 공개적으로 하였고 허물없는 화해를 보였다. 어떤 것도 그 부부의 행복에 비견할 만한 것이 없었다. 아내를 끔찍이 사랑하는 남편과 지극히 순종하는 아내여서 이 부부를 보는 어느 누구도 자신들의 불행을 생각하지 않을 수 없었다.

그러나 그들의 행복은 하나의 매우 치명적인 사건에 의해 한순간에 흔들렸다. 정씨는 갑자기 혼절하여 인사불성이 되어 마루에 쓰러졌다. 갖은 방법이 다 동원되었으나 소용없었고 남편은 일어나지 못했다. 한씨는 남편의 죽음에 대해 처음에는 너무나 슬펐다. 그러나 몇 시간이 지나자 그녀는 정신차려 남편의 마지막 유언을 읽을 수 있었다. 그 다음날 아내는 자신을 합리화하고 지혜를 말하기 시작했다. 다음날 아내는 남편의 젊은 제자를 위로할 수 있었고 삼일째 되던 날에는 일언이 폐지하고 그 두 사람은 결혼하기로 합의했다.

집에서는 이제 더 이상의 슬픈 조문은 없었다. 남편 정씨의 시신은 낡은 관에 처넣어졌고 가장 더러운 방에 안치되었고 매장될 때까지 법으로 정해진 아무런 돌봄을 받지 못하고 방치돼 있었다. 그 사이에 한씨와 젊은 제자는 가장 화려한 혼례식을 준비하고 있었다. 신부는 코에 엄청나게 비싼 보석을 달았고, 신랑 될 사람은 돌아가신 스승님이 남긴 좋은 옷을 걸치고 발까지 내려오는 인조 수염 한쌍까지 준비했다. 그들의 결혼의 시간이 다가왔다. 가족들은 그들 앞으로 누릴 행복에 공감했다. 집 안은 최고의 정교한 향수 향기를 풍기는 불빛으로 밝게 빛나고 그 광채는 정오의 대낮보다 더 눈부셨다.

신부는 내실에서 조바심을 가지고 젊은 신랑을 기대하고 있었다. 그때 한 하인이 얼굴에 두려운 표정으로 돌아와 신부에게 고했다. 새신랑이 경련을 일으키고 졸도하여 목숨이 위태로운 지경이라서 만일 최근 좋은 사람의 심장을 구해서 심장이식 수술을 하지 못하면 확실히 죽을 것이라고 말했다. 신부는 그 이야기를 끝까지 듣기가 무섭게 신부 옷자락을 걷어올리고는 괭이를 손에 들고 남편 정씨가 누워 있는 곳으로 달려가 죽은 남편의 심장을 떼내어 살아 있는 사람에게 이식시키고자 했다. 신부는 있는 힘을 다하여 관 뚜껑을 곡괭이로 내리쳤다. 몇 번 치자 관 뚜껑이 열렸다. 그러자 완전히 죽었던 시신이 움직이기 시작했다. 이 모습에 놀라 한씨는 괭이를 떨어뜨렸다. 정씨는 관에서 걸어나와 자신의 모습과 아내의 화려한 의상과 무엇보다 아내가 놀라는 모습에 놀랄 수밖에 없었다. 그는 집 안으로 들어갔으나 그러한 휘황찬란한 모습의 이유를 알 수 없었다. 그는 자신이 처음 기절해 쓰러진 이래 벌어진 모든 일들에 관해 가족들에게 들을 수 있었다. 정씨는 그들이 얘기하는 것을 믿을 수 없어서 한씨를 찾아 나섰다. 더 확실한 정보를 얻거나 아내의 부정不貞에 대해 추궁하기 위해서였다. 그러나 아내 한씨는 남편의 비난을 미리 막았다. 남편은 아내가 피투성이가 되어 비틀거리는 모습을 보았다. 한씨는 자신의 수치와 실망을 더 버틸 수가 없었기에 가슴까지 칼을 찔렀다.

정씨는 지혜로운 사람이었기에 지나친 애도를 표시하지 않았다. 그는 자신의 슬픔을 평온하게 처리하는 것이 최상이라고 생각했다. 그래서 그는 자신이 한때 누워 있던 오래된 관을 수리해서 신의를 잃은 배우자를 자신의 방에 있는 관에 넣었다. 그리고는 그렇게 많은 결혼 준비들이 허망하게 소비되는 것이 아까웠기 때문에 그날 밤에 큰 부채를 든 미망인과 결혼해 버렸다.

두 사람은 모두 사전에 각자의 결점을 알고 있었기에 결혼 후에 서로를 용서하는 법을 알고 있었다. 그들 부부는 아주 평안하게 오랫동안 함께 살아가며 결혼생활에 황홀감을 기대하지 않으며 만족을 느끼며 그럭저럭 잘 지냈다. 이만 줄입니다 안녕히! (정정호 번역)

골드스미스가 영국인 부부 이야기와 네덜란드인 부부 이야기를 한 후에 그것들과 비교, 대조하기 위해 18세기 조선인 부부의 이야기를 소개한 의도는 무엇인가? 수수께끼 같은 남녀 간의 또는 부부간의 미묘한 이야기를 하기 위함일 것이다. 이 보편적인 주제에 대한 판단과 해석은 21세기 독자들인 우리에게 남은 숙제다.

05. 번역 실례 2 : 『셰익스피어 이야기들』(찰스 램과 메리 램 공저, 1807) 서문

다음 이야기들의 의도는 어린 독자들에게 셰익스피어 공부의 서론으로 제시해 주려는 것이다. 이 목적을 위해 셰익스피어가 직접 쓴 어휘들은 가능한 한 언제나 사용되었다. 그리고 그 어휘들에 연결된 이야기의 규칙적 형태를 부여하기 위해 셰익스피어가 직접 창작할 때 사용했던 아름다운 영어의 효과를 최대한 방해되지 않는 어휘들을 선택하기 위해 세심한 주의를 기울였다. 따라서 셰익스피어 시대 이후 영어에 도입된 새 어휘들은 되도록 사용하지 않았다.

셰익스피어의 비극에서 가져온 이야기들에서 젊은 독자들은 우리 두 사람이 개작하여 만든 이야기들이 파생되어 나오는 셰익스피어 글의 원문을 읽는다면 셰익스피어가 사용한 어휘들이 거의 바뀌지 않고 대화뿐 아니라 이야기에서도 자주 나타남을 알 수 있을 것이다. 그러나 셰익스피어의 희극에서 만든 이야기들에서는 우리 두 사람은 그 어휘들을 이야기체로 바꾸는 것이 거의 불가능하다는 것을 알게 되었다. 따라서 그 희극 작품들에서 대화는 극적 형식에 익숙지 않은 어린이들에게는 너무 자주 사용되지 않았나 우려된다.

그러나 이러한 문제는 만일 그것이 잘못이라면 셰익스피어 자신이 사용한 어휘들을 가능한 많이 보여 주기 위한 진지한 바람에서 생겨난 것이다. 그리고 만일 "그가 말했다"와 "그녀는 말했다"란 표현과 또한 질문과 그 대답이 때때로 어린 독자들의 귀에 지루하게 들린다면 양해해 주기 부탁드린다. 왜냐하면 이 방법만이 어린 독자들이 어른이 되었을 때 이 작고 가치 없는 동전(램 남매가 이야기체로 개작한 셰익스피어 이야기들)들이 추출된 풍요로운 실물(셰익스피어 작품 전문)들을 만나게 될 때 그들을 기다리는 커다란 즐거움에 대한 몇 가지 암시와 작지만 미리 맛보기를 줄 수 있는 유일한 방법이기 때문이다. 이것은 셰익스피어의 적수가 없는 탁월한 심상(이미지)들에 대한 희미하고 불완전한 표지에 불과하다.

우리의 작업은 보잘것없고 불완전한 이미지들이라고 불러야 마땅할 것이다. 그 이유는 셰익스피어가 사용한 언어의 아름다움은 그 많은 탁월한 어휘들을 그 진정한 뜻을 표현하기에는 터무니없이 부족한 어휘들로 바꿔야 하는 필요성 때문에 너무 자주 파괴되어 그 의미가 산문같이 지루한 것이 되기 때문이다. 또한 셰익스피어가 사용한 무운시가 변형되지 않고 주어지는 몇몇 장면에서도 어린 독자들이 산문을 읽고 있다고 믿게 만드는 단순하고 명백한 생각에서 의도되었다. 그러나 아직도 셰익스피어의 언어는 그 자체의 자연의 토양과 야성적 시적 정원으로부터 옮겨 심은 것처럼 보인다. 그 언어는 그 자체의 고유한 아름다움의 많은 부분은 사라질 수밖에 없었다.

이 책에 실린 이야기들이 아주 어린 어린이들에게 쉽게 읽히기를 바란다. 우리는 항상 어린이들의 능력을 극대화할 수 있어야 한다는 것을 유념하였다. 그러나 그 이야기들의 대부분의 주제는 우리의 이 과업을 매우 어렵게 만들었다. 셰익스피어 극에 나오는 남녀 이야기들을 어린 독자들이 이해할 수 있게 친숙한 용어로 만드는 것은 결코 쉬운 일이 아니었다.

이 책은 어린 소녀들을 위한 목적으로 쓰여졌다. 소년들은 소녀들보다 훨씬 어린 나이에 아버지의 서재를 사용하는 것이 전반적으로 허용되기 때문에, 소년들은 자주 그 자매들이 이 용감한 책을 살펴볼 수 있게 허락받기 전에 셰익스피어 희곡의 최고 장면들을 암기할 기회를 자주 가진다. 따라서 이 책의 이야기들을 셰익스피어의 원문으로 훨씬 더 읽을 수 있는 기회를 가진 남자아이들에게 정독할 것을 추천하기보다는 여자아이들이 이해하기에 가장 어려운 부분들을 남자아이들이 그 자매들에게 설명해 줄 것을 오히려 요청하는 바다. 남자아이들이 자매들이 그러한 어려움을 극복하도록 도와주면 아마도 남자아이들이(어린 자매의 귀에 알맞은 것을 세심하게 선택해서) 자매들에게 셰익스피어 원문의 장면에서 바로 셰익스피어가 직접 쓴 어휘들로 그 이야기 하나하나를 자매들을 기쁘게 해 줄 구절을 읽어 줄 수 있을 것이다.

또한 남자아이들이 이런 식으로 자매들에게 주기 위해 선택한 아름다운 요약본과 선택한 문단들이 우리의 이 불완전한 축약본으로부터 전체적인 이야기에 대한 어떤 개략적인 생각을 가짐으로써 셰익스피어 전문을 훨씬 잘 감상하고 이해할 수 있기를 바란다. 만일 이 요약된 이야기들이 운좋게도 어린 독자들에게 재미있게 느껴진다면, 어린 독자들이 나이가 들었을 때 셰익스피어 원문극 전체를 읽을 수 있도록 바라게 만드는 것은 결코 나쁜 일이 아니다. (그러한 바람은 고약하거나 비합리적인 것은 아닐 것이다.)

명민한 친구들이 시간이 나고 여유가 생긴다면 그들은 이 작은 책의 축약된 많은 부분들에서(여기서 다루지 못한 더 많은 셰익스피어의 다른 극들은 말할 것도 없고) 변화무쌍(變化無雙)한 사건들을 다 다룰 수 없지만 많은 놀라운 사건들과 운명의 전환들을 발견하게 될 것이다. 나아가 남자들과 여자들의 힘차고 명랑한 등장인물들의 세계, 그 원작품의 길이를 줄임으로써 사라질지도 모른다는 두려움은 있지만 등장인물들의 기질과 특성들도 찾을 수 있을 것이다.

우리는 이 책의 이야기들이 어린 독자들이 원숙한 나이가 되었을 때 셰익스피어의 진정한 전체 극들이 증명하는 특징들을 보여 주기를 바란다. 즉 셰익스피어 글들이 상상력을 풍부하게 만들고, 미덕을 강화시키고, 모든 이기적이고 황금만능적인 생각들로부터 벗어나고, 모든 달콤하고 명예로운 사상과 행위들에 대한 교훈을 주고 결국 예의, 온화함, 관대함, 인간성을 가르칠 것이다. 셰익스피어 작품들은 이러한 미덕들을 가르치는 예시들로 가득 차 있다. (정정호 옮김)

06. 번역 실례 3 : 셸리의 시 번역

서풍에 부치는 노래

1.

오, 거센 서풍이여[1], 그대 가을의 숨결이여,

눈에 보이지 않는 그대로부터 죽은 잎사귀들은

쫓겨다니네, 마치 마술사로부터 도망치는 유령들과도 같이.

노랗고, 검고, 창백하고, 열병 걸린 듯 붉은[2]

염병으로 고생하는 무리들 : 오 그대,

그들이 어두운 겨울 침상으로 휘몰아치네.

날개 달린 씨앗들을[3]. 그곳에서 그들은 낮게 묻혀

무덤 속의 시체들처럼 싸늘하게 누워 있네. 마침내

---

1 서풍은 일년 내내 알프스 남쪽 지역에서 부는 바람이다. 셸리는 이 바람이 여름이 끝날 무렵부터 일어나고 있음을 관찰하고 있다. 또 다른 서풍은 겨울이 끝날 무렵 이탈리아 서쪽 해안으로 분다.

2 여기에 나오는 네 가지 색깔은 실제 낙엽의 색깔도 되겠으나 인류의 피부색—몽고인, 흑인, 백인, 아메리카 인디언—을 나타낼 수도 있다(여기에서 '열병 걸린 듯'은 폐결핵에서 생기는 붉은 색깔을 말한다).

3 많은 식물들은 바람이 씨앗을 운반시켜 종족을 번식시킨다.

그대 누이인 청명한 봄이⁴ 꿈꾸는 듯한 대지 위에

나팔을⁵ 불어 댈 그날까지. 그리고 생동하는 색깔과 향내로
들과 산을 가득히 채울 그날까지.
(양떼처럼 대기 속에서 먹고 크도록 향기로운 꽃봉오리를 몰아내며)

사방으로 움직이는 그대 거친 정령이여.
파괴자인 동시에 보존자여⁶. 내 말을 들어다오, 오, 들어다오!

2.
험한 하늘의 동요 속으로 그대가 흘러갈 때면
방만한 구름들이 하늘과 대양의 엉클어진 가지에서 흔들려 떨어진
대지 위의 시들어가는 잎사귀들과도 같이 흩어지네.

비와 번개의 사자들⁷ : 그대 공기의 물결의

---

4 일반적으로 봄에 부는 서풍은 희랍이나 로마 신화에서 모두 남성적이나 셸리는 이 고정관
   념을 수정하여 봄의 소생력을 도와주는 부드러운 바람으로 보고 있다.

5 매우 높은 음을 내는 트럼펫의 일종

6 힌두 신화에는 세 명의 주신으로 파괴신인 시바, 창조신인 브라마와 보존신인 비슈누가 있
   는데, 셸리는 이를 염두에 두고 있다.

7 이탈리아의 제노바에서 레그혼에 이르는 지중해 연안은 가을이면 수평선 위에서 나무줄기
   들처럼 솟아오르는 맹렬한 회오리를 동반한 폭우가 내린다.

푸른 표면 위를 타고, 어떤 격렬한
미내드⁸의 머리로부터 뻗친 빛나는 머리카락처럼

아득한 지평선 끝으로부터
하늘 꼭대기까지, 그 다가오는
폭풍우의 머리타래가 흩어지네. 그대

저물어 가는 해의 만가여, 이 저물어 가는 밤도 그대에게는
그대의 모든 수증기가 응결된 힘으로 둥근 천장을 이룬
거대한 무덤의 둥근 천장이 되리라.

그 단단해진 수증기⁹의 천장으로부터
검은 비, 번갯불, 그리고 우박이 터져 나오리. 오, 내 말을 들어 주오!

3.
그대는 그의 여름의 꿈으로부터,
수정같이 맑은 시냇물의 소용돌이 소리에 취한 듯이 누워 있는

---

8 '미내드란 미친 여인이란 뜻이다.' 미내드는 희랍의 술과 주연과 식물 식생의 신인 디오니
   소스의 경배자로 춤을 출 때는 미친 듯이 머리카락을 휘날린다고 한다. 셸리는 여기서 바
   람에 휘날리는 구름들을 미내드와 비교함으로써 폭풍의 악마적인 힘을 암시하고 있다.
9 구름들.

푸르른 지중해를 잠깨웠네.

베이이 만의 가벼운 돌섬 옆에서 잠들어
꿈속에서 오래된 궁전들과 탑들이[10]
너무 감미로워 감각이 상상만 해도 기절해 버리는,

푸른빛 이끼와 꽃들로 온통 뒤덮여서, 파도 속에서
더욱 강하게 비추는 햇빛 속에서 떨고 있음을 보고 있는 지중해를!
그대의 진로를 위해 대서양의 공평한 세력들은

스스로 간극을 만들어 주고[11], 바다 밑바닥에서는
바다꽃들과 대양의 수액 없는 잎을 지닌
끈끈한 해초들이 그대 목소리를 알아차리고

갑자기 공포에 질려 사색이 되어

---

10 셸리는 이 시를 쓰기 1년 전 화산의 용암으로 만들어진 경석섬이 있는 나폴리 서쪽의 베
    이이 만을 배를 타고 건넌 적이 있는데, 이때 그는 수중에서 로마 황제들이 살던 대별장
    들의 폐허를 보았다. 셸리는 이것을 귀족적이며 타락한 힘의 상징으로 간주했던 것 같다.
11 아마도 셸리는 아메리카에서 일어난 미국 독립혁명과 그것이 유럽에 미치는 영향을 염두
    에 두고 있는 듯하다.

벌벌 떨며 잎사귀를 떨구네[12]. 오, 내 말을 들어다오!

4.
만일 내가 그대가 불어 날릴 수 있는 하나의 낙엽이라면,
만일 내가 그대와 함께 날아가는 한 점의 빠른 구름이라면,
만일 그대의 힘 밑에서 가쁜 숨을 몰아쉬며, 그대만큼

분방하지는 않지만 그대의 힘의 충동을 나누는 파도라면,
오, 걷잡을 수 없는 자여! 만일 그대가 하늘을 나는 속도를
따라잡는 것이 환상이 아니었던

소년 시절로 되돌아가 그래서
하늘에서 그대의 방랑의 동반자가 될 수만 있다면,
나는 안타깝게 기도 속에서

그대를 성가시게 굴지 않았으리.
오, 나를 올려 주오. 하나의 파도처럼, 나뭇잎처럼, 구름처럼!

---

12 '3연 결론 부분에서 암시된 현상은 박물학자들에게는 잘 알려져 있다. 바다나 강, 호수 밑
   의 식물 식생은 지상 위의 계절의 변화와 조화를 이루고 결과적으로 변화를 공고(公告)하
   는 바람들에 의해 영향을 받게 된다.'(셸리 自註)

나는 삶의 가시밭 위에 쓰러지네! 피를 흘리네![13]

세월의 무거운 무게 밑에서 사슬로 얽매이고 굴복 당했네.

길들이지 않고, 재빠르고, 자존심 강한, 너무나도 그대를 닮은 사람이.

5.

나를 그대의 비파[14]로 삼아다오, 바로 저 숲과도 같이.

내 잎사귀들이 저 숲의 잎사귀들처럼 떨어진들 어떠리!

그대의 힘차고 소란스러운 노랫소리가

숲과 나에게서 슬픔 속에서나마 감미로운

깊은 가을의 가락을 얻어 내리라! 그대 거센 정령이여,

나의 정신이 되어 주오! 그대, 격렬한 이여, 내가 되어 주오!

새로운 출생을 재촉해 주는 시들은 낙엽들과도 같이

나의 죽은 사상들[15]을 온 우주에 몰아가 주오!

---

13 셸리는 그가 경험한 불운과 고통에 의해 패배감을 느끼는 것 같다. 그 이유는 그의 불행에 너무 깊이 빠져 있어서 서풍의 소생 능력이 필요하기 때문이다. 이밖에 예수의 면류관을 암시한다고도 볼 수 있고 단테가 삶을 '거칠고 고집스런 … 어두운 숲(「연옥」 1권 1~5행)'이라고 표현한 은유하고도 관계가 있다.

14 바람으로 켜는 하프(비파).

15 이전에 썼으나 성공하지 못한 시편들.

그리고 이 시를 주문으로 만들어,

아직 꺼지지 않은 화로에서 나오는 재와 불씨와도 같이
온 인류에게 내 말을 흩트려 뿌려 주오!
나의 입술[16]을 통해 아직 깨어나지 못한 대지 위에

예언의 나팔[17]을 불게 하오! 오, 서풍이여,
겨울이 오면, 어이 봄은 멀 것인가?[18]

---

16 여기에서 셸리는 영감이나 묵시가 발설되어 나오는 하나의 매체에 불과하다.

17 새시대에 대한 선언. 『성경』 「요한묵시록」 9절에 나오는 예수 통치와 시작을 알리는 나팔 소리의 반향일지도 모른다. 또한 이 부분은 『시의 옹호』의 마지막 부분과도 관련이 있다. "시인들은 이해되지 않은 영감의 최고 해설자이며, 미래와 현재 위에 던지는 거대한 그림자들을 가진 거울이며, 그들이 이해하지 못하는 말이며, 전투를 위해 부나 그들이 영감을 불러일으키는 것을 느끼지 못하는 나팔과 같다. 움직이지 않는 그 영향은 감동시킨다. 시인들은 이 세계의 인정받지 못한 입법자들이다".

18 이 유명한 마지막 행은 한국의 선각자 함석헌 옹에게 강한 인상을 주었다. 이에 함석헌 옹은 일제강점기부터 하나의 부적처럼 수시로 이 구절을 읊었다.

사랑의 철학

1.

시냇물은 강물과 합치고
그리고 강물은 다시 바다와 합치네.
하늘의 바람은 영원히
  달콤한 정서와 섞이네.
이 세상 어느 것도 홀로일 순 없네.
  모든 것은 하늘의 섭리로
서로서로의 존재 속에서 합치네.
  나는 어찌 그대와 못 합친단 말인가?

2.2

산들이 높은 하늘과 입맞춤하고
  파도가 서로 서로를 포옹하는 것을 보라.
어느 누이꽃도 용서받지 못하네.
  그네의 오빠꽃을 저버린다면.
그리고 햇살은 대지를 포옹하고
  달빛은 바다에 입맞춤하네.
이 모든 입맞춤이 무슨 소용 있으리?
  만일 그대가 나에게 입맞춤하지 않는다면.

07. 편역자 후기 : 오스트리아 비엔나에서 만난 핫산 교수

1984년 4월 28일 토요일 오후 오스트리아 비엔나, 오지리 친구가 경영하는 화랑에서 핫산 교수 부처를 만났다. 당시 그들은 터키 이스탄불과 네덜란드 암스테르담에서 열리는 포스트모더니즘에 관한 국제 심포지엄에 초빙 강사로 가는 길이었다. 근처 찻집으로 자리를 옮긴 후 나는 그에게 물었다.

- 포스트모더니즘이 터키 같은 나라에서도 관심의 대상이 되는지요. 포스트모더니즘이 벌써 그렇게까지 전 세계적으로 널리 논의되고 있는지요?

- 물론, 아니 포스트모더니즘에 관한 논의는 벌써 과거지사로 돌아가고 있는 느낌이 들 정도입니다.

나는 호텔에 돌아와서야 핫산 교수가 다른 책에서 한 말을 상기해 낼 수 있었다. 사실 문학에서 혁신의 문제에 처음부터 관심을 가졌던 그가 1961년 전후 미국 소설에 관한 저서 『기본적 순수성』을 펴내고 1967년에 세상에 나온 『침묵의 문학』과 『오르페우스의 사지 절단』(1971)에서 문학과 예술에서 일어나고 있는 침묵 문제를 다룰 때 사람들은 놀라고 실망하고 경탄하기도 했다. 그런 주제는 이제는 완전히 안전할 뿐만 아니라 오히려 진부한 것이 되어 버린 느낌이다. 최근 들어 『파라 비평』(1975)과 『올바른 프로메테우스의 불』(1980), 『혁신과 쇄신』(1983) 등의 편서와 저서를 통해 문체의 형식과 주제면에서 혁신적으로 문학, 비평, 문화 현상에 접근했을 때 사람들은 소란스럽게 굴었는데 이제는 그것이 오히려 과거지사로 여겨지다니! 이 말은 핫산 이후 수많은 비평가, 이론가들이 여러 갈래의 이론들을 들고나와 백가쟁명의 경지에 다다름을 의미하는지도 모른다. 아니면 핫산 자신은 포스트모더니즘에 대한 치열한 이론 전개와 구축을 잠시 중지한 채(?) 요즈음은 파라적 자서전을 쓰기 시작해 일부를 내놓았고, 특히 미국 문학 이론에 관한 새로운 저서를 준비하고 있기 때문인지도 모른다.

방백 I : 거대하고 사랑스러운 도시, 그리운 서울을 꿈꾼다. 18세기 영국 시인 새뮤얼 존슨의 표현을 빌리면—그에게는 물론 또 다른 경이의 도시인 런던이었겠지만—"서울에 싫증을 느낀 자는 삶에 권태를 느낀 자다." 얼마나 무한하고 다양한 가능성의 도시인가? 강과 산들이 조화를 이룬 유서 깊은 놀라운 도시! 은유와 풍자, 애수와 환희, 자랑과 조롱의 도시… 문득 시인 이상(김해경)이 떠오른다. 그와 함께 서울거리를 걷는 몽상에 잠겨 본다.

   - 李箱과 理想과 異狀?
   - 그를 打作한다면 어떻게 될까?
   - 아방가르드, 나아가 (포스트)모더니즘의 싱싱한 비늘 껍질이 떨어지는 것은 아닐까?
   - (자랑스럽고 진기한 한국인, 세계 최초의 전위 비디오 예술가) 백남준은

서울에 무엇을 흘리고 떠났을까?

우리 한국 현대사회, 문화, 예술 및 문학에서의 '변화'란 어떻게 일어나는 것일까? 무질서와 혼란에 대해 명민한 감식력을 지닌 놀라운 이집트인에게 다시 한번 의존해 보자. 적어도 우리는 몇 가지 선견지명과 때늦은 지혜, 내적 통찰력과 외계 지각력, 거시적 인식력과 미시적 관찰력을 얻을 수 있으리라.

– 변화는 존재한다. 그것은 물리적인 우주—폭발하는 큰 별, 지질학적 변화, 광합성, 무작위 돌연변이—뿐 아니라 인간 세계에도 영향을 미친다. 정말로 변화에 대한 우리의 인식은 우리 자신과 우주에 대한 지식과 더불어 확산한다.

– 인간 세계에서 변화는—순수한 우연의 기능뿐만 아니라—상상력과 욕망, 은유와 가치, 순수 이성적인 구조와 정서적 관심의 기능을 수행하는 듯하다.

– 다시 인간 세계에서 변화에 대한 인식은 언어에 의존하며 하나의 분명한 해석학적 차원을 지니게 된다. 또는 니체가 말한 바와 같이 모든 변화란 이미 하나의 해석이다.

– 변화의 가장 강력한 작인은 물질적 실재에 작용하는 동안에도 그 자체에 작용하는 정신이다. 즉 그것은 자기 변모의 조직으로 인공 두뇌학적이며 지식과 문화를 통해—더 좋게든 나쁘게든—변형시키는 자연 능력 속에 표면적으로 구성되어 있다.

- 변형의 보편적인 어떤 양식도 모든 인간의 노력에 적용되지 않는다. 왜냐하면, 어떤 변화는 순환 주기적이고 어떤 것은 직선적이고, 여기서는 변증법적이고 저기서는 극적이며, 한 종류는 친자 관계적이고 다른 것은 양자 관계적이기 때문이다.

- 그러므로 변화란—모던한 것이든, 포스트모던한 것이든, 혁신적이든, 쇄신적이든 간에—언제나 지적으로 단순한 것은 아니다. 붙잡기 어렵고, 모호하고, 완전히 불확실해서 우리가 만든 도식들을 거부할 뿐 아니라 놀라움이나 추측으로 그리고 아마도 궁극적으로는 소멸의 소문으로 표시되는 것이다.

- 변화란 언제나 자유와 통제 모두를 환기하기 때문에 도덕적으로 무기력하거나 정치적으로 중립적이지 않다. 우리는 모두 사적으로나 공적으로 변화의 대가를 지급하는 것은 불가피하다.

장면 I : 꼭 2년 만에 다시 미국으로 왔다. 밀워키는 깨끗하고 단아하나 조금은 차가운 도시다. 핫산 교수 부처를 다시 만난다. 바다 같은 미시간 호수가 내려다보이는 그의 정원에서 나의 두 딸 혜연이, 혜진이와 모두와 공굴리기를 한다. 우리는 포스트모더니즘 얘기는 이제는 하지 않는다. 우리는 최근 그가 쓰고 있는 상상적인, 파라적인 자서전 얘기를 한다. 집으로 돌아와 밤늦게까지 『캐년 리뷰』지에 실린 그의 자서전 일부를 읽고 깊은 사색에 잠긴다.

- 휴머니스트들이 다시 꿈꾸는 것을 배울 수 있을까? 꿈꾸다 깨어나서 문화와 욕망, 언어와 권력, 역사와 희망 사이를 활발하게 중재할 수 있을까?

- 어떤 보이지 않는 벌레들처럼 식민지 경험은 지나간 잘못들과 부족한 것들을 교정하려는 모든 것들에 몰두한다. 자기 혐오, 자기 의심이 그들의 오장육부 속에서 뒤틀리고 잘못된 자부심과 함께 질투심이 소용돌이친다. … 이렇게 해서 '식민지 콤플렉스' 원리가 생겨난다. 자신을 위안하는 차이점만을 격찬하고 다른 차이는 비난하거나 무시해 버린다. … 이러한 도전은—아마도 도전이라기보다는 위안에 더 가까운—어떤 역사적인 편집광 증세를 피할 수 없다.

- 나 자신에 관해서 말한다면 자부심이나 고통—식민주의 유산이 그렇게 많은 사람을 반신불수로 만드는 것을 보는 고통—에서 벗어나 일찍이 나 자신 속에 식민지 콤플렉스가 자리할 수 없도록 마음먹었다. 그런 결심이 나의 연민의 정을 축소하고 공감의 신경을 무디게 만든 것은 아닐까?

몽상 : 나 자신을 정신 분석해 본다. 무엇 때문에 나는 수만 리 떨어진 이역異域에서 몇 년씩 방황(?)을 하고 있을까? 한국인으로 이곳에서 영문학을 연구하고 미국 대학생들에게 교양영어를 가르치는 나는 앞으로 무엇이 될 것인가? 영문학 논문을 쓰고 글을 쓰고 번역하는 일 등이 나에게 어떤 의미를 주는 것일까? 가장 진지한 한국인이 되기 위해

양학洋學을 한다고 말한다면 궤변일까? (누군가 진실로 민족적인 것이 가장 세계적인 것이라고 했던가.) 핫산 교수를 다시 한번 되새김질한다. 이집트인으로 세계적 학자가 되어 미국에서 사는 그에게 조국 이집트는 어떤 의미일까? 2차 대전 중 유대인인 에리히 아우어르바하가 터키의 이스탄불로 피해 와서 거작 『미메시스』를 썼고, 이 밖에 헝가리인으로 프랑스에서 활동하는 츠베탕 토도로프, 팔레스타인 출신으로 미국에서 활동하는 에드워드 사이드는 외국(유배?) 생활—잠시든 영원이든—의 실행적 가치를 어떻게 승화, 활용하는 것일까?

누군가의 말에 의하면 유약한 사람은 세상에서 한 곳만을 좋아하고, 강한 자는 어느 곳이나 좋아하는 사람이고, 완벽한 사람은 세계 어느 곳이든지 타향(이방)처럼 느낀다는 것이다. 나는 이 중 어느 편에 속할까? 이른바 지역 정신spirit of place에 집착하게 되는 나는 아무래도 유약한 자이리라. 조국의 혼을 상실한다면 본질적이고 독창적인 일은 도저히 못할 것 같으니 말이다. 솔직히 말하건대 이것이 최근에 내가 얻은 증후다. 방랑 삿갓 시인 천재 김병연은 근 40년간을 출렁이고 굽이치는 조국 산천을 돌아보며 무슨 생각을 했을까? 한恨의 현상학을 극복하고 영혼의 진정한 원초적 에너지를 발견하였을까? (아, 편집 증세와 분열 증세 사이를 오락가락하는 나의 내면에서 위험하나 아름다운 균형을 잡아 주는 그대 내 조국의 얼이여!)

그러나 다음의 평행선적 자극과 충동은 최근에 내가 얻은 편집증적 분열 증세다. 낮에는 영원한 외국어인 영어와 싸우고 밤에는 모국어 한

글을 부둥켜안고 애무를 벌이며 (주중에는 미국 대학생들에게 영어를 가르치며 무감각해 있고 주말에는 교포 2세들에게 한글을 가르치며 즐거워하고 보람[?]을 느끼고), 템스강과 센강을 바라보며 한강을 그리워하고, 워즈워스를 읽으며 윤선도를 상기하고, 존 로크를 읽으며 퇴계를 생각하고, 미국 중서부 평원의 프리웨이를 달리며 영동고속도로를 떠올리고, 니체를 읽으며 장자를 갈구하고, 마이클 잭슨을 들으며 조용필 카세트를 틀고, 도리스 레싱을 읽으며 박경리 소설이 다시 읽고 싶고… 이것은 단순한 향수병에서 오는 착란적·신기루적 현상일까? 아니면 제3세계에서 온 한 지식인의 내면적·본질적 변모의 시작일까? 시작 속에 이미 종말이 있는 것일까?

　　… 기다란 겨울잠에 빠진다.
　　이제 겨울이니 봄도 멀지 않으리!

　　우리나라 독자 여러분과 포스트모더니즘을 논의할 기회를 만들어 준 종로서적출판(주) 여러분께 진심으로 감사드린다. 비학천재非學賤才인 역자의 본의 아닌 졸역이나 오역에 대해 독자 여러분의 관대한 질타를 바란다. (1985)

08. 역자 서문 : 현대문학비평이론

번역은 반역反逆이란 말에서 보듯이 제2의 창작이다. 번역은 다른 문화와의 접속을 통해 자신의 문화를 변형시키는 중요한 지적 작업이다. 그러나 '여행하는 이론'을 추스려 국내 문화판에 새로운 자극과 관점을 가져다 주는 번역 작업은 사실상 학자들에게는 뜨거운 감자다. 특히 이론 번역의 경우 이 작업에 들이는 시간과 노력에 비해 역자들에게 오역, 졸역 등의 위험 부담도 있고 재정적으로도 별다른 도움이 되지 않는다.

그러나 무엇보다도 이론 번역에서 가장 큰 문제는 번역이 연구 업적으로 별로 인정을 받지 못한다는 점이다. 그럼에도 앞으로는 이론 번역(고전 번역과 더불어)에 대한 학자들의 응분의 관심과 노력이 경주되어야 할 것이다. 그리고 질 높은 다양한 번역이 계속 생산될 때 교수들의 연구 업적 평가에도 정당하게 인정되는 제도적 정착도 가능해지리라 믿는다.

우리가 '이론Theory' 공부를 시작할 때 커다란 걸림돌은 일부 이론들이 추상적이고 난해하고 비교秘教적이며 심지어 기괴uncanny하기까지 하다는 점이다. 초기 단계에서 이러한 붙잡기 어려운 이론을 손쉽게 포장해서 초보자가 소화하기 쉽게 만든 사람이 바로 1985년 본서의 초판을 썼던 고 라만 셀던 교수다. 당시 그의 입문서가 이론을 처음 배우던 우리에게 얼마나 편리한 도구였는지 우리는 분명히 기억하고 있다.

(국내에서 이미 그 초판본 번역이 3종이나 중복 출판된 사실만 보아도 알 수 있다.) 원저자 셀던 교수가 초판을 약간 수정 보완해서 1989년 재판을 내고 불행하게도 뇌종양으로 갑작스레 타계하였다. 그로부터 4년 후인 1993년 당시 영국 브라이튼대학교 '역사 및 비평 연구 학부'장이었던 피터 위도우슨 교수가 개정 3판을 내었다. 위도우슨 교수는 3판에서 신비평과 F. R. 리비스, 포스트모더니즘 이론, 탈식민주의 이론에 관한 장을 각각 추가하였고, 나머지 부분도 대폭 개정하였다.

그러던 중 1997년에 영국 노스햄프톤주 넨대학의 현대문학 및 문화 연구 교수로 있는 피터 브루커와 협동으로 본서에 문화유물론 논의가 추가되고, 포스트모더니즘 이론과 탈식민주의 이론에 관한 장이 분리되고, 마지막 장에「게이, 레즈비언 및 퀴어 이론」의 장이 새로 추가되어 개정 증보 4판이 상재되었다.

21세기에 들어와 위도우슨과 브루커는 또다시 '포스트 이론'의 시각에서 일부를 수정, 보완하였다. 이와 같이 이 책의 개정 증보의 작은 역사는 우리가 소위 '이론의 시대'라고 부르던 1980년대 중반 이후부터 최근에 이르는 현대문학 이론과 비평에 관한 급속한 변화의 흐름을 조감할 수 있게 만든다. (물론 아직도 정신분석비평이나 문화연구에 대한 독립된 장이 마련되지 않았고 환경/생태학 비평에 대한 언급이 별로 없는 점은 본서에서 아쉬운 점이다.)

문학(작품)은 영원하고 이론(비평)은 유행이라는 말은 틀린 말은 아니다. 그리고 읽기와 문학 연구에서 이론은 '필요악'이라는 말도 일리가 있다. 오늘날 '이론'이 우리의 철없는 열광이나 고집스런 거부와 같은 극단적인 태도만 아니라면 하나의 비판적 문화정치학으로서 쇄신의 페다고지를 위한 유용한 도구가 될 수 있다는 점에는 이제 이론異論이 없을 것이다. 한때 후기 자본주의 시대에 계속되는 서구 중심의 세계 체제에서 소위 '이론 산업'은 우리에게 또 다른 문화 식민지를 강요하는 면도 없지 않았으나 이제 분명한 것은 '이론이 필요 없다'든지 '서구 이론은 거부되어야 한다'든지 하는 주장도 하나의 이데올로기이며 봉쇄 이론이 될 수 있다는 점이다.

"혁명보다 개혁이 더 어렵다"는 현실의 무게에 대한 마키아벨리의 주장은 무엇을 의미하는가? 사악해지는 현실의 중층적인 담론 구성을 분석, 대처하고 미래를 전망하기 위해서 좀 더 교활한 이론과 전략이 필요한 것인지도 모른다. 그래서 우리는 이론서가 베스트셀러가 되는 이론의 국제화Theory International 시대에 살고 있는 것은 아닌가?

우리는 본서의 번역본으로 2005년 간행된 이 개정 증보 5판을 사용하였다. 우리 생각으로는 현대 문학 이론과 비평에 관한 가장 작은 부피를 가진 이 책이 어떤 경향성도 띠지 않는 중립적 입장에서 가장 쉽고 단아하게 쓰인 최상의 입문서이며 개설서라고 믿는다. 본서의 번역에는 4명의 전공자가 참가했다. 정문영 교수가 서론, 1장, 6장, 10장을, 윤지관 교수가 3장, 5장을, 여건종 교수가 4장, 8장, 9장을, 정정호 교수가 2장, 7장을 각각 맡아 번역하였다. 번역 과정에서 상당한 지연이 있었다. 이미 1995년부터 3판으로 시작된 번역이 완료되어 1996년도 상반기에 출간하기로 되어 있었다.

그러나 1997년 상반기에 개정 증보 4판이 영국과 미국에서 동시에 출간되어 4판 번역 출간을 위해 한신문화사에서는 프렌티스 홀 출판사와 다시 번역 계약을 하였다. 이에 역자들은 다시 4판을 대조하면서 개정 부분과 새로 추가된 부분을 번역하고 수정하였다. 2010년부터 개정 5판 번역은 역자들의 사정과 중간에 한신문화사가 폐업하고 새로운 출판사를 찾는 과정에서 많은 시간이 다시 흘렀다.

이러한 과정에서 역자들의 노고가 매우 컸다. 더욱이 번역 기간 중 공교롭게도 번역자 일부가 해외 교환교수 등으로 나가게 되어 본서의 출간이 더욱 늦어지게 되었다. 개정 증보 5판이 나온 지 8년이 지나 이제야 번역본을 상재하게 되었으니 감개가 무량할 따름이다. 역서 이름도 『현대문학비평이론』으로 새로 정했다.

끝으로 본서의 용어와 인명 번역에 관해 몇 마디 남겨 두고자 한다. '포스트'라는 접두어의 번역에 약간의 편차를 두었다. 포스트구조주의나 포스트모더니즘의 경우는 '포스트'를 '탈', '후', '후기' 등으로 번역하지 않고 그대로 두었다. 물론 모더니즘은 관례대로 번역하지 않고 그대로 두었다. 그러나 포스트콜로니얼리즘에서 '포스트'는 '탈脫'의 의미를 강조하기 위해 포스트식민주의가 아닌 탈식민주의로 번역하였다. 이 밖에 국내에서 '해체주의'로 많이 번역되고 있는 deconstruction도 '해체론'으로 통일하였고, narrative와 narratology는 '서술'과 '서술학'으로 옮겼다. 인명 발음의 경우 관례에 따른 것도 있으나 가능하면 원음에 가깝도록 표기하였다. 일례를 들어 국내에서 식수스, 씨수, 식수 등 여러 가지로 발음되고 있는 프랑스 페미니즘 이론가인 Hélène Cixous는 1995년 간행된 웹스터 세계문학백과사전에 표기된 대로 '씨이주'로 확정하였으니 독자들의 착오가 없기를 바란다. (외래 용어의 번역과 발음 표기를 통일하는 작업도 앞으로 우리 학계가 시급히 해결해야 할 과정 중의 하나다.) 작가나 저자 이름은 글의 흐름을 방해하지 않기 위해 본문에 원어를 넣지 않고 찾아보기에만 표기하였다. 그러나 서명이나 논문명은 대부분 원어를 달아 두었다. 그리고 내용상의 혼란을 야기할 소지가 있는 어휘, 용어, 개념은 부득이한 경우 원문을 주었다. 찾아보기에 관해서도 한마디하고 싶다. 국내 독자들의 편의를 위해 표제어가 원서에 등재되지 않는 경우라도 중요한 용어, 개념, 인명의 경우 역자들이 삽입했음을 밝힌다.

본서 번역을 위해 개정 5판 번역권을 정식으로 계약해 주시고 오랫동안 참고 기다려 준 도서출판 경문사의 여러분께 깊은 감사를 드린다. 이 책의 출간을 위해 막바지 단계에서 교정과 번역 그리고 찾아보기 작업으로 크게 도와준 송은영 박사와 한우리 선생(중앙대 박사과정)에게 머리 숙여 고마움을 전한다.

IX

기행문과 기행시 : 여행지에서의 이야기들

01. 여행이 곧 인생 여정이다

중국 속담에 "여행을 다녀온 사람은 그 이전과는 다른 사람이 된다"는 말이 있다. 삶의 여정은 끊임없이 경험하고 배우고 생각하고 깨닫는 과정이다. 삶이 긴 여정이라면, 여행은 좀 더 짧은 여정들이며, 이러한 짧은 여정들 또한 모여서 결국 인생이 되는 것이다. 그리고 각각의 짧은 여행들 이후에 얼마나 배우고 깨달아 현명해지고 지혜로워졌는가는, 인생에서 나이가 들수록 좀 더 아량이 넓어지고 지혜로워졌는가라는 성찰을 통해 그 인생의 성공을 가늠하는 것과 같다.

여행은 '낯설게 하기'이며, 익숙한 '자기'를 버리는 훈련이다. 이같이 작은 여행에서 가장 중요한 것은 새롭게 벌어지는 상황을 그대로 받아들이고 내버려 두는 것인데, 이 낯설게 하기를 통해 세상을 새롭게 보고 다르게 생각하며 지난날의 반성과 앞날의 비전을 마련할 수도 있기 때문이다.

여행을 하다 보면 비행기가 연착되거나 심지어 비행기를 놓치기도 하고, 날씨가 나쁘기도 하며, 가방을 잃어버리거나 동료들과 감정이 상하는 경우도 생긴다. 그러나 이 모든 것을 당연한 것으로 여기고 받아들이라. 마치 오히려 여행 중에 역경을 환영하듯이 말이다. 우리가 살면서 역경으로 단련되었다는 것을 생각해 보라. 인생에서 역경도 어느 날 갑자기 오지 않았던가?

우리는 일상생활을 지나치게 세밀히 계획하여 자기 뜻대로 살고자 한다. 그리고 이것과 조금이라도 어긋나면 불안해하고 초조해져, 결국 참지 못한 채 말을 잘못 내뱉거나 화를 내고 싸우기도 한다. 이것이 무한 경쟁이라는 세계화 시대 속 우리 삶의 모습이다. 그러나 여행은, 이러한 꽉 끼는 조끼를 벗어 내버려 두고 '그럴 수도'라는 넓은 마음으로 포기하며 따라가는 훈련이 되어야 한다.

2007년에 몇몇 분하고 학회 일로 남미 여행을 한 적이 있다. 그때 원래 장거리 여행이다 보니 생각보다 날씨, 음식, 고산증, 두통, 감기, 비행기 연착 등 여러 가지 어려운 점이 많았다. 그러나 이럴 때마다 안달하거나 낙심하고 화를 내면 그 여행은 끝이 나고 만다. 아이러니하게도 여행은 이러한 크고 작은 예기치 못한 어려움, 즉 일상에서 벗어나는 '낯설게 하기'를 통해 우리를 조금이나마 지혜롭게 만드는, 비싼 돈 주고 사서 하는 고생인 것이다.

일행 중 한 분이 가방을 잃어버리는 큰 사고가 있었다. 안타까운 일이긴 했으나, 너무 격한 감정을 드러내는 바람에 여러 사람의 여행 일정이 마지막에 가서 거의 망가지고 말았다. 그분을 이해할 수는 있었지만, 편하고 쉬운 습관화된 일상을 벗어나 외국을 여행하는 이유, 그 본질적 아이러니를 놓친 것 같아 그분에 대한 아쉬움이 남았다.

어려움이 있으면 돌아갈 수도 있다는 마음이 필요하다. 자기 한 사람으로 인해 함께 여행하는 다른 사람이 불편을 겪거나 여행 프로그램 자체가 와해되어서는 안 된다. 우리 인생에서도 일이 제대로 풀리지 않는

다 해서 불평만 늘어놓고 욕설만 한다면 과연 어떻게 될 것인가? 그때
는 한 발 물러나 기다려 보는 것도 좋을 것이다. 인생의 여러 작은 '전
투'에서 이기는 것도 좋은 일이지만 결국은 큰 '전쟁'을 승리로 이끄는
것이 인생의 최대 목표다.

앞서 말했듯이, 여행은 '사서 고생하기'이며 어려움과 역경 앞에서
참고 견디며 겸손하고 온유해질 수 있는 능력을 훈련하는 아주 중요한
기회다. 비싼 여행비는 결국 이런 기회비용일 뿐이다.

여행은 또한 이국적인 새로운 것을 보고 특이한 풍경을 보며 단순히
즐기고 놀라는 것만은 아니다. 여행은 무엇보다 여행지 사람들의 일상
적인 삶에 대한 이해이기도 하다. 우리 속담에도 "자식이 귀하거든 여
행을 보내라" 하지 않았던가? 이는 온실에서 벗어나 사회에 적응하고
타인과 원만한 관계를 구축하라는 의미이며, 더불어 고향을 떠나는 여
정을 통해 '의미 있는 타자'로서의 가족에 대한 사랑과 중요성도 다시
한번 느끼라는 의미다.

우리의 인식체계는 쉽게 습관되어 자동적으로 수행되기를 바란다.
인간은 다시 생각하기를 항상 싫어한다. 그저 편하고 쉽게 자동화된 인
식 습관이라는 딱딱한 껍질을 깨기 위해서는, 안주하려는 의식을 끊임
없이 깨어 있게 하고 인식에 외부 충격을 주어 역동성과 유연성을 유지
시켜야 한다. 그렇지 않으면 우리 의식 상태의 인식 체계는 고정되고
굳어 버려 새로운 사유도 어렵거니와 혁신적인 발견과 창조적인 발명
역시 불가능하게 될 것이다. 여행의 궁극적인 기능과 목적은 이렇게

우리 자신을 잠시나마 버리거나 비워 '타자 되기'를 시도하는 것이다.

그러나 자신을 버리거나 비우기란 결코 쉬운 일이 아니다. 우리는 언제나 자아에 갇힌 수인囚人이 아닌가? 자신을 비워야만 타인을 받아들일 수 있다. 따라서 자기 비우기란 타자에 대한 사랑의 몸짓이다. 자신이라는 감옥 속에 스스로 갇혀 있지 않고 언제나 타인을 위해 자신을 내놓을 수 있는 것이 진정한 배려이고 돌봄이 아니겠는가? 이런 의미에서 짧거나 긴 여행은, 물론 인생이라는 딱 한 번의 여행도 순례이며 자기 비우기의 연습이자 사랑의 훈련이다.

우리는 여행을 통해 끊임없는 자기 수양을 실천하고, 나아가 궁극적으로는 이 세상에서 타자에 대한 사랑의 회복과 실천의 도정을 계속하는 것이다. 이렇게 보면 고된 생활을 벗어났다는 낭만적이고 즐거운 요소가 사라진 채 여행이 지나치게 삶의 투쟁이나 전투처럼 들리는 문제가 있긴 하지만, '인생은 여행'이라는 명제를 받아들인다면 이 또한 자연스레 받아들여야 할 일이다.

요즘 나에게는 여행이 일상적인 삶 속에 매몰된 자아를 다시 돌아보고 타자他者, 또는 영원성을 찾아내는 이 세상에서 잠시 살면서 지나가는 나그네 의식으로 살아가는 순례pilgrimage의 성격이 강하다는 것을 점점 더 느낀다. (2005)

02. 피천득과 청진동 : 피천득 선생 순례의 출발지

5월의 시인 금아琴兒 피천득皮千得은 1910년 5월 29일 서울시 종로구 청진동 191번지(이 주소는 아직도 후손들의 본적지로 되어 있다)에서 태어 났다. 2023년 종로구청이 피천득의 생가터에 표지석과 시비를 세울 예 정이다. 다행스럽고 매우 기쁜 일이다. 서울 시내 한복판 빌딩 숲 사이 에 있는 작지만 아담한 청진공원 안에 피천득의 생가가 있던 곳이다.

이조 왕조 시대부터 종로구 청진동 주변 일대는 한반도 역사와 문화 의 중심지였다. 이곳에서 피천득이 태어나고 어머니가 돌아가실 때까 지 사셨다. 유치원과 글방(서당)을 다니고 당시 종로구 화동에 있던 소 학교와 경성제일고등보통학교(현 경기고)에 다녔다. 1926년 중국 상하 이로 유학을 떠날 때까지 16년간 종로구 청진동, 수송동, 경운동, 가회 동, 화동(전 경기고, 현 정독도서관이 있는 곳) 등을 돌아다니며 놀던 서울 토박이였다.

피천득은 1916년 6세 때 아버지를 여의었고, 3년 후인 1919년에 어 머니마저 별세해 천애고아가 되었다. 어린 시절 피천득은 청진동 집에 서 '엄마'(피천득은 한 번도 '어머니'라는 말을 쓴 적이 없었다)와의 애틋한 일화를 주로 남겼다. 어머니가 돌아가시기 전 피천득 선생은 유치원과 서당을 동시에 다녔다. 유치원에서는 서양식 근대 교육을 받았고, 동시 에 서당에서는 한문을 익히는 등 전통교육을 받았다. 당시 유치원의 위 치는 어디인지 분명치 않으나 청진동 집에서 그리 멀지 않은 곳이었을 것이다. 필자와의 가상 인터뷰에서 피천득은 그 당시 일화를 하나 들려주었다. 그의 글에 유치원 시절 추억이 담겨 있다.

글방과 유치원에 다닐 때 집에서 심부름하는 여자아이 '순이'가 나를 감시하는 건지 보호하는 건지 졸졸 따라다니는 것이 성가셔서 어느 날 몰래 순이를 따돌리고는 근처 거리를 마음껏 돌아다녔지요. 약장수들이 약 파는 것을 구경하기도 하고, 어떤 청년들이 거리에 서서 열변을 토하는 것을 듣기도 하면서 혼자 있다가 집에 왔지요. 그런데 엄마가 집에 없었지. 엄마가 있나 하고 벽장까지 뒤지다가 그만 피곤해서 거기서 잠이 들어 버렸어요. 깨어 나가 보니 엄마가 나를 잃어버렸는 줄 알고 큰 난리가 난 거예요. 엄마가 얼마나 놀라셨겠어요. 그때 내가 생각이 깊지 못했지요. 지금도 그 생각만 하면 엄마한테 너무 속을 썩여 드려 미안할 뿐이에요.

수필 「엄마」에서 피천득은 엄마와의 애달픈 다른 추억을 적었다.

한 번은 글방에서 몰래 도망왔다. 너무 이른 것 같아서 한길을 좀 돌아다니다가 집에 돌아왔다. 내 생각으로는 그만하면 상당히 시간이 지난 것 같았다. 그런데 집에 들어서자 엄마는 왜 이렇게 일찍 왔느냐고 물었다. 어물어물했더니, 엄마는 회초리로 종아리를 막 때렸다. 나는 한나절이나 울다가 잠이 들었다. 자다 눈을 뜨니 엄마는 내 종아리를 만지면서 울고 있었다. 왜 엄마가 우는지 나는 몰랐다.

피천득은 같은 수필에서 엄마에 대한 다른 에피소드도 전한다.

밤이면 엄마는 나를 데리고 마당에 내려가 별 많은 하늘을 쳐다보았다. 북두칠성을 찾아 북극성을 가르쳐 주었다. 은하수는 별들이 모인 것이라고 일러 주었다. 나는 그때 그것을 이해할 수가 없었다. 불행히 천문학자는 되지 못했지만, 나는 그 후부터 하늘을 쳐다보는 버릇이 생겼다.

피천득은 어려서 청진동에서 유치원에 다닐 때 아름다운 순간을 글로 남겼다.

이름도 잊고 얼굴도 기억에 없지마는 나와 제일 정답게 놀던 아이가 있었다. 그 아이의 양말이 조금 뚫어졌던 것이 이상하게도 생각난다.
그 아이는 지금 어디서 사는지, 아마 대학에 다니는 따님이 있는 부인이 되었을 것이다. 그러나 내 기억 속에 사는 그는 영원한 다섯 살 난 소녀이다.
유치원 시절에는 세상이 아름답고 신기한 것으로 가득 차고, 사는 것이 참으로 기뻤다.
아깝고 찬란한 다시 못 올 시절이다. - 「찬란한 시절」

1924년 5월 8일자 「동아일보」에 소년 피천득에 관한 흥미로운 기사가 실려 있다. 기사 제목은 '고무풍선 유희 3등까지 상을 준다'였다.

지난 5월 1일 어린이날 이 시내 천도교당에서 여러 아이들의 이름을 적은 고무풍선을 날렸는데 그것을 누구든지 먼저 잡아오는 이와 잡아온 풍선의 주인에게는 상품을 주기로 하였던 바, 지난 4일까지 소년운동협회에 들어온 것은 계동 설정식의 풍선은 한강 사는 이영희가, 후하동 도수연의 것은 수송동 이상태가, 청진동 피천득의 것은 익선동 김춘기가 잡았다더라.

호기심이 많았던 피천득은 어려서 청진동 일대를 자주 돌아다녔을 것이다. 아버지가 운영하던 구둣가게 신상紳商이 있던 화신백화점(지금의 종로타워) 건너편 보신각에도 자주 갔을 것이다.

피천득 선생의 글에는 어머니에 대한 글은 많은 데 비해 아버지에 대한 이야기는 거의 없다. 수필 「피가지변皮哥之辨」에 한 구절이 유일하게 남아 있다.

나의 선친께서는 종로, 지금 화신 건너편에서 신전을 하셨다. 피씨가 가죽신 장사를 하여 부자가 되었다고들 한다. 그러나 성 밑에 붙는 칭호가 없어 허전하였던지 구한말기에 주사라는 벼슬을 돈을 내고 샀다. 관직이라기보다는 칭호를 얻은 것이다.

내가 여섯 살 때 '피 주사 댁 입납皮 主事宅入納'이라고 쓴 봉투를 본 일이 있다. 그리고 우리도 양반이라고 생각했다. 그런데 돈 주고 살 바에야 왜 겨우 '주사'를 사셨는지 모를 일이다. 돈만 많이 내면 승지承旨도 살 수 있지 않았을까? 나는 진사進仕라는 칭호를 좋아한다. 정승政丞보다도 판서判書보다도 진사를 좋아한다. 그러나 진사는 팔지 않았는지도 모른다. 아무튼 선친께서는 주사로 만족했던 모양이다.

… 성 이야기를 하다 보니 내 이름에 대해서도 할 말이 있다. 천득千得이라 하면 그리 점잖은 이름은 못 된다. 이름이라도 풍채 좋은 것으로 바꿔 볼까 한 때도 있었다. 그러나 엄마가 부르던 이름을 내 어찌 고치랴! … 원래 나는 하늘에서 얻었다고 천득天得인데, 호적계의 과실로 하늘 천天자가 일천 천千으로 되어 버렸다. 이름 풀이하는 사람은 내가 부자로 살 것을 이름의 획수가 하나 적어서 가난하게 지낸다고 한다. 내가 부자로 못 사는 것은 오로지 경성부청 호적계 직원의 탓일지도 모른다.

아무려나 50년 나와 함께하여, 헌 책등같이 된 이름 금박金箔으로 빛낸 적도 없었다. 그런대로 아껴 과히 더럽히지 않았으면 한다.

서울 사람 아버지는 크게 자수성가하신 분으로 서울 근처 고양시나 시흥 등에 땅을 많이 사두어 천석꾼 소리도 들었다. (아버지는 이례적으로 정부의 관료도 아닌데 당시 일본에 파견된 경제사절단에 한 일원으로 참여했다는 이야기도 있다.) 피천득 선생이 살아 계실 때 아버지 이름으로 지금의 양재동 일대에 수백억대의 땅이 발견되었다고 한다. 땅 명도 소송을 통해 상당 부분 되찾을 수도 있었지만, 현재 살고 있는 사람들을 생각해서 내가 지금 무슨 그렇게 큰 돈이 필요하겠느냐며 소송은 시작도 하지 않으셨다고 한다.

1907년 종로2가에 세워진 당시로는 큰 건물이었으며 6·25전쟁으로 불타버린 YMCA도 갔을 것이다. 그곳에서 종로3가 쪽으로 조금만 더 가면 있는 탑골공원도 가 보았을 것이다. 가까운 곳에 있는 조계사와 우정국도 가 보았을 것이다. 서쪽으로는 광화문 사거리를 지나 새문안교회도 가 보았을 것이고, 덕수궁과 그 뒤 정동교회까지도 갔을 것이다. 북쪽으로는 광화문과 경복궁도 물론 가 보았겠지. 북촌에 경성고보와 부속 소학교가 있었으니 그 근처 지리도 익숙했을 것이다. 아마도 그 뒤 삼청동 꼭대기까지 갔을지도 모른다. 어린 피천득이 인왕산이 있는 서촌까지 가 보았는지는 누가 알겠는가? 경운동을 지나 창경궁(비원)까지도 진출했을 것 같다.

1924년 피천득의 만 14세 때였다. 아마도 지금의 종로구 화동에 있었던 경성제일고보 부속 소학교 졸업반이었을 것이다. 1920년대 우리나라 어린이운동 창시자인 소파 방정환(1899~1931) 선생이 주최한 민족종교인 천도교당이 있는 지금의 수운회관에서 고무풍선 날리기가 있었다. 이때 시상식에서 소년 피천득은 소파 방정환 선생을 만났을지도 모를 일이다.

어머니가 돌아가신 후 어린 피천득은 삼촌댁 등에서 살았던 것으로 되어 있다. 당시 피천득은 경성제일고보 부속 소학교에 재학중이었으니까 지금 정독도서관이 있는 화동 인근에 살았을 것이다. 1924년 후반 두뇌가 출중했던 피천득은 당시 검정고시를 치러 합격하여 2년 앞당겨 경성고보에 입학하였다. 당시 종로구 화동에 사옥이 있던 「동아일보」 편집국장이었던 춘원 이광수의 집에 3년간 유숙하였다. 이광수는 소년 피천득이 자신과 같이 조실부모한 천애고아였고 준재俊才로 소문나고 또한 글쓰는 문재文才가 있다는 소문을 듣고 피천득을 자신의 집에 데리고 살며 문학과 영어를 가르쳤다.

금아가 춘원의 집에 살았던 이 3년 기간은 소년 피천득에게 굉장히 중요한 시기였다. 나와의 가상 인터뷰에서 하신 말씀을 들어보자.

춘원은 내가 조실부모하고 2학년을 월반하여 경성고보에 들어갔을 때 저를 집으로 불러 3년 같이 살았지요. 춘원에게 영어도 배우고 영시도 배웠어요. 중국 도연명의 시도 읽어 주셨지요. 춘원 집에 있던 일본문학과 세계문학전집도 읽었지요. 그리고 춘원이 모국어의 중요성을 강조하시기에 알퐁스 도데의 단편소설 「마지막 수업」을 일본어 번역본으로 읽었어요. 내가 1926년 9월에 영어본을 참조해 번역해서 「동아일보」에 4회 나누어 연재했던 기억이 나네요. 당시 「동아일보」 편집국장이었던 춘원의 덕분이지요. 이 번역본은 나중에 개역되어 중학교 국어 국정 교과서에 수록되었지요. 무엇보다도 춘원의 강력한 추천으로 상하이로 유학 가고 평소 존경했던 도산 안창호 선생을 만나 가르침을 받았어요. 상하이에서 내가 아플 때면 찾아와서 격려해 주셨던 도산 선생은 저에게 거짓말하지 않는 정직의 절대 윤리를 가르치셨습니다. 저는 일생 동안 도산 선생을 스승으로 모시고 살아왔어요.

이광수의 올바른 인도로 피천득은 일본이 아닌 중국 상하이로 유학

갈 수 있었고, 그곳에서 평소 존경하며 일생 동안 사표師表로 모시던 도산 안창호 선생을 만났으니 종로구에서 소년 시절 피천득은 일생에 가장 중요한 결단을 내린 결과였다.

피천득은 50세가 다 되어 어린 시절에 관한 아름다운 시를 한 편 남겼다.

구름을 안으려 하늘 높이 날던 시절

날개를 적시러 푸른 물결 때리던 시절

고운 동무 찾아서 이 산 저 산 넘나던 시절

눈 나리는 싸릿가지에 밤새워 노래 부르던 시절

안타까운 어린 시절은 아무와도 바꾸지 아니하리 – 「어린 시절」

피천득에게 청진동 일대의 어린 시절은 여러 가지 기억과 추억의 저수지였으리라. 그의 어린 시절의 꿈과 여읜 엄마에 대한 그리움으로 점철된 결코 잊을 수 없는 땅의 혼魂이었으리라. 어린 시절 청진동이라는 소우주는 피천득의 문학적 상상력의 원천이다. 피천득은 춘원 이광수가 지어 주었다는 아호 금아琴兒를 그대로 받아들였다. 그것은 나이먹는 것을 멈춘 영원히 늙지 않은 어린이로 남은 것이다. 금아는 일생 어린이로 우리 '어른의 아버지'가 되었다. 피천득은 자신의 삶과 문학의 토대를 어린이의 마음, 즉 동심童心에 두었다.

피천득은 1930년 9월 4일 「동아일보」에 첫 「차즘」(찾음)이 실림으로

써 시인이 되었다. 금아는 「동아일보」에 아기시를 십수 편 남겼고, 어린이를 위한 동물시 13편도 남겼다. 그 후 그는 중구 수표동 출신인 한 살 아래 아동문학가인 윤석중(1911~2003)을 만나 일생동안 가깝게 아동문학을 위해 헌신했다. 윤석중이 하는 어린이 잡지에 소년을 위한 서양 단편소설을 번역 소개하였다. 여기에는 국정 교과서에도 실렸던 알퐁스 도데의 「마지막 수업」과 내서니얼 호손의 「큰 바위 얼굴」도 포함되어 있다. 후에는 찰스 램 남매가 어린이를 위한 쉽게 풀어 쓴 『셰익스피어 이야기』를 번역 출간하기도 하였다. 금아 피천득은 평생 아동문학가로 지낸 셈이다. 예수님의 어린이가 되지 않고는 천국에 들어갈 수 없다는 말씀을 간직하고 일생을 산 영원히 늙지 않는 소년으로 살았다.

5월 5일 어린이날을 맞이하여 5월에 태어나고 돌아가신 청진동의 금아 피천득 선생을 다시 한번 호명하고 소환하는 것이 감사하고 즐거울 뿐이다. 그곳 청진동 191번지 바로 옆 청진공원에 피천득 선생 생가 터에 표지석으로 피천득 시비詩碑가 세워지게 되었다. 하늘에 계신 피천득 선생님께서 미소를 짓고 계실 것이다.

03. 숭고미 : 백두산과 천지

　우리 한민족의 영산靈山인 백두산白頭山을 일찍이 대동여지도를 만든 김정호는 "이 나라 산줄기의 아비"라 불렀고, 일제강점기 때 최남선은 "우리 문화의 연원이고, 역사의 포태胞胎"로 보았다. 백두산은 우리 한국인이라면 언젠가 한 번은 꼭 가 보고 싶은 성지聖地다. 나는 운 좋게도 두 번이나 백두산에 올라 천지天池를 볼 기회를 가졌다.

　첫 번째 등정은 1999년 7월 14일이었다. 동북아시아 대륙에서 제일 높은 백두산의 최고봉인 장군봉이 2,744m이며 천지 둘레는 13·1km이며 동서로 3.35km, 남북으로 4.85km이고, 수심은 가장 깊은 곳이 312.7m이며 12개의 봉으로 둘러싸여 있다. 백두산의 이러한 외형상의 웅대함 뿐 아니라 짙은 쪽빛 색깔의 천지는 맑은 거울처럼 빛나고 조용하며 하늘과 구름과 주위 봉우리들이 모두 한 폭의 그림처럼 들어가 있어 황홀한 신비함을 더해 주었다. 천지는 게다가 고지대에서는 유례를 찾아보기 힘든 물이 화산 분화구에서 솟아오르는 신비로운 용천水湧泉水다. 천지는 과연 하늘의 연못이었다.

　무릎 꿇고 천지 속을 한참 들여다보노라면 남한과 북한, 우리 민족의 족적이 서려 있는 북간도, 연해주에 이르는 동북아 지역을 아우르고 한반도를 관통하여 1,810km 거리에 있는 한라산 백록담까지를 잇는 중심점으로서의 신화와 역사와 문명의 요람임을 강렬히 느낄 수 있었다. 찬탄 받는 단순한 아름다움을 훨씬 넘어서는 무뎌지고 메마른 영혼을 크게 울리는 황홀감ecstasy마저 느꼈다. 이때의 백두산 등정은 나에게는 특별한 여행 경험이기보다는 살아 있는 하나의 영적·시적 사건이 되었다.

1999년 백두산을 다녀온 후 내 일생 중 가장 바쁜 나날을 보냈다. 그후 나는 가끔 휴식이나 명상을 위해 눈을 감고 의자를 뒤로 젖히고 비스듬히 앉아서 또는 소파에 드러누워 눈을 감으면 그때마다 갑자기 그리고 자주 백두산과 천지의 유장悠長한 풍광이 꿈속에서처럼 엄습하곤 한다. 백두산의 12개 봉우리들과 천지 그리고 하늘이 어우러져 장대하고 심연한 숲의 모습이 심안心眼까지 각인된다. 그러노라면 나를 짓누르는 모든 심리적 억압이나 크고 작은 영적인 고통들이 새의 깃털처럼 가벼워지고 신령한 산 백두산 정상의 천지 바람이 나의 몸과 마음을 정화淨化시켜 주는 듯하다. 이것은 대자연의 절정인 백두산과 천지가 나에게 주는 최고의 선물임이 분명하다.

그 후 나는 간혹 고단한 삶의 틈바구니에서 백두산과 천지를 떠올리면서 그 치유와 위로의 힘으로 내 몸과 마음을 추스르고 있다. 앞으로도 나의 마음의 눈이 백두산과 천지의 신비스러운 영광을 담을 수 있는 한 나는 언제나 감사하고 기쁜 마음으로 싱싱할 것 같다. 나는 서재에 백두산 천지 사진을 걸어 놓고 가끔 주문을 외듯 백두산, 천지를 불러낸다. 그때마다 그곳의 경이의 정기精氣가 나를 상큼하게 휘감으며 나의 영혼을 어떤 높은 쪽으로 고양高陽시킨다. 백두산과 천지는 진부한 나의 삶에 미적거리를 만들어 탈영토화시키는 것일까?

내가 두 번째로 백두산을 등정한 때는 2015년 7월 8일이다. 이 백두산 정상의 변화무쌍한 날씨 때문에 천지를 볼 기회가 일 년에 90일 정도밖에 안 된다고 한다. 그런데 이번에도 운이 좋아 백두산 봉우리들과 천지를 다시 볼 수 있었다. 중국 정부가 장백산長白山(중국인이 백두산을 부르는 이름) 일대를 제10대 국가 관광지역으로 선포한 이래 편의시설이 많이 들어섰다. 천지 바로 아래까지 독일 지프차를 차고 3~4명씩 올라갔던 지난번 등정 때와 달리 이번에는 독일제 봉고차로 8~9명씩 올라갔다. 여러 방향에서 정상까지 올라가는 계단도 새로 만들어졌다. 당시는 관광객 대부분이 소규모 한국인들이었는데, 지금은 등정객 수를 통제할 정도로 중국 관광객들이 주류를 이루고 있다. 지난번처럼 북한 쪽에서 백두산으로 직접 올라가지 못하고 중국을 통해 올라가는 것이 너무나 아쉬웠다. 한반도 통일이 되기 이전이라도 북한 쪽에서 백두산 등정을 할 수 있다면 얼마나 좋을까?

조선족자치구인 중국 길림성에서 백두산 가는 길은 북파, 남파, 서파 세 갈래가 있는데 이번에도 지난번처럼 북파(북쪽 산등성이) 길로 올랐다. 서파 쪽으로 가면 작은 '그랜드캐니언'이라 불리는 용암이 흘러 만들어진 기묘한 바위들이 천태만상의 모습을 가진 금강대협곡을 볼 수 있다고 한다. 이번에 다시 중국 쪽에서 제일 높은 봉우리인 천문봉天文峰에 올랐다. 주봉인 북한 쪽 장군봉이 건너에 보였고 백두산과 천지가 주는 웅장하고 신비로운 모습은 변함이 없었으나, 첫 번째 등정 때의 갑자기 가슴이 답답해지고 말문이 막히는 극심한 감격 때문에 오는 인식 장애, 언어 장애는 없었다. 사실 나는 첫 번째 등정 이후로 백두산 등정기를 쓰지 못하고 있었다. 16년이 지난 지금까지도 나의 사유로, 논리로, 언어로 표현할 수 없는, 나를 숨 막히게 했던 그 장엄하고 거룩하고 신비로운 초월적 힘은 어디서 온 것인가를 계속 사유하고 있었다. 그 거대하고 기괴하기까지 한 마력적인 경외감은 무엇일까? 그것은 다름 아닌 '숭고(미)Sublime'의 영역이었다.

문학에서 '숭고'의 개념을 처음으로 제안한 사람은 1세기 또는 3세기 그리스의 수사학자 문인 롱기누스Longinus다. 탁월한 문학이란 단순한 설득이나 아름다움 이상의 숭고미를 촉발시켜야 한다고 주장한다. 그에 따르면 '진정한 숭고미'란 "내적인 힘이 작용함으로써 우리의 영혼이 위로 들어올려져, 우리는 의기양양한 고양과 자랑스런 기쁨의 의미로 충만하게"(김명복 역) 만드는 전능을 가진다. 숭고미란 우리의 일상적 존재의 경계를 넘어 우리 영혼을 고양시켜 거룩한 환희의 경지로 몰입시키는 상상력에 다름 아니다. 롱기누스는 이후 18세기 신고전주의들과 19세기 낭만주의자들 모두에게 문학의 기능과 특성을 아리스토텔레스의 '카타르시스론'과 호라티우스의 '가르침과 즐거움'을 넘어서는 새로운 영역으로 이끌어 올리는 데 서양 예술의 역사에서 문학적·미학적 혁명으로 이끌었다.

어떤 문학도 우리에게 '고상한 정서'인 숭고미를 작동시켜 주지 못한다면 진정으로 위대한 문학이 아니다. 우리가 자연에서 거대한 산이나 대양이나 절경을 오감으로 만났을 때 초월적 경이로움과 영혼의 경외감을 주는 이유는 "인간들은 유용하고 필요한 것은 값싸게 생각하고, 항상 비범한 것은 대비하여 그들의 칭송을 예비하여 두고 있기" 때문이다. 숭고미의 수사학자 롱기누스는 숭고미가 상실된 자신의 시대에 대한 자유의 억압, 돈에 대한 사랑, 용서할 줄 모르는 오만, 쾌락이나 칭송받는 일 이외 일에 대한 무관심, 이웃을 돕지 않는 사랑의 부재 등이 우리 영혼을 지치게 하고 영혼의 장엄함을 몰락시킨다고 보았다.

백두산과 천지의 숭고미는 내가 연전에 보았던 남미의 이과수 폭포나 중국의 장가계, 원가계의 것과는 확연히 차이가 있다. 백두산 천지의 사건은 무엇인가 알 수 없는 신비스럽고 비밀스러운, 표현할 수 없고 재현할 수도 없는 어떤 성스러운 경외감은 우주의 장대함과 심오함을 일부나마 느낄 수 있는 독특한 '정경교융情景交融'의 영적 체험이다. 오늘날 우리의 예술과 문학이 이러한 숭고미의 경지를 계속 추구한다면 무겁고 답답한 일상사를 어느 정도는 즐겁고 기쁘게, 그러나 의미 있고 진지하게 살아낼 수 있지 않을까?

04. DMZ 이야기

1. 땅, 아름답고 존귀한

백두에서 한라까지
동해에서 서해까지
삼천리 금수강산
반만년 한민족 이야기가 서려 있는 한반도

두만강 압록강 넘어
시베리아까지 호령하던
고조선, 부여, 고구려, 발해로
북방의 웅혼한 기상이 넘친다.

다도해에서 마라도까지
태평양의 장대한 기운
신라의 기상과 백제의 지혜로
남방의 따스한 기운도 올라온다.

지구촌 동쪽 끝자락
유라시아 대륙의 아름다운 반도

북방대륙과 남방해양의 기운이 합쳐진
한반도의 허리띠 DMZ

2. 역사, 슬프고 안타까운

몽고 침탈, 임진왜란, 병자호란
조선 말기 치욕의 역사
일제강점기의 아픈 이야기
일본 원폭 이후 해방의 감격도 있었다.

1945년 시작된 새로운 시련
남한엔 미군, 북한엔 소련군이 진주해
민족이 일찍이 겪어 보지 못한 분열
어이없는 이념의 싸움터 되었다.

민족상잔의 6·25전쟁 발발
미국과 소련의 어이없는 대리전
부모 형제자매 친척들의 엄청난 떼죽음
설명할 길 없는 우리끼리의 부끄러운 살상전

잔인한 전쟁 뒤 1953년 7월 그어진 휴전선
북으로 간 많은 사람들
남으로 내려온 훨씬 더 많은 사람들
DMZ는 이 모든 슬픈 역사의 목격자.

3. 분단, 고난과 희망의 씨앗

한반도 허리에 그어진 155마일 군사분계선
전쟁이 일시적으로 중단된 휴전선
산에서, 강에서, 바다에서, 하늘에서
국지도발의 긴장은 계속되었다

휴전 후 70년간 완전히 두 동강난 허리
남과 북이라는 두 개의 나라로 나뉘어
반영구화된 답답한 통한의 분단 상황
DMZ는 억겁의 무서운 침묵 속에 있다

그동안 남북 정권이 유지시킨 분단 상황
권력 유지에 교묘하게 이용당하고
말로는 무성했던 남북 화해와 민족 간 대화

분단 종식을 위한 진정성은 얼마나 있었나

사람의 발이 거의 닿지 않은 곳
동식물들의 행복한 놀이터가 된 생태 천국
남미 아마존 같은 원시림
DMZ는 신비로운 침묵의 시공간이다

4. 시작, 새로운 기쁨의

서로 대치하는 북방 대륙세력과 남방 해양세력
동북아와 세계 최대의 전략적 요충지
이제 꿈에서 깨어나 기지개를 펴는 한반도
분단의 고난을 넘어 평화의 희망이어라

18세기 독일 철학자 칸트가 말하는
영구평화지대가 가능한 한반도
이조 말 민족의 스승 안중근 의사가 꿈꾼
동북아 평화의 중립지대 되어라

한반도여, 종전과 평화를 선언하여

북방 대륙과 남방 해양이 화해를 이루는
세계 평화의 최후 전진기지로
사랑의 발전소와 비전의 보물창고 되어라

이제 70년간의 분단과 대결을 끝내고
저주의 땅에서 축복의 통로가 되고 있는
한반도 남북을 향기로운 허리띠로 묶어 주는
DMZ여, 민족 최초의 기쁨과 영광이 되어라!

05. '역사적' 예수의 발자취를 따라 : 성서의 땅 이스라엘 답사기

1.

인간은 이 세상에 잠시 머무는 나그네, 이방인, 타자, 순례자, 여행자
다. 인간이란 '지금 여기'를 떠나 끊임없이 저 높은 곳을 향하여 여행하
는 자일까?

기원후 4세기부터 시작된 초기 이스라엘 지역으로의 순례는 세상과
구별하기 위한 것이었다. 중세 이후의 성지 순례는 지은 죄에 대한 참
회 형식으로 지속되었다. 그 시대 여행이란 매우 위험하고 고통스러웠
다. 그 후에는 자신의 기도가 응답받으면 감사하는 마음으로 순례의 길
을 떠났다. 기원후 330년 기독교를 로마의 국교로 바꾼 콘스탄틴 대제
의 어머니였던 헬레나 모후가 성지를 방문하여 예수살렘과 근교 지역
여러 곳에 교회를 지은 후 성지 순례는 선풍적인 유행을 일으켰다.

기록을 남긴 유럽 최초의 성지 순례는 333년에 이루어졌다. 당시에
는 프랑스 보르도에서 출발하여 이태리와 발칸반도를 통해 다뉴브강
을 따라 동로마 제국의 새로운 수도인 콘스탄티노플(이스탄불)을 통해
소아시아와 시리아를 지나 성지에 이르렀다고 한다. 그보다 반세기 후
에는 성지 순례를 떠난 스페인 수녀가 근동 지방을 3년간 돌아다녔다
고 전해진다. 어떤 순례자들은 일단 성지로 왔다가 결코 돌아가지 않는
경우도 생겨서, 성 제롬(347~419)은 아예 예수의 탄생지인 베들레헴에

정착하여 라틴어로 성경 번역을 시작하였다. 성 제롬은 20년간 구약 번역에 힘을 쏟아 406년에 완성하였다. 역사상 가장 놀라운 성지 순례는 성 알렉시우스의 이야기로, 그는 결혼하는 날 집을 나와 근동 지방에서 순례자로 17년간을 지낸 후 로마로 되돌아와 아버지 집에서 거지로 나머지 17년을 살았다.

2008년 1월 나의 성서의 땅 이스라엘 탐방은 엄격하게 말하면 영적 순례는 아니다. 17세기 영국의 목사이며 소설가인 존 번연이 쓴 『천로역정Pilgrim Progress』의 주인공 그리스도인처럼 고향과 가족을 모두 버리고 비장한 각오와 경건한 목적으로 천국celestial city에 이르는 순례의 길을 떠나겠다는 각오도 없었다. 그러나 중동 지역 여행에서 이스라엘에 대한 나의 호기심과 관심은 오직 한 가지뿐이었다. 30세에 공생애를 시작하여 3년간 활동하다 33세 젊은 나이로 당시 최악의 형벌인 십자가형으로 죽고 다시 부활했다는 '역사적' 예수의 발자취를 더듬어 보는 것이었다.

예수는 누구인가? '거듭난' 기독교인이 되기 전부터 나는 예수라는 인간에 대해 호기심과 관심이 많았다. 30세 젊은 나이에 어떻게 그렇게나 거창한 비전을 가지고 3년간 온유와 지혜로 복음사역을 하고 그렇게 젊은 나이에 죽을 수 있단 말인가? 게다가 그의 가르침은 지난 2000년간 전 세계적으로 최대의 베스트셀러가 된 『성서』의 주요 부분으로 온 세계를 변화시키고 있지 않은가? 얼마나 놀라운 역사의 반전인가? 변형인가? 영향력인가? 예수는 보통 신성神性과 인성人性을 모두 갖춘 복합적인 존재로 묘사된다. 그러나 예수에게서 신성의 베일을 벗기는 작업이 18세기에 시작되었다. 역사주의자들은 신화화된 예수를 탈신비화하여 '역사적 예수'로 만들어 놓음으로써 예수의 인성을 지나치게 강조하여 온전하고도 진정한 예수의 모습을 놓쳤다.

'어린양'으로 불리는 예수는 "왼쪽 뺨을 맞거든 오른 뺨도 내놓아라" 하고 말하는 평화의 사도인가? 과연 그런가? 일부 학자들처럼 십자가형을 예로 들어 예수를 로마 식민지 시대의 혁명가로 보는 것은 지나치지만 예수는 그저 단순하게 평화만을 고집하지는 않았다. 그는 제자들에게 진정한 신앙을 위해서는 가족까지 버릴 것을 요구했고, 성전에서 장사하는 무리들을 쫓아내며 엄청난 분노를 표출하였다. 예수는 사랑의 복음전도자로 무저항주의를 택했을망정 일방적인 순응주의적 화해주의자는 아니었으므로 우리는 그를 사랑과 공의公義의 균형을 갖춘 사람으로 이해해야 할 것 같다.

2.

이제 예수의 탄생지인 베들레헴을 방문하자. 베들레헴은 낮은 동산으로 된 작은 도시로 예루살렘에서 남쪽으로 약 8km 지점에 위치해 있다. 베들레헴이라는 이름은 밀농사가 잘 되어서인지 '빵을 굽는 곳'이란 뜻이다. 아랍계 팔레스타인들의 거주지라 조심스럽게 그곳을 방문할 수 있었다. 베들레헴은 구약시대부터 주요 지역이었다. 이 지역에서 가장 중요한 인물은 역시 다윗이다. 블레셋족의 거인 장군 골리앗을 격파한 목동 다윗은 구약 「시편」의 대부분을 지은 시인이자 유대민족 최초로 통일국가의 토대를 굳건히 닦은 왕이었다. 무엇보다 다윗은 예수의 선조다. 베들레헴에서 예수가 탄생하리라는 것은 이미 BC 700년에 선지자 미가에 의해 예언되었다. "베들레헴 에브라다야 너는 유다 족속 중에 작을지라도 이스라엘을 다스릴 자가 네게서 내게로 나올 것이다. 그의 근본은 상고에, 영원에 있느니라." (미가 5:2)

외양간에서 태어난 예수는 강보에 싸여 말구유에 놓였다. 바로 이곳에 예수탄생교회The Church of the Nativity가 있다. AD135년 로마의 하드리아누스 황제는 기독교를 말살하기 위해 예수 탄생 동굴 위에다 로마 아도니스 신전을 세웠지만, 기독교를 공인한 콘스탄티누스 황제가 339년 신전을 허물고 탄생교회를 지었다. 그 후 지진으로 무너진 교회를 유스티아누스 황제가 다시 지었지만 또다시 무너졌다. 지금의 교회는 12세기 십자군 시대에 다시 건축되어 현재는 그리스 정교회에서 관리하고 있다. 이 교회로 들어가려면 낮은 문을 고개를 숙이고 들어가야 한다. 이 문은 십자군 시대에 적의 침입을 막기 위해 작게 만들었으나, 이곳은 겸손한 마음으로 들어와야 한다는 의미로 '겸손의 문'으로 불린다. 지하 계단으로 내려가면 아늑한 동굴이 있는데, 이곳이 예수가 탄생한 곳이다.

여기에 1717년 천주교에서 만든 별 모양의 14각 은장식이 있는데

'베들레헴의 별'이라는 별명이 붙은 이 장식 주위에 "이곳에서 동정녀 마리아에게서 그리스도가 탄생하셨다"는 라틴어 문구가 있다. 해마다 이곳에서 열리는 성탄절 행사는 전 세계로 위성 중계되는데, 천주교와 개신교의 성탄일은 12월 25일이지만 그리스 정교회는 1월 6일, 아르메니아 정교회는 1월 18일이다.

1881년 탄생교회 옆에 세워진 캐더린 천주교회에는 앞서 언급한 성 제롬이 4세기에 성경을 번역하던 곳이 있다. 이 교회 지하 동굴에는 예수시대 헤롯왕이 두 살 이하의 아이들을 죽여 묻은 곳이 있다. 예수는 당시 아버지 요셉과 어머니 마리아와 함께 이 학살을 피해 이집트로 피신했다. 필자가 카이로에 갔을 때 성가족이 살던 성가족 피난교회를 방문한 바 있다. 예수 가족은 헤롯왕이 죽은 뒤 이스라엘로 돌아와 부모의 고향인 예루살렘에서 북쪽으로 135km 떨어진 갈릴리 지방 나사렛에 정착하였다. 그 후 예수는 '나사렛 예수'로 불리게 된다. 예수는 목수였던 아버지 밑에서 30세까지 일했다.

기이하게도 성경에는 13세 이후 예수의 행적에 대한 기록이 거의 없어 여러 가지 억측들이 생겨났다. 일부 학자들은 당시 불교 선원이 중동지방까지 뻗쳐 있었으므로 그 영향 때문에 예수가 고향을 떠나 지금의 티베트 지방에서 탁발승으로 수도를 하고 돌아갔다고 주장하기도 하지만, 이런 설명을 정통 기독교에서는 인정하지 않는다. 신약에서 예수의 가르침이 붓다의 가르침과 많은 점에서 유사한 것은 사실이나, 인간의 근본적이고 보편적인 문제를 다루는 위대한 종교가 어찌 공통점이 없겠는가?

　예수 시대에는 해발 375m 돌 언덕 위에 위치한 작고 오래된 마을 나사렛이 지금은 비교적 큰 도시로 발전하였고, 인구의 3분의 2인 아랍인들은 구도시에서, 유대인들은 언덕 위 신시가지에서 살고 있다. 놀랍게도 이곳 아랍인들의 60%가 천주교도라 한다. 이곳에는 마리아에게 천사 가브리엘이 예수 수태 사실을 고지해 준 곳에 지었다는 수태고지교회The Church of the Annunciation가 있다. 원래 교회는 427년에 지어졌으나 무슬림 교도들에 의해 파괴되었고, 그 후 여러 번의 증개축 이후 지금의 교회는 이태리 건축가 무치오의 설계로 1969년에 완성된 아름답고 우아한 모습이다. 바닥이 아름다운 비잔틴 양식의 모자이크로 된 교회 안에는 마리아의 수태고지 장소라는 동굴이 있다. 뾰족한 모양의 지붕은 교회 안에서 올려다보면 하나의 커다란 백합꽃 같다. 거꾸로 된 백합꽃은 세상에 내려온 예수를 가리킨다.

　교회 밖 뜰 벽면에 있는 성화들은 전 세계 50여 개 나라에서 보낸 것으로 각국의 고유 의상을 입은 아기 예수를 안고 있는 성모 마리아의 모습이다. 한국에서 온 그림은 공주사대 이남규 화백의 작품으로 "평화의 모후에 하례하나이다"라는 한글 글귀와 함께 한복을 입은 마리아가 색동옷을 입은 어린 예수를 안고 있는 모습을 담고 있다. 이 교회 옆에 예수가 자란 집과 아버지 요셉의 목공소가 있던 자리에 동굴이 있다. 여기에도 비잔틴 시대에 첫 교회가 세워졌으나 지금의 요셉교회는 1919년에 세워진 것으로 이곳에서 목공 도구들과 세례 터, 물 저장소

등이 발견되었다. 예수는 자기 고향에서 인정받지 못했고 오히려 나사렛 유대인들은 예수를 배척하여 낭떠러지에서 떨어뜨려 죽이려고까지 했다. 그래서 예수는 고향을 떠나 복음 사역을 위해 나사렛에서 북동쪽으로 25km 정도 떨어진 갈릴리 호수 지방으로 옮겨갔다.

나사렛에서 북쪽으로 12km 떨어진 갈릴리 지역에 작은 마을 가나가 있다. 예수가 공생애를 시작하면서 첫 번째 기적을 행한 곳이다. 예수와 제자들도 결혼식에 초대를 받고 갔으나 포도주가 모자란다는 어머니 마리아의 말씀을 듣는다. 예수는 큰 돌항아리 여섯에 물을 채우게 한 후 그것을 포도주로 바꾸었다. 이 기적으로 제자들이 예수를 믿게 된다. 오늘날 천주교에서 성모 마리아를 높이는 이유도 이때 예수가 어머니의 말씀을 듣고 그대로 행했으므로 마리아에게 기도하면 무엇이든지 삼위일체 하나님 예수가 들어주신다는 믿음 때문이라는 말도 있다.

그러나 마리아의 중보기도자로서의 증거를 성서에서는 찾기 어렵다. 어떤 학자는 성모 마리아 숭배사상이 로마시대에 유행했던 여신의 변형이라 주장한다. 예수의 첫 번째 이적을 기념하기 위해 4세기경 가나에 교회가 세워졌는데, 이것이 바로 가나결혼교회다. 지금 남아 있는 교회는 1883년에 완공된 천주교회다. 예수는 또한 가나에서 이곳에 살던 왕의 신하의 아들의 병을 고쳐 주는 두 번째 기적을 행하기도 했다.

예수는 30세 되던 해 복음 사역을 시작하기에 앞서 요단강가에서 세례요한에게 세례를 받고 유대 광야에서 40일 동안 금식하며 악마의 유혹을 견뎌 냈다. 예수의 발자취가 가장 많이 남아 있는 곳은 역시

공사역의 주요 무대였던 갈릴리 호수 지역일 것이다. 갈릴리 호수는 북쪽의 눈으로 덮인 헤르몬 산에서 흘러내리는 물이 고여 만들어졌다. 여기에서 요단강을 따라 남쪽으로 흘러 내려가는 물이 사해에서 다시 모인다. 이 호수 주변으로 예수 당시에는 비교적 큰 도시가 형성되어 있었으나 지금은 관광지 티베리아스만 남아 있다. 이 지역에서 예수는 베드로를 비롯해 여러 제자들을 얻었다. 예수는 어부였던 베드로에게 물고기 낚는 사람에서 사람을 낚는 사람이 되라고 인도하여 수제자로 만들었다.

필자는 나사렛을 지나 갈릴리 호수 서쪽 도시 티베리아스에서 하룻밤을 묵은 후 버스를 타고 호숫가 북쪽 가버나움으로 갔다. 이곳은 고라신, 벳새다와 더불어 소위 예수 복음의 삼각지대Evangelical Triangle를 형성하는 곳으로 갈릴리 사역의 중심지다. 예수 당시 번창한 어촌이었던 이곳은 다양한 사람들이 모여들던 곳이라 복음 사역의 적격지였다. 예수가 세리였던 마태를 제자로 삼고 많은 기적을 행하고 많은 가르침과 설교를 행했던 곳이나, 지금은 어촌 항구도 사라지고 잡초들만 무성하고 자갈들만 뒹굴고 있었다. 예수의 구체적인 증거와 흔적은 거의 찾을 수 없어 아쉽고 마음 한구석이 허전하기까지 했다. 그저 갈릴리 호숫가를 걸으며 주위 산을 둘러보면서 역사적, 아니 영적 상상력을 작동시켜 신약성서에 남아 있는 기록들을 통해 그 발자취를 더듬을 수밖에 없었다. 아, 어쩔 수 없는 세월의 무자비함이여! 다행히 호수 주변에 오병이어교회, 베드로 수위권 교회, 팔복교회 등 몇몇 교회들이 있었다.

이 중 필자의 마음을 사로잡은 팔복교회The Church of the Beautitudes는 호수에서 제법 떨어진 언덕 위에 있어 전망도 좋고 잘 지어진 아름다운 교회였다. AD 5세기 비잔틴 시대에 처음 세워졌으나 영고성쇠를 겪다가 지금의 교회는 1938년 이탈리아 조반니 무치오의 설계로 지어졌다고 한다. 교회 건물의 외형은 팔복을 나타내는 팔각형이고 내부에는 여덟 개의 복이 팔면 벽에 라틴어로 쓰여 있다. 산상수훈으로 알려진 팔복八福은 공생애를 시작한 예수가 제자들에게 행한 첫 번째 설교로 천국 백성인 기독교인들이 실제 삶에서 지켜야 할 핵심 교리다.

심령이 가난한 자는 복이 있나니 천국이 그들의 것임이요

애통하는 자는 복이 있나니 그들이 위로를 받을 것임이요

온유한 자는 복이 있나니 그들이 땅을 기업으로 받을 것임이요

의에 주리고 목마른 자는 복이 있나니 그들이 배부를 것임이요

긍휼히 여기는 자는 복이 있나니 그들이 긍휼히 여김을 받을 것이요

마음이 청결한 자는 복이 있나니 그들이 하나님을 볼 것이요

화평하게 하는 자는 복이 있나니 그들이 하나님의 아들이라 일컬음을 받을 것임이요

의를 위하여 박해를 받은 자는 복이 있나니 천국이 그들의 것임이라

(마태복음 5:3~10)

독일 철학자 칸트는 이 산상수훈을 절대적 윤리라 했고, 러시아의

대문호 톨스토이는 문자 그대로 우리가 지켜야 할 법칙이라고 평했으며, 인도의 지도자 간디는 이렇게도 아름다운 진리가 있구나 하며 감탄했다고 한다. 이번 탐방 내내 나는 이 산상수훈 여덟 개 항목에서 과연 몇 개나 깨달아 내 삶의 좌표로 삼고 구체적으로 실천할 수 있을 것인지 깊이 묵상하였다.

3.

예수는 이 갈릴리 지역에서 3년의 공생애 중 2년 반을 보내고 나머지 6개월은 '평화의 토대'라는 뜻을 지닌 예루살렘 지역으로 이동하여 사역하였다. 그러나 얼마 되지 않아 로마 총독의 관헌에게 체포되어 부당한 재판에서 반란죄로 사형언도를 받고 십자가에 매달려 "나의 하나님, 어찌하여 나를 버리셨나이까" 하고 인간적으로 고뇌에 찬 절규를 하기도 했지만 하나님의 아들로서 "다 이루었다"는 말을 남기고 영혼이 세상을 떠나갔다.

나의 예루살렘 답사는 사해 북쪽 요단강 서안의 여리고 방면에서 올라오는 곳에 있는 감람산Mt. of Olives에서 시작되었다. 예루살렘 동쪽에 솟은 감람산에서 기드론 계곡을 건너 바라본 성전이 있는 구 예루살렘 지역은 커다란 언덕 기슭에 위치한 소박한 마을이었다. 이 구릉 마을이 전 세계 3분의 1 정도 사람들이 성소로 알고 있는 예루살렘의 옛 이름인 시온성의 근거지라니 성스러운 감동이 가슴으로 밀려든다. 내가 기대했던 웅장하고 신비로운 성은 아니었지만 이 구릉에서 성서의 수많은 사건들이 일어났던 것이다.

감람산 정상에서 왼쪽 아래로 넓은 공동묘지가 있다. 아랍인의 무덤이 제일 많고 유대인과 기독교인의 묘들도 있으나, 대개 유력자와 재산가들이 묻혀 있고 이들은 지구 종말의 날에 메시야가 오시면 함께 하나님의 나라로 올라갈 것을 기대하며 이곳에 묻혔다고 한다. 이곳에는 구약시대 성자인 스가랴의 무덤과 다윗왕 아들로 반란을 일으켰다 죽은 압살롬의 무덤도 있다. "감람산은 그 한가운데가 동서로 갈라져… 나의 하나님 여호와께서 임하실 것이요 모든 거룩한 자가 주와 함께하리라." (스가랴 14:4~5)

감람산에서 구 예루살렘 성 쪽을 바라보면 가장 눈에 띄는 것이 태양에 번쩍이는 황금 돔이다. 이것은 현재 이슬람 모스크로 원래 이곳에는 다윗왕의 아들 솔로몬왕이 처음으로 세운 유대인들이 가장 소중히 여긴 성전이 있었다. 그 후 파괴되었다가 제2성전이 세워졌으나 서기 70년에 로마 제국에 의해 완전히 파괴된 후 다시는 세워지지 못했다. 그 후 이슬람 지배가 시작되자 이슬람 사원인 모스크가 세워져 지금에 이르렀다. 이슬람교는 유대교와 기독교와 구약시대를 공유하고 있어 여호와 하나님이 선택한 아브라함 이래의 조상들을 같이 모시며 8세기에 알라신의 코란을 쓴 모하메드 이전의 예수까지도 선지자로 인정한다. 이것이 구약시대 유적들과 예수시대 유적들이 아직도 일부나마 남아 있는 이유일지도 모른다.

예루살렘은 3000년 이상 된 세계에서 가장 오래된 곳이자 다윗왕 이래로 험난한 역사적 경험을 겪은 도시여서 각 시대별로 남긴 사적지와 유물도 많고 성서와 관련된 유적지도 적지 않았다. 시인이며 하프 명연주자였던 다윗왕은 「시편」 122편에서 예루살렘에 대해 "예루살렘을 사랑하는 자는 형통하리로다 네 성안에는 평강이 있고 네 궁들에는 형통이 있을찌어다"라고 노래했다.

나는 이곳에서 예루살렘성의 여러 사적지나 성서와 관련된 교회들에 대한 이야기는 하지 않겠다. 다만 이 여행기가 예수의 발자취를 따라가는 것이므로 수년 전 호주 출신의 멜 깁슨이 제작하고 주인공으로 연기했던 영화 「패션 오브 크라이스트」에서 잘 보여 준 것처럼 빌라도 총독의 법정에서 사형선고 받은 예수가 골고다 언덕에 이르러 십자가에 못박혀 죽기까지 '슬픔의 길Via Dolorosa'을 따라가 보자.

그 슬픔의 길은 지금은 아랍계 팔레스타인들이 운영하는 시장의 소음 속에 묻혀 있다. 예수가 법정에서 십자가를 지고 골고다 언덕까지 올라가는 고난의 과정을 14개 처로 나누어 작은 팻말에 적어 놓았지만 찾기도 쉽지 않았다. 번잡함에 묻혀 버린 이곳에서 당시 예수님의 처참했던 고난의 모습을 전혀 떠올릴 수 없었던 나는 억지로 영화 장면을 떠올리며 간신히 그 처절했던 예수의 고난을 일부나마 느끼고자 애썼다. (귀국 후 강화도와 제주도 기독교 성지에 세워진 예수 고난의 14개 처를 돌며 나는 예루살렘에서보다 '슬픔의 길'의 그 고난을 뜨겁게 경험할 수 있었다.)

예수가 십자가에서 마지막으로 숨을 거둔 곳을 기념하여 콘스탄티누

스 황제의 모후인 헬레나의 지시로 성묘교회The Church of the Holy Sepulcher
가 세워졌고 여러 차례 파괴와 재건축 과정이 반복되었다. 이 성묘교회
도 여섯 개의 기독교 종파인 천주교, 아르메니아 정교회, 에티오피아
정교회, 그리스 정교회, 이집트 콥틱 정교회, 러시아 정교회가 각각 나
누어 관리하고 있으며, 교회 정문을 여닫는 열쇠는 무슬림이 관리한다
고 한다. 여기에도 개신교가 끼어들 자리는 전혀 없다니, 나 같은 개신
교 신자에게는 너무나 아쉽고도 섭섭한 일이었다.

허나 중요한 것은 십자가에 달려 죽은 예수가 남긴 구원의 복음이 아
니겠는가? 흔히 기독교는 십자가의 종교라 불린다. 그렇다면 십자가의
사랑이란 무엇인가? 십자가에서 세로대의 수직적 사랑은 하나님과 인
간의 사랑이다. 가로대의 수평적 사랑은 인간과 인간, 즉 이웃 간의 사
랑이다. 이런 맥락에서 볼 때 예수가 졌던 십자가의 모습도 우리가 흔
히 알고 있는 것과 달리 예수가 골고다 언덕으로 고통스럽게 지고 간
십자가는 십자가가 아니라 가로대만일 수 있다. 골고다 언덕에는 이미
큰 장대가 수직으로 박혀 있고 예수가 지고 간 가로대를 이미 서 있던
세로대에 맞추어 비로소 십자가형이 이루어졌다는 것이다.

다시 말해 예수는 이미 있던 하나님과 인간의 사랑 위에 인간들 간의
이웃 사랑을 연결시킴으로써 십자가 사랑의 신앙을 비로소 완성시켰
다는 것이다. 기독교도들의 사랑의 실천도 이와 같은 것이 아닐까? 하나
님에 대한 수직적 사랑 위에 이웃에 대한 수평적 사랑을 덧붙여야 진정
한 십자가의 사랑이 이뤄지는 것이리라!

4.

예루살렘에서의 예수의 감동적인 이야기는 여기서 끝나지 않는다. 예수는 죽음에서 부활하여 승천했고, 이를 기념하고자 예루살렘 성전 동쪽 감람산 정상에 승천교회가 세워졌다. 예수의 죽음과 부활로 기독교도들은 이 세상에서의 죽음을 극복하고 천국에서 영생을 누릴 수 있다고 믿는다.

1세기 말 예수의 가장 나이 어린 제자였던 요한은 당시 황제 숭배사상을 강요하던 로마제국에 의해 그리스와 터키 사이의 에게해 밧모Patmos 섬에 유배되었을 때 동굴 속에서 성경의 마지막 권인 계시록을 집필하였다. 이것은 인류 역사상 가장 위대한 계시 (또는 묵시) 문학이다. 사도 요한은 환상 속에서 새로운 예루살렘에서 다시 예수를 본다. "모든 눈물을 그 눈에서 닦아 주시니 다시는 사망이 없고 애통하는 것이나 곡하는 것이나 아픈 것이 다시 있지 아니하리니 처음 것들이 다 지나갔음이어라… 보라 내가 만물을 새롭게 하노라" (요한계시록 21:4~5)

19세기 초 영국 시인 윌리엄 블레이크는 런던을 새로운 예루살렘으로 만들려는 비전을 가지고 같은 제목의 기독서사시를 썼다. 한국의 많은 기독교인들은 1907년 대각성 운동이 있었던 평양을 동방의 예루살렘이라고 부르기를 좋아한다. 우리도 한국에서 예수가 약속한 재림을 기대할 수 있을까. "내가 진실로 속히 오리라" 말한 예수가 지상에 다시 와 모든 것이 종말을 고할 때 "아멘, 주 예수여 오시옵소서"라고 말하는 신실한 그리스도인들은 구원받고 천국으로 갈 것을 기대할 수 있을 것인가?

나는 짧은 기간이나마 '역사적' 예수의 발자취를 느끼며 따라가는 이스라엘 답사를 간절히 기대했지만 크게 이루지는 못했다. 진정한 예수는 이스라엘에서 주류를 이루고 있는 유대교만을 믿는 대부분의 유대인들과 이슬람교를 믿는 아랍인 팔레스타인들 사이에 없었다. 예수가 태어난 베들레헴에는 겨우 이름만 남아 있고, 고향인 나사렛에서는 아직도 존경받지 못하고 있으며, 주 사역지 갈릴리 호숫가에도 그의 뜨거운 열정의 흔적은 없었고, 예수가 복음 사역을 죽음으로 마감한 예루살렘에서도 예수 사랑과 희생의 피와 살은 없고 다만 현지인의 무관심(얼음)과 관광산업의 열기(불)만이 남아 있었다.

아, 그렇다면 예수는 어디에서 찾는단 말인가? 생명의 책이라는 『성서』 속에서, 그리고 사도요한의 환상의 계시 속에서, 아니면 17세기의 놀라운 유대계 화란인 철학자 스피노자의 "신에의 지성적인 사랑"에 의해서 예수를 구체적으로 만날 수 있을까? 아니면 윌리엄 블레이크가 "인간 상상력의 가장 완전한 구현자"라고 부른 예수 안에서 "불신하는 마음을 자발적으로 연기하는"(S. T. 콜리지) 열린 영적 상상력으로 예수를 만날 수밖에 없는가? 예수는 이스라엘과 예루살렘에만 있는 것이 아니라 결국 내 안에 그리고 우리 안에 있는 것이다!

근대 계몽주의 이후 인간의 영성은 육성(몸)과 지성(이성)에 의해 지나치게 무시되었다. 억압된 것은 언젠가 돌아온다 했던가? 특정 역사 속

예수는 궁극적으로는 영원이란 무시간 속에, 특정 공간 속의 예수는 유목의 무공간 속에 시공간을 가로질러 이미 언제나 존재하고 있지 않은가? 영국의 시인 블레이크가 19세기 초 예수에의 비전을 보여 주었다면, 21세기 초 우리는 문명에 대해, 예수에 대해 어떤 비전을 보여 줄 수 있을까?

06. 잉카 문명의 영광과 슬픔 : 마추픽추 순례기

광대한 시각을 가지고 관찰하라
중국에서 페루까지의 인간들을.

　　　　　- 새뮤얼 존슨(1709~1784), 「인간 소망의 헛됨」 중에서

아메리카여, 나는 희망 없이 네 이름을 부를 수 없다.
내가 가슴 앞에 칼을 쥐고 있을 때,
내가 영혼 속에 불완전한 집을 지니고 살 때,
그대의 새로운 날들 중 어떤 날이
창문으로 들어와 나를 관통할 때,
나는 나를 낳는 빛 속에 있고 또 그 속에 서 있으며,
나를 이렇게 만든 어둠 속에서 나는 살고
그대의 긴요한 해돋이 속에서 자고 깬다 :
……

　　　　　- 파블로 네루다(1904~1973), 「아메리카여, 나는 희망
　　　　　　없이 네 이름을 부를 수 없다」(정현종 옮김) 중에서

1. '남미'라는 기표 : 정치적 무의식과 마술적 리얼리즘

남아메리카, 남미, 라틴아메리카는 필자에게 이미 언제나 하나의
징후였다. 북미가 나의 의식의 세계였다면 남미는 무의식의 세계였다.

남미는 그동안 필자가 이해하지 못하는 스페인어와 포르투갈어가 사용되는 일종의 아직 발견되지 않은 닫힌 세계처럼 보였다. 그러나 나는 라틴아메리카를 완전히 잊은 적이 한 번도 없었다. 아니, 오히려 나의 정치적 무의식의 활화산 지대였고 상상력의 마술적 리얼리즘이었다. 끊임없는 정치 불안, 이념 전쟁, 빈부 격차, 산업화 실패와 식민주의와 제국주의가 아직도 진행되는 낙후 지역으로 미국의 바로 턱 아래서 마르크스혁명이 성공하고 있는 지대다. 라틴아메리카는 필자에게 억압받은 자들을 위한 저항, 투쟁, 혁명, 해방의 기표였다. 몇 가지 예를 1960~70년대 역사에서 들쳐보자.

1950년부터 남미의 경제학자들에 의해 시작된 '종속이론'이 있다. 한때 서구 좌파 지식인들에까지 유행했던 제3세계는 세계 경제의 선진 산업 국가들의 지배에 의해 자신들의 경제생활을 스스로 통제할 수 없다는 신식민주의 이론에서 나왔다. 불균형 발전에 따라 온전한 근대화와 산업화를 이룰 수 없는 제3세계는 언제나 주변부로 밀리고 선진 산업 국가들에 종속될 수밖에 없다는 이론이다. R. 뭉크의 『제3세계의 정치와 종속 : 라틴아메리카의 경우』가 잘 보여 주듯이 종속은 자본주의적 세계 체제의 필연적인 결과다.

1960년 페루의 사제 무스타보 무티에레즈에 의해 시작된 '해방신학'을 보자. 예수는 남미에서 가난하고 억압받은 계층을 위한 '해방자'로 다시 부활되었다.

예수께서 이르시되 네가 온전하고자 할진대 가서 네 소유를 팔아 가난한 자들에게 주라. 그리하면 하늘에서 보화가 네게 있으리라. 그리고 와서 나를 따르라. (마태복음 19:25)

내가 주릴 때에 너희가 먹을 것을 주었고 목마를 때에 마시게 하였고 나그네 되었을 때 영접하였고. (마태복음 25:35)

전통 기독교에서 영원한 삶과 내세를 제시하는 평화의 사도였던 예수는 남미의 지상에서는 경제적 궁핍과 정치적 압제로부터 민중을 해방시키는 정치적 혁명가가 되었다.

환상적인 상황을 사실적으로 취급하는 마술적 리얼리즘 기법을 이용한 남미의 작가 이사벨 아옌데(1942~), 호르헤 루이스 보르헤스(1899~1986), 가르시아 마르케스(1927~2014)는 기이하거나 환상적인 것을 도입하여 정치사회적 문제들에 대한 사실적인 묘사의 강도를 높였다. 그들의 세계는 마르케스의 『백년간의 고독』에서 잘 나타나듯이 꿈과 환상과 실제 세계를 상호 연계시키는 일종의 동화 형식으로 초자연적인 것과 일상적인 것의 차이가 없는 듯 보여 주는 소설의 세계다. 포스트모던 문학세계이기도 했던 마술적 리얼리즘에서 남미 민중들에게 끔찍한 사실적 현실들은 그대로 받아들일 수 없고 환상과 마술이라는 포장된 먹기 좋은 당의정으로 만든 문학의 세계만을 받아들일 수밖에 없었던 것일까?

어찌 이뿐이랴. 브라질의 대중교육자 파울로 프레이리(1921~97)가 브라질과 칠레에서 실제로 실행했던 1960~70년대 문맹자 성인교육의 체험을 토대로 해서 쓴 책이 『억압받은 자들의 페다고지』(1970)다. 이 책은 20세기 최고의 진보적인 교육이론가 이반 일리치로부터 "진정으로 혁명적인 페다고지"라는 평가를 받았다. '비판적 페다고지' 이론으로 이끈 이 책은 인간 세계의 증오, 불평등, 착취, 위험, 권력, 자본, 기술 등이 야기한 억압받는 '침묵의 문화'를 해방시키기 위한 지침서였다.

2. 공중도시 '마추픽추의 정상' : 파블로 네루다의 남미를 위한 새 노래

페루의 수도 쿠스코에서 출발하여 아마존 저지대를 장시간 지나 고되고 힘든 등산으로 겨우 올라온 마추픽추의 모습은 숭고와 신비로 가득찬 놀라운 공중도시였다. 수년 전 처음 올라갔던 백두산 정상에서 느꼈던 감동과 충격을 느꼈다. 그 옛날에 어떻게 이렇게 높고 험한 곳에 하늘의 성채를 지었을까. 나는 돌담에 걸터앉아 하늘과 땅 아래를 번갈아 보며 이 땅의 놀라운 신령감에 휩싸여 있었다. 이 새로운 놀라움을 산문보다는 시詩로 담아 보고자 했으나 아쉽게도 이루지 못했다. 다시 네루다 이야기로 넘어가자.

그동안 세계 7대 불가사의의 하나인 마추픽추에 대한 나의 상상력에 계속 불을 지핀 사람은 바로 남미 최고의 민중시인 파블로 네루다(1904~1973)였다. 네루다는 칠레 출신의 민족주의자와 공산주의자로 라틴아메리카의 역사 가운데 억압과 압제에 대한 장대하고 지속적인 투쟁을 그린 시집 『민중을 위한 노래^{Canto General}』(1950)를 출간했다. 네루다는 1943년 멕시코에서 고국으로 돌아가는 길에 페루 잉카제국의 폐허인 마추픽추를 방문하였고, 그 이듬해 시집 『마추픽추의 정상』을 출간하였다. 12편의 시로 이루어진 이 시집은 네루다가 즐겨 읽었던 19세기 미국 낭만주의 시인인 월트 휘트먼 풍의 연작시다.

그래서 나는 지구의 사다리를 기어올랐다.

너 마추픽추에 이르는

잃어버린 정글들의 잔인한 미로 사이를

계단식으로 쌓은 돌들의 높은 성채는

지구가 잠의 옷 속에서 숨기지 않았던 자들의 거처였다.

그대 안에서 두 개의 평행선처럼

번개와 사람의 요람이

가시나무들 사이로 벼랑 속에서 흔들렸다.

그대는 돌의 어머니, 큰 독수리들의 물보라

그대는 인간의 새벽을 높이 솟아오르는 암초

그대는 원초의 모래 속에서 잃어버린 삽

이곳은 거처였다, 이곳은 유적지였다 :
여기에서 곡식의 많은 낱알들이 일어났고
붉은 우박처럼 다시 떨어졌다.

여기에서 금빛 섬유가 야생 라마에서 나왔다.
사랑하는 사람, 죽은 자들, 어머니들
왕, 기도자들은 전사들에게 옷을 입혔다. (정현종 번역)

　네루다가 거대한 안데스산맥을 따라 마추픽추 정상에 오른 것은 일종의 의식의 전향이었다. 산정의 폐허에서 네루다는 아메리카 과거의 유토피아를 찾았다. 아름다움과 정의를 창조하는 어떤 영감과 현현 epiphany을 받았다. 이 마추픽추 폐허의 산꼭대기에서 네루다는 억압받아 살고 있던 남미 민중들에 대한 사랑과 충성을 맹세하고 내려왔다. 이를 계기로 시인으로서 그의 인생은 완전히 바뀌었다.

　그 후 네루다는 아메리카의 토대 신화 발견과 창조의 기원과 전통의 회복을 꿈꾸었다. 네루다는 콜럼버스 이전부터의 신세계 남아메리카의 역사와 자신 개인의 역사를 교묘하게 엮어 가면서 모든 사람들의 역사와 미래를 위한 장대한 노래를 불렀다. 남미의 배신과 폭력의 역사는 네루다의 시적 창조 속에서 부활하는 것일까?

　아메리카의 사랑이여, 나와 함께 일어나라

나와 함께 비밀스런 돌들에 키스하라

우루밤바 강의 급류를 타는 은은

그 노란 잔에 꽃가루를 날려 보내네.

......

오라 나의 심장으로 나의 새벽으로

왕관을 쓴 고독 위로 사라진 왕국은 아직도 살아 있다.

해시계 위로 독수리의 피투성이 된 그림자가

검은 배처럼 가로질러 가네.

3. 안데스 독수리 콘도르 형상의 마추픽추를 떠나며

이 '공중도시' 그리고 오래 '잃어버렸던 도시' 마추픽추를 내려가면서 청명한 안데스 산맥의 꼭대기에서 저 깎아지른 수직 절벽 아래 아마존의 원류인 우루밤바 강이 흐르고 그 사이 계곡으로 위용을 자랑하는 아메리카의 콘도르 독수리 한 마리가 유유히 날아가고 있었다. 안데스 대산맥 위로 유유히 날고 있는 콘도르는 잉카문명권에서 독특한 의미를 가진다. 콘도르는 잉카인들에게 하늘의 신, 산의 신이다. 잉카인들에게 콘도르는 인간의 몸을 떠난 영혼이며 결코 굴복하지 않는 영혼이다.

잉카인들은 세 종류의 동물을 숭배한다. 뱀은 지하 세계를 대표하는 신이고, 퓨마는 지상 세계를 통제하는 신이고, 콘도르는 하늘의 세계를 군림하는 신이다. 마추픽추 전체 모습을 하늘 위에서 내려다보면 날개를 펼친 콘도르의 형상을 닮았다고 한다. 따라서 콘도르 모양의 마추픽추는 둥지이며 피난처이며 나아가 천국이 된다. 그때 마침 눈을 들어 청명한 하늘을 바라보니 20세기 최고의 듀엣 그룹인 사이먼 앤 가펑클의 노래 「독수리는 날아간다」는 노래가 갑자기 떠올랐다.

난 달팽이보다 차라리 참새가 되고 싶어
(후렴) 그래 그럴 수 있다면 그러고 싶어 반드시 그러고 싶어 흠흠

난 못보다 망치가 되고 싶어
(후렴)

멀리 항해를 떠나고 싶어
여기 있다가 떠나가 버린 백조처럼
사람은 땅에 묶여 있다가
세상에서 가장 슬픈 소리를 들려주네

난 차라리 거리보다 숲이 되고 싶어
(후렴)
난 차라리 내 발 밑에 흙을 느끼고 싶어
(후렴)

이 노래는 1960년대 말 대학 다닐 때 즐겨 듣던 팝송 중 하나다.

20세기 최고의 음유시인 폴 사이먼이 작사했고, 잉카 특유의 페루 민요풍의 노래로 피리 소리가 남미의 혼을 울리는 듯 흐느끼면서 해방과 자유를 갈망하는 감명 깊은 노래다. 왜 갑자기 페루에 와서 이 멜로디와 가사가 떠오르는 것일까? 여기가 네루다와 체 게바라와 폴 사이먼이 만나는 지점일까?

필자가 대학을 다닌 1960년대 말과 1970년 초는 유럽의 68혁명의 영향이 한국까지는 미치지 못했다. 그러나 어떤 의미에서 필자는 당시 엘비스 프레슬리, 비틀즈, 사이먼 앤 가펑클의 로큰롤과 팝송을 들으면서 머리를 길게 기르고 청바지를 입으며 1960년대 후반에 전 세계적으로 번졌던 반문화운동의 열기를 느끼고자 했는지도 모른다.

1960년대는 1967년 10월 6일 체 게바라가 볼리비아에서 게릴라 전투 중 부상으로 사로잡혀 39세 나이로 총살당했고, 미국의 흑인민권운동가 마틴 루터 킹 목사가 암살을 당한 답답하고 우울한 시대였다. 체 게바라는 죽어서 해방과 혁신을 바라는 세계인에게 최고의 혁명 게릴라로 신화화되었고, 킹 목사는 죽어서 2008년 11월 미국 대선에서 버락 오바마라는 흑인 대통령을 만들어 내는 신화를 이룩하였다. 대망의 2000년대 들어서는 1960년대의 진보적인 사상은 이제 다 사그라지고 변혁의 주체인 젊은이들조차도 소시민적 신보수주의와 세속주의로 빠지고 있는 것이 아쉬울 뿐이다.

서울로 돌아오기 위해 페루를 떠나 다시 아틀란타를 향하는 기내에서 발아래 펼쳐지는 남미대륙을 다시 내려다보았다. 나는 과연 2주 남짓 남미를 종단하면서 세계 7대 불가사의 중에서 무려 3개를 이곳 남미에서 보았지만 파블로 네루다와 체 게바라의 남미의 자연과 역사에 대한 애정과 현재의 개혁과 미래의 변화를 위한 열정을 얼마나 느꼈을까?

나의 무의식의 세계였던 남미를 벗어나 다시 의식의 세계인 북미로 가고 있다는 것에 약간의 홀가분함도 없지 않았으나 약간의 불안감이 다시 엄습해 왔다. 남미는 나에게 다시 무의식의 비무장지대로 미끄러져 갈 것인가? 네루다와 체 게바라를 다시 태어나게 한 마추픽추의 성지 순례를 필자는 너무 늦은 나이가 돼서야 마쳤다는 것이 무척 아쉬웠다. 그러나 나와 네루다와 체 게바라의 유령과의 대화는 이것으로 끝나는 것이 아니라 계속 될 것이다! 체온이 점점 내려가는 나의 육신에 다시 변혁에 대한 열정의 불꽃이 피어날 수 있도록 나의 영혼만이라도 잉카제국의 '잃어버린 도시' 마추픽추의 불길을 간직하고 싶다.

피곤이 몰려오는 사이 나는 어느새 남미의 큰 독수리를 타고 쿠바가 바라보이는 카리브해 상공을 타고 아틀란타를 향해 날고 있었다.

07. 미국 동부 콩코드 문학 기행

미국 동북부 보스턴의 2013년 1월 말은 추운 겨울이었다. 나는 기차로 보스턴에서 북서쪽으로 31km 떨어진 작은 도시 콩코드Concord로 떠났다. 기차로 한 시간이 채 안 걸리는 미국 문학의 뿌리인 콩코드는 인구가 2만 명이 안 되는 읍邑 규모의 도시다. 콩코드역에 도착하기 직전 기차 차량에서 오른쪽으로 콩코드 토박이인 데이비드 소로Henry D. Thoreau가 2년 2개월 동안 숲속에서 실험 생활을 한 작은 월든 호수와 저 멀리 그가 직접 지은 통나무 오두막집을 보았다. 그동안 나는 유학생으로 미국에서 살았고 미 전역을 십수 차례 다녔지만 콩코드는 내 마음속에 소중하게 남겨 두었다. 문학 순례지의 마지막 종착이었다. 콩코드는 19세기 중후반 랠프 왈도 에머슨Ralph Waldo Emerson(1803~1882)을 주도로 창도된 미국의 주체 철학인 초월주의transcendentalism의 발상지이기도 하다.

또한 조용한 콩코드는 미국 독립운동의 출발지다. 에머슨은 1775년 4월 19일 콩코드 강을 사이에 두고 렉싱턴과 함께 미국 독립의 주춧돌이 되었다. 에머슨은 1837년 7월 4일 독립기념일을 맞아 세워진 전투기념비 건립식에서 「콩코드 찬가, 1837년 7월 4일」란 시를 썼다. 나는 기차 안에서 1954년과 1974년 두 번 이곳을 방문했던 금아 피천득의 번역으로 이 시를 다시 읽었다.

전쟁기념비 건립식에

냇물 위로 휘어진 거친 다리 옆에
그들의 깃발은 4월 미풍에 날리었다
여기 예전에 농부들이 진을 치고
그들이 쓴 총소리는 온 세계에 울리었다

적은 그 후 오래 고용히 자고 있다
승리자도 고요히 자고 있다
그리고 낡아 무너진 그 다리를
바다로 가는 어두운 물결에 쓸어 버렸다

이 푸른 언덕 위에 고요한 시냇가에
오늘 우리들은 기념비를 세운다
선조들과 그 공적에 보답할 수 있도록

그 용사들로 하여금 감히 죽게 하시고
그들의 자손이 자유를 누리도록 하신 신이여
세월과 자연에게 길이 아끼라 하옵소서
그들과 당신에게 드리는 이 비석을

나는 이때 세워진 뾰족한 기념비를 통해 '미국과 독립과 자유의 상징'이며 '숭고한 애국 충정의 표현'이며 우리에게 '자유의 존엄성을 체험'했다. 여기에서 작은 나무다리인 '올드 노스 브리지'를 건너면 미니트 맨Minate Man이란 동상이 있다. 미니트 맨이란 미국 독립전쟁에서 소집 나팔을 불면 즉각 소집에 응했던 민병民兵을 가리킨다. 이 동상의 돌받침대에 「콩코드 찬가」의 한 구절이 새겨져 있다. 식민지 지배에서 벗어나는 자유를 상징하는 미국 독립은 수많은 이름 없이 죽어 간 병사들과 민병대의 핏값으로 이루어진 것이다.

콩코드 읍내는 독립운동의 역사적 유적지와 미국 문학의 발상지로서 조용하고 깨끗하였다. 중요한 사적지는 모두 걸어서 갈 수 있는 거리에 있어서 좋았다. 지금은 에머슨 박물관이 된 집을 방문하였다. 에머슨은 원래 보스턴에서 태어나 하버드대학을 졸업하고 신학대학원을 나와 그곳에서 목사로 재직하였다. 그 후 그는 목사직을 사임하고 1834년 11월 콩코드에 정착하며 자유롭게 집필과 강연으로 생계를 꾸리며 철학자와 웅변가로 이름을 날렸다. 여기에서 주위 몇몇 철학자와 문인들과 함께 에머슨은 '초월주의 클럽'을 시작하였다.

이창배 교수의 설명에 따르면 초월주의는 19세기 중엽 콩코드에서 시작하여 "경험적·현상적이란 말과 대립되는 관념적·초월적 우주관"으로 "신과 영혼, 보편정신 등 초월적 실체의 절대적인 전능을 믿기 때문에 자연은 아름답다, 우주 질서는 조화롭다, 인간은 완전하다"고 믿었고, "19세기 (미국) 낭만주의 시인과 철인들의 대부분은 초월주의자였다."

미국의 초월주의는 미국 자체의 정신에다 일부 유럽의 관념주의 철학, 인도 철학, 중국 철학의 영향 아래 형성된 독창적인 사상이다.

에머슨의 사상이 가장 드러나는 글은 대부분 소책자 『자연론』에 들어 있다. 그중 유명한 에세이 「자연」에서 인용한다.

옳게 말하면, 어른으로서 자연을 볼 수 있는 자는 적다. 대부분의 사람은 태양을 보지 않는다. 적어도 그들은 극히 피상적으로 본다. 태양은 어른에 있어서는 그 눈을 비추는 정도다. 그러나 어린이에 있어서는 그 눈과 마음에 비쳐 들어간다. 자연을 사랑하는 자는 그 내부·외부의 감각이 아직도 진정으로 서로 조화되어 있는 사람이다. … 숲속에 들어가면 뱀이 그 껍질을 벗어 버리듯 사람은 자기의 연령을 벗어던진다. 그리하여 생애의 어떤 시기에 있어서도 언제나 어린아이가 된다. 숲속에… 영원한 청춘이 있다. 이 신의 숲속엔 예절과 신성이 군림하고 영원히 축제의 장식이 되었다.

(이창배 옮김)

에머슨은 1937년 8월 31일 하버드대학 우등생 친목회에서 한 「미국의 학자」란 유명한 연설을 남겼다.

우리들 의존의 시대, 우리가 남의 나라의 학문에 오래 도제徒弟 생활을 하던 시대는 종말이 가까웠습니다. 우리 주위에서 삶에 돌진하고 있는 수백만의 사람들은 시들은 외국에서 거두어들인 찌꺼기를 늘 먹고 살 수는 없습니다. 반드시 노래 불려져야 할, 그리고 우리 자신을 노래할 여러 가지 사건과 행동이 일어나고 있습니다. 천문학자들 말에 의하면 오늘날 우리의 천심天心에 빛을 쏟고 있는 하프 성좌의 별은 장차 어느 날인가 1천 년 동안 지극성이 된다는 것입니다. … 오늘 우리는 새 시대, 새 사건이 미국 학자의 성격과 그 희망에 대하여 어떤 빛을 던지는가를 고구考究해 보기로 합시다.

(이창배 옮김)

이 유명한 연설문은 유럽의 문화적 식민지였던 19세기 미국의 주체적인 사유와 학문을 주장하였기에 '미국의 지적 독립선언서'라는 평을 받았다. 에머슨의 집은 후에 친구로 지낸 『주홍글씨』의 소설가 너새니얼 호손(1804~1864)에게 소유권을 이전하였다. 호손은 이 집Old Manse을 배경으로 『구목사관의 이끼들』이란 단편소설집을 내기도 하였다.

콩코드 토박이 데이비드 소로는 하버드대학을 다닐 때 에머슨의 강연 「미국의 학자」를 듣고 크게 감명받았다. 그 후도 미국 초월주의 사상의 요람지 콩코드에서 에머슨을 스승처럼 따르며 짧은 일생을 보냈다. 그는 에머슨과는 달리 검소하고 조용히 살면서 일기쓰기와 자연을 관찰하고 명상하며 일기와 에세이를 썼다. 인도, 중국의 고전도 많이 읽었던 소로는 '미국의 동양인'이라고 불렸다. 그중 가장 유명한 것은 『월든-숲속의 생활』(1854)이다. 소로는 1945년부터 2년 2개월 간의 작은 월든 호숫가 통나무집에서 실험적인 생활을 하고 나서 느낀 결론을 다음과 같이 정리하였다.

나는 나의 실험에 의해 적어도 이런 것을 배웠다. 즉 만일 어떤 사람이 그의 꿈을 향해 자신만만하게 나아가고, 자기가 상상했던 생활을 영위하고자 노력한다면, 그는 보통 때는 전혀 기대하지도 않았던 성공과 마주치게 되리라는 것이다. 새롭고 보편적이고 보다 자유로운 법칙이 그의 내부와 그의 주위에 저절로 수립되기 시작한다. 낡은 법칙은 그에게 유리하게끔 보다 자유로운 의미로 부연되고 해석된다. 그리고 그는 보다 차원 높은 존재자로서의 지위를 가지고 살아갈 것이다. 그가 생을 단순화함에 따라서 우주의 법칙은 보다 덜 복잡하게 보이고, 고독은 고독이 아니고, 가난은 가난이 아니고, 약함은 약함이 아니게 될 것이다. 만일 그대가 공중누각을 쌓았다 하더라도 그대의 노력이 허사로 돌아가는 것은 아니다. 누각은 그곳에 있어야만 한다. 다만 이제 거기를 토대로 만들어 주어야 한다. …

(이창배 옮김)

주관적 자유주의자이며 과격한 평화주의자인 소로의 짧은 생애에서 또 하나 두드러진 사건은 그가 세금을 6년 간이나 납부하지 않아 하룻밤 유치장에 구금되었던 일이다. 그는 자신의 세금 납부 거부의 정당성을 주장하기 위해 「시민불복종론Civil Disobedience」(1849)을 썼다. 이 글의 일부를 읽어 보자.

사실상 다수가 가부를 결정하는 것이 아니라 양심이 결정하는 정부는 있을 수 없는가. 다수의 국민은 다만 편의라는 법칙이 적용되는 문제만을 결정한다. 시민은 언제까지나 … 입법자들에게 양심을 내맡겨야 하는가, 인간에 겐 왜 양심이 있는가. 우리는 우선 인간이 되어야 하고 그 후에 피통치자가 되어야 한다. 법률보다는 옳은 것을 존중하라고 가르쳐야 하는 것인즉, 나 의 유일한 의무는 내가 옳다고 생각하는 것을 행하는 것이다.… 법률은 인 간을 조금도 정의롭게 만들지 않았다. … 인간 대중이 국가에 봉사하는 것 은 육체를 가진 인간으로서가 아니라 기계로서다. (이창배 옮김)

노예제도를 열렬히 반대하기도 했던 소로의 이러한 국가에 선전포고 하는 정치사상은 후에 레오 톨스토이, 마하트마 간디, 마틴 루터 킹 목 사 등 무저항주의에 큰 영향을 끼쳤다.

나는 에머슨의 집에서 가까이 있는 『작은 아씨들Little Women』(1868~ 1869)로 유명한 아동문학가 루이자 M. 알콧(1832~1888)의 집도 방문 하였다. 알콧은 철학자인 아버지와 이웃에 사는 콩코드의 대선배 문인 에머슨과 소로의 영향을 받았다. 알콧의 집을 방문한 후 콩코드의 약간 높은 언덕에 있는 슬리피 할로우 공동묘지를 방문했다. 나는 이 묘지에 서 나의 짧은 콩코드 문학 순례를 마감하고자 했다. 이 묘지에는 에머 슨, 호손, 소로, 알콧의 묘가 있다. 나는 서둘러 다시 기차를 타고 호손 이 주로 활동한 세일럼Salem으로 떠났다.

미국 동북부의 보스턴, 콩코드, 세일럼의 문학기행을 마치고 귀국 한 후 얼마 후에 콩코드 문인들을 기리기 위한 음악이 있다는 것을 알 게 되었다. 그것은 미국 현대 음악의 아버지로 불리는 찰스 아이브스

(1874~1954)의 「피아노 소나타 2번」(콩코드, 매사추세츠, 1840~1860)이다. 아이브스는 미국 초월주의 문학운동이 꽃핀 1840~1860년 콩코드의 정신적 외로움을 동경하면서 이 소나타에서 에머슨, 호손, 소로를 음악적으로 표현하였다. 나는 언젠가 이번에는 따뜻한 봄날에 콩코드를 다시 방문하고 싶다. 이번에는 에머슨, 호손, 소로, 알콧과 여유 있게 그들의 작품에 관해 이야기하며 대화하고 싶다.

08. 바로크 시대 천재 음악가 헨델 순례기

1. 런던의 헨델 하우스

나의 만년의 서양 고전음악의 영웅,
음악의 어머니로 불리는 독일 출신으로
영국에 귀화한 바로크 시대 악성樂聖 헨델

헨델이 오라토리오 메시아를 작곡한
런던 중심가 헨델의 고옥을 찾아갔다
300년이 지났어도 아직 건재한 그 집

4층짜리 18세기 그가 살던 아름다운 건물에는
바로크 시대 희귀한 여러 악기도 있고
무엇보다 헨델이 메시아를 작곡한 방

헨델은 독신으로 오로지 작곡에만 몰두했고
부모 없는 아동들을 위해 자주 자선공연을 했다
음악 판권을 죽기 전 아동병원에 넘긴 크리스천

헨델은 미술에도 관심이 많고 조예가 깊어

렘브란트 원본 그림도 몇 점 여기 걸려 있으니
음악과 미술을 연결시키는 헨델의 예술정신

헨델은 영국에선 오페라보다 성서 이야기인
오라토리오 작곡에 매진해 '메시아'를 비롯해
영국 시인들의 영국 가사로 작곡한 영국 음악가

이 헨델 하우스에는 1960년대 대중음악가
지미 핸드릭스가 한때 수년간 살면서 활동한 곳
18세기 고전음악과 현대 대중음악이 만난 곳

2. 더블린의 '메시아' 초연된 곳

나는 아일랜드에 도착하자마자 헨델이
최고의 오라토리오 '메시아'를 런던이 아닌
놀랍게도 처음 공연한 곳은 더블린

더블린 시내를 가로지르는 예쁜 리피 강변
성 마리아 대성당 옆 어느 음악당에서
불멸의 메시아를 직접 지휘한 헨델

지금은 그 공연장이 헨델 호텔이 되었으나
지금도 매년 그 앞에서 메시아 야외 공연이 있다
앞으로 복원될 그가 초연한 공연장

당시 런던의 영국 국교파 일부 성직자들이
신실한 기독교인 헨델의 교리를 트집잡아
'메시아' 초연을 막으니 첫 공연한 더블린

더블린 초연이 대성공을 거두자 '메시아'는
런던에 상륙하여 청중들을 완전 매료시키니
그 후 공연된 매년 부활절과 성탄절

어느 공연 때인지 당시 영국 왕 조지 3세가
'메시아' 공연에 참석해 공연 후 너무도 감동해
일어나 박수 친 것이 지금까지 이어진 관례

헨델의 '메시아'는 그리스도가 인류를 구원하는
대주제로 세계 곳곳에서 매년 몇 번씩 연주되니
그 거룩하고 장엄한 음악의 힘의 주인은 하나님

3. 런던 웨스트민스터 대사원 시인 묘역^{Poets' Corner}

나의 헨델 순례 마지막 종착지는 그의 묘소
런던 시내 한복판 영국 의회 의사당 빅벤 옆
영국 역사와 문화의 정점 웨스트민스터 대사원

이 대사원에는 과거 영국의 모든 왕들과
최근 돌아간 엘리자베스 2세 여왕을 모신 곳
그리고 역대 영국 국교 성공회 대주교 무덤들

윈스턴 처칠을 비롯한 영국 역대 총리들
17세기 뉴톤에서 최근 스티븐 호킹까지
많은 영국의 저명한 과학자들의 묘소

그러나 웨스트민스터 대사원 안에서 내가
가장 놀라는 것은 이 대사원의 시인 묘역에
대부분 모여 있는 영국의 저명 문인들

영문학의 아버지 제프리 초서, 셰익스피어
밀턴, 새뮤얼 존슨, 워즈워스, 셸리, 매슈 아놀드
T. S. 엘리엇 등 부러운 영국의 문인 존중 사상

가장 특별한 것은 문인도 아닌 음악가인
헨델의 무덤이 왜 시인 묘역 높은 곳에 있는가
영국이 헨델을 문인만큼 높이 평가한 것

나는 헨델 순례를 2024년 8월 4일 주일에
이 대사원의 성공회식 성찬예배에 참석하여
위대한 헨델의 칭송과 기도로 마친 순례

X

기도, 간증, 단기선교 보고, 설교

01. 부모님 추도식 기도

공의와 사랑의 하나님

오늘 우리들의 아버지 어머니시고 할아버지 할머니이신 이호웅 님과 박신희 님 합동 추모일에 맞추어 어머니 아버지의 자식들, 손주들, 증손주들이 모두 모였습니다. 올해도 이런 추모의 자리를 예비해 주신 주님께 다시 감사드립니다.

어머님, 아버님은 살아 계실 때 불철주야 자녀들을 위해 애쓰셨고, 특별히 어머님께서는 우리 자녀들이 예수님을 따르는 믿음의 가족으로 키우셨습니다.

역사를 주관하시는 주님

저희들이 언제나 주님과 부모님의 가르침을 따르는 믿음의 4대를 이어갈 굳은 믿음을 가질 수 있도록 인도하여 주시옵소서. 주님, 연약한 저희들은 주님의 뜻을 따라 살기로 작정하였으나 자주 실수하고 잘못을 저지르면서 살아가고 있음을 회개하오니 용서하여 주시고 긍휼을 베풀어 주시옵소서. 허물 많은 저희들을 눈동자같이 지켜 주셔서 저희들이 예수님의 작은 제자로서 언제나 깨어 주님의 향기를 내뿜는 신실한 기독교인으로 살아가는 은혜를 베풀어 주십소서.

은혜가 충만하신 하나님

오늘 이 추모의 자리에 참석하지 못한 형제자매들이 있습니다. 미국에 있는 작은아들 이화영 내외와 그 자녀들 병두, 소연 가족, 그리고 지금은 은퇴하고 혼자서 살고 있는 둘째 딸 이영란을 위해 기도합니다. 그리고 8년 전 주님 곁으로 가신 사위 박현규도 있습니다. 전지전능하신 주님, 이들에게도 이 자리에 모인 우리들에게 부어 주신 은혜를 동일하게 내려 주옵소서.

모든 것을 예비해 주시는 여호와 이레의 하나님
하늘에 계신 아버님, 어머님을 보살펴 주시고 아직 이 땅에 남아 있는 저희 후손들이 주님이 맡겨 주신 소명을 잘 감당하고 우리 자신만을 위하지 않고 하나님을 사랑하고 이웃을 사랑하라는 주님의 대계명을 실천하면서 이 마지막 때를 힘있게 살아갈 수 있도록 영적 지혜와 힘을 주옵소서.

죄를 속량하시고 영생을 주시는 주님
이 뜻깊은 추모예배를 준비하신 큰형님 댁에 큰 복을 내려 주소서. 저희들이 오늘 하루뿐만 아니라 늘 하나님과 부모님의 은혜와 축복을 기억하며 화목한 가정을 가꾸어 나가게 하옵소서.

하나님과 부모님께 기쁨의 찬양을 올려드리며 이 모든 말씀 우리의 구세주 예수 그리스도의 이름으로 감사하며 기도드립니다! 아멘. (2016)

02. 바이칼 호수 알혼섬 기도

우주 만물을 창조하신 하나님 아버지

이 자리에 임재하셔서 우리들의 예배를 받아 주시옵소서. 우리 북방의 사랑 단기선교팀이 '시베리아의 진주'라 불리는 바이칼 호수 한가운데 있는 알혼섬에서 '성스러운 주일예배'를 드리게 하시니 감사하나이다.

사랑과 용서의 주님

저희들이 지난 한 주간 알게 모르게 지은 모든 죄를 주님의 보혈로 깨끗이 도말시켜 주옵시고 오늘의 공예배를 통하여 앞으로 일주일간 살아갈 몸과 마음과 영의 양식을 주시옵소서. 말씀을 선포하시는 주님의 신실한 종 유종성 목사님께 성령의 두루마기를 입혀 주셔서 우리에게 꼭 필요한 말씀을 선포케 하옵소서.

우리의 생명이신 하나님 아버지

어제 아침에도 우리 단선팀이 목사님의 인도 아래 하나님에 대한 우리의 몸을 나누며 서로를 더욱 알고 이해하게 하시니 감사합니다. 이번 단선이 주님의 나라 확장을 위한 우리의 꿈을 이룰 수 있도록 우리를 준비시키고 단련시키는 은혜로운 과정이 되게 하옵소서. 오늘의 알혼섬 투어를 통하여 우리 한민족의 시원으로 간주되고 있는 이 신비로운 알혼섬에서 놀라우신 주님의 창조의 솜씨를 보면서 많은 것을 깨닫고 느끼고 생각하시는 은혜를 주시옵소서. 영원한 생명으로 이끄는 주님의 복음이 이 섬에 들어올 수 있도록 허락하여 주시옵소서.

우리를 위하여 모든 것을 예비하시는 하나님 아버지

우리 단선팀을 인도하시는 유종성 목사님, 김린 회장님, 그리고 책임을 맡아 최선을 다해 애쓰시는 여러 손길들에게 힘과 지혜를 주셔서 앞으로 남은 우리의 사역 일정이 은혜롭고 순탄하게 이루어질 수 있도록 허락하여 주시고 도와주시옵소서. 유 권사님을 비롯하여 우리 한 사람 한 사람에게 강건한 체력과 건강과 사랑의 마음을 주셔서 하나님의 영광을 드러내는 시간들이 되게 하옵소서.

이 모든 말씀 우리를 구원하신 우리 주 예수 그리스도의 이름으로 기도드립니다. 아멘! (2018)

03. 북한 사랑 선교부 기도

사랑이 풍성하신 하나님 아버지

지난주 헌당감사 새생명축제에서 2,450명 결신자들의 마음과 눈과 귀를 열어 주셔서 그들이 주님의 복음을 듣고 하나님 사랑을 알게 되어 우리와 함께 구원의 방주에 오르게 하심에 무한 감사드립니다. 또한 피 흘림 없는 복음적 평화 통일을 이미 함께 이룬 북한 사랑의 선교부를 사랑의교회에 세워 주셔서 저희들 이렇게 북한 이탈 주민들과 함께 예배드리게 하시니 감사드립니다.

긍휼이 풍성하신 하나님

죄인을 구원하시려고 이 땅에 오셔서 우리에게 먼저 사랑의 손을 내미신 주님 앞에 더 가까이 다가가기보다 인간의 도움을 바랐던 우리의 죄를 회개합니다. 걱정 근심을 주님께 아뢰지 못하고 낙심하여 내 마음을 따라 시간을 허비했던 우리들, 이 모습 이대로 주님 앞에 나왔사오니 우리를 불쌍히 여기시고 주님의 보혈로 깨끗하게 하옵소서. 우리 북사선 지체들이 똑같은 죄를 범하는 어리석은 자들이 아니라 복음적 평화 통일의 역군으로 앞장서는 데 부족함이 없게 하옵소서.

전지전능하신 하나님 아버지

북사선의 사역을 위해 전력투구하시는 이기원 목사님의 신원을 강건케 하시고 주님의 영권과 지혜를 부어 주셔서 복음의 말씀을 강력하게 선포하게 하시고 선포되는 주님의 말씀이 우리 성도들의 마음판에 깊이 새겨져 날마다 감사와 기쁨이 넘쳐나게 하옵소서. 두 개의 막대기를 하나로 만드시는 하나님 아버지의 장대한 계획 속에 두 동강 난 이 한반도를 하나로 이어 주심도 있는 줄 믿사오니 남북 통일의 그날을 위해 준비하는 우리들 되게 하옵소서.

살아 역사하시는 주님이시여
북한의 지하에서 예배드리기도 힘든 주님의 자녀들 지금 이 시간 기억하시고 핍박과 고통에서 속히 벗어날 수 있도록 은총을 베풀어 주옵소서. 동북아 한반도의 오래된 지정학적 저주를 영구 평화의 은혜로 바꾸어 주시옵소서. 정말 먼지와 같이 연약하고 보잘것없는 존재이지만 저희들 이 시간 눈물로 간절히 간구하오니 이 땅이 동방의 예루살렘으로 세워지는 날이 속히 오게 하옵소서. 중화권 목회자들을 위한 제115기 제자훈련 지도자 세미나가 복음적 평화 통일의 디딤돌이 되게 하옵소서.

공의와 사랑의 하나님
오정현 담임목사님의 목회 철학과 통일 비전이 사랑의교회를 통해 우리나라와 전 세계로 퍼져 나가게 하옵소서. 역사의 주관자이신 하나님께서 미사일 발사와 핵실험을 강행하는 북한이 스스로 어리석음을 깨닫게 하시고 북한의 모든 악행을 막아 주셔서 70년 이상 분단된 한반도에 비핵화와 함께 화해와 평화의 시대가 속히 올 수 있도록 역사하여 주옵소서. 우리가 항상 깨어 북한 이탈 주민들과 한 몸을 이루며 쌓고 있는 구국제단을 통해 복음적 평화 통일의 소망이 속히 이뤄지게 하옵소서. 지난주 사랑의교회에 내려진 대법원 판결에도 불구하고 우리가 하나님을 한층 더 경외하고 우리의 시선을 능하고 강하신 하나님께 고정할 수 있도록 우리의 마음과 생각을 지켜 주시옵소서. 합력하여 선을 이루시는 하나님께서 우리 교회를 위해 어떻게 역사하실지 하나님의 일하심을 잠잠히 바라보게 하옵소서.

곳곳에서 알게 모르게 북사선을 위해 헌신하는 지체들에게 깊은 감사를 드리며 그들에게 하늘의 상급과 위로가 충만하기를 간구합니다. 하나님의 주권 앞에 우리의 삶을 전적으로 위탁하며 이 모든 말씀 우리의 모든 죄를 대속하여 주신 평강의 왕 예수 그리스도의 이름으로 감사하며 기도드립니다. 아멘! (2019)

04. 레거시 아카데미 기도

공의와 사랑의 하나님

계속되는 찜통더위 속에도 사랑의교회의 영적 집현전이며 사관학교인 사랑글로벌아카데미의 레거시 생도들을 오늘도 이 자리에 불러모아 주심을 감사드립니다. 우리 레거시들이 반목과 분열의 이 황폐한 시대 속에서도 회복을 넘어 부흥으로, 다시 하나님의 나라를 위해 '수선대후守先待後'라는 우리의 마지막 사명을 준비하기 위해 이곳에 모였사옵니다. 우리의 노년에 하나님의 뜻을 따르고 예수님의 말씀으로 살아갈 수 있도록 우리 생도들을 제대로 양육하여 주옵소서. 모세가 나이 120세에 죽을 때까지 눈이 흐리지 않고 기력이 쇠하지 않았던 것처럼 우리들의 몸과 마음을 지켜 주옵소서.

역사의 주관자 되시는 살아계신 하나님

우리 레거시 생도들이 고령자를 차별하는 이 어려운 시기에 예수님의 겸손하고 신실한 작은 제자로서 하나님이 선물로 주신 달란트를 믿음의 계승을 위해 지혜롭게 사용케 하옵소서. 태초부터 정해진 하나님의 장대한 계획 속에서 우리들이 아주 작은 부분이라도 성실하게 담당하며 이 땅에 하나님 나라를 만드는 데 쓰임 받도록 은혜를 허락하여 주시옵소서! 이 자리에 모인 레거시 아카데미 1기의 모든 생도들이 수선대후의 대명제를 위해 글로벌 마인드와 스탠다드에 맞추어 새로운

'길'과 '법'을 세워 나가는 데 주님의 첫 번째 비밀병기로 사용되게 하옵소서!

전지전능하고 영원하신 하나님

사랑글로벌아카데미의 오정현 총장님, 김대순 학장님, 이윤재 부학장님 그리고 모든 임원들과 팀장들의 노고와 희생에 감사드리고, 우리 모두 합력하여 선을 이루는 은혜를 주옵소서! 오늘도 계속되는 폴 스티븐스 교수님의 '나이듦의 신앙' 특강과 이대경 선교사님의 해설에 감사드리고, 앞으로 남은 모든 일정이 순조롭게 마무리되도록 인도하여 주옵소서. 계속되는 폭염과 열대야 속에서도 우리 레거시 생도들에게 "여전히 결실하며 진액이 풍족하고 빛이 청청"하도록 허락해 주옵소서.

모든 영광 주께 올려 드리며 이 모든 말씀 존귀하신 예수님의 이름으로 감사하며 기도드립니다. 아멘! (2022)

05. 길 위에서 만난 예수님

맘에도, 얼굴에도, 행동에도 사랑을 표현하여 가정에서 식구를 대할 때
나 동리에서 이웃 사람을 대할 때나 선한 사람이나 악한 사람이나 어떤 사
람을 대하든지 사랑으로 하여야 우리의 목적이 이루어질 것이외다.
　　　- 도산 안창호 「기독교인의 갈 길」(1937년 1월 도산 선생이 동우회
　　　사건으로 구속되기 전 평양감리교회에서 강론한 내용의 일부)

내가 예수님을 만난 것은 지금부터 35년 전 1985년 12월 초 어느 날
늦은 오후였고, 만난 곳은 미국 위스콘신 주였다. 당시 나는 밀워키 시
위스콘신대학교에서 영문학 박사과정을 밟고 있었다. 그때 나는 초등
학교 다니는 두 딸과 함께 살고 있었고, 아내는 서울에서 미국에 올 준
비를 하고 있었다.

어느 토요일 위스콘신 북쪽 플리머스라는 작은 도시에 살고 있는 지
인의 집을 방문하여 하루를 묵고 다음날 오후 늦게 출발하여 밀워키로
돌아오고 있었다. 그날따라 보슬비가 온 뒤라 길도 미끄럽고 1차선 시
골길이라 운전하기가 쉽지 않았다. 그러던 중 순간적인 핸들 조작 실수
로 자동차가 반대편 길 옆 도랑으로 미끄러져 처박혔다. 뒷좌석에 타고
있던 딸아이들은 다행히 안전띠를 매고 있어서 다치지는 않았다. 내가
몰던 차는 완전 철제로 된 1972년형 대형 포드차로 정말 튼튼했다. 그
차는 내가 유학하던 대학의 경영학과 교수로 계시던 한국 교포에게서

선물 받은 것으로, 차종은 그란 토리노^{Gran Torino}였다. (이 차는 2008년 클린트 이스트우드가 감독하고 주인공을 맡은 영화 『그란 토리노』와 같았다. 미국의 위대한 과거에 대한 향수를 지닌 진정 보수주의자 주인공 코왈스키 그란 토리노가 등장하고 자동차를 다시 보니 감회가 새로웠다). 길가에 농장 담으로 쳐놓은 철조망이 약간 파손되어 있었다.

문제는 휴대전화가 없던 시절이라 어디에도 연락할 방법이 없었으므로 그저 지나가는 차를 세워 근처에 있는 견인차 호출을 부탁하거나 간혹 지나가는 경찰 순찰차를 기다리는 수밖에 없었다. 일요일 늦은 오후라 시골길을 지나가는 차들도 많지 않아 손을 흔들고 구조를 요청했지만 서는 차는 없었다. 그래서 경찰 순찰차만을 마냥 기다리는 수밖에 없었다. 나로서는 시간이 흐를수록 초조해질 수밖에 없었고, 뒷좌석의 어린 딸들은 걱정으로 얼굴이 창백해져 있었다.

그때 마침 젊은 아이들 3,4명이 탄 승용차가 지나갔는데, 16, 17세쯤 되어 보이는 남자아이들은 처박힌 차 옆에 서 있는 나를 보고 놀려대기 시작했다. 기분 좋은 듯 떠들며 "Chink, Go home!" (떼놈, 네 나라로 돌아가!) 하고 소리 질렀다. 나를 중국인으로 오인한 것이다. 당시 도시에서는 외국인 혐오 발언을 공개적으로 하지는 않았는데, 오히려 외진 농촌 지역에서는 노골적으로 인종차별적 언동을 서슴지 않았다. 거의 신변의 위협마저 느낄 정도였다. 혼자라면 어떤 모욕이나 해악도 참을 수 있었으나 어린 딸들이 걱정되었다. 하지만 다행히 그들은 소리 지르고 떠들다가 그냥 떠났다.

대책 없이 얼마를 더 기다렸을까? 그날따라 가끔 마주치던 경찰 순찰차도 보이지 않았다. 날이 곧 어두워질 텐데 불안과 초조함은 더해 갔다. 다음날 딸아이들 학교 갈 준비도 해야 하고 나도 오전에 대학 강의가 있는데. 그런데 얼마 후 어떤 차가 지나가다가 내가 손을 흔들어 세우지도 않았는데 스스로 멈추더니 한 백인 남자가 차에서 내렸다. 온화한 모습의 50세 내외로 보였다. 그는 내게 상황을 묻고는 그 자리에서 자기가 도와주겠다고 했다. 전화 통화 후 얼마 안 되어 견인차가 도착해 처박힌 차를 끄집어내어 좀 떨어진 자동차 수리시설을 갖춘 주유소로 옮겼다. 두 딸과 나는 그의 차를 타고 주유소까지 따라갔다.

　주유소에서 그는 내 차의 기본 사항을 점검하는 비용까지 내주었다. 다행히 자동차는 오래된 중고차였지만 철제 대형차여서 그런지 바퀴에 약간 충격이 있던 것 외에는 큰 문제가 없었다. 그 신사는 나에게 밀워키까지 조심해서 차를 몰고 가고 다음날 당장 바퀴 전문수리점에 가서 차를 점검하라고 일러 주기까지 했다. 여러모로 너무나 고마웠던 나는 그분의 성함과 연락처를 물었다. 나중에 감사를 표하고 경비도 돌려주고 싶었다. 그렇지만 그 사람이 여러 차례 나의 간청을 완곡하게 거절하는 바람에 나는 할 수 없이 그냥 돌아설 수밖에 없었다. 이미 날은 어둑해졌고, 그날 밤 밀워키에 무사히 도착한 우리 셋은 지극히 긴장된 시간을 보냈으나 모두 잘 자고 아침에 일어났다. 아이들을 학교에 데려다준 다음 나도 대학으로 출근했다.

　당시 그 신사가 누구인지 몰랐던 나는 그저 외국인에게 상당히 친절한 백인이라고만 생각했었다. 몇 년 후 귀국한 뒤에야 어느 일요일 오후 위스콘신 북부 어느 시골길에서 만난 그 사람이 바로 예수님이라는 사실을 뒤늦게 깨달았다. 예수님이 십자가에 달려 죽은 지 사흘 만에 부활한 후 엠마오로 가는 제자들 앞에 나타나셨는데, 그들은 그분이 예수님인지 알아보지 못했던 게 떠올랐다.

그날에 그들 중 둘이 예루살렘에서 이십오 리 되는 엠마오라 하는 마을로 가면서 이 모든 된 일을 서로 이야기하더라 그들이 서로 이야기하며 문의할 때에 예수께서 가까이 이르러 그들과 동행하시나 그들의 눈이 가리어져서 그인 줄 알아보지 못하거늘 (누가복음 24:13~16)

이보다 앞서 남자 제자들보다 더 열성적으로 예수님을 믿고 따랐던 막달라 마리아는 예수님을 장사한 후 시신이 있던 동굴에 처음 들어가 시신이 사라진 것을 알았다. 막달라 마리아가 무덤 밖에 서서 울고 있다가 두 천사가 나타나고 그 뒤로 예수님이 나타났으나 처음에는 알아보지 못했다. "뒤로 돌이켜 예수께서 서 계신 것을 보았으나 예수이신 줄은 알지 못하더라." 의심 많은 제자 도마는 부활하신 예수님을 믿지 못했으나 예수님께서 "네 손을 내밀어 내 옆구리에 넣어 보라"(요한복음 20:27) 하시니 그때야 믿게 되었다. 그 후 부활하신 예수님은 갈릴리 호수에서 고기 잡는 7명의 제자에게 나타나셨지만 "날이 새어갈 때에 예수께서 바닷가에 서셨으나 제자들이 예수이신 줄 알지 못하는지라."

(요한복음 21:4)

　이를 볼 때 미국 위스콘신 시골길에서 나에게 현현하신 예수님을 믿음이 약한 내가 알아보지 못한 것도 무리는 아니었다. 우리는 눈에 보이는 것만 믿으려고 한다. 그 후 나는 일상생활에서 여러 모습으로 나타나 역사役事하시는 예수님 만나기를 게을리하지 않고 있다. 히브리서 11장 1절, "믿음은 바라는 것들의 실상이요 보이지 않는 것들의 증거니"가 나의 신앙 좌표가 되었다. 나를 도와준 그 신사는 예수님 자신이든가 예수로 변신한 성령일 것이다. 예수를 알아보지 못한 나는 얼마나 믿음도 허술하고 영안도 어두웠던가!

　"선한 사마리아인"의 비유가 떠오른다. 누가복음 10장 29절에서 한 율법교사가 예수께 "내 이웃이 누구니이까?"라고 물었다. 예수는 다음과 같이 대답한다.

　그 사람이 자기를 옳게 보이려고 예수께 여짜오되 그러면 내 이웃이 누구니이까 예수께서 대답하여 이르시되 어떤 사람이 예루살렘에서 여리고로 내려가다가 강도를 만나매 강도들이 그 옷을 벗기고 때려 거의 죽은 것을 버리고 갔더라 마침 한 제사장이 그 길로 내려가다가 그를 보고 피하여 지나가고 또 이와 같이 한 레위인도 그곳에 이르러 그를 보고 피하여 지나가되 어떤 사마리아 사람은 여행하는 중 거기 이르러 그를 보고 불쌍히 여겨 가까이 가서 기름과 포도주를 그 상처에 붓고 싸매고 자기 짐승에 태워 주막으로 데리고 가서 돌보아 주니라 그 이튿날 그가 주막 주인에게 데나

리온 둘을 내어 주며 이르되 이 사람을 돌보아 주라 비용이 더 들면 내가 돌아올 때에 갚으리라 하였으니 네 생각에는 이 세 사람 중에 누가 강도 만난 자의 이웃이 되겠느냐 이르되 자비를 베푼 자니이다 예수께서 이르시되 가서 너도 이와 같이 하라 하시니라. (누가복음 10:29~37)

여기서 사마리아인은 당시 유대인들이 멸시하고 미워하던 이방인이었다. 유대인이 강도를 만나 길가에 쓰러져 있었으나 같은 종족인 유대인 제사장과 상류계급인 레위인도 모두 못 본 척 지나갔고, 오히려 무시당하고 핍박받던 사마리아인이 쓰러진 유대인을 도와준 것이다. 여기서 쓰러진 유대인은 우리이고 사마리아인은 예수님이다.

내가 예수님을 만난 것은 사도 바울이 다메섹으로 가는 길에 "홀연히 하늘로부터 빛이 그를 둘러 비추"자 눈이 멀어 쓰러진 것처럼 극적인 것은 아니었지만 시골길에서 예수님을 만난 나는 앞으로 어떻게 살아야 할 것인가? 답은 분명하다. 간단하게 말해서, 종족 차별을 넘어 현재 위험한 상황에 부닥친 사람에게 선한 일을 행한 사마리아인처럼 살면 될 것이다. 나아가 도움이 필요한 가난한 자, 고아, 과부, 나그네 등 사회의 주변부 타자들에게 구체적 관심과 공감을 가지고 배려하며 사랑을 실천하고 치료하신 평화의 사도 예수 그리스도를 본받는 삶을 살아가야 하리라. 하지만 예수님을 알아보지 못한 나 자신을 되돌아보고 성찰해 볼 때 부끄럽게도 나는 아직도 '선한 사마라인'이 될 자신이 없으니 어쩌면 좋으랴.

06. 몽고 울란바토르에서의 간증

여러분, 만나뵙게 되어 반갑고 기쁩니다.

저는 올해 69세입니다. 여기에는 저보다 연세도 많고 훌륭하신 분들이 많은데 제가 이렇게 앞에 나와서 간증하는 것이 부끄럽습니다.

저는 2010년대 60세가 넘어서부터 지난날 저의 삶에 대해 반성하고 회개하였습니다. 지난 60년간의 저의 삶은 명리, 지식, 지위 등을 위한 욕심으로 가득 차 있었습니다. 건강 문제가 생기기 시작하였습니다. 성인병인 고혈압과 관절, 전립선, 시력 등에 문제가 있습니다. 저는 갑자기 모든 것이 허무하다는 것을 깨닫게 되었습니다.

그래서 저는 그동안 습관적으로 알고 있던 기독교 교리를 다시 보고 기독교 경전인 성경을 다시 보게 되었습니다. 무엇보다도 저는 예수님과 인격적으로 만나 진정한 기쁜 소식인 '복음'으로 돌아가기로 했습니다. 저는 영적으로 다시 태어나고 싶었습니다. 복음은 세속적이고 허무한 삶에 대한 유일한 영적 해독제입니다.

기독교인이 되어 하나님의 한없는 은혜를 받는 것은 그리 어려운 일이 아닙니다. 먼저 입으로 주님을 시인하고 죄를 고백하면 우리는 의로운 사람이 됩니다. 그리고 성경 생명의 말씀대로 검소하게 착한 일 하고 이웃을 사랑하며 경건하게 살면 결국에는 영원히 구원받아 영광을 얻을 수 있습니다.

여러분, 우리 노인들의 삶은 오래 남지 않았습니다. 하루 빨리 결단을 내려 하나님께 돌아오십시오. 우리를 구원하실 수 있는 유일한 분이신 예수님께 돌아오십시오. 세상 잡사를 모두 넘어서 노년의 삶을 기쁨과 평안한 마음으로 사실 것을 간곡히 요청드립니다.

　몽고의 어르신 여러분, 고맙습니다. 매일매일 건강하고 즐거운 생활 되시기를 기도드립니다. 아멘! (2019)

07. 러시아 단기선교 현장에서

우리 부부가 철의 장막으로 한동안 가려져 있었던 러시아 땅을 향해 단기선교를 준비하면서 첫 번째로 떠올린 의문은 기독교의 3대 종파인 로마 가톨릭, 프로테스탄트 개신교, 동방 정교회 중에서 지난 1000여 년간 동방 정교회의 중심지였던 러시아에 과연 개신교의 복음 전파가 필요하고 가능할까 하는 점이었다. 그러나 우리가 그곳에 직접 방문해 보니 러시아 정교회는 모스크바나 상트페테르부르크에 화려하고 거대한 교회들을 여럿 남기긴 했지만, 그들의 지나친 의식 중심, 다양한 성화, 부지기수의 성상들[icon]을 숭상하는 모습을 볼 때 진정한 의미에서 성경을 토대로 한 기독교는 아니라는 느낌을 받았다. 어찌 보면 웃음을 거의 상실한 것 같은 슬라브 러시아인들은 말씀 중심, 예수 중심, 믿음 중심의 복음적 기독교가 아닌 엄청나게 이질화되고 신비화된, 그리하여 거의 이단화된 종교를 갖고 있는 것 같다. 게다가 러시아인들은 태어나서 세례를 받거나, 결혼식 올릴 때 그리고 장례식 때 외에는 거의 교회에 발길을 들여놓지 않는다고 한다.

1917년 볼셰비키 공산혁명 이후에는 종교를 아편이라고 탄압하고 무시하여 러시아 정교는 이제 러시아에서 거의 역사와 문화의 유물로 남게 되었다. 슈퍼 파워로 행사하던 공산주의 소연방(소련)은 1990년 독재정권이 무너진 후 민주주의와 자본주의를 도입했지만 도시와 농촌, 부자와 빈자 사이의 간극 등 아직도 가야 할 길이 멀고 험한 것 같다.

이런 모습을 보면서 우리 부부는 러시아야말로 제정 러시아의 전제정치와 공산 러시아의 독재정치를 거치면서 무너져 버린 정교회 체제를 대신하여 새로운 복음주의적 개혁신앙으로 치유 받고 회복되어야만 하는 땅임을 절실하게 느낄 수 있었다. 이 거대한 영토를 지닌 세계 최대의 나라 러시아는 미전도 종족들이 살고 있는 지역 이상으로 복음전파가 필요한 지역으로 간주되어야만 한다.

이토록 신앙적으로 열악한 땅에 허충강, 이미화 선교사 부부는 1991년 처음으로 러시아 모스크바 선교사로서의 발걸음을 내디뎠다. 이들 선교사 부부는 인종차별, 종교차별에 따른 온갖 박해와 고통을 견뎌 내면서 모스크바 근교에 미르[평화] 교회를 개척하여 현지 고려인들과 러시아인들과 함께 아름다운 목회를 펼쳐가고 있다.

2012년 여름 사랑의교회 러시아 단기선교팀은 바로 이 두 선교사님들과 미르교회를 중심으로 선교사역을 수행하였다. 우리 단기선교팀을 인솔하신 한정훈 목사님을 비롯하여 우리 18명 팀원 모두는 어려운 시기에 동토의 땅 모스크바에 개신교회를 성공적으로 개척하여 은혜로운 목회로 하나님께 아름다운 예배를 올려 드리고 계신 선교사 부부를 비롯한 미르교회 성도들과 함께 시간을 보내며 무한한 감동을 받았다. 성도들이 사랑과 삶을 함께 나누며 주님께 예배와 찬양을 올려 드리는 그들에게 뜨거운 찬사와 감사어린 격려를 올려 드리고 싶다.

2012년 8월 4일(토) 오후 4시에 시작된 미르교회 교인들과 지역 주민들을 위한 한국의 밤 행사를 위해 한국 음식을 만들고 교회의 풍선 장식을 위해 우리 선교팀은 토요일 아침 일찍이 교회로 가서 한마음으로 힘을 합해 준비했다. 최고령 원로이신 이해경 집사님으로부터 막내 집사님에 이르기까지 혼연일체가 되어 협력하여 준비하는 모습은 천국잔치를 위해 헌신하는 자들의 모임이라 자부할 만했다. 불고기, 떡볶이, 잡채, 김밥, 유부초밥, 감자부침개, 김치 등으로 러시아 주민들을 접대할 준비를 하면서 그들의 입맛에 맞지 않으면 어쩌나 하는 걱정과 우려는 사라지고 모두들 한국 음식을 좋아하고 맛있게 먹으며 기뻐하는 모습에 우리 팀원들은 뿌듯한 보람을 느꼈고 하나님께 감사의 마음을 올려 드렸다.

우리 모습에 감동한 러시아 사람들도 답례라도 하듯 춤으로 노래로 우리들을 기쁘게 해 주었다. 마침내 작별의 순간이 다가왔을 때 우리는 그들 한 분 한 분과 껴안고 인사하면서 벌써부터 알고 있던 사람들처럼 만남과 이별의 기쁨과 서운함을 온몸으로 전하고 있었다. 선교를 떠나기 넉 달 전부터 우리 팀원들이 거의 매주 만나 함께 마음 모아 주님께 기도하며 우리 안에 화목함을 먼저 구했고, 또 러시아 성도들과 말은 통하지 않더라도 마음으로 진정으로 풍성한 소통이 있게 해 달라고 간구했던 그 기도의 응답을 우리는 온몸으로 경험하며 감사하지 않을 수 없었다. 또한 여호와 이레의 하나님은 미르교회 성도들도 준비시켜 주셔서 그들 역시 우리를 기쁨으로 맞이할 준비를 하고 있었던 것이다.

다음날 8월 5일 주일날 공예배 때는 우리를 인도하시는 한정훈 목사님의 비전 있는 설교 말씀, 우리 팀의 서애숙 권사, 장해근 집사, 남숙영 집사의 울먹이며 가슴으로 전한 구원 확신의 간증, 김린 집사, 김상태 집사의 건강에 관한 유익하고 재미있는 특강 등 모든 순서가 은혜 속에 진행되었다. 아침 10시 정도부터 미르교회 성도들이 모이기 시작하여 예배를 드리고 식사 교제를 거쳐 특강이 끝난 오후 4시에 이르기까지 하나님이 순간순간 함께하셨던 시간들이었다.

우리 부부는 이 마지막 때에 "가라 아니면 보내라GO or SEND!"는 사랑의교회 세계 선교부 모토대로 국내외 어디에서든지 선교사적인 삶을 살겠다고 주님 앞에서 다짐했다. 이번 러시아 단기선교 경험은 우리 부부에게 많은 깨달음과 비전을 주었다. 복음이 필요 없을 것 같은 또는 불가능할 것 같은 러시아 땅에서 우리가 행한 땅 밟기 사역이 모든 것의 작은 '시작'이고 겨자씨를 뿌리는 사역이었음을 깊이 인식하며 우리 단기팀이 러시아 땅에 뿌린 이 작은 씨앗들이 큰 복음의 열매를 맺는 날이 오기를 주님께 엎드려 기도드린다.

또한 우리 부부는 젊은 집사님들의 헌신적인 선교 활동에 감명을 받고 부러움과 동시에 부끄러움을 느꼈다. 우리 부부도 좀 더 일찍 이런 선교 활동에 동참할 수 있었다면 얼마나 좋았을까. 선교 여행 내내 바쁜 일정 속에서도 경건 생활을 조금도 게을리하지 않는 많은 분들로부터 영적 자극과 도전도 받았다. 아무쪼록 이번 러시아 단기선교 사역이 우리의 앞으로의 삶에 하나의 커다란 영적 추억이 되어 어려운 일을 만날 때마다 이 선교 여행을 기억하며 격려를 받아서 겉사람은 후패할지라도 속사람이 날로 강건해지고 좀 더 겸손해져서 자녀들과 주변 사람들에게 믿음과 사랑의 본이 되기를 간구하는 바다. 특별히 신실하게 주님만 바라보며 충성하신 허충강, 이미화 선교사님의 불굴의 선교 의지와 성령의 열정, 사랑의 정신을 영원히 잊지 못할 것이다.

선하시고 인자하심이 영원하신 주님이시여, 두 분 선교사님들의 믿음의 역사와 사랑의 수고, 소망의 인내를 주님 기쁘게 받아 주시고 늘 함께하셔서 선교사님 부부와 두 따님 그리고 미르교회, 러시아 땅에 늘 풍성한 은혜와 긍휼을 베풀어 주시기를 기도드린다. 그리고 이번에 함께 러시아를 다녀온 사랑스럽고 자랑스러운 우리 단기팀원들에게 감사와 찬사를 올려 드리며, 항상 그 열정 잊지 말고 러시아 땅을 위해 기도하고 열심히 복음의 씨앗을 뿌리는 주님의 작은 제자 되기를 다시 한번 주님께 다짐한다. (2012)

08. 우리 부부의 후반기 인생 신앙 간증

우리 가족(딸들)이 모두 세례를 받은 해는 1986년 봄 부활절이다. 내가 미국에서 공부를 마치고 귀국 직전 밀워키 한인 감리교회(홍진화 담임목사)에서였다. 교회에서 아내 이소영은 서기를 맡아 봉사하고, 나는 한글학교장을 맡아 교포 자제들에게 한글을 가르쳤다.

이때 잊을 수 없는 두 이야기가 있다. 첫째는 내가 예수님을 만난 일이다. 1985년 늦가을 어느 주말, 당시 초등학교 다니던 두 딸을 데리고 시골의 지인 집에 갔다 오다가 한적한 2차선 도로에서 밭길에 미끄러져 반대편 차선을 넘어 도랑에 처박혔다. 다행히 크게 다치지는 않았지만 전화도 없고 연락할 길이 막연했다. (당시 아내는 서울에 있었다.) 차도 띄엄띄엄 다니는 한적한 시골 도로였고, 그나마 지나가던 차들도 아무도 우리를 도와주지 않았다. 그러다 홀연히 50년 중반쯤 되어 보이는 중년 백인 신사가 나타났다. 견인차도 불러주고 근처에 있는 자동차 수리하는 주유소로 나와 두 딸을 안내했다. 나는 너무나 친절한 그가 고마워서 주소와 연락처를 물었으나 그는 차에 대한 몇 가지 후속 조치를 자상하게 일러 주고는 그냥 미소를 지으며 표표히 사라졌다. 나는 지금도 그때는 몰랐지만 그 사람이 예수님이라고 믿고 있다.

둘째는 1986년 가을 김진홍 목사가 내가 다니던 밀워키 교회에 부흥 강사로 초빙되어 그를 만난 일이다. 우리는 그의 현실과 역사에 밀착한 신앙 간증과 선교를 들으며 한국에도 저런 훌륭한 목사도 계시는구나

하고 너무나 감동했다.

　귀국 후 얼마 안 된 1989년 1월에 사랑의교회에 출석하였고, 지인의 강권으로 곧바로 성경공부 소그룹 모임인 다락방에도 참석하였다. 당시 나는 영적으로 너무 어리석어서 봉사를 안 해도 되는 '평신도'로 지내기를 고집했다. 사랑의교회에서 5년에 걸쳐 5번 집사 동의서를 보냈으나 그때마다 무시했다. 아내도 모태신앙을 가지고 있었으나 나의 기에 눌려 집사가 되지 못했다. 이 일이 얼마나 오만방자한 행위인가를 깨닫고 크게 회개하였다. 이렇게 세월은 흘러갔다.

　한 가지 특이한 일이 1997년 내가 호주에 방문교수로 1년 가 있는 동안에 일어났다. 우리는 당시 브리즈번 한인 장로교회(김만영 담임목사)에 출석하였는데 하루는 김 목사가 나에게 서울 사랑의교회 옥한흠 담임목사가 신학교 자기 후배라면서 사랑의교회의 '제자훈련'에 대한 특강을 해 달라고 요청을 받았다. 나는 당황했으나 순종하는 마음으로 부랴부랴 옥 목사님의 저서 『평신도를 깨운다』를 구해 읽고 그간 7년간 다락방 순원으로 경험했던 일을 종합하여 수요예배 때 강대상에 올라가 목사, 장로, 신도들 앞에서 제자훈련 소개 특강을 했다. 아내는 당시 강대상의 내 모습을 보고 가장 거룩하게(?) 보였다고 했다.

　귀국하여 몇 년 후에 우리는 지역 담당 최재하 목사의 직권으로 드디어 40세가 넘어 집사 직분을 받았다. 아내는 안내 봉사를 시작했고, 나도 갑작스레 은혜채플 10시 예배 헌금팀장을 섬겼다. (이것은 하나님의 강권으로 우리 부부를 불러내신 것이다.)

새천년 2000년이 들어서자 우리는 나이 50세가 넘었다. 그리고 인생 후반부를 하나님의 장대한 계획과 역사 속에 겸손하게 참여하기 위해 우리의 작은 삶이나마 드리며 살기로 작정했다. 아내는 오정현 목사 부임 직후 시작된 40일 특별 새벽기도회에 참석했다. (나는 당시 새벽기도는 성경에는 없고 한국의 샤머니즘의 영향이라 잘못 생각해 거부했다). 우리는 그동안 미루던 제자 훈련과 사역 훈련을 뒤늦게나마 받고 순장 사역을 시작했다. 성경대학과 교리대학도 수료했다. 그 후 예수님과 성경의 역사를 바로 알기 위해 두 차례 성지 순례도 다녀왔다. 1차는 이스라엘, 이집트, 요르단이었고, 2차는 터키와 그리스였다. 국내 선교지도 몇 군데 다녔다. 가장 인상 깊은 곳은 전남 여수에 있는 손양원 목사의 사역지 애향원이다. (아들을 죽인 사람을 양자로 삼은) 6·25 때 순교한 손 목사는 한국 기독교 역사의 가장 큰 성인이다.

이 무렵 나는 지금은 당시 한기수 장로를 중심으로 사랑의교회 '교수선교회' 창립을 도왔다. 창립 예배 때 오정현 목사의 에베소서 4장 13절을 중심으로 한 하나님을 믿고 아는 일에 힘쓰라는 내용의 창립 축하 설교를 아직도 생생하게 기억하고 있다. 그 후 한기수 초대회장에 이어 교수선교회장을 맡으면서 캠퍼스 복음과 기독학문 정립, 중고생 진학지도, 대학생 진로지도와 (이 일로 나는 당시 교육위원회를 맡고 있던 박성은 목사를 만났다.) 지식인 선교에 노력했다. 이때부터 세계 선교부 교수선교회 지도목사였던 전욱 목사와 한정훈 목사와도 가깝게 지냈다.

2010년대 들어서는 삶의 십일조를 드리기 위해 선교를 진지하게 생각하기 시작했다. 우리 부부는 장기적으로 한반도 통일을 향한 집중을 위해 북방선교와 북한선교에 뜻을 모았다. ETC, ITC와 전문인 선교사역 훈련과정까지 받았다. 나는 선교지에서 한국어 자격증을 가지고 한국어와 영어를 가르치고, 아내는 미용기술과 한국어 교사를 계획했다. 하광민 목사가 인도하던 북한사랑의선교부(북사선)에 참여하기로 했다. 북방선교를 위해 러시아 단기선교, 북방 단기선교(연변과기대, 러시아 블라디보스톡의 손니치선교센터 등), 러시아 몽골 단기선교, 조중 국경 비전 트립(길이진 전도사)을 다녀왔다. (이를 위해 교수다락방 순장사역도 내려놓았다.)

우리는 또한 북사선의 BENK, TENK, SENK 교육도 마쳤다. 나는 2014년 퇴임을 앞두고 최종적으로 연변과기대 영어과 교수선교사로 떠나기로 결정하고 중국어도 배우면서 모든 수속을 밟고 있었다. 사랑의교회 최종 결제 직전에 시진핑 주석이 중국에서 활동하는 모든 외국인 교수의 나이를 65세로 제한하는 법을 새로 강력하게 시행했다. (중국 내 자국 교수요원이 넘쳐나 해외에서 오는 교수요원을 막기 위한 것이었다는 말도 들었다.) 이렇게 되어 '나가는' 선교사의 꿈은 깨지고 말았다. 내 삶의 십일조를 온전히 드리려 했던 계획도 무산되었다. (아마도 하나님이 내가 너무 부족하여 막으신 것 같다.) 그 후 토비새와 특새는 꼭 참석했지만 2~3년간 선교파 파송 실패에 대한 좌절감(?)으로 힘없이 지냈다.

우리는 2018년 2월부터는 새롭게 시작하기 위해 수요일마다 시니어

예배를 드리는 포에버에 등록하여 다락방도 순원으로 다시 시작하였다. 이와 동시에 나는 북한 사랑선교부 담당 목회자인 길이진 전도사의 지도로 '통깨팀'(통일선교를 깨운다)에 들어가 활동하게 되었다. 이 팀은 통일 관련 전문가들과 탈북자들이 모여 통일 시대 전후를 대비하는 통일 성도 육성을 위한 소책자와 장기적으로 다락방 교재 개발을 위해 매주일 모여 임상적으로 준비하고 있다. 평소 생의 마지막을 한반도 분단 극복과 통일을 위해 바치기로 결심한 바대로 '(피흘림 없는) 복음적 평화 통일'을 위해 하나의 작은 겨자씨가 되고 싶었다. (2018)

09. 남아공 단기선교 준비와 소감

1.

나는 이번 단기선교에서 자연 탐방의 중요성을 새롭게 깨달았다. 우리는 본격적인 선교에 앞선 현지 자연 탐방을 경치 여행 정도로 오해하기도 했다. 그러나 이것은 오해이며 편견에 가깝다. 우리가 하나님을 만나는 것은 성경이나 교회에서만이 아닐 것이다. 가령 이번에 우리가 방문한 남아공 케이프타운의 대서양과 인도양이 멀리 바라다보이는 테이블 마운틴이나 짐바브웨와 국경이 맞닿은 남아공 북쪽에 있는 빅토리아 폭포와 같은 아름답고 웅장한 자연과 또한 요하네스버그 근교의 사파리 공원에서 아주 가까이 만난 사자, 기린 등의 동물들 사이에서 다시 한번 하나님의 자연 세계 창조의 신비와 숭고함을 느꼈다.

특별히 테이블 마운틴 자락에 펼쳐진 예수님의 제자 12사도 산도 매우 감동적이었다. 이번 단선팀의 인솔 교역자인 주연종 목사님이 지적하셨듯이 남아공의 다양하고 풍성한 자연은 하나님의 솜씨이고 걸작품으로 창작자로서의 주님의 서명이 들어 있다. 이것을 나는 다른 선교에서 이해하지 못했던 것을 이번 남아공 단기선교에서 깊이 깨닫고 각성하였다. 다양한 자연이 하나님의 걸작품이라는 확실한 믿음의 기회가 되었다. 이러한 하나님의 창작품으로서의 새로운 인식은 예상치 못한 소득이었다. 자연 속에서도 우리는 하나님의 진면목을 볼 수 있었기 때문이다.

2.

자연환경은 아름다운 나라지만 1994년 최초의 흑인 대통령인 넬슨 만델라 대통령이 취임하고 아파르트헤이트(인종차별주의)가 법적으로 폐지되었고 일부 평등과 자유가 보장되었다. 그러나 만델라 이후 계속 정권을 잡아온 3명의 흑인 대통령의 경제정책은 일부 흑인 기득권 정치가들의 부패와 타락으로 전 세계에서 최고의 빈부 격차율을 가진 불명예의 나라로 전락하였다. 그 모순과 좌절은 무엇으로 설명할 수 있을까.

특히 하루에 8시간 단전과 단수는 나로서는 이해하기 어려웠다. 더욱 이해하기 어려운 일은 9월에 대통령을 선출하는 국회의원 총선거가 있어 요즘은 단전, 단수도 일시 중단되고 있다는 것이다. (그럴 수 있다면 평소의 단전, 단수는 왜 있는가. 국민들을 통제하려는 더러운 기만술이란 말인가.) 이러한 극심한 빈부 격차와 사회불평등이 남아공의 대책 없는 치안 부재의 근본 이유일 것이다. 하루 빨리 남아공의 경제 정의가 실현되고 합리적인 소득과 분배가 이루어져 정상 국가가 되기를 기도드린다.

3.

세계 최악의 극심한 빈부 격차와 위협적인 사회 치안 불안의 어려운 상황에서 이곳 윤영욱 선교사 부부의 대부분 흑인들인 농인 선교의 어려움과 보람이 함께 있음을 느꼈다. 더욱 어려운 점은 치안 부재로 강도, 살인 등 위험에 노출된 채 윤 선교사 부부는 이미 아무런 죄의식 없이 범행을 일삼는 일부 흑인들에게 생명을 위협받는 서너 차례 강도를 당했다고도 한다.

4.

윤 선교사 내외분은 4개의 교회를 운영하기 위해 마을회관을 임대하여 예배처로 사용하고 있다. 주일날 선교사 부부는 10시경부터 2시간 간격으로 치안도 지극히 불안한 지역에서 4개의 작은 예배처를 돌아가며 예배를 드리고 있다. 언젠가 소규모라도 독립 건물로 예배당을 임대하거나 지어 십자가도 걸고 강대상이 있는 주님의 교회가 세워지기를 간절히 기도한다.

5.

코다, 즉 청각장애 부모의 말하는 자녀들 예배도 감동적이었다. 예배처로 쓰이는 십자가와 강대상도 없는 마을회관 내의 같은 공간에서 앞에서는 윤 선교사님이 성인 농인 예배가 수어와 영어 성경 요절을 영어로 띄워 놓고 영상을 곁들여 효과적으로 진행하였다. 노인보다 젊은이들의 표정과 자세는 진지하고 반응도 뜨겁게 느껴졌다. 뒤에서는 사모님 이 선교사님이 인도하시는 맹인 성인 성도들의 자제들인 영어를 말하는 코다 어린이를 위한 찬송을 곁들인 음성 예배가 서로 방해받지 않고 동시에 드리는 풍경은 그 자체가 하나의 기적이며 감동이었다. 할렐루야!

6.

범죄의 위협으로 문도 못 열고 작업했던 열악한 곳에서 지금은 보안이 보장되는 농공단지에 엎드림Updream이라는 소규모 수제 비누 제조실을 가지는 꿈이 이루어졌다. 이제 비누 제조량을 늘리고 일반 판매를 통한 흑인 농인 교인들의 자립정신 진작과 장기적으로 교회 운영과 재정의 극히 일부나마 확보하려는 계획이 있다. 월 임대료만 한국 화폐가치로 60만 원 정도라니 하루바삐 재정 자립을 이루도록 우리 모두 기도해야 한다.

7.

이번 단선에서 처음으로 듣지 못하는 농인 선교 사역에 대한 새로운 인식을 가지게 되었다. 나는 넓은 의미의 장애인 사역인 농인 상대 단기선교는 처음이다. 지난 10년 이상 동안 나는 정상인 단기선교만 6회 이상 다녀왔기에 농인 선교 현장의 한국인 선교사님들의 극심한 어려움을 알게 되고 그 선교 사역의 중요함을 깨닫고 일종의 충격을 받았다. (우리 부부는 이번 기회에 윤 선교사 부부에게 큰 액수는 아니지만 매월 3만 원씩 선교 헌금을 하기로 결정했다. 만일 모두 사정이 허락해 이번에 선교에 참가한 스물두 분이 3만 원씩 매월 헌금한다면 윤 선교사 부부의 업드림Updream 비누 제조 사역을 위한 농공단지의 작은 공간의 월세라도 충당할 수 있으리라.)

8.

앞으로 이번 윤 선교사 부부의 농인 사역은 너무 어렵지만 남아공 전체에 진정한 복음주의가 들어서야 하기에 가장 중요한 선교의 전초기지가 될 것이다. 남아공의 기독교인 비율이 70%에 달한다 하지만 이곳 기독교는 백인 교회를 제외하고는 대부분 흑인들의 기독교는 토착 미신들과 이상하게 결합된 혼합 이단 기독교라 한다. 따라서 순수한 정통 복음주의 신앙이 이곳에 들어와 정착되기 위해서는 복음주의 한국 교회와 선교 단체 그리고 성도들의 지속적이고 효과적인 선교 방책과 전략이 필요하다.

9.

앞으로 해외 단기선교는 무엇보다 해당 지역에 대한 사전 지식이 철저해야 한다고 믿는다. 그 국가나 지역의 역사, 지리, 문화, 정치, 경제, 종교에 대한 오리엔테이션과 워크숍은 필수다. 우리가 새로운 지역과 나라에 대해 알게 되면 우리 의식의 지경이 넓어지고, 하나님이 창조하신 이 세계가 얼마나 다양하고 풍요로운가를 더 깊게 이해할 수 있다. 동시에 해당 지역에 선교 현황과 활동을 미리 알면 단기선교의 봉사 활동에 구체적으로 큰 도움이 될 것이다. (2024)

10. 성경 강독 : 「시편」 1편과 수사학

시편은 기독교 영성의 무궁무진한 보고로서 신앙생활과 신실과 신학의 모든 면모를 간직하고 있다. - 아우구스투스

시편은 작은 성경이며 인류 전체의 종교심을 가장 경건하게 표명하고 있다. - 마틴 루터

시편은 공통의 기도 형식을 교회에 전달하기 위한 … 성령의 고안이다. 시편은 인간의 거울이다. - 존 칼빈

다윗의 거룩한 「시편」이 신통력에 의한 시라고 말해도 되지 않겠는가? … 시편은 충분히 율격에 맞추어 쓰여졌고, 마지막으로 그리고 주로 그가 예언을 다루고 있는 그것도 순전히 시적이라는 것이다. 자신을 단지 믿음으로 깨끗해진 마음의 눈만이 볼 수 있는 저 말할 수 없는 영원한 미의 열렬한 연민으로 나타내고 있는 거룩한 시가이다. - 필립 시드니 경

시편은 인간 영혼을 보편적 언어로 노래하고 있다. - 존 스토트

오늘날 교회가 「시편」을 잘 사용하지 않게 되면서 비할 바 없는 보물들이 「시편」과 함께 교회에서 사라졌습니다. 그러나 「시편」 기도가 다시 회복되

면 상상할 수 없는 힘이 교회 안으로 들어올 것입니다. - 본 회퍼

시편은 시詩라는 사실, 그것도 노래로 부르기 위해 쓴 시라는 사실입니다. 시편은 교리서가 아니며 설교도 아닙니다. 성경을 '문학으로서' 읽어야 한다는 말을, 종종 그 주제에 유의하지 않고 읽어야 한다는 의미로 받아들이는 사람들이 있습니다. … 성경은 결국 문학이기에 문학으로 읽어야 한다는 말에는 그보다 더 건전한 의미가 담겨 있습니다. 즉, 성경은 여러 종류의 문학으로 구성되어 있어서 그에 맞게 읽어야 합니다. 다른 서정시처럼 일정한 형식을 갖고 있으면서도 파격과 과장이 들어있는 ; 논리적 연관성보다는 정서적 연관성을 갖고 있는 시로써 말입니다. - C. S. 루이스

시편과 예수

『성경』은 일종의 문학작품이다. 특히 「시편」은 장르 상 시다. 문학적 비유법이나 수사법을 알아야 온전히 이해할 수 있다. 비유의 달인이셨던 예수님도 하나님의 말씀과 섭리의 신비를 설명하기 위해 신약에서 37회에 걸쳐 비유를 사용하셨다. 이런 의미에서 예수님은 '시인'이다.

성경은 신비한 말씀이나 거룩한 사건을 성령의 도움으로 쉽게 말해 영감을 받아 쓴 기록이다. 따라서 우리는 성경을 읽을 때, 특히 영어 「시편」을 읽을 때는 어떤 의미에서 '시인의 마음'을 가져야 한다. 예수님도 수시로 시편을 인용하셨다. 예수님은 언제나 시편을 굳게 암송하시며 자주 인용하셨다. 이런 의미에서 시편은 성경의 심장이다. 예수님

이 시편을 애독하고 자주 인용하셨기에, 시편의 중심 교리는 예수님의 복음으로 직접 연결된다.

예수님께서 골고다 언덕 위의 십자가에 매달리시어 이 세상을 떠나시기 직전 하신 말씀을 들어보자.

제구시쯤에 예수께서 크게 소리질러 이르시되 "엘리 엘리 라마 사박다니" 하시니 이는 곧 "나의 하나님, 나의 하나님, 어찌하여 나를 버리셨나이까" 하는 뜻이다. (마태복음 27:46)

예수님의 이 절규는 시편 22편 1절의 말씀 "내 하나님이여, 내 하나님이여, 어찌하여 나를 버리셨나이까"를 그대로 가져온 것이다.

시편에 나타난 히브리 시의 한 가지 큰 특징은 '반복repetition'이다. 반복은 강조하기 위함이지만, 노래의 후렴처럼 시적 운율에서 음악성을 위한 것이기도 하다. 히브리 시 전통에 익숙했던 예수님은 말씀 중에 유사적 평행법을 사용하셨다.

"너희가 비판하는 그 비판으로 너희가 비판을 받을 것이요,
너희가 헤아리는 그 헤아림으로 너희가 헤아림을 받을 것이니라"

(마태복음 7:2)

비슷한 말과 문장을 반복함으로 말씀의 일부분을 의미상으로 강화시

키고 리듬감을 주며 강조하는 효과를 높이는 것이다.

"구하라. 그리하면 너희에게 주실것이요 ; 찾으라. 그리하면 찾아올 것이
요 ; 문을 두드리라. 그리하면 너희에게 열릴 것이니" (마태복음 7:7)

예수님은 이렇게 중요한 가르침이나 진리는 반복적 병행법으로 표현
하셨다. "구하라", "그리하면 너희에게 주실 것이요"라는 대명제를 다음
의 "찾으라"와 "문을 두드리라"를 도입함으로 그 뜻을 중층적 또는 점
층적으로 더욱 분명하게 강조하신다. 성경에서 '반복'의 기법은 너무
나 명백하게 강조의 효과와 리듬감의 유지를 위한 것이다. 예수님께서
는 자주 "진실로, 진실로"라는 반복으로 핵심적인 진리를 리듬감 있게
반복하신다. 예수님이 3년의 짧은 복음 사역을 하시는 동안 구약의 시
편을 항상 염두에 두고 수시로 암송하거나 인용했다는 말이다. 사실 시
편은 110편에서 영원한 제사장 멜기세덱을 예수님의 예표로 보았듯이
예수님과 가장 밀접한 구약의 책이다.

시편의 수사적 특징 : 평행법을 중심으로

유대인들은 어떤 각운은 가지고 있지 않다. 그들은 그리스나 로마의 강
세나 장단도 없었다. 그러나 유대인들은 균형, 반복과 평행법뿐 아니라 일
종의 모운assonance과 두운alliteration 또는 내적 각운internal rhyme을 가지
고 있었다. - 루이 언터마이어

시편의 가장 주된 형식적 특징 ; 가장 두드러진 문장 양식은 다행히 번역을 해도 그대로 살아남습니다. 제가 무엇을 말하려는지 아마 독자들은 잘 아실 것입니다. 학자들이 평행법parallelism이라고 부르는 것으로, 같은 이야기를 다른 단어로 반복해 말하는 방식입니다. 시편 2편 4절이 그 좋은 예입니다. "하늘에 계신 이가 웃으심이애, 주께서 그들을 비웃으시로다."

사실 평행법은 모든 양식과 예술에 통용되는 더 없는 좋은 예입니다. 누군가 예술의 원리를 '같은 것'을 '다른 식으로'라고 정리한 바 있습니다. … 평행법은 이렇듯 같은 것을 다른 식으로 표현하는 독특한 히브리어 문학형식으로 연시에서도 적잖이 나타납니다. - C. S. 루이스

성경에서 「시편」은 한 권의 시집이다. 기원전 1500년 전부터 500년 사이 어느 시기에 수백 년 동안 여러 사람에 의해 쓰인 노래이며 기도와 찬양이다. 성경 전체 내용을 요약하여 악기를 연주하며 노래한 것이기에 우리는 날마다 시편을 읽고 낭송한다. 시편 1편을 읽으며 그 내용과 주제를 논하기에 앞서 시적 구성, 즉 비유와 수사법에 대해 좀 더 이야기해 보자.

시편 1편 1절을 보면 시인은 일종의 반복으로 증대의 수사법인 점층법auxesis을 사용한다.

복 있는 사람은 악인들의 죄를 따르지 아니하며
죄인들의 길에 서지 아니하며

오만한 자들의 자리에 앉지 아니하고

복 있는 사람, 즉 시 후반에 나오는 의인義人의 특징을 점진적으로 나열하며 자세하게 설명한다. "악인들"은 "죄인들"이고, 결국 "오만한 자들"로 점진적으로 강조하는 반복법을 사용하여 그 의미가 계속 확장된다. 그들의 행동도 "꾀를 따르지 아니하고", "길에 서지 아니하며", "자리에 앉지 아니하고"로 부정적 행동이 나선형적으로 제시된다. 여기에서 "아니하며… 아니하며… 아니하고"(영어에서 nor)라는 불연속 접속사로 계속 이어진다.

성경 출애굽기 20장 10절(일곱째 날은 네 하나님 여호와의 안식일인즉 너나 네 아들이나 네 딸이나 네 남종이나 네 여종이나 네 가축이나 네 문 안에 머무는 객이라도 아무 일도 하지 말라)을 보면, "네 아들이나 네 딸이나", "네 남종이나 네 여종이나", "네 가축이나 네 객이라도" 안식일에는 일을 "하지 말라"고 가르치는데, 그 주체도 네 아들, 딸에서 시작하여 가족과 너희 집을 찾아온 '객'(손님)으로 점층적으로 확대되고 있다.

3절에서는 비유법의 가장 일반적인 직유simile법이 등장한다.

그는 시냇가에 심은 나무가 철을 따라 열매 맺으며
그 잎사귀가 마르지 아니함 같으니
그가 하는 모든 일이 다 형통하리로다
이 유명한 3절에서 "복 있는 사람"은 "시냇가에 심은 나무"로 직접 비유되고 있고, 시냇가에 심은 나무는 철 따라 열매 맺듯이, 잎사귀가 마르지 않듯이, 모든 일이 다 잘 풀릴 것이다. 그리고 4~5절의 직유법은 악인들을 "바람에 나는 겨"에 비유하고 있다.

악인들은 그렇지 아니함이여 오직 바람에 나는 겨와 같도다
그러므로 악인들은 심판을 견디지 못하며 죄인들이 의인들의 모임에 들지 못하리로다.

시인은 여기에서 바람에 나는 겨와 같은 악인들은 하나님의 심판을 견디지 못하고 의인들과 함께할 수도 없다고 말한다.

이 시편의 3절과 4~5절에서는 직유법이 적절하게 되었을 뿐만 아니라 대조법도 확연히 드러난다. "복 있는 사람"과 "악인들"이 "시냇가에 심은 나무"와 "바람에 나는 겨"로 극명하고 강렬하게 비교 대조되어 독자들이 그 차이점을 아주 쉽게 이해할 수 있다.

히브리 시뿐만이 아니라 히브리 문학에서 가장 큰 특징이자 대표적 수사학의 하나는 평행법(또는 병행법parallelism)이다. 평행법은 '동의적 평행법Synonymous parallelism'과 '반의(대조)적 평행법Antithetic Parallelism', 종합적 평행법의 세 가지가 있다. 시편 1편에서 이러한 평행법이 등장하여 1절에서 3절까지 비교적 긴 부분은 모두 "복 있는 사람", 즉 의로운 자의 특징을 자세히 나열한다. 그리고 악인들은 의로운 자와 다르다는 것을 4절 앞부분에서 악인들은 "그렇지 아니하다"라는 짧은 한마

디로 처리해 버린다. 비교 대조하는 대상 간의 균형이 깨진 것 같지만 1~3절에서 의인들의 특징들을 나열했으니 반복할 필요는 없을 것이다. 어떤 의미에서는 악인들을 더 이상 자세히 논하지 않는 것이 일부러 그들을 무시하려는 시인의 의도도 있었으리라.

대조법의 쉬운 예로는 "We live to die, but die to live"를 들 수 있다. 처음 동사 Live가 문장 뒤에 to live로 다시 나타나고 동사 to die는 문장 뒷부분에서 die로 다시 쓰여 A-B, B'-A'의 형식을 취한다. 시편 1편 5절에서 앞에 등장하는 악인들은 6절에서는 후반부에 등장하고, 5절의 후반부 의인들은 6절 전반부에 다시 등장한다.

고대 · 유대 시가인 「시편」의 시들은 특별한 운율 양식을 취하기보다 평행법parallelism을 주요 시적 장치로 사용하고 있다. 어떤 의미에서 평행법은 일종의 각운rhyme과 같은 시적 효과를 가진다고 볼 수 있다. 평행법은 하나의 생각(사상)이 반복, 동의어 또는 반의어 사용을 통해 전개된다. 「시편」의 평행법은 크게 동의어적 평행법, 반의어적 평행법, 종합적 평행법의 세 가지로 나눌 수 있다.

(1) 동의어적 평행법Synonymous Parallelism은 본질적으로 같은 의미를 표현하는 두 개의 행으로 구성된다.

여호와는 나의 빛이요 나의 구원이시니 내가 누구를 두려워하리요

여호와는 내 생명의 능력이시니 내가 누구를 무서워하리요 (시편 27:1)

(2) 반의어적 평행법Antithetic Parallelism은 서로 반대되는 두 개의 행이
사용된다.

무릇 의인들의 길은 여호와께서 인정하시나 악인들의 길은 망하리로다

(시편 1:6)

(3) 종합적(점진적) 평행법Synthetic Parallelism

그의 소리가 온 땅에 통하고 그의 말씀이 세상 끝까지 이르도다.
하나님이 해를 위하여 하늘에 장막을 베푸셨도다
해는 그의 신방에서 나오는 신랑과 같고 그의 길을 달리기 기뻐하는
장사 같아서. (시편 19:4~5)

「시편」의 평행법은 시편 수사학의 등뼈다. 나아가 평행 수사법은 『성경』 전체에서 중심적인 수사법이다.

11. 기독 고전 특강 : 『천로역정』의 4대 주제

성육화된 『성경』으로서의 『천로역정』

19세기 말 영국의 저명한 문필가 매슈 아놀드는 번연의 소설 『천로역정』을 가리켜 "『천로역정』은 성경의 완벽한 반영으로 보인다"라고 설파한 적이 있다. 필자도 이 소설을 읽을 때마다 느끼는 것은, 이 소설이 성경의 주요 구절들을 기독교인들의 일상적인 신앙생활 속에서 구체적으로 펼쳐 놓았다는 것이다. 어떻게 이렇게 적절하게 성경의 여러 말씀들을 독자들인 우리에게 구체적으로 제시해 줄 수 있는지 놀라울 따름이다. 『천로역정』의 모든 구절들은 거의 대부분 성경의 요절들을 풀어쓴 것이라고 해도 과언이 아니다.

번연은 당시 그리스어, 라틴어와 그 문학 그리고 고답적인 기독교 신학을 배우는 고등교육을 받지 못한 탓에 오히려 성경 본문 자체의 깊은 뜻에 천착하게 된 것으로 보인다. 번연의 성경 읽기는 성경의 글자 뒤에 숨겨져 있는 진정한 의미까지도 속속들이 철저하게 이해하는 방식이다. 번연은 다른 곳에 한눈을 팔 겨를이 없었던 것이다. 번연은 성경의 있는 그대로 글자로 쓰여 있는 그대로를 진심으로 믿고 받아들이며 삼위일체 하나님에게 다가가 함께하게 된 것으로 보인다. 우리는 『성경』을 흔히 '책 중의 책'이라 부르는데, 『성경』에 완벽하게 토대를 둔 소설 『천로역정』도 '책 중의 책'이 되었다.

필자의 경험으로는 『천로역정』도 한 번 읽으면 『성경』을 우리 일상생활에 직접 적용해서 한 번 통독한 효과가 있다고 느꼈다. 이것은 일반적인 『성경』 통독 방식인 구약의 「창세기」에서 신약의 「요한계시록」까지 권별로 읽는 방식과는 전혀 다르다. 『천로역정』 통독으로 우리는 삶 속에서 구체화된 말씀을 접하게 된다. 다른 말로 하면 『천로역정』의 거의 모든 문장은 성육화된 성경 말씀이라고 볼 수도 있다. 이렇게 볼 때 기독교인들에게는 말씀 중심의 『성경』과 이야기 중심의 『천로역정』이 '자매서'라고도 볼 수 있고 서로 매우 상호보완적인 관계에 있다고 볼 수 있을 것이다. 바로 이런 이유 때문에 소설 『천로역정』은 『성경』과 함께 읽어야 하는, 우리 기독교인들에게는 필수적인 영적 반려서伴侶書이기도 하다.

알레고리allegory 기법과 그 의미

기독 소설 『천로역정』이 알레고리allegory 형식으로 쓰였다는 것은 널리 알려졌다. 알레고리는 우유寓諭, 풍유諷諭로 번역되지만 한마디로 해서 '확장된 비유'다. A를 가지고 B를 말하는 방식, 즉 이중 구조를 가지고 있다. 구체적인 인물, 장소, 사건을 제시하여 추상적인 개념이나 의미를 표시하려는 수사 기법이다. 크게 보아 『천로역정』의 이야기는 꿈속에서 주인공 '크리스천'이 '멸망의 도시'를 떠나' '믿음Faithful'이란 신앙의 동반자를 만나고 '사망의 음침한 골짜기'를 지나 '허영의 시장을 거쳐' '소망Hopeful'이란 또 다른 신앙의 동지를 만나 여러 가지 난관과 유혹과 고난을 다 이겨 내고 결국 '죽음의 강'을 지나 '천성Celestial City'

에 들어간다는 순례 여행기다. 여기까지가 이 소설의 표면이다.

그러면 이 이야기의 속뜻, 즉 심층은 무엇인가? 그리스도인들의 믿음 생활이란 잠시 살다가는 이 세상을 타향으로 여기는 '나그네'로, 영원한 본향을 갈망하여 신실한 신앙 생활, 즉 순례자의 삶을 살면서 끝내는 천성으로 향해 가는 '순례자'임을 보여 주고 가르치기 위한 것이다. 이런 의미에서 『천로역정』은 알레고리 소설이다.

이 소설에서 알레고리를 좀 더 구체적으로 몇 개의 예를 들어 살펴보자. 우선 인물 알레고리로 제1부의 주인공인 '크리스천'은 일반적으로 기독교인이라는 뜻을 가지고 있다. 여기서 크리스천은 하나님 나라를 향해 순례자의 길을 걷고 있는 이 땅의 모든 신실한 기독교인을 전체적으로 가리킨다. '믿음Faithful'은 신실한 믿음으로 살아가는 기독교인을 가리킨다. 추상적인 '믿음'이란 이름을 붙여 추상적인 모든 믿음이 아주 좋은, 그래서 결국 허영의 시장에서 순교까지 당해 바로 그 자리에서 천당으로 바로 올라가는 기독교인을 대변하고 있다.

장소로는 '멸망의 도시City of Destruction'는 구체적으로 주인공 크리스천이 살았던 불의와 죄악으로 가득찬 결국 멸망의 길로 갈 수밖에 없는 이 세상의 세속화된 도시를 가리킨다. '십자가 언덕the Cross'은 크리스천이 힘들게 십자가가 있는 이 언덕에 다다라 드디어 그의 짐이 벗겨지는 곳이다. 여기서 십자가는 예수의 십자가를 통해 우리의 죄를 예수님이 대신 짊어지신 것이며 믿음으로 의에 이르는 '이신칭의justification by faith를 보여 준다. '허영의 시장Vanity Fair'은 돈과 명예와 권력 등에 오염

된 오늘날의 도시의 야시장 바닥과 같은 초세속사회를 가리킨다. 이러한 시장 같은 사회에서 우리는 거룩함을 회복하기 위해 엄청난 영적 전투를 벌여야 하는 현장이다.

사건으로는 제1부에서 크리스천이 악마 아볼론과 싸우는 구체적 장면이 나온다. 이 장면은 우리가 일상생활에서 기독교인으로 의롭고 순결하게 살아내기 위해서 전신갑주를 입고 악마와 함께 격렬하게 죽도록 수행해야 하는 싸움, 즉 영적 전투를 구체적으로 보여 준다. 제1부의 마지막 부분에 나오는 '죽음의 강' 건너기는 하나님 나라에 들어가기 전 마지막 단계로 그려지고 있다. 이 마지막 난관을 건너 돌파해야만 천성 들어가는 문에 이를 수 있는 것이다.

『천로역정』의 신학 : 구원의 3단계

존 번연의 신학사상은 그의 삶과 『천로역정』 등 주요 저작들과 40여 권에 이르는 신학 주제 소책자pamphlet에 잘 나타나 있다. 청도교 신앙과 복음주의 신앙을 토대로 죄에서의 회복과 구원 등 구원의 3단계가 잘 드러나 있다. 특히 기독교인들의 일상적 신앙 생활은 치열한 영적 싸움임을 강조하며 기독교인들은 모두 본질적으로 이 세상에서 나그네이며 본향을 갈망하는 순례자pilgrim로 보았다. 번연의 이 모든 기독교 신학사상은 철저하게 『성경』에 기반을 둔 것이었다. 구원의 3단계 이전에 다음과 같은 예비 단계가 필요하다.

예비단계 : (예정설predestination) 선택받음selection, 회개repentance, 회심conversion, 거듭나기중생, born again, 새 사람 되기new born

1단계 : 이신칭의以信稱義, justification by Faith, 믿음으로 죄사함 받고 의롭다 함을 받는다.

우리는 우리가 규정한 믿음과 선택한 착한 행동을 해서 우리의 죄를 벗고 믿음에 이르는 것이 아니다. 오로지 예수님의 말씀을 믿고 의지하여 살아가야만 우리 죄를 용서 받아 벗어날 수 있고 하나님의 의義의 옷을 입을 수 있다. 우리의 구원 첫 단계는 우리 자신의 노력이나 힘이 아닌 오직 예수님께 순종해야만 얻을 수 있는 열매다.

소설 속의 주인공 크리스천은 자신이 살던 멸망의 도시에서 어느 날 회개하고 그곳을 떠나 순례의 길에 접어드나 등에 무거운 짐 때문에 심한 고통을 받는다. 중간에 복음 전도자Evangelist를 만나 그가 시키는 대로 '좁은 문'을 지나 주님만을 의지하여 십자가의 언덕에 오르자 그의 등 뒤에 무거운 죄의 짐은 벗겨지고 떨어져 나갔다. 이것이 바로 이신칭의의 결과다. 이제부터 비로소 크리스천은 하나님의 의義의 옷을 입게 된 것이다. 우리의 신앙 생활도 바로 이 소설의 주인공 크리스천을 따라해야 '이신칭의' 단계에 이를 수 있다.

2단계 : 성화聖化, sanctification, 사랑을 베풀고 거룩하게 살아가야 하는

순례자의 구체적 삶의 여정

이 성화 단계는 일단 이신칭의를 받은 기독교인이 일상생활, 즉 순례자의 과정에서 예수님을 닮는 거룩한 생활을 지속적으로 하는 과정이다. 순례 과정에서 모든 행동은 일생동안 쉼 없이 이어져야 한다. 『천로역정』에서 주인공 크리스천은 살아가는 과정인 순례의 길에서 나태해지기도 하고, 유혹에 빠지기도 하고, 절망에 빠지기도 하고, 죽음의 위협을 받기도 하지만 항상 믿음과 소망을 가지고 인내하면서 극복하고 있다. 이러한 성화의 과정이 순조롭다면 일상적 삶이 하나님을 닮아 거룩해지게 된다. 이 성화 단계에서 신앙인에게 필요한 것은 이 소설의 주인공 크리스천에게 있었던 '믿음'과 '소망' 같은 믿음의 동반자가 꼭 필요하다. 어려울 때 서로 안아 주고 끌어 주는 영적 동지가 꼭 필요하다. 이들 없이는 우리의 영적 경주는 성공하기 쉽지 않을 것이다.

3단계 : 영화榮化, glorification, 최후의 영광, 하나님 나라 입국과 영생을 얻는 최종 단계다.

영화 단계는 말 그대로 구원의 3단계 중 마지막 과정이다. 믿는 자가 성화 과정을 성공적으로 마치고 죽음을 맞이할 때 받는 마지막 선물인 구원과 영생이다. 이 영화 단계에서 우리는 비로소 모든 고통과 죽음의 경계를 넘어 최종 목적지인 하나님 품에 안기게 되고 복락과 영생을 얻게 되는 것이다. 『천로역정』의 주인공 크리스천은 바로 마지막 관문인 죽음의 강까지 어렵지만 무사히 넘어 천성의 문에 다다르게 된다. 그는 하나님의 천사들의 장엄하고 화려한 환영을 받으며 천국에 들어가는 모습을 우리에게 남겨 주고 있다. 이런 의미에서 우리 기독교인들은 『천로역정』의 크리스천을 그대로 따라하면 구원의 3단계를 무사히 완성할 수 있는 것이다.

본문에 들어 있는 45편의 시의 기능과 의미

일반적으로 근대 산문 소설에는 운문인 시詩가 사용되는 경우는 흔치 않다. 그러나 소설 『천로역정』에서는 시가 많이 등장한다. 긴 서시, 결론을 위한 시 등 외에도 이 소설 제1부, 2부 본문에는 45편이나 되는 시가 수록되어 있다. 그렇다면 이 소설에서 시의 기능과 역할은 무엇인가? 우선 시는 주로 대화와 산문으로 이루어진 소설 형식에 독특한 역할을 한다고 볼 수 있다. 우선 대화와 산문만으로 된 형식에 일종의 노래인 운문 시가 들어옴으로써 글의 분위기가 바뀐다. 대체로 긴장을 풀고 즐거움을 가져오는 효과가 있다.

그러나 무엇보다도 『천로역정』 본문에서 시의 역할은 지금까지의 내용을 요약하는 것이다. 현대의 자유시와는 달리 일반적으로 엄격한 운문 체계를 가진 영시는 높고 낮음, 강하고 약함의 운율 속에서 독자들에게 리듬감과 율동감마저 줄 수 있다. 지금까지의 소설 내용을 시로 요약하는 것은 매우 효과적이라고 볼 수 있다. 암기하기도 쉽고 강조되는 주제를 이해하기에도 편하다. 다음으로 이 소설에서 시의 기능은 저자가 강조하고자 하는 내용을 이성만이 아닌 감성에 호소하는 효과도 있다고 하겠다.

소설 본문 안에서 시는 어떤 경우 이야기의 흐름이 바뀌는 것도 암시하거나 예시하기도 한다. 무엇보다도 장편 소설 속에서의 시의 등장은 작가의 주요 메시지가 요약되거나 기억하기 쉽게 제시되기 때문이다. 특히 『천로역정』 본문에 나오는 시 45편과 서시와 결론시까지 모두 합치면 순례자가 천국 가는 길에 관한 훌륭한 한 권의 시집이 될 수 있다.

12. 설교 : 어린이가 되라

마태복음 18:2~4, 마가복음 9:36~37, 누가복음 18:16~17

예수님은 제자들에게 '어린이 되기'를 강조하셨다. 우리 모두 '어린이가 되라'는 예수님 말씀은 공관복음서에서 마태, 마가, 누가가 모두 예수님의 말씀을 전하고 있다. 또한 예수님의 수제자 베드로와 바울도 어린이가 되라고 말하였다. 그렇다면 어린이가 되라는 말씀은 무슨 뜻인가? 우선 예수님의 제자, 마태가 전한 말을 읽어 보자. 예수님은 하나님 나라의 요구 조건으로 어린아이를 내세우신다.

예수께서 한 어린아이를 불러 그들 가운데 세우시고 이르시되 진실로 너희에게 이르노니 너희가 돌이켜 어린아이들과 같이 되지 아니하면 결단코 천국에 들어가지 못하리라. 그러므로 누구든지 이 어린아이와 같이 자기를 낮추는 사람이 천국에서 큰 자니라. 또 누구든지 내 이름으로 어린아이 하나를 영접하면 곧 나를 영접함이니. (마태복음 18:2~4)

예수님은 "너희가 돌이켜, 즉 우리가 옛날 어린 시절로 되돌아가자"고 강권하신다. 그렇지 않으면 결코 천국에 갈 수 없다고 하신다. 예수님이 지적하는 어린이의 특징은 '자기를 낮추는 사람'으로 보고 있다. 그러나 이런 겸손한 사람이 천국에서는 '큰 자'가 되는 것이다. 우리가 어린아이 하나를 예수님의 이름으로 잘 대접하면 그것은 곧 예수님을 영접하는 것이 된다는 뜻이다.

마가복음에는 거의 똑같은 예수님의 말씀을 전하고 있다.

어린아이 하나를 데려다가 그들 가운데 세우시고 앉으시며 제자들에게 이르시되 누구든지 내 이름으로 이런 어린아이 하나를 영접하면 곧 나를 영접한 것이요, 누구든지 나를 영접하면 나를 영접함이 아니요, 나를 보내신 이를 영접함이라. (마가복음 9:36~37)

여기에서 마가는 어린아이를 영접하는 것이 예수님을 영접하는 것은 물론이요, 더 나아가 자신을 보면 성 삼위일체 성부 하나님을 영접하는 것이라 적고 있다. 어린아이를 기쁘게 받아들임은 예수님뿐 아니라 하나님을 영접하는 것이 된다. 이것은 실로 엄청난 예수님의 말씀이다. 어린아이가 어찌 하나님에 견주어지는가?

누가도 어린아이를 "금하지 말라"는 예수님의 말씀을 같은 맥락에서 아래와 같이 말씀을 전하고 있다.

예수께서 그 어린아이를 불러 가까이 하시고 이르시되 어린아이들이 내게 오는 것을 용납하고 금하지 말라. 하나님 나라가 어린 자의 것이니라 내가 진실로 너희에게 이르노니 누구든지 하나님의 나라를 어린아이같이 받아들이지 않는 자는 결단코 거기 들어가지 못하리라 하시니라. (누가복음 18:16~17)

이 구절에서 어린아이같이 하나님 나라를 받아들이라는 예수님의 명령이다. 어린아이는 아무런 의심이나 저항 없이 겸손하게 하나님 나라를 웃으며 손뼉치고 받아들인다. 어린아이들은 성인의 어쭙잖은 논리나 이성으로 따지지 않는다. 어린아이들은 쉽게 자신을 예수님과 하나님과 자연스럽게 일심동체가 될 수 있는 것이리라.

예수의 수제자 베드로도 "갓난아기들같이 순진하고 신령한 것을 사모하라. 이는 그로 말미암아 너희로 구원에 이르도록 자라게 하려 함이라"(베드로전서 2:2)고 말한다. 베드로는 어린아이를 영적 성장의 기준으로 보고 있다. 어린아이의 품격이 "순진하고 신령한 것을 사모"하기 때문이다. 어린아이의 피부같이 말랑말랑하고 부드러워야 예수님 말씀과 하나님 나라를 받아들일 수 있다. 딱딱하고 타락한 성인의 거친 피부는 하나님 나라를 무조건 믿지 못하고 받아들이지 못하니 섬김의 자세가 안 되어 "구원에 이르도록" 성장할 수 없는 것이리라.

사도 바울도 악에 대한 어린아이의 태도를 말하고 있다. "형제들아 지혜에서는 아이가 되지 말고 악에는 어린아이가 되라."(고린도전서 14:20) 바울은 악을 대하는 어린아이의 태도가 성도들의 모범으로 받아들여야 한다고 말하고 있다. "악에는 어린아이가 되라"는 무슨 뜻인가? 답이 쉽지 않다. 어린아이처럼 악에 쉽게 빠지지 말라는 뜻일 것이다. 성인들은 일상생활에서 얼마나 많은 악의 유혹을 받고 알게 모르게 빠져드는가? 어린아이는 악과 선을 구별하기 이전의 상태에서 악을 유혹의 대상으로 여기지 않기 때문이리라.

다른 문화권에서 어린아이를 대하는 예를 들어보자. 불교 『법화경』에서 석가모니는 어린이를 지극히 높은 불성佛性을 가진 존재로 보고 있다. 인간 세상의 여러 가지 욕망과 집착에서 벗어난 순진무구의 경지를 높이는 것이리라. 도교道敎의 시조인 노자老子의 『도덕경』에서 도道의 3대 조건으로 어린이, 여성, 물을 이야기하고 있다. 노자는 어린아이들의 부드러움을 도의 한 축으로 보고 있다.

19세기 독일의 허무주의 철학자 프리드리히 니체는 『짜라투스트라는 이렇게 말했다』의 「세 변화에 대하여」란 글에서 "어린아이는 순진무구요 망각이며, 새로운 시작, 놀이, 제힘으로 돌아가는 바퀴이며, 최초의 운동이자 거룩한 긍정이다"(정정호 옮김)라고 언명하였다. 니체는 실로 어린아이를 인간 세상을 변화시킬 수 있는 최고의 동력으로 보고 있다. 니체를 흔히 반기독교주의자로 보고 있으나 이 구절에서 보면 어린아이를 "순진무구", "새로운 시작", "거룩한 긍정" 등으로 보는 점은 예수님과 거리가 그렇게 멀지 않아 보인다. 니체는 같은 글에서 인간 정신이 처음에는 노예 상태인 낙타에서, 반항과 저항의 사자가 되었다가 마침내는 "어린아이"가 되어야 한다고 주장했다.

한국의 아동문학가이자 동요의 아버지 윤석중 선생의 일생 목표가 '반노환동返老還童'이었다. 이 말의 뜻은 "늙음을 돌려주고 어림을 돌려받는다"는 것이다. 우리는 이제 어느 나이대에 있든 지금까지의 늙음을 돌려주는 운동을 시작하고 우리가 한때 가졌던 "어림"을 돌려받아야 하리라. 우리는 창조주 하나님의 큰 계획 아래 태어나 아기에서 어린이 그리고 청소년을 거쳐 지금까지 성장해 왔다. 그러나 성장과 늙음이 축복만은 아니다. 어린이성을 회복하고 다시 돌아가는 것이 이제부터 우리가 시급히 해야 할 일이다.

1919년 3·1운동의 민족대표 33인 중 한 사람이며 후에 예술운동을 한 오세창(1864~953) 선생은 어린이운동의 선구자 소파 방정환(1899~1931) 묘비에 "어린이 마음은 신선과 같다"는 뜻의 '동심여선童心如仙'이라고 써 주었다. 나 같은 노년도 어린아이 신선과 같다면 얼마나 좋을까?

수필가 금아 피천득(1910~2007)처럼 다시 어린이가 되어 함께 뛰어놀 수 있는 '호호옹好好翁, jolly oldman'이 되면 얼마나 좋을까?

사람이 나이가 들수록 어린이와 똑같아진다는 말이 있습니다. 참으로 진실입니다. 한 해 한 해 나이 먹으면서 인생을 어떻게 살아야 하나 생각하다 보면 바로 순수한 아이 같은 마음으로 살면 된다는 해답을 얻기 때문입니다. 그리고 그 아이들의 순수함을 닮고 싶다는 소망을 가지고 아이처럼 살려고 노력하게 되기 때문입니다.

- 피천득, 『어린 벗에게』(영미단편소설번역집), 「책을 내면서」

호호옹이 된다는 것은 다시 어린아이가 되는 것이리라.

다시 예수님의 말씀으로 돌아가자. 예수님은 제자들을 부를 때 "얘들아" 하고 부르셨다. "제자들이 그 말씀에 놀라는지라 예수께서 다시 대답하여 이르시되 얘들아 하나님의 나라에 들어가기가 얼마나 어려운지"(마가복음 10:24)라고 말씀하셨다. 이제 우리는 겸손하고 기쁘게 어린아이로 되돌아가 구세주 예수님의 품에 안겨 꿀과 같이 달콤한 복음의 말씀을 들으며 엄마 젖을 빠는 어린아기같이 "예수 안에서" 순수하고 신령하게 살아가야 하리! 아멘! (2024)

13. 설교 : 꿈꾸는 노인

그 후에 내가 내 영을 만민에게 부어 주리니 너희 자녀들이 장래 일을 말할 것이며 너희 늙은이는 꿈을 꾸며 너희 젊은이는 이상을 볼 것이며 (요엘 2:28)

오늘날 노인 문제는 전 지구적인 문제로 부상한 지 이미 오래되었다. 한국 사회에서도 노인 문제는 큰 걱정거리로 떠올랐다. 한국 사회는 고령사회를 이미 지나 초고령사회로 접어들고 있다고 한다. 여든이 된 나 자신을 포함해 노인들이 우리 사회에 짐이 되고 있다니 마음이 무겁다. 얼마 안 있어 사회의 재화나 식량들을 별 이득 없이 소비만 하는 노인들이 이 사회에 너무 많아서 끔찍하지만 고려장 풍습이 재현될 수도 있다.

그렇다면 우리 시대 한반도에 사는 노인들은 어떻게 살 것인가. 노인 세대가 젊었을 때 국가와 사회를 위해 노력하여 발전시켰던 마음으로 사회와 후손들을 위해 지혜와 명철을 가지고 살아가야 할 것이다. 그렇다면 어떻게 사는 것이 지혜로운 노년의 삶인가? 그것은 성경 요엘서 본문에 나오는 말처럼 늙은이는 '꿈'을 꾸어야 한다.

구약에 보면 노인은 젊은이와 함께 모두 전체 사회를 구성하는 것으로 되어 있다(출애굽기 10:9, 여호수아 6:21, 역대하 36:7). 노인은 존경받아야 한다고도 되어 있다(레위기 19:32). 그러나 내 짧은 설교의 주제는 다른 것이다. 우리 시대 노인은 '꿈꾸는 노인'이 되어야 하고, 우리 시대와 후대를 위해 해야 할 일을 해야 한다는 것이다. 노년은 젊음의 끝이 아니라 젊음을 완성시키는 것이다. 노인의 경험, 지혜, 지식은 노년만의 특전이다. 노년의 평온과 자유를 통해 자신을 완성시킬 수 있는 시기다. 새벽에 떠오르는 태양도 힘차고 신선하지만 저녁에 지는 해도 고요하고 아름답다.

아프리카 속담에 노인은 하나의 도서관이라는 말이 있다. 모든 노인의 각 생애는 진실로 수십 년간의 경험과 지식과 지혜가 축적된 한 권의 책이기도 하다. 이러한 노인이라는 도서관과 책을 그대로 방치하거나 사라지게 해서는 안 된다. 가능하다면 후손들에게 어떤 식으로든 전달하여야 한다. 이것이 노인의 의무다. 신명기 4장 9절에 확실하게 적혀 있다.

오직 너는 스스로 삼가며 네 마음을 힘써 지키라 그리하여 네가 눈으로 본 그 일을 잊어버리지 말라 네가 생존하는 날 동안에 그 일들이 네 마음에서 떠나지 않도록 조심하라 너는 그 일들을 네 아들들과 네 손자들에게 알게 하라.

시편 71장 18절에 보면 주 하나님의 능력을 후대에 전하라고 권고한다.

하나님이여 내가 늙어 백발이 될 때에도 나를 버리지 마시고, 내가 주의 힘을 후대에 전하고 주의 능력을 장래의 모든 사람에게 전하기까지 나를 버리지 마소서.

　죄많은 우리를 구원하신다는 하나님의 약속을 믿고 예수님의 복음을 후대에 전해야 하는 것이 우리 기독교 노인들의 절대적 사명이다. 그렇지 않으면 어찌 믿음의 세대가 계속 이어질 수 있겠는가? 노인은 뒷방에 꾸어다 놓은 보릿자루처럼 죽음이 오는 날만을 기다려선 절대로 되지 않을 것이다. 이것은 하나님의 명령이시다.

　구약에서 신약으로 넘어가는 마지막 권인 「말라기」 마지막 절(4:6)에 하나님의 최후 통첩이 있다. 믿음의 세대 계승과 세대 화합이 없다면 하나님 나라는 영원히 오지 않을 것이다. 그 구절을 읽어 보자.

　그(선지자 엘리야)가 아버지의 마음을 자녀에게로 돌아가게 하고 자녀들의 마음을 그들의 아버지에게로 돌이키게 하리라 돌이키지 아니하면 두렵건대 내가 와서 저주로 그 땅을 칠까 하노라 하시니라.

　말라기 선지자는 왜 구약의 마지막 구절에서 이렇게 기록하였을까? 하나님께서도 믿음이 세대로 계속 이어지지 못하는 것을 염려하셨기 때문이다. 21세기에 들어와 인간의 새로운 문명과 문화는 신앙을 가볍게 버리고 날이 갈수록 기독교 신자가 줄어들고 있다. 이에 기독 노인들이 일어나 후속 세대인 아들과 딸 그리고 손자와 손녀들에게 노인 자신의 믿음을 계승시켜 선대(역사)를 지키고 후대(미래)를 대우한다는 뜻의 수선대후守先待後의 과업을 이루어 세대 화합을 통해 믿음의 계승의 '꿈'은 반드시 이루어져야 할 것이다.

기독노인들이여, 모두 일어나 하나님 나라를 꿈꾸는 노인이 되어 복음을 후속 세대에게 전하자!

군말 또는 뱀 꼬리말 : 21세기 잡종雜種 옹호론

> "나를 이스마엘이라 불러라."
>
> – 허만 멜빌, 장편소설 『모비딕』의 첫 문장

나는 잡놈이다.

나는 잡스럽고 자질구레한 사람이다.

나는 잡사雜事에 지나친 호기심을 가지고 잡다한 책들을 남독하여 인용을 좋아하고 만연체 사유에 빠지는, 방만하고 지리멸렬한 분열증적 잡놈이다.

잡雜이란 여러 개의 천을 잇대어 만든다는 뜻이다. 나는 해방 공간 중에 공산주의가 무서워서(?) 월남한 북한의 지식인 교사였던 원조 탈북민 부모의 아들이다. 남한에서 나는 큰 뿌리나 줄기도 없는 잔뿌리 조각이거나 하찮은 이파리로 살았다. 6·25전쟁 이후 나는 당시 황량한 실향민들의 항구도시 제물포, 인천에서 초중고등학교를 다녔다. 무능했던 아버지 밑에서 나는 찢어지게 가난했던 소위 꿀꿀이죽 세대다.

척박한 시대에 고단했던 당시 나의 유일한 '탈주의 선'은 책을 읽고 몽상夢想에 빠지는 것이었다. 그때부터 이미 나는 잡종적雜種的 몽상가였다. 나는 언제나 혼자 여기저기 쏘다니길 좋아했던 '바람 소년'이었다. 초등학교 때는 트럭 짐칸에 숨어서 어딘가 먼 곳까지 갔다가 쫓겨 온 적도 있다. 중학교 때는 동네 뒷산에 나만의 굴을 파고 들어앉은 적도 있다. 그러나 또 다른 많은 시간을 바닷물이 들어오고 나가는 황해의 탁한 바다를 하염없이 바라보며 그 너머의 무엇인가를 갈망하던 '바다 소년'이기도 했다.

고등학교 2학년 때는 친구하고 무작정 무전여행을 떠났다. 대전까지 내려갔다가 강릉까지 진출하기도 했다. 얼마 후 나는 아버지를 여의고 애비 없는 후레자식으로 자랐다. 나는 재수해서 대학에 들어갔으나 제도권 대학 체제에 환멸을 느끼고 1학년 두 달도 못 다니고 휴학해 버렸다. 한문, 라틴어, 고전문학, 철학을 공부한답시고 충청도 계룡산 암자에 들어가 몇 달을 잡상雜想으로 보냈다. 다시 경기도 벽제 공동묘지 위쪽의 암자에서 공상空想으로 몇 달 지내면서 나의 불안정한 노마드적 방랑벽은 불치의 병이 되어 버렸다.

그 후 미국, 영국, 호주에서 각각 몇 년 또는 일 년씩 보낸 것도 나의 뿌리 뽑힌 존재 방식의 일단이었다. 누군가 자기 고향 한 곳만을 고집하는 사람은 '상냥한 사람'이고, 어디를 가나 그곳을 고향으로 만드는 사람은 '강한 사람'이고, 어디를 가나 타향으로 느끼는 사람은 '완벽한 사람'이라고 했던가? 뿌리 없는 나의 나그네 노마드 의식은 나를 어디를 가나 주변부 타자로 만들었다. 이런 의미에서 나는 '완벽한 사람'일까? 나의 이러한 지지학적 방랑과 몽상적 잡상은 이후 나를 지적·학문적 유목민으로 만들었다. 나는 언제나 파당을 거부하는 방랑자이며, 경계 지역에서 급진적인 '주변부 타자'로 남아 온갖 잡것들에 호기심을 가지고 섭렵하는 어설픈 잡놈이 되었다.

이렇게 나는 극단을 싫어하는 중간지대와 사이의 공간에서 제3의 지대를 몽상하는 회색분자이며 자기 조롱을 즐기는 아이러니스트가 되었다. 나는 내 편 사람, 네 편 사람이 아닌 제3 지대의 사람들을 좋아 했다. 다음 니체의 말은 나를 두고 한 말일까.

나의 존재는 바로 잡탕 그것이다. 너무도 이질적인 것들이 섞이고 뒤섞 이어 과거의 계보를 알 수 없을 지경으로 엉클어지고 헝클어졌다. 현재에 서 과거로 갈 수가 없을 지경이다. 잡탕의 시간은 어떤 것인가? 파편이든 큰 덩어리든 하나의 동질적이고 전체적인 방향으로만 흘러갈 수 없다. 이 미 모든 다양한 방향으로 복합적으로 흘러가고 연안을 깎고 토사를 운반한 다. 이 토사가 쌓인 곳에서 또 다른 시간이 태어나고 자란다.

그렇다. 나는 잡종이며 혼종이다! 나는 인용 애호증자로 파편과 우연 을 즐기고 병렬적 상상력을 가진 땜쟁이tinker 지식인이다. 나는 비빔밥, 잡채 그리고 잡탕밥을 좋아하는 융복합 혼종 잡필가雜筆家 브리꼴레르 bricoleur다. 여러 가지 색실로 퀼트(누비이불)를 만드는 호기심 많은 복합 문화론자이고, 잡학雜學을 애호하는 괴상한 놈이다. 나는 주변부 타자로 서로 이질적인 것을 폭력적으로 연결시켜 접합시키는 기상奇想, conceit을 가진 자유롭고 무질서하고 역동적인 '공상'하는 또는 '몽상'하는 잡놈 으로 살고 싶었다. 조화와 통합을 강요하고 미화시키는 억압적인 '상상 력'보다는.

그렇다면 잡놈(또는 좀 점잖게 잡종적 인간)인 나의 '주체'란 도대체 어디 있는 것일까? 나 자신을 정신분석학적으로 해부해 본다. '자아(주체)'를 언어 구조와 같다고 선언한 구조주의 정신분석학자 자크 라캉의 참뜻은 자아의 불확실성, 주체의 불안정성을 강조하는 것이다. 기표와 기의와의 어지러운 미끄러짐의 관계 속에서 끊임없는 은유와 환유의 과정을 반복하면서 자아의 안정적·고정적 자리매김을 거부하는 것이다. 라캉은(아니 그 이전에 프로이트는) 철없는 플라톤주의자이며 이성주의자인 데카르트의 사유하는 능력을 가진 안정되고 고정된 주체의 개념을 무자비하게 전복시켰다. 데카르트주의자들인 칸트나 헤겔에서와 같이 '초월적 주체'는 모든 사유의 구조적 선행 조건이다. 초월적 주체는 경험적 속성은 아니고 어떤 사유를 가지는 데 필연적인 형이상학적 선행 조건이 되어 결국 자의식의 원천이 되는 것일까?

　이렇게 주체란 자율성과 통일성을 지닌 것인가? 아니면 주체란 다시 라캉의 말대로 '오인誤認, misrecognition'에 의해 형성되는 상상의 자아, 나아가 허구의 자아란 말인가? 라캉은 결국 "나는 내가 생각하지 않는 곳에 존재한다"는 반데카르트적 명제를 제시할 수밖에 없었다. 주체는 욕망에 의해 끊임없이 번롱 당하는 모순의 장소이며, 그 결과 사회구성체내의 생산관계의 재생산/변혁과 언어의 변화에 의해 변화될 수 있고 그 속에서 무질서한 주체 구성의 과정 속에 놓이게 된다. 주체는 이제 끊임없는 변형과 생성의 터가 되는 것이다. 확실한 주체에 대한 서구의 인본주의적 낙관주의는 이제 끝나는가?

지금까지 내가 지껄여댄 주체 이야기는 여기서 끝나는 것이 아니다. 좀 더 계속하련다. 구조주의 막시스트인 루이 알튀세르에게 주체는 이데올로기의 산물일 뿐이다. 이데올로기가 나를 소환하거나 불러줄 때 타자의 호명呼名에 나는 나의 의미를 가지는 것이다. 남이 나를 꽃이라 불러주어야 나는 의미를 가진다. 여기서 이데올로기는 단일한 환상의 체계가 아니라 개인 주체들이 살아가는 실제적 관계들에 대한 표상들(담론, 이미지, 신화)의 체계이나, 이데올로기에 표상된 것은 개인들의 생존을 지배하는 실제적 관계들의 체계가 아니라 상상적 관계의 체계다. 바꾸어 말하면 이데올로기는 세계와의 실제적이면서 상상적인 관계다. 결국 주체는 이데올로기의 효과란 말인가? 따라서 주체는 결코 자명하고 고정된 자율적 존재가 아니다.

　아니면 포스트구조주의자인 (특히 초기) 푸코의 말대로 주체란 권력 관계의 결과인가? 그렇다면 주체성은 결국 정치, 사회, 문화적 요소들에 의해 구성된다는 말이다. 이제 주체는 죽었고 저자는 사라지고 있다. '프랑스의 니체'라고 불리는 푸코의 계보학의 개념 속에 이러한 생각은 더욱 분명해진다. 역사는 지속이기보다 단절이 만든 것이다. 지속으로서의 역사는 인간을 화석화시키고 노화시키는 질병이다.

　니체의 말을 다시 들어보자 : "토대라는 토대는 모두 미쳐서 날뛰듯이 산산이 부수고 엉망으로 만드는 것, 모든 토대는 녹여서 부단히 흘러가는 진화를 계속하게 하는 것, 존재하는 것이라면 모두 쉼 없이 해체하고 역사화시키는 것."

후기 푸코에서처럼 지속적인 역사와 고정적인 과거와 끊임없이 싸우기 위해 우리는 '반기억counter-memory'의 전략, 즉 계보학(고고학이 아닌)을 따라야 한다. 이런 맥락에서 안정되고 고정된 '주체'는 불가능해진다.

그렇다면 후기 인본주의 시대의 주체의 자율성과 통일성은 모두 사라진 것인가? 여기에서 몇 가지 정리해 보자.

(1) 주체(인간성)는 시공간을 초월하며 불변하는 것이 아니라 변화 가능하다.
(2) 주체(개인)는 사회적으로 구성되며 욕망에 의해 그 주체는 끊임없이 해체된다.
(3) 주인과 노예인 우리(주체)와 타자의 관계는 언제나 전복 가능하며 상호 침투적이고 잡종적이다.

이것이 나의 잡놈 이론의 이론적 배경이다. 나는 결코 언제나 동질적이고 안정되고 이성적인 자아/주체는 아니다. 사르트르적 '실존적' 주체를 어떤 의미에서만 닮았다.

나는 욕망에 의해(그리고 이데올로기에 의해) 끊임없이 미끄러진다. 이욕망을 억압적인 아버지의 질서인 '상징계'를 끊임없이 파기하고 뛰쳐나와 모성적 사유의 온상지인 '상상계'로 몰래 숨어들어오는 '탈주의선'을 마련해 준다. 이때 욕망은 결합이 아니라 창조의 에너지다. 나는 욕망의 리비도적 경제를 자본처럼 보편내재화시키다가 비상시켜 가능성의 세계를 뜨게 만들고자 한다.

나의 잡종성은 들뢰즈의 용어를 빌리면 리좀rhizome과 같은 것이다. 나는 분열증처럼 무수한 뿌리줄기로 이루어진 것일까? '기관 없는 신체'처럼 나의 욕망의 기계는 끊임없이 변형하고 생성하고자 한다. 나의 잡종성은 유목민의 이동제도와 리좀의 운동 궤적의 두 자장 속에서 무한 위반인 '탈영토화'의 가능성을 몽상하고 있다. 나는 끊임없이 주름을 만드는 존재다. 이러한 나의 나선형의 잡종적 주체는 서로 다른 시공간을 끊임없이 넘나들면서 나를 '이미 언제나' 내가 아닌 타자로 변형시키는 것이 아닐까?

여기에서 나의 잡놈의 꿈이 드러날 수 있다. 나의 '타자 되기'는 나의 무정체성non-identity과 무주체성non-subjectivity으로 이어져 '열린' 정체성, '비어 있는' 주체성으로 가는 길이다. 이 지점에서 나의 '의미 있는 타자'들이 내 안으로 들어오게 된다. 나의 정체성과 주체성은 타자의 개입으로 인해 상호주체성intersubjectivity으로 만들어져 내가 나의 밖으로 나오게 된다. 다면체적 정체성이 된 나는 더욱더 넓어지고 깊어지고 높아질 수 있다. 이렇게 해서 나는 진정한 잡놈이 될 수 있다.

19세기 영국의 낭만파 시인 퍼시 셸리는 이러한 내 자신의 주체성을 비우고 타자를 받아들이는 것이 타자에 대한 위대한 사랑으로 이끈다고 간파하였다. 이 탈주체화 과정에서 결정적인 역할을 하는 것이 셸리가 주장한 '상상력'의 창대한 힘이라는 것이다. 결국 다른 말로 하면 탈정체성은 역지사지易地思之의 '공감지수'를 높이는 방법이다. 따라서 진정한 잡놈의 윤리학은 탈주체화라는 상상력을 통해 무한경쟁의 투쟁의 시대에 용서와 사랑과 공감을 회복하는 방식이다.

나의 어린 시절은 한반도의 어지럽고 고달픈 현대사와 호흡을 함께하며 뒹굴었다. 지금 그 모든 기억은 나의 무의식의 영역 어딘가에 숨어 있다가 터져 나오기만을 기다리고 있을 것이다. 따라서 나의 무의식은 언제나 정치성을 띤다. 나는 나의 '정치적 무의식'으로부터 가능한 한 멀리 떨어지려고 노력해 왔다. 그러나 나의 이러한 노력은 이미 언제나 나를 궁극적으로는 좌절시켰다.

나의 잡종적 징후는 언제나 전면으로 부상한다. 새로운 창조를 통해 나의 기억의 전부를 덮어 버리려 하였다. 그렇다면 나는 언제나 내가 아니라고 욕망하지만 결국은 나는 이미 나일 수밖에 없는 것은 아닐까? 그것이 바로 나의 잡종성이고 나의 잡놈의 정체성일 수밖에 없는 것이다. 나는 아버지 아브라함에 의해 영원히 추방되어 아라비아 반도의 황무지를 방황하던 이스마엘의 타자적 상상력으로 내장된 노마드 잡놈이다. 나는 '이미 언제나' 내가 아닌 적이 한 번도 없었던 것이 아닌가?

다시 한번 이 잡놈의 꿈은 '타자 되기'라는 '세례받은' 상상력을 통해 사랑과 관용을 작동시키는 것이다. 얼마전 드디어 나의 '말년의 양식'을 위한 묘비명을 정했다 : 엉망이 된 세상에서 "쉽고 편안하게 살 생각 말라! 어렵고 위험하게 살라."

나는 아직도 통섭적integrative, 개혁적reformist, 쇄신의 선도자적

innovative first mover을 꿈꾼다. 나의 삼위일체 문화 영웅은 18세기 새뮤얼 존슨Johnson, 19세기 P. B. 셸리Shelley, 20세기 이합 핫산Hassan이다. 이것이 나의 존슨-셸리-핫산 삼겹의 잡종적 정체성의 뿌리다.

발문

글쓰기의 교양적 실천과 생애적 축성

박인기*

정정호 교수의 『잡문집-함부로 내던진 돌멩이들』은, 그 인상을 즉흥의 비유로 말하면 하늘에서 내려다본 대양의 군도群島나 열도列島의 정경 같았다. 뿌려진 듯 모인 섬들이, 또는 열 지어 이어져 모인 섬들이, 넓은 대양에서 하나의 아름다운 지리적 공간을 만들어 내는 모습에 비견되었다. 이런 느낌을 밤하늘 우주를 우러러보는 상황으로 상정하면 뭇별이 성운을 이룬 은하수의 정경으로 다가오기도 했다.

글의 형식과 내용, 그리고 기능과 성격이 조금씩 다른 122편의 글(잡문)들이 모여서 총 620여 페이지에 달하는 '대연합서사'를 축성해 내었기 때문이다. 군도나 열도의 흩어진 듯 모여 있는 이미지에 이 책을 결부시키는 까닭이 여기에 있다. 또한 모인 듯 흩어지는 듯 움직이는 텍스트의 동태動態는 은하의 별들이 은하에 속하면서도 각기 다른 운행의

* 서울대 사범대 국어교육과를 졸업하고 동 대학원에서 교육학 박사를 받았다. EBS 프로듀서, 경인교육대 교수, 한국독서학회장 등을 역임했다. 주요 저서로 『문학교육론』, 『스토리텔링과 수업기술』, 『한국인의 말, 한국인의 문화』, 『다문화 현상의 인문학적 탐구』 등이 있다. 산문집으로 『언어적 인간 인간적 언어』, 『짐작 : 넉넉한 헤아림을 품은 언어』 등이 있다. 현재 경인교육대 명예교수, 재외동포청 정책자문위원장, 유라시아포럼 이사, 한우리독서문화운동본부 이사.

움직임을 보여 주는 것을 연상하게 한다. 이 책이 군도群島의 모습이나 은하의 정경을 구성해 내는 요소는 122편의 잡문들이다.

1. 글쓰기의 주변과 중심 : 잡문이 서식하는 문화 생태

정정호 교수의 『잡문집-함부로 내던진 돌멩이들』에 실린 텍스트들은 그가 명명한 대로 '잡문'이다. 정 교수는 영문학자로서 대학 강단에서 문학 연구 담론을 생산하고 문학비평가로서 평론을 생산·소통해 온 사람이다. 그의 이러한 전문적 글쓰기가 그의 정체성이 담보된 '중심적 글쓰기'라면, 이에 비해서 잡문은 '주변적 글쓰기'라 할 수 있다. 축자적 의미literal meaning로만 본다면 '주변적 글쓰기'는 '중심적 글쓰기'에 상대되는 말이다. '주변적 글쓰기'라는 말은 학술용어는 아니지만, 잡문을 (재)개념화하는 과정에서는 상당한 함의를 지니는 말이다.

사고의 전환이 필요한 시대다. '주변'이라 하면, 중심으로부터 배제된 영역을 떠올릴 수 있겠지만, 그것은 근대에 머무는 사고다. 주변은 중심을 떠받치는 영역이기도 하다. 주변이 없으면 중심도 없다. 이렇듯 중심과 주변은 서로 교호하면서 하나의 온전한 '전체'를 구성해 낸다는 점에서 주목할 만한 가치가 있다. 그 '전체'가 내적 역동으로 충만하고 변화의 동력으로 추동되는 것이라면, 중심과 주변의 상호적 상관은 더욱 중요하다. '전체'를 이렇게 다가가려는 노력은 탈근대적 인식의 일종이라 할 수 있다. 그러므로 주변적 글쓰기는 이제부터 새롭게 개념화해야 한다. 그렇다면 '중심'과 '주변'을 결정하는 기준은 무엇인가. 두 가지 측면에서 생각해 볼 수 있다.

    하나는, 근대 이후 장르 중심의 문예 철학이 '중심적 글쓰기'와 '주변적 글쓰기'를 문학 장르에 근거하여 생각하는 문화적 관습을 만들어 온 점을 살펴야 할 것이다. 이는 문학작품을 생산하는 주체인 작가의 자리에서 보았을 때, 중심과 주변의 구분이 명료해진다. 작가는 자신의 글쓰기 정체성이 자신이 좋아하여 선택하는 글쓰기 장르를 바탕으로 마련되기 때문이다. 문학작가의 정체성이란 그가 글을 쓰는 장르의 정체성에 근거할 때가 많다. 소설가에게 있어서 중심적 글쓰기는 소설 쓰기이고, 시인에게 있어서는 시 쓰기다. 작가로서는 자신의 작가 정체성을 담보하고 유지하는 글쓰기가 그의 중심적 글쓰기이고, 그 범주로부터 떨어져 있는 일반적인 글쓰기는 이를테면 '주변적 글쓰기'에 해당한다.
    다른 하나는, 장르가 아닌 주제를 기준으로 생각해 볼 수 있다. 글쓰기의 범주 구분을 주제에 따른 기준으로 부여하는 것은 문학을 포함하여 비문학 영역에서는 이미 오랜 문화적 전통을 가지고 있다. 특히 작가가 아닌 일반인의 글쓰기에서, 그의 '중심적 글쓰기'와 '주변적 글쓰기'를 구분하는 기준으로 주제의 차원을 생각해 보는 것은 너무도 보편적이다. 글의 주제는 일반 글쓴이에게는 불가피하게 그의 인생론적 가치와 연결된다. 정 교수의 이 책은 장 구분을 장르 중심으로 하고 있지만, 그것은 생애의 여러 주제를 사유하게 함으로써 의미 울림에 가닿게 한다.

어떤 특정의 생애적(경험적) 주제를 자신의 중심적 주제로 삼아 글을 쓰는 일은 그것대로 자신의 삶을 기호론적記號論的으로 실천하는 일이다. 이 또한 쉬운 일은 아니다. 그러므로 그가 글쓰기를 통해서 구축하는 그의 '글쓰기 주체Writing Subject'는 그 나름의 의미가 있다. 그 글쓰기의 내적 가치를 중시한다면 어떤 문예적 글쓰기보다도 못하지 않다. 이는 전문 작가가 아닌 일반인의 글쓰기에서 그의 중심적 글쓰기가 무엇이고, 주변적 글쓰기가 무엇인지를 규정할 때 고려해야 할 점이라 하겠다.

그런데 한 전문 작가에게 있어서 그의 중심적 글쓰기와 주변적 글쓰기는 상당한 상호성을 가지고, 그의 '작가 됨author identity'을 형성한다. 작가를 설명하는 '작가 됨의 총체'는 그의 중심적 글쓰기만으로 규정되지는 않는다. 한 작가의 '작가 됨의 총체는' 그가 행한 모든 글쓰기 행위를 총화總和하여 보려는 관점이 요구된다. 당연히 그의 '중심적 글쓰기'와 '주변적 글쓰기'의 총체를 보아야 할 것이다. 정정호 교수는 문학 연구 담론과 문학 평론을 평생 그의 중심적 글쓰기로 삼아 온 사람이다. 그의 잡문을 그의 '글쓰기 총체'라는 관점에서 주목할 수 있을 것이다.

근대 이후 문학 연구 전통이 특정 장르에 기반한 단일한 텍스트로서의 문학을 대상으로 삼음으로써 그것을 작가나 연구자의 중심적 글쓰기로 규범화하였다. 즉 특정 문학작품 자체의 독립성과 그 온전함을 전제로 연구 단위를 설정함으로써 문학 연구의 학문성 내지는 과학성을 살릴 수 있다는 데 기울어짐으로써 문학 연구자나 작가(비평가 포함)의 '주변적 글쓰기'는 온당한 주목을 받지 못하였다. 이들의 주변적 글쓰기를 낮추어 보는 의미로 '잡문雜文이나 쓰고 있다'라는 표현이 존재해 왔다. 작가(문학연구자)의 잡문(혹은 잡문 행위)은 무엇인가 하는 이슈는 새로운 문화 맥락에서 그 기능과 가치를 재개념화할 계제에 와 있다. 정정호 교수의 이 『잡문집』은 그런 문화 생태적 요청에 부응하는 자리에 있다고 본다. 이는 물론 문학적 이슈이면서 동시에 사회·문화적 이슈이며, 소통 이론의 조명이 필요한 대목이기도 하다.

특히 문학을 정신사적으로 이해한다든지, 작가를 어떤 이론이나 이념 지향의 정신적 주체로 파악하려고 했을 때는 작가가 중심적 글쓰기로 생산한 작품의 밖에 있는 일반 텍스트들(주변적 글쓰기에 해당하는)을 논구의 범주에 끊임없이 끌어들였다. 어떤 '문학(작가) 현상' 탐구에서 주변 현상과 중심 현상의 상호성이 그 현상의 총체를 이해하는 요체가 된다고 생각하였다. 중심적 글쓰기 현상만을 작기 이해의 통로로 삼았던 전통적 연구 방법에서 더욱 확장된 관점, 더욱 열린 관점을 보였다. 이는 특히 비평의 영역을 더욱 풍성하고도 탄력성 있는 담론 문화로 이끄는 데 상당한 기능을 하였다. 정정호 교수를 문학비평가로 이해하는 데에 그의 주변적 글쓰기(잡문)들이 어떤 조응 기제가 될지를 살필수 있을 것이다. 그런 점에서 이 『잡문집』의 기능 위상을 주목할 수 있을 것이다. 다소 비약적 논리로 보일 수도 있겠지만, 정정호 교수의 '주변적 글쓰기'가 내적으로 함유하는, 다른 문학적·문화적 코드와의 상호성 작용이 만만치 않음을 발견할 수 있을 것으로 생각된다.

2. 잡문(집)의 소통 : 심리적 문화적 작용

정정호 교수의 『잡문집-함부로 내던진 돌멩이들』, 이 책을 처음 대하는 내 첫인상은 '낯설다', '놀랍다', 이 두 느낌으로 다가왔다. '잡문집'이라는 명명법이 주는 낯설음은 원로 문학 지식인이 보여 주는 글쓰기의 새로운 문화적 양식이라는 점에서 나에게 새로운 감수성을 주문했다. '잡문집' 안에 집대성한 텍스트들의 범위와 형질, 그리고 그 구성이 전에 볼 수 없던 것이었다. 이렇게 책을 편輯할 수도 있구나 하는 생각이 들었는데, 그것은 문학 전문가의 저술에 대한 내 고정관념이 얼마나 경직된 것인지를 말해 주는 것이기도 했다. 무언가 익숙한 듯한데 전혀 새로운 시도이었다. 이 새로움을 경이감으로 받아들이기에는 책의 구성 내용에 더 깊이 몰입하는 시간이 필요했다. 그리고 이 경이감은 이 책의 소통 기능이나 의미 작용이 무엇인지를 생각하는 쪽으로 조용히 확장되었다.

생소함과 경이감, 이 두 느낌 모두 이러한 저술을 시도한 예를 일찍이 볼 수 없었다는 데서 오는 것이다. 이런 부류의 글들로, 전문 문학 비평가이며 저명한 영문학자의 저술이 기획되어 출판된 전례를 본 적이 없기 때문이다. '잡문집'이라는 장르의 표상도 낯설고, 620여 페이지에 달하는 방대한 분량도 놀랍다. 모두 10장으로 구성된 목차도 특이하다. 너무도 범상한 일상의 기록과 생활 공간에 소통되는 문필들로 채워져 있기에 그러하다.

그런데 정정호 교수는 기꺼이 그런 책을 오래전에 기획하고 차분하게 준비하여 출판한 것이다. 이 책을 단순한 개인 문집으로만 볼 수 없는 이유와 의도는 여러 군데서 드러난다. 그는 글쓰기와 관련하여 그 어떤 문화론적 각성에 도달한 듯하다. 그러니까 이 책에 실린 122편의 잡문 텍스트 하나하나도 각기 의미를 가지지만, 더 근원적으로 중요한 것은, 이들의 집대성이라 할 수 있다. 즉 정정호 교수는 자신이 생산한 그런 수많은 잡문을 어떤 인식론과 가치론으로 집대성했는지에 데에 관심을 주목하지 않을 수 없다. 그의 말을 들어보면, 자신의 주체(자아)를 자유롭게 하고, 자신의 정체성을 다양하게 해방하여, 더 열린 자아를 모색하게 하고, 사랑과 이해의 공감적 초월을 기하는 자아로 나아가기 위한 어떤 지향과 관련이 되는 것 같다. (권말에 수록된 '군말 또는 뱀꼬리말 : 잡종雜種 옹호론' 참조)

그렇게 본다면 이 책은 일생 강단 문학 연구자로서 또 문학평론가로 살아온 정정호 교수의 지성적 자서自敍를 시사하는 기반 콘텐츠로서의 의의를 지닌다고 할 수 있다. 이 책의 콘텐츠가 자서전 그 자체는 아니라 할지라도, 일종의 '메타 자서'로서의 위상을 안으로 품고 있음을 발견할 수 있다고도 하겠다. 그런 점에서 이 책은 122편의 각기 다른 잡문들이 의미 있게 모여서 '대연합서사'를 구성하고 있다고 하겠다. 그것은 정 교수의 생애를 관류하는, 조화와 상승의 의미 울림을 빚어낸다는 점에서 '대합창'의 이미지로도 다가온다.

이 책에서 느끼는 '소박한 경이감'에 대해서 조금 더 생각해 보자. 그

경이감은 이 책 자체가 특별하다기보다는 그만큼 우리의 전통적 글쓰기나 출판 관습에서 볼 때 돌연한 변이처럼 여겨지는 데서 오는 것이라 할 수 있다. 적어도 문학을 본거지로 한 모든 종류의 글쓰기는 제도 장르의 범주와 속성에 충실하게 정련된 것이었고, 당연히 문학성으로 일컬어지는 미학적 발효를 담고 있는 것이어야 했다. 이것이 전통적 관습의 일종이라면, 이는 현재의 디지털 문화 생태에서 어떤 문제와 직면하는가? 이런 전통적 입지를 고수함으로써 인간(개인 인간이든 공동체 인간이든)이 만들어 내는 글쓰기 현상의 유기적 총체를 보지 못할 수 있고, 문학 글쓰기와 상호 교섭하는 비문학적 글쓰기의 문화적 동력을 간과할 수 있다. 이런 현상과 문제는 디지털 소통이 넘쳐나는 생태에서 문학 글쓰기를 문화적 중심에서 밀어내는 듯한 모습으로 와 있기도 하다.

바로 이 대목에서 저자인 정정호 교수의 입론이 우리를 붙잡는다. 그는 문학 관련 연구 및 창작 종사자들의 글쓰기에 대해서 미래 지향의 각성과 열린 글쓰기 철학을 제안한다. 그 제안은 보기에 따라서 상당히 도전적(또는 도발적)이다. 이 책 『잡문집-함부로 내던진 돌멩이들』의 서문인, '잡문雜文의 새로운 담론 위상'은 그런 제안이 시대적 정당성을 어떻게 확보하는지를 논리적으로 잘 집약하고 있다. 어조는 겸허하고 태도는 방어적으로 보이지만, 의욕과 더불어 자기주장의 문화론적 가치를 적극적으로 모색하고 있다.

저자는 글쓰기의 미래적 지형과 생태에 부응하는 글쓰기 존재 방식으로, 그리고 글쓰기의 인류학적 원형으로 '잡문의 작용태'를 설득력 있게 논증한다. 잡문을 몰가치하게 생각해 온 장르 중심 고답주의에 묶여 있는 '갇힌 글쓰기관'을 비판적으로 지양하자고 주장한다. 그는 순문학 중심 장르주의의 역사적 배경도 사실은 일천한 것임을 말하면서, 문학이론가로서의 폭넓은 조회 준거를 제시하고, 미래의 지식 생태 내지는 문식적文識的 소통 환경을 진단하면서 미래의 잡문 생태를 당겨서 보여 준다. 그는 상당히 단단한 논리 토대 위에서 잡문의 문화생태론적 입지를 구축해 가면서, 잡문이 '오래된 미래'의 양태로 우리 곁에 문학의 차원에서나 생활 차원에서나 유효하게 존재해 왔음(존재하게 될 것임)을 환기한다.

3. 대연합서사로서의 『잡문집』

이 『잡문집』은 정 교수의 잡문을 대하는 글쓰기 의식을 잘 보여 준다. 한마디로 말하기는 어렵지만, 글쓰기의 보편 가치와 현대인의 생활 방식이 자연스럽게 교호하는 글쓰기 방식을 존중한다. 따라서 이 잡문집의 내적인 형식은 평범한 듯 특별하다. 이 잡문집에 실린 수많은 개별 텍스트의 표정은 평범하다. 그러나 이 개별 텍스트들 간의 관계는 상당히 강력한 상호성을 가지고 있어서, 특별한 의미 구축으로 독자를 끌어올린다. 특히 읽는 동안에 작가의 삶과 그의 사유 및 실천을 독자가 중층적으로 구성하고 이해하게 한다. 그로 인해서 작가의 사람됨, 그의 전인격적 총체를 독자가 형성하도록 이끌어 간다. 그것이 경이롭다는 것이다. '전인격적 총체'란 여기 이 잡문집을 읽는 독자들이 찾아가는 개념이다. 저자 정 교수가 그의 생애적 시공에서 펼쳐내고 있는 사유와 실천을 독자가 응집함으로써 다가갈 수 있는 개념이다.

『잡문집』 내의 여러 텍스트가 작가의 생애를 축으로 모여서 어떤 의미론적 구심을 형성해 올리기도 하고, 또 『잡문집』에 들어온 개별 텍스트가 작가의 특정한 사유 지점으로 흩어져서 원심력을 띠기도 하는 모습을 읽는 것은 이 『잡문집』 읽기의 묘미라 할 수 있다. 그래서 이 『잡문집』을 이렇게 볼 필요가 있다. 저자의 생애를 지적·문화적·교양적 차원에서 구축해 낸 일종의 '대연합서사'로 볼 수 있는 것이다. 이런 관점은 이들 텍스트 군집이 보여 주는 의미 발생의 구도를 이중화한다. 즉 저자의 생애 의미를 수렴적으로 찾아가 보려는 텍스트 이해의 구심력 작용과 저자의 생애를 독자의 생애 경험으로 확산·조응해 보려는 텍스트 이해의 원심력 작용, 이 두 가지 이해의 프로세스를 살려가며 읽을 때, 이 대연합서사의 이해는 한층 입체적이 될 것이다.

여기에 더하여 이 『잡문집』을 '대연합서사'로 보기 위해서는 서사의 개념 형성, 그리고 그 작용에 대해서 넉넉하고도 융통성 있는 개방적인 관점을 요청한다. 이 책에 실린 개개의 텍스트가 모두 서사를 표방하는 것은 아니지만, 이들이 군집하여 만들어 낸 『잡문집』 전체는 저자의 생애 서사를 드러내는 것으로 보아도 무방할 것이다. 이 책에서 10장으로 구성된 장 구성 체제는 일종의 장르 개념을 적용하여 분화한 것으로 볼 수 있는데, 이들 10개의 큰 장르를 다시 세밀하게 구분해 보면 이

『잡문집』에 등장하는 하위 장르는 대략 34개에 달한다. 그것은 대개는 생활 장르에 해당한다.

정 교수의 『잡문집』에 실린 텍스트들을 장르 개념으로 보는 데는 몇 가지 진화된 장르관 의식이 요청된다. 장르를 순정한 문학 장르의 기준으로만 보려는 데서 벗어나, 일상의 생활이 빚어내는(또는 생활에 맞물리는) 글쓰기 실천을 장르의 차원에서 의미 있게 주목해야 한다. 이는 현대인의 생활 양식으로서의 글쓰기 장르를 이해할 수 있어야 함을 뜻한다.

이런 방식의 『잡문집』을 세상에 내는 것은 생활 장르와 글쓰기 실천이 강한 상호성을 갖는 방향으로 문화 생태가 진화하고 있음을 시사한다. 저명 문사나 전문 작가의 문학 글쓰기를 중심으로 장르를 설정하고 인정하던 것이 근대의 산물이라면, 생활인 각자가 글쓰기 주체로 등장하여 다양한 사회적 소통 공간을 활성화하는 디지털 생태에서의 장르는 탈근대 또는 현대적 양식으로서 장르 변이와 역동을 띠게 된다. 『잡문집』이란 형식은 새로운 장르 생태를 보여 주는 것으로, 글쓰기 주체의 변모와 텍스트의 소통 역동성을 대변한다 할 수 있다. 우선은 전문지식 영역에서 저술에 몰두해 온 인사들이 자신의 전문 글쓰기 주변 영역을 자신의 또 다른 글쓰기 정체성으로 주목하려는 움직임이 있을 수 있다. 이 책이 바로 그러하다.

그런 점에서 정 교수가 표제로 걸어 놓은 『잡문집』이라는 이름에 나는 친숙감을 가지기로 했다. 실제로 이 책에서 저자는 '잡문(집)'의 문화

생태적 가치를 시대 변화와 결부하여 심도 있고 다채롭게 짚어낸다. 이 책은 전문인으로서 글 쓰는 이들에게 그들 전문성과 생애적으로 호응하는 잡문의 역할 가치를 새롭게 인식할 것을 시사한다. 일생을 강단과 평단에서 문학 연구와 저술로 일관한 저자로서는 이 『잡문집』의 기능과 가치에 대해서 입론을 펼 자격이 있다고 본다. 생각이 여기에 이르니 이 『잡문집』의 구성과 지향이 의미 있게 도드라진다.

글쓰기와 생애 사이의 인생론적 호응이, 읽어 감에 따라 어떤 연속성 있는 파노라마로 이어진다. 생애의 그 어떤 지점에서 무언가 의미 있는 실천을 감당하여 그것을 마음으로 써내었던 글들은, 그 시간 그 자리에서 내 존재를 웅변하는 글이다. 그리고 실존의 단단함을 머금었기에 '돌멩이'라 칭할 만하다. 그것이 세상을 향하여 던지는 비판적 통찰의 발화發話일 때는 '돌멩이'라 일컬을 만하다. 그런 돌멩이들은 모여서 성을 쌓기도 하고, 잔별로 하늘에 올라가 은하의 물결을 이룬다는 생각이 들었다. 생애 경험과 사유가 골짜기 물이 되어 흐르고, 이들이 지류를 이루고, 지류가 다시 인생 대하를 이루어 흐르는 자취를 책은 안으로 품고 있다. 그 어떤 '인생 총체'를 감득하게 하는 웅숭깊음을 느낄 수 있다.

무엇보다도 이렇듯 생애에 걸쳐 써낸 잡문 텍스트 일체를 만년에 집대성하는 노력에 각별한 주목을 하게 된다. 일찍이 청춘의 시절에 일생을 잡문의 방식으로 기록하기로 기약하고 '잡문집'을 기획하고 실천하는 일은 상정 자체가 불가능하다. 그렇기도 하거니와, 글쓰기의 성실함과 정직함이 부지런하게 일관되지 않고서는 잡문 모음을 하나의 '생애 텍스트'로 내어놓을 엄두를 내어 볼 수 있겠는가. 정 교수인들 그런 고민이 왜 없었을까. 여기 실린 글 중에는 고백적 고해를 떠올리는 글도 있고, 주어진 책무감에 스스로 긴장하는 글도 있다. 그래서 이 『잡문집』은 의도와는 상관없이 결과적으로는 일종의 '자기 성찰록'처럼 느껴진다. 그런 점에서 『잡문집』 출간은 범상해 보이지 않는다. 춘원이 말했던 '평범 속의 비범'이라는 말이 이 『잡문집』 작업에 적실하다는 생각도 든다. 이런 생활 장르를 실제 자신의 생애와 더불어 일생 글쓰기로 실천하지 않았으면, 그런 축적이 없었으면, 불가능한 일이다. 어느 때 잠시 마음을 먹는다고 해서 되지 않는 일이다.

이러한 생각은 여기 편해 놓은 글들을 읽어 보는 동안에 더 실감나게 다가왔다. 저자가 생활 시공時空을 살아오며 만들어 낸 조각 글들이 모여 이렇게 조각보처럼 상호 어울림을 빚어내며 그의 생애 전체를 축성築城하는 모습으로 나타났다고나 할까. 짧지 아니한 생애를 걸어오는 동안 그때그때 돌멩이 같은 작고 단단한 경험들이 기록으로 언어화되는 순간 기호記號의 별이 되었다는 생각도 들고, 그런 기호의 별들이 이렇게 다 모여서 정 교수의 생애를 조용히 변증하는 은하 같은 흐름이 되었다는 생각도 든다. 축성이 되어 나타나거나 은하의 흐름이 되어 나타나거나 그 바탕에 '교양적 삶의 실천'이 있음을 알아차리는 데 이르러서야 이 책과 제대로 만날 수 있다 할 것이다.

4. 사유의 돌멩이들이 날아간 곳

이 『잡문집』에서 독자들이 읽을 수 있는 122편의 잡문들은 저자인 정 교수의 표현을 빌리면, '함부로 내던진 돌멩이들'이다. '함부로'라는 말 속에 그 어떤 자유로움을 상상할 수도 있고, 그의 진심이 가진 무게를 짐작해 볼 수도 있다. 요컨대 진실된 마음에서 우러나온 자유로운 사유思惟, 또 그만큼 순정靜正한 생각을 담은 사유라 할 것이다. 참으로 다채로운 형식과 상황에 호응하는 내용이어서, 『잡문집』 전체를 관류하는 고뇌와 환희, 그리고 이를 거느리며 상승하는 의미의 주름이 첩첩이다. 주름의 의미를 헤아려 찾아가는 일은 독자의 몫이리라.

제I장은 단상, 단평, 시론 등의 장르에 해당하는 글들 15편이 사유를 실은 돌멩이가 되어 세상의 하늘로 던져진다. 대체로 인문 가치를 바탕으로 한 교육 담론과 문학 담론이 주를 이루고 있다. 문학의 현상 등을 시의에 맞게 진단하고 비판하는 글들은 인문 고전이 갖는 본질 가치를 중하게 여기는 정 교수의 철학이 일관되게 빛을 발한다. 기능제일주의를 비판하고, 과학기술문명의 독단적 횡보를 경계하고, 현대자본주의 사회의 금융 위기가 우리의 정신 위기에 근원하며, 그것은 가치 위기를 불러오는 악순환의 고리를 만드는 것임을 역설한다. 상상력 교육이 빈곤한 우리 교육에 대한 맹성을 촉구하는 주장은 이런 맥락에서 설득력을 얻는다.

이 장에서는 인생론적 가치를 사람들 간의 화평과 친화, 그리고 영적 섭리에 대한 겸허한 순종에서 구하는 글('주름')들도 함께 들어 있다. 인생의 이상적 그림을 조손祖孫간의 민담적 친화로 내어 보이려는 글('도깨비')과 저자 자신의 아호 소무아笑舞兒를 말해 주는 글에서 저자의 평화로운 내면 성정과 영성의 발달을 추구하는 교양인의 자질을 볼 수 있다. 15개의 글이 형식으로나 주제로나 가지런하지는 않다. 잡문의 모음은 그 어떤 통일성을 구하는 데서 얻는 효과보다는 텍스트의 주름 같은 것을 발견하고 그 울퉁불퉁함의 의미를 찾아내는 데에서 얻는 효과가 더 중요한지도 모르겠다는 생각이 든다.

제Ⅱ장은 '파라 전기Para傳記'라는 장르의 집을 만들고 '지나간 시절 기억의 단편들'이란 이름으로 9편의 글이 실려 있다. 저자의 색깔 짙은 경험 내러티브들이 연대기의 흐름에 따라 대단히 진솔하고 꾸밈이 없는 목소리로 퍼져 나오게 하였다. 정 교수와 같은 시대를 유사한 결핍과 고통 속에 자란 나로서는 짙은 공감이 묻어나는 글들이다. 전쟁 후 절대 결핍과 결손의 가족 풍경, 성장에 내재하는 정신의 긴장과 내면의 방황과 고통 등을 긴밀하게 호응하여 펼쳐 놓고 있다. 저자의 목소리가 마치 이런 일을 겪을 그 당시, 즉 경험시經驗時의 어조와 화법을 구사하고 있어서 진실성이 살아난다.

유소년기 저자가 겪은, 죽음에 직면했던 세 번의 사건을 비롯하여 놀이, 채집, 싸움, 사냥 등의 성장 서사는 대단히 솔직하고 인상적이다. 정 교수의 이런 성장 내러티브는 심리적·문화적 원형으로서의 가치를 유감없이 발휘한다. 전후 한국 도시 사회의 보편화된 기아(飢餓)의 상징이며 동시에 그것의 구제 통로로 각인되었던 '꿀꿀이죽' 서사는 그것을 증언하는 텍스트 디테일의 정밀함이 기록물로서의 가치를 지니기에도 모자람이 없다. 이제는 이런 걸 누가 체험 텍스트로서 증언해 줄 것인가. 잡문의 조용한 영향력을 여기서 발견한다.

제Ⅲ장은 일기와 편지 장르의 글 15편이 실려 있다. 맨 앞에 실린, 30년 전 시국 관련 시위로 경찰서에 끌려갔던 사건을 일기 형식으로 회상하며 인물과 역사에 대한 성찰을 길어 올리는 2011년 4월 14일의 일기가 돋보인다. 그 내적 형식이 특별하다. 여기 실린 정 교수의 일기는 자아를 다짐하고 각성하는 메타 자아의 모습이 강하고, 편지나 서한은 수신인과의 관계 속에 있는 자아의 역할과 소명을 뚜렷하게 나타낸다. 개인 차원의 일기와 편지는 대체로 언어의 온기가 넉넉하고, 자아에 대한 다짐이 단단하다. 그것은 그가 일상의 작은 것들에 대해서 성실한 사람임을 말해 준다. 학문적 자아, 저술 편집자로서의 자아, 독서하는 자아, 시적 지향을 품은 자아 등에서도 다짐은 굳고 소망은 경건하다.

정 교수는 관계적 자아를 원만하게 다스려 나가는 편이다. 연인으로서의 자아는 사랑의 열정에 순정하게 몰입하고, 남편으로의 정 교수는 아내를 존중하는 대화적 자아를 실천하려 한다. 두 딸에게 쓰는 편지에서는 자상하기 그지없는 육친애를 있는 그대로 보여 준다. 글쓰기로서의 일기와 편지는 인격적 성숙을 일구어 가는 공간임을 알게 해 준다.

나이가 들어가면서 영적 경건을 구하는 자기 다짐은 감동을 준다. 공적 임무, 국제학술대회나 대학의 주요 보직 수행과 관련해서 남겨 놓은 편지(공한)들은 강한 소명감과 더불어 그것을 소통하는 데 있어서의 부드러움을 동시에 발휘하고 있다. 나는 이 점을 '교양적 인간'의 자질이라 부르고 싶다.

제Ⅳ장은 초대사, 식사, 인사말, 환영사, 축사, 추천사, 발문, 격려사, 주례사 등의 장르로 19편의 글이 실려 있다. 이들 텍스트는 실제로는 어떤 의식에서 구체적 화행Speech Act으로 실현되었을 것이다. 정 교수는 화행의 전범에 가까운 모범성을 보이고 있는데, 이는 두 가지 함의가 있다. 하나는 정 교수가 지닌 '교양적 인간'으로서의 정체성과 상관을 갖는다는 점이고, 다른 하나는 고전적 형식에 바탕을 두는 화용의 철학 내지는 인문학 정신이 정 교수의 각종 의식儀式 화행에 스며들어 있다는 점이다.

어떤 화행에서나 사람에 대한 가치가 내재해 있고, 문학이 문화의 가치로 변전하는 지점을 중하게 여기는 태도가 각종 문학 관련 학술대회나 학회 행사와 관련한 스피치에서 은연중에 드러나는 것을 느낄 수 있다. 기능적 교양을 언급하는 데서도 그것이 도타운 지식 기반 위에 있어야 함을 강조한다. 고전적 본질 교양에 충실한 멘털리티를 읽을 수 있다.

제V장은 머리말, 서문, 창간사, 서평, 독후감, 강연, 평설, 심사평 등의 장르로 14편의 글이 실려 있다. 저자가 걸어온 학문과 글쓰기의 족적足跡을 집약하여 보여 주는 장이다. 문학을 중심으로 세계 인식의 지평을 다양하게 넓혀 보려는 실천적 노력을 곳곳에서 읽을 수 있다. 그가 보인 지적 관심과 인문학적 실천 노력은 교양적 세계(교양적 인간)와 문학적 문화의 진화를 모색하려는 데로 일관하고 있다는 생각을 갖게 한다. 그리고 문학비평가로서의 책무 의식을 바탕으로 어떤 담론의 장에서도 '전망'에 대한 통찰을 놓치지 않으려 한다.

지식산업 또는 지식시장의 중요한 통로를 이루는 책, 그 책이 존재하고 생겨나는 자리에서 정 교수는 다양한 종류의 글쓰기로 발신자의 자리를 찾아간다. 집필과 출판의 자리에서 지식과 지식 문화에 대한 정 교수의 왕성한 참여 의식을 볼 수 있는 대목이다. 그가 저술하고, 편찬하며 참여한 책들의 서문에서 그는 '(영)문학 하기'의 의의와 방향에 대한 학문적 어려움과 전망을 동시에 피력한다. 문학 관련 주요 저널들의 창간사나 머리말 등의 글에서도 현실 문학의 현장과 나아갈 방향에 대한 통찰을 다양한 지식 공동체와 공유하고자 노력한다.

이 장에서 정 교수가 보여 주는 피천득 선생, 주요섭 작가, 펄 벅 작가 등에 대한 문학적 탐구와 이분들의 인간적 생애에 대한 정 교수의 애정은 다른 공적인 글들과 결을 달리하면서 따뜻한 언어의 온도를 전해 준다. 동시에 인간 정정호의 문학적 진실 탐구에 대한 경건한 애정 같은 것을 느끼게 해 준다.

제Ⅵ장은 '내가 사랑하고 존경하는 사람들'이라는 제목으로 진설된 10편의 글이 있다. 잡문의 형식적·내용적 자유로움을 승인한다면, 그리고 주제 범주의 장르화를 허용한다면, '내가 사랑하고 존경하는 사람들'이라는 장르가 성립할 수도 있겠다. 실제로 많은 자서 서사自敘 敍事, Life Narrative의 중심 콘텐츠 기제로 생애를 두고 선하고도 친한 인연을 이야기로 가져오기 때문이다.

이 장에서 정 교수가 쓴 '사랑하고 존경하는 사람들'은 그의 생애를 통해서 그를 길러낸 선생님들 이야기다. 스승들과의 인연과 그것을 통한 배움의 진정성이 깊고 감동적이어서, 이 장의 제목을 '나를 키운 은사들'로 정해도 좋겠다는 생각이 든다. 초등학교에서 대학원 박사과정까지, 그리고 이후 학자로서의 삶을 영위하는 동안 그를 로고스와 파토스와 에토스로 키워 낸 사람들의 이야기다. 제도 학교 체제에서 사제의 인연을 맺은 스승도 있지만, 정 교수가 사숙私淑(가르침을 직접 받지는 않았으나 그 사람의 인격이나 학문을 본으로 삼고 배움)한 스승도 있다. 이 글은 '배움의 자세나 배움에 다가가는 태도'를 깨우쳐 주는 글로서도 큰 의의를 가진다.

제Ⅶ장은 '긴 잡문, 짧은 에세이'라는 제목으로 11편의 글이 있다. 이 장의 제목을 특정 장르명으로 묶어 내기 어려운 사정은 여기 실린 글들이 사유의 다채로움과 그것을 담아내는 형식의 자유로움을 확인하노라면 금방 이해가 된다. 따라서 이 장의 제목이 드러내는 '긴 잡문'과

'짧은 에세이'를 의미 있게 구분할 필요는 없다. 이 양자는 서로 배타적이지 않고 서로를 상호 포괄한다. 긴 잡문임에도 개인의 신변체험적 사유가 있고, 짧은 에세이임에도 공적 담론으로서 그윽한 지적 통찰과 묵직한 철학적 사유를 머금고 있다. 그만큼 여기 실린 글들은 저자의 가치 지향이 전방위적이고 다원적임을 보여 준다. 담론의 층위도 높고 낮음이 고루 퍼져 있고, 자기 인식을 표명하는 농도도 글의 주제와 목적에 따라 다르게 구사되어 있다. 에세이 양식의 다양한 스펙트럼을 보여 준다고 하겠다.

이 장에 있는 글들은 지적 울림을 의미 있게 제공하는 레퍼런스 텍스트를 함께 불러들인다. 인문학자로서의 탐구 내공이 돋보이는 대목이다. 페미니즘과 주체-타자 문제 등과 관련하여 포스트 모던의 진보적 진화를 다채로운 비평 이론과 더불어 독자에게 일깨워 준다. '딸 이야기'는 이런 이론 중심의 담론에 자연인 정 교수의 진솔한 신변 에세이가 조화롭게 가담한다. 독자의 관심을 끌게 하는 소프트 내러티브의 역할을 하는 것이다.

또한 근대와 탈근대의 사유, 그리고 비판적 페다고지, 감염 질병의 시대 등을 다룬 글들에서 저자는 '세계 시민성'이라는 글로벌 가치를 교육과 문화 영역에서 각성할 것을 주문한다. 부드러운 주장이었지만, 글의 맥락 곳곳에 '세계 시민적 인간'으로의 진화를 언급한다. 세계 시민성은 적응의 문제가 아니라 윤리성 문제임도 저자는 암시한다. 이런 주제들을 가파른 이념 논리에 기울지 않고, 건강하고 조화로운 세계 발전의 요소로 인식하고 합리적으로 제시하는 저자의 사유에 나는 공감한다.

'레비나스의 주변부 타자론' '소금과 등대의 꿈', '내 마음은 소리 내는 숲' 등에서는 저자의 기독교 윤리를 생각해 볼 수 있으며, 동시에 영성의 발달과 성숙을 향해 자아를 일깨우는 모습을 느낄 수 있다. 이 글들을 읽고 있으면, 저자의 의식·무의식 기제에 자연 생태에 대한 '영적 동경'이 있을 법하다는 생각이 든다. 요컨대, 이런 주제의 글쓰기에 가담해 오는 저자의 인문학적 성찰은 담론의 질적 심층을 마련한다. 저자가 이 문제(현상)들을 오래도록 자신의 인식론 기제에서 잘 숙성해 왔음을 보여 주는 것이라 하지 않을 수 없다.

정 교수가 표현 매개로서의 예술 현상과 그것에 맞물리는 미의식을 보여 주는 글들도 그의 지적·미학적 관심의 지평이 넓고 깊음을 보여 준다. 밥 딜런의 노래 현상을 통해 시의 '문자 매개'와 시의 '소리 매개'를 짚어 보면서, 시의 인류학적 본질을 현대시학이 새롭게 각성할 것을 논하는 지점은 참신하고 인상적이다. 그림과 언어의 교호성을 언급한 내용도 마찬가지다.

제VIII장은 '번역의 이론과 실제'라는 제목으로 8편의 글이 있다. '번역이란 무엇인가'에 대한 해석적 탐구에 해당하는 글이라 할 수 있다. 정 교수는 영문학자이면서 동시에 번역 전문가다. 번역의 이론과 실제를 단단히 섭렵하고 연구한 사람이다. 그가 여기 게재한 번역에 관한 글들은

'번역의 기술론技術論'이라기보다는 번역에 대한 철학 내지는 번역의 이론을 만들어 가는 데에 필요한 고급 담론들이다. 마땅히 번역에 대한 메타 담론의 성격을 띤다. 따라서 이 장의 앞자리에 실린 글들은 만만치 않은 읽기 역량을 요구한다. 언어, 문화, 역사, 현상학, 해석, 대화, 상상력 등의 개념이 번역의 이론화에 관여하는 양상을 설득력 있게 제시하고 있기 때문이다. 번역의 전문성을 위해서는 반드시 갖추어 공유해야 할 '지식 인프라'라 할 수 있다.

이 장에서 정 교수는 자신의 번역 실천 사례를 소개하고, 그 실천 과정에 관여한 본질적 고민을 소개함으로써 번역의 이론 담론들이 지나치게 추상화되지 않도록 한다. 포스트모더니즘 문학의 세계적 학자인 핫산 교수와 문학 이론서를 같이 준비하면서 나눈 번역을 중심으로 한 대화를 그대로 소개한 글은 번역 작업의 이면에 작용하는 문화적 대화의 진면을 보여 준다. 또 문학 이론 번역에서 새로운 문학 패러다임을 반영하고 살려내는 질적 노력을 어떻게 기울여야 할 것인지에 대해서 많은 시사를 준다. 비평적 에세이의 방식을 취하기는 했지만, 정정호 교수의 번역 담론이 아니고서는 좀체 접하기 어려운 글들이라 여겨진다.

제IX장은 '기행문과 기행시' 장르에 속하는 8편의 글이 있다. 기행 장르는 여행의 시간과 공간을 축으로 그 안에서 일어난 일을 적는 글쓰기다. 이를 축자적으로만 따르면 상당히 단조로운 글쓰기지만, 여기에 잡문의 '잡雜 속성'을 다소 도전적으로 포용하면 기행 장르의 변용성과 그

가능태可能態는 창의적으로 확장된다. 기행 장르 글쓰기의 질적 확충과 함께 기행문 장르가 글쓰기의 다른 장르와 융합·변전할 수 있음을 보여 주는 것이다. 정 교수는 여행 자체와 기행문 쓰기 사이에 '낯설게 하기'의 미학적 노력(새로운 발견의 시도)이 있어야 함을 역설한다. 그리고 여행에서 맞닥뜨리는 역경에 대한 포용과 그것의 가치화를 기행문 쓰기에서 추구해야 할 정신으로 주창한다. '여행의 인생론' 또는 '여행의 철학'은 이런 노력을 통해 다가갈 수 있음을 말한다. 나는 이 대목에서 감명을 받는다. 이는 잡문으로서 기행문의 강점을 시사한다.

정 교수는 여행과 인생의 여정旅程을 같이 놓음으로써 여행의 철학을 인생론적 차원에서 가치화한다. 기행문 쓰기는, 그것이 어떤 특정의 공간과 시간을 여행한 기록이면서 동시에 그 여행의 인생론적 가치나 함의를 찾아나서는 방향으로 나아갈 것을 요청한다. 작가의 은사인 금아 피천득 선생의 행적 공간을 찾아나서며 쓴 「피천득과 청진동」은 시간을 뛰어넘는 은사와의 동행기다. 이 기행문 안에 '피천득론' 하나가 자리를 잡는다. 행로에 등장하는 사물들은 오히려 주변화되고 현재형으로 변전한 사제의 인연 생애가 기행의 중심으로 올라온다.

기행문 「숭고미 : 백두산과 천지」는 경관의 묘사가 임계에 다다르면서 미의식 영역과 대화적으로 융합하여 기행 장르의 경계를 확충한다. 장엄한 백두산 경관에서 느끼는 숭고미 의식이 백두산을 둘러싸는 작가의 역사적·민족적 의식으로 치환되고 있음을 보여 주는 데서 이 기행문은 민족의 이데아를 고양하는 담론의 빛깔로 갈아입는다. 기행시

장르로 DMZ 비무장 지대를 그려내는 데에서는 분단 리얼리즘과 통일을 향한 상상력이 비무장 지대의 시간과 공간을 팽팽하게 의미화한다. 기행시의 현실주의 동력을 느끼게 하는 대목이라 할 수 있다.

「성서의 땅 이스라엘 답사기」는 신약의 해석 공간을 여행의 시간 안으로 촘촘하게 불러들인 글이다. 역사적 상상력을 부르면서 동시에 저자 자신의 영성적 자아를 안으로 모색하는 글이기도 하다. 남미의 「마추픽추 순례기」에는 여행 경험의 대상화와 주관화의 교체 반복을 통해서 기행의 감수성을 긴장력 있게 유지하려 한다. 작가 파블라 네루다를 부단히 조화해 나가는 방식과 문학적 역량도 독자에게는 유익하리라 생각된다. 미국 문학 연구 기행이라 할 수 있는 '미국 동부 콩코드 문학 기행'은 문학(또는 인문) 에세이의 한 전형으로 여겨질 만하다.

제X장은 '기도, 간증, 단기선교 보고, 설교' 장르에 속하는 13편의 글이 있다. 예수 그리스도를 믿는 정정호 교수의 '신앙적 자아'를 고백하고 다짐하는 글들로 구성되어 있다. 무엇보다도 이러한 글들은 그냥 담론 표현으로 끝나는 것이 아니라 그의 신앙적 실천을 담보하는 것이어서 다른 장르의 글들과는 텍스트의 형질이 다르다. 이 책의 마지막 장에 이들 신앙 관련 텍스트를 배치한 것도 주목할 만하다. 생애 실천 담론 모음인 『잡문집』의 끝맺음 전언으로서 소망과 다짐의 언약을 의미 있게 남기기 위한 것이리라 생각된다. 신에 대한 경건을 통해서 영원을 믿으며 사랑을 향하는 기독교 신앙인의 '정화된 자아'를 증언하려는 정 교수의 마음 자세를 볼 수 있다.

기도는 인간의 그 어떤 현실적 화행話行과는 비견할 수 없는 텍스트다. 초월의 정신으로 자아를 절대자에게로 향하게 하여 다가가려는 텍스트다. 화행으로 실현하지만, 문어 텍스트로 남겨서 신앙적 자아를 더 두텁게 쌓아 가려는 자취로 삼는다. 여기 실린 정 교수의 기도는 진솔하고 정직하다. 회개의 마음은 진지하고, 새로운 선교적 소명 앞에서 용기를 간구하며 이웃을 향한 사랑과 긍휼을 간구한다. 교회의 안과 밖에서 화평을 구하는 모습이 정 교수의 신앙적 품성을 잘 보여 준다. 더러는 참회록과도 같은 기도와 간증의 내용을 읽으면, 순종의 지혜로 영적 성숙을 기해 가는 모습이 인상 깊다. 나 같은 얕은 믿음에 머물러 있는 사람으로서는 감동스럽다.

간증은 고난과 은혜로 점철된 신앙적 체험을 솔직하게 회중 앞에서 증언하는 화행이다. 유혹과 욕심에 약하고 죄의 허물에 떨어지는 인간적 결함을 드러내야 하기에, 대개는 간증에 나서기를 피하려 한다. 또 인문적 이성을 앞세우려는 지식인은 성령으로 간증하는 자아를 가지기가 쉽지 않다. 정 교수는 신앙적 자아를 숨김없이 고백한다. 그가 미국 유학 시절 고속도로에서 사고로 차를 노변에 처박고 고립무원의 시공에서 예수님을 만났다는 간증은 감화를 주기에 조금의 모자람이 없다. 단기선교의 소명을 향하는 장면에서 그는 기도와 간증으로 자신과 믿음 공동체의 영적 파워 고양에 온갖 힘을 다 쏟는다.

이 책을 내려놓으면서 이런 생각이 들었다. 『잡문집』 안의 수많은 생애 담론과 그 실천을 가능하게 한 바탕 토대에 정 교수의 생애를 걸친 믿음의 행로가 있었다는 생각이 들었다. 그 믿음은 불완전하고 연약하고 이기적이던 시기를 거쳐 그의 생애 진전과 더불어 성숙해 왔음을 볼 수 있다.

또 이런 생각도 들었다. 제I장에서 제IX장에 이르는 잡문들에 실린, 그의 생애에 걸친 노력의 과정과 결실들이 모두 제X장의 글들에서 연유하고 있음을 느낀다. 기독 신앙의 자아 정체성을 얼마간 가진 나는 그렇게 생각한다. 정 교수도 내 의견에 동의하리라 본다. 영문학자, 문학평론가로서 정정호 교수의 성숙한 영성이 빚어내는 선한 영향력이 우리 지성계와 교양 사회에 더욱 널리 미치기를 바란다.

이 『잡문집』에 펼쳐진 10개 장의 122개 텍스트는 낱낱으로는 각기 의미의 봉우리지만 책 전체로는 거대한 산맥처럼 의미의 일렁거림을 구성한다. 그것은 의미의 주름을 만들어 낸다. 또 개별 텍스트들은 송이송이 하나의 꽃이지만, 전체로는 비밀의 화원과도 같은 아름다움의 장관을 만들어 낸다. 그래서 특정의 색조를 넘어서서 수많은 색의 스펙트럼을 만든다.

거대한 산맥은 의미의 주름으로 그 전경을 드러내며, 골짜기와 봉우리로 이어지는 굴곡을 만든다. 『잡문집』 텍스트는 이런 주름으로 점철되어 있다. 개개 텍스트와 텍스트 사이에, 텍스트와 해당 장의 주제 사이에, 장과 장 사이에, 장과 전체 텍스트 사이에, 주름으로 점철되어 있다. 이들 주름은 서로 물리고, 서로 접히고, 서로 껴안으며, 서로 밀어내며, 서로 상승하는 사이에 생겨나는 해석의 주름이고 의미의 주름이다.

   텍스트(들)는 텍스트 간 의미의 그물을 짤수록 의미의 주름을 생성한다. 주름이란 오묘하다. 텍스트 간의 의미를 숨기는 듯 드러내고 드러내는 듯 숨긴다. 거대한 화원에 비유할 수 있는 『잡문집』은 수많은 개별 텍스트들을 거느리며 『잡문집』 자신의 주름 안에 어떤 비의祕儀를 내장한다. 이 비의는 저자의 생애에 녹아든 수많은 의미의 스펙트럼, 탐구와 지혜의 경로들을 숨기듯 드러낼 것이다.

정정호鄭正浩

호 소무아笑舞兒
1947년 서울 출생, 인천중, 제물포고 졸업
서울대 영어교육과 졸업 및 대학원 영어영문학과 석박사 과정 수료
미국 위스컨신대(밀워키) 영문학 박사(Ph.D.)
영국 리즈대학, 호주 그리피스대학에서 각각 1년간 연구교수

한국영어영문학회장, 한국비교문학회장, 비평과이론학회장
문학과환경학회장, 한국18세기학회장, 한국번역학회 부회장
한국문화연구학회장, 국제PEN한국본부 전무이사
전국사립대학교수협의회연합회 수석부회장, 사랑의교회 교수선교회장
제1회 아시아인문학자대회 준비위원장(2008, 서울)
제19차 국제비교문학대회 조직위원장(2010, 서울)
제2회 세계한글작가대회 집행위원장(2016, 경주)

저서 : 『피천득 평전』(2017), 『문학의 타작 : 한국문학, 영미문학, 비교문학,
    세계문학』(2022) 외
역서 : 『포스트모더니즘론』(1985), 『사랑의 철학 : 셸리의 시와 시론』(2022) 외
편서 : 『피천득 문학전집』(전7권)(2022), 『주요섭 소설전집』(전8권)(2023) 외
[문화체육관광부 우수도서 7회, 학술원 우수학술도서 1회, 교양도서추천 1회
독서문화운동본부 추천도서 1회, 아르코 문학나눔 1회 선정됨]

수상 : 중앙대 학술상, 김기림문학상(평론), 펜번역문학상, 박남수문학상(시),
    한국문학비평가협회상

현재 : 문학비평가, 국제PEN한국본부 번역원장, 금아피천득선생기념사업회장,
    한국펄벅연구회장, 중앙대학교 명예교수